Ivanhoe

Im Auftrag des Königs

Der schwarze Pfeil

Ivanhoe

Im Auftrag des Königs

Der schwarze Pfeil

KARL MÜLLER VERLAG ERLANGEN

Einbandgestaltung: Franz Wöllzenmüller
Einbandillustration: Marion u. Doris Arnemann
Druck und Bindung: Ebner Ulm

Inhalt

Ivanhoe

von
Walter Scott

1. Kapitel

In jenem lieblichen Teil Nordenglands, wo der Don fließt, gab es früher einen dichten Wald, um den sich abenteuerliche Legenden von Drachen und Kriegen und die romantischen Geschichten der Geächteten rankten. Dieses Gebiet ist der Hauptschauplatz in unserer Erzählung, die gegen Ende der Regierungszeit Richards I. spielt zu einer Zeit, in der die Rückkehr aus seiner Gefangenschaft weitaus stärker herbeigesehnt wurde als daß man damit rechnen durfte. Es war zu einer Zeit, in der die Wunden der Eroberung noch immer nicht verheilt waren und der Abgrund zwischen der herrschenden normannisch-französischen Aristokratie und den unterdrückten Sachsen unüberbrückbar schien.

Die Sonne ging über der Lichtung jenes Waldes unter, der mit knorrigen Eichenbäumen, die wohl schon so alt waren, daß sie noch die einmarschierenden Römer gesehen haben mußten, und anderen nicht minder ehrwürdigen Bäumen bewachsen war. Mitten in der Lichtung, oberhalb eines kleinen Hügels, standen die Überreste eines druidischen Steinkreises. Alle Steine bis auf sieben waren umgestürzt, nur ein Stein war mitten in einen Bach hinuntergerollt, der ihn sanft von allen Seiten umspülte. Zwei wilde, rauhe Kerle rundeten das Bild dieser Landschaft ab. Der ältere, von grimmigem und ungepflegtem Aussehen, trug einfache Kleidung: eine mit Lederärmeln besetzte Tunika, die ihm bis zu den Knien reichte und über dem Bauch von einem breiten mit Messingschnalle verziertem Ledergürtel zusammengefaßt war. An der einen Seite des Gurtes hing ein kleiner Beutel, an der anderen ein Widderhorn mit Mundstück und ein langes, breites Messer mit einem Griff aus Rehbockshorn. Seine Fußbekleidung bestand aus Sandalen, die mit Riemen zusammengeknotet waren, und sein dichtes, verfilztes Haar, das die Sonne zu einem dunklen Rostrot gefärbt hatte, war ohne Kopfbedeckung. Sein krauser Bart — von einem gelblich fahlen Schimmer — bildete dazu einen auffallenden Kontrast. Um seinen Hals trug er ein zusammengeschmiedetes

Messingband mit der Inschrift aus sächsischen Lettern: „Gurth, der Sohn Beowulfs, geborener Leibeigener Cedrics von Rotherwood."

Der Begleiter Gurths, der etwa zehn Jahre jünger aussah, war besser gekleidet. Seine hellrote Jacke war mit allerlei grob gearbeitetem Schmuck besetzt. Er trug einen kurzen weiten Mantel aus schmutzigrotem Stoff, der gelb ausgefüttert war. Zu den schmalen, silbernen Armreifen paßte sein silberner Halsring sehr gut, in dem die Worte eingraviert waren: „Wamba, Sohn des Witless, Leibeigener von Cedric von Rotherwood". Außer seinen Sandalen trug er Gamaschen, die eine rot, die andere gelb, die ihm mit seinem seltsam gefransten Hut ein eigenartiges Aussehen verliehen. Die kleinen Glöckchen, die daran befestigt waren, läuteten bei jeder seiner Bewegungen leise mit und ließen in ihm leicht den Possenreißer erkennen, der für die Reichen den Narren spielte. Die beiden glichen sich in keiner Weise, weder in ihrer Haltung noch im Aussehen. Wamba war ein unruhiger Mensch mit einem Ausdruck lebhafter Neugierde und einer nicht zu übersehenden Eitelkeit, mit der er voller Stolz auf sein Äußeres achtete. Gurth dagegen schien traurig und mürrisch mit einem Anflug von Trübsinn, beinahe Teilnahmslosigkeit, wenn man von dem roten Funken absah, der gelegentlich ganz hinten in seinen Augen aufblitzte. Sie bedienten sich der dort herrschenden angelsächsischen Sprache, wie sie in den unteren Klassen üblich war.

„Zum Teufel mit diesen Schweinen!" brummelte der Schweinehirt Gurth, nachdem er kräftig in das Horn geblasen hatte, was zwar eine ebensolche musikalische Erwiderung bei den Schweinen hervorrief, die damit beschäftigt waren, eifrig Eicheln und Nüsse zu futtern und am schlammigen Bachufer herumlungerten, aber offensichtlich zu keiner Bewegung bereit waren.

„Der Fluch des heiligen Witholds soll mich und sie treffen! Ich will kein richtiger Mann sein, wenn nicht vor Anbruch der Dunkelheit der zweibeinige Wolf kommt und sie erwischt.

Hierher! Fangs! Fangs!" schrie er einem mageren, zottigen, wolfsähnlichen Hund zu, der zwischen den Schweinen umherhinkte und sie eher zu vertreiben schien als sie zusammenzuführen. „Der Teufel soll ihm die Zähne ausreißen und die Mutter des Verderbens verfluche den Förster, der ihm die Krallen abgesäbelt hat. Zur Hölle mit dem Rotwild! Wamba, wenn du ein Mann bist, dann steh auf und hilf mir. Lauf schnell zum Hügel und halte sie auf!"

„Was? Meine Beine sagen mir, daß das kein guter Vorschlag ist, wenn ich mit meinen guten Sachen durch den Schlamm wate. Ich habe auf meine gute Stellung und die Garderobe zu achten. Rufe den Hund zurück und laß die Schweine ruhig zu Normannen werden, wenn sie umherschweifenden Geächteten, Soldaten oder anderen Gesellen in die Hände fallen."

„Schweine sollen zu Normannen werden?" fragte Gurth verwirrt. „Ach laß, ich bin zu grantig und zu dumm, Rätsel zu lösen." „Na gut, wie nennst du denn diese grunzenden Viecher, die da herumrennen?" „Schweine, Narr, Schweine! Jeder arme Irre weiß das!" „Also gut. ‚Schwein' ist rein sächsisch. Aber wie heißt das arme Schwein, wenn es geschlachtet, enthauptet, gerädert und gevierteilt und wie ein Verräter gehängt wird?" „Pork"*, erwiderte der Schweinehirt. „Es freut mich, daß das jeder arme Irre auch weiß. Und „Pork"** ist rein normannisch-französisch, oder? So ist also das arme Vieh ein Sachse, wenn es noch am Leben ist. Im toten Zustand wird es ein Normanne, wird Schweinefleisch genannt, und als Festbraten in der Halle aufgetragen und von den Reichen verzehrt. Was sagst du dazu, Freund Gurth?" „Was immer auch in deinem armen Verstand vorgeht, du hast recht."

„Ich kann dir aber noch mehr erzählen, Ratsherr Ochse heißt auf sächsisch so, solange er die Aufsicht über solche Leute wie dich hat. Er wird aber zu „bœuf"***, wenn er als französischer

* pork, engl. Schweinefleisch
** von frz. porc, Schweinefleisch
*** bœuf, frz. Ochse

Edelmann edlen Gaumen zum Kauen dargereicht wird. Selbst Meinheer Kalb wird Monsieur de Veaux: Als Vieh bleibt er Sachse, zum Normannen wird er, sobald die Sache zum Vergnügen wird."

„Beim Heiligen Dunstan, da hast du recht", maulte Gurth, „das ist die traurige Wahrheit. Uns bleibt nur die Luft zum Atmen und auch die müssen wir uns erkämpfen, nur damit wir die Lasten tragen dürfen, die andere uns aufbürdeten. Das feinste und erlesenste ist für ihren Tisch bestimmt, die Schönste für ihre Feste, unsere besten und tapfersten Soldaten sollen für fremde Herren kämpfen, fremdes Land mit ihren bleichen Knochen bedecken; wenige bleiben zurück, die Macht oder Neigung dazu verspüren, den armen Sachsen Schutz zu gewähren. Dank dem Herrgott für unseren Cedric – der ist ein Mann! Bald aber macht der Front-de-Bœuf persönlich Besuch bei uns und dann sehen wir ... Hierher! Hierher! Ho! Ho-Ha! Gut so! Gut gemacht, Fangs! Hol sie herbei, alter Junge, hol sie her!" „Gurth", sagte Wamba leise, „ich weiß, daß du mich für einen Dummkopf hältst, sonst würdest du dich mir nicht so anvertrauen. Ein Wort zu den Herren, daß du Verrat gegenüber den Normannen geäußert hast und du bist der jüngst entschlafene Schweinehirt, der sachte an einem jener Bäume pendeln wird als Warnung für alle, die gegen die Obrigkeit Böses im Sinne haben."

„Du Hund! Du würdest mich verraten? Du hast mich zu diesem gefährlichen Spiel getrieben." „Dich verraten! Solch einen Trick würde ein kluger Mann anwenden, nicht aber ein Narr. Paß mal auf! Wer kommt denn da?" Das entfernte Dröhnen von Hufen war leise zu hören. „Das betrifft uns nicht", sagte Gurth und stand auf, um mit Hilfe von Fangs die Schweine aufzuscheuchen. „Ich muß die Leute sehen", erwiderte Wamba hartnäckig, „vielleicht kommen sie aus dem Märchenland mit einer Botschaft von König Oberon selbst."

„Die Viehseuche soll dich packen! Sieh das Wetter an: Du quatschst hier herum und nur einige Meilen entfernt von uns kommt ein Sturm auf. Hör nur den Donner. Es ist höchste

Zeit, daß wir hier fortkommen, es wird eine schaurige Nacht." Wamba zuckte mit den Schultern, grinste und folgte seinem Freund, der seine widerspenstige Mannschaft endlich auf einen Waldweg treiben konnte. Trotz der Nörgeleien seines Freundes war es Wamba gelungen, viel Zeit herauszuschinden. Bald darauf wurden sie von den Reitern eingeholt. Zwei von denen, die an der Spitze ritten, waren offensichtlich wichtige Persönlichkeiten, die übrigen gehörten zum Gefolge. Einer der beiden war ein Geistlicher von hohen Würden. Aber das kostbare Gewebe seines Gewandes sowie Gold und Pelzfutter zeigten wenig von der Verachtung weltlichen Reichtums, die diesem Orden zukommen sollte, ebenso wenig wie sein Gesicht und Statur Selbstverleugnung und Askese verrieten. Irgendetwas in seinen Augen verriet eine geheime Lust, obwohl sein Blick, der den Gehorsam gewöhnt war, tiefe ernste Feierlichkeit auszudrücken vermochte und den spontanen Wunsch nach unbeschwerter Genußsucht zu unterdrücken versuchte. Sein Reitpferd war ein gut genährtes Maultier, das reich ausgestattet war. Weit entfernt von klösterlicher Schicklichkeit, verriet der Sitz, das das wunderschöne andalusische Pferd, das nur im Auftrag reicher Leute unter großen Risiken und Kosten über die Grenze gebracht worden sein mußte, seinem Geschmack eher entgegen kam als der Ritt selbst. Dieses prächtige Tier trug ein Geschirr, das reich mit Kreuzen, Mitra und anderen kirchlichen Symbolen verziert war und wurde von einem Laienbruder geführt. Ein zweiter Bruder führte ein Saumtier, auf dem das Gepäck des Superiors geladen war. Die Nachhut bildeten zwei Mönche seines Ordens, die lachend und scherzend daherritten und die übrige Reiterschar nicht weiter beachteten.

Der andere der beiden Männer war etwa vierzig Jahre alt, groß, schlank und von athletischer Gestalt. Sein strenges Gesicht, das die tropische Sonne tief dunkel gebräunt hatte, war geprägt von einer Scheu, die beinahe an Furcht grenzte. Seine schwarzen stechenden Augen und der dichte Bart verrieten eine leicht entflammbare Heftigkeit. Seine Gestalt, sein Gesicht, der Ausdruck — alles berichtete von durchlebten Gefahren und überwundenen Schwierigkeiten. Eine starke Persönlichkeit.

Er trug ein Panzerhemd aus kleinen Ringen, die so geschickt geschmiedet waren, daß es auf seinem Körper saß, als wäre es aus Wolle angefertigt. Darüber trug er einen Mantel seines Ordens mit einem eigenartig geformten Kreuz auf seiner rechten Schulter. Die scharlachrote Farbe ließ erkennen, daß er zu keinem der vier üblichen Orden gehörte. Seine einzige Waffe war ein langer, zweischneidiger Degen, der an der Seite hing. Sein Reitpferd war im Gegensatz zu dem seines Begleiters von robuster Statur. Hinter ihm führte ein Schildknappe ein prächtiges Kriegspferd, das mit der gesamten Kriegsausrüstung beladen war. Ein zweiter Knappe trug eine Lanze, an deren Spitze ein Wimpel flatterte, der das gleiche Kreuz trug, das auf der Schulter des Mantels zu sehen war. Zur weiteren Ausrüstung gehörte ein dreieckiger Schild, dessen Wappen von einem roten Tuch verdeckt war. Das gesamte Äußere dieses Kriegers und des Gefolges wirkte wild und exotisch. Als zusätzlicher Beweis für den Reichtum und Bedeutsamkeit dieser Herren folgten den beiden Knappen zwei orientalische Diener, die, in bestickter Seide gekleidet, sarazenisch bewaffnet waren, und auf edlen Araberpferden ritten. Die elegante und leichtfüßige Gangart dieser Tiere stand im scharfen Gegensatz zu den schwerblütigen Gäulen aus den Ställen von Flandern und der Normandie, die eher dazu geschaffen waren, die westlichen Krieger der damaligen Zeit in ihrer vollen Eisenrüstung zu tragen.

Selbst in Gurth erwachte lebhaftes Interesse. Man konnte leicht erkennen, daß der Geistliche, der an Jagd und erlesenen Gerichten Gefallen fand, der Prior von Jorvaulx war. (Es ging das Gerücht um, daß es noch andere, weniger klösterliche Spiele zum Zeitvertreib gab.) In jener Zeit jedoch verursachten diese Spiele nicht einmal ein leichtes Wimpernzucken. Sein Ruf war bestens, er war freundlich, unbekümmert und verständnisvoll bei der Beichte (ein Wesenszug, den der Adel wohl zu schätzen wußte, mit dem er sowieso auf irgendeine Art verwandt war), er verehrte die Damen, die ihm schnell ihr Herz öffneten. Seine

Vorliebe für die Jagd und erlesene Windhunde und Adler machten ihn zum Freund der jungen Herren. Er verstand die Kunst des Lesens und schaffte um sich herum einen Glanz von Weisheit und Heiligkeit. Den ärmeren Leuten gegenüber zeigte er sich großzügig mit Kirchenabgaben, nachdem er selbstverständlich zuvor seine eigenen Bedürfnisse gestillt hatte. Dies trug erheblich zur Linderung der Entbehrungen bei und wurde von den schärfsten Gegnern gebilligt: den Bauern. Männer zuckten nachsichtig die Schultern angesichts seiner Ausschweifungen bei der Jagd oder bei Tisch. Andere Mitbrüder machten größere Sünden und zeigten sich den Armen gegenüber weniger hilfsbereit. Unsere beiden am Straßenrand schienen das zu wissen und beugten sich nieder, um den Segen „Benedicte mez filz" zu empfangen.

Die aufsehenerregende Gefolgschaft lenkte die Aufmerksamkeit von dem Prior ab und seine Frage nach Übernachtung ging ohne Widerhall an ihnen vorbei. Vielleicht war es auch die Sprache, in der die Segnung und die Frage an sie ging, die sie so abwesend erscheinen ließ. Daraufhin wiederholte der Prior seine Frage in der gemischten Sprache, der Lingua Franca. „Sagt, meine Kinder, gibt es hier in der Nähe einen guten Menschen, der aus Gottes Liebe und Treue zur Mutter Kirche für eine Nacht Gastfreundschaft zweien ihrer ergebensten Diener gewähren würde?" Der Ton seiner Stimme schmälerte etwas die Wahl seiner ergebenen Worte. Wamba wiederholte den letzten Satz, aber töricht wie er war, kaum vernehmbar. „Kann ich bitte einen der Diener oder höheren Bediensteten sehen?" Dann blickte er den Prior an und schlug ihm vor nach Brinxworth Priory zu reiten, das nur wenige Stunden entfernt läge und ausgezeichnetes Essen und angenehme Schlafmöglichkeiten bieten würde. Er könne aber auch bei der nächsten Abbiegung zur Einsiedelei von Copmanshurst gelangen, wo man ihm sicher ein Dach über den Kopf für ein Nachtgebet geben würde, für den Fall, daß er in Büßerstimmung sei. „Mein guter Freund", sagte der Prior und schüttelte den Kopf, „wenn deine Mütze mit den vielen Glocken deinen Verstand noch nicht völlig getrübt hat, solltest du wissen ‚clericus clerican non decimat', das heißt, daß die Geistlichen sich nicht gegenseitig ihrer kargen Not berauben, eher geben sie den Laien Gelegenheit, Gott zu dienen mit der Ehre, von ihm als Diener berufen zu sein."

„Es ist wahr", sagte der Possenreißer demütig. „Da ich selbst ein Esel bin, habe ich doch die Ehre, beide Glocken zu hören, meine eigenen und die an dem Geschirr Euerer Hochwürden Maulesel. Ich war der Meinung, daß die Barmherzigkeit der Kirche wie jede andere Barmherzigkeit ist, daß sich also jeder selbst der Nächste ist." „Zum Teufel mit deinen unverschämten Reden, Bursche!" entgegnete der schwer bewaffnete Ritter. „Sag uns sofort, wie wir zu euerem Landsitz kommen, wie war nochmal der Name, Prior Aymer?"

„Cedric, Cedric der Sachse." Er wandte sich nochmal zu dem Leibeigenen: „Nun, mein Sohn, ist es weit von hier? Wo ist der Weg?" „Er ist schwer zu finden", sagte Gurth, der zum ersten Mal das Wort ergriff. „Sie gehen dort früh zu Bett."

„Quatsch!" meinte die kriegerische Gestalt. „Für Reisende wie wir bedarf es keiner Mühe, nochmals aufzustehen. Wir haben es nicht nötig, um Gastfreundschaft zu betteln, wir verlangen unser Recht."

Gurth's Gesicht verfinsterte sich. „Und ich weiß nicht, ob ich das Recht habe, jene zu meinem Herrn zu führen, die etwas fordern, worum andere als Gefallen bitten."

„Du wagst ...!" Er wirbelte sein Pferd scharf zu Gurth herum, riß seine Peitsche hoch, um diese Unverfrorenheit zu bestrafen. Gurths Augen wurden schmal und seine Hand flog hitzig, aber dennoch zögernd zu seinem Messer, als der Prior sein Maultier blitzschnell zwischen sie trieb und glatt und besänftigend auf sie einsprach: „Aber nein, bei der heiligen Jungfrau, Bruder Brian, hier ist nicht Palästina mit seinen heidnischen Türken und ungläubigen Sarazenen. Wir Inselbewohner verachten Schläge, wenn sie uns nicht von der Mutter Kirche aus Liebe zu uns Sündern auferlegt wird. Sag mir, guter Mann", wandte er sich an Wamba und gab ihm eine kleine Silbermünze, „sicher kennst du den Weg zu Cedric, dem Sachsen –

und es sollte deine reine Pflicht sein, Reisenden den Weg zu weisen, auch wenn sie weniger geweiht sind als wir."

„Natürlich, Hochwürden!" sagte der Possenreißer, „der Anblick Euerer ehrwürdigen Begleitung hat mir den Verstand verwirrt. Selbst ich werde Mühe haben, heute abend noch nach Hause zu finden."

„Nun wohlan! Du kannst es uns ja genau sagen, wenn du nur willst. Mein ehrwürdiger Bruder hier ist ein Mitglied des Ordens der Tempelritter, ein Soldat der Kirche, der zurückgekehrt ist von dem Kampf gegen die Sarazenen, das Heilige Land zu befreien." „Nun ja, selbst als halber Mönch sollte er nicht so unduldsam und unvernünftig sein, wenn er Leute auf der Straße nach Sachsen fragt, die ihn nichts angehen." „Dein Scherz sei vergeben, wenn du uns den Weg zu Cedric zeigst." „Also gut!" räumte Wamba ein, „etwas weiter geradeaus treffen vier Wege an einem tief im Boden eingesunkenen Kreuz aufeinander. Schlagt den linken Pfad ein und ich hoffe, daß Euer Hochwürden noch vor Ausbruch des Sturms Herberge finden werden." Der Abt bedankte sich und der Reiterzug setzte sich angesichts des drohenden Unwetters in Bewegung. Als die letzten Hufschläge verklungen waren, lachte Gurth kurz auf: „Wenn die hohen Herren deinen Rat befolgen, werden sie Rotherwood vor Anbruch der Nacht kaum erreichen!" „Nein", grinste der Narr, „vielleicht Sheffield, wenn sie Glück haben, aber das reicht auch noch. Glaubst du etwa, ich zeige den Hunden, wo sich das Wild aufhält?" „Ja, es ist besser, wenn Aymer Lady Rowena nicht zu Gesicht bekommt, es käme sonst zu einem Krach zwischen Cedric und diesem Kriegermönch. So, jetzt geh'n wir – und Maul gehalten!"

In der Zwischenzeit unterhielt sich der Templer leise mit dem Prior auf normannisch: „Beruhigt Euch, Bruder Brian, dieser Narr sprach nur in der Sprache seines Standes. Der andere ist einer jener halsstarrigen Sachsen, die immer noch Vergnügen daran finden, den Eroberern Widerstand zu leisten." „Ich weiß schon, wie man Höflichkeit in solche Leute einpeitschen kann. Unsere türkischen Gefangenen waren ebenso

‚halsstarrig' wie Odin selbst gewesen wäre; nur einige Monate unter meinem Sklavenmeister, und sie waren demütig und gehorsam geworden. Natürlich muß man sich immer vor Gift oder einem schnellen Messer in acht nehmen, aber dennoch ..." „Jedes Land hat seine eigenen Sitten. Wenn wir sie ausgepeitscht hätten, wären wir Cedrics Haus nicht näher gekommen, es hätte vielleicht zu einem Streit mit den ebenso stolzen, grimmigen und halsstarrigen Sachsen geführt. Er begehrt ebenso frech auf, selbst wenn es sich um seine Nachbarn Reginald Front-de-Bœuf und Philip Malvoisin handelt, mit denen auch nicht gerade leicht auszukommen ist. Er kämpft stets für die Rechte seines Stammes und ist sehr stolz auf seine Herkunft, derer von Hereward, so daß er sich selbst Cedric, der Sachse nennt." „Prior Aymer, Ihr seid ein Kenner. Ich erwarte viel von der Schönheit dieser berühmten Rowena als Entschädigung für die Mühen und Zwänge, die es mich kosten wird, ihrem verräterischen Vater gegenüberzutreten, so wie Ihr ihn mir beschrieben habt." „Er ist nicht ihr Vater. Sie sind nur weitläufig miteinander verwandt. Sie stammt aus weit edlerem Geschlecht als er in Anspruch nehmen dürfte. Aber er liebt sie wie seine eigene Tochter. Ihr werdet bald selbst Gelegenheit finden, ihre Schönheit beurteilen zu können. Sollte ihre strahlende Erscheinung Euch die Erinnerung an jene dunklen Palästinenserinnen – ja selbst die Huris von Mahouds Paradies – nicht vertreiben können, dann will ich selbst ein Sarazene sein und kein wahrer Sohn der Kirche." „Unsere Wette gilt?" „Jawohl!" nickte zustimmend der Prior, „mein goldenes Halsband gegen zehn Fässer Chianer Wein, die mir schon so sicher gehören als lägen sie bereits in meinem Keller." „Und ich werde selber mein Urteil fällen und zu der Überzeugung stehen, daß ich seit Pfingsten letzten Jahres kein schöneres Mädchen gesehen habe. Prior, ich kann Euere Wette schon förmlich an meinem Halse spüren, wenn ich sie in Ashby-de-la-Zouche trage." „Gewinnt sie ehrlich und tragt sie nach Euerem Belieben. Ich empfange Euer Wort als Ritter und Kirchenmann. Aber noch ein Rat: hütet Euere Zunge vor Cedric!

Er ist kein Sklave aus dem Orient und teuflisch schnell beleidigt. Er ist fähig, uns hinauszuwerfen und bei den Füchsen übernachten zu lassen, ungeachtet unserer Würden als Ritter oder unserer Heiligkeit. Ein falscher Blick auf Rowena – und wir sind draußen! Man sagt ihm nach, daß er seinen eigenen Sohn hinauswarf, als ein begehrlicher Blick diese Dame traf. Man darf ihr nur aus sicherer Entfernung huldigen und sich ihr auf keinen Fall mit Gedanken nähern, die man der heiligen Jungfrau nicht auch entgegenbringen würde." „Nun gut", meinte der Templer, „es sind der Worte genug gesagt worden! Für diese eine Nacht werde ich so sanftmütig wie ein junges Mädchen sein. Aber die Sache mit dem Rauswerfen – na, keine Angst! Mit Hilfe unserer beiden Knappen und Hamet und Abdullah können wir unsere Übernachtung sicherstellen." „So weit darf es nicht kommen. Schaut her! Hier ist das eingesunkene Kreuz. Es ist so dunkel, daß ich kaum die Straße sehen kann. Sagte er nicht nach links?" „Rechts, wenn ich mich richtig erinnere." „Aber nein! Links! Ich erinnere mich, wie er mit seinem Schwert die Richtung anzeigte." „Ja, aber mit seiner linken Hand an seinem Körper vorbei."

Sie verhandelten weiter und fragten die Gefolgschaft, die aber von Wambas Worten nichts mitbekommen hatte. Plötzlich bemerkte Brian eine Gestalt, die entweder schlafend oder tot am Boden neben dem Kreuz lag. „Hugo!", rief er nach dem Knappen, „berühre den Kerl da mal mit der Lanze." Die Gestalt sprang sofort auf die Beine. „Wer auch immer Ihr sein mögt", sagte er in fließendem Französisch, „es war keineswegs geziemend, auf diese Weise in meine Gedanken einzubrechen." „Wir wollen Euch nur fragen", erklärte der Prior, „wie wir nach Rotherwood gelangen, dem Sitze eines gewissen Cedric, des Sachsen." „Auch ich bin dorthin unterwegs. Hätte ich ein Pferd, so wollte ich Euch hingeleiten. Ich kenne den Weg sehr genau, aber er ist nicht leicht begehbar." Der Fremde saß bald darauf im Sattel eines der von den Gefolgsleuten geführten Pferdes und schlug genau den entgegengesetzten Weg ein, den Wamba beschrieben hatte, so daß sie immer tiefer in den Wald eindrangen. Der undurchdringliche Weg führte über Bäche und durch Sümpfe, doch war es dem Gespür ihres Führers zu verdanken, daß er immer den besten Durchgang fand. Endlich brachte sie der Fremde auf einen breiten Weg, von wo aus er ihre Aufmerksamkeit auf ein niedriges, formloses Gebäude lenkte, das am anderen Ende der Straße zu sehen war. „Rotherwood, der Wohnsitz Cedrics, des Sachsen."

2. Kapitel

Nachdem seine Nervosität angesichts der vielen Sümpfe verflogen war, fand der Prior nun Zeit, den Fremden nach seinem Namen zu fragen. „Ein Pilger, der gerade aus dem Heiligen Land zurückgekehrt ist." „Ihr hättet besser daran getan, dort zu bleiben und für das Heilige Grab zu kämpfen", warf der Tempelritter ein. „Natürlich, ehrwürdiger Ritter", sagte der Pilger, der offensichtlich den Umgang mit Tempelrittern gewöhnt war, „aber wer sollte einen armen Bauern dafür tadeln, daß er eine Aufgabe ablehnt, die andere selbst unter Eid nicht erfüllten?"

Die bohrenden Fragen des Ritters wurden von der kühlen Stimme des Priors unterbrochen, der sein Erstaunen darüber ausdrückte, daß der Pilger nach so langer Zeit der Abwesenheit den schwierigen Weg noch finden konnte.

„Ich bin in dieser Gegend geboren", erklärte er ihnen, als sie vor dem langgestreckten Schloß anhielten. Das Gebäude war niedrig, unregelmäßig und umschloß mehrere Höfe. Obwohl es den Reichtum seines Besitzers verriet, glich es in keiner Weise den hohen, mit Türmen versehenen Burgen der normannischen Edelleute. Seine Wehrbefestigungen, in jener Zeit so unentbehrlich, bestanden aus einem Burggraben, der sein Wasser aus einem nahegelegenen Fluß erhielt, und aus jeweils einem gewaltigen Pfahlzaun an seinen beiden Ufern, nur im Westen durch eine Drehbrücke unterbrochen, die unter dem Schutz zweier turmähnlicher Bauten stand, die jeweils einen genügend weiten Winkel freigaben, um Bogenschützen und Steinschleudern von der Flanke her einsetzen zu können.

Gerade als das langerwartete Gewitter ausbrach, blies der Tempelritter vor dem Eingang laut sein Horn, das Gefolge fiel mit seinen Hörnern schmetternd ein. Nach einer Weile öffnete sich die Guckklappe, dunkle Augen durchdrangen suchend das Dunkel, und eine hohl klingende Stimme fragte nach dem Begehr. Danach schloß sich die Klappe wieder, worauf eine geraume Zeit verstrich — doch dann schwangen die beiden Flügel eines niederen, aber mächtigen Tores quietschend und ächzend auf.

Auf den grob geschnitzten Holzbrettern war das Abendessen bereits aufgetragen. Die Halle war breit und langgezogen, mit niedriger Decke. An beiden Enden waren zwei schlecht gebaute Kamine, die nur etwa die Hälfte des Rauches in die dunkle Nacht hinausließen, was zur Folge hatte, daß die Balken mit einer dicken Schicht Ruß überzogen waren. Die Wände schmückten allerlei Kriegs- und Jagdgeräte, und Flügeltüren in jeder Ecke führten hinaus zu den anderen Gebäudeteilen. Der Fußboden war aus Erde und Kalk festgestampft. Etwa ein Viertel der Halle wurde durch eine Stufe etwas erhöht, um wichtigeren Familienmitgliedern und vornehmen Gästen einen gebührenden Platz einzuräumen.

Der mit rotem Tuch bedeckte Tisch hatte die Form eines T, dessen langer Teil für die Dienerschaft bestimmt war. Der höher gelegene Tisch war umstellt von Stühlen, die aus massivem Eichenholz geschnitzt waren. Darüber hing eine Art Baldachin, der die herunterfallenden Wassertropfen auffangen sollte. An den Wänden dieses höher gelegenen Teils der Halle hingen kostbare Vorhänge. Selbst ein Teppich schmückte den Fußboden. Der lange Tisch unterhalb der Halle trug keine Tischdecke und war beiderseits von langen Holzbänken eingerahmt.

Die beiden Plätze am oberen Ende des höherstehenden Tisches waren für den Hausherrn und seine Dame bestimmt.

Ihre Plätze hatten als zusätzlichen Schmuck einen mit Elfenbein eingelegten Fußschemel.

Cedric setzte sich auf einen dieser höhergelegenen Sessel und ließ unverhohlen jene Gereiztheit erkennen, die man von den Herrschaften seiner Zeit gewöhnt war. Sein Gesichtsausdruck war offen und verriet jähes und heftiges Temperament. Er war ein starkknochiger Mann mit langen Armen und breiten Schultern, von mittlerer Statur und schien den Härten des Krieges und der Jagd wohl gewachsen zu sein. Er besaß einen gutgeformten Kopf, offene Züge, regelmäßige Zähne und große blaue Augen: insgesamt stellte er das Bild eines gutmütigen Mannes dar, der aber nicht selten in schreckliche Wut geraten konnte. Seine Lage und die ständige Bedrohung durch fremde Eindringlinge hatten ihn wachsam, stolz und eifersüchtig werden lassen, und er war es gewohnt, schnell, entschlossen und kühn zu handeln.

Obgleich er schon beinahe sechzig Jahre alt war, waren seine gelblichen Haare, die ihm bis auf die Schultern fielen, noch immer nicht grau. Zu einer waldgrünen Tunika, die an Kragen und Ärmeln mit Pelz besetzt war, trug er über einem enganliegenden Hemd aus rotem Tuch eine gleichfarbige Hose, die ihm kaum bis zu den Knien reichte. Seine Schuhbekleidung glich der seiner Leibeigenen, war aber aus besserem Leder geschnitten und mit vergoldeten Schnallen verziert. Armreife und Halsketten waren aus Gold und sein kurzes, zweischneidiges Schwert steckte beinahe senkrecht in seinem reich verzierten Gürtel. Ein kurzer Wildschweinspieß lehnte an seinem Stuhl und diente ihm gelegentlich gleichzeitig als Waffe oder Gehstock.

Mehrere Diener, die verschiedenfarbig gekleidet waren, standen um ihn herum und warteten auf seine Anweisungen. Die übrigen Teilnehmer an dieser Mahlzeit waren große, struppige Schäfer- und Jagdhunde sowie andere mittelgroße, schwerknochige Hunde mit breitem Nacken und langen Ohren. Vielleicht war es das kleine weiße Stöckchen in der Hand ihres Herrn, das die hungrigen Hunde von ihrer Freßlust zurückhielt. Lediglich ein alter Schäferhund hatte das Vorrecht, direkt neben seinem Herrn zu sitzen, um ab und zu seine treue Nase gegen die Hand seines Herrn zu drücken. Aber sogar er wurde heute ärgerlich abgewiesen: „Sitz, Baldur, sitz! Ich bin nicht zum Scherzen aufgelegt." Das war er bestimmt nicht. Die späte Rückkehr Lady Rowenas aus der Abendandacht der etwas weitab gelegenen Kirche — sie war gerade im Begriff, ihre nassen Kleider zu wechseln — und die Abwesenheit von Gurth und Wamba, die mit ihren Schweinen noch immer nicht zurückgekehrt waren, boten Grund genug, seine Gereiztheit zu verstärken. So mancher Wohlstand eines sächsischen Edelmannes war der Schweinezucht zu verdanken, insbesondere in Waldgebieten, wo es Futter im Übermaß gab. Umherstreunende Geächtete und benachbarte Raubritter gaben jedoch immer wieder genug Anlaß zur Sorge, wenn das wertvolle Kapital bis zur Dämmerung noch nicht grunzend zurückgekehrt war. Überdies hatte Cedric seit Mittag nichts mehr gegessen und sehnte sich nach einer Abendmahlzeit, dem Wein und allem, was dazu gehörte — nicht zuletzt auch nach Wamba, der es vorzüglich verstand, eine ausgezeichnete Würze herzustellen. Er schimpfte leise vor sich hin und verschonte dabei auch seine Diener nicht, die ihm immer wieder in silbernen Bechern Wein zur Beruhigung anboten. „Was ist mit Lady Rowena?" knurrte er. „Sie wechselt nur die Kleider", antwortete eine Dienerin mit fester Stimme, die sich ihres Rangs als höherstehende Hofdame wohl bewußt war.

„Und niemand im Lande ist flinker als meine Herrin!" Cedric brummelte vor sich hin. „Hoffentlich trifft ihre Frömmigkeit beim nächsten Mal auf besseres Wetter, wenn sie sich zur St.-Johannes-Kirche begibt ..." Er wandte sich dem Mundschenk zu, der ihm ein lohnenderes Opfer für seine Gereiztheit schien.

„Aber was zum Teufel ist nur mit Gurth geschehen? Sicher nichts Gutes! Und ich hatte solch eine gute Meinung von ihm! Ich wollte ihn sogar zum Waffenträger machen."

„Es ist doch kaum eine Stunde vergangen, seit dem Abendläuten", versuchte ihn der Mundschenk zu besänftigen, was aber für des Sachsen Ohren noch Ärgeres bedeutete. „Der schwarze Teufel hole das Abendläuten und den tyrannischen Bastard, der das erfunden hat", brüllte Cedric, „und auch den Schuft, der es in sächsischer Mundart sächsischen Ohren nahebringt. Abendläuten! Es bedeutet, daß draußen die Lichter erlöschen, drinnen Sicherheit herrscht und freies Feld für Diebe und Räuber entsteht. Ja, das Abendgeläut. Front-de-Bœuf und Malvoisin wissen ebenso genau wie der Bastard selbst oder irgend ein anderer normannischer Freibeuter, Nutzen daraus zu ziehen. So werde ich es dann bald erfahren, daß mein Eigentum nicht mehr mir gehört, mein treuer Gurth ermordet wurde und Wamba — war er nicht mit ihm?"

Der Mundschenk nickte unglücklich. „Es wird immer schöner! Nun muß auch mein sächsischer Narr einem Normannen dienen. Wir sind selbst Narren, daß wir uns denen ergeben und verdienten größere Verachtung als Wamba, der schon als Narr geboren wurde. Na, warten wir mal ab!"

Er sprang auf die Beine und griff nach dem Wildschweinspieß. „Na wartet! Ich nehme dies hier mit zu der großen Beratung und fordere dann den Normannen zu den Waffen heraus. Seinen stählernen Panzer? Ich habe schon anderes durchstoßen, dreimal so stark wie ihre Schilde. Was, ich bin zu alt? Das Blut der Herewards fließt durch die Adern von Cedric ..." Sein Blick wurde weicher. „Ach Wilfred, Wilfred!" sagte er leise, „hättest du deine leidenschaftliche Natur nur gebändigt ... Ich möchte nicht länger die alte Eiche sein, die ihre weitverzweigten Äste alleine dem Sturm entgegenhalten muß ..."

Langsam stellte er den Speer wieder zurück an seinen Platz und setzte sich wieder auf seinen Stuhl. Das Feuer in seinen Augen war erloschen.

Das plötzliche Schmettern der Hörner draußen reizte die Hunde zum rasenden Gebell, bis sie schließlich durch das kleine weiße Stöckchen und die Betriebsamkeit der Diener zur Ordnung gebracht wurden. „Zum Tor!" befahl Cedric, nachdem er sich wieder Gehör verschafft hatte. „Laßt uns die schlechten Nachrichten hören."

Drei Minuten später verkündete der Haushofmeister: „Prior Aymer von Jorvaulx und Ritter Brian de Bois-Guilbert, Mitglied des tapferen und verehrungswürdigen Templerordens, bitten um Unterkunft auf ihrem Weg nach Ashby-de-la-Zouche."

„Sie sind willkommen, weil sie es vorzogen, hier Halt zu machen. Sie wären noch willkommener gewesen, wenn sie weitergeritten wären, doch auch Normannen müssen als Gäste ihre Anmaßungen im Zaum halten. Geh, Hundebert", er wandte sich seinem Haushofmeister zu, „nimm sechs unserer Leute mit und führe sie zu unseren Gästegemächern. Achte darauf, daß es weder ihnen noch ihren Pferden an irgendetwas mangelt. Frische Kleidung, Feuer, Wein, schaffe alles herbei... Und halte den Koch dazu an, den Topf reichlich zu füllen und aufzutragen, sobald die Fremden bereit sind. Teile ihnen mit, daß ich sie selbst begrüßen werde, obwohl ich unter Eid ausgesagt habe, keinem Menschen, der nicht sächsischen Geblüts ist, mehr als drei Schritte entfernt von meinem Baldachin entgegenzugehen. Sorge dafür! Gebt ihnen keinen Grund, auf sächsische Gastfreundschaft zu fluchen." „Prior Aymer", wiederholte er leise und blickte Oswald an, „der Bruder von Giles de Manlever, dem jetzigen Herrn von Middleham?" Oswald nickte. „Sein Bruder bemächtigte sich des Platzes eines anderen, Ufgar von Middleham – aber welcher Normanne tut das nicht! Doch hörte ich, daß der Prior ein umgänglicher Kirchenmann ist, der gutem Essen und der Jagd mehr zugetan ist als Glocken und Gebetbuch." „Nun gut, laßt ihn kommen. Wer war der andere?" „Brian de Bois-Guilbert." „Nun", überlegte Cedric, „ich habe schon von ihm gehört, sowohl Gutes als auch Schlechtes. Ein Mann von außergewöhnlicher Tapferkeit, besessen von falschem Stolz, der weder Gott noch den Teufel fürchtet. Ich hörte dieses von anderen, die aus Palästina heimkehrten. Nun, es ist nur für eine Nacht. Stich das älteste Weinfaß an, Oswald, und schaffe die besten Biere, Schnäpse und Honigweine herbei. Äbte und Tempelritter sind Kenner auf diesem Gebiet. Elgitha! Teile Lady Rowena mit, daß wir sie zum Abendessen nicht erwarten, es sei denn, es wäre ihr besonderer Wunsch." „Sie wird sicher kommen", sagte Elgitha schnippisch, „sie möchte doch immer das neueste aus Palästina hören."

Cedric blickte sie streng an. Aber Rowena und alles, was mit ihr zusammenhing, war vor seinem Zorn sicher. Er sagte nur kurz: „Hüte deine Zunge, Mädchen und sage deiner Herrin, daß sie uns ihre Wünsche mitteilen möge. Wenigstens jetzt sollte ein Abkömmling Alfreds ihren Rang als Prinzessin wahren." Elgitha ging.

„Palästina!" murrte der Sachse. „Diese ewigen Geschichten von unedlen Rittern und heuchlerischen Pilgern! Ich könnte natürlich auch zuhören und meine Ohren aufsperren, wenn sie ihre windigen Erlebnisse für eine einzige Übernachtung noch einmal aufkochen, ich könnte fragen... Aber nein! Mein Sohn ist für mich nichts anderes als einer der Tausenden, die sich schnell ein Kreuz angenäht haben und davoneilten, um Greueltaten und Blutbäder mitanzusehen, um das alles dann als die Erfüllung des Willen Gottes zu schildern." Seine zusammengezogenen Augenbrauen glätteten sich, als die Flügeltüren aufsprangen und der Haushofmeister mit seinem weißen Stab und vier Dienern mit flackernden Fackeln, gefolgt von den Gästen des Abends, eintraten.

Prior Aymer hatte Reichtum gegen Luxus ausgetauscht, als er nun mit kostbaren Stoffen bekleidet, geschmückt mit Gold und Edelsteinen, hereintrat. Seinen Bart hatte er zu der vom Kloster erlaubten Mindestlänge gekürzt, und eine prächtige Kappe verdeckte seine Tonsur. Um einiges weniger aufwendig geschmückt, aber dennoch in feinster Weise ausstaffiert, erschien der Tempelritter, der dennoch den größten Eindruck hinterließ. Sein Panzerhemd und die Kappe hatte er abgelegt; statt dessen trug er eine purpurfarbene Tunika, die mit Pelz besetzt war; darüber hing ein weitschwingender weißer Umhang, an dessen Schulterseite das achteckige Kreuz seines Ordens aus schwarzer Seide zu sehen war. Sein sonnengebräuntes Gesicht umrahmten dichte, kurzgelockte, rabenschwarze Haare. Der majestätische Gang und seine Haltung büßten einiges ein gegenüber der zur Schau getragenen Arroganz, die absolute Autorität gewohnt war. Den beiden Würdenträgern und ihrem Troß folgte der Pilger, der in dem üblichen schwarzen Mantel gehüllt war, den man Sclaveyn nannte. An seinen Füßen trug er grob geriemte Sandalen und auf dem Kopf einen schwarzen Hut mit breitem Rand, der mit Muscheln verziert war und sein Gesicht halb verdeckte. In der Hand hielt er einen langen Eisenstab, an dessen Spitze ein Palmzweig befestigt war. Da er als letzter eintrat, bemerkte er gleich, daß die lange Tafel bereits besetzt war. Er ließ sich in die Nähe der Feuerstelle nieder, um seinen Mantel zu trocknen, während er darauf wartete, daß ihm jemand seinen leergewordenen Platz einräumte oder ihm zu essen anbot.

Cedric erhob sich würdevoll, stieg die Stufen herab und trat drei Schritte nach vorn.

„Ich bitte um Verzeihung, Hochwürden, aber wie Ihr wißt, verbietet mir mein Gelübde, Euch weiter als drei Schritte auf dem Boden meiner Väter entgegenzugehen, selbst wenn es sich dabei um die Begrüßung solch edler Gäste wie Euch und diesen tapferen Ritter des Templerordens handelt. Ich muß Euch weiterhin darum ersuchen, in meiner Muttersprache zu reden, wenn Euere Kenntnisse dies erlauben. Anderenfalls kann ich der normannischen Sprache dennoch genügend folgen, um Euere Ansichten zu verstehen."

„Eide, ehrwürdiger Lehnsmann", sagte der Abt freundlich, „sind die Knoten, die uns an den Himmel binden und dürfen nur gelöst werden, wenn die Mutter Kirche es ausdrücklich verlangt. Was die Sprache betrifft, so freue ich mich, die sächsische Sprache meiner hochverehrten Großmutter Hilda von Middleham sprechen zu können, die in einer Glorie der Heiligkeit starb, um geringes weniger — wenn wir uns zu sagen erlauben dürfen — als ihre ruhmreiche Namensschwester, die heilige Hilda von Whitby. Gott möge ihrer Seele gnädig sein."

Brian war in der Diplomatie nicht sehr geschickt oder aber zeigte sich daran wenig interessiert. „Ich spreche nur Französisch, es ist die Sprache König Richards und die seiner Getreuen, jedoch verstehe ich Englisch gut genug, um mich mit den Einheimischen zu verständigen."

Das Gebot der Gastfreundschaft erlaubte Cedric nur einen kurzen mahnenden Blick, den er umherschweifen ließ, bevor er seinen Gästen ihre Plätze anwies, die zwar niedriger als sein eigener, aber in unmittelbarer Nähe aufgestellt waren. Er gab den Dienern einen Wink, auftragen zu lassen.

Gerade in diesem Augenblick gewahrte er am Eingang Gurth und Wamba. „Schickt mir sofort diese langweiligen Kerle hierher", befahl er. Als sie vor dem Podest standen, fragte er: „Wo habt ihr euch bis jetzt herumgetrieben, Gurth, du Taugenichts! Sind die Schweine im Stall oder habt ihr sie Räubern und Geächteten überlassen?" „Zuhause, wenn es Euch beliebt", sagte Gurth.

„Es beliebt mir keineswegs, zwei Stunden lang auf euch zu warten und grundlose Anschuldigungen gegen meine Nachbarn vorzubringen. Das nächste Mal werdet ihr in Ketten gelegt und kommt in den Kerker!" Aus guter Erfahrung sagte Gurth nichts. Wamba hingegen besann sich auf die Vorrechte seines Berufes und grinste: „In Wirklichkeit, Onkel Cedric, ward Ihr heute abend weder klug noch einsichtig. Ist es gerecht, jemanden für den Fehler eines anderen zu bestrafen?" „Natürlich nicht, Narr." „Also warum tadelt Ihr Gurth für Fangs Verschulden? Wir kamen zurück, sobald Fangs die Schweine zusammengetrieben hatte, und das dauerte bis nach dem Abendläuten." „Dann schaff Fangs fort und nimm dir einen anderen Hund, Gurth." „Mit Euerer Erlaubnis, Onkel, es ist auch nicht allein die Schuld von Fangs, daß er die Schweine nicht so gut zusammentreiben kann. Es ist die Schuld derer, die ihm die Vorderzehen abgehackt haben; er hätte dieser Operation sicherlich nicht zugestimmt, wenn man ihn danach gefragt hätte."

„Und wer hat es gewagt...?" Cedrics Stirn verfinsterte sich.

„Nun, es war der alte Hubert, der Wildaufseher von Philip de Malvoisin. Fangs tollte draußen herum, und er behauptete, er würde das Wild jagen, was gegen das Waldrecht von Sir Philip verstößt."

„Der Teufel hole Malvoisin und seinen Aufseher dazu. Dieser Wald fällt unter den Schutz des freien Waldrechtes ... aber genug davon! Zurück an deinen Platz, Narr, und du, Gurth, schaff' dir einen anderen Hund an und wenn Hubert — meine Güte, ich möchte seinen Bogen flitzen sehen, wenn ich ihm s e i n e Vorderklauen abschneide. Aber — verzeiht, hochgeschätzte Gäste. Ihr seht, meine Nachbarn hier betragen sich nicht besser als Euere Heiden im Heiligen Land, Herr Ritter. Wohlan denn, unser bescheidenes Mahl steht vor Euch. Eßt — und laßt es Euch gut schmecken!"

Das „einfache Mahl" setzte sich aus einer Vielfalt von Gerichten zusammen und bedurfte keiner Entschuldigung. Kaum hatten sie mit dem Essen begonnen, mit Brot und dem Schweinefleisch, das auf verschiedenste Arten zubereitet war, dem Geflügel, Hirsch-, Hasen- und Ziegenbraten, dem Kuchen und den Süßigkeiten, als der Haushofmeister aufsprang und mit seinem Stab auf den Tisch klopfte. „Aufstehen! Platz für Lady Rowena."

Eine Seitentür öffnete sich und Rowena trat ein, gefolgt von vier Hofdamen. Cedric, der nicht allzu sehr beglückt darüber zu sein schien, geleitete sie feierlich zu ihrem Sessel. Alle standen auf, als sie hoheitsvoll vorbeischritt und mit leichter Handbewegung die Anwesenden grüßte. Noch bevor sie Platz genommen hatte, flüsterte der Templer dem Prior zu: „Kein goldenes Halsband für mich. Der Wein gehört Euch." „Ich habe es Euch ja gesagt, aber Achtung, Cedric hat Euch im Auge." Sir Brian jedoch konnte seine Augen von der sächsischen Schönheit nicht wenden. Und sie war wirklich schön; groß mit edler Figur, hellem Teint und den klarsten und ausdrucksvollsten blauen Augen, strahlte ihre Erscheinung Anmut und Intelligenz aus. Sie war von natürlicher Schönheit. Vielleicht war es ihre Selbstsicherheit zusammen mit der gewohnten Ausübung ihrer Hoheitspflichten, die ihr eine Haltung verliehen, die man nur schlicht als „königlich" bezeichnen konnte. Ihre Haare hingen in langen Locken herunter und waren sorgfältig mit Edelsteinen verwirkt, ein Zeichen ihres Vorrechts als freigeborene Jungfrau. Ein kleiner goldener Reliquienschrein hing an einer langen goldenen Kette herab, die sie um den Hals trug. Armreifen schmückten ihre glatten weißen Arme, die entblößt aus einem seegrünen Seidengewand hervorkamen. Darüber trug sie einen langen roten Mantel, aus feiner Wolle gesponnen, der bis auf die Füße herabfiel. Ein Schleier aus Seide, mit Goldfäden durchwirkt, der am Mantel befestigt war, konnte sowohl über die Schultern als auch über Gesicht und Brust gezogen werden, so wie es in Spanien üblich war. Als sie plötzlich die brennenden Blicke des Templers bemerkte, zog sie den Schleier mit einer würdevollen Bewegung über das Gesicht. Cedric hatte diese Geste nicht übersehen. „Herr Tempelritter", sagte er barsch, „die Wangen unserer sächsischen Mädchen sehen zu wenig Sonne, als daß sie längere Zeit die staunenden Blicke eines Kreuzfahrers ertragen könnten." „Wenn ich beleidigend gewirkt habe, so bitte ich Euch, mir zu vergeben, Lady Rowena."

„Die Dame hat uns alle gestraft", sagte der Prior diplomatisch. „Sie hat sich erst jetzt gezeigt. Wir können nur hoffen, daß sie bei dem großen Turnier weniger grausam mit uns verfahren wird."

„Wenn wir überhaupt dorthin fahren. Solche eitlen Spiele sind bis jetzt im freien England unbekannt geblieben." „Hoffentlich können wir Euch eines Besseren belehren. In der Begleitung eines Mannes wie Sir Brian kann Euch nichts passieren." „Ich, mein Schwert und mein Gefolge haben nie Hilfe irgendwelcher Art benötigt. Sollten wir nach Ashby-de-la-Zouche fahren, reisen wir in Begleitung meines Freundes, des edlen Landjunkers Athelstan von Coningsburgh; zusammen werden wir stark genug sein, Vogelfreien und Feudalnachbarn entgegenzutreten. Und nun trinke ich auf Euer Wohl, Prior, und hoffe, daß der Wein nach Euerem Geschmack ist und danke Euch für Euere freundlichen Worte. Oder sollten Euch die klösterlichen Regeln den Wein verbieten und Ihr sauere Milch vorziehen ..." „Aber nein!" lachte der Prior. „Nur in der Abtei! Draußen in der Öffentlichkeit befolgen wir die mores* der Weltlichen. Ich trinke lieber mit Euch den herrlichen Wein und überlasse die schwächeren Liköre meinem Laienbruder." „Und ich trinke Wassail** (angels.) auf das Wohl von Lady Rowena, deren Namensschwester das Wort nach England brachte", sagte der Templer und hob seinen Becher. „Jetzt verstehe ich, weshalb der arme Vortigern Ehre und Königreich auf's Spiel setzte."

„Die einzige Höflichkeit, die ich von Euch erbitte, Herr Ritter, sind Neuigkeiten aus Palästina. Sie stehen unseren englischen Ohren besser an als Euere französischen Komplimente." „Ich habe nicht viel zu berichten, meine Dame, außer von dem Waffenstillstand mit Saladin." Er kam nicht weiter. Wamba saß direkt hinter Cedric auf einem Stuhl, der mit zwei Eselsohren verziert war, und erhielt ebenso wie die Lieblingshunde seine Portionen vom Tranchierbrett des Herrn zugeteilt. Er saß da und hatte die Augen halb geschlossen und beobachtete mit einem beinahe idiotischen Ausdruck alles, was um ihn herum geschah. Nun hatte er seinen Auftritt.

„Diese Waffenstillstände mit den Heiden", unterbrach er den mächtigen Templer, „machen mich sehr alt."

„Wieso, Narr?" fragte Cedric mit leichtem Vorgeschmack auf das Kommende. „Zu meiner Lebzeit hat es schon drei an der Zahl gegeben und jeder hätte fünfzig Jahre dauern sollen, somit bin ich schon einhundertfünfzig Jahre alt."

„Das Alter bringt dich nicht um", sagte der Templer, der ihn erst jetzt durchschaute. „Ich garantiere dir, daß du bestimmt eines gewaltsamen Todes sterben wirst, wenn du nochmals Reisenden den Weg so zeigst, wie du es heute abend mit uns getan hast!"

* Sitten

** Würzbier

„Was?" rief Cedric aus. „Reisenden hat er den falschen Weg gezeigt? Ich werde dich auspeitschen lassen, aber nicht als Narr, sondern als Schurke!" „Verzeiht, Onkel, es war nur der kleine Fehler eines Dummkopfs, der die linke von der rechten Hand nicht zu unterscheiden wußte. Doch ist es eine größere Dummheit, einen Narren als Führer und Berater zu wählen!" Sie wurden von dem Türhüter unterbrochen, der die Ankunft eines Fremden verkündete, der um Herberge bat.

„In solch einer Nacht!" rief Cedric. „Bei solchem Wetter sollte man kein Tier draußen lassen. Oswald, sieh zu, was er braucht." Sein Becherträger eilte beflissen davon.

3. Kapitel

Kurze Zeit darauf kehrte Oswald zurück zu seinem Herrn und meldete, daß ein Jude, ein gewisser Isaac von York, draußen vor dem Tor stand. Sollte er...! „Laß das nur Gurth machen", sagte Wamba, „ein Jude und ein Schweinehirt." „Heilige Mutter Maria!" – der Prior bekreuzigte sich. „Ein Jude in meiner Gegenwart!" „Ein Jude in der Nähe eines Verteidigers des Heiligen Grabes?" brach es aus dem Tempelritter heraus.

„Also!" sagte Wamba trocken, „Tempelritter sind dem Erbe der Juden eher zugetan als ihrer Gesellschaft?"

„Ruhe!" sagte Cedric, „wenn der Himmel die ganze Rasse jahrhundertelang geduldet hat, werde ich einem einzigen wohl für eine Nacht Gastfreundschaft gewähren können. Niemand braucht mit ihm zu sprechen. Er soll sich etwas abseits setzen, es sei denn, Euere turbantragenden Herren würden neben ihm Platz nehmen, Herr Ritter...?"

„Meine Leute sind gute Moslems und verachten die Juden ebenso wie wir." „Aber, aber!" sagte Wamba, „sind denn die Sarazenen gegenüber jenem Volk, das einst vom Himmel auserkoren wurde, so viel bevorzugter zu behandeln?" „Er wird bei Euch sitzen, Wamba, denn Narr und Spitzbube passen gut zusammen!"

„Ja, aber ich habe eine sichere Verteidigung!" Er hielt einen Schinkenknochen in die Höhe, an dem er gerade geknabbert hatte. „Ruhe, Narr, jetzt kommt er!" Der Empfang Isaacs war typisch für jene Zeit. Er schlurfte beinahe unbemerkt hinein. Seinen ständigen Verbeugungen begegnete Cedric mit einem flüchtigen Nicken und der wohlwollenden Geste, am unteren Ende der Tafel Platz zu nehmen. Niemand machte Platz, im Gegenteil, die Dienerschaft versteifte ihre Haltung und aß ungehindert weiter. Die Leute aus dem Gefolge des Abtes bekreuzigten sich voll Entsetzen. Die Barthaare der Sarazener sträubten sich, und die Hände griffen zu dem Messer. Unter einem schmucklosen rostfarbenen Mantel trug er eine purpurfarbene Tunika. Seine Stiefel waren mit Pelz gefüttert, und an seinem Gürtel hing ein kleines Messer und ein Futteral für Schreibutensilien. Aus seinem Gesicht stachen durchdringende Augen hervor, und seine gebogene Nase deutete auf das Zeichen seiner Rasse. Auf seinem Kopf trug er eine hohe gelbe Kappe. Mit seiner hohen Stirn und seinem wehenden grauen Bart hätte man ihn leicht für einen gutaussehenden Mann halten können.

Vielleicht hätte ihm Cedric mehr Entgegenkommen gezeigt, wenn ihn nicht der Abt in ein Gespräch über Jagdhunde gezogen hätte, was wohl weitaus wichtiger war als ein Jude und sein Abendessen. Der Pilger, der bei der Feuerstelle saß, hatte jedoch seine mißliche Lage bemerkt. „Hier, alter Mann", sagte er kurz und stand auf, „meine Kleider sind trocken und mein Bauch voll." Er warf noch mehr Holz auf das Feuer und brachte von der großen Tafel etwas zu essen, bevor er sich wieder umwandte, ohne den Dank des Juden abzuwarten. Nachdem er seine Hände am Feuer aufgewärmt hatte, aß der alte Jude hastig und erleichtert, die lange Fastenzeit beendet zu haben. Cedric und der Abt sprachen gerade ausführlich über die Zweckmäßigkeit des Gebrauchs der französischen Sprache in Bezug auf die Jagd, als der Tempelritter das Gespräch in einem aggressiven und befehlshaberischen Ton unterbrach, der ihm bei solchen Anlässen zu eigen war.

„Französisch", behauptete er, „ist nicht nur die naturgemäße Sprache bei der Jagd, sondern auch die einzig wahre Sprache der Liebe und des Krieges." „Nun haltet ein, Herr Templer!" sagte Cedric. „Füllt nochmals Eueren Becher und erlaubt mir, Euch dreißig Jahre zurück zu dem Schlachtfeld von Northallerton zu führen, zur Schlacht der Fahnen. Könnt Ihr ernsthaft behaupten, daß der Schlachtruf der Sachsen nicht weniger deutlich von den Schotten gehört wurde, als der crie—de—guerre der Normannen? Freunde, trinkt mit mir auf die Tapferen, die dort kämpften. Ach, was waren das Tage des Kampfes, als die Schilde splitterten, das Blut wie Wasser floß und ein Mann den Tod eher vorzog als die Flucht. Ein sächsischer Barde nannte es das Fest der Schwerter, ein Fressen für die Geier — aber unsere Barden haben uns verlassen, unsere Taten sind in denen anderer Völker untergegangen, unsere Sprache, ja selbst unser Name geht dahin, aber nur ein einziger Mann trauert darum. Mundschenk, fülle die Becher! Ich trinke auf die besten Kämpfer, welcher Rasse oder Sprache sie auch angehören, auf die Helden, die ihr Schwert am vortrefflichsten unter allen Kämpfern in Palästina zu führen wußten." „Als Mitglied meines Ordens geziemt es mir nicht, darauf eine Antwort zu geben ..."

„Gab es nicht auch unter König Richard tapfere Ritter, die es verdienten, mit den Rittern des Tempels und der Johanniter in einem Atemzug genannt zu werden?" „Verzeiht, Madame", sagte de Bois-Guilbert. „Der König hatte fürwahr tapfere Ritter unter seinen Mannen, die nur jenen nachstanden ..." Sie standen niemanden nach!" Die Köpfe wandten sich überrascht dem Pilger zu, der nahe genug gesessen hatte, um alles mitanzuhören, und dessen Stimme nun wie eine Peitsche dazwischenfuhr. „Auf keinen Fall standen sie jemandem nach, sage ich! Ich durfte miterleben, wie Richard selbst mit fünfen seiner Ritter nach der Eroberung von St. Jean-de-Acre ein Turnier abhielt. Ich sage Euch, daß an diesem Tag jeder drei

Gänge machte und jeder drei Gegner zu Boden warf. Und ich behaupte weiter, daß sieben dieser Besiegten Tempelritter waren. Und der edle Sir Brian hier weiß nur zu gut, daß ich die Wahrheit sage."

Einen Anfall von Wut befiel das dunkle Antlitz des Ritters, und er war im Begriff — entgegen der herrschenden Gesetze der Gastfreundschaft — sein Schwert zu ziehen. Cedric jedoch, der das Lob seiner Landsleute freudig entgegennahm, übersah die Bewegung.

„Pilger, ich schenke Euch dieses goldene Armband, wenn Ihr mir die Namen dieser fünf Ritter nennt." „Gerne", lächelte der Pilger, „aber ohne Belohnung. Mein Eid untersagt es mir, Gold zu berühren."

„Dann trage ich es für Euch, Freund Pilger", sagte Wamba freundlich.

„Vor allem anderen gilt unser Stolz der Ehre Richards!"

„Ich vergebe ihm!" rief Cedric. „Ich verzeihe ihm seine Abstammung von dem Bastard Herzog Wilhelm." „Dann folgten der Herzog von Leicester und Sir Thomas Malton von Gilsland." „Er ist wenigstens sächsischer Abstammung", rief Cedric frohlockend. „Dann kam Sir Foulk Douilly." „Auch er ist ein Sachse, mütterlicherseits! Und der fünfte?"

„Sir Edward Turneham."

„Beim Geiste von Hengist — ein vollblütiger Sachse! Und der sechste?"

Der Pilger zögerte. „Er war nicht so sehr bekannt. Sein Name ist mir entfallen."

„Dann werde ich ihn nennen", sagte der Tempelritter. „Der Ritter, dessen Lanze mich durch böses Geschick und das Straucheln meines Pferdes zu Boden warf, war Ritter Ivanhoe. Unter den sechs Kämpfern gab es keinen, der es besser verstand, mit der Waffe umzugehen. Wäre er hier, würde ich ihn noch in dieser Woche zum Turnier herausfordern, ihm jeden Waffenvorteil anbieten und über das Ergebnis frohlocken."

„Es ist nicht besonders rühmlich, Drohungen, Prahlereien und Herausforderungen in diesem Saal hier ohne seine Anwesenheit zu verkünden", sagte der Pilger ruhig. „Sollte Ivanhoe je zurückkehren, garantiere ich Euch, daß er sich Euch stellen würde."

„Ha!" schnaubte der Ritter verächtlich, „ein schönes Versprechen, welche Sicherheit gebt Ihr dafür?" „Diesen Reliquienschrein." Der Pilger reichte ihm einen kleinen Kasten aus Elfenbein und bekreuzigte sich. „In ihm ist ein Splitter des echten Kreuzes vom Kloster des Karmelberges."

Nun bekreuzigte sich auch der Abt, und alle stimmten mit ein in das „Vater unser", außer den beiden Mohammedanern, dem Juden und dem Templer, der ungeachtet der Heiligkeit dieses Kästchens eine goldene Kette von seinem Hals riß und sie achtlos auf den Tisch warf.

„Gebt Abt Aymer mein Pfand und das von diesem namenlosen Landstreicher. Sollte Ritter Ivanhoe in England auftauchen, so untersteht er der Herausforderung von Sir Brian de Bois-Guilbert. Sollte er sie aber verweigern, werde ich ihn überall, an jedem europäischen Hof, als Feigling erklären."

„Das wird nicht nötig sein", erwiderte Lady Rowena ruhig. „Wenn meinem Wort irgendeine Sicherheit beizumessen ist, so verspreche ich, daß Ivanhoe jede Herausforderung annehmen wird, die ihm gestellt wird."

Während dieses Wortwechsels verzerrte sich das Gesicht von Cedric in Zorn und zeigte abwechselnd Stolz, Empörung und Verwirrung. Seine Leute, offensichtlich höchst gespannt bei dem Namen Ivanhoe, beobachteten ihn mit großer Erwartung.

„Lady Rowena", sagte er entschlossen, „das ist nicht von Nöten. In dem Maße beleidigt, wie ich es bin, setze ich meine eigene Ehre für Ivanhoe ein. Nun, die Kampfansage stimmt doch völlig überein mit den großartigen Vorstellungen normannischen Rittertums, stimmt es nicht, Herr Abt?"

„Jawohl! Und die Pfänder bleiben in meinem Kloster, bis die Sache entschieden ist." Mit tiefer Verbeugung gab er den Reliquienschrein Bruder Ambrosius, seinem Mönch, der ihm zur Seite stand, und steckte selbst die Kette in die Tasche.

„Und nun, Sir Cedric, läuten die Vesperglocken Eueres ausgezeichneten Weines in meinen Ohren. Laßt mich nochmals auf das Wohl von Lady Rowena anstoßen und erlaubt mir, mich anschließend zur Nachtruhe zurückzuziehen."

„Was?" rief Cedric, „Ihr tragt nicht viel bei zu Euerem guten Ruf, Herr Prior. Ich hörte, daß Ihr die Frühglocken läuten hört, bevor Ihr den Krug verlaßt und befürchtete schon, daß Ihr mich alten Mann unter den Tisch trinken würdet. Zu meiner Zeit hätte selbst ein sächsischer Bursche von zwölf Jahren den Kelch nicht so schnell aus der Hand gegeben!"

Doch der Prior hatte seine Gründe. Aus Erfahrung wußte er nur allzu gut von der drohenden Gefahr, die sich zwischen seinem Gastgeber und dem Reisegefährten zu einer Katastrophe entwickeln konnte. Er wies nachsichtig auf die Ungeübtheit derer hin, die — was die Trinkfestigkeit betreffe — es mit einem zähen, widerstandsfähigen Sachsen schwerlich aufnehmen könnten, und er wiederholte seine Bitte. Der Kelch wurde herumgereicht. Alle verneigten sich tief vor Lady Rowena und dann verließ die Familie den Saal. Für kurze Zeit mischten sich nun die Gäste unter die Diener.

„Ungläubiger Hund!" sagte der Tempelritter zum alten Isaac, als er beim Hinausgehen an ihm vorbeikam. „Willst du auch zum Turnier?"

„Es war meine Absicht", sagte der Jude demütig. „Ja, um das Geld unserer Leute mit Wucher herauszugaunern. Ich wette, daß in deinem Geldbeutel ein recht hübsches Sümmchen zu finden ist!"

„Beim Gott Abrahams, nicht das geringste! Ich bin auf dem Weg zu meiner Verwandtschaft, Hilfe zu erbitten, da mir der Schatzmeister der Juden eine Strafe auferlegt hat.

Ich bin ein armer Mann, selbst meine Kleider sind mir von Reuben von Tadcaster geliehen worden."

„Lügner", entgegnete der Ritter und ging weiter zu seinen Mohammedanern, um ihnen kurz in fremder Sprache etwas mitzuteilen. Der arme Jude blieb mit gesenktem Kopf stehen. Dann geleitete der Kämmerer den Prior und den Ritter zu ihren Schlafgemächern, jeder von zwei Fackelträgern und zwei Dienern begleitet. Die übrigen Anwesenden wurden mit weniger großem Aufwand zu ihren Schlafplätzen verwiesen. Als der Pilger zu seinem Bett hingeführt wurde, flüsterte ihm der Mundschenk ins Ohr, daß er noch gerne etwas Wein bekommen könnte, wenn er der Dienerschaft die letzten Neuigkeiten aus Palästina mitteilen würde, besonders etwas über Ivanhoe. Der Pilger lehnte mit einem Lächeln ab und erklärte ihm, daß sein religiöses Gelübde ihm abverlange, niemals etwas in der Küche auszuplaudern, was im Saal nicht erlaubt wäre.

„Für einen Diener wäre das ein schweres Gelübde", bemerkte Wamba.

Der Mundschenk schien beleidigt. „Wenn Ihr Christen gegenüber so unhöflich seid", sagte er kurz, „könnt Ihr in dem Stall neben dem Juden übernachten. Anwold! Führe ihn zur Südzelle. Gute Nacht, Pilger, und geringen Dank für geringes Entgegenkommen!"

„Gute Nacht und der Segen unserer lieben Frau mit Euch", sagte der Pilger würdevoll.

Nachdem sie eine kurze Strecke gegangen waren, trafen sie eine Kammerfrau von Lady Rowena. Sie nahm Anwold die Fackel aus der Hand und bat ihn, zu warten. Dem Pilger teilte sie mit, daß ihre Herrin ihn zu sprechen wünsche! Er nahm die Einladung widerspruchslos an.

Die reiche Ausstattung des Gemaches von Rowena, die feine Verarbeitung ihrer Bettücher, der Stühle, der vier Kandelaber, des elfenbeinernen Fußschemels, all das verriet die Ehrerbietung, die Cedric ihr zuteil werden ließ.

Nichtsdestoweniger war es ein echt sächsischer Raum; aus hundert Spalten und Ritzen zog der Wind herein, blies durch die Wandbekleidung und ließ die Fackelleuchten wild aufflackern.

Der Pilger beugte sein Knie tief vor Rowena, deren Haar schon für die Nacht von drei Dienerinnen hergerichtet war. Sie saß mit natürlicher Erhabenheit auf einem erhöhten Sessel.

„Erhebt Euch, Pilger", sagte sie warmherzig. „Der Verteidiger des Abwesenden verdient Ehre." Sie wandte sich ihren Dienerinnen zu: „laßt uns alleine, außer Elgitha, ich möchte mit dem heiligen Pilger reden." Die Mädchen zogen sich zurück in einen entfernten Winkel, wo sie nichts mehr hören konnten. Einen kurzen Augenblick schien Rowena etwas verwirrt. „Pilger", sagte sie zögernd, „Ihr nanntet vorhin in der Halle den Namen von Ivanhoe; nur ich wage Euch zu fragen, wo und in welcher Verfassung Ihr ihn zum letzten Mal saht. Wir hörten nur, daß er wegen seiner angegriffenen Gesundheit zurückbleiben mußte, als die englischen Truppen abzogen. Die Franzosen, denen die Tempelritter freundlich gesonnen sind, sollen ihn nicht gut behandelt haben!"

„Ich weiß wenig, meine Dame, ich wünschte, ich würde ihn besser kennen, jetzt, wo Ihr so sehr an ihm interessiert seid. Ich weiß nur, daß er überlebte und im Begriff ist, heimzukehren. Die Möglichkeit, hier Glück zu finden, könnt Ihr besser beurteilen als ich."

Lady Rowena seufzte tief und fragte ihn, wann er wohl zurückerwartet werden könne und welchen Gefahren er unterwegs begegnen könnte. Auf die erste Frage konnte der Pilger keine Antwort geben, jedoch versicherte er, daß seine Reise mit Hilfe seiner ausgezeichneten Französischkenntnisse wenig Gefahren mit sich bringen würde.

„Wollte Gott, er wäre sicher hier", sagte Rowena. „Wenn Athlestan von Coningsburgh den Preis gewinnt, wird er schlechte Nachricht bei seiner Rückkehr nach England hören. Wie sah er aus, Pilger? Hat die Krankheit ihm sehr zugesetzt?"

„Dunkler und schmaler, Lady, mit Sorgen auf seiner Stirn."

„Dann wird er in England nicht viel finden, damit sich seine Stimmung ändert. Ach, Pilger, ich danke Euch, daß Ihr mir die Nachrichten von meinem Spielkameraden aus der Kinderzeit überbracht habt. Ihr Mädchen, bringt den Nachttrunk für diesen heiligen Mann. Ich möchte ihn nicht länger seines Schlafes berauben." Rowena nippte kurz an dem gewürzten Wein und der Pilger nahm auch nur einen winzigen Schluck.

„Nehmt diese Kleinigkeit", sagte Rowena, „als Anerkennung

Euerer schweren Pilgerreise und der Schreine, die Ihr besucht habt." Sie reichte ihm eine goldene Münze, die der Pilger mit einer tiefen Verbeugung entgegennahm, bevor er den Raum verließ. Anwold führte ihn zu dem ärmlichen Teil des weitverzweigten Gebäudes, wo elende Unterkünfte für Diener und Gäste niedrigsten Ranges zur Verfügung standen.

„Wo schläft der Jude?" fragte der Pilger.

„Der ungläubige Hund schläft in der Hundehütte unmittelbar neben Euerer Heiligkeit", sagte Anwold. „Beim heiligen Dunstan, welche Säuberung wird nötig sein, damit ein Christ hier wieder hausen kann!"

„Und Gurth, der Schweinehirt?"

„Er schläft auf der anderen Seite Euerer Zelle."

Der Pilger lächelte und betrat die erbärmliche Unterkunft. Er nahm die Fackel, sagte Anwold gute Nacht und schloß die Türe. Er löschte die Fackel aus, legte sich auf sein hartes Bett und schlief bis zum Erwachen der ersten Sonnenstrahlen, die durch das vergitterte Fenster eindrangen. Dann erhob er sich, sprach sein Morgengebet und schlich auf Zehenspitzen zu der Zelle des Juden hinüber.

Isaac von York schlief sehr unruhig, seine Hände ergriffen krampfhaft seine Kleider, die er neben sich gelegt hatte. Er murmelte einige Worte in Hebräisch, und in der gemischten normannisch-englischen Sprache. Der Pilger hörte ihn deutlich sagen: „Aus Liebe zu Gott Abrahams! Denkt an mein Alter! Ich bin ohne Geld ... Auch wenn Ihr mich zerreißt, ich kann Euch nicht dienen! ..."

Der Pilger rüttelte ihn mit seinem Stock wach. Der alte Jude fuhr erschreckt auf und in seinen weitgeöffneten, schwarzen Augen stand blankes Entsetzen.

„Schon gut, Isaac", sagte der Pilger, „ich komme als Freund."

„Gott sei Dank", keuchte der Jude, „aber was wollt Ihr so früh am Morgen von einem alten Juden?" „Um Euch zu sagen, daß Ihr so schnell wie möglich von hier fort müßt. Ihr seid in großer Gefahr!"

„Ich?" fragte Isaac mit weitaufgerissenen Augen. „Wer ...?"

„Gestern abend", erklärte der Pilger, „sprach der Templer beim Hinausgehen mit den beiden Sarazenen in ihrer Sprache, die ich sehr gut verstehe. Sie verabredeten sich, Euch unterwegs aufzugreifen und entweder zum Schloß von Malvoisin oder zu Front-de-Bœuf zu bringen."

Der alte Mann schien sichtlich zusammenzusinken und schauderte bei dem Gedanken daran, was man mit ihm vorhatte. „Oh Gott Abrahams! Oh Vater Moses — oh Aaron! Der Traum — er ist wahr geworden! Ich spüre schon die Pein der Kinder Ammons und der Männer von Rabbah ..."

„Steht auf und hört mich an", sagte der Pilger in einer Mischung von Mitleid und Verachtung. „Ihr habt gute Gründe und eine Menge Erlebnisse, die Euch diese Angst verursachen. Ich kann Euch aber hier herausbringen und Euch durch den Wald führen, bevor diese Herren erwachen. Ich werde Euch dann erst verlassen, wenn Ihr in sicheren Händen eines Barons oder Grafen seid, bei dem Ihr Möglichkeiten des Schutzes finden könnt."

In Isaacs Augen erglomm ein Funken Hoffnung; dann schaute er wieder betrübt nach unten.

„Ach, wie kann ich armer Jude Zugang zu der Gunst eines Christen finden? Wie kann ich in meiner Armut, die der von Lazarus gleicht, die notwendige ... Und Ihr, junger Mann!" Ein listiger Ausdruck erschien in seinen dunklen Augen. „Würdet Ihr mich nicht verraten? Ich flehe Euch an, im Namen des Gottes, der Juden und Nichtjuden, Israeliten und Ismaeliten erschaffen hat — ich könnte nicht einmal die Gunst eines christlichen Bettlers erhoffen, wenn er nur das kleinste Geldstück erbittet." Die flehende Hand faßte nach dem Mantel des Pilgers, der, etwas unangenehm berührt, zurückwich.

„Und wenn Ihr Krösus persönlich wäret, ich finde keinen Grund, Euch etwas anzutun. Ich habe ein Gelübde der Armut abgelegt und darf meine gegenwärtige Kleidung nur gegen Pferd und Waffen austauschen. Ich lege keinen besonderen Wert auf Euere Gesellschaft. Bleibt hier, wenn Ihr wollt! Vielleicht kann Euch Cedric Schutz gewähren."

„Was! Weder Normanne noch Sachse würde mich mit seinem Gefolge reisen lassen. Und dann der Weg durch die Gebiete Front-de-Bœufs und Malvoisins! Ja, ja, ich komme mit. Auf! Beeilen wir uns – hier ist Euer Stab, laßt uns von hier fortgehen! Rasch! Eile ist geboten!" „Zuerst muß ich die Flucht vorbereiten. Kommt mit mir." Er führte den Juden zu Gurth's Zelle und weckte ihn schnell. „Auf! Gurth, steh auf und öffne mir die Hintertür. Laß den Juden und mich hinaus!" Gurth, der als Hirte die Aufsicht über das wichtigste Kapital dieses Besitztums hatte, fühlte sich beleidigt von dem herrschenden Ton und warf dem Pilger einen schrägen Blick zu.

„Was?" fragte er, „ich soll einen Juden und einen Pilger hinauslassen. Feine Gesellschaft!" „So", sagte Wamba, der plötzlich an der Türe erschien, „genausogut könnte ich ihn mit einem Stück gestohlenen Schinken abhauen lassen."

„Wie dem auch sei", sagte Gurth und legte sich zurück in sein Stroh, „keiner geht zu dieser Stunde! Niemand!"

„Niemand?" lächelte der Pilger und beugte sich hinab, um Gurth etwas ins Ohr zu flüstern. Der Schweinehirt sprang wie der Blitz auf die Beine, doch der Pilger hob warnend den Finger.

„Vorsicht, Gurth! Nun öffne die Hintertüre. Später wirst du mehr erfahren." Zur großen Überraschung der anderen gehorchte Gurth auf's Wort.

„Mein Maultier", sagte der Jude, sobald sie draußen waren, „was ist mit meinem Maultier?"

„Hol es!" sagte der Pilger kurz, „und bring mir auch eines mit. Ich werde es in Ashby zurückgeben." „Natürlich! Sofort!" sagte Gurth und beeilte sich, so schnell er konnte.

„Was lernt Ihr eigentlich im Heiligen Land, Ihr Pilger?" wollte Wamba wissen. „Wenn Ihr einem von Gurth's Schweinen etwas vom Fasten, Nachtwachen und Pilgerfahrten erzähltet, würde ich von dem Tier eine weniger rüde Antwort erhalten, als sie Gurth zu geben gewohnt ist." „Demut und Gebet. Nun sei ruhig, du bist schließlich nur ein sächsischer Narr, denke daran." „Es ist wahr genug. Wenn ich als Normanne geboren wäre, und ich vermute, Ihr seid einer, dann wäre ich vielleicht ein halbwegs weiser Mann geworden."

In diesem Augenblick erschien Gurth auf der anderen Seite des Burggrabens und führte zwei Maulesel herbei. Die drei eilten über zwei enge Bretter auf die andere Seite und stiegen am Waldrand auf die Sättel. Zuerst noch befestigte Isaac einen blauen Sack hinter seinem Sattel – „ein Kleiderwechsel, nur ein Kleiderwechsel" – und dann rückte er auf seinem Sitz die Gewänder zurecht, daß man ihn nicht mehr sehen konnte.

Der Pilger bestieg gemächlich sein Maultier und reichte Gurth die Hand, der sie bewegt küßte. Als sie davonritten, drehte sich Wamba zu Gurth um, der ihnen noch immer nachstarrte.

„Ja, mein Freund", sagte er leicht, „sind wir nicht ungewöhnlich fromm, zu früher Stunde an diesem Sommermorgen?"

„Hm, du sprichst nur zum Schein so, Wamba. Auch die klügsten Männer müssen so handeln. So, nun wird es Zeit, nach meinen Schweinen zu sehen."

4. Kapitel

Die Reisenden ritten mit einer Geschwindigkeit von dannen, die für einen hochbetagten Juden ungewohnt war. Sie durchquerten unwegsames Gelände, das abseits vom direkten Weg lag, und Isaac quälte sich mit schwerwiegenden Gedanken über den geplanten Hinterhalt. Er suchte nach einer Erklärung. Abgesehen von den fliegenden Fischen, wurde keine Rasse in der damaligen Zeit stärker verfolgt. Die fadenscheinigsten Gründe wurden herbeigezogen, um Besitz und Ansehen der Juden zu schmälern. Normannen, Sachsen, Dänen und Briten rotteten sich zusammen, ungeachtet ihrer eigenen internen Angelegenheiten, die Juden mit Hilfe der „göttlichen Autorität" zu verfolgen. Paradoxerweise gelang es den Juden, weiterhin Geld und Vermögen anzusammeln und in einem Land wie England zu überleben, das ungeahnte Reichtümer besaß. Sie wurden wachsamer und mißtrauischer und verstanden es bald gut, sich den herrschenden Gesetzen anzupassen.

Nach einem langen, schweren Ritt unterbrach der Pilger die Stille. „Diese Eiche ist die Grenzmarkierung für die Hoheitsgewalt von Front-de-Bœuf. Die Ländereien von Malvoisin liegen schon weit zurück. Nun haben wir keine Verfolgung mehr zu befürchten." „Mögen ihre zweirädrigen Kampfwagen auseinanderfallen wie die von König Pharaon! Laßt mich nicht im Stich, junger Mann. Noch sind wir nicht sicher vor dem Templer und seinen Sarazenen." „Was könnte ein armer Pilger schon gegen sie ausrichten? Wir sollten uns hier lieber trennen, denn es wäre nicht gut für uns beide, wenn man uns zusammen sieht." „Ach, junger Freund, ich weiß, daß Ihr mich verteidigen könnt, aber das ist wohl eine Sache der Belohnung ..."

„Ich erinnere Euch an mein Gelübde der Armut; vielleicht würde es nicht als Verbrechen ausgelegt, einen Juden gegen einen Sarazener zu verteidigen. Wir sind nicht weit entfernt von Sheffield, wo Ihr sicher Freunde habt."

„Der Segen Jakobs komme über Euch! In Sheffield wohnt ein Verwandter von mir, mit Namen Zareth. Er kann mir helfen."

„Also brechen wir auf nach Sheffield. In einer halben Stunde werden wir dort sein."

Das seltsame Gespann setzte seinen Weg in stillschweigendem Einverständnis fort, bis die Stadt vor ihnen lag.

„Und nun empfangt meinen Dank. Wäre nicht Euer Armutsgelübde – mein Freund Zareth würde Euch für Euere Anstrengungen reich belohnen."

„Es genügt schon, wenn Ihr dafür einen Christen, der Euer Schuldner ist, als Dank dafür laufen laßt, was ich für Euch getan habe."

„Nein, wartet", sagte der Jude mit eindringlicher Stimme. „Gott weiß, daß ich arm bin, aber vielleicht kann ich Euch

das erfüllen, was Ihr am meisten begehrt." „Auch wenn Ihr meinen Wunsch erraten könntet, wäre es Euch unmöglich, mir zu helfen, selbst wenn Ihr so reich wäret, als Ihr vorgebt, arm zu sein." „Oh, ich schwöre Euch ... Rauhe Hände haben mir mein Geld, mein Besitztum und meine Schiffe entrissen. Aber das eine weiß ich: was Ihr am dringendsten braucht, ist ein Pferd und eine Ausrüstung!"

Der Pilger erschrak und starrte den Juden einen Augenblick durchdringend an. „Aber mein Versprechen, meine Kleidung ..."

„Oh ja, ich kenne die Christen. Die Edelsten greifen zu Pilgerstab und Sandalen, um barfuß zu den Grabstätten toter Männer zu pilgern ..."

„Hüte dich vor Gotteslästerung, Jude!" Des Pilgers Stimme klang eisig.

„Ich bitte tausendmal um Vergebung. Ich habe meine eigenen Schlußfolgerungen aus Eueren Gesprächen letzte Nacht gezogen, insbesondere als ich Euere Ritterketten und goldenen Sporen erblickte, die unter Euerem Gewand hervorschauten, als Ihr Euch heute morgen über mich beugtet." Der Pilger lächelte zurück. „Und was würden wir nicht alles finden, wenn wir gründlich genug unter Euere Sachen blickten, Isaac."

„Genug damit!" sagte der Jude hastig und beschäftigte sich mit seinen Schreibgeräten. Schließlich reichte er dem Pilger eine Schriftrolle, auf der etwas in hebräischer Schrift geschrieben stand.

„Jeder kennt den reichen Juden Kirjath Jairam in Leicester. Er bietet Pferde und Ausrüstung zum Verkauf an, die einem gekrönten Haupt anstehen würden. Dort findet Ihr alles notwendige für das bevorstehende Turnier. Anschließend könnt Ihr ihm alles zurückgeben, es sei denn, Ihr seid in der Lage, sie zu kaufen."

„Aber Isaac, nach den herrschenden Regeln muß ich Pferd und Waffen dem Sieger überlassen, wenn ich verlieren sollte. Was mache ich dann?" Einen Augenblick schaute der Jude ratlos, dann schüttelte er den Kopf: „Nein, nein, nein! Ich spüre es! Unser Vater wird mit Euch sein, und Euere Lanze wird wie der Stab Moses sein."

„Nein, Isaac, Ihr kennt nicht das Risiko. Das Pferd könnte getötet werden, die Waffen könnten zerbrechen – bei einem Kampf achte ich nicht darauf!"

„Darüber mache ich mir keine Sorgen", sagte der Jude, „wenn ein Schaden entstehen sollte, Zinsen zu zahlen sind – oder anderes mehr, wird es Euch nichts kosten. Kirjath Jairam wird das für mich erledigen. Lebt wohl! – Noch etwas, junger Freund, paßt auf Euch auf beim Kampf! Achtet nicht auf Pferd und Rüstung, sondern auf Euer Leben."

„Vielen Dank für den gutgemeinten Rat", sagte der Pilger und lächelte noch einmal. „Ich werde Euere Großzügigkeit dankend annehmen und den Tag für schlecht erachten, wenn ich Euer Vertrauen nicht rechtfertigen kann." Sie trennten sich und ritten, jeder auf seinem eigenen Weg, nach Sheffield.

In jener Zeit war England in einer äußerst schwierigen Lage. König Richard war in Gefangenschaft beim Herzog von Österreich. Der jüngere Bruder Richards, Prinz John, ermunterte den Herzog, Richard so lange wie möglich dort zu behalten. In der Zwischenzeit wollte er ein Gefolge sammeln, um Arthur von Britannien, den Sohn von Johns ältestem Bruder Geoffrey Plantagenet dabei zu unterstützen, den Thron im Falle von Richards Tod widerrechtlich an sich zu bringen. Bei dem letzten versprach er sich Erfolg. John war ein unangenehmer Mensch, der ebenso unangenehme Leute um sich sammelte und in seines Bruders Abwesenheit die Untertanen unfreundlich behandelte. Das Volk war verwirrt, denn niemand wußte, wie lange der König gefangen bleiben sollte.

Darüber hinaus verursachten die strengen Gesetze von John, nicht zuletzt die Rechte des Waldes, daß sich Banden von Geächteten zusammenrotteten, die sich gegen jeden erhoben. Die Raubritter, die sich in ihren Bereichen als Götter aufspielten, machten dieses Land ohne Herrscher so gesetzlos, wie es die Geächteten selbst waren. Um ihren Rang aufrechtzuerhalten, borgten sich die Edelleute riesige Beträge von den

Juden, und die hohen Zinsen zehrten allmählich an den Besitztümern. Die einzige Lösung, von den Schulden loszukommen, war Gewalt. Zu dem Elend, das dort herrschte, kam die Pest nach England und brachte dem ausgezehrten Volk, das durch armselige Ernährung gerade der unteren Klassen entsetzlich darben mußte, ungeheueres Leid.

Ein Lichtblick bei allem Unglück war nach wie vor das Turnier. Bei all dem Farbenspiel und kunstvollen Darbietungen konnte man alles übrige vergessen. Und dieses hier in Ashby-de-la-Zouche in Leicestershire versprach besonders prächtig zu werden, dank der Anwesenheit von Prinz John selbst. Aus allen Himmelsrichtungen kamen die Leute angereist.

Den Schauplatz bildete eine Wiese mit glattem, grünen Rasen, der auf der einen Seite von einem dichten Wald und auf der anderen Seite von einem Hain mit riesigen Eichenbäumen eingeschlossen war. Das Gelände neigte sich sanft zur Mitte hin und bildete somit ein naturgegebenes Amphitheater, das ungefähr eine viertel Meile lang war und mit starken Palisaden eingefaßt war. An beiden Enden standen Trompeter, Herolde und Soldaten, die den Einzug der Ritter überprüften. In der Nähe dieser Tore, auf einem kleinen Hügel, standen die Zelte der kämpfenden Ritter, die alle schwarze und rostfarbene Wimpel trugen. An jedem Eingang bewachte ein Schildknappe den jeweiligen Schild des Ritters. Obgleich Sir Brian-de-Bois-Guilbert neu hinzugekommen war, verbreitete sich sein großer Ruf als hervorragender Kämpfer schnell in allen Zelten. Sein Zelt stand in der Mitte und um ihn herum gruppierten sich die anderen Zelte von Front-de-Bœuf und Malvoisin, Hugh de Grantmesnil und Sir Ralph de Vipont.

Auf der gegenüberliegenden Seite waren Zelte aufgestellt, die den Rittern zur Verfügung standen, die die Herausforderungen annahmen. Weiter hinten konnte man in kleineren Zelten Erfrischungen erhalten und Waffen- und Hufschmiede antreffen.

An der Stelle, wo die Ritter aufeinander treffen, war seitlich ein Pavillon aufgebaut, dessen königliche Wappen am bunt geschmückten Baldachin verrieten, daß es sich um den Pavillon von Prinz John handelte.

Auf der gegenüberliegenden Seite stand ein farbenfroher, wenn auch nicht ganz so reich ausgeschmückter Pavillon, der für die schönsten Damen bestimmt war. Hier sollte später die „Königin der Schönheit" gewählt werden.

Die Leute stürzten in dichtem Gedränge in die Arena hinein und hielten Soldaten, Herolde und die beiden berittenen und gepanzerten Marschälle, William de Wyvil und Stephen de Martival, immer in Trab. Allmählich füllten sich die Ränge. Erstaunlich war jedoch die Anzahl der Damen, die bei diesem blutigen Schauspiel zugegen waren. Das Gedränge wurde immer heftiger.

„Ungläubiger Hund", rief wütend ein alter Mann, dessen abgetragene Tunika seine Armut verriet und Degen, Schwert und Goldkette seinen Anspruch. „Du wagst es, einen christlichen, normannischen Herrn aus dem Hause Montdidier zu stoßen? Welpe einer Wolfshündin!"

Diese Beleidigungen galten niemand anderem als unserem Freund Isaac von York, der gerade bemüht war, in der vorderen Reihe für seine Tochter Rebecca einen Platz zu schaffen, die er in Ashby getroffen hatte und die nun mit besorgter Miene zu ihm aufschaute.

Isaacs Furchtsamkeit war gewichen, jetzt, wo er sich in ausreichender Sicherheit unter dem Schutz des Gesetzes wiegte. Sollte etwas schief gehen, gab es in seiner Umgebung genügend Edelleute, die von ihm oder seinen Verwandten gern Geld annehmen würden. Von ihnen konnte er Sicherheit erhoffen. Gerade zu dieser Zeit war Prinz John selbst in einer mißlichen Lage und besann sich gerne der Juden von York. Seine Bedürfnisse waren riesengroß und unersättlich und der Schutz, den er gewährte, verhielt sich in dem Verhältnis zu dem, wie seine Interessen befriedigt wurden.

In diesem Augenblick verkündeten Fanfaren die Ankunft von Prinz John an der Spitze eines buntgemischten Zuges von

Laien und Klerikern. Niemand aber konnte an Pracht das kostbare Gewand des Abtes von Jorvaulx überbieten, der in höchstem Maße das herzeigte, was einem kirchlichen Würdenträger erlaubt war. Seine rundlich und nach oben geformten Schuhspitzen machten den Gebrauch von Steigbügeln überflüssig. Es bereitete ihm offensichtlich Freude, sich auf diese Weise den Damen zu zeigen — war es nicht ein Beweis für die Geschicklichkeit des Reiters. In seiner Begleitung ritt eine Menge Söldner, Raubritter und anrüchige Hofschmarotzer. Es folgten Tempelritter und Ritter des Johanniterordens, die bekannt dafür waren, daß sie König Richard feindlich gesonnen waren und Philip von Frankreich in den Auseinandersetzungen in Palästina heftig unterstützten. Diese Streitigkeiten hinderten Richard daran, Jerusalem zu erobern und zwangen ihn zu einem fadenscheinigen Waffenstillstand mit Saladin. Selbstverständlich standen die Angehörigen dieser Orden auf der Seite von Prinz John, der die sächsischen Herrscherfamilien nicht alleine schon wegen ihrer Treue zu Richard haßte.

Nun ritt John — mit seinen Begleitern scherzend — in die Arena und ließ seine königlichen Augen wohlgefällig über die Reihe der anwesenden Schönheiten gleiten. Obwohl seine Gesichtszüge von Unentschlossenheit, Hochmut und Ausschweifungen gekennzeichnet waren, entdeckte man doch eine gewisse Ausstrahlung und Offenheit dahinter. Doch dieser Eindruck täuschte. In Wirklichkeit war er kleinlich, nachtragend und selbstherrlich.

Bei seinem fröhlichen Rundritt um die Schranken entdeckten seine scharfen Augen den Juden und seine schöne Tochter Rebecca. Selbst ein Kenner wie John mußte die auffallende Schönheit Rebeccas eingestehen. Sie hatte eine stolze, aufrechte Haltung, ihr Gesicht und ihre Figur waren makellos, und sie trug ein wunderschönes reichbesticktes Kleid ihrer orientalischen Heimat. Einen Augenblick lang begegnete John ihren strahlend schwarzen Augen. Oben auf den Rängen der Vornehmen mochten die edlen Damen ihren Unmut bekunden, aber ihr brennender Neid blieb so wirklich wie die alles übertreffende Schönheit Rebeccas.

„Beim kahlen Schädel Abrahams", lachte John, „ausgerechnet sie bringt es fertig, daß sich ihr der Kopf des weisesten Königs aller Zeiten zuwendet. Und beim Tempel desselben weisen Königs, dessen noch weiserer Bruder ihn nicht zu erobern vermochte, gleicht sie nicht wahrhaft der Rose von Sharon und der Lilie des Tales? Was sagt Ihr, Prior Aymer?"

„Natürlich! Aber immerhin Jüdin", murmelte der Kirchenmann. „Ah", sagte der Prinz, „da ist ja auch mein Prinz mit den geheimen Pfründen! Beim heiligen Markus, er soll mit seiner Prinzessin auf der Galerie Platz nehmen. Weib oder Tochter, Isaac?" „Meine Tochter Rebecca, wenn es Euerer Hoheit beliebt", sagte Isaac mit einer tiefen Verbeugung. „Wohlan denn, ihre Schönheit verdient einen besseren Platz. Wer sitzt da oben? Was?? Sächsische Schurken, die dort herumlungern? Rückt dichter zusammen und macht Platz für den Wucherprinzen und seine Tochter!"

„Die sächsischen Schurken" gehörten zu der Familie von Cedric und seinem Freund und Gefolgsmann Athelstan von Coningsburgh. Er genoß als der letzte Abkömmling Alfreds ein besonders hohes Ansehen. In seiner Ehre zutiefst gekränkt, konnte Athelstan in diesem Augenblick nichts anderes empfinden als abgrundtiefe Abneigung gegenüber John. Er starrte aus großen, grauen Augen wortlos an ihm vorbei, ohne sich einen Millimeter zu rühren.

„Ach so!" rief Prinz John wütend, „entweder schläft das sächsische Schwein oder er will uns nicht hören. Bringt etwas Bewegung in ihn, am besten mit der Lanze, de Bracy", sagte er zu einem Söldnerführer. Ohne Zögern hob dieser seine Lanze und hätte die bewegungslose Gestalt mit Sicherheit getroffen, wenn nicht Cedric mit einer einzigen Bewegung das Schwert gezogen und die Lanzenspitze mit einem Hieb durchschnitten hätte. John wurde glutrot vor Wut, und bevor er entsprechende Schritte unternehmen konnte, bemerkte er den Beifall der Menge. John gewahrte einen in grün gekleideten Waldmann, der besonders laut jubelte und herrschte ihn an,

ihm sein Benehmen zu erklären.

„Ich zolle einem guten Hieb oder Bogenschuß immer Beifall", sagte er ruhig.

„Und versteht Ihr es selbst auch, das Ziel zu treffen?"

„Eines Jägers Ziel bei eines Jägers Entfernung", erwiderte der andere ohne Erregung.

„Auf jetzt! Sachsen! Macht Platz für den Juden!" Es war aber ganz und gar nicht im Sinne Isaacs, mit Cedric über Vorrechte zu kämpfen, und er bat inständig darum, auf seinem Platz sitzenbleiben zu dürfen.

„Nach oben, ungläubiger Hund, wenn ich es befehle! Und wehe demjenigen, der dich belästigt." Er schaute Cedric aus zusammengekniffenen Augen an, der noch immer gespannt und wachsam da stand. Es war Wamba, der die Situation rettete. Er sprang zwischen Cedric und Isaac. „Das werde ich sofort tun!" rief er und holte einen halbangenagten Schinkenknochen aus seiner Tasche heraus und schwenkte ihn vor des Juden Gesicht. Isaac wich zurück, entsetzt über die verabscheuungswürdige Tat gegenüber seiner Rasse, verlor das Gleichgewicht und stürzte rückwärts die Stufen hinunter – zur großen Belustigung der Menge.

„Wer seid Ihr, ehrenwerter Recke?" fragte John, in das Gelächter der anderen miteinstimmend. Die Spannung war verflogen, und der Prinz wählte den Kompromiß. „Macht in der unteren Reihe Platz für den Juden", rief er. „Die Regeln des Turniers gebieten, daß Sieger und Besiegte nicht nebeneinander sitzen."

Plötzlich beugte er sich zu Isaac hinunter und sagte: „Leih mir schnell einige Münzen, Isaac!" und riß den Geldbeutel aus des Juden Gürtel. Während Isaac noch entsetzt verharrte, nahm er zwei Goldmünzen und reichte sie Wamba.

„Hier alter Junge, Du gefällst mir!" Dann setzte er seinen Rundritt unter den Hochrufen der Menge lachend fort. Den Juden überließ er dem Spott seiner Nachbarn.

Plötzlich fiel dem Prinzen ein, daß die „Königin der Schönheit" noch nicht gewählt worden war. Ohne länger darüber nachzudenken, fiel seine Wahl auf Rebecca. Der Prior wandte sich entsetzt um. „Was?! Eine Jüdin! Wir würden in den Schranken gesteinigt. Für ein Martyrium fühle ich mich noch zu jung. Das geht wohl zu weit, Euer Hoheit. Kein Ritter würde dafür zur Lanze greifen. Lady Rowena ist sicher ebenso schön."

„Jeder Jude oder Sachse — Sachse oder Jude, Hund oder Schwein — wo ist da der Unterschied? Ich stimme für Rebecca!"

„Diese Entscheidung würde Eueren Plänen ungeheuer schaden!" sagte Waldemar Fitzurse, der älteste und vertrauteste unter John's Gefolge. Seine Bemerkung ließ John verstummen. „Betrachten wir es als einen Scherz", sagte der Prinz versöhnlich. „Nehmt, wen Ihr wollt!" „Wartet ab, bis der morgige Sieger feststeht, er möge die Ehre haben, sie zu ernennen." „Wenn es Bois-Guilbert ist, wette ich meinen Rosenkranz auf seine Wahl!" sagte der Prior. „Es gibt noch andere gute Ritter", sagte de Bracy kühl. „Bitte, meine Herren, laßt den Prinzen Platz nehmen und uns beginnen! Es ist höchste Zeit, denn das Publikum verliert die Geduld."

Auf ein Zeichen des Prinzen hin traten Herolde auf, um die Turnierregeln zu verkünden.

Erstens, die fünf Herausforderer sollen mit allen kämpfen, die darum ersuchen.

Zweitens, jeder der Herausforderer kann von einem Ritter gewählt werden, wenn dieser mit der Lanze seinen Schild berührt. Der Kampf soll mit Höflichkeitswaffen geführt werden, wenn er dies mit umgekehrter Lanze tut. Berührt er aber den Schild mit der Spitze, so wird dies ein Kampf auf Leben und Tod.

Drittens, wenn jeder Ritter fünf Lanzen gebrochen hat, wird der Prinz den Sieger im Turnier des ersten Tages ernennen. Dieser erhält ein prächtiges Kriegsroß und hat das Vorrecht, die „Königin der Schönheit" zu wählen.

Am zweiten Tag soll ein Kampf stattfinden, bei dem alle Ritter, in zwei Gruppen aufgeteilt, so lange miteinander kämpfen, bis der Prinz ein Zeichen zur Beendigung des Kampfes gegeben hat. Dann erwählt der Prinz persönlich die „Königin der Schönheit", die den Sieger des zweiten Tages krönen wird.

Der dritte Tag gehört der Bevölkerung und soll zur allgemeinen Belustigung wie Bogenschießen und Stierhetze beitragen. Auf diese Weise versuchte John, sich bei den Untertanen beliebt zu machen.

Das Bild des Turnierplatzes bot ein farbenprächtiges Schauspiel, als die Herolde ihre Proklamation beendet und sich vom Feld zurückgezogen hatten. Nur die beiden Marschälle, die von Kopf bis Fuß gerüstet waren, blieben an beiden Enden des Feldes unbeweglich auf ihren Pferden sitzen.

Dann öffneten sich die Tore und fünf Ritter, die durch das Los ermittelt wurden, traten auf das Feld heraus, um die Kampfansage des Herausforderers anzunehmen. Einer ritt allein, die anderen folgten ihm paarweise. Alle waren vortrefflich ausgerüstet und trugen Wappen und Wimpel, die längst der Vergessenheit angehörten.

Jetzt bewegten sie sich langsam vorwärts, hielten die wildschnaubenden Pferde angestrengt zurück und näherten sich den Zelten der Herausforderer, aus denen wilde barbarische Klänge ertönten, wie man sie im Heiligen Land kennengelernt hatte. Sie freuten sich und jeder berührte mit umgekehrter Lanze einen Schild des Gegners, zur großen Enttäuschung der Menge. Anschließend zogen sie sich zu ihren Ausgangspositionen zurück und warteten dort, in einer Reihe aufgestellt, daß die Herausforderer sich näherten.

Trompeten ertönten, und die beiden Gruppen ritten unter vollem Galopp aufeinander zu. Beim Zusammenstoß stürzten die Gegner Bois-Guilberts, Malvoisins und Front-de-Bœufs auf den Rasen. Grantmesnils Gegner war seitlich so weit ausgebrochen, daß seine Lanze an ihm quer zersplitterte, was für einen Kämpfer schmachvoller war, als vom Pferd abgeworfen zu werden. Der fünfte Ritter konnte die Ehre seiner Gruppe retten, denn beide, er und der Ritter des Johanniterordens, schieden unentschieden voneinander, da beide Lanzen splitterten.

Beifallsstürme begleiteten die Herausforderer zurück zu ihren Zelten. Die Besiegten erhoben sich niedergeschlagen und folgten den Siegern, um mit ihnen über die verlustig gegangenen Pferde und Rüstungen zu verhandeln.

Die zweiten und dritten Gruppen erfuhren kaum bessere Erfolge. Bei der vierten Gruppe waren es nur drei Ritter, die die Überlegenheit der Herausforderer auf die Probe stellen wollten. Danach setzte eine längere Pause ein. Niemand zeigte sich noch, und die Zuschauer murrten unzufrieden. Malvoisin und Front-de-Bœuf waren unbeliebt und die übrigen, abgesehen von Grantmesnil, genossen als Fremde auch kein großes Ansehen.

Cedric war außer sich. Er betrachtete jede Niederlage als Schlag gegen sein Volk. Dieser Kampfstil war ihm nicht vertraut, obwohl er als erprobter Kämpfer schon manches Turnier miterlebt hatte. Hoffnungsvoll blickte er zu Athelstan, der zwar große Erfahrung hatte, aber nicht im geringsten dazu geneigt war, seine Stärke zu erproben.

„Es geht gegen England, mein Herr", bemerkte Cedric spitz. „Hättet Ihr nicht Lust, Euch zu beteiligen?"

„Morgen", erwiderte Athelstan träge, „bei der mêlée*. Heute lohnt es sich nicht mehr, die Rüstung anzulegen."

Cedric runzelte die Stirn, als er den französischen Ausdruck hörte, und seine Hochachtung vor dem Freund wich einen Moment lang einer leichten Verachtung ihm gegenüber. Bevor er noch einiges dazu bemerken konnte, fiel ihm Wamba ins Wort: „Es ist besser, obgleich nicht leichter, der beste unter Hunderten zu sein als unter zweien."

Bevor Cedric zu dieser Bemerkung, die Athelstan offensicht-

* mêlée, frz. Handgemenge, Tumult

lich nicht gehört hatte, etwas sagen konnte, geschah etwas Neues.

Die Herolde waren gerade im Begriff, die edlen Ritter auszurufen, als plötzlich eine einzige Trompete zur Herausforderung ertönte. Alle Köpfe flogen herum in Richtung auf den neuen Kämpfer. Ein einzelner Ritter auf einem edlen schwarzen Pferd ritt langsam herein und senkte seine Lanze, dem Prinzen und den Damen zum Gruß. Seine Rüstung war aus Stahl und reichlich mit Gold eingelegt, und schien einen Mann mittlerer Größe zu verbergen, der sich beinahe mühelos auf seinem herrlichen Pferde vorwärtsbewegte. Die Menge bedachte ihn, johlend vor Begeisterung, mit Ratschlägen, welcher Herausforderer wohl am leichtesten zu schlagen wäre.

Der einsame Ritter, dessen Schild mit einem entwurzelten Eichenbaum und dem spanischen Wort DESDICHADO (= enterbt) gekennzeichnet war, ließ die Zuschauer jäh verstummen, als er geradewegs auf Bois-Guilberts Schild zuritt und diesen mit der Spitze der Lanze berührte.

„Habt Ihr schon gebeichtet und die Messe gehört?" erkundigte sich Bois-Guilbert mit eisiger Stimme.

„Ich bin für den Tod besser vorbereitet als Ihr", antwortete der namenlose Ritter, der sich bei der Turnierleitung lediglich als „der Enterbte" zu erkennen gegeben hatte.

„Dann geht an Eueren Platz und werft einen letzten Blick zur Sonne, denn noch heute abend werdet Ihr im Paradiese sein."

„Vielen Dank für Euere höflichen Worte", antwortete der Enterbte, „ich meinerseits empfehle Euch ein frisches Pferd zu nehmen und zur Lanze zu greifen. Ihr werdet beides brauchen müssen."

Dann ritt er zurück zu seinem Ausgangspunkt.

Wütend befolgte Bois-Guilbert seinen Rat und wechselte Pferd und Rüstung, bevor er wieder hinaustrat, um sich zu stellen. Anstelle des vorigen Schildes, der zum Templerorden gehörte, trug er nun seinen eigenen: ein Rabe im Flug mit einem Schädel zwischen den Krallen. Die Menge wartete in höchster Spannung.

EL DESDICHADO

Als die Trompete das Zeichen zum Angriff blies, stürzten die Reiter in rasender Geschwindigkeit aufeinander. Der Zusammenstoß war ungeheuerlich; beide Lanzen zersplitterten in kleine Stücke und die Pferde stürzten zu Boden. Einen Augenblick sah es aus, als würden beide Reiter abgeworfen, doch es gelang ihnen, die Herrschaft über die Tiere wieder herzustellen. Wie gebannt starrten sie sich durch das vergitterte Visier an, bevor sie zurückritten, um sich neue Lanzen zu holen.

Der Applaus wollte nicht enden, denn die Darbietung war bei weitem die beste des Tages. Dann setzte atemlose Stille ein, als zum zweiten Angriff geblasen wurde. Dieses Mal war der Stoß ebenso heftig, und die Lanze des Tempelritters traf voll auf den Schild des Gegners und zersplitterte, wobei dieser ihn fast vom Pferd warf. Sein Gegner jedoch wechselte in allerletzter Minute sein Ziel vom Schild zum Helm, was weitaus schwieriger ist, und stieß seine Lanze mitten hinein in das Visier. Vielleicht wäre der Tempelritter dank seiner großen Geschicklichkeit im Sattel geblieben, doch die Gurte seines Sattels rissen bei diesem Aufprall, und er stürzte mitsamt seinem Pferd und den Waffen zu Boden. Von dieser Schmach aufs höchste getroffen, befreite er sich nun und zog das Schwert. Blitzschnell sprang auch El Desdichado vom Pferd, um sich dem Zweikampf zu stellen. In diesem Augenblick stürzten die Marschälle auf sie zu und erinnerten sie daran, daß ein Kampf mit Schwertern nicht den Regeln entsprach. Beide sträubten sich ...

„Wir werden uns wieder treffen", knirschte der Tempelritter. „Und dann steht niemand zwischen uns!"

„Es soll nicht an mir liegen", sagte der andere, „ob hoch zu Pferd oder zu Fuß, welche Waffen Ihr auch wählt, das ist mir egal."

Die zwischen ihnen gekreuzten Lanzen der Marschälle verhinderte weiteres. Die beiden gingen auseinander, der Enterbte zu seinem Ausgangspunkt und Bois-Guilbert zurück in sein Zelt, wo er den Rest des Tages in dumpfer Wut verbrachte.

Der fremde Ritter, der schon wieder im Sattel saß, rief nach

Wein, öffnete sein Visier und trank auf das Wohl aller treuen englischen Herzen und den Untergang aller fremden Tyrannen. Dann befahl er dem Trompeter zur Herausforderung der übrigen Ritter zu blasen, mit denen er in der Reihenfolge kämpfen wollte, die sie erwählten.

Der erste war Front-de-Bœuf mit dem herausfordernden Zeichen CAVE ADSUM auf seinem Schild. Der Stoß wurde gut und gleichmäßig ausgeführt, doch der Normanne mußte für besiegt erklärt werden, da er beim Aufprall einen Steigbügel verlor.

Malvoisin traf die Lanze des Enterbten mitten auf den Helm, der wegen einer zerrissenen Halterung herunterfiel, doch seinen Reiter dadurch vor dem Sturze bewahrte. In Grantmesnil begegnete der Enterbte einem Kämpfer, der sich äußerst geschickt und mutig zeigte. Das unerfahrene Pferd des Normannen bäumte sich im entscheidenden Augenblick auf und bot dem Gegner eine ausgezeichnete Zielscheibe, doch dieser hob nur seine Lanzenspitze und gestattete es Grantmesnil, einen zweiten Gang zu starten. Grantmesnil aber lehnte ab und erklärte sich für besiegt.

Der letzte, Ralph de Vipont, wurde mit solcher Heftigkeit zu Boden geworfen, daß er bewußtlos und aus Nase und Mund blutend vom Platz getragen werden mußte.

Donnernder Applaus begrüßte das Urteil des Prinzen, der EL DESDICHADO, den enterbten Ritter, zum Sieger des Tages erklären ließ.

Der Prinz konnte seine Enttäuschung nicht darüber verbergen, daß der Sieger des Tages, der es so meisterhaft verstand, ritterliche Ehre und Tapferkeit zu beweisen, unerkannt bleiben wollte.

„Nun, meine Herren?" fragte er seine Gefolgsleute, „wer mag dieser Ritter sein?"

„Keine Ahnung", antwortete de Bracy. „Ich hätte nie geglaubt, daß ein einziger Mann alle fünf besiegen könnte. Die Art und Weise wie er Vipont . . ."

„Ja? Und was ist mit Euerem Tempelritter?" fragte ein Ritter vom Johanniterorden, der de Bracy's Vorliebe für die Templer kannte. „Der große Sir Brian am Boden, die Hände voller Staub ..."

„Genug jetzt!" schnaubte der Prinz, „was sollen diese Gespräche!"

„Der Sieger", warf ein Marschall leise ein, „erwartet Euer Hoheit Gnade."

„Laßt ihn warten bis zum Anbruch der Dunkelheit, wenn er uns nicht seinen Namen verraten will."

„Euer Hoheit", murmelte Fitzurse, „Ihr solltet ihm besser Ehre zuteil werden lassen. Niemand hier hat die leiseste Ahnung von seiner Herkunft, es sei denn, er wäre einer der Ritter, die mit dem König in Palästina waren."

„Vielleicht ist es König Richard selbst?" sagte jemand im Gefolge.

Prinz John erbleichte und zuckte zusammen: „Waldemar! De Bracy! Ritter und Edelleute ... Erinnert Euch Eueres Eides und bleibt bei mir ...."

„König Richard?" Fitzurse lachte: „Wie sollte er in diese Rüstung hineinpassen? Und dieses Pferd hätte seine große Gestalt nicht durch einen Waffengang tragen können. He, Ihr Marschälle, holt den Sieger!"

Trotz der Zusicherung von Fitzurse, dachte Prinz John mit Schrecken an den Augenblick, in dem er dem Sieger das prächtige Kampfroß überreichen sollte. Was würde geschehen, wenn die Stimme des Bruders, gegen den er so lange intrigiert hatte, aus dem geschlossenen Helm zu sprechen anfinge. Aber der Ritter verbeugte sich nur und gab keine Antwort. Dann sprang er in den Sattel und ritt, ohne seine Steigbügel zu benutzen, zwei Runden mit erhobener Lanze durch die Arena, um den rasenden Beifall der Menge entgegenzunehmen.

6. Kapitel

Während der fremde Ritter seine Ehrenrunde ritt, machte Prior Aymer den Prinzen darauf aufmerksam, daß die Wahl der Schönheitskönigin noch nicht stattgefunden habe. Als der Ritter seine zweite Runde beendet hatte, winkte Prinz John ihn zu sich. Dieser brachte das feurige Pferd zum Stehen und verharrte vor dem Prinzen mit gesenkter Lanze wie eine Statue.

„Herr DESDICHADO", sagte der Prinz, „wir kennen leider keinen anderen Namen, Euch kommt die Ehre zu, die „Königin der Schönheit" auszuwählen. Da Ihr in unserem Land fremd seid, darf ich Euere Aufmerksamkeit auf Alicia Fitzurse lenken, denn sie wird hier am Hofe schon seit langem als Favoritin betrachtet. Aber die Wahl liegt bei Euch! Hebt Euere Lanze!" An die Spitze der Lanze befestigte er eine Krone aus grünem Satin mit goldenen Bändern und bestickten Herzmotiven.

Sein Vorschlag zur Wahl der „Königin" sollte einerseits die Angelegenheit mit Rebecca bereinigen, andererseits wollte er Fitzurse eine Freude bereiten, den er fürchtete und dennoch unbedingt brauchte.

Der Ritter schwang sich auf sein Pferd und ritt zu dem Pavillon von Lady Rowena. Hier waren seine größten Anhänger zu finden. Cedric hatte mit ganzem Herzen an dem Kampf teilgenommen und freute sich über den Sturz Bois-Guilberts. Er haßte zudem kaum jemanden mehr als seine Nachbarn Front-de-Bœuf und Malvoisin. Selbst Rowena hatte den Kampf mit funkelnden Augen verfolgt. Athelstan, der so erregt war, rief nach einem Becher Wein, um ihn in einem Zuge auf das Wohl des Desdichados zu leeren.

Weiter unten wurde auch Isaac von einem seltsamen Fieber ergriffen. „Vater Abraham, wie er reitet. Was er aber mit dem Pferd unternimmt, das sicher ein Vermögen . . ."

„Vater! Er setzt sein Leben auf's Spiel!"

„Davon verstehst du nichts, Kind. Diese mailändische Rüstung . . ., sein Leben gehört ihm, aber wem gehört diese

Rüstung.... Heiliger Jakob, was habe ich da gesagt! Aber sieh doch, sieh nur, er hat gewonnen und wird ihre Pferde und Rüstungen bekommen. Oh guter Junge! Sie sind wie die Philister gefallen, wie Og, der König von Bashan, und Sihon, der Amorit... oh, guter Junge!" Bei jedem Sieg jubelte der Jude laut und errechnete insgeheim den Wert der Beute.

Nun stand der Sieger da und die Menge wartete in großer Spannung. Dann senkte er ganz langsam die Lanze und legte die Krone zu Rowenas Füßen. Trompeten erklangen und die Herolde verkündeten den Namen der Königin.

Prinz John, der nicht allzu sehr über diese Wahl erfreut war, ging hinunter auf das Feld und bestieg sein Pferd. Einen Augenblick lang blieb er vor Alicia Fitzurse stehen und bedachte sie mit freundlichen Worten, indem er die Tapferkeit des Ritters rühmte, seinen ungeübten Blick aber für die Schönheit der Frauen bemängelte. Fitzurse schien sehr verärgert über Prinz John und sagte: „Es ist das uneingeschränkte Vorrecht dieses Herrn, seine Dame frei zu wählen. Meine Tochter wird immer das empfangen, was ihr zukommt." Ohne ein Wort darüber zu verlieren, sprengte Prinz John davon, um Lady Rowena zu begrüßen. „Schöne Dame, empfangt das Zeichen Euerer königlichen Würde und unsere Huldigung. Wenn es Euch und Euerem ehrenwerten Vater gefällt, erwarten wir Euch heute abend zum Festessen in Ashby."

Rowena antwortete nicht darauf und Cedric ergriff für sie das Wort: „Lady Rowena besitzt nicht die Fähigkeit, Euere Sprache zu sprechen und lehnt deshalb Euere Einladung zu diesem Fest dankend ab. Nur der edle Athelstan und ich sprechen diese Sprache, doch folgen wir nur den Sitten unserer Väter. Morgen wird meine Tochter den Rang einnehmen, den ihr der Ritter verliehen hat und der durch den Beifall der Zuschauer bestätigt worden ist."

„Was hat er gesagt?" fragte John, als habe er nicht richtig verstanden. Die Worte Cedrics wurden ihm noch einmal auf Französisch wiederholt. „Nun gut, morgen werden wir die stumme Königin auf ihren Thron geleiten." Er wandte sich an

Desdichado: „Und wie steht es mit Euch, mein Herr? Dürfen wir Euch zu dem Festessen erwarten?"

Mit gedämpfter Stimme, die hohl aus dem Helm heraus klang, bat der Ritter um Verzeihung wegen zu großer Erschöpfung und dem Bedürfnis nach Ruhe im Hinblick auf den kommenden Tag.

„Schon gut", sagte John, verärgert über das Scheitern seiner königlichen Befehle, „so müssen wir dann das Festessen ohne die Anwesenheit unseres Helden und der gewählten Königin genießen." Er wollte gerade weiterreiten, als sein Blick auf den Freisassen fiel, der Cedric so begeistert in seinem Beifall unterstützt hatte. Er befahl zwei Soldaten, diesen Burschen auf keinen Fall aus den Augen zu lassen. Der Mann schaute ihn fest an und sagte: „Es ist keineswegs meine Absicht, vor übermorgen früh aufzubrechen. Ich möchte nicht versäumen mitanzusehen, wie die Burschen dieser Gegend mit Pfeil und Bogen umzugehen verstehen."

„Ich will sehen, wie er den Bogen anlegt", sagte der Prinz zu seinem Gefolge. „Gott stehe ihm bei, wenn seine Kunst im Bogenschießen nicht die seiner Unverschämtheiten ausgleicht!"

„Es wäre nicht schlecht, es auf einen Versuch ankommen zu lassen", schlug de Bracy vor.

Fitzurse, der die seltsamen Vorhaben seines Herrn mißbilligend beobachtete, zuckte nur mit den Schultern und schwieg. John galoppierte aus den Schranken und die Menge zerstreute sich.

Als der fremde Ritter wieder in sein Zelt zurückgekehrt war, lehnte er jede andere Hilfe ab außer die seines Schildknappen, der ihm die Waffen und die Rüstung abnahm. Kurze Zeit darauf trat er vor das Zelt, bekleidet mit dem üblichen schwarzen Mantel eines unbewaffneten Ritters, um die Schildknappen der Herausforderer zu empfangen, die Pferde und Rüstungen ihrer Herren ablieferten. Er wandte sich an die vier und sagte höflich: „Meine Empfehlung an die edlen Ritter, gegen die ich mich heute wenden mußte, um ihnen die Rüstung zu nehmen, die sie so ehrenwert heute im Kampf getragen haben. Da ich wirklich ein Enterbter bin und meine Rüstung mir nicht gehört, würde ich Lösegeld vorziehen."

„Wir haben den Auftrag, Euch je hundert Zechinen anzubieten", sagte der Knappe von Front-de-Bœuf.

„Ich kann nur die Hälfte davon annehmen. Die andere soll wie folgt aufgeteilt werden: ein Teil an Euch, edle Knappen, und der Rest an die Herolde, Spielmänner und Diener."

Solche Großzügigkeit war ungewöhnlich. Die Schildknappen verbeugten sich tief. „Von Euerem Herrn, Knappe Baldwin, erwarte ich weder Waffen noch Geld. Unser Kampf ist noch nicht zu Ende. Er hat mich herausgefordert, und unser Kampf wird tödlich sein. Er ist nicht einer der übrigen Gegner, mit denen man höflich umgehen kann!"

„Mein Herr wird die Angelegenheit schon bereinigen. Ich lasse Pferd und Rüstung hier, denn er wird nie mehr ein Pferd besteigen noch eine Rüstung tragen."

„Gut gesprochen, Herr Knappe, aber nehmt beides! Wenn Euer Herr die Ausrüstung nicht zurückhaben will, so schenke ich sie Euch." Der Knappe verbeugte sich tief und dann entfernten sich die fünf.

„Also Gurth", sagte der Enterbte, als er in sein Zelt zurückkehrte, „das Ansehen des englischen Rittertums ist durch mich nicht mehr geschmälert worden als der Ruf normannischer Schildknappen durch einen sächsischen Schweinehirten. Du hast deine Rolle gut gespielt."

„Ich habe nur Angst, daß Wamba mich erkannt hat. Beinahe mußte ich lachen, als ich heute so dicht bei meinem Herrn stand, der der Meinung ist, daß ich weit weg bei meinen grunzenden Viechern weile. Wenn er aber herausfindet ..."

„Was du für mich tust, werde ich belohnen, Gurth. Behalte inzwischen diese zehn Goldstücke."

„Niemals war ein Schweinehirt reicher."

„Bring diesen Beutel mit Gold nach Ashby, suche Isaac auf und bezahle ihm, was er für mich ermöglicht hat!"

„Er bekommt nur die Hälfte von dem, was er verlangt",

sagte Gurth und überließ den Ritter seinen trübsinnigen Gedanken.

In der Zwischenzeit war Isaac in Ashby bei seinem Glaubensgenossen. Rebecca saß in einem reich ausgestattetem Raum orientalischer Art und beobachtete liebevoll ihren Vater, der unruhig auf und ab ging.

„Oh Ihr zwölf heiligen Väter! Er hat fünfzig Zechinen auf einmal verdient – und das von John!"

„Wir durften lächelnd zuschauen, wie man uns ausraubte, das ist Schicksal! Es ist der Fluch unseres Volkes. Nur lächeln, so wie heute."

„Noch brauchen sie uns, Vater. Selbst das heutige Fest wäre ohne die Hilfe der Kinder Israels nicht zustande gekommen. Ja, sie erpressen uns, aber andererseits brauchen sie uns."

„Ach, dieses Pferd und die Rüstung. Es wird wahrscheinlich ein totaler Verlust sein, dennoch ist er ein tapferer Bursche. Vielleicht ..."

„Du wirst doch nicht bereuen, daß du dem edlen Ritter das Geld gegeben hast!"

„Das wäre was, wenn ein Christ einem Juden Geld zurückgibt, ohne den Richter mit einzuschalten!"

Die Nacht brach herein und die silbernen Lampen wurden angezündet. Isaac war gerade dabei, sich seinen Becher mit Wein zu füllen, als ein jüdischer Diener ihm meldete, daß ein „Nazarener", wie die Juden die Christen nannten, ihn zu sprechen wünschte. Isaac nickte kurz. Es war Gurth, der eintrat, eingehüllt in einen normannischen Mantel. „Seid Ihr Isaac von York?" fragte er auf sächsisch.

„Ja, das bin ich", antwortete der Jude in derselben Sprache. „Und wer seid Ihr?"

„Das spielt keine Rolle. Ich habe Geld zu bezahlen und es ist wichtig für mich zu wissen, daß es in die richtigen Hände gelangt. Der Überbringer ist unwichtig."

„Ihr wollt zahlen? Das ist etwas anderes, von wem ist das Geld?"

„Von EL DESDICHADO. Es ist nur der Preis für die Rüstung. Das Pferd steht bereits im Stall. Wie teuer ist die Rüstung?"

„Er ist ein guter Mensch. Nehmt einen Becher Wein, mein Freund." Der Wein, den Gurth kostete, war der beste Tropfen, der jemals über seine Lippen gekommen war.

„Wieviel habt Ihr mitgebracht?"

„Es ist nur ein bescheidener Anteil."

„Aber Euer Herr hat wertvolle Pferde und kostbare Rüstungen gewonnen, ich will sie an Zahlungs Statt nehmen."

„Es ist schon beschlossen", sagte Gurth.

„Wie? Kein Christ, selbst ich nicht, könnte die Hälfte des Wertes zahlen. Aber Ihr tragt gut hundert Zechinen im Beutel!" Isaacs erfahrener Blick konnte die Umrisse des Beutels genau einschätzen.

„Das sind nur Armbrustbolzen."

„Nun gut", Isaacs Vorliebe für das Geld kämpfte mit seiner Achtung vor dem Enterbten. „Sagen wir achtzig Zechinen. Das ist zwar kein Gewinn für mich – habt Ihr so viel?"

„Kaum!" sagte Gurth, obgleich er angenehm überrascht war über den kleinen Betrag. „Noch einen Becher Wein! Nicht so wenig ...."

„Vielleicht ist das Pferd .... – ?"

„Es ist gesund und munter. Schaut selbst im Stall nach. Siebzig sind genug, wenn nicht ...", er ließ die Münzen laut klimpern, „werde ich den Beutel zu meinem Herrn zurücktragen."

„Nein, nein, legt die achtzig auf den Tisch und die Sache ist erledigt." Er schaute den Beutel noch einmal prüfend an und fragte neugierig: „Ist da noch mehr drin?"

„Noch einmal so viel", grinste Gurth, steckte die Quittung sorgfältig in die Tasche und leerte unaufgefordert einen dritten Becher Wein aus, bevor er sich verabschiedete und ging.

„Rebecca, ich glaube dieser Ismaelit hat mich überrumpelt. Sein Herr ist ein guter Mensch!" Er drehte sich um und bemerkte, daß Rebecca schweigend aus dem Zimmer gegangen war, während er mit dem Fremden verhandelte.

In der Zwischenzeit versuchte Gurth, in der Dunkelheit den Ausgang zu finden, als plötzlich eine weiße Gestalt mit einer kleinen Lampe auftauchte und ihm zuwinkte. Zögernd folgte ihr Gurth. Sie führte ihn zu einem hellerleuchteten Raum, und er erkannte in ihr Rebecca, die schöne Jüdin, die er beim Turnier das erste Mal sah, und vor einigen Minuten oben bei ihrem Vater wieder angetroffen hatte.

„Mein Vater hat nur gescherzt, mein Freund", sagte Rebecca. „Er schuldet Euerem Herrn weitaus mehr als zehn Pferde und Harnische. Seht her, nehmt diesen Beutel mit hundert Zechinen und gebt Euerem Herrn das, was ihm zukommt. Der Rest ist für Euch! Und nun beeilt Euch! Seid vorsichtig unterwegs, denn schnell genug verliert man Geld und Leben." Sie rief nach einem Diener und ließ den völlig überraschten Gurth auf die Straße führen.

„Beim heiligen Dunstan", murmelte er. „Das war keine Jüdin, sondern ein Engel vom Himmel. Zehn Zechinen von meinem Herrn, zwanzig von dieser Perle von Zion, noch ein solcher Tag und ich kann mir meine Freiheit erkaufen. Kein Schweinehirtendasein mehr, statt dessen ein Schwert in der Hand an der Seite meines Herrn."

Dennoch fühlte sich Gurth unsicher, als er seinen Heimweg antrat. Er lief durch finstere, enge und einsame Gassen und ließ den Lärm der feiernden Stadt hinter sich. Seine Sorgen waren berechtigt, denn als der Pfad immer enger und unwegsamer wurde, sprangen auf einmal zwei Schatten auf ihn zu, umringten ihn von beiden Seiten und hielten ihn mit eisernem Griff fest.

„Rück' alles heraus, was du hast", sagte einer von ihnen, „wir sind Diener des Gemeinwohls, die jeden um seine Bürde erleichtern."

„Laßt mich einen Augenblick frei und Ihr sollt sehen, Ihr werdet mich um nichts erleichtern", höhnte Gurth.

„So? Der will wohl seinen Kopf hinhalten", lachte einer der Schurken.

Gurth wurde durch dichtes Unterholz geführt, bis sie zu

einer kleinen Lichtung kamen, wo er im fahlen Mondlicht vier weitere Geächtete entdeckte.

„Also, Kerl, wieviel Geld trägst du bei dir?" fragte einer von ihnen.

„Dreißig Zechinen, die mir gehören."

„Was? Ein Sachse mit dreißig Zechinen, der nüchtern aus der Stadt heimkehrt?"

„Es sind Ersparnisse, um mir meine Freiheit zu erkaufen."

„Bist du verrückt!! Drei Viertel Starkbier und du bist so frei wie dein Herr, oder sogar noch freier, wenn er auch ein Sachse ist."

„Das ist nur allzu wahr!" Gurth seufzte. „Bindet mir meine Hände los und sie kaufen mir die Freiheit von Euch ab."

„Warte", sagte einer, „es sind mehr als dreißig Münzen in diesem Beutel."

„Es ist das Eigentum meines edlen Herrn. Nehmt mein Geld!" bat Gurth.

„Du bist ein ehrlicher Mann! Vielleicht verlierst du wirklich nicht alles. Wir werden sehen ... Wer ist dein Herr?"

„Der Enterbte!"

„Der heutige Sieger? Wie heißt er, und wer seid ihr?"

„Die erste Frage zu beantworten hieße Verrat, und die zweite zu beantworten käme der ersten gleich."

„Du bist schlagfertig, Kerl! Woher kommt das Geld?"

„Es ist das Lösegeld für vier Pferde und Rüstungen."

Der Geächtete war überrascht. „Das ist ein geringer Preis. Dein Herr ist ein tapferer Mann. Waren es nicht fünf, die er schlug?"

„Mein Herr wird nichts von Bois-Guilbert nehmen, außer sein Leben."

„Das ist noch besser", sagte der Geächtete gedankenvoll. „Aber wo warst du mit dem Geld?"

„Bei Isaac von York, um die Rüstung zu zahlen, die mein Herr heute trug."

„Was verlangte er dafür?"

„Achtzig Zechinen — aber er gab mir hundert zurück."

Es folgte betretenes Schweigen, das von ungläubigen Ausrufen unterbrochen wurde: „Ein Jude!" „Das Geld zurück?" „Ein Räuber wie Isaac?"

„Schaut in den Beutel", sagte Gurth, „darin werdet Ihr hundert Zechinen finden, die getrennt von dem übrigen Geld in einem Beutel aus Seide aufbewahrt sind."

Sie wühlten in dem Beutel herum.

Gurth nutzte die Gelegenheit, riß sich los, schnappte einen langen, dicken Stock, den einer von ihnen in der Hand hielt, und schlug den Führer nieder, bevor die restlichen fünf sich seiner bemächtigten. Er hätte leicht entkommen können, aber dann hätte er das Geld seines Herrn in den Händen der Angreifer lassen müssen. Das lag ganz und gar nicht in seinem Sinne.

Der Geächtete erhob sich mühsam, rieb seinen Kopf und starrte Gurth gedankenvoll an.

„Wenn du anderen Banden in die Hände gefallen wärst, hätte dir so etwas das Leben gekostet, Mann. Aber zurück zu deinem Herrn: er ist Sachse, sagst du, wie wir? Enterbt wie wir? Und verdient sein Geld durch das Schwert, wie wir! Er hat Malvoisin und Front-de-Bœuf das heimgezahlt, was wir tun würden, wenn wir dazu imstande wären; außerdem ist er ein Erzfeind von Bois-Guilbert. Auf diesem Beutel hier stehen hebräische Buchstaben — sind wir etwa weniger großzügig als dieser ungläubige Jude? Der Ritter darf zollfrei ausgehen. Ein Hund sollte keinen Hund fressen, wenn Wölfe in der Nähe sind!"

„Und dieser unverschämte Kerl hier?" schimpfte einer der Bande.

„Er geht auch unbeschädigt von dannen", grinste der Führer, „es sei denn, er kann mit dem Schlagstock so gut umgehen, wie er es eben bewiesen hat?"

Gurth lächelte zurück: „Das solltet Ihr doch besser beurteilen können!"

„Doch, es war ein guter Schlag. Solltest du verlieren, zahle ich vielleicht selbst dein Lösegeld. Gebt ihm einen Stock; es ist hell genug!" Die anderen bildeten einen Kreis und sein Gegner, den man „Müller" nannte, ließ seinen Stock über seinen Kopf schwingen. „Los, Kleiner, nur zu! Willst du die Wucht von Müllers Daumen nicht kennenlernen?"

„Müller oder Dieb", keuchte Gurth und wirbelte seinen Stock herum. „Du willst einem ehrlichen Mann das Prügeln beibringen!!" Es zeigte sich, daß die beiden ihr Spiel beherrschten. Beide Stöcke flogen durch die Luft und wurden sofort pariert. Es klang, als wären mindestens sechs Männer am Kampf beteiligt. Der Müller hatte nicht damit gerechnet, einen solch starken Gegner anzutreffen! Das Gelächter der Umstehenden irritierte ihn, er wurde nervös, verlor die Übersicht – in dem Augenblick gewahrte Gurth eine ungedeckte Stelle des Gegners, er holte mit beiden Händen aus und ließ den Stock voll auf des Müllers Kopf niedersausen. Dieser fiel sofort zu Boden, wo er ausgestreckt liegenblieb.

„Bravo!" riefen die Geächteten. „Er hat seine Haut und das Geld gerettet, unser Müller hat seinen Meister gefunden!"

Nachdem der Müller wieder zu sich gekommen war, erhielt Gurth sein Geld und machte sich auf den Weg. Zwei der Geächteten sollten ihn begleiten und zum Zelte des Ritters bringen, zum Schutz gegen die anderen Vogelfreien. Unterwegs begegneten ihnen noch andere Gestalten, die aber auf einen Wink der Begleiter hin schnell wieder verschwanden. Gurth dachte bei sich, daß die Bande wohl größer sein müßte, als er zuerst angenommen hatte.

Vom Waldrand aus erblickten sie die Zelte, die im Mondlicht hell leuchteten. „Wir können nicht weitergehen", sagte einer der Vogelfreien. „Denke immer daran, daß du größtes Stillschweigen darüber bewahren mußt, was du heute abend erlebt hast. Wenn du dein Wort hältst, wirst du es nicht bedauern. Andernfalls könnte nicht einmal der König dich vor uns retten!"

Gurth versprach es und dankte ihnen für das sichere Geleit. Sie gaben sich die Hände und schieden voneinander.

Fünf Minuten später erschien er in dem Zelt seines Herrn

und erzählte ihm jede Einzelheit, auch seinen Besuch bei den Geächteten im Wald. Weitere Erlebnisse behielten sie sich für den nächsten Tag vor, denn es galt Schlaf zu sammeln nach des Tages Mühen, denn ein langer Tag lag vor ihnen. Der Ritter streckte sich auf seinem Lager aus, und Gurth legte sich, in ein Bärenfell gehüllt, vor den Eingang des Zeltes, damit keiner den Schlaf seines Herrn stören konnte.

7. *Kapitel*

Am nächsten Morgen schien die Sonne von einem wolkenlosen Himmel auf die vielen Menschen hernieder, die aus allen Richtungen herbeiströmten, um den zweiten Tag des Turniers miterleben zu können. Marschälle und Herolde bereiteten die Liste der Ritter vor, die sich für die Mêlée gemeldet hatten. Als Sieger des ersten Tages sollte der Enterbte eine der beiden Gruppen leiten, während Bois-Guilbert die andere anführte. Es fehlte nicht an guten Kämpfern, denn bei den Rittern war die Mêlée, obgleich weitaus gefährlicher, sehr viel beliebter. Die Marschälle hatten die Liste abgeschlossen und je fünfzig Kämpfer auf jeder Seite aufgestellt.

Gegen zehn Uhr verkündete eine Trompetenfanfare die Ankunft des Prinzen. Zur gleichen Zeit nahmen Cedric und sein Gefolge ihre Plätze ein, dieses Mal ohne Athelstan, der Vorbereitung dazu traf, selbst die Rüstung anzulegen. Zum großen Erstaunen Cedrics hatte er sich freiwillig für die Gruppe des Templers aufstellen lassen. Eine genaue Begründung gab er nicht an, es mag wohl eine gewisse Eifersucht gewesen sein. Er sah sich schon seit längerem insgeheim als Rowenas Ehemann, und die gestrige Auszeichnung der Angebetenen durch den Enterbten hatte ihn verunsichert. Nun hoffte er, Gelegenheit zu finden, die Mêlée erfolgreich für sich zu gewinnen, damit Rowenas Augen wohlgefällig auf ihm ruhten.

Lady Rowena wurde von Prinz John persönlich begrüßt und zu ihrem Thron geleitet. Die Sonne schien heiß herunter, und an beiden Enden des Feldes warteten die Ritter auf das Zeichen des Angriffs.

Jetzt verkündeten die Herolde die Regeln: Der Gebrauch von scharfen Waffen war erlaubt, doch durfte nur die Seite des Schwertes benützt werden, nicht aber die Spitze. Dolche waren verboten. Ein vom Pferd abgeworfener Ritter durfte zu Fuß weiterkämpfen, aber von einem berittenen Gegner nicht angegriffen werden; gegen den Zaun zurückgetrieben zu werden, kam einer Niederlage gleich; Knappen war es erlaubt, ihre besiegten Ritter aus der Mêlée zu ziehen; derjenige Kämpfer, der sich unritterlich verhielt, war unweigerlich dem Gespött der Zuschauer ausgesetzt.

Der Prinz durfte das Zeichen zur Beendigung des Wettkampfes geben.

Auf den donnernden Befehl *Laissez aller* hin galoppierte die erste Reihe aufeinander zu. Die zweite Reihe setzte etwas langsamer hinten nach. Es folgte ein ohrenbetäubender Lärm. Durch die riesige Staubwolke hindurch sah man Ritter von den Pferden stürzen, die ihr Schwert zogen; andere, die wie tot auf dem Boden liegen blieben; wieder andere, die ihr herausströmendes Blut mit ihren Tüchern abzubinden versuchten, während sie sich mit letzter Kraft aus dem Getümmel herausretteten. Die letzten noch im Sattel verbliebenen Recken warfen ihre zersplitterten Lanzen fort, zogen das Schwert oder hoben die Streitaxt.

Das ganze Feld war erfüllt vom Stampfen und Donnern der Hufe. Das Blut floß in Strömen, Schreie ertönten und hellaufblitzende Rüstungen verwandelten sich in zerbeulte, schmutzbefleckte und blutverschmierte Metallhaufen. Die blutrünstige Menge wurde von wilder Gier ergriffen. Gelegentlich erbleichte eine zarte Wange, wenn der umschwärmte Held zu Boden stürzte. Dann und wann hörte man die aufmunternden Stimmen der Herolde: „Kämpft weiter, tapfere Ritter! Lieber tot als entehrt! Der Mensch stirbt, der Ruhm lebt! Strahlende

Augen verfolgen Euere Taten! Kämpft weiter!" Mitten drin in diesem Getümmel kämpften die beiden Anführer, um einen Weg zueinander zu finden. Der Sturz eines von beiden hätte die Entscheidung gebracht. Als das Feld dünner wurde, fanden sie sich zum Kampfe und schlugen mit einer Gewalt aufeinander los, daß die Menge in hellen Aufruhr geriet.

Bis dahin hatte die Mannschaft des Enterbten starke Verluste erlitten, nicht zuletzt durch die Angriffe von Front-de-Bœuf und Athelstan, die sich nun in den Zweikampf des Enterbten mit dem Templer einmischten. Durch die Zurufe der Zuschauer gewarnt, zog der Enterbte sein Pferd zurück und rettete sich auf diese Weise aus einer todbringenden Lage. Nun setzten die drei auf seine Vernichtung an, derer er sich nur mit Hilfe seines prachtvollen Pferdes, das er am Vortage gewonnen hatte, entziehen konnte. Das Pferd des Tempelritters war bereits verwundet, während die beiden anderen Pferde unter der gewaltigen Last ihrer riesenhaften Reiter schwer zu kämpfen hatten.

Eine Zeitlang gelang es dem Enterbten, dank seiner Reitkunst und des ausgezeichneten Pferdes, die drei Gegner von sich fernzuhalten, aber es war offensichtlich, daß er diese Taktik nicht länger beibehalten konnte, da die Übermacht der drei starken Gegner ihn allzusehr in Bedrängnis führte. Zahlreiche Edelleute baten John, dem Kampf ein Ende zu setzen.

„Nein! Beim Lichte des Himmels!" antwortete John. „Dieser Emporkömmling, der seinen Namen verweigert und unsere Gastfreundschaft ablehnt, hat seinen Preis schon erhalten. Nun sollen die anderen ihre Chance haben!"

Plötzlich bemerkte man ein großes schwarzes Pferd, das einen großen schwarzen Ritter auf das Feld hineintrug, der sich unter die Mannschaft des Enterbten mischte. Dieser Kämpfer, dessen Schild kein Wappen zeigte, hatte bislang so selten an den Kämpfen teilgenommen, daß die Menge ihn *Le noir faineant* — der schwarze Faulpelz — nannte. Er machte einen frischen und ausgeruhten Eindruck. Plötzlich gab er seinem Pferd die Sporen, um seinem Anführer zu Hilfe zu kommen. Front-de-Bœuf war gerade im Begriff, den Enterbten von der Seite anzugreifen, als das Schwert des „Schwarzen Ritters" mit einem mächtigen Schlag auf seinen Helm niedersauste, dort abprallte und das Pferd traf, so daß beide, Roß und Reiter, zu Boden stürzten. Im gleichen Augenblick drehte sich der Schwarze Ritter um, ließ das zerbrochene Schwert fallen, riß dem verblüfften Athelstan die Streitaxt aus der Hand und streckte ihn mit einem Schlag nieder. Unter dem erstaunten Beifall der Menge ritt er langsam zurück und überließ seinem Anführer den Endkampf mit dem Templer.

Er sollte nicht lange dauern. Das verwundete Pferd des Templers konnte den nächsten Angriff nicht mehr entgegennehmen. Es stürzte, der Templer rutschte vom Sattel, lag auf dem Boden, den einen Fuß noch im Steigbügel hängend. Sein Gegner sprang sofort auf ihn zu und während er noch das Schwert hob, rief der andere um Gnade. Prinz John gab sofort das Zeichen zur Beendigung und ersparte dem Templer dadurch noch größere Demütigung.

Vier Ritter hatten im Kampf den Tod gefunden, über dreißig waren ernsthaft verletzt und manch einer trug die Narben dieses Kampfes bis hinein ins Grab.

Zum großen Erstaunen seines Gefolges bestand John darauf, die Ehre des Tages dem Schwarzen Ritter zukommen zu lassen und nicht dem Enterbten, der immerhin sechs Gegner zu Fall gebracht hatte. Noch größer wurde die allgemeine Verwirrung, als auf die Rufe der Herolde hin niemand erschien. Es hieß, der Schwarze Ritter sei aus den Schranken hinausgeritten und im Wald verschwunden. So blieb dem Prinzen keine andere Wahl, als noch einmal den Enterbten als Sieger des zweiten Tages auszuzeichnen.

„Enterbter Ritter", sagte er ungnädig, „da Ihr nicht bereit seid, einen anderen Namen zu nennen, bedenken wir Euch noch einmal mit den Auszeichnungen dieses Turniers und der Ehre, aus der Hand der Schönheitskönigin die Siegerkrone zu empfangen." Der Ritter verbeugte sich tief, ohne zu antworten.

Die Zuschauer bekräftigten ihre Zustimmung mit donnerndem Applaus, als er zu Rowena geführt wurde. Er kniete auf der untersten Stufe nieder, während Rowena herabschritt, um ihm die Krone aufzusetzen.

„Sein Haupt muß entblößt sein!" sagten die Marschälle untereinander. „Er muß sich uns zu erkennen geben!" Der Ritter murmelte einige Worte, die aber in der Tiefe des Helmes verloren gingen.

Geschah es der Form halber oder aus Neugierde – schnell ergriffen die Marschälle den Helm und nahmen ihn ab. Hervor schauten das hübsche, sonnengebräunte Antlitz und die hellen Locken eines jungen Mannes, der ungefähr 25 Jahre alt sein mußte. Nach einigen Minuten entsetzten Verharrens ergriff Rowena die Krone und sagte mit klarer Stimme, laut und vernehmlich: „Ich verleihe Euch diese Krone, Herr Ritter, als Zeichen des Sieges und der Tapferkeit." Sie hielt einen Augenblick inne und fügte hinzu: „Einem Würdigeren hätte diese Ehre nicht zuteil werden können!"

Der Ritter beugte sich vor, um die Hand zu küssen. Im gleichen Augenblick sank er mit einem Stöhnen ohnmächtig nieder.

Cedric stand dort, wie vom Blitz getroffen, als er das Gesicht seines Sohnes erkannte. Er wollte zu ihm stürzen, aber die erfahrenen Marschälle waren schon an seiner Seite, um ihm die Rüstung abzunehmen. Sie entdeckten eine tiefe Wunde an seiner Seite, die wohl von einer Lanze herrühren mußte.

Der Name Ivanhoe ging von Mund zu Mund. Prinz John zog seine Stirn in tiefe Falten: „Meine Herren, das ist offene Feindschaft! Ich fühle die Anwesenheit meines Bruders in dieser Rüstung!"

„Front-de-Bœuf kann sich langsam damit abfinden, das Rittergut Ivanhoes zurückzugeben", sagte de Bracy, der inzwischen seine Rüstung wieder abgelegt hatte. „Natürlich", sagte Fitzurse, „dieser Edelmann wird sein Schloß zurückverlangen, das Richard ihm schenkte und das mittlerweile Euch von seiner Hoheit übergeben wurde."

„Front-de-Bœuf kann es behalten, oder zweifelt Ihr an meinem Recht, königliche Güter an meine Anhänger zu verteilen, anstatt sie denen zu geben, die in fremden Ländern herumgeistern und ihrer Lehenspflicht nicht nachkommen?" Natürlich widersprach keiner seiner Zuhörer, denn manch einer erhoffte sich auch seinen Anteil an den Gütern. Fitzurse kehrte zurück, um vom Zustand Ivanhoes zu berichten.

„Er wird Euer Hoheit und Front-de-Bœuf nicht weiter belästigen, denn er ist schwer verwundet."

„Er ist der Sieger des Tages und soll deshalb die Betreuung unseres Leibarztes erhalten", sagte John würdevoll, denn er hoffte, mit dieser Geste die Sympathien der Menge zu gewinnen.

„Ich war aufrichtig bewegt, als ich den Kummer der Schönheitskönigin bemerkte", sagte er zu seinem Ratgeber. „Sie hat wirklich vorbildliche Haltung bewiesen. Wer ist sie eigentlich?"

„Sie ist Sächsin, Erbin großer Besitztümer und eine Rose an Schönheit..." antwortete Fitzurse.

„Wir werden ihr schon die Sorgen vertreiben und ihr Blut aufbessern. Da sie noch minderjährig ist, untersteht sie unserem königlichen Willen und wird deshalb einen Normannen heiraten. Wie steht es mit Euch, de Bracy? Große Ländereien und dazu eine hübsche Sächsin gilt es zu gewinnen?"

„Mylord, ich würde Euerer großen Gunst zutiefst verpflichtet sein", sagte de Bracy und verbeugte sich tief.

„Wir werden es nicht vergessen", erklärte John hoheitsvoll. „Um die Sache anzukurbeln, bitten wir sie gemeinsam mit ihren rauhen Gesellen, die sie bewachen und dem anderen sächsischen Ochsen, der heute besiegt wurde, an unserem Festessen teilzunehmen. Die Sachsen legen zwar keinen großen Wert auf Höflichkeit, doch soll die Einladung geziemend überbracht werden." In diesem Augenblick kam ein Bote und überreichte dem Prinzen eine Botschaft.

„Sie kommt aus dem Ausland, Euer Hoheit. Ein Franzose, der Tag und Nacht geritten war, bat mich, sie unverzüglich in Euere Hände zu legen."

John betrachtete prüfend die Anschrift und das Siegel und öffnete den Brief. Die Botschaft war kurz. „Nehmt Euch in acht – der Teufel ist ohne Fesseln." Der Prinz wurde aschfahl und seine Lippen zitterten, als er Fitzurse und de Bracy beiseite nahm und ihnen den Brief zeigte.

„Das bedeutet, daß mein Bruder Richard frei ist. Das Siegel und die Handschrift Philips von Frankreich beweisen, daß hier keine Fälschung vorliegt."

„Dann müssen wir uns beeilen und unsere Streitkräfte sammeln. Das Turnier muß rasch beendet werden", sagte Fitzurse. „Dem Pöbel wird das nicht gefallen", gab de Bracy zu bedenken. „Wir haben noch etwas Zeit: laßt die Leute ihre Bogen schießen und den Gewinner ermitteln, das genügt vollauf!"

„Das erinnert mich wieder an den unverschämten Kerl von gestern", sagte der Prinz, „ja, es wird geschossen, und heute abend findet das Festessen statt, selbst wenn es der letzte Tag meiner Macht sein sollte. Die Sorgen von morgen verschiebe auf morgen."

Trompeter bliesen und Herolde verkündeten der zurückkehrenden Menge, daß dringende Regierungsgeschäfte seine Hoheit dazu zwingen würden, das Turnier noch heute zu beenden. Der Gewinner im Bogenschießen erhalte als Preis ein mit Silber eingefaßtes Jagdhorn nebst einem kostbaren Wehrgehänge aus Seide. Unter zahlreichen Bewerbern griff John den Freisassen heraus. „So, Großmaul, nun zeige uns deine Künste, oder schießt du nicht mit denen?"

„Natürlich, Euer Gnaden, aber erstens weiß ich nicht, ob sie auf die gleichen Ziele schießen wie ich, und zweitens weiß ich nicht, ob es nicht unter Euerer Würde ist, einen dritten Preis an denjenigen zu vergeben, dem Ihr nicht wohlgesonnen seid." John wurde rot vor Zorn und konnte nur mit Mühe seine Beherrschung wahren: „Wie heißt du?" stieß er hervor.

„Locksley", sagte der Freisasse.

„Gut, Locksley, du trittst hinter den acht Männern an. Gewinnst du, erhältst du noch zusätzlich zwanzig Goldstücke, verlierst du, soll deine Strafe fürchterlich sein!"

„Mir bleibt keine andere Wahl, ich nehme an!" sagte Locksley und zuckte die Achseln.

Die Zielscheibe wurde auf eine volle Schrankenlänge errichtet und erforderte höchstes Können. Jeder der acht Teilnehmer schoß drei Pfeile. Von den zehn im inneren Ring gehörten zwei Hubert, dem Waldaufseher von Malvoisin. Er war ein hervorragender Bogenschütze.

„Los, Locksley", sagte John, „willst du schießen oder aufgeben?"

„Ich schieße", sagte er gelassen, „allerdings unter einer Bedingung: ich schieße zwei Pfeile auf diese Zielscheibe und Hubert wird einen Pfeil auf das Ziel abgeben, das ich wähle!"

„Das ist gerecht, Hubert, übertriff dieses Großmaul und ich fülle dir das Horn mit Silbermünzen!"

„Ein Mann kann nur das geben, was in seinen Kräften steht", sagte Hubert, „mein Großvater zog einen guten Bogen bei Hastings. Ich hoffe, sein Gedenken hiermit in Ehren zu halten."

Hubert fixierte sein Ziel sorgfältig an, dann zog er mit seinem linken Arm die Sehne bis an sein Ohr und schoß. Der Pfeil zischte in einem weiten Bogen durch die Luft und traf genau in den mittleren Ring.

Nun trat sein Gegner nach vorne, legte den Pfeil an und schoß, kaum daß er einen Blick auf das Ziel gerichtet hatte, zwei Zoll näher an den weißen Punkt, der genau die Mitte anzeigte.

„Beim Licht des Himmels!" sagte Prinz John zu Hubert hingewandt, „wenn du verlierst ..."

„Euer Gnaden kann mich hängen, aber ich kann nur wiederholen, daß ein Mann nur das geben kann, was in seinen Kräften steht, und mein Großvater ..."

„Zum Teufel mit deinem Großvater und seinem ganzen Stamm! Schieß, Kerl, und schieß genau, oder du wirst es bereuen!"

Hubert legte wieder an, schoß und traf mit seinem Pfeil mitten hinein in den weißen Punkt. Die Zuschauer klatschten Beifall.

„Nun Locksley", grinste der Prinz.

Eine Sekunde später sauste sein Pfeil durch die Luft, zersplitterte den Pfeil Huberts und traf voll auf den weißen Mittelpunkt. Die Menge war sprachlos! So etwas hat es noch nicht gegeben! Dann erinnerte Locksley den Prinzen an seine Bedingung. Der Prinz nickte stumm. Der Freisasse verlangte einen frischen Weidenstock von etwa zwei Meter Länge und kaum dicker als der Daumen eines Mannes. Diesen Stock steckte er fest und gerade neben die Zielscheibe in den Boden. „Die Zielscheibe", erklärte er, „ist für den Bogenschützen eine Beleidigung. Selbst ein siebenjähriges Kind kann sie treffen. Den Schützen aber, der diesen Stock aus hundert Schritten Entfernung spalten kann, nenne ich einen Mann, würdig, König Richard zu dienen!"

Hubert jedoch hatte genug von diesen Spielen. Trotz seines ehrenwerten Großvaters lehnte er ab, auf ein Ziel zu schießen, das er kaum sehen konnte. Ebenso gut hätte er auch auf einen Sonnenstrahl zielen können.

„Feiger Hund!" rief der Prinz, „aber schieß, Locksley, ich glaube nicht, daß ein Mann so etwas schaffen kann."

Dieses Mal richtete Locksley seinen Bogen sehr sorgfältig auf das Ziel. Es herrschte Totenstille und die Menge wartete gespannt und mit angehaltenem Atem. Der Pfeil flitzte durch die Luft — und spaltete den Weidenstock sauber und genau. Bei dem Tumult, der nun entstand, konnte selbst John seine Bewunderung nicht ganz verhehlen.

„Du hast die zwanzig Goldmünzen verdient und das Jagdhorn hast du gewonnen. Du sollst fünfzig dazu bekommen, wenn du in meine Leibwache eintreten willst. So etwas habe ich noch nie gesehen!"

„Ich danke Euch, edler Prinz, doch bitte ich um Vergebung! Ich habe geschworen, niemandem anderen als Euerem Bruder zu dienen. Die zwanzig Goldmünzen soll Hubert erhalten, der seinen Bogen heute ebenso tapfer geschossen hat wie damals sein Großvater in Hastings." Hubert erhielt sein Geld und Locksley tauchte mit seinem Horn in der Menge unter. Vielleicht hätte ihn John nicht so schnell gehen lassen, wenn nicht

sein Kopf voller Sorgen gewesen wäre. Er sandte einen Boten zu Isaac mit der Bitte um zweitausend Kronen, die noch vor Sonnenuntergang beigebracht werden müßten.

Sollte der Jude seiner Aufforderung nicht nachkommen, müsse er, Isaac, um seinen Kopf bangen.

8. Kapitel

Unter der großen Anzahl von Gästen, die anläßlich des Banketts nach Ashby gekommen waren, bildeten die Sachsen und Dänen einen nicht unbedeutenden Anteil. Sie waren in seinem Lande so zahlreich vertreten, daß John die Notwendigkeit erkannte, sie seiner Politik nicht ausschließen zu dürfen. Sollte es nämlich zu einem Bürgerkrieg kommen, würden sie die gegnerische Seite voll unterstützen.

Angesichts dieser Tatsache empfing der Prinz Cedric und Athelstan, die in sächsischer Kleidung erschienen waren, mit ausgesuchter Höflichkeit. Er zeigte sich sehr betrübt darüber, daß Rowena wegen zu großer Ermüdung an dem Essen nicht teilnehmen könne. Die Normannen konnten nur mit Mühe ihre Belustigung über die langen Kleider unterdrücken, die so ganz anders aussahen als ihre normannischen Festgewänder.

Die Tische bogen sich unter der Last aufgetragener Gerichte, zu denen die erlesensten Weine und Biere herbeigeschafft wurden. Im allgemeinen galten die Normannen als anerkannte Feinschmecker und bezichtigten eher die Sachsen der Völlerei und der Trunksucht. Da die Sachsen mit den normannischen Tischgepflogenheiten nicht gerade bestens vertraut waren, verstießen sie oft unfreiwillig gegen gesellschaftliche Regeln und veranlaßten die Gastgeber zu spöttischen Bemerkungen.

Prinz John machte einen höchst verdrossenen Eindruck. Er ließ sich zu keiner Unterhaltung hinreißen, im Gegenteil, er griff wütend nach seinem Becher und rief: „Wir trinken auf Wilfred von Ivanhoe, den seine Verwundung davon abgehalten hat, an diesem Abend hier zu sein. Wir trinken auf das besondere Wohl von Cedric von Rotherwood, den ehrenwerten Vater des heutigen Siegers!"

„Nein, Mylord!" Cedric ließ seinen Becher unberührt auf dem Tisch stehen, „er ist nicht mehr mein Sohn! Er hat sich des Ungehorsams und der Verachtung unserer Sitten und Gebräuche schuldig gemacht."

„Das ist unmöglich", sagte John mit gespielter Überraschung, „daß ein solch edler Ritter des Ungehorsams bezichtigt wird!"

„Es ist wahr, Mylord, er verließ unser Haus, um am Hofe Eueres Bruders die Ritterkunststücke zu erlernen, derer Ihr Euch so rühmt. Es geschah gegen meinen Willen. Zur Zeit Alfreds bedeutete das ein schweres Verbrechen."

„Wir brauchen nicht danach zu fragen, wer ihn diesen Ungehorsam am Hofe meines Bruders lehrte." Nach einer kleinen Pause fragte der Prinz vorsichtig: „Sollte er nicht Schloß Ivanhoe bekommen?"

„Er erhielt es", antwortete Cedric bitter, „als Lehensvasall auf einem Besitz, den seine Väter frei und unabhängig verwalteten."

„Dann, guter Cedric, werdet Ihr wohl nichts dagegen haben, wenn wir es einem Würdigeren überlassen? Sir Reginald Front-de-Bœuf...", er wandte sich an den Baron, „Ihr werdet den Besitz Ivanhoe gut führen, damit Sir Wilfred seinem Vater keinen weiteren Anlaß des Mißfallens gibt."

„Beim heiligen Antonius!" lachte Front-de-Bœuf, „Ihr dürft mich einen Sachsen nennen, wenn jemals Cedric oder Wilfred oder irgendein anderer englischen Geblüts mir das Schloß nehmen will!"

„Herr Baron", sagte Cedric kalt, „wer auch immer Euch einen Sachsen nennen mag, überhäuft Euch mit unverdienten Ehren."

„Sachsen sind uns in jeder Weise überlegen", warf John boshaft ein, „sowohl in der Länge ihrer Stammbäume als auch in der Länge ihrer Mäntel." „Selbst in der Jagd sind sie uns voraus", gab Malvoisin zu bedenken, „so wie das Wild den

Hunden!"

„Und vergeßt nicht ihre Überlegenheit in Sitte und Anstand", ermahnte der Prior.

„Gar nicht zu reden von ihrer Enthaltsamkeit", übertrumpfte de Bracy, der seine Heiratspläne erst einmal zurückgestellt hatte.

Cedric sprang von seinem Stuhl auf und blickte, rot vor Zorn, von einem zum andern. Dann wandte er sich dem Prinzen zu: „Wie groß auch immer die Schwächen und Fehler eines Sachsen sein mögen, er würde es sich nie erlauben, seine Gäste unter seinem Dach und mit seinem Salz und Wein versehen, einer Beleidigung auszusetzen. Was immer sich in Hastings zugetragen haben mag, zwei aus unserer Runde sollten sich zurückhalten", — er schaute Front-de-Bœuf und den Tempelritter prüfend an — „die beiden, die noch vor wenigen Stunden Sattel und Steigbügel durch die Lanze eines Sachsen einbüßen mußten."

„Ein kühn dahergesagter Satz", sagte John, „gefällt er Euch, der Scherz, meine Herren? Unsere sächsischen Untertanen nehmen sich in dieser schwierigen Zeit merkwürdig viel heraus. Was meint Ihr? Sollen wir uns in die Normandie zurückziehen?"

„Natürlich!" lachte de Bracy, „obwohl Jagdspeere ausreichten, um diese Wildschweine in die Enge zu treiben!"

„Genug, meine Herren Ritter!" Fitzurse wandte sich an den Prinzen. „Es wäre vielleicht zweckmäßig, wenn Euer Hoheit dem ehrenwerten Cedric begreiflich machen könnte, daß unsere Art von Humor keineswegs beleidigend wirken sollte, wie es vielleicht in eines Fremden Ohr klingen mag."

„Beleidigung!" schrie John, herzlich lachend, denn er merkte seinen Fehler erst jetzt, „ich hoffe, niemand faßt unsere Scherze so auf! Edler Cedric, ich leere meinen Becher auf Euer Wohl!" Cedric saß schweigend da.

Der Wein floß warm durch Johns Adern, als er fröhlich ausrief: „Nun haben wir oft genug auf der Sachsen Wohl getrunken, gibt es keinen normannischen Namen, auf den wir trinken könnten?" Fitzurse stand sofort hinter Cedrics Stuhl und flüsterte ihm etwas ins Ohr.

Cedric erhob sich langsam und hielt Prinz John einen vollen Becher Wein hin. „Für die Besiegten ist es kein leichtes, ein Loblied auf die Eroberer anzustimmen. Doch laßt mich den ersten an Rang nennen, den besten und den edelsten. Wer nicht mit mir trinkt, nenne ich falsch und unehrenhaft – ich trinke auf Richard Löwenherz!"

Prinz John hatte insgeheim auf seinen Namen gewartet und fuhr erschrocken auf. Es entstand allgemeine Verwirrung und Aufruhr. Einige machten es dem Prinzen nach und berührten beim Trinken nur den Rand des Bechers, andere riefen unvorsichtig: „Lang lebe König Richard!", während andere, wie Front-de-Bœuf und der Tempelritter, ihre Kelche unberührt stehen ließen. Niemand aber widersetzte sich dem Trinkspruch.

Einen Moment lang genoß Cedric die Stimmung sichtlich, dann sagte er laut und deutlich zu Athelstan: „Laßt uns gehen, wir haben dem Prinzen unsere Achtung entgegengebracht. Diejenigen, die noch mehr von unseren sächsischen Gebräuchen wissen wollen, sollen uns an den Stätten unserer Väter besuchen. Wir haben das königliche Festessen und die normannische Ritterlichkeit ausreichend genießen dürfen."

Unter tiefen Verbeugungen verließen sie den Festsaal, gefolgt von einigen anderen nicht minder beleidigten Sachsen.

„Bei den Gebeinen des heiligen Thomas!" murmelte John. „Diese Sachsen haben es uns gegeben!" Kurze Zeit später verabschiedete sich auch der Abt, der noch einen langen Heimweg vor sich hatte. „Sie wenden sich alle von mir", flüsterte John, als er mit Fitzurse alleine war, „nur der Name Richard genügt und sie schmelzen dahin. Und ausgerechnet Sachsen halten mich zum Narren!"

„Schuld waren die törichten Scherze", beruhigte ihn Fitzurse, „was das andere betrifft, so bringen de Bracy und ich das schon wieder in Ordnung."

„Nein, es wird vergebens sein – sie haben die Handschrift an der Wand gesehen und die Spur des Löwen im Sand; sie haben sein Brüllen bereits in den Ohren. Nichts kann ihnen den Mut zurückgeben!"

„Hätte er bloß um Gottes willen eigenen Mut", flüsterte Fitzurse draußen de Bracy zu, als sie die Halle verließen.

Fitzurses Aufgabe war nicht einfach. Es schien ihm nutzlos, persönliche Beziehungen zu einem Prinzen wie John zu knüpfen. Ihm erschien die Rückkehr Richards unwahrscheinlich — und wenn schon... Er würde Johns Anhänger als Rebellen bestrafen, und was das für sie bedeutete, wußten sie nur allzu genau.

„Aber", fügte er hinzu, „obwohl wir ihn als einen getreuen und tapferen Ritter kennen, bleichen die Knochen seiner Männer in der Wüste Palästinas. Er wird alleine kommen, ohne Anhang — wenn dann der Prinz ein starkes Gefolge hat, ihm zu begegnen...?"

Alle diese Überlegungen überzeugten Fitzurse davon, eine Versammlung in York abzuhalten, um die Krönung Johns zu besprechen.

Es war schon spät am Abend, als ein erschöpfter Fitzurse nach Schloß Ashby zurückkehrte. Er traf dort auf de Bracy, der von Kopf bis Fuß in Grün gekleidet war, ausgestattet mit Waldhorn, Bogen und allem, was dazugehörte.

„Was bedeutet denn diese Aufmachung?" fragte er kurz angebunden.

„Ich bin im Begriff, mir ein Weib auf direktem Wege anzuschaffen. Die Herde der sächsischen Ochsen, die heute abend das Schloß verläßt, wird in Kürze ohne Begleitung von Lady Rowena reisen."

„Seid Ihr verrückt, de Bracy? Obwohl es Sachsen sind, sind sie reich und mächtig und genießen bei dem Volk als letzte ihres königlichen Geblüts hohes Ansehen. Gerade jetzt braucht John die Sachsen dringend zu seiner Unterstützung!"

„Er wird sich fragen müssen, welche Unterstützung ihm nützlicher erscheint, meine Lanzen oder ein Haufen sächsischer Sklaven. Die Schuld an dem Überfall trifft die Geächteten — sehe ich nicht haargenau so aus wie einer von ihnen? Später

dann werde ich selbst auf der Bildfläche erscheinen und die unglückselige Schöne aus den Klauen der Räuber befreien, werde sie auf ein sicheres Schloß bringen und sie erst wieder herzeigen, wenn sie meine Frau geworden ist."

„Ein hübscher Plan — aber er stammt nicht von Euch, oder? Wer macht noch mit? Euere eigenen Truppen liegen bei York."

„Sir Brian und seine Leute spielen die ‚Geächteten', aus deren Händen ich dann die Dame befreie."

„Ein hübscher Plan. Ihr werdet die Dame zweifellos ergreifen. Ich warte nur darauf, wie Ihr, de Bracy, sie aus des Templers Fängen zurückerobern wollt!"

„Er ist ein Tempelritter und kann diese Erbin nicht heiraten. Er könnte auch nicht das geringste gegen die Braut von de Bracy bewirken, auf keinen Fall! Selbst wenn zehn seines Ordens ihm zur Seite stünden!"

„Nun gut, ich kann Euch nicht aufhalten. Macht diesem Irrsinn ein kurzes Ende!"

„Es wird nur wenige Stunden dauern, dann bin ich wieder in York und stehe an der Spitze meiner Männer zur Verfügung."

Fitzurse stand eine ganze Weile gedankenvoll da, als de Bracy von ihm gegangen war. Mein Gott! Mit solchen Narren mußte er zusammenarbeiten. Und der Prinz? Er würde als König wahrscheinlich ebenso undankbar sein, wie er sich bereits als aufrührerischer Sohn und verräterischer Bruder gezeigt hatte. Soll er ruhig versuchen, seine Interessen zu durchkreuzen. Soll er es doch einmal versuchen! — Der künftige Kanzler Englands — denn etwas Geringeres hatte er nicht im Sinn — lächelte vor sich hin, als er zu seinem Herrn ging, um ihm Bericht zu erstatten.

Der unbekannte Ritter, dem die Zuschauer des Turniers den Namen „Schwarzer Ritter" gegeben hatten, ritt nach dem Kampf auf kürzestem Wege in die Wälder zurück. Die erste Nacht verbrachte er in einer abgelegenen Schenke, wo er die Ergebnisse des Turniers erfuhr. Am nächsten Tag beabsichtigte er, eine weite Strecke zurückzulegen, doch er kam vom Wege ab und verirrte sich noch tiefer in dem Wald. Die Sonne ging bereits unter, als er zu einer Lichtung kam, wo er eine grob zusammengebaute Hütte fand, die von dichtem Gebüsch umgeben war. Vor der Tür war ein schlichtes Holzkreuz aufgerichtet. Erleichtert stieg der Ritter vom Pferd und klopfte an die Tür.

„Geht weiter", rief eine tiefe Stimme von drinnen, „und stört nicht die Abendandacht eines Dieners Gottes!"

„Gütiger Vater, ich bin ein armer Reisender, der Euch die Gelegenheit gibt, Nächstenliebe und Gastfreundschaft an ihm auszuüben."

„Ich bin dessen bedürftiger, als ich zu geben vermöchte. Selbst ein wohlgenährtes Pferd würde mein eigenes Lager verachten."

„So kommt wenigstens heraus und zeigt mir den Weg!"

„Der Weg ist leicht zu finden: folgt ihm weiter bis zu den Sümpfen, von dort zu einer Furt, die jetzt einfach zu durchwaten ist, achtet aber auf das linke Ufer, das sehr steil abfällt; seid vorsichtig, man kann leicht ausrutschen, dann . . ."

„Ein abschüssiger Weg — Morast — eine Klippe — eine Furt! Und das alles in der Dunkelheit. Mir ist das gleichgültig, ob Ihr ein Heiliger seid, ich kann heute abend nicht mehr weitergehen. Macht auf, oder ich breche die Türe ein!"

„Wanderer, hütet Euch! Ich habe weltliche Waffen zur Selbstverteidigung."

Der stählerne Fuß traf die Tür mit solcher Gewalt, daß die kleine Hütte heftig erzitterte.

„Geduld!" schrie der Einsiedler, der um seine Tür bangte, „ich werde öffnen, obwohl Ihr es bedauern werdet!"

Die Türe öffnete sich und heraus trat eine große, breite Gestalt, in graues Sackleinen gekleidet. In der einen Hand hielt sie eine lodernde Fackel und in der anderen eine riesige Keule. Beim Anblick des geharnischten Besuchers überlegte es sich der Priester anders und lud ihn ein, näher zu treten. Er beschwerte sich darüber, daß man nach Anbruch der Dunkelheit niemanden mehr hereinlassen könnte, da der Wald von Geächteten nur so wimmele. „Die Ärmlichkeit Euerer Zelle, gütiger Vater", sagte der Ritter und betrachtete prüfend das Lager aus Blättern, das grobe Kruzifix und den einfachen Tisch, „bietet Euch doch Sicherheit genug, oder? Ganz zu schweigen von Eueren riesigen Hunden da, die stark genug sind, einen Hirsch zu töten."

„Der Förster hat mir erlaubt, sie bei mir zu behalten!" Der Eremit setzte seinem Gast eine Schale mit getrockneten Erbsen vor. Inzwischen hatte der Ritter den größten Teil seiner Rüstung abgelegt. Der Gastgeber musterte aufmerksam den gutaussehenden jungen Mann mit dem dichten Schnurrbart, dem hellgelockten Haar und den funkelnden, tiefblauen Augen.

„Darf Euch ein sündiger Laie nach Euerem Namen fragen?"

„Ich bin der Mönch von Copmanshurst. Und Ihr, Herr Ritter?"

„Ich werde ‚Schwarzer Ritter' genannt. Manche geben mir auch den Spitznamen ‚der Faule', aber das macht mir nichts aus!"

„Vielleicht, Herr Ritter, hat der Förster noch etwas zu essen hier gelassen. Wir wollen mal nachsehen!" Der Einsiedler erhob sich und stöberte längere Zeit in seinem gutgetarnten Schrank herum und holte schließlich eine riesige Wildpastete hervor und setzte sie auf den Tisch. Der Mönch schaute lächelnd zu, wie der Ritter sich darüber hermachte. „Hat der gute Förster nicht vielleicht etwas . . ."

Mit einem breiten Grinsen durchwühlte der Priester seinen Schrank aufs Neue und kam mit einer riesigen Weinflasche und zwei silbernen Trinkhörnern zurück. Er füllte die Hörner bis an den Rand und mit einem lauten sächsischen „*Waes hael!*" leerte er seinen in einem Zug.

„*Drink hael*, heiliger Mann von Copmanshurst", sagte der Ritter und trank sein Horn ebenfalls aus. „Ehrwürdiger Eremit", sagte er nach einer Weile, „ich wundere mich, daß ein Mann wie Ihr hier in dieser Wildnis lebt. Ihr könntet Euch doch leicht ein Schloß halten und vom Ertrag der Ländereien leben. Warum verschafft Ihr Euch nicht Eßvorräte aus dem Wald? So dann und wann ein erlegter Hirsch – niemand würde es merken."

„Freund Faulpelz, das sind gefährliche Worte. Das Gefängnis

würde auf mich warten, und selbst meine Kutte rettete mich nicht vor dem Galgen!"

„Ihr macht mich neugierig, Bruder; bedenkt, daß es zu meinem Beruf gehört, Gefahr zu suchen!"

„Ich trinke auf Euer Wohl. Ergreift Ihr nur die Waffen, und ich erteile Euch jetzt schon auf Monate hin die Absolution."

Der Einsiedler erhob sich und öffnete eine versteckte Truhe, in der allerlei unkirchliche Gegenstände wie Bogen, Armbrust, ein Schwert und eine Harfe zu bewundern waren.

„Bruder Pfaff, meine Neugierde ist nun gestillt worden; aber dort sehe ich eine Waffe ...", – er griff nach einer kleinen Harfe–, „auf der ich meine Geschicklichkeit gegen Euch lieber erproben möchte."

„Herr Ritter, ich hoffe sehr, daß Ihr den Namen ‚Faulpelz' zu unrecht tragt. Laßt uns trinken und fröhlich sein. Und wenn Ihr diese musikalische Waffe gut beherrscht, seid Ihr zu einem Teller trockener Erbsen und einem guten Tropfen Wein auf Copmanshurst stets willkommen, solange ich dem heiligen Dunstan diene, was, wolle Gott, noch lange währe. Auf, laßt uns die Becher füllen!"

9. Kapitel

Cedric, der ernsthaft darüber nachdachte, was mit seinem verwundeten und enteigneten Sohn geschehen sollte, befahl Oswald, nach ihm zu schauen. Oswald indessen kam zu spät, Wilfred war bereits fort. Es hieße, er sei in guten Händen. Als einzigen fand er Gurth, der seinen Herrn verzweifelt suchte. Oswald ließ ihn vorläufig festnehmen und überbrachte ihn Cedric. Dieser schien sichtlich erleichtert über die Mitteilung, daß er gut aufgehoben sei. „Laßt ihn mit den normannischen Stutzern ziehen", murrte er, „und Ruhm und Ehre seines Volkes vergessen."

Nachdem er sich vom Prinzen verabschiedet hatte, beabsichtigten sie, zum Kloster St. Withold zu reiten, wo der Prior sie zum Nachtmahl erwartete. Plötzlich bemerkten sie Gurth. „Legt ihn in Ketten!" rief Cedric zornig. „Warum ist er nicht gefesselt?" Gurth leistete keinen Widerstand, als man ihm die Fesseln anlegte, sondern warf nur einen kurzen Blick auf Cedric.

Das üppige Mahl, das sie bei dem würdigen Abt von St. Withold, einem gebürtigen Sachsen, erhielten stärkte sie auf ihrem Weg nach Hause. Beim Abschied ereignete sich ein unangenehmer Zwischenfall. Ein großer schwarzer Hund heulte laut und langgezogen, als sie aufbrachen. „Wir sollten lieber umkehren", sagte Athelstan, der die freundliche Aufnahme des Abtes noch in angenehmer Erinnerung hatte. „Es bedeutet Unglück, wenn einem vor der nächsten Mahlzeit ein Mönch, ein Hase oder ein heulender Hund über den Weg läuft."

„Quatsch!" knurrte Cedric. „Das ist der nichtsnutzige Hund seines nichtsnutzigen Herren Gurth!" Er richtete sich im Sattel auf und schleuderte seinen Speer in Richtung auf den unglücklichen Fangs, der nach langem Suchen seinen Herrn wiedergefunden hatte und sich nun auf seine Art über das Wiedersehen freute. Der Speer aber streifte nur seine Schulter, und Fangs verzog sich aufheulend. Gurth berührte dieser Zwischenfall mehr als seine eigene Zwangslage, und er bat Wamba, er möge ihm doch etwas Staub von seinen Augen wischen, da seine Hände gebunden waren ....

Eine Zeitlang ritten sie wortlos nebeneinander her. Endlich sagte Gurth mit leiser Stimme: „Freund Wamba, von all den Narren, die Cedric dienen, kannst nur du ihn überzeugen. Geh zu ihm und sag ihm, daß er mich foltern, an Ketten aufhängen und enthaupten kann, aber daß er mich niemals wieder zwingen kann, ihn zu lieben oder ihn zu achten. Sag ihm, Gurth, der Sohn Beowulfs, lehnt seine Dienste ab."

„Solch ein Narr bin ich auch wieder nicht. Er trägt noch einen Wurfspieß in seinem Gürtel."

„Laßt ihn mich nur töten! Gestern ließ er meinen jungen

Herrn in seinem Blute liegen. Heute versuchte er das einzige lebende Wesen zu töten, das mir je Freundlichkeit entgegengebracht hat... Jetzt ist es Schluß!"

„Cedric verfehlte doch den Hund, er wollte ihn nur vertreiben!"

„Wenn ich das nur glauben könnte!" Und wieder herrschte großes Schweigen, das selbst Wamba nicht unterbrechen konnte.

In der Zwischenzeit unterhielt sich Cedric angeregt mit Athelstan über die Zukunft des Landes. Dieses Thema lag ihm sehr am Herzen, hatte er nicht zuletzt deswegen seinen Sohn geopfert? Es fehlte ein Führer! Athelstan hatte zwar alle die erforderlichen Eigenschaften wie Mut, Kühnheit, Großherzigkeit und was sonst noch dazugehörte, aber viele betrachteten Rowenas Abstammung von Alfred als die bessere. Die einzige Lösung sah er in einer Heirat zwischen den beiden. Seine Hoffnung, daß Rowenas Zuneigung zu Wilfred durch seine lange Abwesenheit schwinden könnte, erwies sich als falsch. Wenn Cedric ihr die Aussicht auf eine vorteilhafte Heirat mit anderen Bewerbern schmackhaft machen wollte, stellte sie ihn kurz entschlossen vor die eine Wahl, entweder ins Kloster zu gehen oder aber Wilfred zum Manne zu nehmen.

Nachmittags kamen sie zu einem Waldrand, wo sie eine kleine Pause einlegten. Die Angst vor Überfällen durch Geächtete schien ihnen unbegründet, da sie sich in der Überzahl glaubten. Plötzlich hörten sie laute Hilfeschreie, die aus dem Wald drangen. In einer Lichtung gewahrten sie eine Sänfte, daneben Rebecca und Isaac, der auf und ab ging und die Hände verzweifelt rang.

Nach sämtlichen Anrufen der Propheten des alten Testaments erzählte ihnen Isaac, daß ein Köhler von Geächteten berichtet habe, die sich in der Nähe aufhielten. Daraufhin hätten sich seine sechs Leibwächter, die die Sänfte des Kranken trugen, aus dem Staube gemacht. Er bat Cedric, sich ihrer anzunehmen und ihnen Schutz zu gewähren. Unterdessen war Rebecca rasch zu Rowena geeilt und bat sie im Namen Gottes, den Juden und Christen gleichermaßen anbeten, ihnen Hilfe

zukommen zu lassen. Es ginge nicht um sie, ein Mädchen und einen alten Mann, sondern auch um diesen Kranken, der schnellstens in Sicherheit gebracht werden müßte. Irgendetwas in der Stimme des Mädchens ließ Rowena aufhorchen, und sie überzeugte Cedric, die Juden und den Kranken mitziehen zu lassen. Verärgert schlug Athelstan vor, daß die Juden mit Wamba reiten sollten, von dem er sich noch etwas Schweinefleisch als Abschreckung in der Tasche erhoffte.

Im Zuge des allgemeinen Aufbruchs gelang es Wamba, die Fesseln des armen Gurth zu lockern, so daß dieser in einem geeigneten Augenblick unbemerkt im nahen Unterholz verschwinden konnte.

Der Überfall ereignete sich auf einem engen Pfad, der über Geröll hinunter in eine Schlucht führte. Der Angriff wurde von allen Seiten ausgeführt. Es dauerte nicht lange, und Cedric und Athelstan wurden von ihren Gegnern überwältigt. Nur Wamba gelang es zu entkommen, nachdem er mehr Mut bewiesen hatte als sämtliche Diener. Er ergriff das Schwert eines seiner überraschten Kameraden und versuchte, seinem Herrn zu Hilfe zu kommen. Als er sich aber von allen Seiten umzingelt sah, glitt er fast unbemerkt von seinem Pferd und verschwand im Dickicht. Später fragte er sich verzweifelt, ob sein Platz nicht besser an der Seite seines Herrn im Gefängnis gewesen wäre. „Die Freiheit soll gesegnet sein", sagte er laut zu sich selbst, „aber ich wünschte, es gäbe einen klugen Menschen, der mir sagen könnte, was ich nun damit anfangen soll."

„Wamba!" flüsterte jemand neben ihm.

„Gurth?" fragte er leise. „Gut, daß du da bist! Alle unsere Leute sind geschnappt worden!"

„Um Himmelswillen! Von wem?"

„Unser Herr kämpfte wie ein Löwe; Athelstan war nicht stark genug, und von den übrigen laß' uns gar nicht erst reden ... Es waren Geächtete, die uns angriffen, unsere Leute fielen wie reife Äpfel von den Bäumen ...." Tränen des Kummers standen in seinen Augen.

„Wamba, du hast doch eine Waffe! Vielleicht könnte ein

unerwarteter Angriff ..."

„Du hast Cedrics Diensten abgeschworen!"

„Na, wenn schon, damals war er frei und ich nicht."

Plötzlich stand eine dritte Gestalt vor ihnen und befahl, sich nicht zu bewegen. Zuerst dachten sie an einen neuen Angreifer, aber dann erblickte Wamba das Waldhorn. Es war Locksley.

„Wer wagt es, in diesem Walde anzugreifen?" fragte Locksley, den Wamba im Nu wiedererkannte.

„Offensichtlich sind es Euere Leute", antwortete Wamba.

„Das werden wir sehen! Hier, nimm das Horn und das Wehrgehänge". Er reichte beides Wamba und zog eine schwarze Maske aus der Tasche. „Bleib hier stehen! Das wollen wir doch einmal sehen", wiederholte er und verschwand.

Wenige Minuten später war Locksley zurück. „Ich habe sie beobachtet und weiß, wer sie sind. Es sind Normannen, gut ausgebildete Soldaten, und auf einen Gegenschlag gut vorbereitet. Zu dritt können wir wenig ausrichten, aber ihr seid treue Diener Cedrics, der für alle Engländer ein Herz hat. Ich schwöre euch, daß wir eine Menge unserer Leute auftreiben, die ihm zu Hilfe eilen. Folgt mir!"

Als sie durch den Wald liefen, unterbrach Wamba das Schweigen: „Ich könnte schwören, den Pfeil gesehen zu haben, der dieses Waldhorn gewonnen hat."

„Freunde", sagte Locksley, „wie ich heiße, und ob ich einen Bogen besser spannen kann als ein Viehhirt, ob ich lieber tagsüber wandere oder nachts, ist allein meine Angelegenheit." Danach folgte wieder langes Schweigen.

Er führte sie zu einer großen Lichtung, wo unter einer riesigen Eiche sechs Männer mit gespannten Bogen auf sie warteten. Nachdem sie Locksley erkannt hatten, hießen sie auch Wamba und Gurth willkommen. Locksley fragte seine Kameraden kurz nach dem Verbleiben verschiedener Leute und erteilte dann eine Anzahl Befehle; vor allem ordnete er die Überwachung des Feindes an.

„Wir gehen selbst und holen den Mönch", sagte er und dann machten sich die drei wieder auf den Weg. Sie verabredeten sich bei Sonnenaufgang an dieser Lichtung.

Bald darauf erreichten sie die Eremitage von Copmanshurst, aus der zwei kräftige Stimmen alte Trinklieder mit einer Lautstärke gröhlten, daß die Bäume zitterten.

„Hörst du jenen schwarzen Sanktus?" flüsterte Wamba. „Was ist das für ein Mönch? Singt Trinklieder um Mitternacht!"

Gurth kicherte vor sich hin. „Der fröhliche Pfaff von Copmanshurst ist ein bekannter Mann — beinahe die Hälfte des gesamten Wilds in dieser Umgebung kommt auf sein Konto. Der Waldaufseher jammert pausenlos."

Während sie noch weiter flüsterten, brachte Locksleys lautes Klopfen den Gesang augenblicklich zum Schweigen.

„Noch mehr Gäste, die um Quartier bitten", murmelte der Eremit. „Schnell, alles abräumen! Die Leute sind boshaft genug, meine armselige Gastfreundschaft, die ich einem Freund gewähre, als Trinkgelage auszulegen, was meiner Natur und meinem Ruf nicht im geringsten entspricht. Setzt Euch Eueren eisernen Topf auf den Kopf, während ich abräume und singt mit mir ein Lied, damit das Klirren des Geschirrs nicht auffällt."

So stimmten die beiden laut das Lied *De profundis clamari* an, wobei des Ritters laute Stimme zwischendurch von schallendem Gelächter unterbrochen wurde, während er dabei rasch die Rüstung anlegte.

„Was ist das für eine Teufelsmesse, die Ihr da lest", kam die Stimme von draußen.

„Geht Euere Wege, Wanderer, und stört nicht meines Bruders und meine Andacht."

„Verrückter Pfaff! Öffnet Locksley die Tür!"

„Dann ist alles in Ordnung. Es ist ein Freund!" Der Mönch atmete erleichtert auf.

„Aber wer ist es? Sagt schnell — vielleicht ist es kein Freund von mir!"

„Es ist der ehrliche Waldaufseher, von dem ich Euch erzählte . . ."

„Ach so! Der ehrliche Waldaufseher und der fromme Mönch",

lachte der Ritter.

Der Eremit öffnete die Tür und ließ die drei eintreten.

Locksley betrachtete prüfend den Ritter. „Wen habt Ihr da, Mönch?"

„Es ist ein alter Freund, ein Mitglied unseres Ordens. Wir haben gemeinsam gebetet."

„Aha, ein Mitglied der streitenden Kirche, wie ich sehe", sagte Locksley trocken. „Seid Ihr verrückt? Ihr kennt doch unsere Regeln und gebt einem Ritter Einlaß, den Ihr nicht kennt!"

„Ich?! Die Regeln gebrochen?! Es ist Sir Anthony of Scrableston — Ich kenne ihn wie ein Bettler seinen Teller. Als ob ich mit einem Unbekannten trinken würde . . ."

„Ihr habt zweifellos genug getrunken und gequatscht!"

„Guter Waldmann", sagte der Ritter, „er hat nichts Unrechtes getan. Er gewährte mir jene Gastfreundschaft, die ich sonst von ihm erzwungen hätte."

„Also gut!" sagte Locksley und wandte sich an den Eremiten. „Wir haben Arbeit für Euch: weg mit dem Grau — jetzt tragt Ihr Grün!"

Während der Mönch seine Kleider wechselte, nahm Locksley den Ritter beiseite. „Ihr seid es, der das Turnier in Ashby zugunsten des Engländers entschieden hat?"

„Und wenn ich es wäre?"

„Dann seid Ihr ein Freund der ‚Schwächeren'."

„Das ist meine Pflicht als Ritter!"

„Für unsere Sache brauchen wir nicht nur einen treuen Ritter, sondern auch einen treuen Engländer."

„Ihr werdet wohl kaum einen Menschen finden, dem das Wohl Englands und das Leben eines jeden Engländers mehr am Herzen liegt."

„Ich will es glauben."

Locksley erzählte nach einer Weile, was sich mit Cedric zugetragen hatte. Man habe ihn und sein Gefolge auf Schloß Tornilstone gebracht. Der Ritter hörte aufmerksam zu und nickte: „Ich werde an Euerer Seite kämpfen. Aber darf ich fragen, wer Ihr seid?"

Der Waldmann lächelte zurück: „Es geht mir wie Euch, Herr Ritter, ich bin ein namenloser Waldhüter, aber ein Freund meines Landes."

„Daran zweifle ich nicht! Längst habe ich es gelernt, in Männergesichtern zu lesen. Wenn wir diese Sache erledigt haben, werden wir uns noch besser kennen." „So!", sagte Wamba zu Gurth, der das Ende der Unterredung mitangehört hatte. „Wir haben einen neuen Verbündeten! Hoffen wir, daß der Ritter edler ist als der Freisasse ehrlich und der Eremit fromm!" „Halt lieber deinen Mund Wamba", sagte Gurth. „Um Cedric zu retten, schließe ich auch mit dem Teufel einen Pakt!"

Der Mönch, der inzwischen ganz in Grün gekleidet war, führte die Männer hinaus. Beim Brunnen machte er halt und lachte: „In meinem Kopf spüre ich ein unbestimmtes Dröhnen und in meinen Gliedern eine gewisse Unsicherheit – es kommt sicher von zu angestrengtem Beten."

„Seid still, verrückter Pfaff", sagte Locksley. „Ihr macht mehr Lärm als ein ganzes Kloster am Feiertag, wenn der Abt im Bett liegt. Wir müssen Front-de-Bœuf suchen!" Der Ritter blickte ihn rasch an. „Ist Front-de-Bœuf ein Räuber geworden, der auf königlichen Straßen Reisenden auflauert?"

„Er war schon immer ein Räuber", sagte Locksley. Schweigend marschierten sie weiter, um die Geächteten an der verabredeten Stelle zu treffen.

10. Kapitel

Die ganze Nacht hindurch trieben die verkleideten Normannen ihre Gefangenen auf holprigen Wegen vor sich her. Erst beim Morgengrauen erreichten sie eine annehmbare Reisegeschwindigkeit.

Unterwegs überraschte de Bracy den Tempelritter mit der Ankündigung, nun doch weiterzureiten bis Torquilstone und nicht, wie vorher geplant, die Rolle des ritterlichen Befreiers zu spielen. Sie waren erfüllt von gegenseitigem Mißtrauen; de Bracy überzeugte die Zusicherung von Sir Brian längst nicht mehr, daß Rowena ihn nicht interessiere, und er nur Gefallen an Rebecca habe. Ein Tempelritter und eine Jüdin – war das nicht genug, Mißtrauen zu hegen! Torquilstone war ein typisches normannisches Schloß. Der Blick fiel sofort auf den großen eckigen Turm, der von zahlreichen niedrigeren Nebengebäuden umgeben war. Außen herum führte ein Wall mit vielen kleinen Türmen, die der Abwehr dienten. Von diesem Wall aus konnte man über eine Zugbrücke, die einen tiefen Wassergraben überspannte, ins Freie gelangen. Beim Anblick dieser Festung erkannte Cedric, in wessen Hände er gefallen war.

„So", schrie er aufgebracht zu seinen Entführern, „es sind nicht sächsische Füchse, die uns ergriffen haben, sondern normannische Wölfe. Sagt mal, Ihr Hunde, will Euer Herr mein Leben oder meinen Reichtum? Ich sehe schon, das Stück Land, das uns früher allein gehörte und das wir uns jetzt teilen müssen, ist anscheinend immer noch zu viel für uns, oder? Nehmt doch unser Leben auch noch! Unsere Freiheit habt Ihr schon bekommen. Vollendet Euer Werk der Eroberung – aber laßt Lady Rowena frei, sie ist eine Frau und kann Euch nichts antun!"

Die Bewacher gaben keine Antwort, sondern trieben zu immer größerer Eile an. Im Innenhof des Schlosses angelangt, wurden die Gefangenen getrennt. Cedric und Athelstan kamen in einen großen Raum, der ganz nach sächsischem Vorbild eingerichtet war. Früher diente er sächsischen Eigentümern als Haupthalle. Cedric konnte sich eine ironische Bemerkung nicht verkneifen: „Hier in dieser Halle", knurrte er, „feierte bereits mein Vater mit Torquil Wolfganger."

„Hoffentlich vergessen sie nicht, uns Essen und Wein zu bringen", unterbrach Athelstan die trüben Gedanken Cedrics, der nicht verwinden konnte, daß Normannen sie gefangenhielten. Cedric jedoch ärgerte sich über Athelstan, der anscheinend keine anderen Probleme als die Freuden des Gaumens zu kennen schien.

In diesem Augenblick öffneten sich die Türen und maskierte und verkleidete Diener trugen einen Tisch herein, auf dem die verschiedensten Gerichte aufgetragen waren. Athelstan entspannte sich zusehends. „Sagt Euerem Herrn", sagte Cedric zu den Dienern, „wir gestehen ihm das Lösegeld zu wie jedem anderen gemeinen Verbrecher. Er soll uns den Preis nennen."
„Und sagt ihm", schmatzte Athelstan mit vollem Mund, „ich fordere ihn zum Zweikampf heraus, auf dem Pferd oder zu Fuß, mit Waffen seiner Wahl, binnen acht Tagen nach unserer Freilassung."

„Ich werde ihm Euere Herausforderung mitteilen", sagte der Diener und verschwand.

Plötzlich wurden sie bei ihrer Mahlzeit von gewaltigen Hornsignalen unten am Tor unterbrochen. Von ihren Fenstern aus konnten sie leider nichts sehen, doch mußte es sich um etwas Wichtiges handeln, da draußen allgemeiner Tumult entstand.

Isaac von York war nicht so fürstlich untergekommen wie die beiden Sachsen. Man warf ihn in einen tiefen, modrigen, halbdunklen Kerker, dessen schwache Beleuchtung doch noch ausreichte, unheimliche Folterwerkzeuge erkennen zu lassen, deren Anblick ihn schon halb zu Tode erschreckte. Das schlimmste schien ihm eine große offene Feuerstelle, über der ein Rost befestigt war, der groß genug war, einen ausgewachsenen Mann schmoren zu lassen.

Isaac war nicht das erste Mal in solch arger Bedrängnis, doch war es ihm stets gelungen, mit heiler Haut davonzukommen. Er wußte nur allzu gut, wie man im Namen Christi mit seinen Glaubensgenossen verfuhr. Mit der unerschöpflichen Langmut im Ertragen von Leid, wie es sein Volk von jeher gewohnt war, setzte er sich, nur in seinen Mantel gehüllt, in eine Ecke dieses feuchten Verlieses und wartete. Er wartete etwa drei Stunden lang, bis Schritte draußen auf der Treppe hallten, die Riegel zurückgeschoben wurden und Front-de-Bœuf in der Tür stand, begleitet von den beiden Sarazenen des Templers. Langsam trat er näher. Der Jude starrte ihn mit offenem Mund entsetzt an und rührte sich nicht. Der Normanne blieb vor ihm stehen und gab den Sklaven ein Zeichen, die rasch eine Waage und Gewichte herbeitrugen und sie vor ihm aufstellten.

„Du verdammter Hund einer verdammten Rasse!" schrie er. Die tiefe Stimme gab ein schauerliches Echo in diesem dunklen Gewölbe. „Auf dieser Waage wirst du mir tausend Pfund echten Silbers abwiegen."

Dem Juden verschlug es die Sprache! Heiliger Abraham! Wer hat jemals so viel Geld gesehen? In ganz York ... –

„Ich will vernünftig sein; wenn das Silber nicht ausreicht, nehme ich auch Gold. Eine Goldmark für sechs Pfund Silber. Auf diese Weise kannst du dich selbst von der Folter freikaufen, die dir droht."

Isaac flehte und bettelte: sein Alter, seine Armut. Er rief Gott zum Zeugen, den Gott der Christen und der Juden, doch er wurde barsch zurechtgewiesen, keinen Meineid zu leisten, angesichts der vor ihm hängenden Folterwerkzeuge. Schließlich wären noch ganz andere, weitaus würdigere Gefangene, hier langsam dahingestorben, ohne daß jemals etwas von ihrem Schicksal nach draußen gedrungen wäre. Er winkte die Sarazenen zu sich und befahl ihnen, das Feuer anzuzünden.

„Da, Isaac, ist dein Bett. Du wirst nackt darauf liegen, während ein Sklave das Feuer schürt und der andere dich mit Öl begießt, damit der Braten schön brutzelt."

„Gott kann solch einer Grausamkeit niemals zustimmen! Im Namen des ..."

„Sei nicht so sicher, Isaac! Ich habe in Palästina Türme brennen und Tausende von Christen durch das Schwert sterben sehen. Und dann soll das Geheul eines einzigen Juden – oh je! Von den Sarazenen brauchst du auch keine Gnade zu erhoffen – von ihnen noch viel weniger als von mir. Sei klug, Alter und trenne dich von deinem Reichtum. Zahle einem Christen zurück, was du anderen durch Wucher herausgelockt hast. Du wirst bald wieder genügend Geld gehortet haben. Und erkenne dankbar an, daß du einer der wenigen sein darfst, der hier heraus kann. Also, wähle!"

„Mir bleibt keine Wahl! Ich habe doch nicht die Mittel ..–"

Auf einen Wink des Barons hin ergriffen ihn die Sarazenen und schleppten ihn zu den glühenden Kohlen.

„Ich will zahlen!" stöhnte er. „Wann und wie muß das Geld überbracht werden?"

„Es muß hier bezahlt werden!"

„Welche Sicherheit erhalte ich, daß ich nach der Entrichtung des Geldes auch wirklich freigelassen werde?"

„Das Wort eines Normannen, das für einen Wucherer und Sklaven viel zu gut ist."

„Darf ich Euch um den Gefallen bitten, auch meine Reisebegleiter für dieses Lösegeld freizukaufen? Sie hatten unterwegs Mitleid mit uns . . ."

„Die Sachsen gehen dich nichts an, Jude! Vorsicht! Wann krieg' ich nun endlich das Geld, Isaac?"

„Laßt meine Tochter Rebecca in sicherer Begleitung nach York fahren und das Geld beschaffen." Er stöhnte laut auf bei dem Gedanken.

„Deine Tochter?" Der Normanne war überrascht. „Um Himmelswillen, Isaac, wenn ich das gewußt hätte! Ich hielt sie für deine Geliebte und gab sie weiter an Sir Brian de Bois-Guilbert." Der qualvolle Aufschrei des Juden, als er sich zu den Füßen des Normannen niederwarf, konnte in diesem finsteren Verlies nicht schrecklicher geklungen haben, als wenn man ihn bereits auf den Rost gelegt hätte. Er stammelte ungereimtes Zeug, was er alles geben würde, wenn er seine Rebecca frei und unbeschadet wiederbekommen könnte. Seine einzige, mutterlose, unschuldsvolle Tochter!

Selbst Front-de-Bœuf fühlte sich unbehaglich. „Wenn ich das vorher geahnt hätte. Ich glaubte, euere Rasse liebte nur ihr Geld. Es ist nichts mehr zu ändern – mein Ehrenwort aber gilt Bois-Guilbert, und das kann ich nicht brechen, selbst nicht für zehn Juden oder Jüdinnen."

„Ich weiß, daß der Templerorden nichts Besseres im Sinn hat, als Männern Grausamkeiten zuzufügen und Frauen zu entehren."

Die Adern auf der Stirn des Barons schwollen gefährlich an,

dann schrie er wütend: „Du ungläubiger Hund! Du wagst es, den heiligen Orden der Templer zu lästern! Denk an das Lösegeld und an deine jüdische Kehle!"

„Räuber und Schurke!" Isaacs Stimme überschlug sich vor Zorn. „Nicht das geringste bekommt Ihr von mir, bis meine Tochter frei ist und in Sicherheit gebracht wird. Tut mit mir, was Ihr wollt, das Silber bekommt Ihr nur, wenn es Euch geschmolzen durch die Kehle eingeflöst wird."

Front-de-Bœuf verzog verächtlich seine Lippen und gab den Sarazenern ein Zeichen. Sie ergriffen den Alten und rissen ihm die Kleider vom Leib. Plötzlich hörten sie das laute Blasen eines Waldhorns draußen am Tor und Stimmen, die energisch nach dem Baron verlangten.

Mit einer kurzen Handbewegung befahl der Normanne beiden Sarazenen, von dem Juden abzulassen und ihm zu folgen. Isaac blieb zurück und dankte Gott für seine Erlösung.

Rowena indessen erhielt das schönste Zimmer im Schlosse, das früher einmal der verstorbenen Frau Front-de-Bœufs gehört hatte. Sie fühlte sich verlassen und gab sich trüben Gedanken hin, bis gegen Mittag de Bracy bei ihr erschien. Er hatte sich die elegantesten Kleider angezogen und hoffte, auf diese Weise das Herz Rowenas gewinnen zu können.

Sie empfing ihn kühl und weigerte sich, seine Zuvorkommenheit zu erwidern. „In der Anwesenheit meines Kerkermeisters werde ich hier stehenbleiben, bis ich etwas von meinem Schicksal erfahre."

„Aber Lady Rowena — ich bin der Verurteilte, ein Gefangener Eueres Liebreizes, Euerer schönen Augen und Eueres roten Mundes. Nur zu gerne würde ich etwas über mein eigenes Schicksal erfahren."

„Ich kenne Euch nicht, mein Herr, und lege auch keinen Wert auf Euere Bekanntschaft."

„Laßt mich hoffen, daß der Name de Bracy von Minnesängern oft gelobt wurde, wenn von den Heldentaten in Feld und Turnierplatz gesungen wurde."

„Selbstlob ist ein geringes Lob. Ob sie auch von dem großartigen Sieg heute über einen alten Mann mit einer Handvoll ängstlicher Gefolgsleute und der tollkühnen Entführung einer hilflosen Frau singen werden?"

„Ihr seid ungerecht, Lady. Was ich getan habe, geschah nur Euerer Schönheit wegen."

„Sprecht bitte wie ein Mann, Herr Ritter und nicht wie ein Geck des französischen Hofes!" De Bracy errötete.

„Ihr seid stolz, und mit Gewalt genommen zu werden, liegt Euch wohl mehr als geduldiges Werben."

„Ihr solltet lieber Euere Kleider als Räuber und Geächteter wieder anziehen, als Euch hinter diesen feinen und glatten Worten zu verbergen."

„Nun gut, Lady!" sagte de Bracy, „wie Ihr wollt! Das eine kann ich Euch sagen: Ihr werdet dieses Schloß nicht wieder verlassen, bevor Ihr nicht meine Frau geworden seid. Ich bin diesen Widerstand nicht gewöhnt und Ihr seid töricht, das Angebot eines edlen Normannen zurückzuweisen, der Euch aus einem erbärmlichen Hof befreien möchte, wo Sachsen mit ihren Schweinen hausen."

„Ihr sprecht von meinem Heim, das ich nur an dem Arme jenes Menschen verlassen werde, der es zu schätzen weiß", antwortete Rowena mit eisiger Stimme.

„Ich weiß schon, was Ihr meint; aber die Rückkehr Richards ist ebenso unwahrscheinlich wie die Tatsache, daß Wilfred von Ivanhoe Euch ihm als Frau vorstellt. Ivanhoe liegt hier verwundet im Schloß, er ist in meiner Gewalt, und ein Wort von mir an den eifersüchtigen Front-de-Bœuf – und er wäre ein Toter!"

„Wilfred ist hier? Front-de-Bœuf eifersüchtig? Das ist doch Unsinn!"

De Bracy lächelte: „Wußtet Ihr wirklich nicht, daß Wilfred mit Euch in der Sänfte des Juden reiste?"

Plötzlich erinnerte sich Rowena an die Worte Rebeccas, die sie damals im Wald hellhörig machten: „Im Namen eines Menschen, der uns sehr teuer ist".

„Aber warum sollte Front-de-Bœuf eifersüchtig sein?"

„Es geht dabei nicht um Euch, liebste Lady. Front-de-Bœuf wird jeden aus dem Weg räumen, der Schloß Ivanhoe beansprucht. Wilfreds Leben hängt davon ab, ob Ihr meinen Heiratsantrag annehmt."

„Rettet ihn!" Rowenas Kühnheit geriet ins Schwanken. „Um Himmelswillen!"

„Niemand wird ihm ein Haar krümmen, wenn er ein Verwandter meiner Frau ist. Willigt Ihr nicht ein, meine Braut zu werden, stirbt er – und Ihr steht der Freiheit auch nicht näher."

„Oh Gott! Und was geschieht mit Cedric?"

„Sein Schicksal hängt auch von Euerer Entscheidung ab. Überlegt es Euch gut!"

Für Rowena war es ein Schock, sich einer Situation ausgesetzt zu sehen, in der der eigene Wille nicht nur mißachtet, sondern einfach übergangen wurde. Ihre wahre, liebliche und sanfte Natur erstickte gegenüber der kaltblütigen Überheblichkeit dieses zu allem entschlossenen Mannes. Sie brach in heftiges Schluchzen aus.

De Bracy hätte es vorgezogen, ihr weiterhin kaltherzig und hochmütig zu begegnen; statt dessen ging er verlegen im Zimmer auf und ab und versuchte, sie zu trösten. Er wurde hin- und hergerissen, einerseits von dem Gefühl, sich großmütig zu zeigen, andererseits fürchtete er das Gespött seiner Kameraden und Prinz Johns. Sein Problem wurde von demselben Waldhorn gelöst, das auch die anderen aufgeschreckt hatte. Er verbeugte sich tief, murmelte einige Entschuldigungen und eilte erleichtert aus dem Zimmer.

11. Kapitel

Rebecca wurde zu einer kleinen Kammer in einem abgelegenen Turm geführt, wo ein altes, häßliches und bös aussehendes Weib hauste. Als man der Alten den Auftrag gab, sich zu entfernen, um Rebecca Platz zu machen, stieß sie wilde Verwünschungen aus. Sie erinnerte die Männer daran, daß es Zeiten gegeben hätte, wo ein Wort von ihr, Frau Urfried, genügt hätte, die Köpfe rollen zu lassen. Sie würde nicht eher abziehen, bis das ganze Garn gesponnen wäre. Mit einem Achselzucken verließen die Wächter die beiden Frauen.

Die häßliche Alte murmelte etwas vor sich hin und warf fragende Blicke auf Rebecca. „Was für ein Teufelswerk haben sie jetzt wieder vor?" krächzte sie. „Na, das ist leicht zu erraten. Ein hübsches Gesicht und ein einsames Türmchen, wo man ordentlich schreien kann, ohne daß es jemand hört. Dazu noch eine Ausländerin — woher kommst du, Mädchen? Bist du eine Sarazenin oder Ägypterin? Antworte! Du kannst weinen, also kannst du auch sprechen!"

„Seid nicht verärgert, gute Mutter."

„Du brauchst nicht weiter zu reden — das ist die Sprache der Juden!"

„Habt Erbarmen mit mir und sagt mir, was ich zu erwarten habe. Trachten sie nach meinem Leben?"

„Du wirst dasselbe erfahren, was sie mit mir gemacht haben. Schau mich an! Einst war ich ein junges, sächsisches Mädchen, mindestens zweimal so hübsch wie du, als Front-de-Bœuf, der Vater dieses Reginalds, dieses Schloß eroberte. Mein Vater und meine sieben Brüder kämpften bis zum letzten Blutstropfen. Bevor ihre Körper noch erkalteten, wurde ich ein Teil der Beute."

„Gibt es denn keinen Ausweg?" fragte Rebecca verzweifelt.

Die Alte lachte irr: „Nur durch die Pforten des Todes! So, mein Garn ist gesponnen. Leb wohl, Jüdin, deine Aufgabe beginnt jetzt."

Mit einer Art leidvollen Grinsen verließ sie die Kammer und riegelte die Tür von außen ab. Rebecca hörte, wie sie leise vor sich hinmurmelnd die Treppe des Turmes hinunterschlurfte.

So mußte denn Rebecca ein Schicksal auf sich nehmen, das weitaus härter war als das von Rowena, obgleich Rebecca den Vorteil hatte, ihr Geschick mit Hilfe ihrer inneren Stärke und

Sicherheit, die ihrem Volk zu eigen ist, besser meistern zu können. Wie so mancher Jude hatte sie es gelernt, sich ihr ganzes Leben lang am Rande der Katastrophe zu bewegen, immer mit dem Damoklesschwert über ihrem Haupt. Obwohl sie zur Unterwürfigkeit verurteilt war, hätte sie nie diese kriecherische Haltung ihres Vaters annehmen können. Rebecca war ein Mensch von hoher Beständigkeit und moralischer Tapferkeit. — Sie sah sich prüfend im Zimmer um.

Es war ein kahles, kreisrundes Turmzimmer mit einer Tür, die den Blick auf einen runden, wehrförmigen Balkon freigab, von dem die Bogenschützen im Ernstfalle die äußeren Wälle überschauen konnten. Es gab nicht die geringste Möglichkeit zur Flucht, deshalb ließ sich Rebecca nieder und wartete auf die Dinge, die da kommen sollten.

Nach einer ganzen Weile hörte sie Schritte, die näher kamen, dann drehte sich der Schlüssel im Schloß und eine große Gestalt in der Kleidung eines Geächteten trat ein. Eine Zeitlang blieb sie ruhig stehen und hielt ihren Mantel wie zum Schutz vor das Gesicht. Schnell kramte Rebecca zwei kostbare Armreife und ein Halsband hervor und bot ihr das Geschmeide an.

„Nehmt dieses hier", sagte sie „und seid um Gotteswillen barmherzig mit meinem alten Vater und mit mir. Dieser Schmuck ist sehr wertvoll, aber nichts im Vergleich zu unserer unbeschadeten Freiheit."

„Diese Perlen, oh schönste Blume Palästinas, erreichen nicht die Schönheit Eueres Mundes noch die Diamanten Euerer Augen. Ich schätze Schönheit mehr als Reichtum."

„Seid barmherzig! Nehmt, was mein Vater Euch gibt. Mit Geld braucht Ihr nicht länger das Leben eines Geächteten zu führen und könnt in die bürgerliche Gesellschaft zurückkehren."

„Das ist gut gesagt", antwortete der Fremde und wechselte dabei von der sächsischen Sprache in die französische über. „Sir Reginald ist im Augenblick mit der Alchimie beschäftigt und verwandelt rostige Gitterstäbe eines Kerkers in Gold und Silber. Euer Lösegeld kann nur mit Liebe und Schönheit bezahlt werden. Keine andere Münze kann dies ersetzen."

„Ihr seid kein Geächteter, daß Ihr Geld verweigert! Seid Ihr Normanne? Vielleicht edler Herkunft – oh bitte, seid auch edel in Eueren Handlungen!"

Sir Brian ließ lächelnd seinen Mantel fallen.

„Und Ihr seid keine wahre Tochter Israels, sondern die Hexe von Endor. Ich bin kein Geächteter und könnte Euch leichter mit Juwelen beschenken als sie Euch nehmen."

„Was wollt Ihr dann von mir haben? Ich bin Jüdin, und eine Verbindung zwischen uns ist so sträflich wie zwischen einer Kirche und einer Synagoge."

Der Templer lachte: „Eine Jüdin heiraten! Despardieux! Nicht einmal die Königin von Saba! Ich bin ein Tempelritter, und mir sind nur Maîtressen gestattet, selbst ungläubige."

„Ich glaube an das, was mein Vater glaubt, ob es falsch oder richtig ist. Aber Ihr, Herr Templer, an was glaubt Ihr?"

„Das steht nicht zur Debatte! Eine Ehe wäre für einen Templer ein furchtbares Verbrechen, aber ein kleiner Fehler würde bei unserem nächsten Ordenstreffen milde abgeurteilt."

„Und Ihr habt keinerlei Bedenken, Euer Gelübde als Tempelritter zu brechen?"

Sir Brians Augen blitzten. „Also schön! Wenn ich in der Sprache des Eroberers reden muß, werde ich das beanspruchen, was ich notfalls gewaltsam bekommen kann!"

„Wartet! Ihr könnt mich überwältigen, aber überall in Europa werde ich Euere Tat anprangern, und selbst Euere Kameraden werden Euch Euere Nachstellungen einer Tochter Israels kaum verzeihen."

„Ihr seid nicht auf den Mund gefallen", sagte Sir Brian, der sich dieser Tatsache wohl bewußt war, „aber Ihr werdet laut rufen müssen, wenn Europa Euch von diesem Turm hier hören will. Euere ganze Hoffnung besteht darin, Euerem Glauben abzuschwören; wir könnten herrlich miteinander leben und manche Normannin würde Euch um Eueren Reichtum und Euere Schönheit beneiden."

„Meinen Glauben aufgeben?! Für einen Schurken wie Euch,

den dieses Christentum hervorgebracht hat? Da gibt es noch einen anderen Ausweg!"

Bevor der Templer noch etwas unternehmen konnte, öffnete sie das Fenster zum Balkon und kletterte leichtfüßig auf die Brüstung, die zum sicheren Tod hinunterführte.

„Ein Schritt weiter und ich verstümmele meinen Körper bis zur Unkenntlichkeit, als daß ich ihn Euch überlasse."

Der Tempelritter stand da, in stummer Bewunderung vor diesem Bild an Mut und Tapferkeit. Als er schließlich zu sprechen anfing, klang seine Stimme weich, beinahe zärtlich: „Kommt her, törichtes Mädchen! Ich schwöre bei Erde, Wasser und Himmel, daß ich Euch nichts zuleide tue."

„Euch trauen? Ihr habt mich die Tugenden Eueres Ordens nur zu Genüge gelehrt!"

„Ich schwöre bei dem Kreuz auf meiner Brust, bei dem uralten Wappen meiner Väter, Euch nichts anzutun. Steigt herunter, Euerem Vater zuliebe. Er wird einen Freund in diesem Schloß nötig haben. Ich schwöre, Euch zu helfen! Ich habe manche Gebote übertreten und auch manches Gesetz, aber niemals mein Wort!"

Zögernd stieg Rebecca von der Brüstung herunter. „Hier stehe ich. Wenn Ihr nur einen Schritt näher kommt, zeigt Euch eine Jüdin, daß sie ihre Seele Gott eher anvertraut als ihre Ehre einem Tempelritter."

Wie sie so dastand, stolz und furchtlos, mit hochgeröteten Wangen, glaubte Sir Brian niemals zuvor Schönheit so lebendig und beherrschend gesehen zu haben.

„Laßt Frieden zwischen uns herrschen, Rebecca", sagte er ruhig. „Ihr braucht mich nicht mehr zu fürchten."

„Frieden — und diese Kluft zwischen uns! Ich fürchte niemanden außer den Gott Israels!"

„Ihr tut mir Unrecht, Rebecca. Ich bin anders als Ihr von mir denkt. Aus unglücklicher Liebe zu einer Frau bin ich Tempelritter geworden und habe mein Recht auf Selbstbestimmung und Eigentum geopfert."

„Ach was! Welche Entschädigung gibt es für den Verlust des

wertvollsten Rechtes: die Menschlichkeit?" Rebeccas Stimme klang plötzlich voller Mitgefühl.

„Rache und Ehrgeiz! Rache ist das Festessen der Götter, und eifersüchtig wachen sie darüber. Und Ehrgeiz? Wie sehr treibt er einen Menschen! Rebecca, Ihr habt mir gerade bewiesen, wie stolz und mächtig die Seele eines Menschen ist. Ihr müßt mein sein! Wartet! – Wartet! Stellt Euere Bedingungen! Hört mich an! Ich bin in unserem Orden sehr angesehen und habe Hoffnung auf den Stab des Großmeisters – und glaubt mir, Rebecca, mein Orden wird bald seine Macht auf ganz Europa ausdehnen, so wie es weder ein König noch Kaiser sich vorzustellen vermag. Nur ein gleichgesinnter Geist wie Euerer könnte mir dabei behilflich sein!"

„Und Ihr glaubt, daß ... –"

„Erzählt mir nichts von den religiösen Unterschieden! Bei unseren internen Beratungen lachen wir über solche Ammenmärchen. Glaubt Ihr etwa, wir folgen unseren verrückten selbstaufopfernden Gründen, um zum Märtyrer gemacht zu werden! Wir haben Pläne, die weit über die Vorstellungen dieser Frömmler hinausgehen – unsere Besitztümer sind in ganz Europa verstreut – unsere Macht ..." Sir Brian wurde von dem Hornstoß unterbrochen, der draußen am Tor ertönte.

„Ich will mal draußen nachsehen. Lebt wohl – und denkt über meine Worte nach!"

Im Nu war er zur Tür hinaus und kletterte eilends die Stufen wieder hinab. Rebecca blieb zurück und fühlte sich elender als zuvor angesichts des unbarmherzigen Ehrgeizes dieses Mannes.

Der Tempelritter und de Bracy trafen sich in der Halle und berichteten über ihre Erlebnisse. De Bracy behauptete, daß ihn die Tränen einer Frau immer aus der Fassung brächten.

„Hauptmann einer Söldnertruppe!" Bois-Guilbert lachte, „mein Freund, ein paar Tränen lassen die Fackel der Liebe nur noch heller lodern."

„Aber die Tränen dieses Mädchens hätten genügt, ein Signalfeuer zu löschen." „Und meine Jüdin trug eine Horde Teufel in ihrer Brust. Aber wo ist Front-de-Bœuf? Schon wieder dieses Hornsignal."

„Er bespricht etwas Geschäftliches mit dem Juden", grinste de Bracy.

„Vielleicht hat das Geheul des Juden das Signal übertönt. Ihr kennt die Qual, die ein Jude erleidet, wenn er zahlen muß!"

Im gleichen Augenblick erschien Front-de-Bœuf. „Was bedeutet dieser Lärm! Laßt uns nachsehen!" Bevor sie sich anschickten, hinauszugehen kam ein Diener und überbrachte ein Schreiben. Der Baron untersuchte es sorgfältig von allen Seiten und reichte es de Bracy weiter, der laut lachte und sich darüber lustig machte, daß einst ein Pfarrer ihn das Schreiben lehren wollte, aber schließlich aufgab, weil sämtliche Buchstaben wie Schwertklingen und Lanzenspitzen aussahen. Der Templer nahm den Brief nachsichtig lächelnd entgegen: „Dank unserer priesterlichen Eigenschaften verfügen wir über einige Voraussetzungen, unsere Tugenden ins rechte Licht zu setzen."

„Dann lest, Hochwürden", grinste de Bracy.

„Es ist ein Fehdebrief, wie ich ihn noch nie gesehen habe!"

„Lies!" sagte Front-de-Bœuf, nichts gutes ahnend.

„Ich, Wamba, Sohn des Wittless, Possenreißer des ehrenwerten Cedric von Rotherwood, und ich, Gurth, Sohn des Beowulf, Schweinehirt des besagten Cedrics, mit der Unterstützung unserer Verbündeten, einschließlich des Ritters, genannt *Le Noir Faineant*, und Robert Locksley, teilen Euch Reginald Front-de-Bœuf, mit, daß Ihr unrechtmäßig und mit Gewalt unseren Herrn, Cedric den Sachsen, mitsamt seinem Gefolge entgegen dem Willen seiner Majestät auf den königlichen Heerstraßen gefangen genommen habt, als diese in Frieden und in Übereinstimmung mit den Gesetzen reisten. Wir verlangen daher von Euch, Reginald Front-de-Bœuf, daß Ihr innerhalb einer Stunde nach Erhalt dieses Schreibens, besagten Cedric, sein Gefolge, sein Gepäck und seine Diener unverzüglich an uns aushändigt. Falls Ihr unserem Willen zuwiderhandelt, erklären wir Euch für Räuber, Geächtete und Verräter und werden nicht aufhören, Euch zu verfolgen, sei es in der Schlacht,

Belagerung oder anderswie, um Euch und Euere Verbündeten zu vernichten. Gott sei Euch gnädig! Unterzeichnet am Vorabend des Tages St. Withold unter der Gerichtseiche und geschrieben vom heiligen Mann, dem Diener Gottes, unserer lieben Frau und des heiligen Dunstan, in der Kapelle von Copmanshurst."

Die Unterschriften setzten sich zusammen aus dem Zeichen des Narrenhutes, einem Kreuz als dem Zeichen von Gurth, einem Pfeil und dem Namen „Le Noir Faineant".

„Die Herausforderung von einem Possenreißer und einem Schweinehirt! Oh, Front-de-Bœuf, erzittere!!" De Bracy und der Templer konnten sich kaum halten vor Lachen. Nur der Baron blickte grimmig.

„Nehmt Euch zusammen, meine Herren. Sie würden sich nicht zu solch einem Schritt hinreißen lassen, wenn sie nicht über eine entsprechende Rückendeckung verfügten. Und in diesem Wald wimmelt es von Geächteten, die mich wegen des Wildschutzes nicht ausstehen können."

Er wandte sich an den Diener, der ihm den Brief überreicht hatte: „Wieviele sind draußen zu sehen?"

„Mindestens zweihundert Männer haben sich am Waldrand versammelt."

De Bracy und Sir Brian schienen immer noch nicht von dem Ernst der Lage überzeugt zu sein, aber Front-de-Bœuf kannte die Sachsen dieser Gegend und ihre Treffsicherheit, und er bereute sehr, daß er sein Schloß für dieses törichte Unternehmen zur Verfügung gestellt hatte. Zur Zeit hielten sich alle Truppen von de Bracy und Malvoisin mitsamt den Verbündeten in York auf, wo sie ihren Standort hatten. Weder sie noch Boten, die Hilfe herbeischaffen könnten, hätten eine Möglichkeit, durch den Wald zu gelangen und ungehindert an den Geächteten vorbeizukommen. Natürlich konnten sie die Festung nicht stürmen, da ihnen kein Kriegsmaterial zur Verfügung stand, aber ebensowenig konnten sie selbst aus dem Schloß heraus.

Front-de-Bœuf überlegte eine Weile und ließ sich dann von einem Diener Schreibmaterial bringen. Er bat den Tempelritter

eine Antwort aufzusetzen.

„Der Kampf mit dem Schwert wäre mir lieber als der mit der Feder", knurrte der Templer unwillig, „aber bitte, wie Ihr wollt!" Dann begann er zu schreiben:

„Sir Reginald Front-de-Bœuf und alle seine verbündeten Ritter und Edelleute sind nicht gewillt, auf die Herausforderung von Sklaven, Leibeigenen, Geächteten oder eines angeblichen Ritters, der sich mit solchem Pack verbündet, einzugehen. Im Namen der christlichen Nächstenliebe erwarten wir von Euch, daß Ihr einen Priester sendet, der die Beichte der Gefangenen abnimmt, die morgen mittag hingerichtet werden. Ihre Köpfe werden auf der Festungsmauer aufgespießt und zur Schau gestellt als Beweis für das dreiste Vorgehen derer, die es gewagt haben, uns herauszufordern."

Die Herausforderer hatten sich unter einer riesigen Eiche versammelt, etwa drei Bogenschüsse vom Schloß entfernt. Etwa zweihundert Geächtete hatten sich dort eingefunden. Ihre Hauptleute erkannte man an der Feder, die sie an ihren Hüten befestigt hatten. Es kamen immer mehr – von allen Seiten – die sich anschlossen, Bauern und Bedienstete aus Cedrics Anwesen, die notdürftig mit Spießen, Sensen und Dreschflegeln bewaffnet waren.

So wie der erste Fehdebrief wanderte auch dieser hier von Hand zu Hand. Der Schwarze Ritter ergriff ihn hastig, überflog ihn kurz und übersetzte ihn dann in die sächsische Sprache. Die entsetzten Hauptleute glaubten, nicht richtig gehört zu haben und überlegten fieberhaft, ob Front-de-Bœuf zu solch einer Tat wirklich fähig wäre:

„Jemand von uns muß herausfinden, wie es um die Gefangenen steht", sagte der Schwarze Ritter, „und es kommt selbstverständlich unserem ehrenwerten Mönch zu, diese Aufgabe zu übernehmen."

„Was?! Ich bin ganz in Grün gekleidet und bin demzufolge nicht mehr und nicht weniger Priester als Ihr es seid, Herr Ritter! Ich will kämpfen und keine Beichte hören!" Es folgte langes Schweigen, das wie gewöhnlich von Wamba unterbrochen wurde.

„Die Narren begeben sich stets dorthin, wo der Weise es ablehnt, hinzugehen. Bevor ich meine Gehirnkrankheit bekam, Freunde, trug ich die rotbraune Farbe der Bauern und nicht dieses buntgescheckte Wams. Angetan aber mit dieser Kutte und umkränzt von Heiligkeit und Weisheit, werde ich mich aufmachen, meinem Herrn Trost zu spenden."

„Hat er wirklich genügend Verstand?" fragte der Ritter vorsichtig.

„Wenn nicht, wäre es das erstemal, daß seine Dummheit nichts Gutes zustande gebracht hätte", erwiderte der Schweinehirt.

Wamba wurde genauestens unterrichtet, die Verteidigungsanlagen auszuspionieren.

„Pax vobiscum", sagte er feierlich und machte sich auf den Weg. Locksley, der der würdigen Gestalt Wambas zweifelnd nachblickte, sagte voll Ingrimm: „Wir werden diese Mauern so dicht umzingeln, daß nicht einmal eine Mücke unbemerkt entkommen kann – und, beim heiligen Withold, jede Gewalttat, die sie verüben, wird zehnfach zurückgezahlt!"

12. Kapitel

Wamba hatte keine Schwierigkeiten, Einlaß ins Schloß zu bekommen, doch staunte die Wache am Tor nicht schlecht, als da ein Kirchenmann vor ihren Pforten stand, denn seit dem Tode des betrunkenen Kaplans hatte es so etwas nicht mehr gegeben.

Seine kühne Entschlossenheit und die salbungsvollen Worte *„Pax Vobiscum"* konnten Wamba dennoch nicht davon abhalten, fürchterlich zu zittern, als er dem Baron vorgeführt wurde. Dieser jedoch war es gewohnt, daß man vor ihm erzitterte, und schenkte dem furchtsamen Verhalten keine weitere Beachtung: „Wer seid Ihr, Priester", fragte er barsch.

„*Pax Vobiscum!* Ich bin ein armer Mönch, der unterwegs Dieben in die Hände gefallen ist, *quidam viator incidit in latrones* – die mir den Befehl erteilten, zum Tode verurteilten Gefangenen die Sterbesakramente zu erteilen."

„Wieviele waren es da draußen?"

„*Nomen illis legio*" – ihr Name ist Legion!" Als er jedoch den angestrengten Gesichtsausdruck Front-de-Bœufs sah, fügte er eilig hinzu: „Es müssen insgesamt fünfhundert gewesen sein." Die Ritter schauten einander bedeutungsvoll an.

Der Templer nahm den Baron beiseite: „Gebt ihm eine schriftliche Botschaft, die er an die Truppen in York überbringen soll. Er wird sicher nicht Französisch lesen können. In der Zwischenzeit kann er die sächsischen Schweine für das Gemetzel vorbereiten." So wurde Wamba in das Zimmer geführt, in dem Cedric wütend auf- und abmarschierte und Athelstan in Ruhe seine Mahlzeit verzehrte.

„*Pax vobiscum!*" sagte Wamba würdevoll.

„Kommt herein, Vater", forderte ihn Cedric auf, „was führt Euch zu uns?"

„Ich muß Euch auf den Tod vorbereiten", sagte Wamba feierlich.

„Was? Nicht einmal Front-de-Bœuf – habt Ihr gehört, Athelstan? Es gilt zu kämpfen! Wie Sachsen sterben!"

„Ich fürchte mich nicht vor dem Sterben. Ich werde es ebenso gelassen hinnehmen wie das Essen."

„Einen Augenblick, Onkel Cedric", sagte Wamba in seiner echten Stimme. Cedric starrte wie gebannt auf die Gestalt mit der Kapuze.

„Hättet Ihr auf den Rat eines Narren gehört, wäret Ihr nicht in diese Lage geraten. Wenn Ihr jetzt auf mich hört, könnt Ihr vielleicht noch von hier entkommen. Nehmt rasch mein Gewand und den Strick und verlaßt dieses Schloß. Ihr laßt mir dafür Eueren Mantel und Gürtel für den letzten großen Sprung, damit man einst sagen kann, daß Wamba, der Sohn des Wittless, an einer Kette ebenso würdig gehangen hat wie damals sein Vorfahre."

„Ich bin damit einverstanden, Wamba, aber nur wenn du Athelstan gestattest, statt meiner zu gehen."

„Nein, Vater Cedric", sagte Athelstan und legte die Hand auf seine Schulter, „Lieber will ich eine Woche auf das Essen verzichten, als durch die Liebe dieses guten Dieners zu seinem Herrn am Leben zu bleiben."

„Ein guter Dienst kann nicht wie ein Ball hin- und hergeworfen werden", sagte Wamba. „Ich sterbe nur für meinen Herrn!"

„Geht, Cedric", sagte Athelstan, „vielleicht könnt Ihr Hilfe beschaffen, uns hier herauszuholen. Wenn Ihr hier bleibt, hilft es uns auch nicht weiter."

„Es gibt Hilfe", sagte Wamba. „Fünfhundert Mann stehen draußen. Dieses Gewand, Onkel, wird für Euch zur Generalsuniform werden. Nun lebt wohl! Seid freundlich zu Gurth und Fangs — und laßt meine Narrenkappe in der Halle von Rotherwood hängen, zur Erinnerung an einen treuen ... Narren ..." Die letzten Worte wurden hastig dahingesprochen; Cedrics Augen füllten sich mit Tränen.

„Euere Erinnerung wird leben, Wamba, so lange man sich Geschichten von tapferen Helden erzählen wird. Nun muß ich mich beeilen, wenn es noch eine geringe Hoffnung für Rowena und Athelstan — und natürlich auch für Euch, mein guter Wamba, gibt."

Sie wechselten die Kleider, während Wamba Cedric darüber aufklärte, wie er sich als Pfarrer am unauffälligsten zu verhalten habe. „*Pax vobiscum*" sei das Zauberwort.

Schließlich nahm Cedric tief bewegt Abschied von seinem Gefolgsmann und dem Possenreißer.

Kaum hatte er das Zimmer verlassen, wurde er von einer weiblichen Stimme angerufen.

„*Pax vobiscum!*" sagte er vertrauensselig.

„*Et vobis — quaeso domine reveredissime, pro misericordia vestra*", antwortete die zarte Stimme.

„Ich höre nicht gut", sagte Cedric auf sächsisch und verfluchte Wamba insgeheim.

„Ehrwürdiger Vater", antwortete sie, „ich flehe Euch an, kommt mit mir zu einem verwundeten Gefangenen, der hier im Schloß liegt ..."

„Tochter, meine Zeit ist kurz bemessen, es geht um Leben oder Tod."

„Eben, Vater ..."

„Hol mich der Teufel mitsamt den Seelen von *Odin* und *Thor!*" fluchte Cedric. Seine unkirchlichen Worte wurden von der krächzenden Stimme der alten Urfried unterbrochen.

„So dankt es mir also eine Jüdin, daß ich sie freigelassen habe, um einen heiligen Mann zu solch bösen Äußerungen hinreißen zu lassen!"

Cedric ergriff gleich die Gelegenheit beim Schopf: „Eine Jüdin! Laßt mich schnell vorbei! Ich komme gerade von meinen heiligen Handlungen."

„Kommt hierher, Vater. Ich kenne dieses Schloß – und ich muß mit Euch reden. – Du, Judentochter, geh' zurück zu dem Kranken und warte dort auf mich!" Rebecca wandte sich ab und ging enttäuscht zurück.

In der Zwischenzeit eilte Urfried mit Cedric zu einem kleinen Zimmer, wo sie ihm Wein anbot und ihn einlud, Platz zu nehmen.

„Vater, Ihr seid ein Sachse. Ich freue mich so sehr, meine Muttersprache aus dem Mund eines freien Mannes zu hören und nicht von einem normannischen Sklaven dieses Schlosses. Zehn Jahre lang haben seine Pforten keinen Priester außer diesem Trunkenbold gesehen – nein, wartet!" Sie legte eine Hand auf Cedrics Arm, der im Begriff war, zu gehen. „Hört mich an! Bald lebe ich nicht mehr, aber vorher muß ich noch mein Herz erleichtern. Trinkt, Vater – meine Geschichte ist schrecklich." Cedric willigte widerstrebend ein.

„Ich war nicht immer das Wrack, das Ihr hier seht. Ich war glücklich, frei, umworben und wurde geliebt, bis ich zur Sklavin wurde, zum Spielzeug der Machenschaften meines Herrn; heute bin ich nur noch Gegenstand der Verachtung. Dieses häßliche alte Weib, das vor Euch steht, war einst die Tochter

des edlen Torquil Wolfganger."

„Ihr?!" schrie Cedric entsetzt auf, „Ihr, die Tochter des Freundes und Waffengefährten meines Vaters?"

„Dann seid Ihr Cedric? Aber warum tragt Ihr diese Mönchskutte? Habt Ihr auch aus Verzweiflung den sicheren Schutz des Klosters aufgesucht?"

„Das tut nichts zur Sache", sagte Cedric, „beendet schnell Euere Geschichte!"

„Ich lebte hinter diesen Mauern als die Geliebte dieses Scheusals, der meinen Vater und meine Brüder umbrachte."

„Während jeder ehrwürdige Sachse den Tod der ganzen Familie beklagte — auch der ermordeten Ulrika — lebtet Ihr in gesetzloser Liebe mit diesem Mann!"

„Nein! Es war keine Liebe. Niemals! Mein Herz verzehrte sich in all den Jahren vor abgrundtiefem Haß!"

„Und es gab keinen Dolch, der Euerem Leben und der Schande ein Ende bereitet hätte? Ihr könnt froh sein, daß solche Geheimnisse niemals aus dem normannischen Schloß hindurchgesickert sind, denn mein eigenes Schwert, das eines wahren Sachsen, hätte Euch aufgespürt — selbst in den Armen eines Normannen!"

„Ja", sagte Ulrika ruhig. „Ihr seid wirklich der echte Sachse, von dessen Taten ich sogar in diesem Schloß gehört habe. Ich hatte meine Rache! Lange Zeit habe ich das Feuer des Hasses zwischen Vater und Sohn geschürt, bis dann endlich der tyrannische Vater durch die Hand seines eigenen Sohnes, Reginald Front-de-Bœuf, starb. Nun ist meine Zeit gekommen, ich bin alt, häßlich und werde verachtet; doch meine Gier nach Rache ist geblieben! Hört zu, Cedric, draußen vor der Festung stehen Männer, die diese Mauern angreifen wollen. Geht zu ihnen und führt sie an; wenn eine rote Fahne am Ostturme weht, dann stürmt los!"

Bevor Cedric noch etwas erwidern konnte, hörten sie Front-de-Bœuf laut nach dem trödelnden Priester rufen. Die Alte verschwand im gleichen Augenblick, als der Baron eintrat. Cedric gelang es nur mühsam, sein Gesicht unter der Kapuze zu verbergen.

„Gut, daß sie eine lange Beichte ablegten, denn es ist ihre letzte", sagte der Baron grimmig. „Sind sie vorbereitet?"

„Das sind sie, da sie wissen, in wessen Hände sie sich befinden", sagte Cedric demütig und versuchte eifrig, sein schlechtes Französisch zu vertuschen.

„Seid Ihr Sachse?" fragte Front-de-Bœuf in scharfem Ton.

„Ich habe meine Ausbildung im Kloster St. Withold genossen."

„Ein Normanne wäre mir lieber gewesen. Also gut, Mönch, Ihr könnt mir einen Gefallen erweisen, kommt mit mir!" Ein vor Wut schäumender Cedric folgte dem Baron zur Hintertür des Schlosses.

„Seht Ihr dort hinten die sächsische Schweineherde, guter Priester? Erzählt ihnen irgendetwas, meinetwegen etwas über unsere schwache Verteidigung. Tut Euer möglichstes, daß sie vierundzwanzig Stunden dort bleiben, wo sie jetzt sind. Dann nehmt diese Schriftrolle – könnt Ihr lesen?"

„Nein, nur mein Brevier, und auch das nur, weil ich den Text auswendig kenne."

„Gut! Dann bringt dieses Schriftstück auf dem schnellsten Wege zum Schloß von Philip de Malvoisin, berichtet ihm, daß es von mir stamme und so schnell wie möglich nach York überbracht werden muß. Erfindet auf jeden Fall irgend etwas, damit die Rindviecher dort bleiben, wo sie jetzt sind."

„Bei meinem Schutzpatron, ich schwöre, daß sie sich nicht in Richtung auf Euere Tore bewegen werden!" sagte Cedric mit fester Stimme.

Der Baron schaute ihn forschend an: „Aber eigentlich seid Ihr ja mit ihnen verwandt ...", dann lächelte er, „ach, ich vergaß, daß die Vogelfreien schon früher einen dicken Abt seiner überflüssigen Habe beraubt haben. Und waren es nicht Sachsen, die die Kapelle von St. Bees ausraubten?"

„Gottlose Kerle waren es", sagte Cedric doppelsinnig.

„Haben sie nicht außerdem sämtliches Bier und sämtlichen Wein ausgetrunken, das die frommen Mönche angeblich zu

Unrecht besaßen? Priester, Ihr müßt dieses Sakrileg rächen!"

„Ich bin zur Rache verpflichtet", sagte Cedric fest.

„In Ordnung! Nun geht! Seid in ein oder zwei Tagen zurück und Ihr werdet im Schlachthaus von Sheffield das Sachsenfleisch ebenso preiswert vorfinden wie das Schweinefleisch. Ihr scheint ein guter Kerl zu sein. Wenn die Sache hier gelaufen ist, werde ich Euch genug Wein schenken, daß Ihr ein ganzes Kloster damit ertränken könnt!"

„Wir werden uns sicher wiedertreffen", sagte Cedric mit noch größerem Nachdruck. Der Baron drückte ihm ein Goldstück in die Hand, und Cedric stand draußen im Freien. Plötzlich drehte er sich um und schmiß das Goldstück gegen die Hintertür, aber der Baron war schon verschwunden.

Front-de-Bœuf ordnete an, daß man ihm einen Humpen Wein bringe und ihm die beiden gefangenen Sachsen in der Waffenkammer vorführe. Als er dort eintraf, stand der Wein schon auf dem Tisch. Er nahm Platz und betrachtete belustigt seine streng bewachten Gefangenen.

„Nun, edle Engländer! Wie gefällt es Euch hier auf Torquilstone? Ist die Stimmung nicht angenehmer als beim Prinz von Anjou, als Ihr die unglaubliche Frechheit besaßt, ihm Euere Verachtung offen zu zeigen? Nun sollt Ihr dafür zahlen! Wieviel bietet Ihr, um Eueren wertlosen Körper zu retten, damit er nicht an den Füßen aufgehängt den Geiern und Krähen zum Fraße draußen an der Mauer ausgesetzt wird?"

„Nicht einen Deut", sagte Wamba und verbarg seinen Kopf noch tiefer in die Kapuze von Cedrics Mantel. „In meinem Kopf ging es sowieso stets drunter und drüber. Vielleicht bringt ihn diese Stellung wieder in Ordnung!"

„Was haben wir denn da?" brüllte Front-de-Bœuf, riß ihm die Kapuze herunter und bemerkte auf einmal das Halsband um Wambas Nacken.

„Gleicht er nicht in verblüffender Weise Cedrics Possenreißer", sagte de Bracy, der gerade hereingekommen war. „Er hätte sich doch beinahe mit Isaac in Ashby duelliert!"

„Dann schafft seinen Herrn herbei, sollen sie doch gemein-

sam hängen!"

„*Pax vobiscum!*" De Bracy und Front-de-Bœuf starrten sich an, wie vom Blitz getroffen. Front-de-Bœuf schlug sich an die Stirn: „Bei allen Teufeln der Hölle!" schrie er, „ich begleitete den Eber von Rotherwood selbst an die Tür. Und du, Narr – Priesterweihen sollst du kriegen – ich werde dir deine Tonsur schon verpassen! Ergreift ihn – reißt ihm die Haare vom Kopf und werft ihn über die Mauer!"

Doch das Possenreißen steckte Wamba zu tief in den Knochen; er winselte übertrieben laut und wand sich in drolligen Verrenkungen zu den Füßen des Ritters, dabei mit den Augen blinzelnd: „Ihr gewährt mir zuviel der Ehre, Herr Ritter. Solch eine rote Kappe würde aus einem armen Mönch einen Kardinal machen . . ."

„Tötet ihn nicht, den armen Kerl!" sagte de Bracy. „Ich mag seinen Witz als auch seinen Mut, gebt ihn mir zur Belustigung unserer Truppe."

„Da stehen wir hier und halten uns mit dem Geschwätz eines Narren auf, während draußen das Unheil auf uns wartet. Glaubt Ihr, daß Cedric mit unserer Botschaft zu Malvoisin rannte?"

„Also dann, auf die Mauern", sagte de Bracy leichthin. „Aber zuerst, Sachse, befeuchte deine Kehle", befahl er Athelstan, der schon eine ganze Weile die Flasche nicht aus den Augen gelassen hatte. „Und nun sagt uns, wieviel Lösegeld Ihr für Euere Freiheit zahlen wollt?"

„Was meinem Range entspricht. Ihr erhaltet 1000 Mark in Silber, wenn Ihr mich und die Gefangenen freilaßt!"

„Das ist eine winzige Summe, aber ich will damit einverstanden sein, wenn auf beiden Seiten Frieden herrscht und der Abschaum da draußen verschwindet. Der Jude Isaac ist in dem Preis nicht eingeschlossen."

„Auch nicht seine Tochter", warf der Templer ein, der gerade eingetreten war.

„Auch nicht Lady Rowena", sagte de Bracy.

„Auch nicht dieser Narr!"

„Mit dem Juden und seiner Tochter könnt Ihr nach Belieben

verfahren; denn die Ungläubigen gehören nicht zu meinem Gefolge; aber Lady Rowena ist meine verlobte Braut, und dieser Wamba hat den Kopf seines Herrn gerettet. Lieber gebe ich mich selbst auf, bevor ich einen von beiden hier lasse."

Athelstan sprach ohne Erregung, als habe er über ein vorzügliches Essen gesprochen. „Euere Braut?" rief de Bracy außer sich. „Glaubt Ihr etwa, der Prinz von Anjou würde sie an einen Euerer Abstammung vergeben?"

„Meine Vorfahren waren Könige, stark im Kampf und mächtig im Frieden, die in ihren Hallen hundertmal mehr Gäste bewirtet haben, als Ihr Anhänger zählen könnt, die Gesetze machten und deren Taten von Minnesängern überall besungen wurden, deren Gebeine in Gräbern ruhen, über denen Münster erbaut wurden."

„Ein Volltreffer, de Bracy!" Front-de-Bœuf konnte ein boshaftes Lächeln nicht unterdrücken.

„Euere Zungenfertigkeit wird Euch Lady Rowena auch nicht näher bringen", sagte de Bracy kurz. Athelstan, der langes Reden nicht gewöhnt war, hüllte sich in Schweigen.

Plötzlich meldete ein Diener die Ankunft eines Mönches draußen am Tor. Ehe Front-de-Bœuf noch wütend aufbegehren konnte, beeilte sich der Diener hinzuzufügen, daß es sich um Pater Ambrosius handele, ein Mönch aus dem Gefolge von Prior Aymer. Der Baron befahl, die Gefangenen zurück in ihre Gefängnisse zu bringen und den Mönch hereinzulassen. Bevor Athelstan sich zum Gehen anschickte, warf er seinen Handschuh zu Füßen Front-de-Bœufs. „Ich nehme keinen Fehdehandschuh von einem Gefangenen. Sollte ich Ihn jedoch freilassen, werde ich Ihn wiedertreffen, zu seiner Vernichtung und zur ewigen Ruhe."

Kaum hatte sich der sächsische Gefangene entfernt, als Bruder Ambrosius aufgeregt hereinstürzte. Er berichtete, daß der Prior in die Hände der Geächteten gefallen sei und man ihn seines gesamten Vermögens, einschließlich 200 Stücken in Gold, beraubt hatte. Man würde ihn nur gegen ein entsprechendes Lösegeld freilassen.

„Der Teufel soll ihn holen! Die Kirche hat mehr Geld als ich! Wie sollte ich ihm auch helfen, wo wir hier von Männern umlagert werden, die das Zehnfache unserer Stärke aufbieten."

„Ja, das stimmt", sagte der Mönch. „Sie sind gerade im Begriff, Wurfmaschinen herbeizuschaffen."

„Was!" schrie Front-de-Bœuf und riß das Fenster auf, „es stimmt, sie bereiten alles für die Belagerung vor!" Er stieß in sein Horn, um anschließend mit de Bracy und dem Tempelritter zu beraten, wie sie der Übermacht des Feindes am besten begegnen könnten.

„Aber der heilige Abt", blökte Bruder Ambrosius, „seine Botschaft ... –"

„Verschafft Euch Euere Botschaft vom Himmel! He, Anselm! Habt Ihr schon Pech und Öl bereitet? Seht nach den Bolzen für die Armbrüste! Zieht meine Flagge hoch – laßt sie den Stierkopf sehen!"

„Aber mein ... –"

„Schafft mir diesen komischen Alten vom Leib! Laßt ihn seinen Rosenkranz in der Kapelle leiern, es ist sowieso schon lange her, daß die Heiligen aus Stein dort *aves* und *paters* vernommen haben.

„Lästert nicht die Heiligen, Ihr könntet vielleicht ihre Hilfe gebrauchen –"

„Ja, ja, vielleicht könnte die Statue vom heiligen Christopherus da unten ein paar Schädel zertrümmern."

Der Templer beobachtete unterdessen aufmerksam die näherrückenden Truppen.

„Bei meinem Orden", sagte er bedächtig, „sie rücken in geordneten Reihen vor. Seht, da ist ein Ritter. Er sammelt eine weitere Kompanie. Er sieht so aus wie unser *Noir Faineant* – derselbe schwarze Faulpelz, der Euch, Front-de-Bœuf – in Ashby schlug."

„Umso besser, dann werde ich jetzt meine Rache auskosten. Es wird irgendein Überläufer sein, der deshalb in Ashby nicht wagte, seinen Preis in Empfang zu nehmen und sich nun mit diesem Pöbel verbündet. Und nun – auf zu den Mauern!"

Nachdem Ivanhoe in Ashby zusammengebrochen war, ordnete Isaac an, daß er so schnell wie möglich aus dem Turnierfeld entfernt und zu seinem in der Nähe gelegenen Haus gebracht werden sollte. Rebecca war, wie viele Jüdinnen, in der Heilkunst sehr erfahren und legte großen Wert darauf, den edlen Ritter persönlich zu pflegen.

Noch bewußtlos erreichte Ivanhoe das Haus, in dem Isaac mit seiner Tochter wohnte. Rebecca begann sofort, die Wunden zu verbinden und äußerte sich zuversichtlich, daß sein Leben nicht in Gefahr sei, wenn kein Fieber mehr auftrete. Isaac schien anfangs nicht so begeistert von der Idee, Ivanhoe in seinem Haus für längere Zeit zu beherbergen, doch gab ihm Rebecca zu bedenken, daß der junge Ritter ein Freund Richard Löwenherz' sei und daß er, Isaac, einen guten Freund am Hofe dringend nötig habe, wenn der Monarch zurückkäme. Isaac ließ sich überzeugen und versprach, Ivanhoe nach York zu bringen. Als Wilfred an diesem Abend langsam wieder zu sich kam, gewahrte er ganz allmählich seine luxuriöse Umgebung. Einen Augenblick lang glaubte er sich wieder in Palästina, angesichts der orientalischen Einrichtung und des wunderschönen Mädchens, das sich über ihn beugte.

„Schönes Mädchen", begann er auf Arabisch, „Euere Liebenswürdigkeit ..."

Sie unterbrach seine Bemühungen mit einem sanften Lächeln: „Ich bin Engländerin, Herr Ritter, obwohl mein Äußeres auf ein anderes Land schließen läßt."

„Edles Mädchen, –" Wilfred unternahm einen neuen Versuch zu reden, doch er wurde abermals unterbrochen: „Nennt mich nicht edel, Herr Ritter. Ihr sollt wissen, daß ich Jüdin bin, die Tochter von Isaac von York, dem Ihr so hilfreich zur Seite gestanden habt."

Sie teilte ihm mit, daß sie ihn am nächsten Tag nach York bringen wollten.

Wilfred wollte sofort wissen, ob man ihn nicht in ein christliches Haus oder in ein Kloster bringen könnte, wo seine Wunden behandelt würden. Rebecca seufzte tief, da sie wußte, daß es in dieser Zeit für einen Christen kaum etwas unwürdigeres gab, als im Hause eines Juden zu wohnen, wie es ihnen ihre Priester immer wieder glauben machen wollten. Sie erinnerte ihn jedoch daran, daß die Juden einen ausgezeichneten Ruf auf dem Gebiet der Heilkunst genießen würden.

„Wie lange wird es dauern, bis ich wieder gesund bin?" fragte Ivanhoe.

„Wenn Ihr geduldig seid und meine Ratschläge befolgt, könnt Ihr in acht Tagen wieder auf den Beinen sein." Ivanhoe runzelte die Stirn; das war für einen Ritter eine viel zu lange Zeit, im Bett zu liegen. „Wenn Ihr Euerem Versprechen nachkommt, Mädchen, werde ich Euch mit einem Helm von Goldkronen überschütten."

„Ich werde mein Versprechen halten und auf keinen Fall Geld von Euch annehmen. Ich bitte nur, eine Gunst mir zu gewähren."

„Wenn sie ein christlicher Ritter einem Mädchen Eueres Volkes gewähren kann, will ich gerne dazu bereit sein."

„Ich bitte nur um die Gunst, daß Ihr künftig keine Zweifel hegt, daß auch ein Jude für einen Christen Gutes vollbringen kann, ohne eine andere Belohnung zu beanspruchen, als den Segen Gottes, der uns alle erschaffen hat."

„Eine Sünde wäre es, daran zu zweifeln! Ich werde mich nun Euerer Fürsorge anvertrauen, ohne Euch weiter mit Fragen zu belästigen. Bitte erzählt mir, wie es Cedric und seinen Anhängern ergangen ist? Mir liegt besonders das Wohl eines treuen Knappen am Herzen, der mich betreute."

„Prinz John beendete die Spiele einen Tag zu früh und begab sich mitsamt seinem Gefolge unverzüglich nach York. Man munkelt, daß er sich die Krone seines Bruders aufsetzen will." Wilfred biß sich auf die Lippen. „Und was Gurth betrifft..."

„Ihr kennt seinen Namen?" Er stutzte einen Augenblick und fuhr dann fort: „Natürlich, Ihr kennt ihn, denn Euerer Großzügigkeit hat er es zu verdanken, daß er die hundert Zechinen

... meine Ehre fordert es, daß ich Euerem Vater das Geld zurückerstatte."

„Das hat acht Tage Zeit. Ihr müßt nun danach trachten, bald wieder zu Kräften zu gelangen. Bedauerlicherweise muß ich Euch mitteilen, daß Gurth verhaftet wurde." Als sie Wilfreds Gesicht sich verfinstern sah, fügte sie eilig hinzu: „Oswald versicherte mir, daß er sicherlich bald begnadigt würde, da er nur aus Liebe zu Euch diese Übertretung begangen hat."

„Es scheint, daß ich allen, die gut zu mir sind, Unglück bringe: meinem König, dessen Bruder es auf seine Krone abgesehen hat; das schönste Mädchen des Landes leidet unter großer Bedrängnis, und nun soll auch noch mein treuer Gurth auf Befehl meines Vaters sterben. Ihr solltet mich armen Teufel nicht bei Euch aufnehmen, wenn Ihr das Unglück nicht auch noch auf Euch laden wollt!"

„Ihr müßt jetzt schlafen", beruhigte ihn Rebecca, „damit Ihr für die morgige Reise gestärkt seid."

Am nächsten Morgen war er fieberfrei und bereit, die Reise anzutreten. Unterwegs trieb Isaac immer wieder zur Eile an, da er den Überfall von Räubern fürchtete. Auf diese Weise waren sie Cedrics Zug ein gutes Stück voraus, der durch die freundliche Bewirtung im Kloster St. Withold längere Zeit aufgehalten wurde.

Die Eile jedoch führte zur Katastrophe. Die Leibwächter, die Isaac angeheuert hatte, beklagten sich über die vielen Pausen, das mangelhafte Essen und nahmen das erste Gerücht drohender Gefahr zum Anlaß, Hals über Kopf fortzulaufen. Glücklicherweise wurden sie bald von Cedric und seinen Leuten aufgegriffen.

Kurz nach dem Überfall in der Schlucht erdreistete sich de Bracy, hinter die Vorhänge der Sänfte zu schauen. Wilfred glaubte, es sei ein sächsischer Waidmann und nannte ihm seinen Namen. De Bracy fühlte sich peinlich berührt, denn sein ritterliches Ehrgefühl hinderte ihn daran, Ivanhoe zu verraten, andererseits aber war er auch nicht geneigt, einem Bewerber Rowenas zur Freiheit zu verhelfen. Ein Mittelweg ergab sich von selbst; er befahl zweien seiner Knappen, die Sänfte gut zu bewachen und jedem, der sich ihr näherte, mitzuteilen, daß es sich bei dem Kranken um einen verwundeten Kameraden handele.

In Torquilstone nutzte er die günstige Gelegenheit, als Front-de-Bœuf und der Templer mit Isaac und seiner Tochter beschäftigt waren, Wilfred in ein abgelegenes Zimmer zu schaffen. Später wurde er dort von Front-de-Bœuf entdeckt, der die alte Urfried zur Betreuung des Kranken schickte. Ulrika, die den Kopf voller Rachepläne hatte, entledigte sich ihrer Aufgabe rasch und betraute Rebecca mit der Pflege. „Wie geht es Euch, Herr Ritter?", fragte sie erwartungsvoll. „Besser als ich je erwartet hätte", sagte er, „und vielen Dank, liebe Rebecca, für Euere Fürsorglichkeit!" „Liebe Rebecca!" Ihr Herz klopfte stürmisch. Sie mußte heftig gegen eine aufkommende Zuneigung kämpfen, da sie nur zu genau wußte, daß dieses Gefühl nicht erwidert werden konnte.

„Habe ich richtig gehört, daß ich Gefangener Front-de-Bœufs bin?"

„Was ist geschehen?" fragte er voll Unruhe. Rebecca erzählte ihm alles, was sie erfahren hatte, daß ein christlicher Priester im Schloß weile, der sicher genaueres wisse.

„Ein Priester! Versucht, ihn herbeizuschaffen, Rebecca. Sagt ihm, daß ein Kranker nach ihm verlange." Die Jüdin kehrte nach kurzer Zeit zurück und berichtete enttäuscht über ihre Mißerfolge.

Der Lärm draußen wurde immer gewaltiger, und Rebecca wurde von einem seltsamen Gefühl der Begeisterung ergriffen, während Ivanhoe quälende Unruhe packte.

„Wenn ich bloß ans Fenster käme ... Hätte ich bloß eine Armbrust!" stöhnte er.

„Bleibt, wo Ihr seid, edler Ritter, Ihr würdet Euch selbst ins Verderben bringen. Ich werde hier dicht am Fenster stehen und Euch alles berichten, was draußen vorgeht."

„Aber Rebecca, es wäre zu gefährlich, ein Pfeil könnte Euch treffen!"

„Dann werde ich diesen alten Schild hier als Schutz nehmen.“ Sie hob ihn auf und stellte ihn schützend vor das Fenster, so daß nur noch eine kleine Öffnung zur Sicht frei blieb. Das Fenster befand sich in einem Turm an der Ecke des Hauptgebäudes und ermöglichte auf diese Weise einen Blick auf zwei Wehrmauern einschließlich des Haupteingangs. Sie berichtete, daß die Verteidiger beim Außenwerk in voller Stärke aufgestellt seien.

„Tragen die Angreifer ein Banner?“

„Ich kann keines sehen. Der größte Teil der Truppe steht am Waldrand. Ich kann nur einen Anführer sehen, es ist ein Ritter im schwarzen Harnisch. Er trägt als einziger eine Rüstung.“

„Welches Wappen?“

„Ein blaues Schloß auf einem schwarzen Schild.“

Ivanhoe schüttelte verblüfft den Kopf.

Plötzlich ertönten Hornsignale auf Seiten der Angreifer, das vom wilden Kriegsgeschrei der Normannen erwidert wurde. Rebecca berichtete weiter, daß die Angreifer vorwärtsstürmten, riesige Holzschilde über ihren Köpfen hielten und mächtige Geräte aus groben Holzbalken hinter sich herzögen. Durch die Luft flögen unzählige Pfeile, was von der anderen Seite mit einer Wolke von Armbrustbolzen beantwortet würde. Und daß die Waldler Verluste erlitten.

„Was ist mit dem Ritter? Pfeile allein genügen nicht, diese Mauern zu erobern.“

„Ja, ich kann ihn sehen, er steht ganz nahe mit seinen Leuten am Außenwerk. Nun haben sie die Schutzpfähle durchstoßen – nein, sie werden zurückgeworfen. – Front-de-Bœuf führt die Verteidigung – oh Gott Jakobs! Es ist, als träfen zwei Gewalten aufeinander. Und jetzt – jetzt! Der Schwarze Ritter und Front-de-Bœuf kämpfen Mann gegen Mann. Die Leute schauen zu. Himmel, stehe auf Seiten der Gerechtigkeit!“

Plötzlich schrie sie fürchterlich auf: „Er ist gefallen! Oh Gott Abrahams, er ist gefallen!“

„Wer, Rebecca? Um Gotteswillen, wer?“

„Der Schwarze Ritter! Aber nein, er steht wieder auf, Gott

sei Dank! Er kämpft für zehn. Oh, sein Schwert ist zerbrochen — er packt die Streitaxt eines seiner Leute. Er schlägt zu — noch einmal — und noch einmal — immer auf Front-de-Bœuf —, der Riese taumelt! Er fällt! Er fällt!"

„Front-de-Bœuf?"

„Ja, Front-de-Bœuf! Seine Leute kommen ihm zu Hilfe. Sie ziehen ihn zurück hinter die Wehrmauern."

„Haben sie das Außenwerk genommen?"

„Ja, ja! Jetzt schlagen sie Leitern an die Mauern. Ein Steinhagel prasselt auf sie nieder — sie sind wie die Bienen, die Angreifer — Verwundete werden fortgeschleppt — Leitern werden zu Boden gerissen ... Oh Gott, Du hast den Menschen nach Deinem Bild erschaffen! Wie kann so etwas geschehen?"

„Laßt das jetzt! Wie geht es weiter? Wer gewinnt?"

„Alle Leute liegen am Boden. Die Verwundeten, die da unten liegen, krümmen sich vor Schmerzen. Aber da ...! Der Schwarze Ritter ist an der Nebentür. Er schwingt eine riesige Streitaxt! Gott im Himmel! Wie er kämpft! Er beachtet nicht einmal die Steine, die auf ihn heruntersausen, als wären es Fliegen!"

„Beim heiligen Johann!" rief Ivanhoe, „ich glaube, in ganz England gäbe es nur einen Mann ..."

„Die Nebentür ist aufgebrochen! Das Außenwerk ist genommen! Sie stoßen die Verteidiger von den Zinnen!"

„Was ist mit der Brücke — der Zugbrücke zum Schloß? Haben sie die auch schon gestürmt?"

„Nein, der Tempelritter und einige andere sind zurückgelaufen, um sie zu zerstören — oh, hört nur die Schreie der anderen!"

Die Schlacht kam für eine kurze Zeit zum Stillstand. Nur einige wenige Pfeile und Bolzen flogen noch durch die Luft, während die Angreifer ihre neugewonnenen Stellungen ausbauten und die Verteidiger ihre Verluste ausglichen, Posten neu besetzten.

„Sie dürfen ihren Angriff jetzt nicht einstellen", murmelte Ivanhoe. „Wer mag dieser Ritter nur sein?"

„Man kann an ihm kein Zeichen erkennen, aber er geht so freudig in die Schlacht wie zu einem Fest. Es ist nicht allein seine Kraft – er kämpft mit Leib und Seele. Er ist wundervoll!"

„Ihr habt soeben einen Helden beschrieben. Ich würde zehn Jahre Gefangenschaft auf mich nehmen, wenn ich nur einen Tag an seiner Seite kämpfen dürfte!"

Rebecca wandte sich vom Fenster ab und kam auf ihn zu: „Beruhigt Euch, Ihr werdet sonst Euere Genesung nur hinauszögern. Euere eigenen Wunden müssen erst geheilt sein, bevor Ihr anderen Wunden zufügen könnt."

Ivanhoe seufzte tief und sank zurück in seine Kissen. Er fühlte sich so erschöpft, als hätte er eben gerade an der Seite des Schwarzen Ritters gekämpft. Seine Augen fielen langsam zu und er schlief ein.

Plötzlich besann sich Rebecca wieder auf ihren Vater. Was mochte wohl mit ihm geschehen sein?

Während der kurzen Waffenruhe überlegten de Bracy und der Tempelritter angestrengt, wie sie am geschicktesten vorgehen könnten, um den Feind zu besiegen.

„Prinz John hat mit Front-de-Bœuf einen starken Mann verloren", murmelte der Tempelritter. „Er wird nicht durchkommen. Selbst wenn er den Schädel dieses Stieres auf seinem Schild und zehn Stahlplatten als Schutz darüber gehabt hätte, diesem Schlag mit der Axt hätte er nicht standhalten können."

„Das kommt daher, wenn man Heiligenbilder auf die Angreifer wirft und damit die Heiligen erzürnt."

„Aberglaube!" fuhr ihn der Templer an.

„Laßt uns lieber überlegen, wie wir das Schloß am besten absichern können. Wie kämpfte man auf Euerer Seite?"

„Die Feinde schlugen zu wie der Teufel persönlich. Sie wurden angeführt von dem Burschen, der den Sieg im Bogenschießen davongetragen hatte; ich habe ihn an seinem Wehrgehänge erkannt. Er traf jeden Nagel auf meiner Rüstung! Nur mein spanisches Panzerhemd hat mich gerettet! Leider haben wir das Außenwerk einbüßen müssen. Was soll geschehen, wenn sie durch ein vergessenes Fenster einbrechen oder in unbe-

wachte Ecken gelangen – dazu haben wir Front-de-Bœuf verloren! – Was meint Ihr, sollen wir nicht das Beste aus der schwierigen Lage machen und die Gefangenen aushändigen?"

„Was?! Wir sollen uns an eine Bande von Possenreißern und Schweinehirten ausliefern? Schande über Euch, de Bracy!"

„Der Schwarze Ritter ist kein Possenreißer", lächelte de Bracy gequält. „Also auf zu den Mauern. Niemand fürchtet den Kampf weniger als ich! Könnte ich doch bloß schon die stolzen Lanzen meiner Männer in der Ferne sehen!"

„Wir müssen mit dem kämpfen, was wir haben, und Front-de-Bœufs Leute werden kämpfen! Sie werden von den Sachsen gehaßt und können auf keine Gnade hoffen."

Die beiden Ritter kletterten wieder auf die Mauern und überschauten den Kampfplatz. Die schwächste Stelle lag gegenüber dem Vorwerk, denn der Feind hatte als zusätzliche Schwierigkeit den Burggraben zu überqueren.

Drinnen in der Festung lag der Baron, von Todesangst und Schmerzen halb betäubt, auf seinem Lager. „Wo stecken nur diese Hunde von Priestern! Wahrscheinlich halten sie sich alle im Kloster St. Anna auf, das ihnen mein Vater vor Jahren stiftete. Und sein Nachkomme liegt hier, von allen verlassen, während sie ihr Bier saufen ... Der Templer könnte mir die Beichte abnehmen – nein! Lieber beichte ich dem Teufel! Beten – das könnte ich ... aber ich wage es nicht ..."

„Gibt es etwas, was Front-de-Bœuf nicht wagt?" fragte eine spöttische, beinahe unwirklich klingende Stimme. Der Baron, den Kopf von tausend Teufeln gemartert, krächzte atemlos: „Wer ist da?" Ein dumpfes, höhnisches Gelächter war die einzige Antwort.

„Der böse Geist ist hier. Denkt an Euere Sünden: Aufruhr, Vergewaltigung, Raub. Wer hetzte John gegen seinen Vater und seinen Bruder auf?"

„Teufel, Priester oder Verdammter – Ihr lügt! Muß ich die Fehler fünfzig anderer verantworten? Ich trotze dir, Teufel – weg! Laß mich in Frieden sterben!"

„Ihr werdet nicht in Frieden sterben", fuhr die Stimme erbarmungslos fort. „Denkt an die Morde, die Ihr begangen habt, das Stöhnen, das diese Mauern schon unzählige Male vernommen haben."

„Das Blut der Sachsen komme auf mein Haupt! Es waren unsere Feinde. Hast du nun genug? Seid Ihr schon fort?"

„Nein, Vatermörder! Denkt an das Blut Eueres Vaters hier auf dem Boden dieser Halle!"

„Dann seid Ihr der Teufel, wenn Ihr das wißt", stöhnte der Baron nach einer qualvollen Weile. „Nur Ihr und die Versucherin wissen die ganze Wahrheit. Geht zu ihr, – geht zu Ulrika, die die Wunden ausgewaschen hat und die Tat so hinstellte, als wäre er eines natürlichen Todes gestorben. *Sie* war meine Versucherin, *sie* hat mich schändlich dafür belohnt – laßt sie die Qualen der Hölle erleiden!"

„Sie hat sie schon erlitten", sagte Ulrika und trat einen Schritt näher, damit er sie sehen konnte.

„Verpestete, mörderische Hexe! Sie kommt hierher und weidet sich am Anblick meiner Qual!"

„Jawohl, Front-de-Bœuf! Die Tochter des ermordeten Torquil Wolfganger, die Schwester seiner ermordeten Söhne, ist gekommen, nun all das, was sie durch den Namen Front-de-Bœuf verloren hat, an Euch zu rächen."

Front-de-Bœuf schrie verzweifelt, doch mit schwächer werdender Stimme, nach seinen Dienern, aber nur sein eigenes Echo antwortete ihm – und das bittere, hämische Lachen Ulrikas.

„Sie werden niemals mehr zu Euch zurückkehren, großer Baron! Hört Ihr das Schlachtgetümmel? Euere stolze Festung fällt, von den verachteten Sachsen genommen!"

„Hätte ich nur noch einen Augenblick lang Kraft ..."

„Für Euch gibt es keinen Kriegertod! Ihr verendet wie ein Fuchs, ausgeräuchert im eigenen Bau!"

„Alles Lügen! Meine Mauern sind stark und hoch. Und das ist das Kriegsgeschrei von de Bracy und dem Templer. Nicht einmal *Hengist* und *Horsa* könnten die Festung nehmen. Wenn wir dann ein Siegesfeuer anzünden, wirst du, alte Hexe, mitverbrannt!"

Ulrika schaute den Ritter lange und haßerfüllt an. „Das Feuer ist angezündet, aber nicht für Eueren Sieg. Und die Flammen werden Euere Gebeine ebenso verzehren wie meine. Können deine sterbenden Augen den Rauch nicht sehen, der durch alle Ecken hervorquillt?"

„Bei allen Teufeln in der Hölle! Du hast meine Festung angezündet. Du – du ..."

„Ja, ja – und das Feuer lodert immer heftiger. Und dann wird dies' Signal den Angreifern ein Zeichen zum Sturm geben. Nun, Vatermörder, leb wohl für immer! Ich überlasse dich den züngelnden Flammen und auch denen in der Ewigkeit!" Dann war sie aus dem Zimmer, doch das böse Lachen hallte noch in den Gemäuern.

Sir Reginald Front-de-Bœuf lag schweißgebadet auf seinem Lager, seine Adern schwollen auf der Stirn in höchster Todesangst. Er rief nach seinen Männern, verdammte sie, verdammte sich selber, die Menschheit und selbst den Himmel; stöhnte hilflos und erschaute die immer dichter werdenden Rauchschwaden – und dann sah er die ersten flackernden Flammen.

14. Kapitel

Nachdem Cedric heil und unversehrt zu seinen Anhängern zurückgekehrt war, stand es fest, daß das Schloß im Sturm erobert werden mußte. Der Schwarze Ritter erklärte sich bereit, die Führung zu übernehmen. Locksley übernahm das Kommando der Bogenschützen. Kurz darauf griffen sie an.

Das Vorwerk war schon in ihrer Hand, als sie sich entschlossen, in die Festung einzudringen. Sie bauten eine schwimmende Brücke, um über den Burggraben zu gelangen. Der Endkampf sollte noch vor Anbruch der Dunkelheit entschieden werden, da der Schwarze Ritter sie am nächsten Tag verlassen mußte – Unaufschiebbares harrte seiner. Er verteilte seine

Leute, um ihm Deckung zu geben, wenn er vorwärtsstürmte.

„So wollen wir denn!" rief der Ritter.

Das als Brücke dienende Floß wurde ins Wasser gelassen und auf der anderen Seite des Burggrabens befestigt. Blitzschnell erreichten Cedric, der Ritter und einige andere das gegenüberliegende Ufer, rannten auf das große Tor zu und bearbeiteten es mit gewaltigen Schlägen; von oben wurden sie durch die Überreste der ehemaligen Zugbrücke geschützt, die der Templer beim Rückzug zerstört hatte. Die nachfolgenden Männer gerieten unter schweres Feuer seitens der Verteidiger und viele zogen sich zur Sicherheit zurück.

Cedric und der Schwarze Ritter schwebten in Todesgefahr, als die Verteidiger Steine und andere große Stücke der Zinnen auf sie niederwarfen, doch verdankten sie ihre gute Deckung den treffsicheren Bogenschützen, die nur selten ihr Ziel verfehlten. Plötzlich bemerkte Locksley das rote flammende Zeichen Ulrikas. „Das Signal! Beim heiligen Georg — auf zum Angriff! Sollen Cedric und der Ritter alleine weiterkämpfen? Los, verrückter Pfaff, kämpft für Eueren Rosenkranz — stürmt los! Denkt an Ehre, denkt an Beute! Noch ein bißchen weiter vor, und Torquilstone gehört uns!" Locksley schickte seinen Pfeil genau zwischen de Bracy's Männer. De Bracy selbst war fieberhaft damit beschäftigt, ein großes Stück Mauerwerk loszuhauen, das er auf den Angreifer niederschmettern wollte. Sämtliche von Locksley abgeschossenen Pfeile prallten wirkungslos an seiner Rüstung ab. Der Steinbrocken war im Begriff, jeden Augenblick in die Tiefe zu stürzen, als der Tempelritter de Bracy mitteilte, daß ein Teil der Festung in Flammen stünde.

„Was sollen wir tun?" fragte de Bracy ratlos.

„Sammelt Euere Männer wie zu einem Ausfall: Draußen bei der Brücke sind nur drei Leute, erledigt sie! Gleichzeitig greife ich vom Haupttor an, das Vorwerk, das dazwischen liegt, ist dann in unserer Hand und wir können die Burg somit von außen verteidigen, bis Hilfe kommt oder sie unsere Bedingungen annehmen."

Als de Bracy das Tor aufriß, drängte die unbändige Kraft

des Schwarzen Ritters dagegen, der im Nu zwei von de Bracy's Männern überwältigte. De Bracy selbst blieb stehen, wild entschlossen, nicht den Rückzug anzutreten. Nun wollte er seinem Gegner beweisen, daß seine Ruhmestaten nicht nur Gerede waren. Er tauschte Schlag um Schlag mit dem Ritter, bis er durch einen Axthieb getroffen, zu Boden sank.

„Ergebt Euch, de Bracy!" Der Schwarze Ritter hielt einen Dolch, „Erlöser" genannt, gegen de Bracy's Visier gerichtet.

„Ich ergebe mich keinem Unbekannten!" antwortete de Bracy schwach. Dann murmelte der Sieger etwas, was nur de Bracy verstehen konnte.

„Ich ergebe mich als Gefangener, sei es zu meiner Rettung oder nicht", sagte de Bracy, „gleichzeitig ist es meine Pflicht, Euch darauf hinzuweisen, daß Wilfred von Ivanhoe hier als Verwundeter liegt und in Gefahr ist, jeden Augenblick zu ververbrennen."

„Wo ist er? Schnell, Mann!" De Bracy zeigte auf den Turm. „Jetzt geht schnell zum Vorwerk und wartet dort auf mich!" De Bracy begab sich dorthin und händigte Locksley sein Schwert aus.

Im Turmzimmer versuchte Ivanhoe verzweifelt, Rebecca zu überreden, sich in Sicherheit zu bringen, als auf einmal die Tür krachend aufgestoßen wurde und der Tempelritter vor ihnen stand. Seine Rüstung war zerbeult und blutverschmiert, sein Helmbusch abgeschoren und rußgeschwärzt. „Endlich habe ich Euch gefunden!" sagte er zu Rebecca. „Kommt schnell mit mir!"

„Alleine niemals! Wenn Ihr ein treuer Ritter seid, rettet diesen Verwundeten hier und meinen Vater!"

„Ein Ritter weiß, welches Ende ihn erwartet, ob er verwundet ist oder nicht, aber wer kümmert sich um das Ende eines jüdischen Mädchens?"

Ohne weitere Worte zu verlieren, ergriff der Templer das sich heftig wehrende Mädchen und trug es hinaus.

Unmittelbar darauf erschien der Schwarze Ritter und trug Ivanhoe, der erst Rowena gerettet wissen wollte, ebenso mühe-

los aus dem Zimmer wie Bois-Guilbert das Mädchen. Er übergab ihn seinen Landsleuten am Tor, die sich um ihn kümmerten.

Die Festung bot ein Bild der Verwüstung. Der Boden war mit Blut verschmiert, Verwundete kauerten stöhnend in den Ecken. Cedric kämpfte sich mit Hilfe Gurths einen Weg zu Rowenas Zimmer, die schon alle Hoffnung aufgegeben hatte.

Athelstan hatte seine Rettung der Schläue Wambas zu verdanken. Der Possenreißer schlug zwei Schilde mit aller Macht zusammen und stieß sächsische Flüche aus; daraufhin glaubte die Wache, daß Geächtete eingedrungen wären und stürzten in wilder Panik auf den Wachthof zum Tempelritter, um ihn schnellstens von der Bresche in Kenntnis zu setzen. Dieser jedoch, schon zu Pferd, war im Begriff, mit dem Rest der Verteidiger das große Tor zu stürmen.

Athelstan und der Narr liefen, so schnell sie konnten, zum Haupthof des Schlosses, wo die letzten Kämpfe stattfanden. Des Templers Leute leisteten erbitterten Widerstand, um sich einen Weg zum Tor freizuschlagen.

Sir Brian selbst benützte seinen Schild in erster Linie, um Rebecca abzuschirmen, die auf einem Pferd vor einem Sarazenen neben ihm saß. Athelstan, der die weibliche Gestalt undeutlich wahrnahm, glaubte es sei Rowena. Er entriß die Streitaxt einer toten Hand und war im Nu neben dem Templer.

„Jetzt hab ich Euch, feiger Templer!" brüllte er. „Mörder, Räuber, Heuchler!"

Der Templer riß blitzschnell sein Pferd herum, schnellte sich in den Steigbügeln hoch und versetzte Athelstan einen fürchterlichen Hieb, so daß dieser zu Boden sank und still liegen blieb.

Er nutzte die allgemeine Verwirrung, gab dem Pferd die Sporen und preschte mit den anderen in Richtung auf das Haupttor, wo de Bracy bereits auf ihn wartete. „Hier bin ich", rief de Bracy, „ein Gefangener auf Ehrenwort. Rettet Euch — die Falken fliehen. — Ich darf nicht mehr sagen."

„Laßt sie nur fliehen, ich reite zum Praezeptorium nach

Templestowe. Lebt wohl!" Dann verschwand er mit dem Rest seines Gefolges.

Das Feuer breitete sich in rasender Geschwindigkeit aus, die letzten Verteidiger verschlingend, als Ulrika auf der Spitze des Turmes erschien; graues Haar flatterte gespenstisch im roten Licht der auflodernden Glut. Sie hielt einen Spinnrocken in der Hand und ihre Augen leuchteten in dürstender Rache. Mit eintönig hoher Stimme sang sie alte, sächsische Kriegslieder. Turm für Turm brach berstend zusammen – die Männer standen stumm und schauten zu – bis auch ihr Turm in sich zusammenstürzte und diese große alte Frau in den lodernden Flammen begrub. Ihr Lied war ausgesungen.

Tags darauf, bei Sonnenaufgang, traf sich Locksley mit seinen Verbündeten unter der riesigen Eiche. Der Schwarze Ritter und Cedric sahen bekümmert aus, denn der Heilige von Copmanshurst war nicht unter ihnen. „Müller", sagte Locksley, „nimm ein paar Männer und durchsuch' die Ruinen nach ihm."

Sie setzten sich wieder zusammen, um die Beute zu verteilen. Cedric lehnte seinen Anteil ab und schüttelte abwehrend den Kopf. „Mein Herz ist wie Blei. Mit Athelstan starben meine letzten Hoffnungen für England. Lady Rowena möchte unverzüglich nach Rotherwood reiten, und ich werde sie begleiten. Ich möchte Euch danken, Freunde, daß Ihr Euer Leben und Euere Ehre auf's Spiel gesetzt habt. Ich habe Geld genug, meine Leute zu entlohnen, behaltet deshalb meinen Anteil an der Beute.

Wie aber kann ich nur meinen treuen Possenreißer entlohnen?" Eine seltsame Rührung ergriff Cedric.

„Ich übe meinen Beruf schlecht aus, wenn nicht Tränen der Freude in meines Herrn Augen stehen. Als Belohnung erbitte ich einzig und allein die Freiheit für Gurth. Er stahl Euch nur eine Woche Dienst, um sie Euerem Sohn zu opfern."

„Gurth, komm her und knie nieder!"

Sofort war Gurth zu Cedrics Füßen.

„Du bist nicht länger Sklave und Leibeigener. Ich ernenne dich zum freien Mann, der dem Gesetz untersteht und gebe

dir ein Stück Land, das dir und deinen Nachkommen immer gehören soll."

Gurth sprang vor Freude in die Höhe und rief nach einem Schmied, ihm das Halsband zu entfernen.

„Willst du auch frei sein, Wamba?" fragte Cedric.

„Nein", antwortete Wamba, „der Leibeigene sitzt zu Hause beim Kamin, während der Freisasse in den Krieg zieht. Solch ein Narr bin ich auch wieder nicht!"

Hufschlag ertönte und Lady Rowena ritt, von zahlreichen Bewachern umgeben, in den Kreis der Versammlung. Alle erhoben sich zu ihrer Begrüßung, während sie sich bei ihnen bedankte, und eine zarte Rötung überflog ihre Wangen. „Ihr guten Männer", begann sie zu reden, „Gott segne euch für euere Tapferkeit. Wennn ihr jemals Hunger leidet, will ich euch zu essen geben; wenn ihr jemals Durst habt, bekommt ihr von mir zu trinken; wenn die Normannen euch von diesen Pfaden vertreiben, kommt in meine Wälder, wo kein Waidmann je danach fragen wird, wessen Pfeil das Wild erlegt hat. Ich danke euch, ihr treuen Männer!"

Gerade, als sie losreiten wollte, bemerkte sie eine Gestalt etwas abseits am Baum. De Bracy schaute auf und beugte sein Knie. „Schaut nicht auf einen unwürdigen Soldaten, Madame!"

„Bei einem Unterfangen wie dem Eurigen, Herr Ritter, wäre Erfolg schmachvoller gewesen als ein Fehlschlag."

„Verzeiht mir meine unglückselige Leidenschaft!"

„Als Christin verzeihe ich Euch, Herr Ritter."

Rowena machte kehrt und ritt davon. Bevor auch Cedric Abschied nahm, lud er den Schwarzen Ritter ein, zu ihm nach Rotherwood zu kommen, nicht als Gast sondern als Sohn und Bruder.

„Guter Cedric", sagte der Ritter, „für mich war es Belohnung genug, sächsische Ehre zu erleben. Ich werde bald zu Euch nach Rotherwood kommen, aber vorher gilt es, andere dringende Angelegenheiten zu ordnen. Ich werde kommen und Euch dann um einen Gefallen bitten."

„Er ist jetzt schon gewährt, selbst wenn —..." Der Ritter

hob seine Hand.

„Gebt Euere Versprechungen nicht so leicht", lachte er. Dann drückten beide Männer sich fest die Hände, und Cedric eilte Rowena nach.

Nachdem Cedric verschwunden war, kehrte der Schwarze Ritter zu den anderen zurück, die immer noch mit der Aufteilung der Beute beschäftigt waren. Als man ihm seinen Anteil zuwies, lehnte auch er ab. Er verlangte statt dessen den Gefangenen de Bracy.

„Er gehört bereits Euch", grinste Locksley, „sonst hinge er bereits an einem starken Ast dieser alten Eiche."

„De Bracy", sagte der Ritter, „Ihr seid frei! Geht! Ich verachte Rache. Für die Zukunft gebe ich Euch nur einen Rat mit auf den Weg: Hütet Euch!" De Bracy drehte sich um, schwang sich auf eines der Pferde aus Front-de-Bœufs Ställen und galoppierte davon.

„Nun, Herr Ritter", sagte Locksley, „ohne Euer beherztes Eingreifen und Eueren mächtigen Arm hätte unser Unternehmen nicht zum Erfolg geführt. Darf ich Euch zur Erinnerung dieses Horn schenken, das einst von einem englischen Freisassen getragen wurde. Solltet Ihr einmal in Schwierigkeiten geraten, so werden diese drei Töne" — er blies sie vor —, „in den Wäldern hier Euch immer Hilfe und Rettung bringen."

„Ich danke Euch aus vollstem Herzen für dieses Geschenk, bessere Hilfe könnte ich nirgendwo bekommen." Er blies die drei Töne.

„Hört, Männer", rief Locksley. „Dies ist der Notruf des Schwarzen Ritters. Wer ihn hört und nicht hilft, bei meiner Ehre, den erwürge ich mit seiner eigenen Bogenschnur!"

Während die Geächteten weiter ihre Beute verteilten, tönte auf einmal die tiefe Stimme des Mönches von Copmanshurst: „Macht Platz für den Soldaten Gottes", rief er laut, „und für seinen Gefangenen!" Unter dem schallenden Gelächter der Runde trat der stämmige Priester hoheitsvoll in die Lichtung. Mit der einen Hand wirbelte er einen Spieß und mit der anderen führte er den vor Furcht zitternden Isaac hinter sich her.

„Im Namen des heiligen Nikolaus, wen habt Ihr denn da?" schrie einer der Anführer.

„Es ist ein Gefangener Gottes und meiner Waffen, edler Hauptmann, doch hat ihn meine Frömmigkeit vor noch schlimmerer Gefangenschaft gerettet. Sprecht, Jude! Habe ich Euch nicht gerettet? Habe ich Euch nicht das ave und pater gelehrt? Habe ich nicht die ganze Nacht mit Euch verbracht und Euch in die Mysterien eingeführt?"

„Um Gotteswillen!" klagte der Jude, „kann mich denn keiner von dem verrückten – ich meine, diesem heiligen Mann befreien?"

„Was?" rief der Mönch drohend, „Ihr widerruft? Dann werde ich ..."

„Haltet ein!" sagte Locksley, „keine Lästerungen. Erzählt uns lieber, was Ihr erlebt habt."

„Beim heiligen Dunstan! Ich schaute nach Gegenständen, die aus den Kellern gerettet werden könnten. Plötzlich entdeckte ich eine vielversprechende Tür, ich öffnete sie, und was glaubt Ihr, fand ich da? Rostige Ketten und einen Juden, der sich sofort ergab. Zum Schutz vor den einstürzenden Mauern flohen wir gemeinsam in einen anderen Keller – ich trank bloß einen Schluck, dann gab es einen Schlag, und der ganze Turm stürzte ein und versperrte uns den Weg. Wir hörten noch andere Türme einkrachen, und ich fürchtete um mein Leben. Als letzte gute Tat entschloß ich mich, diesem Ungläubigen die Mysterien einzubläuen, ohne Essen – nur hin und wieder ein einziger Schluck Wein, um meinen Verstand wachzuhalten. Schließlich machten mich meine Bemühungen ganz schwindelig, und als Gilbert und Wibbald mich fanden, war ich schon ganz erschöpft."

„Doch, wir können es bezeugen", grinste Gilbert, „als wir die Treppe zum Keller freigemacht hatten, fanden wir den Juden halbtot, den Mönch halb erschöpft und das Weinfaß halb leer."

„Alles Lügen", brüllte der Mönch, „Ihr trankt alles selbst, und ich mußte aufpassen, daß der Hauptmann nicht kommt!

Egal, der Jude ist bekehrt!"

„Jude", fragte Locksley, „seid Ihr wirklich bekehrt?"

„Habt Erbarmen", bat Isaac, „nicht ein Wort verstand ich von dem, was Euer heiliger Mann mir erzählte. Ich war so voller Angst und Schrecken, daß ich nicht einmal Vater Abraham selbst verstanden hätte."

„Alles Lügen! Ihr habt alles verstanden und versprochen, Euere ganze Habe dem heiligen Orden als Buße zu vermachen."

„Das ist nicht wahr, Ihr guten Herren!" sagte Isaac noch aufgebrachter. „Ich bin ein armer, alter Mann und fürchte – auch kinderlos. Laßt mich in Gottes Namen gehen!"

„Streitet Euch nicht länger", entschied Locksley. „Der Jude soll ein Lösegeld zahlen. Und nun führt die anderen Gefangenen vor."

„Es ist keiner dabei, der ein Lösegeld wert wäre. Es sind eine Handvoll Soldaten, die wir losschickten, sich neue Herren zu suchen. Hier ist aber noch jemand, der mehr wert ist: ein lustiger Mönch, reich ausgestattet; er wird wohl unterwegs zu seiner Liebsten gewesen sein. Schaut, da kommt er!"

Von zwei Freisassen begleitet, erschien der Abt von Jorvaulx in der Lichtung.

15. Kapitel

Zum großen Entsetzen der beiden Gefangenen schlug einer der Geächteten vor, daß jeder das Lösegeld für den anderen bestimmen sollte, denn sie allein könnten ihren gegenseitigen Reichtum wohl besser einschätzen.

Als der Abt Isaacs Vorschlag vernahm, sechshundert Kronen zu zahlen, wechselte sein Ausdruck rasch von Ungläubigkeit, Verblüffung, bis hin zur echten Belustigung angesichts einer solch hohen Summe, die zu zahlen er nicht gewillt war. Sicherheitshalber nannte er deshalb erst einmal die Summe des Lösegeldes, die Isaac zahlen sollte, und bestimmte sie auf tausend Kronen.

Das Entsetzen entstand nun auch auf der anderen Seite.

„Der Gott meiner Väter möge mir helfen", wimmerte Isaac. „Jetzt, da ich kinderlos geworden bin, beraubt man mich auch noch meines einfachsten Lebensunterhaltes."

„Ohne Kinder könnt Ihr billiger leben", sagte Aymer ungerührt.

Isaac weinte fassungslos über das ungeklärte Schicksal seiner Tochter. Einer der Vogelfreien unterbrach ihn.

„Hatte Euere Tochter nicht dunkle Haare, die mit einem silbernen Schleier bedeckt waren?" fragte er.

„Ja, das hatte sie!" Der Jude blickte ihn hoffnungsvoll an. „Wißt Ihr etwas über sie?"

„Ich sah sie, als sie der Templer und seine Sarazenen auf dem Pferd entführten."

Es bestand kein Zweifel, daß der Kummer des Juden nun noch größer wurde.

„*Ichabod! Ichabod!* Besser die Grabstätte ihrer Väter, als die lüsternen Hände dieses Templers."

„Freunde", sagte Locksley und blickte sich in der Runde um, dieser Alte ist zwar nur ein Ungläubiger, aber seine Tränen rühren mich. Laßt uns ihm helfen!"

„Die Tränen eines Juden", lachte der Prior, doch sein Gelächter erstarb, als er die Blicke Locksleys auf sich ruhen sah.

„Stimmt es, Isaac, daß Euch die tausend Kronen wirklich zum armen Mann machen?" Isaac zögerte und räumte zum Erstaunen aller ein, daß er noch eine kleine Reserve habe.

„Gut, Isaac", sagte Locksley, „das ist ehrlich gesprochen. Ohne Geld werdet Ihr Euer Kind niemals zurückbekommen; deshalb setze ich Euer Lösegeld ebenfalls auf sechshundert Kronen fest, nein, eher fünfhundert, die hundert betrachte ich als meinen persönlichen Verlust, damit wir nicht die Sünde begehen, einen jüdischen Kaufmann und einen christlichen Prälaten auf eine Stufe zu stellen. So, jetzt geht und laßt Euere Münzen eifrig an des Templers Ohr in Templestowe klingen."

Überwältigt vor Dankbarkeit wollte sich der Jude zu Locksleys Füßen werfen, doch dieser hielt den Alten fest und unterband dies.

Prior Aymer war die rührende Szene ebenfalls zu Herzen gegangen, deshalb wandte er sich jetzt an den Juden und sagte: „Ich mache mir ebenfalls Sorgen um das Wohl Euerer Tochter, obgleich Ihr ein Jude seid. Ich bewunderte ihre Schönheit in Ashby. Vielleicht könnte ich meinen Einfluß auf Sir Brian geltend machen – ein gutes Wort von mir würde Euch helfen."

„Was soll ich nur machen – alle haben es auf mein Geld abgesehen", stöhnte Isaac.

„Was könntet Ihr anders erwarten?" sagte der Abt im scharfen Ton. Locksley nahm Isaac zur Seite und beruhigte ihn: „Denkt gut darüber nach, Isaac: dieser Kirchenmann ist eitel und gierig und kann manches für Euch tun. Sprecht nicht mit mir über Armut: Ich weiß, in welcher Eisentruhe Ihr Euere Geldbeutel aufbewahrt. Es ist der große Stein neben dem Apfelbaum, der den Eingang zu Euerer Schatzkammer im Garten in York verdeckt."

Der Jude wurde aschfahl. „Keine Angst, Euer Geheimnis ruht sicher bei mir. Erinnert Ihr Euch noch an *Diccon-den-Bogen,* den Euere schöne Tochter aus den Fesseln befreite und wieder gesund pflegte, den Ihr anschließend mit einem Stück Geld auf die Reise schicktet? Das war eine gute Anlage, Isaac, und hat Euch heute fünfhundert Kronen erspart."

„Ihr seid es?"

„Es ist einer meiner verschiedenen Namensbezeichnungen."

„Guter Diccon! In dieser Schatzkammer gibt es zwar kein Geld, doch gibt es Waren dort. Ich gebe Euch kostenlos hundert Meter grünen Stoff für neue Kleider Euerer Männer, hundert Stück spanisches Eibenholz für Bögen und hundert Bogenschnüre bester Qualität. Ich werde Euch alles schicken und hoffe, daß Ihr diese Schatzkammer nicht mehr erwähnt . . ."

„Habt keine Angst!" Diccon lachte. „Aber ich mache mir ernsthafte Sorgen um Euere Tochter. Leider können meine Leute wenig gegen hundert bewaffnete Tempelritter ausrichten. Ich werde Euere Sache mit dem Prior besprechen."

„In Gottes Namen, Diccon, tut alles, was meinem Kind helfen könnte."

Locksley ging zum Abt und zog ihn beiseite. „Herr Prior, die Freuden, die Ihr genießt, kosten Geld. Das ist zwar nicht fromm, aber mich kümmert es wenig. Isaac will Euch tausend Mark in Silber geben, wenn seine Tochter dank Euerer Hilfe befreit werden kann."

Der Prior zögerte: „Wenn er etwas zum Bau unserer neuen Schlafkammer beitragen möchte, könnte ich es vielleicht mit meinem Gewissen vereinbaren, einem Juden zu helfen. Also gut, Jude, Locksley haftet dafür, daß ich das Geld erhalte." Der Geächtete nickte.

Der Prior ließ sich Schreibzeug geben und setzte einen Brief an Bois-Guilbert auf, versiegelte ihn und überreichte ihn dem Juden. „Das wird Euch sicher zum Tempelritter bringen und ihn überzeugen, Euere Tochter herauszurücken — wenn Ihr ihm dafür ein anständiges Lösegeld bieten könnt."

„Gut Prior! Ihr seid frei", sagte Locksley. „Der Jude wird schon zahlen. Solltet Ihr aber Euerer Zahlung nicht nachkommen, wird mehr als nur eine Schlafkammer einen Neubau nötig haben."

Der Prior machte sich mißmutig auf den Weg, seiner Habe um einige wertvolle Gepäckstücke erleichtert, die ihm die Geächteten abgenommen hatten.

Auch Isaac brach auf, begleitet von zwei Waidmännern, die ihm als Führer und Wächter mitgegeben wurden. Als einziger blieb der Schwarze Ritter bei den Geächteten zurück. Er hatte die besprochenen Angelegenheiten mit großem Interesse verfolgt. Er zeigte sich freudig überrascht über Gesetz und Disziplin unter den Ausgestoßenen der bürgerlichen Gesellschaft.

„Gute Früchte an einem schlechten Baum", grinste Locksley. „Viele von uns mißachten unseren Stand; aber die Zeiten sind schlecht —", er zuckte die Schultern. „Wir haben wohl beide unsere Geheimnisse, Herr Ritter!"

Der Ritter lachte und streckte seine Hand aus. „Vielleicht treffen wir uns einmal unter weniger geheimnisvollen Umständen wieder. In der Zwischenzeit scheiden wir als Freunde!"

„Ja, das wollen wir tun, und hier ist meine Hand darauf!"

Der Ritter schwang sich auf sein mächtiges Pferd und sprengte durch den Wald davon. Der Hauptmann kehrte zu seinen Männern zurück.

Die Zwischenfälle in Torquilstone erwiesen sich aber nicht als unbedeutende private Auseinandersetzungen zwischen Sachsen und Normannen, sie sollten die Zukunft Englands entscheidend beeinflussen. Als Cedric und seine Leute sich von Locksley verabschiedeten, schwirrten in York die verschiedensten Gerüchte umher. Prinz John hatte alle Vorbereitungen zu seiner Krönung getroffen. Front-de-Bœuf, de Bracy und Bois-Guilbert schienen ihm für seine Vorhaben geeignete Schlüsselfiguren zu sein, denn ohne diese Männer würde es ihm kaum gelingen, die anderen auf seine Seite zu bringen — und gegen Richard ... Prinz John war verärgert über den Plan, Cedric und Rowena zu entführen und erklärte die Sache zum Verrat. Sicherheitshalber sandte Fitzurse die Truppe der Freien Lanzen nach Torquilstone. Er war soeben im Begriff, John die Lage zu erklären, als de Bracy mit blutverschmierter, abgewetzter Rüstung ins Zimmer trat, das Bild totaler Erschöpfung. Was geschehen sei, fragten beide wie aus einem Munde. De Bracy meldete kurz, daß der Templer geflohen sei, Front-de-Bœuf in seinem brennenden Schloß eingeäschert wurde und was das schlimmste war ...

„Richard ist in England! Ich wurde sein Gefangener und sprach selbst mit ihm!"

John zuckte zusammen, als hätte ihn ein Pfeil mitten in die Brust getroffen. Fitzurse stieß leise einen Fluch aus und fragte de Bracy: „Stand er an der Spitze einer Truppe, oder warum wart Ihr sein Gefangener?"

„Er versammelte lediglich eine Bande Geächteter um sich, die bis jetzt noch nicht wissen, wer er ist, um Torquilstone zu erobern."

„Das sieht ihm ähnlich", murmelte Fitzurse.

„Und Ihr, de Bracy, was wollt Ihr jetzt anfangen?"

„Ich bot ihm den Dienst meiner Truppen an, aber er lehnte

ab, also werde ich mich in Hull nach Flandern einschiffen, wo es zur Zeit viel Arbeit für mich gibt. Vergeßt die politischen Geschäfte, Waldemar, greift nach den Waffen und kommt mit mir!" „Ich bin zu alt, Maurice, außerdem habe ich eine Tochter. Wir können immer Schutz bei meinem Bruder, dem Erzbischof von York, finden."

Prinz John hatte sich erst jetzt von seinem Schock erholt und hatte entsetzt die Unterredung der beiden mitangehört.

„Ihr seid wohl verrückt, meine Herren, oder glaubt Ihr wirklich, der schlaue Erzbischof würde Euch vor dem Zorn Richards schützen? Und was Euch betrifft, de Bracy, zwischen hier und Hull sammelt der Herzog von Essex seine Truppen. Wenn sie erfahren, daß Richard wirklich hier ist, würden sie ihm sicher zu Hilfe kommen. Es gibt nur eine Lösung, Richard muß ergriffen werden, solange er noch alleine reist!" De Bracy schaute noch unglücklicher aus.

„Man braucht ihm ja nichts anzutun", sagte John, „ein Gefängnis wie das meines Onkels Robert, in dem er lebte und starb, würde auch genügen."

„Ja, aber Euer Vater saß auf einem sichereren Thron, als Euer Gnaden je erhoffen kann. Das sicherste Gefängnis ist der Friedhof!"

„Gefängnis oder Grab, ich wasche meine Hände in Unschuld!" sagte de Bracy.

„Schurke! Verräter!" schrie John, doch gelang es dem gerissenen Fitzurse, ihn schnell wieder zu beruhigen. De Bracy war durch nichts zu bewegen, sich an einem Hinterhalt für den König zu beteiligen.

Während der kurzen Abwesenheit von Fitzurse versuchte der Prinz, ihm das Amt eines Kanzlers schmackhaft zu machen, da er selbst seinem Ratgeber nicht mehr trauen würde. De Bracy verließ das Zimmer, angewidert von den Intrigen am Hofe und voller Verachtung gegenüber einem Prinzen, dem er einst gedient hatte. Prinz John ließ unterdessen seinen Gewährsmann Bardon kommen, der ihm Aufschluß über Fitzurses Pläne geben sollte. Dieser teilte dem Prinzen mit, daß

Fitzurse mit fünfen seiner Leute losgeritten sei, um dem König aufzulauern.

„Gut!" sagte John erleichtert, „und, Bardon, habt ein Auge auf Maurice de Bracy, aber so, daß er es nicht bemerkt. Berichtet mir von Zeit zu Zeit, wohin er geht und mit wem er spricht." Bardon verbeugte sich und wurde mit einer flüchtigen Handbewegung entlassen.

Richards Rückkehr erinnerte den Prinzen daran, daß er viel Geld nötig hatte. Wo aber war bloß dieser Isaac von York, der schon seit Tagen verschwunden war. John konnte natürlich nicht wissen, daß der Jude auf dem Weg nach Templestowe war, um seine Tochter zu befreien. Der Sitz des Templerordens in Templestowe lag inmitten schöner Wiesen und Weiden. Die Wache am Haupttor und auf den Zinnen war schwarz gekleidet; gelegentlich erblickte man Ritter, die in langen weißen Mänteln feierlich durch den Innenhof schritten.

Isaac überlegte lange, wie er sich am geschicktesten zu erkennen geben könnte, ohne gleich wieder abgewiesen zu werden.

Zur gleichen Zeit ging der gefürchtete Großmeister in einem kleinen Garten spazieren und sprach betrübt mit einem Bruder, der gerade aus Palästina zurückgekehrt war, über den Verfall der Sitten. Lucas Beaumanoir, der Großmeister, war ein alter Mann mit langem weißen Bart und buschigen Augenbrauen über tiefliegenden Augen, die noch immer nicht ihr Feuer verloren hatten. Er beklagte den furchtbaren moralischen Stand seines Ordens in England, der noch schlimmer war als der in Frankreich. Plötzlich bemerkte er einen schwarzgekleideten Novizen, der demütig dastand und auf die Erlaubnis zu sprechen wartete. „Ja", sagte der Großmeister. „Sprich ruhig!"

„Draußen am Tor steht ein edel und ehrwürdig aussehender Jude, der Sir Brian de Bois-Guilbert sprechen möchte."

„Du tatest gut daran, es mir mitzuteilen, Damian, hol den Juden!" Er wandte sich an seinen Begleiter Mont-Fitchet. „Ich bin an Bois-Guilbert höchst interessiert. Er ist ein ausgezeichneter Ritter, doch trat er unserem Orden mehr aus Enttäuschung als aus echter Berufung bei. Ich vermute, daß er sich

hier im Orden den Unzufriedenen angeschlossen hat, möglicherweise ist er sogar ein Anführer... Nun, wir werden sehen!"

Isaac wurde zitternd dem Großmeister vorgeführt und blieb auf ein Zeichen eines Stabes hin etwa drei Schritte vor ihm stehen. Sein demütiges Verhalten war nahezu abschreckend.

„Laß' uns allein, Damian! Jude", sagte er ernst, „antwortet nur kurz. Was habt Ihr mit unserem Bruder Brian de Bois-Guilbert zu besprechen?"

Isaac wand sich vor innerer Bedrängnis. Er könnte vielleicht wegen Verleumdung des Ordens belangt werden, aber wenn er schwiege, wie könnte er Rebecca jemals zurückbekommen? Beaumanoir bemerkte seine Qualen und bat ihn, sich zu beruhigen.

„Ihr habt nichts zu befürchten, Jude, so lange Ihr uns die Wahrheit sagt. Nun?"

„Ich habe ein Schreiben von Prior Aymer von Jorvaulx an diesen edlen Ritter."

„Habe ich es nicht gesagt, Conrad", sagte er zu seinem Begleiter, „ein Zisterzienser-Abt sendet einen Brief an einen christlichen Ritter durch die Hand eines Juden! Gebt mir den Brief!"

Isaacs Hände flatterten, als er den Brief überreichte. Der Großmeister brach das Siegel und las den Brief. Seine Miene verfinsterte sich und er reichte voll Abscheu das Schreiben weiter an Mont-Fitchet.

„Lest laut, Conrad, und Ihr, Jude, hört zu."

Conrad las: „Aymer, durch Gottes Gnaden Prior des Zisterzienser Klosters von Jorvaulx, wünscht Herrn Brian de Bois-Guilbert, Ritter des heiligen Templerordens Gesundheit und alle Wohltaten des Königs Bacchus und der Frau Venus. Wir befinden uns in den Händen von gesetzlosen und gottlosen Vogelfreien, die uns für ein Lösegeld gefangenhalten. Bei dieser Gelegenheit haben wir auch von Front-de-Bœufs Unglück erfahren und Euerem glücklichen Entkommen mit der schönen jüdischen Hexe, deren schwarze Augen Euch verzaubert haben.

Wir freuen uns herzlich über Euere Rettung, gleichzeitig aber möchten wir Euch warnen, vorsichtig zu sein, denn wir haben erfahren, daß Euer Großmeister, der sich nicht im geringsten etwas aus kirschroten Lippen und schwarzen Augen macht, aus der Normandie kommt, um Eueren Freuden und Vergnügen ein Ende zu bereiten.

Wir bitten Euch deshalb herzlich — Vorsicht! — inveniantur vigilantes! Ihr Vater, Isaac von York, hat diesen Brief von mir erfleht. Ich gebe Euch ernsthaft den Rat — mehr noch, ich bitte Euch inständig, daß Ihr ihm das Mädchen für ein Lösegeld freigebt, damit Ihr Euch ein Dutzend anderer Mädchen beschaffen könnt, die nicht so gefährlich sind, woran auch ich meinen Anteil erhoffe, wenn wir wieder einmal fröhlich beisammensitzen, als treue Brüder dem Wein ergeben. Bis zu unserem nächsten lustigen Zusammentreffen wünschen wir Euch, mitten aus diesem Räubernest, alles Gute.

Aymer Pr. S. M. Jorvolciensis."

„Das ist doch kein Wunder, wenn Gott uns zürnt und wir den Boden unter den Füßen in Palästina verlieren", sagte Beaumanoir. „Euere Tochter Rebecca ist also eine Gefangene von Brian de Bois-Guilbert?"

„Ja, verehrungswürdiger heiliger Mann — ich zahle jedes Lösegeld, daß ein armer Mann ..."

„Schweigt! Und Euere Tochter ist erfahren in der Heilkunst?"

„Ja, ehrwürdiger Herr, Ritter und Freisasse, Edelmann und Vasall danken ihr dieses Gottesgeschenk ..."

„Schluß jetzt! Seht Ihr, Conrad? Der Feind ist überall. Er hat seine Köder überall; er verlängert das irdische Leben, um dann die Seele für immer zu verdammen, dank seines Werkzeugs, dieser bösen Rebecca. Ich werde sie es lehren, einen Soldaten des Templerordens zu verhexen. He, Wache! Werft diesen Juden hinaus! Mit seiner Tochter verfahren wir nach christlichem Gesetz, das uns unser eigenes hohes Amt verliehen hat."

Wenn Isaac sich bis jetzt doch mehr für die Ehre Rebeccas geängstigt hatte — jetzt stöhnte er in tiefer Verzweiflung und aus Todesangst um seine Tochter.

16. Kapitel

Albert Malvoisin, der Bruder des bereits erwähnten Philip Malvoisin, war einer der skrupellosesten und lasterhaftesten Ritter in Templestowe, wo er als Präzeptor sein Amt bekleidete. Anders als sein enger Vertrauter, der offenherzige Bois-Guilbert, war er ein Meister der Täuschung und der Heuchelei. Hätte Beaumanoir seine Ankunft vorher mitgeteilt, hätte für ihn nicht der geringste Anlaß zur Klage bestanden. Auf irgendeine Art und Weise war es Malvoisin gelungen, die Achtung Beaumanoirs zu gewinnen.

Auch jetzt, als der Großmeister ihm das schreckliche Beweisstück vorlegte, behielt er ruhig Blut, obwohl er für sich und Sir Brian den sicheren Untergang voraussah. Jede Vorsichtsmaßnahme war ergriffen worden, um Rebecca zu verbergen, und nun erdreistete sich dieser alte Fanatiker, Rebecca als Hexe zu bezeichnen. Eine Hexe? Er blickte Beaumanoir mit einem Ausdruck vorgetäuschter Achtung, Ergebenheit und Bewunderung an.

„Euere Weisheit, ehrwürdiger Vater", sagte er voll Demut, „hat das Dunkel in meinem Verstand verjagt. Es war für mich unfaßbar, daß ein Ritter wie Brian de Bois-Guilbert so verrückt nach diesem Wesen werden konnte. Sicherheitshalber hielt ich sie in diesem Haus verborgen, um aufkommende Vertraulichkeiten zu unterbinden. Aber jetzt, heiliger Vater, wo Ihr herausgefunden habt, daß dieses Weib eine Hexe ist, erklärt sich seine Tollheit wie von selbst."

„Eben! Eben!", erklärte Beaumanoir, „unser Bruder braucht eher unser Mitgefühl als die Züchtigung der Rute."

„Es wäre bedauerlich, wenn der Orden eine solche Lanze verlöre", gab auch Mont-Fitchet zu bedenken.

„Wir werden den Zauber dieser Hexe brechen, der unseren Bruder gefangen hält. Sie soll den Tod erleiden! Bereitet die Halle für den Prozeß!"

Malvoisin verbeugte sich und ging. Er suchte unverzüglich Sir Brian auf, um ihm die für ihn äußerst unangenehme Lage mitzuteilen.

In Bois-Guilbert stieg die Wut auf über die Jüdin, die ihn abermals zurückgewiesen hatte: „Diese Frau, die ich vor zahllosen Pfeilen mit meinem Schild schützte und rettete, macht mir nun den Vorwurf, daß ich sie nicht habe sterben lassen. Der Teufel ist in ihr!"

„Beaumanoir weiß alles; jedoch ist es mir gelungen, seine Verärgerung über Euch auf diese Frau abzulenken. Sie wird als Hexe abgeurteilt."

„Um Gotteswillen, nein!"

„Doch, es ist wahr! Sie gilt als Sühneopfer für alle leidenschaftlichen Verwirrungen der Tempelritter."

„Wir müssen sie von hier fortschaffen, Albert!"

„Unmöglich! Selbst wenn ich wollte, könnte ich nicht. Das Schloß wimmelt nur so von Eiferern Beaumanoirs. Seid vernünftig, Brian. Wenn Ihr versucht, die Jüdin zu retten, werft Ihr alle Euere Pläne über den Haufen. Beaumanoir weiß, daß Ihr große Aussichten habt, als nächster den Stab des Großmeisters zu übernehmen. Bedenkt das wohl!"

Sir Brian überlegte fieberhaft. „Ihr habt recht. Es steht zu viel auf dem Spiel, um noch mehr Zeit mit diesem undankbaren Geschöpf zu vergeuden, außer..."

„Kein ‚außer', Brian! Bedenkt alles wohl! Wir müssen uns jetzt trennen, denn seine Spione sind überall. Ich muß die Halle für den Prozeß vorbereiten."

„Was? Schon so bald?"

„Der Prozeß verläuft rasch, wenn der Urteilsspruch schon vorher verkündet wurde!"

Mittlerweile traf Mont-Fitchet mit Malvoisin in der Halle zusammen.

„Eigentlich verstehe ich es immer noch nicht so richtig", sagte Malvoisin. „Wir haben so viele jüdische Ärzte, die Hervorragendes schaffen, aber wir verbrennen sie doch nicht deshalb!"

„Albert, ehrlich gesagt: Hexe oder nicht, diese Frau muß sterben, oder aber wir verlieren Bois-Guilbert und ernten

Zwietracht in diesem Orden."

„Gibt es Beweise genug, sie zu verurteilen?"

„Es muß welche geben!" sagte Mont-Fitchet. „Versteht Ihr?"

„Wir haben nicht mehr viel Zeit", murmelte Malvoisin.

Schlag zwölf hörte Rebecca harte Schritte draußen auf der Treppe, die sich ihrer Türe näherten. Die Türe wurde aufgestoßen, und Conrad Mont-Fitchet, der Präzeptor Malvoisin und vier bewaffnete Wächter traten ein.

„Tochter eines verfluchten Geschlechts", sagte Malvoisin, „steht auf und kommt mit uns. Ihr sollt vor Gericht gestellt werden, in Anwesenheit des Großmeisters unseres Tempelordens, und wegen Euerer Vergehen abgeurteilt werden!"

„Ich will Euch gerne folgen, doch erlaubt mir, zuerst den Schleier vor mein Gesicht zu ziehen."

Als sie sich durch die Menge der Zuschauer schoben, fühlte Rebecca ein Stück Pergament, das ihr verstohlen in die Hand gedrückt wurde. Sie schenkte dem aber kaum Beachtung und behielt den Zettel ungelesen in der Hand.

Auf einem erhöhten Sitz am oberen Ende des Raumes saß der Großmeister in Weiß, den Stab in der Hand. Etwas tiefer an einem Tisch vor ihm saßen zwei schwarz gekleidete und kahl rasierte Schreiber. Neben dem Meister hatten vier Präzeptoren Platz genommen, und hinter ihnen standen die Ritter des Ordens, umgeben von ihren Ehrenknappen.

Ein Hauch von Feierlichkeit schwebte über dem Raum und ein Ausdruck frommer Strenge lag auf den Gesichtern. Die Verhandlung begann mit dem feierlichen Psalm VENITE EXULTEMUS DOMINO, der, getragen von hundert Stimmen, wie ein gewaltiges Rauschen durch die Halle klang. Danach folgte die Eröffnungsrede des Großmeisters. Bois-Guilbert stand etwas abseits und hielt sein Gesicht teilweise mit dem Mantel verdeckt. Er mußte mitanhören, wie Beaumanoir Rebecca beschuldigte, das Blut eines Präzeptors des heiligen Ordens der Tempelritter durch Hexerei vergiftet zu haben. Es handele sich hierbei um einen Ritter, fuhr der Großmeister fort, von solch hohem Ansehen, daß er eines Tages den Stab des Ordens übernehmen könnte, wenn er, Beaumanoir, zur Ewigkeit berufen würde. Statt dessen habe dieser fromme, edle Sieger plötzlich entsetzlichen Ungehorsam verübt und gegen eine Regel des Ordens nach der anderen verstoßen. Unter normalen Umständen hätte ein solches Verhalten unweigerlich die Ausweisung aus dem Orden und Verbannung zur Folge gehabt. Wenn nun aber festgestellt würde, daß sein Verfehlen nicht von seinem eigenen Willen, sondern vom Teufel beeinflußt worden wäre, verdiene er Mitleid und Unterstützung, doch müßte man das Werkzeug des Teufels zur Rechenschaft ziehen. Es sei demnach die Pflicht des Gerichts, nachzuprüfen, ob diese Frau ein solches Instrument des Teufels wäre. Wenn nicht, müßten sie blutenden Herzens Sir Brian de Bois-Guilbert den Prozeß machen.

Es wurden verschiedene Zeugen aufgerufen, die ein völlig verfälschtes Bild von Rebeccas Heilkunst widergaben. Ihrer Beschreibung nach mußte Rebecca wahre Wunder gewirkt haben, was natürlich zur Folge hatte, daß das hohe Gericht noch voreingenommener wurde.

Malvoisin bereute öffentlich, der Jüdin Schutz unter seinem Dach gewährt zu haben, und war bereit, jegliche Buße auf sich zu nehmen, die der Großmeister ihm auferlegen würde. Dieser veranschlagte eine Fastenzeit von sechs Wochen, die er überdies im strengen Gebet zubringen sollte. Malvoisin nahm die Buße mit ergebener Unterwürfigkeit an.

Ein weiterer Präzeptor ergriff nun das Wort und erbat von Bois-Guilbert die einfache Erklärung, wie denn der Tempelritter selbst zu seinen Anschuldigungen stünde.

Sir Brian schaute Beaumanoir hilfesuchend an – und schwieg.

„Der Teufel hat ihn stumm gemacht!" Des Großmeisters Augen funkelten wie in Ekstase. „Raus, Satan! – Sprecht, Brian de Bois-Guilbert! Sprecht bei diesem Symbol unseres Heiligen Ordens!"

Der Tempelritter mußte schwer gegen seine Verachtung und Entrüstung ankämpfen und sagte mit knirschenden Zähnen: „Brian de Bois-Guilbert antwortet nicht auf eine solch ungenaue Herausforderung. Wenn seine Ehre befleckt ist, wird er für sie mit seinem Körper und mit seinem Schwert kämpfen!"

„Euere Prahlerei ist ein weiterer Beweis für den Teufel, der in Euch ist, und wir vergeben Euch, Bruder", sagte der Großmeister gnädig, ohne den verächtlichen Blick in seinen Augen bemerkt zu haben. „Wenden wir uns jetzt der Vergangenheit dieser Frau zu", fuhr er fort. „Kann irgendjemand etwas über sie sagen?"

Ein armer Sachse auf Krücken wurde zitternd vor Angst nach vorne gebracht. Widerstrebend gab er zu, daß er sein Gehvermögen zum größten Teil der Kunst Rebeccas zu verdanken habe. Vorher war er hilflos ans Bett gefesselt, ohne irgendeinen Schritt allein gehen zu können. Er weinte und erzählte, daß ihn diese Lähmung befallen habe, während er bei Isaac als Schreiner tätig war. Danach nahm sich Rebecca seiner an und schickte ihn mit einem kleinen Tiegel Salbe und einem Stück Geld nach Hause. „Und bitte glaubt mir, Hochwürden, sie wollte mir nichts Böses antun, denn ich sagte mein *pater* und *ave* auf, wenn ich die Salbe auftrug, ohne daß die heilende Wirkung nachgelassen hätte."

„Genug, Sklave! Wir brauchen deine wertlosen Entlastungen nicht mehr. Trägst du die Salbe bei dir?"

Zögernd zog der Schreiner eine kleine Dose aus der Tasche, auf der in hebräischen Buchstaben etwas geschrieben stand. Der Großmeister bekreuzigte sich, ergriff die Dose und las: „Der Löwe aus dem Stamme Judah hat gesiegt."

„Das ist die Macht des Satans!" rief er aus. „Er kann die Worte der heiligen Schrift in Gotteslästerung verwandeln. Ist jemand anwesend, der mir die Zusammensetzung dieses Gifts erklären kann?"

Ein Mönch und ein Barbier, die sich Mediziner nannten, begutachteten die geheimnisvolle Salbe und stellten fest, daß ihnen die Bestandteile unbekannt seien und höchstwahrscheinlich aus einem Zauberbuch stammten. Nachdem die Untersuchungen abgeschlossen waren, bat der Schreiner demütig um die Rückgabe seiner Salbe. Der Großmeister fragte in strengem

Ton nach seinem Namen. Er hieß Higg, Snells Sohn. „Mach' daß du raus kommst, Higg, Sohn Snells. Es ist besser, bettlägerig zu sein, als die Seele einzubüßen, nur um wieder umherlaufen zu können."

Higg zog sich zurück und verschwand in der Menge.

Weitere Zeugen traten auf – mit haarsträubenden Beschuldigungen, die Last der angeblichen Schuld wuchs weiter.

Der Großmeister befahl Rebecca, ihren Schleier zu entfernen. Sie kam dieser Aufforderung nur zögernd nach, da es jüdischen Mädchen nicht gestattet ist, sich unverschleiert vor Fremden zu zeigen.

Ein Geraune ging durch den Saal, denn alle waren aufs höchste angetan von ihrer Schönheit.

Bei all den Anschuldigungen, die gegen sie vorgebracht wurden, hätte schon die Hälfte genügt, eine häßlich aussehende Frau zum Tode zu verurteilen, doch auch selbst Rebeccas Jugend und strahlende Schönheit kamen nicht gegen die Macht böswilliger Verleumdungen auf. Der Großmeister forderte sie auf, gegen die ihr zur Last gelegten Anschuldigungen Stellung zu nehmen.

„Es wäre ebenso nutzlos, hier in diesem Kreis Mitgefühl zu erwecken", sagte Rebecca ruhig, „als es unter meiner Würde ist, Gnade zu erflehen. Ich überlasse es Gott, als Strafe anzusehen, die Leiden anderer, ungeachtet ihrer Religion, lindern zu wollen. Es ist sinnlos, gegen die unmöglichen Beweise anzugehen, die gegen mich vorgebracht wurden, da Ihr sie für glaubwürdig haltet. Gott soll richten zwischen ihm und mir! – Ich frage Euch, Brian de Bois-Guilbert, der Ihr mich stets für unschuldig und wehrlos hieltet, diesem hohen Gericht zu gestehen, ob diese Anschuldigungen, die gegen mich erhoben wurden, wahr sind. Sprecht, wenn Ihr ein Ritter seid, ein Mann der Ehre!"

„Antwortet ihr, Bruder", sagte der Großmeister, „wenn Euch der Feind, mit dem Ihr ringt, die Kraft dazu verleiht."

Brian starrte Rebecca an, und ein schwerer innerer Kampf zeigte sich auf seinem Gesicht. „Das Papier – das Papier!" stieß er mühsam heraus.

„Ah! Ohne Zweifel wird es das Papier sein, auf dem die Zauberformel steht", seufzte Beaumanoir mitleidig. „Der arme Mann!"

Rebecca verstand sogleich und schaute schnell auf den Pergamentzettel in ihrer Hand. „Fordert einen Kämpfer", stand darauf zu lesen. Sie vernichtete ihn unauffällig, während die Zuschauer die Antwort des Templers mit großem Erstaunen entgegennahmen.

„Es gibt nur eine Möglichkeit, mein Leben zu retten", sagte sie mit fester Stimme, „ich beanspruche das Recht, das Urteil durch einen Zweikampf entscheiden zu lassen."

„Welcher Ritter wollte wohl seine Lanze für eine Jüdin brechen", fragte der Großmeister mit kalter Stimme.

„Gott wird einen dazu berufen, meine Unschuld zu beweisen", sagte Rebecca schlicht und warf den Handschuh aus schimmernder Seide vor den Großmeister.

Ihr Mut und ihre stolze Haltung ergriffen sogar Beaumanoir, dessen Blick einen Augenblick lang etwas weicher wurde.

„Wird meinem Verlangen stattgegeben?" fragte sie entschlossen.

„Es ist Euer Recht vor dem Gesetz. Wen sollen wir ernennen, der diese Herausforderung annimmt und auf unserer Seite kämpft?"

„Brian de Bois-Guilbert, den es betrifft", schlug einer der Präzeptoren vor. „Er weiß am besten, wie es um die Wahrheit in dieser Angelegenheit bestellt ist. Zudem kann kein Zauber einen Menschen berühren, der für ein Gottesurteil kämpft."

Man reichte dem Tempelritter den Handschuh und gab Rebecca drei Tage Zeit, sich einen Kämpfer auszusuchen.

„Nun, Rebecca", sagte der Großmeister, „wenn Ihr innerhalb der festgesetzten Frist keinen Kämpfer findet oder er den Kampf verlieren sollte, werdet Ihr als durch das Gottesurteil überführte Hexe sterben."

Rebecca bat darum, einen Brief an Freunde abschicken zu dürfen, um ihr einen geeigneten Kämpfer auszusuchen. Doch

wer durfte es wagen – unter den kalten Augen Beaumanoirs – sich als Überbringer des Briefes zu melden?

Niemand rührte sich, bis nach einer ganzen Weile Higg, Snells Sohn, aufstand und sich bereit erklärte. „Obgleich ich nur ein halber Kämpfer bin, ist es ihrer Hilfe zu verdanken, daß ich überhaupt laufen kann. Ich werde mein möglichstes tun, diese Botschaft zu überbringen!" Rebecca schrieb rasch einige Zeilen in Hebräisch auf Pergamentpapier, das sie Higg aushändigte.

„Eile ist geboten, bringt dieses Schreiben zu Isaac von York, und Gott segne Euere Reise und belohne Euer gutes Herz!"

Glücklicherweise blieb Higg der weite Weg nach York erspart, denn unterwegs traf er Isaac und seinen Glaubensgenossen Ben Samuel, die aus sicherer Entfernung den Prozeß verfolgten. Higg erklärte ihnen kurz, was vorgefallen war, und reichte ihnen den Brief. In ihrer übergroßen Verzweiflung hoffte Rebecca auf Hilfe von Wilfred von Ivanhoe, der vielleicht unter seinen Freunden einen fähigen Ritter zum Kampfe ausfindig machen könnte.

„Faßt Mut, Isaac!" beruhigte Ben Samuel den fassungslosen Freund. „Dieser Wilfred ist ein Freund des Königs. Er hat genügend Einfluß. Nun schnell! Eilt zu ihm und schildert ihm, in welch schrecklicher Lage sich seine Pflegerin befindet. Ich selbst reite nach York, um dort ebenfalls mutige Kämpfer anzuwerben, die für genügend Gold Euerer Tochter zuliebe zur Lanze greifen!"

17. Kapitel

Nachdem sich der Schwarze Ritter von Locksley und den Geächteten verabschiedet hatte, ritt er zu einem in der Nähe gelegenen kleinen Kloster. Hier traf er Ivanhoe, den man von Torquilstone aus dorthin in Sicherheit gebracht hatte. Beide waren lange Zeit in einem ernsthaften Gespräch vertieft, und entließen anschließend mehrere Boten in verschiedene Richtungen.

Am nächsten Morgen traf der Schwarze Ritter Vorbereitung zum Aufbruch. Er nahm Wamba als Führer mit auf die Reise. Wilfred bestand darauf, mitzukommen, doch verweigerte der Schwarze Ritter seine Zustimmung, da eine längere Reise für den immer noch geschwächten Ivanhoe zu anstrengend gewesen wäre. Sie verabredeten sich für ein Treffen in Coningsburg.

„Heute werde ich mit Wamba reisen, der mich als Possenreißer oder als heiliger Mann unterhalten kann", lachte der Schwarze Ritter.

„Wohlan, Schwarzer Ritter, oder wie Ihr doch immer noch genannt werden möchtet, Ihr habt Euch da einen geschwätzigen Reisegefährten ausgesucht. Er kennt jedoch jeden Pfad in diesen Wäldern und ist treu wie Gold!"

Ivanhoe blickte beiden ungeduldig nach, wie sie davonritten, und begab sich sofort zu dem Abt des Klosters. „Vater", begann Wilfred, „mein Zustand ist besser, als ich je zu hoffen gewagt habe. Diese Salbe Rebeccas, des jüdischen Mädchens, hat Wunder gewirkt. Ich fühle mich so gut, daß ich sicher schon meine Rüstung tragen könnte, denn gewisse Überlegungen zwingen mich dazu, sofort aufzubrechen."

„Aber Ihr könnt unmöglich in den Kampf ziehen!"

„Guter Vater, keine Angst, ich fühle mich kräftig genug. Könnt Ihr mir ein Pferd leihen, dessen Tritt sanfter ist als der meines Schlachtrosses?"

Widerstrebend händigte ihm der Abt sein eigenes Pferd aus, da er um den Gesundheitszustand seines ihm anvertrauten Gastes bangte. Kurz danach bestiegen Ivanhoe und Gurth ihre Pferde und ritten davon.

In der Zwischenzeit trabte der Schwarze Ritter mit dem Possenreißer gemächlich durch den Wald. Sie ließen es sich wohl gehen und erfreuten sich bester Stimmung. Der Ritter, aufrecht, mit offenem Visier, auf mächtigem Schlachtroß. Wamba im gewöhnlichen Narrengewand; er hatte jedoch in

Erinnerung an die jüngsten Ereignisse sicherheitshalber sein hölzernes Schwert gegen einen scharfen Pallasch vertauscht, und sich zudem einen Schild über die Schulter gehängt. Die Zeiten waren so gefährlich, daß nicht einmal Possenreißer es sich leisten konnten, ständig den Hanswurst zu spielen.

Das ungleiche Paar ritt durch den Wald und sang und scherzte munter vor sich hin. Einmal schlug Wamba lachend vor, daß der Ritter auf seinem Horn doch ebenso gut die Begleitung zu seinen Liedern blasen könne.

„Dieses Horn ist ein Geschenk von Locksley, und drei Noten, die man darauf bläst, bringen uns Hilfe in der Not", erklärte ihm der Schwarze Ritter.

„Es gibt Leute hier in diesem Wald, die weitaus gefährlicher sind als die Geächteten."

„Wen meinst du?"

„Die Soldaten von Malvoisin. Sie sind voller Zorn und haben durch die in Torquilstone entlaufenen Soldaten volle Verstärkung erhalten. Wenn uns ein Dutzend von ihnen angriffe, brauchten wir wirklich Euer Horn."

„Was? So etwas könnte doch ein einzelner Ritter erledigen!"

„Also gut, laßt mich das Horn mit diesem mächtigen Ton doch einmal von der Nähe betrachten!"

Der Ritter löste es von seinem Gürtel und reichte es Wamba, der es sich lässig um den Hals hängte und die drei Töne leise vor sich hinpfiff.

„Da vorne sehe ich ein paar Gestalten, die sich im Gebüsch verstecken", bemerkte Wamba plötzlich, wenn auch ohne Erregung.

„Was hast du gesehen?"

„Oh, es war das Aufblitzen eines Helmes. Normalerweise verstecken sich ehrliche Leute nicht zwischen den Blättern."

Kaum hatte der Ritter sein Visier geschlossen, als ein Pfeil voll auf seine Rüstung prallte.

„Danke, guter Schildknecht!" rief der Schwarze Ritter und sprengte direkt auf das Dickicht zu. Eine kleine Gruppe bewaffneter Männer rannte mit erhobenen Lanzen auf ihn zu.

Drei Lanzen trafen ihn, ohne ihn jedoch zu verwunden. Er hielt an und rief: „Was soll das bedeuten!" Als Antwort darauf zogen sie ihr Schwert, umzingelten ihn und schrien: „Stirb, Tyrann!"

„Ha! Heiliger Edward! Ha! Heiliger Georg!" brüllte der Ritter und schlug jedesmal einen Angreifer zu Boden. Die anderen zögerten noch, als plötzlich ein Ritter in blauer Rüstung direkt auf ihn lospreschte. Er richtete die Lanze nicht auf den Ritter, sondern auf das Pferd, das tödlich getroffen zusammenbrach.

Wamba blies laut die drei Noten in das Horn. Dieses Signal verunsicherte die andern einen Augenblick lang und Wamba nutzte die Gelegenheit, um, schlecht bewaffnet, wie er war, geradewegs auf seinen Herrn zuzueilen. „Ihr Feiglinge!" rief er, „da flieht ihr beim blosen Hornstoß eines Possenreißers!" Dann half er dem Schwarzen Ritter auf die Beine.

Die anderen setzten zu einem neuen Angriff an, während der Schwarze Ritter mit dem Rücken an einer Eiche lehnte. In diesem Augenblick sprengte der blaue Ritter aufs neue los und hätte den reiterlosen Ritter an der Eiche aufgespießt, wenn Wamba nicht wieder blitzschnell eingegriffen hätte. Er hatte diesen Augenblick abgewartet und dem Pferd des blauen Ritters während des Angriffs mit einem Schlag die Kniesehnen durchschlagen. Pferd und Ritter stürzten zu Boden. Plötzlich zischte ein Pfeil durch die Luft und streckte einen der schärfsten Angreifer nieder. Im gleichen Augenblick brach eine Schar Geächteter, an der Spitze Locksley, aus dem Unterholz hervor und überwältigte in Sekundenschnelle die Wegelagerer. Der Schwarze Ritter dankte seinen Befreiern mit solch ernster Würde, wie es die Männer nie zuvor erlebt hatten.

„Wamba!" befahl er, „öffne den Helm jenes Ritters dort!" Wamba nahm den Helm ab und der Schwarze Ritter starrte lange Zeit auf Waldemar Fitzurse, der vor ihm auf dem Boden hockte. Er gab den anderen ein Zeichen, sich etwas zu entfernen, und fragte voller Erstaunen: „Ihr, Fitzurse! Sagt die Wahrheit, wer hat Euch zu dieser unritterlichen Tat getrieben?"

Bleich starrte Fitzurse in den nun auch geöffneten Helm des Schwarzen Ritters. „Es war Euer Bruder, dem ich diene, um dadurch Eueren Ungehorsam gegen Eueren Vater zu rächen."

„Bittet Ihr nicht um Euer Leben, Waldemar?" fragte der Ritter nach einer Weile.

„Ich erbitte nichts!"

„Ich gewähre es Euch unter einer Bedingung, daß Ihr innerhalb von drei Tagen England verlaßt. Locksley, gebt ihm eines dieser Pferde und laßt diesen Ritter gehen."

„Fürwahr, eine Stimme, die das Befehlen gelernt hat!" sagte Locksley gedehnt und leicht unwillig, als der Ritter davongeritten war.

„Ihr habt ein englisches Herz, Locksley. Es stimmt, was Ihr vermutet: Ich bin Richard, König von England!"

Als die Männer das hörten, fielen sie ergriffen vor ihm auf die Knie nieder.

„Erhebt Euch, meine guten und treuen Untertanen! Euere Verfehlungen gegen das Gesetz habt Ihr längst gutgemacht durch Euere guten Dienste, die Ihr mir erwiesen habt.

Nun zu Euch, tapferer Locksley –".

„Mein Name ist Robin Hood, Herr, der schlechte Ruf dieses Namens ist sicher auch schon an Euer Ohr gedrungen."

„Der König der Geächteten? Euch trifft keine Schuld in diesen unruhevollen Zeiten.

Und du, Wamba", sagte der König ernst. „Niemals werde ich deine tapfere Tat vergessen."

„Confiteor!" tönte eine tiefe Stimme, klagend und voll Reue, „erteilt mir noch die Absolution vor meinem Tode." Es war der Mönch von Copmanshurst, der mit Leidensmiene vor ihm kniete – zumindest erweckte er den Anschein, als würde ihm das Herz brechen.

„Fürchtet Ihr etwa, Euerem Abt könnten die seltsamen Ereignisse in Copmanshurst zu Ohren kommen? Keine Angst, Richard von England würde niemals ein Geheimnis verraten, daß ihm bei einem Humpen Wein anvertraut worden ist. Solltet Ihr je den Wunsch verspüren, Eueren Rock auszuziehen,

hätte ich für Euch stets einen Platz in meiner Leibgarde bereit."

„Der heilige Dunstan ist ein ruhiger und besonnener Herr, und ich fühle mich wohl bei ihm in Copmanshurst. Laßt mich so, wie ihr mich vorfandet, Euer Gnaden!"

„Ich verstehe Euch gut, heiliger Mann, Ihr sollt von mir die Jagdfreiheit in diesen Wäldern erhalten, aber nur drei Böcke im Jahr – wenn das allerdings nicht als Ausrede für dreißig gilt, will ich kein echter Ritter sein – und vielleicht hin und wieder ein bißchen Wein, wer weiß?"

Der König streckte seine Hand aus, die der Einsiedler verlegen ergriff und ehrfürchtig küßte.

Es dauerte nicht lange, da gesellten sich zwei weitere Gestalten der Versammlung zu, die da im Wald stattfand. Es waren Wilfred von Ivanhoe und Gurth, die der Spur des Schwarzen Ritters gefolgt waren. Sie starrten die kleine Gruppe wortlos und erstaunt an.

Schließlich begab sich Richard zu den beiden Reitern, um Ivanhoe vom Pferd zu helfen. „Kommt nur, der König von England berät sich mit den treuesten seiner Untertanen."

Sie ließen sich unter den Bäumen nieder, und Richard berichtete ihnen von dem Überfall, der sich am Vormittag ereignet hatte. Er sprach sehr offen, in Anwesenheit der Geächteten, über die schwierige Lage am Hofe, und verschwieg auch nicht, daß er von größeren Truppenbewegungen in York erfahren habe. Sicherheitshalber müsse er noch einen Tag länger unentdeckt bleiben, da er sich sonst in eine Gefahr begeben würde, aus der heraus nicht einmal Wilfred von Ivanhoe, Robin Hood, der Einsiedler und der Krieger Wamba ihn erretten könnten.

Bald darauf brachen sie auf, um nach Coningsburgh weiterzuziehen. Von weitem erblickten sie schon die schwarze Fahne, die vom Hauptturm dieser mächtigen Festung wehte. Das Tor stand weit offen und ließ jeden Vorüberziehenden herein, der an der Trauerfeier anläßlich der Beerdigung Athelstans teilnehmen wollte. Im Innenhof wurden Schafe und Ochsen an Spießen gebraten; Wein- und Bierfässer waren angezapft. Possenreißer, Minnesänger, Jongleure und Bettler hatten sich eingefunden, um den Barden zu lauschen, die von den Ruhmestaten des verblichenen Schloßherren sangen. Ein sächsisches Leichenbegräbnis vollzog sich nach einfachen Regeln: plagte Hunger die Trauernden, gab es etwas zu essen, quälte sie Durst, gab es etwas zu trinken, und wenn das Herz allzu schwer wurde, sorgten Possenreißer und Jongleure für entsprechende Ablenkung.

Als Richard und sein Gefolge in den Hof ritten, wurden sie vom Haushofmeister sogleich bemerkt, dem die normannische Kleidung der Ritter nicht entgangen war, und zum Eingang des Turmes geführt, während Gurth und Wamba bescheiden im Hof warteten, bis sie gebraucht würden.

Auf der Treppe verdeckte Wilfred mit seinem Mantel geschickt das Gesicht, während sie dem Haushofmeister in den dritten Stock folgten. Der Mittelpunkt des Raumes, den sie betraten, bildete ein riesiger Eichentisch, um den in feierlicher Eintracht etwa ein Dutzend der führenden sächsischen Familien aus der Nachbarschaft saßen. Cedric, der offensichtlich das Haupt der Versammlung zu sein schien, trank sogleich auf das Wohl der Neuankömmlinge, die er wegen der trüben Beleuchtung nicht erkennen konnte. Sie wurden gleich in eine schlichte kleine Kapelle geführt, wo sie im Halbdunkel eine Bahre gewahrten, um die sechs Priester knieten und unablässig Gebete murmelten. Nachdem auch Richard und Wilfred im stummen Gebet einige Minuten verharrt hatten, folgten sie Cedric in ein benachbartes kleines Gemach, in dem eine würdig aussehende Dame in Trauerkleidung still an einem Tisch saß, auf dem ein Kruzifix und ein aufgeschlagenes Gebetbuch lagen.

„Verehrte Edith", sagte Cedric mit leiser Stimme, „hier sind zwei Freunde, die an Euerem Kummer teilhaben möchten. Es handelt sich bei einem der beiden um den Ritter, der den tapferen Versuch unternahm, Eueren Sohn zu retten, den wir jetzt betrauern."

„Seine Tapferkeit hat meinen tiefsten Dank verdient, obwohl es Gottes Wille war, daß die versuchte Rettung nicht zu einem erfolgreichen Ende führte. Ich danke ihm und seinem Begleiter, daß sie meinen Schmerz mit mir teilen wollen. Es soll ihnen in diesem Hause an nichts fehlen!" Alle drei verbeugten sich tief und folgten Cedric in ein höhergelegenes Stockwerk, in dem zwanzig Mädchen mit der Stickerei eines großen Leichentuches beschäftigt waren. Rowena begrüßte ihren Befreier mit einem schüchternen Lächeln.

Nun führte sie Cedric weiter zu einem Raum, der für den Aufenthalt der Ehrengäste bestimmt war. Er versprach ihnen, sogleich etwas zu essen und zu trinken bringen zu lassen, als Richard ihn am Ärmel ergriff:

„Erinnert Ihr Euch an den Gefallen, um den ich Euch bat?"

„Natürlich wird er Euch gewährt, aber die traurigen Umstände –"

„Ich weiß, aber meine Zeit ist knapp bemessen, deshalb werde ich mich Euch zu erkennen geben: ich bin Richard Plantagenet."

„Richard von Anjou!"

„Nein, Richard von England! Dessen aufrichtiger Wunsch es ist, alle Engländer zu vereinen. Wollt Ihr Euerem Fürsten zu Ehren nicht das Knie beugen?"

„Ich habe nie vor einem Normannen gekniet."

„Dann wartet mit Euerer Huldigung, bis ich Euch beweisen kann, daß Sachsen und Normannen gleich hoch in meinem Ansehen stehen. Kehren wir erst einmal zu meinem Anliegen zurück. Ich bitte Euch, Euerem Sohn Wilfred zu verzeihen, der hier neben mir steht. Ich habe größtes Interesse daran, denn das Glück meines Freundes und die Einheit meines Volkes, des englischen Volkes, liegen mir sehr am Herzen!"

Wilfred sank seinem Vater zu Füßen und sagte flehend: „Vergib mir, Vater!"

„Ich habe dir vergeben, mein Sohn", sagte Cedric und zog ihn zu sich empor. „Eines aber muß ich dir sagen: Rowena muß ihre zweijährige Trauerzeit halten, denn sie war verlobt mit Athelstan. Er ist noch nicht beerdigt und Athelstans Geist würde vor uns treten, wenn wir sein Gedächtnis auf diese

Weise entehrten."

Was in diesem Augenblick geschah, ist kaum zu glauben. Die Türe flog auf und vor ihnen stand Athelstan in seinem Todesgewand; bleich, grimmig und erzürnt. Alle drei starrten ihn an, wie vom Blitz getroffen. Cedric stürzte zurück und blieb starr an der Wand stehen. Ivanhoe bekreuzigte sich und murmelte ein Stoßgebet. Richard murmelte abwechselnd ein *Benedicte* und fluchte dann wieder *Mort de ma vie*.

„Keine Angst!" sagte die Gestalt. „Ich bin lebendig, das heißt, so lebendig, wie drei Tage Wasser und Brot das zulassen. Es ist Gottes Vorsehung, daß ich überhaupt hier bin."

Dann erzählte Athelstan seine Geschichte.

Nachdem er niedergeschlagen wurde, kam er in einem Sarg, bekleidet mit einem Totenhemd, wieder zu sich. Sein Stöhnen rief den Abt des Klosters, in dem er aufgebahrt wurde, und den Sakristan herbei, die ihm auf sein Verlangen hin etwas zu trinken gaben. Sie schienen nicht sonderlich erfreut über das Wiedererwachen zu sein, hofften sie doch insgeheim auf sein Erbe. Auf den Wein hin verfiel er wieder in tiefen Schlaf, von dem er erst erwachte, als er sich in einem feuchten, modrigen Zimmer, mit Ketten ans Bett gefesselt, vorfand. Drei Tage lang gab man ihm nur Wasser und Brot und versuchte ihm einzureden, daß er im Fegefeuer wäre, doch er erkannte trotz der Dunkelheit den Abt an seiner Stimme.

Endlich nach drei Tagen, als alle ihn verlassen hatten, um an seinem Leichenschmaus teilzunehmen, gelang es ihm, dank der Tölpelhaftigkeit des Sakristan, sich aus den Ketten zu befreien und mit seinem eigenen Pferd, das er im Stall des Abtes fand, zu fliehen.

„Für mich gibt es nur noch einen Gedanken, daß ich so schnell wie möglich diesen fetten Abt an meinen Zinnen hängen sehen will. Wenn er vor lauter Fettleibigkeit die Turmtreppe nicht hinauf kann, werden wir ihn von außen an einem Strick hochziehen!"

„Athelstan!" sagte Cedric streng, „wir haben im Augenblick weitaus größere Sorgen als verbrecherische Priester zu jagen.

Bestätigt diesem Prinzen, Richard von Anjou, daß noch andere nach seinem Thron ..."

„Dieser Edelmann ist König Richard?" entfuhr es Athelstan.

„Richard Plantagenet selbst". antwortete Cedric, „aber ich brauche Euch wohl nicht daran zu erinnern, daß ihm als Gast in diesem Hause keine Unannehmlichkeiten widerfahren."

„Ihr habt nichts zu befürchten", sagte Athelstan. „Ich biete ihm Herz und Hand nebst meinem Treueeid!" Alle starrten ihn entgeistert an.

„Ich hatte viel Zeit, in diesem Kerker nachzudenken. Diese Verschwörungen bringen nur Tod und Verderben. Laßt mich König meines eigenen Gebietes sein und nirgendwo anders. Dann soll meine erste Amtshandlung das Aufhängen dieses Abtes sein!"

„Ihr werdet doch Rowena nicht im Stich lassen!"

„Ach, Vater Cedric, redet doch keinen Unsinn! Rowena liebt einen Finger von Wilfred mehr als mich, den ganzen Athelstan. Ich verzichte auf sie, zugunsten Wilfreds ...., aber wo ist er?"

Wilfred war in der Tat verschwunden. Die verblüfften Anwesenden erfuhren, daß er eine dringende Botschaft von einem Juden erhalten habe und mit Gurth das Schloß fluchtartig verlassen habe.

18. Kapitel

Der Tag, der Rebecca für den Zweikampf bestimmt wurde, war herangenaht. Eine große Menschenmenge hatte sich vor dem Präzeptorium von Templestowe eingefunden, denn dieses Schauspiel wollte sich niemand entgehen lassen.

Als die Glocke Sankt Michaels in Templestowe läutete, setzte sich der lange Zug in Bewegung. Voran ritten sechs Herolde und ein Ritter, der die Standarte des Ordens trug; ihnen folgten der Großmeister und Sir Brian de Bois-Guilbert, der von Mont-Fitchet und Malvoisin begleitet wurde Dahinter mar-

schierte eine Gruppe von Mitgliedern des Präzeptoriums, ihrem Rang entsprechend hintereinander in einer Reihe. Alle anwesenden Ritter trugen das weiße, lange Gewand, als Zeichen des Friedens, außer Bois-Guilbert, der in voller Rüstung einherritt.

Als letzte erschien Rebecca, angetan mit einem schmucklosen, weißen Gewand und umringt von schwarzgekleideten Wächtern. Sie schritt mit erhobenen Kopf würdig daher, und manch frömmelndes Herz wurde bei ihrem Anblick von Zweifeln gepackt.

Langsam zog die Prozession in die Schranken hinein, und alle nahmen — bis auf Bois-Guilbert — ihre Plätze ein. Rebecca wurde zu einem schwarzen Sessel direkt neben dem Scheiterhaufen geführt.

Nach den üblichen Einführungszeremonien wurde die Herausforderung nochmals verkündet und Herolde riefen nach einem Kämpfer, der bereit war, für Rebecca in die Schranken zu ziehen.

Es herrschte Totenstille! Ein weiterer Herold wurde ausgesandt, um Rebecca nach einem Ritter ihrer Wahl zu befragen. Selbst Bois-Guilbert begab sich zu ihr, um sie nochmals eindringlich dazu zu bewegen, mit ihm auf seinem Pferd zu entfliehen. Er war bereit, alles für sie zu tun, selbst den Orden wollte er verlassen; er wollte sie zu seiner Königin machen und schlug ihr einen neuen, gemeinsamen Anfang in einem fernen Land vor. Sie war jedoch um nichts in der Welt zu bewegen, ihren einmal gefaßten Entschluß rückgängig zu machen.

Beaumanoir war zu einer Frist bereit und verkündete folgenden Vorschlag: „Weder Jude noch Heide soll uns der Ungerechtigkeit bezichtigen. Wir warten so lange, bis die Schatten von Westen nach Osten fallen. Wenn der Tag sich dem Ende neigt, sollen alle Vorbereitungen für ihren Tod getroffen werden!"

Rebecca vernahm die Ankündigung ohne Furcht und faltete nur stumm ihre Hände wie zum Gebet. Sie achtete auch nicht auf die flüsternde Stimme des Tempelritters an ihrer Seite, der sie verzweifelt bedrängte: „Rebecca! Seht doch nur – der Pfahl – das Brennholz! Entflieht diesem Alptraum! Steigt hinter mich auf's Pferd, wir reiten davon! Einem neuen Leben entgegen – oh Rebecca ...!"

„Weicht von mir, Ihr Versucher!" war ihre einzige Antwort.

Malvoisin, den das Geflüster zwischen den beiden beunruhigte, ritt eiligst zu Sir Brian und fragte ihn erwartungsvoll: „Hat sie ihre Schuld zugegeben?" Dann legte er begütigend seine Hand auf den Zaum des Pferdes und sagte: „Kommt, Brian, Ihr seid die Hoffnung unseres Ordens und werdet bald das Oberhaupt, kommt her ....!"

„Finger weg von meinem Zügel!" entfuhr es wütend dem Templer; dann ritt er verärgert zum anderen Ende der Schranken.

Inzwischen waren bereits zwei Stunden vergangen und eine allgemeine Unruhe breitete sich unter den Zuschauern aus. Jeder spürte schon einen Vorgeschmack auf das Entsetzliche, was da kommen sollte ...

Plötzlich tauchte ein Reiter in der Ferne auf, der sich dem Platz im rasenden Galopp näherte. Ein Jubel brach aus: „Ein Kämpfer! Ein Kämpfer!" tönte es von allen Seiten, doch erstarb die Begeisterung jäh, als der Ritter die Schranken betrat und man den bejammernswerten Zustand von Roß und Reiter gewahrte. Der Ritter konnte sich nur mühsam auf seinem Pferd halten, das vor Erschöpfung strauchelte. Er erhob seine Stimme, so laut er vermochte, und sagte: „Ich bin ein Ritter von adliger Herkunft und bereit, mit Lanze und Schwert für Rebecca von York zu kämpfen, dem Urteil, das gegen sie erhoben wurde, zu trotzen und Sir Brian de Bois-Guilbert herauszufordern, mit Gottes Hilfe, unserer lieben Frau und St. Georgs von England."

„Wir senden unsere Kämpfer nicht gegen namenlose Männer!" rief Malvoisin. „Meine Herkunft ist ehrenwerter als Euere, Malvoisin. Ich bin Wilfred von Ivanhoe!"

„Wenn Euere Wunden geheilt und Euer Pferd wieder frisch auf den Beinen steht, werde ich mich Euerer kindischen Prahlerei stellen", erwiderte Bois-Guilbert höhnisch.

„Ha! Feiger Templer! Habt Ihr schon vergessen, wie meine Lanze Euch traf? Einmal in Acre und beim Turnier in Ashby. Habt Ihr auch Euere Prahlerei in Rotherwood schon vergessen, als Ihr Euere Goldkette gegen mein Reliquienkästchen verpfändet habt? Ich werde Euch an jedem europäischen Hof als Feigling erklären, wenn Ihr jetzt nicht kämpfen wollt!"

Einen Augenblick lang verharrte Sir Brians Blick auf Rebecca, dann blitzten seine Augen auf und er knirschte: „Gut, Ivanhoe, bereitet Euch auf den Tod vor!"

„Ist der Großmeister mit dem Kampf einverstanden?" fragte Ivanhoe.

„Dem Kampf wird stattgegeben, obwohl es mir lieber gewesen wäre, wenn Ihr und Euer Pferd in einem besseren Zustand angetreten wärt."

Ivanhoe nahm seinen Platz ein, schloß sein Visier und richtete seine Lanze. Als der Templer sein Visier schloß, fiel auf, daß sein anfangs blutleeres Gesicht sich plötzlich dunkelrot verfärbte.

Es wurde ganz still auf dem Turnierplatz, als Beaumanoir sich erhob und den Handschuh Rebeccas in die Schranken warf. Auf sein donnerndes Kommando: „*Laissez aller*", stürmten die beiden Ritter aufeinander los. Wie nicht anders erwartet, fiel Ivanhoe beim ersten Aufprall von seinem erschöpften Pferd hinunter, während seine gutangesetzte Lanze den Templer nur flüchtig streifte. Zur allgemeinen Verblüffung glitt Sir Brian aus seinem Sattel und sank zu Boden. Ivanhoe, der sofort wieder auf den Beinen stand, zückte sein Schwert und trat auf Bois-Guilbert zu. Er setzte seinen Fuß auf seinen Brustpanzer und befahl ihm, sich zu ergeben. Der Templer rührte sich nicht.

„Tötet ihn nicht", schrie Beaumanoir, „denn er hat noch nicht gebeichtet. Wir erklären ihn für besiegt!" Dann rannte er zu dem reglosen Tempelritter, um ihm den Helm abzunehmen. Das Gesicht, das zum Vorschein kam, war noch gerötet, seine Augen – im starren Blick des Todes – geöffnet. Ohne

von der Lanze verletzt zu werden, war Sir Brian de Bois-Guilbert gestorben.

„Das Urteil Gottes!" verkündete der Großmeister mit erschreckter, demütiger Stimme. Er hob seine Augen zum Himmel und fuhr fort: *„Fiat voluntas tua!"*, und er erklärte Rebecca für frei und schuldlos.

Im gleichen Augenblick sprengte eine Schar bewaffneter Ritter in die Schranken. Der Boden erzitterte unter dem gewaltigen Dröhnen der Hufe. Allen voran ritt der Schwarze Ritter, der vor der liegenden Gestalt Sir Brians stehenblieb; dann wandte er sich an Ivanhoe und sagte: „Schade, Wilfred, ich hätte ihm gerne im Kampf gegenüber gestanden! Friede seiner Seele, denn er starb ritterlich im Kampf!"

Dann trat einer der Ritter auf Malvoisin zu und legte ihm die Hand auf die Schulter: „Ich verhafte Euch wegen Hochverrats!"

„Wer wagt es, einen Tempelritter zu verhaften!" rief Beaumanoir mit drohender Stimme.

„Ich, Henry Bohun, der Lord High Constable von England."

„Und im Namen des hier anwesenden Richard Plantagenet", verkündete der König und öffnete sein Visier. „Werft einen Blick auf Euere Festung, Beaumanoir, da weht bereits die königliche Fahne von England. Ich schlage vor, daß Ihr Euch nach einem anderen Präzeptorium umseht, sofern Ihr eines findet, das nicht schon wegen Hochverrats genommen ist. Am besten, Ihr begebt Euch nach Frankreich!"

„Ihr Ritter und Brüder des Tempels!" rief der Großmeister. „Folgt mir nun! Der Papst und die Fürsten Europas werden über den Streit mit Richard von England entscheiden. Als Beute überlasse ich Euch, Richard, sämtliche Waffen, die Ihr im Hause vorfindet, und Euerem Gewissen lasten wir den Frevel an, den Ihr an diesem Tage am Christentum begangen habt."

Ohne eine Antwort abzuwarten, gab er das Zeichen zum Abmarsch. Eine wilde, orientalisch anmutende Musik erklang, und mit großer Würde schritten die Templer in feierlichem Zuge — gewissermaßen zum Trotz — ihrem Großmeister nach.

Unterdessen lag Rebecca bereits in den Armen ihres Vaters und sah und hörte nichts von alledem, was um sie herum geschah.

„Laßt uns gehen". sagte Isaac schließlich, „wir wollen uns deinem Erretter zu Füßen werfen."

„Nein! Vater – ich – ich kann nicht! Laß uns von hier fortgehen!"

„Was? Ohne Dank?"

„Nein, nein Jetzt nicht! Bitte, Vater!"

In dem allgemeinen Durcheinander gelang es den beiden, unbemerkt nach York zu gelangen.

Ivanhoe zog den Grafen von Essex beiseite: „Ich freue mich, daß der König so viele Anhänger mitgebracht hat."

„Mein lieber Ivanhoe", entgegnete der Graf, „Ihr solltet ihn besser kennen! Ich hatte meine Truppe gesammelt, um gegen John vorzugehen, als wir ihn zufällig unterwegs trafen, und es war für uns selbstverständlich, ihn hierher zu begleiten!"

„Gibt es Neuigkeiten aus York? Wird es zum Kampf kommen? Was wird Richard gegen den Verräter unternehmen?"

„Er umarmte ihn bereits als Bruder und riet ihm, zu seiner Mutter zu gehen, bis die Zeiten sich geändert haben."

„Das ist Richard!" sagte Ivanhoe. „Er verzeiht dem Rädelsführer! Aber andere werden sterben!"

Laut historischer Berichte entkam de Bracy nach Frankreich, um Philip zu dienen. Die Brüder Malvoisin wurden hingerichtet, und Fitzurse wurde in Frieden entlassen. „So war Richard!" wie es Ivanhoe schon erwähnt hatte: er war ein edler Ritter, er liebte Abenteuer, er war fröhlich und aufrichtig – und bei Dingen, die den Staat betrafen, hoffnungslos unfähig.

Cedric mußte unterdessen seinen Widerstand gegen eine Verbindung Ivanhoes und Rowenas aufgeben und willigte schließlich in die Vermählung ein.

Die Hochzeit wurde im Münster zu York gefeiert. Der König und sämtliche Hofleute nahmen an den Feierlichkeiten teil, was wesentlich dazu beitrug, daß das Vorurteil der eigenen Minderwertigkeit unter den Sachsen abgebaut wurde. Es war gleichzeitig ein weiterer Schritt zum Zusammenwachsen der beiden Stämme, die bald darauf zu einem Volk verschmelzen sollten — dem englischen.

Zwei Tage nach ihrer Hochzeit empfing Rowena eine tiefverschleierte Frau, die darauf bestand, sie alleine sprechen zu wollen. Es war Rebecca, die nicht versäumen wollte, vor ihrer Abreise nochmals ihren tiefen Dank auszudrücken.

„Wilfred bedarf Eueren Dank nicht. Wir haben Euch zu danken für die Pflege, die Ihr ihm habt angedeihen lassen, als er krank und hilflos daniederlag. Aber warum wollt Ihr Euch verabschieden?"

„Wir reisen nach Granada, wo mein Onkel enge Beziehungen zum maurischen König hat. Dort werden wir Schutz finden und in Frieden leben."

„Genießt Ihr hier keinen Schutz? Der König selbst wollte an jenem Tage Bois-Guilbert zum Kampf herausfordern."

„Seht, England ist ein unbeständiges Land, das dauernd mit sich selbst oder seinen Nachbarn im Streit liegt. Wir gehen lieber nach Granada."

„Ich habe noch eine Kleinigkeit für Euch", sagte Rebecca hastig. „Bitte nehmt dieses Kästchen zur Erinnerung an all das, was geschehen ist."

Rowena öffnete das Kästchen und ertappte sich bei einem leisen Aufschrei angesichts dieses wundervollen Geschmeides, das aus einer herrlichen juwelenbesetzten Halskette und den dazu passenden Ohrringen bestand. Sie wollte etwas sagen, aber Rebecca wehrte ab: „Habt keine Bedenken, es entgegenzunehmen. Keine schönere Blume wäre würdig, es zu tragen. Denkt nicht an den Wert: werfe ich etwa mein Leben in die Waagschale für ein paar kostbare Steine?" Rebeccas Stimme zitterte: „Lebt wohl!" sagte sie. „Der Segen Gottes, der Juden und Christen erschaffen hat, komme auf Euch und Eueren Gemahl nieder! Ich muß jetzt gehen — das Schiff wartet auf mich!"

Ende

Im Auftrag des Königs

von

Walter Scott

Ludwig von Frankreich

In der zweiten Hälfte des XV. Jahrhunderts warfen verschiedene Ereignisse ihre Schatten voraus, die schließlich Frankreich zu jenem mächtigen Staat erhoben, der seitdem öfters Gegenstand der Eifersucht anderer europäischer Nationen gewesen ist. Die Fürsten, die gewaltige Kronlehen besaßen, insbesondere die Herzöge von Burgund und der Bretagne, nahmen ihre Lehenstreue nicht besonders ernst, so daß sie keine Bedenken trugen, unter dem geringfügigsten Vorwand gegen ihren Lehensherren, den König von Frankreich, zu Felde zu ziehen. Es herrschte eine maßlose Verschwendung an den Höfen des niederen Adels ebenso wie an denen der Fürsten; ihre Untergebenen folgten ihrem Beispiel, indem sie den vom Volk erpreßten Reichtum in rohem, aber glänzendem Gepränge vergeudeten.

Zu dieser Zeit bestieg Ludwig der Elfte den wankenden Thron, ein Fürst, dessen Charakter, wie übel er auch an sich war, doch die verheerenden Zustände seiner Zeit aufgriff, sie bekämpfte und bis zu einem gewissen Grade aufhob. Sorgfältig verhüllte er seine wahre Gesinnung und Absicht vor allen Menschen, die in seine Nähe kamen. Von Natur aus war er rachsüchtig und grausam, ja er fand geradezu Vergnügen an den häufigen Hinrichtungen, die er verhing. Trotz seines unaufrichtigen Wesens entsprangen die größten Irrtümer seines Lebens einem übereilten Vertrauen in die Ehrenhaftigkeit der anderen Menschen. Er war außerdem sehr abergläubisch und zeigte einen auffallenden Hang zu niederen Vergnügen; er liebte geradezu das Leben in den untersten Schichten der Gesellschaft.

Zweifel und Gefahr umringten den König von Frankreich; insbesondere zu beachten galt die zunehmende Macht des Herzogs von Burgund, Karl dem Kühnen, damals einer der größten Fürsten Europas, der vor Begierde brannte, die Königskrone zu erwerben.

Ungeachtet ihrer nahen Verwandtschaft bestand zwischen ihnen bitterer Haß und tiefe Verachtung.

Hinzu kam das Gefühl von empfangenen Diensten, die Ludwig niemals zu erwidern die Absicht hatte, weshalb er sich häufig gezwungen sah, ihn durch Freundlichkeiten hinzuhalten, ja seine Ausbrüche aufbegehrender Unverschämtheit hinzunehmen, ohne imstande zu sein, ihn anders zu behandeln als seinen „guten Vetter von Burgund".

Es war um das Jahr 1448, gerade als ihre Zwistigkeiten aufs höchste gediehen waren, obgleich, wie es oft geschah, ein zweifelhafter Waffenstillstand zeitweilig zwischen ihnen bestand, wo die folgende Erzählung beginnt. Die historische Einleitung wird dazu beitragen, die Geschichte des Mannes, dessen Abenteuer hier erzählt werden, richtig zu verstehen.

Der Wanderer

Es war an einem wundervollen Sommermorgen, bevor die Sonne ihre versengende Glut entfaltet hatte, und der Tau die Luft noch kühl und durstig machte, als ein junger Mann sich der Furt eines breiten Baches, eines Nebenflusses des Cher, näherte. Im Hintergrunde erhoben sich die dunklen Zinnen des königlichen Schlosses von Plessis-les-Tours über den weiten Forst, der es umgab, nahe der schönen Stadt Tours, der Hauptstadt des alten Touraine, dessen fruchtbare Ebene der „Garten von Frankreich“ genannt worden ist.

Auf der gegenüberliegenden Seite des Baches, an dessen Ufer der Wanderer schritt, schienen zwei eifrig miteinander redende Männer seine Bewegungen zu verfolgen; denn da sie viel höher standen, konnten sie ihn in beträchtlicher Entfernung schon bemerken.

Der junge Wanderer war etwa neunzehn Jahre alt; sein Gesicht und seine Person, die äußerst sympathisch wirkten, schienen nicht dem Lande anzugehören, in dem er sich jetzt aufhielt. Sein kurzer grauer Rock und seine gleichfarbigen Beinkleider waren eher nach flämischem als nach französischem Schnitt genäht, während die schmucke blaue Mütze, mit einem einzigen Walddistelzweig und einer Adlerfeder versehen, sofort als schottischer Kopfputz zu erkennen war. Auf seinem Rücken trug er eine Tasche, die einige wenige notwendige Gegenstände zu enthalten schien, an der linken Hand hatte er einen Falkenhandschuh, obwohl er keinen Vogel bei sich führte, und in seiner rechten einen stämmigen Jagdstock. Über seiner linken Schulter hing eine gestickte Schärpe, die eine kleine Tasche von scharlachrotem Samt enthielt, wie sie damals von vornehmen Jägern getragen wurde, um ihr Falkenfutter und andere Dinge, die zu dem vielgepriesenen Sport gehörten, aufzunehmen. Über der Schärpe lag kreuzweise ein zweites Schulterband, an dem ein Jagdmesser hing. Anstatt der großen Stiefel jener Zeit trug er Halbstiefel von halbgegerbtem Hirschleder. Die Leichtigkeit seines Schrittes zeigte, daß es ihm mehr Vergnügen als Anstrengung bereitete, zu Fuß zu gehen. Seine Gesichtszüge, wenn auch nicht ganz regelmäßig, waren freimütig, offen und einnehmend. Den Gruß der wenigen Reisenden, die er in jenen gefährlichen Zeiten auf der Landstraße traf, nahm er unbekümmert und aufrichtigen Herzens entgegen.

Der junge Mann war schon seit längerer Zeit von den beiden Männern auf dem jenseitigen Ufer des kleinen Baches, der ihn von dem Park und Schloß trennte, gesehen worden.

„Es ist unser Mann — es ist der Zigeuner! Wenn er versucht, die Furt zu durchschreiten, so ist er ein verlorener Mann — denn das Wasser geht hoch, und er kann nicht durchkommen.“ „Laß ihn das doch selber entdecken, Gevatter!“ sagte der Ältere, „es erspart vielleicht einen Strick.“ „Ich beurteile ihn nach seiner blauen Mütze“, sagte der andere, „denn ich kann sein Gesicht nicht sehen. — Hört, Herr, er ruft uns, um zu erfahren, ob das Wasser tief ist.“

„’s geht nichts über Erfahrung in der Welt“, meinte der andere — laßt es ihn versuchen.“

Der junge Mann, der keine Warnung erhielt, faßte das Schweigen der Leute, an die er sich gewandt hatte, als eine Ermunterung vorwärts zu gehen auf und trat ohne weiteres Zögern in den Strom, nachdem er zuvor seine Halbstiefel ausgezogen hatte. In demselben Augenblick rief ihm der ältere Mann zu, er solle zurückgehen, indem er leise seinem Gefährten zuraunte: „Gevatter! — Ihr habt Euch wieder einmal geirrt — es ist nicht der Zigeuner!“

Aber die Warnung kam zu spät. Entweder hörte der Schotte sie nicht, oder er konnte ihr nicht mehr nachkommen, denn er war schon mitten im tiefen Strom. „Bei der heiligen Anna! Das ist ein tüchtiger Bursch!” sagte der Ältere wiederum. „Lauft, Gevatter, und macht Eueren Fehler gut, indem Ihr ihm helft, wenn Ihr könnt.”

Der junge Wanderer schwamm so kräftig und kämpfte so gut mit den Wellen, daß er ungeachtet des starken Stromes nur eine kurze Strecke vom gewöhnlichen Landungsplatz entfernt hinabgeführt wurde.

Zur gleichen Zeit eilte der jüngere der beiden Fremden das Ufer hinab, um ihm Beistand zu leisten, während der andere langsamer folgte und vor sich her murmelte: „Ich wußt's wohl, das Wasser würde nie den jungen Kerl ersäufen. Meiner Seel'! Er ist am Lande und greift nach seinem Jagdstock. Wenn ich mich nicht beeile, wird er meinen Gevatter für die einzige barmherzige Handlung, die ich ihn je in seinem ganzen Leben vollbringen sah, prügeln."

Gerade noch rechtzeitig gelang es ihm, die beiden zu erreichen und auseinanderzubringen, um Schlimmeres zu verhüten. „Lieber Sohn", sagte der Ältere, „Ihr scheint nach Euerer Aussprache und Euerem Gesicht ein Fremder zu sein; da solltet Ihr wohl erwägen, daß wir Euere Rede nicht so leicht verstehen können, als Ihr sie in Euerer Mundart hervorbringt."

„Gut, Vater", entgegnete der junge Mann, „ich mache mir nicht viel aus dem bißchen Untertauchen und ich will's gerne vergessen, daß Ihr zum Teil daran schuld wart; wenn Ihr mich jetzt nur an einen Ort bringen könntet, wo ich meine Kleider trocknen lassen kann; denn es ist mein einziger Anzug, und ich muß ihn etwas anständig halten." „Was Euere Bitte angeht", sagte der Ältere lächelnd, „so wollen wir versuchen, Euch zu dienen, aber zuerst muß ich wissen, wer Ihr seid und wohin Ihr geht, denn in diesen Zeiten sind die Landstraßen voll von Reisenden zu Fuß und zu Pferde, welche alles andere im Kopf tragen als Rechtschaffenheit und Gottesfurcht."

Der junge Mann schaute seine Begleiter prüfend an und kam zu der Überlegung, daß es sich bei dem Älteren der beiden Männer um einen Kaufmann handeln mußte. Sein Wams, Beinkleider und Mantel waren von derselben dunklen Farbe, aber so fadenscheinig, daß der scharfsinnige junge Schotte zu dem Schlusse kam, der Mann sei entweder sehr reich oder sehr arm, vermutlich das Erstere.

Seine Kleider waren enganliegend und kurz, was damals bei dem niederen Adel, ja sogar bei dem höheren Bürgerstande nicht für anständig galt. Man trug weite Röcke, die bis unter die Mitte des Beines herabgingen.

Der Gesichtsausdruck dieses Mannes war teils anziehend, teils abstoßend, zeigte aber eine Gerissenheit und jene gute Laune, die dem jungen Abenteuerer eher zusagte; dennoch lag in seinen hohlen Augen zugleich etwas Gebieterisches und Unheilvolles.

Sein Gefährte war ein stämmig gebauter Mann von mittlerer Größe mit einem zu Boden gesenkten Gesicht und einem unheilvollen Lächeln, das jedoch nur selten seine Lippen umspielte als Antwort auf gewisse geheime Zeichen, die zwischen ihm und dem älteren Gefährten gewechselt zu werden schienen. Seinem Äußeren nach mußte es sich um einen Fleischer oder Viehzüchter handeln.

„Ich weiß nicht, mit wem ich die Ehre habe, zu sprechen" — hierbei machte der junge Mann eine leichte Verbeugung, „ich selbst komme aus Schottland und möchte in Frankreich nach der Sitte meiner Landsleute mein Glück machen."

Der Kaufmann lachte bei diesen Worten und entgegnete: „Nur zu, junger Mann, Ihr seid aus einem Lande, das ich achte, denn ich hab zu meiner Zeit auch in Schottland Handel getrieben — es sind arme, ehrliche Leute! Wenn Ihr mit uns ins Dorf kommen wollt, will ich Euch ein Glas Glühwein und ein warmes Frühstück geben, um Euch für das Bad zu entschädigen. — Aber was tut Ihr mit einem Jagdhandschuh an der Hand? Wißt Ihr nicht, daß in dem königlichen Gehege keine Falkenjagd gestattet ist?"

„Die Lektion hat mir ein schurkenhafter Förster des Herzogs von Burgund beigebracht", erwiderte der Jüngling. „Ich ließ nur den Falken fliegen, den ich von Schottland mitgebracht hatte und mit dem ich Ehre einzulegen hoffte, als dieser Halunke meinen Vogel mit einem Pfeil erschoß." „Und was tatet Ihr darauf?" fragte der Kaufmann. „Ich prügelte ihn", sagte der Schotte, seinen Stab schwingend, „so nahe zu Tode, als ein Christenmensch den anderen bearbeiten darf."

„Wißt Ihr auch", entgegnete der Bürger, „daß der Herzog Euch wie eine Kastanie aufgehängt hätte, wenn Ihr in seine Hände gefallen wäret?"

„Oh ja, ich habe gehört, daß er mit der Arbeit ebenso schnell bei der Hand sei wie der König von Frankreich. Aber da es nahe bei Péronne geschah, machte ich nur einen Sprung über die Grenze und lachte ihn aus."

„Laßt mich Euren Namen wissen."

„Seitdem ich hier in Frankreich und Flandern gewesen bin, haben mich die Leute den Burschen mit der Sammettasche genannt, wegen des Falkenbeutels, den ich an der Seite trage; aber mein wahrer Name daheim ist ... Quentin Durward." „Durward!" sagte der ältere Herr, „ist das der Name eines Gentleman?"

„Fünfzehn Generationen ist unsere Familie alt", sagte der junge Mann, „und daher kommt meine Abneigung gegen jedes andere Handwerk als das der Waffen."

„Ein echter Schotte! Reichlich Blut, reichlich Stolz und ein großer Mangel an Dukaten, dafür stehe ich! — Gut, Gevatter", fuhr er zu seinem Gefährten gewendet fort, „geh schon voran und bestelle uns ein Frühstück dort in dem Gasthaus am Maulbeerenhain. Und was den Zigeuner angeht — höre, was ich Dir ins Ohr sage —"

Sein Gefährte antwortete mit einem düsteren, aber verständnisvollen Lächeln und machte sich mit tüchtigem Schritt auf den gebotenen Weg, während der Ältere zu Durward gewendet fortfuhr: „Wir beide gehen unterdessen zur Skt.-Huberts-Kapelle, um dort eine Messe zu hören, denn es ist nicht gut, an unsere fleischlichen Bedürfnisse zu denken, bevor wir den geistlichen genügt haben."

Durward mochte als guter Katholik nichts dagegen einwenden, obgleich er gewiß lieber zuvor seine Kleider getrocknet und sich erfrischt hätte. Mittlerweile verloren sie bald den vorausgesandten Gefährten aus den Augen, gelangten in ein Gehölz von hohen Bäumen, durch welches man das Wild in kleinen Scharen umhertraben sah.

„Ihr fragtet mich, ob ich ein guter Bogenschütze sei", sagte der junge Schotte, „gebt mir einen Bogen und ein paar Pfeile und Ihr sollt sogleich ein Stück Wildpret haben."

„Nehmt Euch davor in acht, mein junger Freund, mein Gevatter hat ein besonderes Augenmerk auf das Wild; es steht unter seiner Obhut, und er ist ein strenger Aufseher."

„Er sieht mehr wie ein Schlächter aus, denn wie ein lustiger Forstmann", antwortete Durward. „Ah, mein junger Freund", gab sein Begleiter zu bedenken, „auf den ersten Blick sieht mein Gevatter allerdings etwas häßlich aus, aber ich habe nie gehört, daß die, welche mit ihm näher bekannt sind, sich über ihn beklagen."

Bald darauf gelangten sie zu einer Lichtung, wo inmitten von riesigen Bäumen eine kleine Kapelle stand. Ein Priester im Chorrock trat gerade aus der Zelle heraus, um sein heiliges Amt zu versehen. Die tiefe Andacht, in welche der alte Mann jedoch während dieser kurzen Zeremonie versunken war, ließ seinen jugendlichen Begleiter bereuen, daß er vorhin einen so entehrenden Argwohn gegen ihn gehegt hatte, ja er fing an, ihn fast als einen Heiligen zu betrachten.

Als die Messe beendet war, traten sie zusammen aus der Kapelle heraus, und der Ältere sagte zu Durward: „Von hier ist's nur ein kurzer Weg bis zum Dorfe — jetzt könnt Ihr mit unbelastetem Gewissen Euer Fasten brechen — folgt mir!"

Sie schlugen einen Pfad nach rechts ein, und der Alte empfahl seinem Gefährten, unter keinen Umständen von Pfade abzuweichen, sondern stets die Mitte einzuhalten. Durward konnte nicht umhin, nach dem Grunde dieser Vorsichtsmaßregel zu fragen.

„Ihr seid nun nahe dem Hofe, junger Mann", antwortete sein Führer, „und jede Elle dieses Bodens, ausgenommen der Pfad, auf dem wir dahinschreiten, ist gefahrvoll und fast ungangbar gemacht worden durch Schlingen und Fußangeln, mit Sichelklingen versehen, die des unachtsamen Wanderers Gliedmaßen flink abschneiden — dazu Angeln, die Eueren Fuß durchbohren würden,

und Fallgruben, tief genug, um Euch für immer zu begraben; Ihr seid jetzt im Bereich des königlichen Gebietes, und wir werden sogleich die Front des Schlosses erblicken.“

„Wäre ich der König von Frankreich“, sagte der junge Mann, „so würde ich mir nicht so viel Mühe machen mit Fallen und Schlingen, sondern ich würde statt dessen so gut zu regieren versuchen, daß niemand es wagen sollte, meiner Wohnung in böser Absicht nahe zu kommen, und was die angeht, die friedlich und arglos herkämen, ei! Je mehr ihrer wären, desto lustiger würden wir sein.“

Sein Begleiter schaute sich mit unruhigem Blick um und sagte: „Still, still! Ich vergaß Euch zu sagen, daß sogar die Blätter der Bäume hier Ohren haben und alles, was hier gesprochen wird, in des Königs eigenes Kabinett tragen.“

„Daraus mache ich mir wenig”, antwortete Quentin Durward, „ich trage eine schottische Zunge in meinem Munde, die kühn genug ist, meine Meinung dem König Ludwig — Gott segne ihn! — ins Gesicht zu sagen, und was die hellhörigen Ohren angeht, von denen Ihr sprecht, wenn ich sie an einem menschlichen Kopf erblickte, würde ich sie mit meinem Waidmesser herunterhauen.”

Mit einem Male trat ihnen die ganze Front des Schlosses von Plessis-les-Tours vor Augen, welches sich vor allen anderen Schlössern des Landes durch die scharfe Bewachung auszeichnete. Vor dem Waldessaum, wo die beiden einen Augenblick stehen blieben, um die königliche Residenz zu betrachten, erhob sich in sanfter Steigung ein offener Platz, auf dem nur eine einzige riesige, halbverwitterte Eiche stand. Sonst war alles frei und unbewachsen, damit nicht ein Feind sich unbemerkt heranschleichen könne. Das Schloß war von drei äußeren Mauern umgeben, die in bestimmten Abständen mit Basteien und Türmen besetzt waren. Um jede dieser Außenmauern liefen tiefe Gräben, deren Ränder von eisernen Palisaden beschützt waren; jede einzelne war in viele scharfe Spitzen geteilt, die es unmöglich machten, darüber zu klimmen.

In der innersten Einschließung lag das Schloß mit dem grimmig blickenden Donjon und den schmalen Fenstern, die nicht breiter waren als Schießscharten. Auch die anderen Gebäude erweckten keineswegs den Gedanken an Behaglichkeit und Bequemlichkeit, denn die Fenster gingen auf einen inneren, eingeschlossenen Hofraum hinaus, so daß die ganze Außenfront des Schlosses viel mehr einem Gefängnis glich als einem Palast.

Durwards Begleiter erzählte ihm, daß Scharfschützen der königlichen Wache auf jeden schießen würden, der es wagte, ohne die Tagesparole einzutreten.

Nachdem sie das Schloß noch eine Weile aufmerksam betrachtet hatten, kehrten sie nun in Richtung auf das Dorf Plessis um.

„Wen wollt Ihr hier besuchen, junger Freund?“ fragte der Alte.

„Ich suche meiner Mutter leiblichen Bruder“, antwortete Durward. „Er heißt Lesly, Ludovik Lesly, sie nennen ihn auch Ludovik mit der Narbe.“

„Ihr meint wohl, Le Balafré, eben von jener Narbe im Gesicht — er ist ein tüchtiger Mann und ein guter Soldat. Sicher wollt Ihr mit Eurem Oheim in der schottischen Leibwache Dienst nehmen. Es ist etwas Großes, was Ihr da vorhabt, besonders, da Ihr noch sehr jung seid.“ „Um die Wahrheit zu sagen, ich liebe das Schloß nicht, wenn der Schloßbaum solche Eicheln trägt, wie ich sie dort sehe; um deutlicher zu sprechen, in der Nähe des Schlosses steht eine schöne alte Eiche, und an dieser Eiche hängt ein Mann in einem grauen Wams, wie auch ich eines trage.“ „Ei, wahrhaftig!“ sagte der Alte. „Ich sah auch etwas, doch der Anblick ist keineswegs seltsam, junger Mann. Wenn der Sommer in den Herbst dahinschwindet, und die Mondscheinnächte lang sind, und die Landstraßen unsicher werden, da könnt Ihr einen Haufen von zehn, ja von zwanzig solcher Eicheln an dem alten gebrechlichen Eichbaum hängen sehen. Sie dienen als Warnung für die Verräter und Schurken in diesem Lande. Das, junger Mann, sind Zeichen von der Gerechtigkeit unseres Herrschers.“

„Hier, endlich, kommen wir in das Dorf“, rief Durward erleichtert aus, „laßt uns darum so schnell wie möglich die Schenke aufsuchen! — Doch ehe ich Euere Gastfreundschaft annehme, darf ich Eueren Namen wissen?"

„Die Leute nennen mich Maître Pierre", antwortete sein Gefährte. Sie stiegen einen schmalen Feldweg hinunter, den hohe Ulmen überschatteten, und an dessen Ende gelangten sie durch einen Torweg in den Hofraum eines Gasthofes von ungewöhnlicher Größe, der zur Beherbergung der Edelleute eingerichtet war.

Maître Pierre öffnete eine Seitentür und ging voran in ein großes Zimmer, wo ein Scheit Holz auf dem Herd brannte und alle Vorkehrungen zu einem tüchtigen Frühstück getroffen waren.

„Mein Gevatter hat alles gut besorgt", sagte der Alte zu dem Schotten. „Ihr müßt frieren — hier ist ein helles, warmes Feuer, vor allem seid Ihr hungrig, sofort sollt Ihr ein Frühstück haben."

Seitdem er in das Gebiet der alten Gallier gekommen war, hatte unser junger Schotte sich nicht so behaglich gefühlt, wie bei diesem vortrefflichen Frühstück, das jetzt vor ihm stand. Heißhungrig stürzte er sich auf das leckere Mahl, das Stück für Stück zum Erstaunen des Wirtes und zur Ergötzung Maître Pierres unter seinen trefflichen Zähnen verschwand, während ein gelegentlicher Becher Wein es herabspülen half.

„Nun, habe ich Wort gehalten mit dem versprochenen Frühstück?" „Es war das beste Mahl, das ich gegessen habe, seitdem ich Glen-Houlakin verließ", rief der junge Schotte.

„Glen — was?" fragte Maître Pierre, „wollt Ihr den Teufel heraufbeschwören, daß Ihr so langgeschwänzte Worte gebraucht?"

„Glen-Houlakin", antwortete Quentin gut gelaunt, „das heißt: Tal der Mücken, es ist der Name unseres alten Erbgutes, mein lieber Herr!"

Während er so sprach, öffnete sich die Tür und ein Mädchen, eher über als unter 15 Jahre alt, trat ins Zimmer und trug eine Schale voll getrockneter Pflaumen herein und einen Becher aus kunstvoll getriebenem Silber. Mehr noch als der kostbare Becher zog der Anblick des jungen Mädchens Durwards Aufmerksamkeit auf sich. Eine Fülle langer, schwarzer Locken umrahmten das ernste, liebliche Gesicht.

„Wieso das, Jacqueline?", fragte Maître Pierre, als sie ins Zimmer trat, „was soll das bedeuten? Habe ich nicht verlangt, daß Dame Perette bringen sollte, was ich bestellte? Hält sie sich für zu gut, mich zu bedienen?"

„Meine Verwandte ist unwohl", antwortete Jacqueline in einem hastigen, doch demütigen Ton, „sie ist unwohl und hütet ihr Zimmer."

„Sie hütet es allein, hoffe ich!" erwiderte Maître Pierre mit Nachdruck.

Jacqueline wurde blaß und schwankte sogar bei diesen Worten Maître Pierres; denn seine Stimme und seine Blicke, die zu jeder Zeit rauh, beißend und abstoßend waren, hatten, wenn er zornig oder argwöhnisch war, etwas zugleich Unheimliches und Beunruhigendes.

Die angeborene Ritterlichkeit Quentin Durwards erwachte auf der Stelle, und er beeilte sich, Jacqueline entgegenzukommen und ihr die Last, die sie trug, abzunehmen; sie überließ ihm das Tablett ohne Widerstand, während sie mit schüchternem und ängstlichem Blick das Gesicht des erzürnten Bürgers betrachtete.

„Dieser junge Mann wird mich bedienen, Kind — du kannst dich zurückziehen. Ich will es deiner nachlässigen Verwandten schon sagen, daß sie übel daran tut, dich unnötigerweise dem Begaffen auszusetzen."

„Es geschah ja nur, um Euch aufzuwarten", sagte das Mädchen. „Ich hoffe, Ihr werdet meiner Verwandten nicht zürnen, da..."

„He, du kleine Hexe", unterbrach sie der Kaufmann, „willst du einen Wortwechsel mit mir anfangen, oder bleibst du nur stehen, um den jungen Kerl da anzugaffen?"

Jacqueline entfernte sich, und so sehr ergriff ihr plötzliches Verschwinden den jungen Schotten, daß er mechanisch gehorchte, als Maître Pierre in dem Tone eines Mannes, der ans Befehlen gewöhnt ist, sagte: „Stellt das Brett hier neben mich! Bleibt in diesem Wirtshaus, bis Euer Verwandter, Le Balafré kommt, der am Nachmittag von seinem Wachtdienst beurlaubt sein wird. Ich will es ihn wissen lassen, daß er Euch hier treffen kann, denn ich habe Geschäfte im Schloß."

Mit diesen Worten überreichte er ihm einen Becher, bis über die Hälfte gefüllt mit Silberstücken und verließ das Gemach.

Der junge Schotte stand wie betäubt da und wußte nicht, was er von der Sache denken sollte. Sein erster natürlicher Drang trieb ihn, in den Silberbecher hineinzuschauen, der mehr Geld enthielt, als Quentin je sein eigen genannt hatte. Aber konnte er es mit

seiner Würde als Gentleman vereinen, das Geld dieses reichen Plebejers anzunehmen?

Er ließ den Wirt kommen und fragte ihn nach Maître Pierre. „Wer Maître Pierre ist?“ wiederholte der Wirt, die Worte so langsam hervorbringend, als ob er sie tropfenweise herausfallen ließ.

„Ja“, sagte Durward hastig und unbestimmt, „wer ist dieser Maître Pierre, und warum wirft er mit seinen Wohltaten in solcher Weise um sich? Und wer ist dieser Kerl, der wie ein Schlachter aussieht, den er vorausschickte, um das Frühstück zu bestellen?“ „Ei, lieber Herr, was den Maître Pierre angeht, so hättet Ihr ihn selbst fragen sollen, und der andere Herr, der das Frühstück bestellte — möge Gott uns vor seiner genaueren Bekanntschaft bewahren!“

„In all dem liegt etwas Geheimnisvolles“, sagte der junge Schotte, „dieser Maître Pierre hat mir gesagt, er sei Kaufmann.“ „Nun, wenn er Euch das gesagt hat“, entgegnete der Wirt, „so ist er sicherlich ein Kaufmann.“ „Und womit handelt er denn?“ „Oh, mit allerlei schönen Dingen“, sagte der Wirt, „besonders aber hat er Seidenfabriken hier, die es mit den reichen Ballen aufnehmen, die die Venetianer von Indien und China bringen. Ihr habt gewiß die Alleen von Maulbeerbäumen gesehen — sie sind sämtlich auf Maître Pierres Befehl gepflanzt, um die Seidenwürmer zu füttern.“

„Und die junge Person, die das Konfekt hereinbrachte, wer ist sie, mein guter Freund?“ „Meine Hausgenossin, Herr, mit ihrer Beschützerin, einer Art von Tante oder sonstigen Verwandten, wie ich glaube“, erwiderte der Gastwirt.

„Ist es denn Euere Gewohnheit, Euere Gäste zur gegenseitigen Aufwartung und Bedienung einzusetzen?“ fragte Durward weiter.

„Maître Pierre wollte ja nichts aus Euerer Hand, noch aus der Eueres Aufwärters nehmen.“ „Reiche Leute dürfen ihre Launen haben, denn sie können ja dafür zahlen“, erwiderte der Wirt, „es ist nicht das erste Mal, daß Maître Pierre den rechten Weg gefunden hat, um sich von vornehmen Leuten auf seinen Wink bedienen zu lassen.“

Der junge Schotte fühlte sich durch die Anspielung etwas verletzt, aber er ließ es sich nicht merken, sondern fragte nur, ob er im Hause ein Zimmer erhalten könne für einen Tag oder vielleicht auf längere Zeit.

„Gewiß", erwiderte der Wirt, „auf so lange Zeit, als es Euch gefällt, darüber zu verfügen."

Der Wirt geleitete ihn sogleich eine Turmtreppe hinauf und von dort eine Galerie entlang, auf welche viele Türen hinausgingen. Ganz am Ende der Galerie blieb er stehen, suchte einen Schlüssel aus dem großen Schlüsselbunde, öffnete die Tür und zeigte seinem Gast das Innere eines Turmgemaches, das zwar klein, aber so wohnlich aussah, daß es Durward wie ein kleines Prachtzimmer vorkam. Er trat an das kleine Fenster, das einen Blick auf einen hübschen Garten und darüber hinaus auf einen Hain jener Maulbeerbäume gestattete, von denen der Wirt vorhin gesprochen hatte. Blickte man geradeaus, längs der Mauer, so erhob sich dem Turm gegenüber ein anderer Turm mit einem ähnlichen kleinen Fenster, wie das seine. Merkwürdigerweise fesselte ihn dieses Fenster, an dem eine von seegrüner Seide verhüllte Laute hing, mehr als alles andere. Es beschwor hundert geheimnisvolle Träume und vielversprechende Vermutungen herauf. Kurz darauf entdeckte er zu seiner großen Freude einen weißen, schönen Arm, der das Instrument herunternahm. Ein Mädchen sang ein Lied, wie es den Lippen hochgeborener Ritterfräulein zu entströmen schien, das fesselnd war in seiner Schlichtheit und seiner ansprechenden Melodie. Quentin war von der süßen und schmelzenden Stimme, die es vortrug, geradezu bezaubert. Plötzlich meldete ihm ein Diener, daß ein Kavalier unten wäre und ihn zu sprechen wünschte.

Der Kavalier, welcher Quentin Durward in dem Gemach, wo er gefrühstückt hatte, erwartete, gehörte zu den Männern, zu denen Ludwig XI. schon oft gesagt hatte, daß sie Frankreichs Schicksal in ihren Händen hielten, da ihnen die unmittelbare Bewachung und Beschützung der königlichen Person anvertraut war. Die Bogenschützen der schottischen Leibwache genossen eine besondere

Stellung am Hofe des Königs. Jeder von ihnen rangierte als Gentlemann in Stellung und Ehren; alle waren prächtig bewaffnet, gekleidet und beritten.

Ludovik Lesly oder Le Balafré, unter welchem Namen ihn jedermann in Frankreich kannte, war groß, stämmig und von groben Gesichtszügen; diese wurden gräßlich entstellt durch einen entsetzliche Narbe, welche an der Stirn beginnend, knapp am rechten Auge vorbei, den Backenknochen bloßgelegt hatte und von da an fast bis zum Ohrläppchen herunterging. Seine Kleidung und seine Waffen waren prächtig. Des Schützen Halskragen, Armstücke und Handschuhe waren aus feinstem Stahl, kunstreich mit Silber ausgelegt, und sein Panzerhemd war überaus glänzend. Er trug ein weites Überkleid aus blauem Samt, an den Seiten wie bei einem Herold offen, mit einem großen weißen Andreaskreuz in Silberstikkerei. Seine Knie und Beine waren durch Panzerhosen und Stahlschuhe geschützt; ein breiter, starker Dolch hing an seiner rechten Seite.

Obgleich Quentin Durward von klein auf daran gewöhnt war, Waffen und Krieg zu sehen, glaubte er doch, nie einen kriegerischer aussehenden Soldaten gesehen zu haben als Le Balafré, der ihn jetzt grüßte und mit seinem rauhen Schnurrbart erst die eine und dann die andere Wange seines jungen Verwandten bürstete, ihn in Frankreich willkommen hieß und in demselben Atem fragte, was es Neues in Schottland gäbe?

„Wenig Gutes, teurer Oheim", antwortete Durward, „aber ich bin froh, daß Ihr mich gleich erkannt habt."

„Ich würde dich überall erkannt haben, Junge, aber setze dich nieder — wenn es etwas Trauriges zu berichten gibt, so wollen wir Wein haben, um es herunterzuspülen. Hallo! Guter Wirt, bring uns von deinem Besten, und das auf der Stelle! So, Junge, nun erzähle mir Neuigkeiten von Glen-Houlakin! Wie geht's meiner Schwester?" „Tot, lieber Oheim!" antwortete Quentin wehmütig. „Tot! Das ist ja unmöglich! Und dein Vater, bester Neffe, hat er wieder geheiratet?"

„Ach, teurer Oheim, meine Mutter war ja schon ein Jahr Witwe, als Glen-Houlakin von den Ogilvies verwüstet wurde. Mein Vater und meine beiden Oheime, meine zwei älteren Brüder und sieben Vettern von mir, wurden bei der Verteidigung des Schlosses erschlagen, und kein rauchender Herd, kein Stein steht mehr auf dem anderen in Glen-Houlakin." „Kreuz des heiligen Andreas!" rief Le Balafré, „das nenne ich einen Angriff! Ja, diese Ogilvies waren von jeher schlimme Nachbarn für Glen-Houlakin. Und nun, bester Neffe, laß uns hören, was dein eigenes Schicksal in dieser Angelegenheit war."

„Meiner Mutter Flehen errang Gnade für mich bei den Mördern, und ein gelehrter Mönch, der zufällig unser Gast war, erhielt die Erlaubnis, meine Wunden zu verbinden, die ich beim Kampfe davongetragen hatte. Sie ließen mich frei auf das von meiner Mutter und ihm gegebene Versprechen hin, daß ich ein Mönch werden sollte!" „Ein Mönch!" rief der Oheim aus, „und weshalb das, ich bitte dich?" „Auf daß meines Vaters Haus ein Ende hätte, entweder im Kloster oder im Grabe!" antwortete Quentin mit tiefer Erregung.

„Ich sehe", antwortete sein Oheim — „ich verstehe. Schlaue Halunken — sehr schlau! Aber weiter mit deiner Geschichte!" „Ich habe nicht mehr zu sagen", antwortete Durward, „außer, daß ich mich den Klosterregeln fügte und sogar lesen und schreiben lernte." „Lesen und schreiben!" rief Le Balafré ganz erstaunt — ich kann's nicht glauben — niemals konnte noch ein Durward seinen Namen schreiben, von dem ich je gehört hatte, noch ein Lesly!"

„Nachdem meine gute Mutter gestorben war, teilte ich meinem Wohltäter meine Abneigung gegen die Klostergelübde mit, und wir kamen überein, daß ich in die Welt gehen sollte, mein Glück zu suchen, und daß meine Abreise den Anschein einer Flucht haben sollte; um der Sache mehr Wahrscheinlichkeit zu geben, nahm ich auch den Falken des Abtes mit. Aber ich bin förmlich entlassen worden, wie es aus der Handschrift und dem Siegel des Abts selbst zu ersehen ist. Und nun, lieber Oheim, möchte ich dienen, da ich in einem fremden Land dienen muß, irgendwo, wo eine tapfere Tat, falls ich eine vollbrächte, mir einen Namen machte!“

„Ich verstehe dich, mein guter Neffe“, sagte der königliche Gardist; „aber du bist unreif in diesen Dingen. Höre mal, Junge, lange lebe der König von Frankreich! Es vergeht kaum ein Tag, wo es nicht einen Auftrag gibt, wodurch einige seiner Leute Geld und Ehre gewinnen! Glaube nicht, daß die tapfersten und gefährlichsten Taten bei Tageslicht ausgeführt werden! — Aber horch, da läutet es bei Skt. Martin! Ich muß ins Schloß zurückeilen. Lebe wohl! Morgen früh um acht Uhr zeige dich vor der Zugbrücke und frage die Schildwache nach mir! Nimm dich in acht, nicht von dem geraden und betretenen Pfad abzuweichen, wenn du dich dem Portal näherst! Es sind an den Seiten Fallen angebracht, die dir ein Glied kosten könnten. Du sollst den König sehen und ihn selber beurteilen lernen — lebe wohl!“

Mit diesen Worten ging Balafré eiligst fort und vergaß sogar in seiner Hast, den Wein zu bezahlen. Durward begab sich anschließend noch nicht in seinen Turm zurück. Er schlug einen einsamen Weg längs der Ufer des reißenden Cher ein, nachdem er sich vorher bei seinem Wirt nach einem sicheren und von Schlingen und Fallen freien Weg erkundigt hatte, und dort versuchte er, seine aufgeregten und zerstreuten Gedanken zu sammeln und seine künftigen Schritte zu überlegen.

Quentin dachte an die Unterredung, die er soeben gehabt hatte, mit einem Gefühl von Verlegenheit und Enttäuschung. Er hatte die Entdeckung gemacht, daß sein Verwandter seinen hoffnungsvollen Vorstellungen nicht entsprach. Wiederholt bereute er, nicht in den Dienst des Herzogs von Burgund getreten zu sein, ehe er dessen Förster schlug; dann kam ihm wieder Maître Pierre in den Sinn, und er bedauerte, sich bei seinem Oheim nicht nach demselben erkundigt zu haben. In dem Vergleich mit seinem Verwandten gewann der alte Mann bedeutend in Quentins Augen und er beschloß, ihn jedenfalls ausfindig zu machen.

Auf einer kleinen Anhöhe, gerade vor ihm, fielen ihm zwei oder drei große Kastanienbäume auf, die eine bemerkenswerte Gruppe bildeten; daneben standen drei oder vier Bauern ganz regungslos, die Augen aufwärts gerichtet mit Blick auf einen Gegenstand inmitten der Zweige des ihnen zunächst stehenden Baumes. Beim Näherkommen erkannte er, daß es sich um nichts Geringeres handelte, als um den letzten Todeskampf eines Mannes, der an einem der Zweige hing.

„Warum schneidet ihr ihn nicht ab?“ schrie der junge Schotte, dessen Hand ebenso bereit war, einem Unglücklichen beizustehen, als seine eigene Ehre zu wahren, wenn es galt, sie zu verteidigen. Einer der Bauern, der ihn aus totenbleichem Gesicht furchterstarrt anblickte, deutete auf ein in die Baumrinde hineingeschnitztes Zeichen hin, das eine Lilie darstellen sollte. Da Quentin die Bedeutung dieses Symbols nicht kannte, kletterte er leichtfüßig den Baum hinauf, zog ein Messer aus der Tasche und schnitt den Strick des Erhängten mitten durch, indem er die Untenstehenden aufforderte, den Körper aufzufangen. Aber seine menschenfreundliche Absicht wurde von den Bauern mißverstanden. Sie ergriffen panikartig die Flucht, als fürchteten sie, daß ihr bloßes Zuschauen als Teilnah-

me an seiner kühnen Tat ausgelegt werden könnte.

So fiel der Körper dann schwer zur Erde, und Quentin, der sofort nachsprang, mußte erschrocken feststellen, daß die letzten Lebensfunken des Gefallenen erloschen waren.

Plötzlich wurde er heftig an beiden Armen gepackt, während in demselben Augenblick ein blankes Messer auf seine Kehle gerichtet wurde.

„Bleicher Sklave von Eblis!" rief ein Mann in unvollkommenem Französisch, „beraubst du den noch, den du ermordet hast? — Aber wir haben dich und du sollst es büßen!"

Doch der junge Schotte verlor keinen Augenblick Mut und Geistesgegenwart. „Was denkt Ihr, Ihr Herren?" rief er aus, „wenn das der Körper Eueres Freundes ist, so habe ich ihn ja gerade heruntergeschnitten, aus reiner Menschenliebe!"

Männer und Frauen dieser seltsamen Bande, die ihn plötzlich umringten, trugen Turbane und Mützen, die seiner eigenen Kopfbedeckung ähnlicher waren als der französischen. Einige Männer hatten gelockte schwarze Bärte, und die Hautfarbe war fast so dunkel wie die der Afrikaner.

Nachdem Quentin furchtlos seine Gegner gemustert hatte, überlegte er fieberhaft, wie er sich geschickt aus der gefährlichen Nachbarschaft dieser Bande, die er für Sarazenen hielt, entfernen könnte, als er Pferdegetrampel vernahm. Die vermeintlichen Sarazenen, die inzwischen den Leichnam ihres Kameraden auf ihre Schultern genommen hatte, wurden allesamt von einer Abteilung französischer Soldaten angegriffen.

Das plötzliche Auftauchen der Soldaten verwandelte das Klagegeschrei der Trauernden in ein lautes Schreckensgeheul. Der Leichnam flog sofort auf den Boden, und alle zeigten eine außerordentlich flinke Gewandheit im Fliehen, indem sie unter dem Bauch der Pferde den auf sie gerichteten Lanzen der Reiter entschlüpften. Nur zwei wurden niedergeworfen und gefangen genommen; gleichzeitig wurde Quentin von den Soldaten angegriffen und trotz seines Einspruches mit Stricken gefesselt.

Im ersten Augenblick wußte Quentin nicht genau, ob er sich freuen oder beunruhigen sollte, denn er erkannte in dem Anführer der Reiter den immer schweigsamen Gefährten des Maître Pierre. Allerdings mußte dieser Mann am besten wissen, daß, welches Verbrechens sich die braunen Fremdlinge auch schuldig gemacht hatten, Durward mit ihnen nichts zu schaffen hatte; aber ein echtes Problem war es, ob dieser düstere Mensch ein nachsichtiger Richter oder ein williger Zeuge zu seinen Gunsten sein würde.

Es blieb ihm jedoch nicht viel Zeit zur Überlegung. „Trois-Echelles und Petit-André!“ sagte der Offizier zu zweien seiner Schar, „diese drei Bäume stehen hier ganz bequem. Ich will diese ungläubigen diebischen Zauberer lehren, sich in des Königs Gerechtigkeit einzumischen. Steigt ab, meine Kinder und tut flink euer Amt!“

Trois-Echelles und Petit-André waren im Nu vom Pferde herabgesprungen, und Quentin bemerkte, wie sie ein paar Stricke, mit der verhängnisvollen Schlinge versehen, losmachten. Das Blut in Quentins Adern erstarrte, als er sah, daß man drei Stricke wählte und offenbar die Absicht hatte, einen um seinen eigenen Hals zu legen. Laut redete er den Offizier an, erinnerte ihn an ihr Zusammentreffen am Morgen, berief sich auf das Recht eines freigeborenen Schotten in einem befreundeten und verbündeten Land und leugnete jedwede Bekanntschaft mit den Personen, mit denen er gefangen war, wie jede Teilnahme an ihren Taten.

Aber der angesprochene Offizier würdigte unseren Freund kaum eines Blickes und beachtete noch weniger die Berufung auf ihre frühere Bekanntschaft. Er wandte sich nur an ein paar Bauern, die jetzt herbeigekommen waren, und fragte kurz und rauh: „War dieser junge Mensch da bei den Vagabunden?“ „Jawohl, Herr, und wenn es dem edlen Herrn gefällt“, antwortete einer der Bauern, „er war gerade der erste, der gotteslästerlicherweise den Halunken abschnitt, den Seiner Majestät Gerechtigkeit höchst verdientermassen hatte hängen lassen, wie wir Euer Gnaden schon sagten.“

„Es genügt, daß ihr gesehen habt, wie er sich in den Lauf der

Dinge des Königs einmischte, indem er versuchte, einen hingerichteten Verräter zu befreien", sagte der Offizier — „Trois-Echelles und Petit-André, ans Werk!"

„Haltet ein, Herr Offizier", rief der Jüngling in Todesangst, „hört mich doch erst an — laßt mich nicht schuldlos sterben — mein Blut wird von Euch gefordert werden von meinen Landsleuten in dieser Welt und von des Himmels Gerechtigkeit in der künftigen." „Ich will für meine Handlungen einstehen", sagte der Profoß kalt und gab den Henkern ein Zeichen mit der linken Hand; dann berührte er mit triumphierendem Lächeln seinen rechten Arm, den er in einer Binde trug, vermutlich infolge des von Durward am Morgen ihm versetzten Schlages.

„Erbärmlicher, rachsüchtiger Wicht!", entgegnete Durward, überzeugt, daß Rache der einzige Beweggrund der Unbarmherzigkeit dieses Mannes war, und daß deshalb kein Mitleid von ihm zu erwarten war. „Der arme Junge tobt", sagte der Profoß, „sprich ein Wort des Trostes zu ihm, ehe er seine Reise antritt, Trois-Echelles, du bist ja ein trostreicher Mann in solchen Fällen, wenn ein Beichtvater nicht zu haben ist. Gewähre ihm eine Minute geistlichen Beistandes, aber in der nächsten schicke ihn auf die Reise! Ich muß meine Runden fortsetzen. — Soldaten, mir nach!"

Der Profoß ritt weiter, hinter ihm seine Wache, ausgenommen zwei Mann, die zurückblieben, um bei der Hinrichtung mitzuhelfen. Der unglückliche Jüngling warf ihm einen vor Verzweiflung fast erloschenen Blick nach; in jedem Aufstampfen der davontrabenden Pferde glaubte er seine letzte schwache Rettungshoffnung dahinschwinden zu hören. Voll Todesangst blickte er um sich und war erstaunt, die stoische Gleichgültigkeit seiner Mitgefangenen zu sehen. Vorher hatten sie sich höchst furchtsam gezeigt und alles versucht, zu entfliehen, aber jetzt, wo alle Hoffnung entschwunden war, erwarteten sie ihr Schicksal mit äußester Fassung.

Trois-Echelles war ein langer, hagerer, geisterhaft aussehender Mensch mit einem langen Rosenkranz um den Hals, den er seinen unglücklichen Opfern zu frommem Gebrauch anzubieten pflegte. Er führte stets ein paar lateinische Schriftworte im Munde über die Nichtigkeit des menschlichen Lebens, und wäre es nicht zu lästig gewesen, so hätte er das Amt eines Gefängnisgeistlichen mit dem eines Henkers gut verbinden können.

Petit-André dagegen war ein lustiger, runder, lebhafter Kerl, der die Ausübung seines Amtes sichtlich genoß. Er schien eine Art zärtlicher Zuneigung zu seinen Opfern zu haben und sprach stets von ihnen in freundlichen und liebevollen Ausdrücken. Sie waren seine „armen ehrlichen Schelme", seine „hübschen Schätzchen", seine „Gevattern", seine „guten alten Väter", je nachdem ihr Alter oder Geschlecht war.

Gewiß war, daß sie jedem Henker in Frankreich überlegen waren, ausgenommen vielleicht ihrem Meister, Tristan L'Hermite, den berühmten Generalprofoß, oder dessen Meister, König Ludwig dem Elften.

Quentin stürzten unwillkürlich die Tränen aus den Augen. Trois-Echelles beglückwünschte ihn wegen seiner frommen Stimmung angesichts des Todes und rief pathetisch aus, die Seele sei glücklich, die den Körper verließe, während die Träne im Auge erglänzte. Petit-André klopfte ihm auf die Schulter und rief: „Mut, mein lieber Sohn! Da du den Tanz beginnen mußt, eröffne den Ball nur lustig, denn alle Geigen sind gestimmt", und dabei drängte er ihn sanft zu dem verhängnisvollen Baum. In dieser entsetzlichen Lage blickte der Jüngling noch einmal verzweifelt um sich. "Ist irgendein guter Christ hier", rief er laut, „der Ludovik Lesly von der schottischen Garde, Le Balafré genannt, mitteilen will, daß sein Neffe hier schändlich gemordet wird?"

Diese Worte waren zur rechten Zeit gesprochen, denn ein Schütze von der schottischen Garde, herbeigelockt durch die Vorbereitungen zur Hinrichtung, stand mit einigen zufällig des Weges Kommenden in der Nähe, um anzusehen, was da vorging.

„Bedenkt, was Ihr tut", sagte er zu den Henkern, „wenn dieser Mann ein Schotte ist, dulde ich es nicht, daß ihm so abscheulich

mitgespielt wird."

„Gott verhüte es, Herr Kavalier", rief Trois-Echelles, „aber wir müssen den uns gegebenen Befehl ausführen", und dabei zog er Durward an einem Arm vorwärts. „Das kürzeste Spiel ist immer das beste", schaltete sich Petit-André ein, indem er ihm bei dem anderen Arm packte.

Aber die Worte des Trostes hatten Quentin gestärkt; so nahm er denn all seine Kraft zusammen, schüttelte plötzlich die beiden Gesetzesvollstrecker beiseite und rannte, mit noch gefesselten Armen, so schnell er konnte, auf den schottischen Bogenschützen zu.

„Steht mir bei, Landsmann", rief er verzweifelt in seiner Muttersprache, „um der Liebe willen zu Schottland und Skt. Andreas! Ich bin unschuldig — ich bin Euer Landsmann — steht mir bei, wie Ihr es am jüngsten Tage zu verantworten habt." „Beim heiligen Andreas! Sie sollen nur über mich hinweg zu dir gelangen", beruhigte ihn der Schütze und zog sein Schwert.

„Zerschneide meine Fessel, Landsmann", bat Quentin, „und ich will schon etwas für mich selbst tun."

Mit einem Schnitt der scharfen Waffe des Schützen war der Strick schnell durchtrennt, und nun sprang der befreite Gefangene auf einen der Wache des Profoß los, entriß ihm die Hellebarde und rief: „Nun kommt heran, wenn ihr es wagt!"

Die beiden Angesprochenen flüsterten aufgeregt miteinander.

„Reite du dem Generalprofoß nach", meinte Trois-Echelles, „ich will versuchen, sie hier aufzuhalten."

Petit-André stieg schnell auf sein Pferd und ritt davon, während die beiden anderen Gefangenen in dem wilden Durcheinander des Aufbruchs unbemerkt entfliehen konnten. In aller Eile zogen sich die Wachsoldaten auf Trois-Echelles Befehl zusammen; denn zwischen den schottischen Bogenschützen und den Profoßsoldaten herrschte seit langer Zeit große Zwietracht.

„Sagt mir doch", meinte der Schütze, „was dieser junge Mann verbrochen haben soll?"

„Er war dabei, den Leichnam eines Verbrechers abzuschneiden", antwortete Trois-Echelles ernst, „trotzdem die Lilie den Baum kennzeichnete, an dem ich ihn mit eigener Hand aufgeknüpft hatte."

„Wie hat sich das zugetragen?" fragte der Schütze. „So wahr ich Eueren Schutz wünsche", entgegnete Durward, „will ich Euch die Wahrheit sagen, als befände ich mich in der Beichte. Ich sah einen Mann an dem Baume zappeln und eilte hin, ihn abzuschneiden aus bloßer Menschenliebe. Ich dachte weder an eine Lilie, noch an eine Nelke und wollte weder den König von Frankreich, noch den Papst beleidigen."

„Was zum Teufel hattet ihr denn mit dem Leichnam zu schaffen?", rief der Bogenschütze. „Hört mal, Meister Henker, Ihr seht, daß hier ein Irrtum vorliegt. Ihr solltet Mitleid mit einem so jungen Blut haben. Bei uns zu Hause ist er nicht daran gewöhnt gewesen, so schnelle Hinrichtungen zu sehen."

„Nicht etwa, weil sie dort überflüssig wären, Signor Schütz", fiel Petit-André ein, der in diesem Augenblick zurückkehrte. „Nicht aufgeben, Trois-Echelles, hier kommt der Generalprofoß; ihm wird schon das rechte einfallen."

„Und zur rechten Zeit", sagte der Bogenschütze, „kommen da auch einige meiner Kameraden."

So war es. Gerade, als der Profoß Tristan mit seiner Patrouille auf der einen Seite des Hügels heranritt, kamen vier oder fünf schottische Bogenschützen ebenso hastig auf der anderen Seite herauf, an ihrer Spitze Quentins Oheim, Le Balafré selbst. Kaum hatte er seinen Kameraden und Quentin zur Verteidigung gerüstet, dastehen sehen, rief er aus:

„Cunningham, ich danke dir. — Kameraden, leiht mir eure Hilfe — er ist mein Neffe — haut ein!"

Ein erbittertes Handgemende entstand zwischen den beiden Parteien, und die Schotten, geringer an Zahl, hatten große Aussichten, auf Grund ihrer besseren Waffen, den Sieg davonzutragen.

Der Generalprofoß beschuldigte Le Balafré, daß er als Kavalier

des Königs Leibwache der Hinrichtung eines Verbrechers entgegentreten würde.

„Das tue ich nicht“, antwortete Le Balafré erregt, „ich denke, es ist ein Unterschied zwischen der Hinrichtung eines Verbrechers und der Hinschlachtung meines eigenen Neffen.“ „Aber er ist kein Schütze der Garde“, versetzte Tristan. Die Schützen sahen sich etwas verdutzt an.

„Bestehe doch darauf, Kamerad“, raunte Cunningham dem Balafré zu, „sag dreist, er sei bei uns aufgenommen.“ „Heiliger Martin! Du hast recht, Landsmann!“ antwortete Lesly, und seine Stimme erhebend schwor er, daß er am Morgen desselben Tages seinen Verwandten unter sein eigenes Gefolge aufgenommen habe. Diese Erklärung gab nun den Ausschlag.

„Es ist gut, ihr Herren“, sagte Tristan, der des Königs nervöse Furcht vor einer Mißstimmung unter seinen Leibgarden wohl kannte. „Ich will diese Angelegenheit des Königs eigener Entscheidung vorlegen.“

Mit diesen Worten brachen er und seine Schar auf, während die zurückgebliebenen Schützen eiligst berieten, was nun weiter zu tun sei.

„Wir müssen die Sache unserem Kapitän, Lord Crawford, berichten und des jungen Mannes Namen in die Stammrolle eintragen“, riet Cunningham. „Also gut, auf's Schloß“, rief Balafré, „und unterwegs soll mein Neffe uns erzählen, wie er sich den Generalprofoß auf den Hals gebracht hat, damit wir wissen, wie wir unseren Bericht an Crawford zurecht zu legen haben.

Auf dem Schloß

Ein Diener der Bogenschützen überließ unserem jungen Freund sein Pferd, und somit ritten sie in scharfem Trab dem Schlosse von Plessis zu. Auf seines Oheim wiederholte Fragen gab Quentin einen genauen Bericht von dem Vorfall, der ihn in so große Gefahr gebracht hatte. Gleichzeitig wollte er wissen, um welch fremdländische Bande es sich bei der Hinrichtung gehandelt habe. „Tun sie denn so viel Übles?" fragte der junge Mann. „Übles? Ei, Bursch, sie sind ja Heiden oder Juden, oder mindestens Mohammedaner und stehlen, was sie unter die Hände kriegen, und sie singen und sagen wahr", antwortete Cunningham. „Aber seht, wir sind beim Schloß. Ich will ein Fäßchen Wein zum besten geben!" Bei ihrem Näherkommen öffnete sich das Pförtchen, und die Zugbrücke fiel. Einer hinter dem anderen ritt hinein, aber als Quentin erschien, kreuzten die Schildwachen ihre Lanzen und geboten ihm, stehenzubleiben, während die Hakenbüchsen auf ihn gerichtet waren. Le Balafré, der absichtlich an seines Neffen Seite geblieben war, gab die erforderlichen Erklärungen, und nach einigem Zögern wurde der junge Mann unter starker Bewachung nach der Wohnung von Lord Crawford geführt.

Balafré und Cunningham folgten Durward und der Wache in die Unterkunft ihres Hauptmanns, dessen würdevolles Äußeres, sowie die Achtung, welche die stolzen Soldaten ihm erwiesen, einen tiefen Eindruck auf den jungen Mann machten.

Lord Crawford legte sein Buch etwas ärgerlich zur Seite, als diese unerwarteten Gäste eintraten und fragte: „Was in des bösen Feindes Namen ist denn los?" Balafré berichtete mit mehr Ehrerbietung, als er vielleicht dem König selbst erwiesen hätte, die Umstände, in denen sich sein Neffe befand und bat demütig um den Schutz seiner Lordschaft. Lord Crawford hörte sehr aufmerksam zu, mißbilligte jedoch gleichzeitig den Streit zwischen den schottischen

Bogenschützen und der Wache des Generalprofosses. „Natürlich, Ludovik“, fuhr er fort, „war es richtig, daß Ihr Euerem Verwandten zu Hilfe kamt. Dieses einfältige Kind darf nicht zu Schaden kommen; so gebt mir nur die Stammrolle der Kompanie und wir wollen seinen Namen eintragen, damit er Euere Privilegien mitgenieße.“ Zu Durward gewandt, fuhr er fort: „In unserem ehrenwerten Corps der schottischen Leibwache nehmt Ihr den Dienst als Knappe Eueres Oheims ein und werdet unter seiner Lanze dienen. Ich hoffe, Ihr werdet Euere Sache gut machen! — Beinahe hätte ich Eueren guten alten Brauch vergessen, auf die Gesundheit eines neuen Kameraden ein Zechgelage zu halten. Ich will einige Fäßchen Wein zu Euerem Gelage schicken, aber laßt es um Sonnenuntergang aussein. Vielleicht schaue ich später bei Euch vorbei, nur um zu sehen, daß alles ordentlich zugeht.“

„Euere Lordschaft sollen herzlich willkommen sein“, sagte Ludovik; und die ganze Schar zog in lustiger Stimmung fort, um das militärische Bankett herzurichten.

Die Gäste gaben sich bald ihrer Freude hin, in ihren Reihen einen Rekruten aus ihrem geliebten Vaterlande zu haben. Alte schottische Lieder wurden gesungen und alte Geschichten von schottischen Helden erzählt. Die Begeisterung war schon auf dem Höhepunkt angelangt, als Lord Crawford eintrat. Ein besonderer Sessel kam ihm als Hauptmann am oberen Ende der Tafel zu. Eine Menge Fragen wurden an ihn gestellt, während der gute Lord zwischendurch immer aufs neue den Weinbecher füllte und so allmählich redseliger wurde. „Hört mal zu, Kameraden“, rief Lord Crawford, „ihr seid alle treue Diener der französischen Krone, und weshalb solltet ihr's nicht wissen, daß ein Gesandter gekommen ist vom Herzog von Burgund, mit einer Botschaft ärgerlichen Inhalts.“

„Ich sah die Equipage des Grafen Crèvecoeur, seine Pferde und sein Gefolge“, sagte ein anderer der Gäste, „unten im Wirtshaus am Maulbeerhain. Man sagt, der König wollte ihn nicht ins Schloß hineinlassen."

„Aber worüber beklagt er sich denn?" fragte Guthrie. „Über verschiedene Grenzschwierigkeiten", erwiderte Lord Crawford, „und selbst darüber, daß der König eine Dame seines Landes, eine junge Gräfin, unter seinen Schutz genommen, die aus Dijon entflohen ist, weil sie der Herzog, als ihr Vormund, mit seinem Günstling Campo Basso vermählen wollte."

„Und sie ist wirklich ganz alleine hierhergekommen?"

„Nein, nicht ganz alleine, sondern mit einer älteren Gräfin, ihrer Verwandten, die den Wünschen der jüngeren Dame nachgegeben hatte."

„Und wird der König", sagte Cunningham, „da er des Herzogs Lehnherr ist, sich zwischen den Herzog und dessen Mündel drängen, über die Karl dasselbe Recht hat, welches, wenn er gestorben wäre, der König über die Erbin von Burgund haben würde?"

„Der König wird sich, nach seiner Gewohnheit, von den Regeln der Politik leiten lassen; es ist deshalb zu vermuten, daß es zwischen dem Herzog von Burgund und ihm zu Auseinandersetzungen kommen wird", meinte Crawford.

„Horch!" rief Cunningham, „ist das nicht die Glocke der Kathedrale, die zur Vesper läutet?" Der Abschiedsbecher wurde geleert, und die Gäste brachen auf — der alte Lord nahm Balafré am Arm unter dem Vorwande, ihm einige Weisungen betreffs seines Neffen zu geben, aber vielleicht geschah es mehr aus Sorge darüber, daß sein sonst so fester Schritt den Augen seiner Leute etwas unsicherer erscheinen möchte, als es seinem Rang und hohem Amt geziemte.

Quentin enthielt sich völlig seiner Meinung bezüglich des Gesprächs, das über die schöne Isabelle gesprochen wurde, und er spann aus allem, was er gehört und selbst im Wirtshaus am Maulbeerhain erlebt hatte, einen vollständigen Roman zusammen.

Am nächsten Morgen war Quentin Durward aus dem Bette, wie er es von seinem elterlichen Hause und aus der Klosterzucht von Aberbrothik gewohnt war. Fröhlich kleidete er sich an inmitten des Hörnerschmetterns und Waffenrasselns. Mit jugendlicher Freude legte er die prachtvolle Uniform und die Waffen an, die zu seiner neuen Stellung gehörten, und sein Oheim, der mit großer Genauigkeit und Teilnahme zuschaute, um zu sehen, daß er in allen Stücken vollständig ausgerüstet war, verbarg nicht seine Zufriedenheit über das stattliche Aussehen seines Neffen.

„Wenn du dich so treu und kühn erweisest, als du gut aussiehst, werde ich in dir einen der schönsten und besten Knappen der Garde haben, der seiner Mutter Familie nur zur Ehre gereichen kann. Folge mir jetzt in das Audienzzimmer und halte dich dicht an meine Schulter.“

Mit diesen Worten ergriff er eine Partisane, eine große, wuchtige, schön eingelegte und verzierte Waffe, befahl seinem Neffen, eine leichtere Waffe derselben Art zu nehmen, und dann gingen sie nach dem inneren Hof des Palastes, wo ihre Kameraden, die den Dienst in den inneren Gemächern hatten, bereits angetreten waren. Auf ein gegebenes Signal hin setzten die Garden sich unter Balafrés Kommando in Bewegung und marschierten in die Audienzhalle, wo der König sogleich erscheinen sollte.

Auf den Arm seines Verwandten Dunois gelehnt, durchschritt Ludwig, Herzog von Orleans, der erste Prinz aus königlichem Blut, das Gemach. Der König bewachte seinen Erben mit der qualvollsten Eifersucht, erlaubte ihm nicht, sich vom Hofe zu entfernen und beschränkte ihn auf alle nur denkbare Weise. Der unglückliche Prinz war in diesem Augenblick umso niedergeschlagener, weil er wußte, daß der König ihn mit Prinzessin Johanna von Frankreich verheiraten wollte, deren verwachsene Gestalt aber das Bestehen auf einem solchen Verlöbnis zu einer herzlosen Grausamkeit machte. In seinem Äußeren wenig anziehend, hatte dieser Prinz einen sanften und wohlwollenden Charakter.

Ganz im Gegensatz dazu war das Benehmen des stolzen Kardinals und Prälaten Johann von Balle, des augenblicklichen Lieblingsministers Ludwigs, der nun eintrat. Dieser Mann hatte einen größeren Einfluß auf den König als irgendeiner seiner anerkannten Räte und glaubte sich in Angelegenheiten jeder Art, selbst die seinem

Amt und Studien am entferntest liegenden, mischen zu müssen.

Kurz darauf betrat Quentins alter Bekannter, Tristan L'Hermite, der Generalprofoß des Königs, das Gemach und kam geradewegs auf ihn zu. Er bedauerte das Mißverständnis, welches zwischen Ihnen am vorhergehenden Tage stattgefunden hatte, und führte sein unglückseliges Verhalten darauf zurück, daß der Sieur, Balafrés Neffe, die Uniform seines Corps nicht getragen habe: das hätte ihn zu dem Irrtum verleitet, für den er jetzt um Verzeihung bäte.

Ludovik Lesly machte eine förmliche Erwiderung, und sobald Tristan fort war, bemerkte er zu seinem Neffen, daß sie von jetzt ab die Auszeichnung genössen, in der Person dieses mächtigen Beamten einen tödlichen Feind zu haben. In diesem Augenblick öffneten sich die Türen des inneren Zimmers und König Ludwig trat heraus in den Audienzsaal.

Quentin glaubte seinen Augen nicht zu trauen, denn der vor ihm stehende König von Frankreich war niemand anders als Maître Pierre, der Seidenhändler, mit dem er am Morgen des vorhergehenden Tages zusammengetroffen war. War ihm auch schon in dem Wirtshaus manch seltsamer Argwohn über die Bedeutung dieses Mannes durch den Kopf geschossen — die jetzt ihm entgegentretende Wirklichkeit überstieg doch seine kühnsten Vermutungen. Der König, der ihn sofort entdeckt hatte, kam geradewegs auf ihn zu, ohne von irgendjemand sonst Notiz zu nehmen. „So, so!" sagte er zu ihm, „junger Mann, ich habe gehört, daß Ihr gleich nach Eurer Ankunft in Touraine Streit bekommen habt; aber ich will Euch verzeihen, da es vor allem der Fehler eines törichten alten Kaufmannes war, der da meinte, Euer junges Blut müsse am Morgen mit Vin de Beaune erwärmt werden. Wenn ich ihn ausfindig machen kann, will ich an ihm ein Exempel statuieren für diejenigen, die meine Garden zur Ausschweifung verleiten. — Balafré," wandte er sich zu Lesly, „Euer Neffe ist ein hübscher, junger Mann, obwohl ein Hitzkopf. Wir unterstützen gern solche Geister und beabsichtigen, etwas aus ihm zu machen. Laßt das Jahr, den Tag, die Stunde und die Minute der Geburt Eueres

Neffen niederschreiben und an Olivier Dain abgeben.“

Balafré verbeugte sich bis zur Erde und nahm seine aufrechte militärische Stellung wieder ein, wie einer, der durch seine Haltung zeigen will, daß er bereit sei, dem König zu Trutz und Schutz zu dienen. Quentin, der sich inzwischen von seinem ersten Erstaunen erholt hatte, betrachtete nun des Königs Äußeres eingehender und war überrascht, wie verschieden jetzt sein ganzes Auftreten und seine Gesichtszüge auf ihn wirkten, anders als beim ersten Zusammentreffen.

Er trug ein altes, dunkelblaues Jagdkleid, darüber hing ein großer Rosenkranz aus Elfenbein, den ihm niemand Geringeres geschickt hatte als der Sultan der Türkei.

Gleich nach dem König traten die Prinzessinnen von Frankreich mit den Damen ihres Gefolges in das Gemach. Unter ihnen gewahrte man die unglückliche Johanna, die auserwählte Braut des Herzogs von Orleans. Sie war bleich, mager und von kränklicher Gesichtsfarbe; ihre Gestalt neigte sichtbar nach einer Seite, und ihr Gang war so schleppend, daß sie lahm genannt werden konnte. Eine Reihe schöner Zähne und melancholische Augen waren der einzige Ersatz für die allgemeine Unscheinbarkeit ihres Gesichts und ihrer Figur.

Der König, der nicht besonders von ihr angetan war, schritt hastig auf sie zu, als sie ins Zimmer trat. „Was nun“, sprach er, „unsere weltverachtende Tochter, seid Ihr zu einer Jagdpartie angezogen oder fürs Kloster, heute morgen? Sprecht, antwortet!“

„Für alles, was Eurer Hoheit beliebt, Sire“, gab die Prinzessin mit leiser Stimme zurück. Unwillig wandte sich der König ab und rief: „Und nun zu Pferde, meine Herren und Damen — Gottes und Skt. Huberts Segen sei mit unserer Morgenjagd!“

„Ich fürchte, ich muß Sie unterbrechen“, rief der Graf von Dunois — „der burgundische Gesandte ist vor den Toren des Schlosses und bittet um eine Audienz.“

„Er will eine Audienz, Dunois?“ entgegnete der König. „Habt Ihr ihm nicht geantwortet, daß wir heute keine Zeit hätten, ihn zu empfangen — und morgen sei das Martinsfest, das wir durch keine irdischen Gedanken stören wollten — und daß wir an dem darauffolgenden Tage nach Amboise zu reisen gedächten, aber, daß wir es nicht versäumen würden, ihm nach unserer Rückkehr rechtzeitig eine Audienz zu gewähren."

„Alles das habe ich gesagt", antwortete Dunois, „aber doch, Sire..." „Mann, was ist's, das dir so in der Kehle stecken bleibt", fragte der König. „Die Worte dieses Burgunders müssen schwer zu verdauen gewesen sein."

„So nehmt denn zur Kenntnis", erwiderte Dunois, „daß der Graf von Crèvecoeur mit seinem Gefolge unten wartet und zu verstehen gibt, daß, wenn Eure Majestät ihm die Audienz verweigert, die sein Herr ihm aufgetragen hat anzufordern, er dort bis Mitternacht bleiben und Euer Majestät ansprechen wolle, wann immer Euer Majestät das Schloß verlassen würde, sei es in Geschäften, zur Erholung oder zum Gottesdienste, und daß keine Rücksicht, es sei denn die Anwendung von Gewalt, ihn nötigen werden, von diesem Entschlusse abzugehen."

„Er ist ein Narr", gab der König mit großer Ruhe zurück. „Teurer Dunois, laß' die Hunde zurückführen und gut versorgen, wir wollen heute Rat halten, anstatt zu jagen." „Mein Fürst", antwortete Dunois, „so werdet Ihr den Crèvecoeur nicht los, denn seines Herrn Weisung lautet, daß, wenn er nicht die Audienz erhält, die er verlangt, er seinen Handschuh zum Zeichen der Fehde auf Leben und Tod von Seiten seines Herrn, an die Palisaden vor das Schloß nageln, des Herzogs Lehenspflicht Frankreich kündigen und sofortigen Krieg erklären soll."

„Aha", antwortete Ludwig, ohne merklich erregte Stimme, aber die Stirn runzelnd, bis seine durchdringenden dunklen Augen unter seinen buschigen Brauen fast unsichtbar wurden. „So also steht es! Will unser alter Vasall so herrisch auftreten — unser lieber Vetter uns so unfreundlich behandeln? Nun denn, Dunois, müssen wir die Oriflamme entfalten und rufen Dennis Montjoye!"

„Ja und Amen", sagte der kriegerische Dunois, und die Garden in der Halle rührten sich auf ihren Posten, so daß sie einen leisen Klang klirrender Waffen hervorbrachten. Stolz blickte der König um sich. Aber die Aufregung des Augenblicks wich sofort den politischen Erwägungen, die gerade zum gegenwärtigen Zeitpunkt einen offenen Bruch mit Burgund besonders gefährlich machten.

Der Schall der Trompeten im Hofe verkündete jetzt die Ankunft des burgundischen Edelmannes; gleich darauf trat der Graf von Crèvecoeur, ein berühmter und unerschrockener Kriegsmann, in den Audienzsaal. Entgegen aller Gepflogenheiten erschien er vollständig bewaffnet, mit Ausnahme des Kopfes, in einer prachtvollen stählernen Rüstung von der vorzüglichsten Mailänder Arbeit, eingelegt und getrieben mit Gold in fantastischem arabeskenartigem Stil. Um seinen Hals und über seinem glänzend leuchtenden Küraß hing seines Herrn Orden vom goldenen Vlies. Ein hübscher Page trug ihm den Helm, ein Herold ging vor ihm her, welcher sein Beglaubigungsschreiben trug und es knieend dem König überreichte, während der Gesandte selbst in der Mitte des Saales stehen blieb, als wolle er allen Anwesenden Zeit geben, seinen stolzen Blick, seine gebietende Gestalt und die unerschütterliche Ruhe seines gesamten Auftretens zu bewundern.

„Tretet näher, Herr Graf von Crèvecoeur“, sagte Ludwig, nachdem er einen Blick in das Schreiben geworfen hatte, „wir brauchen unseres Vetters Beglaubigungsschreiben nicht, weder um uns einen so berühmten Krieger vorzustellen, noch um uns des wohlverdienten Ansehens zu versichern, in dem Ihr bei Euerem Herrn steht.“

Crèvecoeur verbeugte sich und sprach dann laut: „König von Frankreich, der mächtige Herzog von Burgund sendet Euch noch einmal seine schriftliche Aufzeichnung der Streitigkeiten und Unterdrückungen, die Euer Majestät Soldaten und Beamten an seinen Grenzen begangen haben, wobei der erste Punkt meines Auftrages der ist, Euer Majestät um Entschädigung dieses Unrechts zu bitten.“

Nachdem der König einen flüchtigen Blick auf das Dokument geworfen hatte, sagte er: „Diese Dinge sind bereits längst abgehan-

delt worden. Von den Streitigkeiten, über die geklagt wurden, sind einige nur eine Wiedervergeltung der von meinen Untertanen erlittenen; andere werden ohne irgendwelchen Beweis behauptet, einige sind durch des Herzogs Soldaten in gleicher Weise durchgeführt worden; sollte noch etwas übrig bleiben, so sind wir als ein christlicher Fürst nicht abgeneigt, eine Genugtuung für wirklich von unserem Nachbarn erlittenes Unrecht zu gewähren."

„Ich will Euer Majestät Antwort meinem gnädigsten Herrn überbringen", sprach der Gesandte. „Der Herzog von Burgund verlangt ferner vom König von Frankreich die unverzügliche Rücksendung unter sicherem Geleit von Isabelle, Gräfin von Croye und ihrer Verwandten, der Gräfin Hameline. Beide sind aus dem Gebiet des Herzogs von Burgund entflohen und werden hier vom König von Frankreich versteckt gehalten entgegen dem Willen ihres natürlichen Herrn und Vormundes. Noch einmal halte ich ein, um Euer Majestät Antwort zu vernehmen."

„Ihr tatet recht, Graf von Crèvecoeur", sagte nun der König spöttisch, „Euere Botschaft in solch früher Stunde zu beginnen, denn wenn es Euere Absicht ist, mich wegen der Flucht eines jeden Vasallen, den Eueres Herrn unbesonnene Leidenschaft aus seinem Gebiet vertrieben haben mag, zur Rechenschaft zu ziehen, so dürfte die Liste wohl bis zum Sonnenuntergang währen. Wer kann behaupten, daß diese Damen in meinem Gebiete sind? Wieso sollte ich die Flucht begünstigt haben? Ja, wer will behaupten, daß, wenn sie in Frankreich sind, ihr Zufluchtsort mir bekannt sei?"

„Euer Majestät erlauben", sagte Crèvecoeur, „ich hatte für alles einen Zeugen — einen, der diese flüchtigen Damen in dem Wirtshaus unweit des Schlosses gesehen hatte — einen, der Euer Majestät in ihrer Gesellschaft, wenn auch in Verkleidung eines Bürgers von Tours erblickt hatte — einen, der von ihnen in Euerer königlichen Gegenwart Botschaften und Briefe an ihre Freunde in Flandern empfing — die er aber alle an den Herzog von Burgund ablieferte."

„Bringt ihn herbei“, rief der König, „stellt den Mann vor mein Angesicht, der es wagt, solch unverschämten Unwahrheiten zu behaupten!“

„Ihr sprecht triumphierend, Sire! Ihr wißt nur allzu gut, daß dieser Zeuge nicht mehr lebt. Als er lebte, hieß er Zamet Magraubin, ein Zigeuner. Erst gestern wurde er, wie ich erfahren habe, von Euerem Generalprofoß hingerichtet, ohne Zweifel, um zu verhindern, daß er bestätigte, was er in dieser Angelegenheit dem Herzog von Burgund erzählte.“

„Diese Anschuldigungen sind so grob“, rief der König, „daß ich bei meiner königlichen Ehre eher darüber lache, als mich darüber zu erzürnen. Ich bitte Euch, sagt meinem werten Vetter, wenn er solche Gesellen liebt, so täte er besser daran, sie in seinem eigenen Gebiete zu behalten; denn hier finden sie nichts als kurzen Prozess und einen knappen Strick. Wir haben Geduld genug geübt und sind überzeugt, daß Ihr, Graf von Crèvecoeur, in solchem Benehmen gegen uns Eueren Auftrag, welcher Art er auch gewesen sein mag, überschritten habt.“ „Im Gegenteil“, sagte Crèvecoeur, „ich habe mich dessen noch nicht ganz entledigt. Hört also, Ludwig von Valois, König von Frankreich — hört es, ihr Edlen und Herren, die ihr zugegen seid — hört es, alle guten und redlichen Männer“ — und zum Herold gewendet — „mache die Verkündigung nach mir! Ich, Philipp Crèvecoeur von Cordès, im Namen des mächtigsten Herrn und Fürsten, Karl, von Gottes Gnaden Herzogs von Burgund, tue Euch, Ludwig, König von Frankreich, kund, daß, da Ihr Euch geweigert habt, die verschiedenen Unbilden und Kränkungen, die durch Euch oder durch Euere Beihilfe gegen besagten Herzog und seine geliebten Untertanen verübt worden, er durch meinen Mund alle Treue und Lehenspflicht gegen Euere Krone und Würde kündigt — Euch für falsch und treulos erklärt und Euch als Fürsten und als Mann herausfordert. Da liegt mein Pfand zum Beweis dessen, was ich gesagt habe.“

Mit diesen Worten zog er seinen Handschuh vor der rechten Hand und warf ihn auf den Boden des Saales. Ein allgemeiner

Aufruhr entstand! Während Dunois, Orleans, der alte Lord Crawford und noch ein paar andere darum stritten, wer den Handschuh aufheben solle, riefen die anderen laut in der Halle: „Schlagt ihn nieder! Haut ihn in Stücke! Kommt er hierher, um den König von Frankreich in seinem eigenen Palaste zu beleidigen?“ Aber der König beruhigte das Getümmel, indem er mit donnergleicher Stimme rief: „Still, meine Vasallen, legt keine Hand an diesen Mann, keinen Finger an sein Pfand! — Und Ihr, Herr Graf, woraus seid Ihr gemacht und wie ist Euer Leben verbürgt, daß Ihr es auf einen gefährlichen Wurf setzt?“

„Euch sage ich, König Ludwig“, erwiderte der unerschrockene Graf von Crèvecoeur, „da Ihr noch Dauphin wart, aus Frankreich verbannt und von der Rache Eueres Vaters wie von der ganzen Macht seines Reiches bedroht, da hat Euch mein edler Herr aufgenommen und beschützt wie einen Bruder, und zum Dank dafür habt Ihr seinen großherzigen Sinn aufs schnödeste mißbraucht. Lebt wohl, meine Aufgabe ist beendet.“

Mit diesen Worten verließ der Graf, ohne weiteren Abschied zu nehmen, den Saal.

„Ihm nach! Ihm nach! Nehmt den Handschuh auf und ihm nach!“ rief nun der König. „Mein Herr Kardinal, Euer heiliges Amt ist es, Frieden zu stiften zwischen Fürsten — hebt Ihr den Handschuh auf und stellt dem Grafen Crèvecoeur das Unrecht vor Augen, das er begangen hat, indem er einen großen Monarchen an seinem Hofe so beleidigt hat, und uns zwingt, das Elend des Krieges über sein Reich und das seines Nachbarn zu bringen.“ Auf diese bestimmte persönliche Aufforderung hin machte der Kardinal Balle Anstalten, den Handschuh aufzuheben und verließ sodann das königliche Gemach, um dem Herausforderer nachzueilen.

Nach kurzer Zeit kehrte er zurück und berichtete über das Ergebnis seiner Verhandlungen. „Mein König, meine Aufgabe war schwierig. Ich versuchte dem stolzen Grafen entgegenzuhalten, wie er es wagen könne, die Audienz dermaßen gestört zu haben, indem er Vorwürfe aussprach, die wohl seiner eigenen Unverschämtheit zugrundegelegt werden müßten und nicht von seinem Herrn ausgegangen wären. Es hinge infolgedessen von Euer Majestät Belieben ab, ihm eine Buße aufzuerlegen, wie sie Euch passend erschiene." „Ihr habt gut gesprochen", erwiderte der König, der aufmerksam zugehört hatte, „und was gab er zur Antwort?"

„Der Graf", fuhr der Kardinal fort „war schon im Begriff, fortzureiten, als er meine Strafrede vernahm. Er wandte nur flüchtig den Kopf um und sprach: „Wäre ich fünfzig Meilen entfernt gewesen und hätte erfahren, daß der König von Frankreich an meinen Fürsten eine Frage gestellt hätte, die einen Tadel beinhaltete, wäre ich sofort umgekehrt, um die Antwort mir von der Seele zu laden, die ich ihm soeben gegeben habe."

„Meine Herren", erwiderte der König gelassen, „ich sagte Euch bereits, daß dieser Graf Philipp von Crèvecoeur einer der würdigsten Diener seines Herrn ist, den ich je getroffen habe. Ist er geblieben, Monsigneur?"

„Er bleibt vierundzwanzig Stunden", antwortete der Kardinal, „und will einstweilen sein Pfand zurücknehmen. Seine Herberge hat er in dem Gasthaus Fleur-de-Lys gefunden."

„Wohlan, meine Herren", rief der König, „vierundzwanzig Stunden sind eine lange Zeit! Auf in den Wald! Ergreift Euere Eberspeere, denn ein Eber wartet auf uns, der Hunde und auch Menschen auf die Probe stellen wird."

Der Kardinal suchte verzweifelt einen Vorwand zu finden, um den König in eine Unterhaltung über die Ereignisse des Vormittags miteinzubeziehen. Da aber seine Majestät nicht im geringsten geneigt war, sich an geleistete Dienste erinnern zu lassen und seine Huld an ihn zu verschwenden, gab er dem Grafen Dunois, der in der Nähe ritt, ein Zeichen, an seine Seite zu kommen.

„Wir kamen hierher, um Entspannung zu finden", sagte er sodann zu ihm, „aber der ehrwürdige Vater lechzt förmlich nach einem Staatsrat. Und bedenkt bloß, er hat Crèvecoeur am Schloßtor die Beichte abgenommen und uns über den gesamten Wortlaut dieser Unterredung in Kenntnis gesetzt — sagtet Ihr nicht ‚gesamter Wortlaut'?" fragte Ludwig mit Nachdruck auf den letzten beiden Worten und warf einen schrägen Blick auf den Kardinal. Der Kardinal zuckte zusammen, als er mit sichtbarer Anstrengung des Königs Scherz zu erwidern versuchte: „Obgleich mein Amt mich verpflichtet, das Beichtgeheimnis zu wahren, gibt es doch kein sigillum confessionis, das nicht unter des Königs Hauch schmelzen könnte." „Und da Seine Eminenz", sagte der König, „bereit ist, die Geheimnisse anderer uns mitzuteilen, so erwartet er natürlich von uns, daß wir ihm in gleicher Offenheit begegnen. Leider können wir ihm diesen Gefallen nicht erweisen, da wir leider selbst nicht wissen, an welchem Orte gerade Prinzessinnen und Gräfinnen sich innerhalb unseres Reiches befinden — aber seht da, der Eber ist aufgetrieben", unterbrach er sich selbst und fuhr fort: „Die Hunde los im Namen des heiligen Hubert! Ha! Ha! Tra-la-la-tira-la!"

Des Königs Horn erklang hell durch den Wald, als er die Jagd verfolgte, begleitet von einigen Leuten seiner Garde, unter denen sich auch Quentin Durward befand. Während sie daherritten, drängte der König sein Pferd immer wieder gegen das des Kardi-

nals, so daß das Roß seiner Eminenz sich wehrte, ausschlug und sich wild aufbäumte. Der König brachte den Kardinal in eine immer unangenehmere Situation und bedrängte ihn dabei unaufhörlich mit wichtigen Fragen, die dieser kaum imstande war, zu beantworten.

„Ich will Euch nicht länger im Wege sein“, sprach er dann plötzlich zu dem entsetzt neben im galoppierenden Kardinal und ließ seinem eigenen Pferd die Zügel schießen.

Ehe Balue noch etwas erwidern konnte, preschte sein Pferd in unaufhaltsamem Galopp vorwärts und hatte bald den König und Dunois, die langsamer folgten, hinter sich gelassen. Der ehrwürdige Reiter machte in seinem kurzen violettfarbigen Gewande, seinem scharlachroten Hut mit den langen hinter ihm herflatternden Bändern und der hilflosen Haltung eine höchst lächerliche Figur. Das Pferd flog mehr als es galoppierte, überholte die den Eber verfolgenden Hunde, warf mehrere Piqueurs zu Boden und raste endlich an dem furchtbaren Eber selbst vorbei, der wütend und schäumend dahertobte. Balue stieß einen schrecklichen Hilfeschrei aus, was wiederum sein Pferd dermaßen verstörte, daß es jäh stehenblieb und den Kardinal kopfüber zu Boden schleuderte. Keiner beachtete den Gefallenen, die ganze Jagd sauste an ihm vorbei, und Ludwig bemerkte zu Dunois, als sie vorbeipreschte: „Dort liegen Seine Eminenz tief genug; er ist kein großer Jäger, der Herr Kardinal, obgleich er es als Fischer — wenn es gilt, ein Geheimnis abzufangen — mit dem heiligen Petrus selbst aufnehmen kann.“

Nachdem die ganze Jagdgesellschaft an ihm vorbeigeritten war, kam noch ein einzelner Reiter daher, der höchst erstaunt darüber war, den Kardinal in solch bedrängter Lage zu sehen. Er stieg sofort ab, bot dem Liegenden seinen Beistand an und drückte sein aufrichtiges Befremden über die merkwürdigen Sitten des französischen Hofes aus, einen solch weisen Staatsmann derart in Stich zu lassen. Der Retter des Kardinals war niemand anderes als der Graf von Crèvecoeur. Der Kardinal war gerade in der richtigen Verfassung, seinen Unmut über den König loszuwerden und fand in dem burgundischen Gesandten einen aufmerksamen Zuhörer. Es war schon am Morgen, wie Ludwig es argwöhnte, mehr zwischen den beiden vorgegangen, als Balue seinem Herrn hätte mitteilen können. Es war Vorsicht geboten und so verabredeten sie sich für den Abend in der Abtei von Skt. Martin in Tours nach der Vesper.

Inzwischen verfolgte Ludwig mit größtem Eifer die Jagd, an der sich überraschenderweise ein Keiler beteiligt hatte, der jetzt die Spur kreuzte und alle Hunde samt Jäger hinter sich her gelockt hatte. Plötzlich sah sich Ludwig dem ursprünglich aufs Korn genommenen Eber gegenüber. Ohne auf die Gefahr zu achten, ritt er auf das gewaltige Tier los, welches sich wütend gegen die Hunde verteidigte und schleuderte seinen Eberspieß. In diesem Augenblick bäumte sich das Pferd wild schnaubend auf, der Speer verfehlte sein Ziel. Der König sprang schnell aus dem Sattel, in seiner Hand ein kurzes, spitzes Schwert haltend, um sich dem Eber zu Fuß zu nähern. Sofort ließ der Eber von den Hunden ab und kam direkt auf ihn zu. Ludwig faßte sein Schwert fester, bewegte sich langsam vorwärts, als er plötzlich den Boden unter den Füßen verlor und der Länge nach zu Boden fiel. Der Eber schoß an ihm vorbei und schlitzte dabei mit seinem Fangzahn des Königs kurzen Jagdrock auf. Im nächsten Augenblick machte das wilde Tier kehrt, um einen erneuten Anlauf auf Ludwig zu starten, als die drohende Gefahr durch einen tödlichen Speerwurf auf den Eber jäh beendet wurde. Kein Geringerer als Quentin Durward war dem König gefolgt, erkannte im Nu die höchst gefährliche Situation, in der sich sein Herr befand und traf das Tier mit gezieltem Wurf. Der König, der inzwischen wieder auf seine Füße gekommen war, durchschnitt dem Tier die Kehle mit seinem Schwert und bedachte endlich Durward mit einem langen, unergründlichen Blick:

„Bist du es, mein junger Schotte? Du hast deine Waidmannskunst wohl begonnen, und Maître Pierre schuldet dir eine ebenso gute Mahlzeit wie damals in Fleur-de-Lys. Hilf mir doch aufs Pferd

— ich habe dich gerne und will dir meine Gunst erweisen. Baue auf niemanden Gunst als auf die meine — ja nicht einmal auf die deines Oheims oder Lord Crawfords — und sprich mit niemandem von deiner rechtzeitigen Hilfe in dieser Sache mit dem Eber; denn wenn ein Mann sich damit brüstet, daß er seinen König aus dieser Klemme befreit hat, muß er seine Großsprecherei als seine Belohnung ansehen."

Hierauf stieß der König laut in sein Horn, was Dunois und mehrere Diener herbeieilen ließ, deren Komplimente er für die Erlegung eines so edlen Tieres gern entgegennahm, ohne Bedenken zu hegen, daß diese Ehrerbietungen ja einem ganz anderen zukommen müßten, denn Durwards Beistand erwähnte er nur beiläufig.

„Laßt uns nun zum Schlosse zurückreiten, meine Herren! — Ihr, Herr Knappe", der König wandte sich an Quentin, „reicht mir mein Jagdmesser, es ist mir aus der Scheide gefallen, neben dem Steinbruch da. Reitet voran, Dunois, ich folge sogleich."

Auf diese Weise gelang es Ludwig, mit Quentin alleine zu sein.

„Mein lustiger Schotte", begann er das Gespräch, „du hast ein scharfes Auge, wie ich sehe — kannst du mir sagen, wer dem Kardinal zu einem Pferde verhalf?" — „Ich sah die Helfer, die Seiner Eminenz beistanden, nur einen Augenblick, aber ich glaube, es waren der Gesandte von Burgund und seine Leute."

„Ha!" rief Ludwig aus. „Gut, sei es so — Frankreich wird es mit ihnen doch aufnehmen."

Darauf kehrte der König mit seinem Gefolge nach dem Schloß zurück.

Kaum hatte Quentin seine kleine Zelle erreicht, um die Kleider zu wechseln, da tauchte sein Oheim auf, um ihn nach seinen Erlebnissen bei der Jagd zu befragen.

Der junge Mann war vorsichtig genug, des Königs Jagderfolge in keiner Weise herabzusetzen, was natürlich in Balafrés Augen einer Niederlage gleichkam, daß er bei einer solch günstigen Gelegenheit nicht entschiedener vorgegangen sei. Er hätte dem König, der vielleicht in drohender Gefahr gewesen wäre, viel schneller beistehen sollen. Quentin berief sich dagegen auf die Regeln der Waidmannskunst, die es nicht gestatteten, sich mit dem Wild abzugeben, das ein anderer Jäger angegriffen habe, wenn er nicht ausdrücklich zum Beistand aufgerufen sei!

Ein leises Klopfen an der Tür unterbrach das peinliche Verhör. Es war Olivier Le Dain, der verkündete, daß der König Durward ausersehen habe, ihn in einer Dienstangelegenheit sprechen zu wollen.

„Mich ausersehen, meint Ihr vermutlich!“ rief Balafré höchst überrascht. „Ich weiß schon, was ich sage“, erwiderte der Barbier mit mildem, aber entschiedenen Tone, „der König hat einen Auftrag, den er Euerem Neffen anvertrauen will.“

„Das ist ja sehr erstaunlich!“ rief Balafré. „Warum wählt er den Jungen und nicht mich?“

„Es ist Seiner Majestät Befehl. Junger Mann, nehmt Euere Waffen und folgt mir! Bringt auch eine Hakenbüchse mit, denn Ihr sollt Schildwache stehen.“

„Schildwache!“ wiederholte sein Oheim ungläubig. „Diese Aufgabe ist bisher nur den Soldaten zugekommen, die bereits 12 Jahre gedient haben.“

„Ich weiß ganz genau, was Seine Majestät befohlen haben“, antwortete Olivier, „ich darf meinen Auftrag nun nicht länger hinauszögern.“

„Aber“, wandte Le Balafré ein, „mein Neffe ist nicht einmal ein freier Bogenschütze, sondern nur ein Knappe, der unter meiner Lanze dient.“

„Verzeiht mir“, antwortete Olivier, „der König ließ sich vor kaum einer halben Stunde die Stammrolle holen und hat ihn selbst in die Garde aufgenommen... habt also die Güte und helft Eurem Neffen, sich für den Dienst zurecht zu machen.“

In aller Eile wurde Durwards Kleidung in Ordnung gebracht, wobei sich der Oheim nicht enthalten konnte, immer wieder auszurufen:

„So etwas ist in der schottischen Garde noch nie vorgekommen!

Das habe ich noch nie erlebt! Vielleicht soll solch ein bartloses Bürschchen wie du Wache stehen bei den Papageien und indischen Pfauen. Ich bin stolz auf dich, lieber Neffe!"

Quentin hatte Herzklopfen bei dem Gedanken, so rasch die Gunst des Königs erobert zu haben und er war froh, daß er die Ereignisse der Jagd so streng geheimgehalten hatte.

Er folgte nun dem Meister Olivier durch viele Gänge und Treppen hinauf, bis sie zur Rolandshalle gelangten.

„Hier werdet Ihr Wache stehen", flüsterte Olivier seinem Begleiter leise zu.

„Was habe ich zu tun?" fragte Quentin in demselben gedämpften Ton.

„Ihr befindet Euch hier auf Befehl seiner Majestät, junger Mann", antwortete Olivier, „und es wird nicht lange dauern, bis der König Euch persönlich mitteilen wird, weshalb Ihr hierher gebeten wurdet. Ihr könnt in der Zwischenzeit auf- und abgehen, Euch auf keinen Fall hinsetzen oder Euere Waffe beiseitestellen. Es ist Euch untersagt, laut zu singen oder zu pfeifen, Ihr dürft aber, wenn Ihr wollt, einige Kirchengebete oder sonst etwas Harmloses murmeln. Lebt wohl und haltet gute Wacht!"

Durward versuchte sich anfangs die Zeit mit einigen frommen Liedern zu vertreiben, später sang er dann alte, rauhe Heldengesänge, bis er gegen Nachmittag von quälendem Hunger ergriffen wurde, der ihm die Lust am Singen nahm. Plötzlich hörte er liebliche Melodien erklingen, die ihn lebhaft an den Gesang der Frauenstimme vom Vortage erinnerte. Er lauschte derart hingerissen und verzückt, daß er jäh zusammenzuckte, als eine rauhe Hand seine Waffe ergriff und eine scharfe Stimme dicht an seinem Ohr ausrief:

„Herr Knappe, mir scheint, Ihr haltet hier eine schläfrige Wache!“ Es war die eindringliche und ironische Stimme von Maître Pierre, der ihn aus seinen süßen Träumen gerissen hatte und den er seiner Meinung nach tödlich beleidigt haben mußte.

„Hast du zu Mittag gegessen?“

Quentin, der eher darauf gefaßt war, zum Generalprofoß geschickt zu werden, verneinte zerknirscht die Frage. „Armer Kerl“, sagte Ludwig in beinahe sanftem Ton, „der Hunger hat ihn schlaftrunken gemacht... Kannst du noch eine Stunde ohne Essen aushalten?“ „Vierundzwanzig, Sire“, erwiderte Durward, „oder ich wäre kein echter Schotte!“

„Paß auf! Als Gäste bei meinem jetzt stattfindenden Mittagsmahl habe ich den Kardinal Balue und diesen Graf von Crèvecoeur, und dabei könnte ja etwas vorfallen... der Teufel ist am emsigsten, wenn der Feind den Waffenstillstand aushandelt. Deine Aufgabe ist es nun, am Büffet Wache zu halten mit deiner geladenen Waffe“, sagte Ludwig, „und wenn Verrat im Spiel ist, sofort zu schießen. Wenn ich also sage: ‚Ecosse, en avant!‘ so schießt du Crèvecoeur auf der Stelle tot!“

„Es ist meine Pflicht“, antwortete daraufhin Quentin, „wenn das Leben Euerer Majestät in Gefahr ist.“

Ludwig führte seinen jungen Leibgardisten durch die Seitentür,

durch die er selbst eingetreten war. Nachdem sie einige Galerien und Gänge durchquert hatten, kamen sie zu einem kleinen, gewölbten Gemach, wo ein Tisch mit drei Gedecken zum Mittagessen bereit stand. Der König wies ihm einen versteckten Posten hinter dem Schenktisch an und erinnerte ihn nochmals an die Worte: „Ecosse, en avant."

Sobald der König seinen Platz eingenommen hatte, wurden die Gäste hereingebeten. Quentin, der selbst nicht zu sehen war, konnte jede Einzelheit der Zusammenkunft genau beobachten.

Der König hieß seine Gäste mit auffallend großer Herzlichkeit willkommen. Während sie sich niederließen, warf Ludwig einen durchdringenden Blick auf sie und wandte darauf sogleich sein Auge auf Quentins Posten. Dann plauderte er angeregt über vergangene Zeiten während seines Exils in Burgund, erkundigte sich nach verschiedenen Edelleuten und zeigte sich ausgesprochen wohlwollend seinen Gästen gegenüber. In keinem Wort, in keiner Andeutung verriet er den Gemütszustand eines Menschen, der aus Furcht vor einem Anschlag in seinem Gemach einen bewaffneten Soldaten mit geladener Waffe zu seiner Verteidigung versteckt hält.

Nach etwa knapp zwei Stunden angeregter Unterhaltung, bei der nur das Beste aufgetischt wurde, hob der König die Tafel auf und verabschiedete sich höflich von seinen Gästen. Er gab zu erkennen, daß er nun alleine zu sein wünschte.

Sobald alle hinausgegangen waren, rief er Quentin aus seinem Versteck hervor. Der König machte auf den jungen Gardisten einen völlig verstörten Eindruck. Er zeigte die ganze Abgespanntheit eines großen Schauspielers, der die aufreibende Darstellung einer schweren Rolle hinter sich gebracht hatte. „Deine Wache ist noch nicht beendet", sprach er gequält zu Quentin, „stärke dich einen Augenblick... auf dem Tisch findest du genug zu essen und zu trinken ... dann teile ich dir deine weiteren Aufgaben mit."

Es bereitete dem König sichtliches Vergnügen, dem jungen Gardisten beim Essen zuzuschauen, denn sein Appetit war mehr als außergewöhnlich. Allerdings war Quentin einsichtig genug, seinen Zuschauer nicht zu lange warten zu lassen, im Gegenteil, er wollte mehrere Male vom Tisch aufstehen, ehe Ludwig es ihm endlich gestattete.

Nach dem Essen, das Quentin vortrefflich geschmeckt hatte, folgte er dem König auf einem labyrinthartigen Wege in die Rolandshalle.

„Merke es dir", sagte jetzt der König in befehlendem Tone, „du hast diesen Posten niemals verlassen ... laß das deine Antwort sein auf alle Fragen deines Oheims und deiner Kameraden ... und noch etwas, um die Erinnerung daran dir in deinem Gedächtnis fest einzuprägen, gebe ich dir diese Goldkette" — dabei warf er ihm eine sehr wertvolle Kette zu. „Wenn ich mich schon nicht mit diesen Dingen schmücke, so sollen doch die Leute meines Vertrauens die Möglichkeit haben, damit zu prangen. So, und nun zu deiner Aufgabe! Kein Mann, außer Olivier oder wir selbst, betritt heute abend diesen Raum, aber Damen werden hierher kommen. Du darfst ihnen antworten, wenn sie dir eine Frage stellen, aber da du Wache stehst, muß deine Antwort kurz sein, du darfst dich auf keinen Fall in eine Unterhaltung mit ihnen einlassen. Du mußt auf alles achten, was sie sagen! Deine Ohren und deine Hände sind mein... ich habe dich gekauft, Leib und Seele. Alles, was sie besprechen, sollst du in deinem Gedächtnis festhalten und mir später mitteilen... vielleicht wäre es noch geschickter, daß du für einen schottischen Rekruten gehalten wirst, der geradewegs von seinen Bergen heruntergekommen ist und noch nicht unsere christliche Sprache gelernt hat... ja, das wäre besser... also, wenn sie mit dir reden, so wirst du gar nicht antworten, dann kommst du nicht in Verlegenheit und sie unterhalten sich frei und ungezwungen, so, als ob du nicht da wärst. Du verstehst mich... Lebwohl! Sei auf der Hut, und du hast einen Freund!"

Kaum hatte der König diese Worte gesprochen, war er auch schon verschwunden. Quentin blieb mit seinen Gedanken über das Gesehene und Gehörte alleine. Insgeheim freute er sich auf das angekündigte Erscheinen der Damen, hoffte er doch im stillen, daß auch das Fräulein mit der Laute anwesend sein könnte, doch er schwor sich, nichts dem König zu erzählen, was ein ungünstiges Licht auf die Angebetete werfen könnte.

Dieses Mal befürchtete er nicht, einzuschlummern, da die Eindrücke und die Spannung auf das Kommende sein Herz höher schlagen ließen.

Endlich knarrte die Türe, und eine weibliche Gestalt trat ein, die von zwei anderen begleitet wurde. An ihrem schleppenden Gang erkannte Quentin, daß es sich um Prinzessin Johanna handelte. Er salutierte sofort mit seiner Waffe, und sie erwiderte seine Höflichkeit durch ein gnädiges Kopfnicken.

Eine der beiden Damen war dieselbe junge Person, die den König in dem Gasthaus mit Obst bedient hatte. In diesem Augenblick machte ihre Schönheit einen zehnmal stärkeren Eindruck auf ihn. Selbstverständlich zollte er diesen Damen diesselbe Huldigung, wie er es eben der königlichen Prinzessin getan hatte. Vielleicht bildete er es sich ein, aber ihm schien es so, als wäre die hübsche junge Dame bei seinem Gruße leicht errötet.

Die Gefährtin der jungen Gräfin war schon etwas älter, büßte aber nicht minder an Adel und Aussehen ein. Sie war eine große und anmutige Erscheinung, obwohl etwas arrogant in ihrem Auftreten und begegnete Quentins Salutieren mit einem herablassenden Lächeln. Beinahe ebenso gnädig begrüßte sie Prinzessin Johanna: „Wir freuen uns, Madame, uns endlich miteinander bekannt machen zu dürfen. Bis jetzt hatten wir nur wenig Veranlassung, König Ludwig für seine Gastfreundschaft zu danken, wir sind nicht besser behandelt worden als bloße Gefangene, und nach unzähligen freundlichen Aufforderungen, unsere Sache und unsere Personen unter Frankreichs Schutz zu stellen, hatte uns der König anfangs nur die elende Schenke zugewiesen und jetzt einen Winkel dieses von Motten zerfressenen Palastes, aus dem wir wie Fledermäuse und Eulen abends erst herausschlüpfen dürfen."

„Ich bedauere es aufrichtig", erwiderte die Prinzessin verlegen,

„daß wir Euch bislang noch nicht gebührender empfangen durften ...Ich hoffe, Euere Nichte ist etwas zufriedener!“

„Viel, viel besser, als ich es auszudrücken vermag. Diese Unterkunft kommt meiner Sicherheit und Abgeschiedenheit in höchstem Maße entgegen.“

„Schweig doch, du einfältiges Mädchen!“ sagte die ältere Dame. „Jetzt, wo wir allein sind, können wir endlich offen unsere Meinung sagen, denn jener hübsche Soldat hier ist nicht viel mehr als eine Bildsäule. Zudem kann er auch nicht reden, wie ich gehört habe, wenigstens nicht in einer zivilisierten Sprache. Ich muß gestehen, daß ich es sehr bedauere, diese Reise hierher unternommen zu haben. Selbstverständlich erwartete ich einen glänzenden Empfang mit Turnieren und Festen — was mir blieb, ist nichts anderes als Abgeschiedenheit und Verborgenheit. Die beste Gesellschaft, die der König uns vorstellte, war ein Zigeuner, durch dessen Vermittlung wir mit unseren Freunden in Flandern korrespondieren konnten. So herzlos war der Herzog von Burgund nicht, er bot meiner Nichte einen Gemahl an, wenn auch einen bösen.“

Die Damen ließen sich nun etwas weiter entfernt nieder, und die Schildwache hatte große Mühe, etwas von der angeregten Unterhaltung mitzubekommen.

Plötzlich wurde die Tür geöffnet und ein Herr mit einem Reitmantel bekleidet trat ein. Quentin sprang sofort auf ihn los und versperrte ihm den Weg. Noch einmal wollte er nicht schlummernd ertappt werden.

„Auf Befehl des Königs, ich darf niemanden hereinlassen!“ rief Durward entschlossen. „Dies gilt nicht für Ludwig von Orleans“, widersprach ihm der Herzog.

Quentin zögerte, da er nicht wußte, ob dieser Befehl auch gegen einen Prinzen galt, der sich demnächst mit des Königs eigener Familie verbinden sollte. „Ich hoffe, Euer Hoheit werden mir bezeugen, daß ich die Pflicht meines Postens erfüllt habe.“

„Laßt es nur gut sein... auf Euch soll kein Tadel fallen, junger Soldat“, meinte Orleans und begrüßte nun die Damen.

Die Prinzessin, die bei seinem Erscheinen leicht errötete, was ihr einen gewissen Liebreiz verlieh, forderte den Prinzen auf, Platz zu nehmen.

Der Herzog ließ sich zu Füßen der Gräfin von Croye nieder und überschüttete sie förmlich mit allerlei Komplimenten, ohne zu bemerken, daß Prinzessin Johanna immer blasser wurde, da sie sich in der Tat völlig übergangen füllte. Gräfin Hameline war hingerissen von den Galanterien des Prinzen, daß sie insgeheim schon eine Verbindung zwischen ihm und ihrer Nichte erhoffte.

Plötzlich stand der König im Zimmer, durchbohrte alle Anwesenden mit stechenden Blicken und herrschte den Herzog von Orleans an: „Ihr hier, mein teurer Vetter?" Zu Quentin gewandt, fragte er höchst erstaunt: „Und mein Befehl?"

„Vergebt dem jungen Mann", antwortete sofort der Herzog, „er hat seine Pflicht nicht vernachlässigt, ich eilte hierher, als ich erfuhr, daß die Prinzessin in der Galerie sei."

Der König, der die Ränke des Herzogs durchschaut hatte, bat diesen mit eisiger Höflichkeit, Johanna zu ihrem Gemach zu führen, da ihr offensichtlich nicht wohl sei. Er selbst geleitete die beiden anderen Damen zu ihren Zimmern und wartete höflich, bis sie die Türe hinter sich geschlossen hatten. Dann drehte er den großen Schlüssel herum, zog ihn ab und steckte ihn in seinen Gürtel.

Mit gesenktem Kopf näherte er sich Quentin Durward, der auf alles gefaßt war.

„Du hast meinen Befehl mißachtet", rief der König aus und blickte ihn streng an. „Sprich kein Wort zu deiner Verteidigung!... Du hast Unrecht getan und verdienst zu sterben..."

„Mit Verlaub, Majestät", gab der junge Soldat erschrocken zurück, „was sollte ich denn tun?"

„Was du zu tun hattest, wenn man deinen Posten mit Gewalt passieren wollte! Wozu hast du deine Waffe? Mache, daß du in dein Quartier kommst, und schicke Olivier le Dain zu mir!"

Durward eilte sofort los, erleichtert darüber, daß er mit heiler Haut davongekommen war, im Innern jedoch maßlos erbittert über die Herzlosigkeit, die der König von ihm bei der Erfüllung seiner Pflicht verlangte. Er traf Olivier an und richtete ihm sofort die Wünsche Seiner Majestät aus.

Als der Günstling die Rolandshalle betrat, erkannte er sofort an dem strengen Gesichtsausdruck seines Herrn, auf welchen Angriff er sich gefaßt machen mußte.

„So, so, Olivier, das ist das Ergebnis Euerer schönen Pläne. Hätte ich mich nur nicht von Euch überreden lassen, diese Weiber aufzunehmen und die Dienste jenes verwünschten Zigeuners in Anspruch zu nehmen!"

„Ich darf Euer Hoheit bescheiden darauf aufmerksam machen, daß Ihr es wart, die ihm entgegen meines Rates allzu großes Vertrauen geschenkt habt, aber Euer Hoheit mußten ja durchaus seine prophetischen Gaben auf die Probe stellen. Auf diese Weise gelangte er in den Besitz von Geheimnissen, die es der Mühe wert waren, sie an Herzog Karl weiterzugeben." „Es ist mir unsagbar peinlich, Olivier", antwortete Ludwig, „aber der Zigeuner hat seinen Lohn, Friede sei mit ihm! Aber was geschieht mit den Damen?" „Euer Majestät", erwiderte der Ratgeber, „kann ja die Damen von Croye nach Burgund zurückschicken, und so mit dem Herzog Frieden schließen." „Davon halte ich nicht viel, denn es bedeutete für uns die Einbuße aller vorteilhaften Aussichten, um derentwillen wir ihnen die Zufluchtsstätte gewährten. Wir müssen versuchen, das Mädchen mit einem Freund unseres Hauses zu vermählen."

Nach reiflichem Überlegen und Aufzählen von bedeutenden Bewerbern, die aus irgendeinem nichtigen Grunde wieder ausschieden, fiel die Wahl auf Wilhelm de la Marck.

„Bei allem, was mir heilig ist", entgegnete Olivier, „der wilde Eber der Ardennen! Der verrufenste Räuber und Mörder an allen Grenzen, exkommuniziert vom Papst wegen tausend Verbrechen! Wie soll er mit seiner Braut zusammentreffen! Euer Majestät, er wagt sich nicht weit aus seinem Ardennenwald heraus."

„Dafür werden wir schon sorgen", meinte der König. „Wir müssen die Damen unter dem Siegel der Verschwiegenheit davon unter-

richten, daß sie nicht länger hier bleiben können, es sei denn um den Preis eines Krieges zwischen Frankreich und Burgund. Wir werden sie unter den Schutz der Kirche stellen. Mit einem kleinen Gefolge versehen, werden die Damen zum Bischof von Lüttich flüchten, der die schöne Isabella zeitweilig unter das schützende Dach eines Klosters bringen wird."

„Und wenn das Kloster sie vor Wilhelm de la Marck schützt, sobald derselbe die Pläne Euer Majestät kennt, habe ich mich in dem Manne geirrt."

„Wie ich de la Marck kenne, wird er dank seines tüchtigen, wenn auch gewissenlosen Soldatenvolkes Mittel und Wege finden, die Braut heimzuführen, wenn wir ihm bloß einen Wink geben. Dann wird der Herzog von Burgund sein Mütchen nicht mehr in Frankreich kühlen wollen, da es gilt, einen tiefersitzenden Dorn aus seinem Fleisch zu entfernen. Na, Olivier, ist dieser Plan nicht vortrefflich?"

„Bis auf die betrübliche Aussicht, daß die reizende Gräfin dem wilden Ardenneneber anheimfällt..." „Ach was! Wilhelm de la Marck stammt aus edlem Geblüt, das so edel ist wie mein eigenes! Und nun ans Werk! Ich muß also die Damen von Croye unter sicherem Geleit zur Flucht bewegen können, da ihnen sonst die Auslieferung an Burgund drohe. Du aber mußt Mittel finden, Wilhelm de la Marck von ihrem Vorhaben in Kenntnis zu setzen. Als geeignete Begleitung wählen wir eine Person, die an allem völlig unbeteiligt ist und deshalb unsere Pläne auch nicht durchkreuzen kann. Ich denke da an den jungen schottischen Gardisten Quentin Durward. Er soll in nichts anderem eingeweiht sein, als daß er zum Geleit der Damen von Croye zur Residenz des Bischofs von Lüttich gesandt wird. Von einem möglichen Eingreifen Wilhelms darf er natürlich auch nichts erfahren. Crèvecoeur erzählen wir, daß die Damen ohne unser Wissen abgereist wären, als sie erfuhren, daß wir sie nach Burgund bringen wollten."

Er entließ seinen Ratgeber und begab sich kurz entschlossen zu dem Gemach der Gräfinnen. Es war nicht allzu schwer, sie zu überreden, den französischen Hof wieder zu verlassen, angesichts der Aussicht, keinen Schutz gegen Burgund erwarten zu können. Lüttich als Ziel schien ihnen nicht sehr sympathisch, vielmehr baten sie darum, nach Calais oder Bretagne gebracht zu werden. Da aber beide Orte nicht in Ludwigs Pläne paßten, beharrte er unerbittlich auf seinem Vorschlag und erreichte auch endlich ihre Zustimmung. Er versprach nun, alle Vorsichtsmaßregeln zu ihrer Reise zu treffen, den Herzog von Burgund dadurch auf eine falsche Fährte zu lenken, daß er ein Gerücht verbreiten ließe, sie seien in die Bretagne geflüchtet.

Schließlich kam man zu dem beiderseitigen Einverständnis, die Reise so schnell wie möglich anzutreten.

Quentin Durward begab sich unverzüglich zu Lord Crawford, von dem er genaue Anweisungen über die Art und Dauer der Reise erhielt. Mit vier Leuten, die seinem Befehl unterstanden, sollte er auf geheimen Wegen die beiden Damen von Croye an den kleinen Hof ihres Verwandten, des Bischofs von Lüttich, geleiten. Die Reise sollte unter dem Vorwand einer Wallfahrt angetreten werden mit dem Ziel, die heilige Stadt Köln zu besuchen, um die Reliquien der drei Weisen aus dem Morgenland anzubeten.

Quentins Herz sprang vor Freude bei dem Gedanken, Isabella so nahe sein zu dürfen, zumal ihr persönlicher Schutz so sehr von seiner Haltung und seinem Mut abhing. Der Gedanke an mögliche Gefahren unterwegs trug nur zu seiner freudigen Erregung bei.

Aber Ludwig konnte ihn noch nicht seinem Jubel überlassen. Als nächstes wollte er noch einen Mann um Rat fragen, der das Schicksal von den höheren Quellen der Weisheit, von den Sternen herleitete. Der ungeduldige Quentin mußte deshalb dem König folgen, der zu einem abgelegenen Turm des Schlosses ritt. Hier wohnte der berühmte Astrolog, Dichter und Philosoph, Galeotti Martivalle. Seine Gemächer waren prächtig ausgestattet mit kostbaren Tapeten und erlesenem Mobiliar. Auf dem Tisch seines Studierzimmers lag eine Menge mathematischer und astrologischer Werkzeuge, nebst kostbaren Geschenken des deutschen Kaisers und des Papstes. Galeotti Martivalle war ein hochgewachsener, stattlicher Mann mit würdevollen und edlen Gesichtszügen. Seine Kleidung bestand aus einem Hausrock von schönstem Genueser Samt mit weiten Ärmeln, die mit Goldborten besetzt und mit Zobel verbrämt waren.

Der Astrolog stand auf und verbeugte sich vor dem König, doch erweckte er dabei den Eindruck, als bedeutete ihm dieser

hohe Besuch nichts Außergewöhnliches.

„Mein lieber Galeotti", begann nun der König, „habt Ihr das Horoskop weiter verfolgt, das ich Euch sandte, und über das Ihr mir bereits einiges mitteiltet? Ich habe jenen, den es betrifft, hierher gebracht, damit Ihr die Chiromantie anwenden könnt, wenn es Euch beliebt. Die Sache ist dringlich."

Der Astrolog erhob sich, trat auf den jungen Krieger zu und schaute ihn prüfend an, als erforsche er jede Linie seines Gesichtes. Dann ergriff er die Hand des errötenden Schotten und untersuchte auch diese nach allen Regeln seiner Kunst.

„Mein königlicher Bruder", antwortete er ihm dann, „die Physiognomie dieses jungen Mannes sowie die Linien seiner Hand bestätigen wunderbar den Bericht, den ich auf sein Horoskop gründete, ebenso wie das Urteil, das Ihr Euch sofort von ihm gebildet habt. Alles erweckt den Anschein, daß dieser Jüngling tapfer, treu und glücklich sein wird. Aus der Konstellation der Sterne schließe ich allerdings, daß sein Unternehmen gefährlich, ja unheilvoll für die Reisenden werden kann." „Gewalttätigkeit und Gefangenschaft für den Abgeschickten", antwortete der König, „aber Erfolg für den Absender... lautet es nicht so, mein geliebter Vater?"

„Genau so", erwiderte der Astrolog.

Der König schwieg. Dieses Ergebnis stimmte mit seinen Plänen und Absichten ganz überein. Nach einer Weile zog er ein Blatt aus der Tasche und sprach zu Martivalle. „Guter Martivalle... ich bitte Euch, folgende Frage aufmerksam durchzulesen" — und nun las er, was auf dem Papier in seiner Hand geschrieben war: Jemand, der in eine wichtige Streitfrage verwickelt ist, die einen Kampf sowohl mit Waffen als auch auf gesetzlichem Wege nicht ausschließt, wünscht den Konflikt durch eine persönliche Zusammenkunft mit seinem Gegner gütlich beizulegen. Er möchte gerne wissen, welcher Tag für die Ausführung eines solchen Vorhabens günstig sei, welches vermutlich der Ausgang einer solchen Unterredung sei, ob sein Gegner das in ihn gesetzte Vertrauen dankbar und wohlwollend erwidern wird, oder ob er vielmehr die Gelegenheit und den Vorteil, den eine solche Begegnung ihm gewährt, mißbrauchen wird?“

„Das ist eine wichtige Frage“, sagte Martivalle, als der König zu Ende gelesen hatte, „und sie erfordert, daß ich eine Planetenfigur entwerfe und sie sofort ernsthaft studiere.“

„Ich danke Euch, gelehrter Vater... hier ist inzwischen etwas, um Euere bedeutende Bibliothek zu vergrößern.“

Er legte unter ein Buch eine kleine Börse mit Gold.

Zu Durward gewandt, fuhr er fort: „Folge mir, mein wackerer Schotte, denn du bist vom Schicksal und von deinem König auserkoren, ein kühnes Abenteuer zu vollenden. Alles muß fertig sein, wenn du dein Pferd besteigst, sowie die Glocke von Skt. Martin zwölf Uhr schlägt. Eine Minute früher oder später, hieße, den günstigen Aspekt der Konstellationen einbüßen, die deinem Abenteuer lächeln.“

Nachdem die beiden, der König und Quentin Durward, das Gemach verlassen hatten, schimpfte der Astrolog wütend über den kargen Inhalt des Beutels, den ihm sein Gönner hinterlassen hatte. „Der geizige Filz! Eine Kapitänsfrau würde mehr geben, um zu erfahren, ob ihr Mann den Ozean sicher durchschifft hat. Der Kardinal Balue ist politisch und freigiebig... diese Frage, die mir der König vorgelegt hat, soll an ihn gehen, und es wird seiner Eminenz Schuld sein, wenn die Sterne nicht sprechen, wie er es haben will.“

Unterdessen eilte Quentin Durward in sein Quartier, wo er bereits seine Reiseausrüstung vorfand, die Olivier ihm gebracht hatte. Sie bestand aus einem starken Harnisch, Arm- und Beinschienen und einem guten Stahlhelm ohne Visier. Dazu kam ein prächtiger Rock aus Leder, der fein verarbeitet und mit Stickereien verziert war, wie ihn ein höherer Beamter aus adligem Hause trug.

Einige Minuten später begab sich Quentin in den zweiten Schloßhof, wo er drei berittene Männer vorfand, die sein Gefolge bilden sollten, dazu zwei mit Gepäck beladene Maultiere und ein stattliches Streitroß, das für ihn bestimmt war. Kein Wort der Erkennung

wurde ausgetauscht. Die Männer saßen still in ihren Sätteln, als wären sie regungslos. Allesamt waren bewaffnet und hielten Lanzen in den Händen.

Endlich öffnete sich eine kleine Tür unterhalb des Turmes und drei Frauen traten heraus, begleitet von einem Manne, der in einen Mantel gehüllt war. Schweigend bestiegen sie die Zelter, ausgesuchte Pferde mit weichem Damensattel, vornehm geschmückt, und die kleine Kavalkade setzte sich in Bewegung, während der Begleiter der Damen vorausging und den wachsamen Posten die Parole nannte.

So erreichten sie endlich die äußerste dieser furchtbaren Barrieren. Hier blieb der Mann im Mantel stehen und sprach leise mit den zwei Frauen an der Spitze des Zuges.

An der Stimme dieses Mannes glaubte Quentin den König erkannt zu haben, der sich wahrscheinlich vergewissern wollte, ob die Reise wirklich vor sich ging und durch nichts behindert würde.

Nachdem sie das Schloß hinter sich gelassen hatten, mußten sie alle Mühe daran setzen, die zahlreichen Fallgruben und Schlingen zu umgehen. Der Mond, der bisher durch Wolken verschleiert war, trat nun voll heraus und strömte ein volles Meer fahlen Lichtes auf eine weite Landschaft.

Durward wurde aus seinen verzückten Betrachtungen durch die Stimme der älteren Dame gerissen, die nun ein förmliches Verhör anstellte:

„Wie heißt Ihr, und welches ist Euer Rang?"

Durward nannte beides.

„Seid Ihr vollkommen vertraut mit dem Wege?" „Ich kann nicht behaupten, denselben gut zu kennen, aber ich bin mit vollständigen Instruktionen versehen und werde außerdem bei unserem ersten Halt einen Führer bekommen, der in jeder Beziehung der Aufgabe gewachsen ist, unsere weitere Reise zu leiten. Inzwischen wird der Reiter, der sich uns soeben angeschlossen hat, uns bis zur ersten Station den Weg zeigen."

„Und weshalb hat man Euch zu solch einem Geschäft gewählt, junger Herr?“ fragte die Dame weiter. „Man hat mir gesagt, daß Ihr derselbe junge Mann seid, der kürzlich in der Galerie Wache stand, als wir mit der Prinzessin von Frankreich zusammentrafen. Ihr scheint zu jung und unerfahren zu solch einem Auftrage... überdies seid Ihr ein Ausländer und sprecht dementsprechend die französische Sprache!“ „Es ist meine Pflicht, den Befehlen des Königs zu gehorchen, Madame, aber es kommt mir nicht zu, dieselben zu kritisieren“, antwortete der junge Soldat. „Seid Ihr von Adel?“ fragte sie weiter. „Das kann ich fest versichern, Madame“, erwiderte Quentin. Es begann eine lebhafte Unterhaltung, bei der sich Gräfin Hameline freimütig über die schlechte Unterkunft und Bewirtung beschwerte, die ihr auf dem Schlosse zugekommen war. Sie schwelgte ausgiebigst in ihren Erinnerungen an die festlichen Zeiten von früher.

So verlief die Reise bis zum Tagesanbruch, und da man mehrere Stunden lang zu Pferde geritten war, wandte sich Quentin besorgt an den Führer mit der Frage, wie weit sie noch bis zum nächsten Rastplatz hätten.

„Eine halbe Stunde etwa“, lautete die Antwort.

„Bekommen wir dann einen anderen Führer?“ fragte Quentin weiter.

„Jawohl, junger Herr“, erwiderte ihm der Mann.

Die Morgendämmerung war inzwischen so weit vorgeschritten, daß Quentin beim genaueren Hinsehen in dem Sprecher die launigen Gesichtszüge von Petit-Andre erkannte, dessen Finger noch vor wenigen Stunden so geschäftig seine Kehle umspielten. Unwillkürlich gab er seinem Pferd die Sporen, um nicht länger diesem unerquicklichen Beisammensein ausgesetzt sein zu müssen. In diesem Augenblick vernahm er den ängstlichen Ruf einer der Damen: „Seht zurück...! Seht doch zurück! Um Himmels Willen seht Euch vor... wir werden verfolgt!“

Quentin blickte sich hastig um und sah, daß ihnen in der Tat zwei bewaffnete Männer folgten und so schnell ritten, daß sie sie bald erreicht haben mußten. „Reitet vorwärts, gnädige Damen", rief Durward, „reitet ruhig weiter, doch nicht so schnell, daß Ihr zu fliehen scheint, aber schnell genug, um Zeit zu gewinnen, wenn ich jetzt den beiden zuvorkommen werde. Es sind nur zwei, und obgleich sie Ritter sind, wie ihre Waffen zeigen, sollen sie erfahren, wie ein schottischer Edelmann seine Pflicht zu erfüllen weiß in Gegenwart und auch zur Verteidigung solch edler Damen, wie Ihr es seid. — Wer von Euch", fuhr er fort, zu seinen Leuten gewandt, „hat Lust, mein Kamerad zu sein und eine Lanze mit den Helden da zu brechen?" Es war Bertrand Guyot, der schwor, zur Ehre der Gascogne den Kampf aufzunehmen, und wenn es auch Ritter von König Arthurs Tafelrunde wären!

Als die fremden Reiter nahe herangekommen waren, rief einer von ihnen Quentin zu: „Herr Knappe, macht Platz, wir kommen, um Euch eine Aufgabe abzunehmen, die über Eueren Rang und Stand hinausgeht. Ihr werdet wohl die Freundlichkeit besitzen, diese Damen unserer Sorge zu überlassen, da wir geschickter mit ihnen umzugehen verstehen, zumal sie wenig besser als Euere Gefangenen sind."

„Was Euer Anliegen betrifft, so muß ich Euch zu meinem Bedauern mitteilen, daß ich den Befehlen meines Herrschers unterstehe und überdies die Damen nicht gewillt sind, auf meinen Schutz zu verzichten!" „Was, Bursch!" rief einer der Ritter, „willst du, ein umherstreichender Bettler, dich gegen zwei Ritter erheben?"

„Allerdings tue ich das", sagte Quentin kühn, „denn Euer Angriff ist unverschämt und gesetzlos; sollte es einen Rangunterschied zwischen uns geben, so hat Euere Unhöflichkeit ihn aufgehoben. Zieht Euer Schwert, oder, wenn Ihr die Lanze gebrauchen wollt, so nehmt Euere Stellung zum Anlauf ein."

Während die Ritter ihre Pferde umwandten und eine Strecke zurückritten, schaute Quentin auf die Damen, verbeugte sich tief im Sattel, als ob er einen günstigen Blick von ihnen erhoffte. Während sie ihm zum Zeichen der Ermutigung mit dem Taschentuche zuwinkten, hatten die zwei Ritter die zu ihrem Angriff notwen-

dige Entfernung gewonnen.

Durward ermahnte den Gascogner kurz, sich tapfer wie ein Mann zu halten, und setzte dann sein Pferd in Bewegung. Die vier Reiter trafen mit voller Wucht aufeinander. Für den armen Gascogner war der Stoß unheilvoll, denn sein Gegner, der auf sein ungeschütztes Gesicht zielte, durchbohrte mit der Lanze sein Auge und Gehirn, so daß dieser tot vom Pferde sank.

Quentin dagegen, der auch nicht besser bewaffnet war, wand sich im Sattel geschickt zur Seite und ließ die feindliche Lanze über seine rechte Schulter vorbeisausen, während sein eigener Speer seinen Gegner voll auf die Brust traf und ihn zu Boden schleuderte. Quentin sprang sofort vom Pferd, um den Helm des Gestürzten zu öffnen, als der andere Ritter, der das Schicksal seinen Gefährten sah, herbeieilte und sich schützend vor seinem bewußtlos daliegenden Freund stellte.

„Im Namen Gottes und Skt. Martins", rief er laut, „steig wieder auf, guter Bursche und mach, daß du mit deinen Frauenzimmern fortkommest." „Mit Verlaub, Herr Ritter", sagte Quentin ungeduldig, „ich will zuerst sehen, wen ich für den Tod meines Kameraden verantwortlich machen kann." „Das sollst du nie erfahren", antwortete der Ritter. „Wenn du es aber unbedingt wissen mußt — so nimm dies, zum Henker!"

Mit diesen Worten versetzte er dem Schotten einen solchen Hieb auf seinen Helm, den er bislang nur vom Hörensagen aus Romanzen kannte. Durward sank schwindlig und betäubt auf die Knie nieder und war einen Augenblick lang ganz der Gnade des Ritters preisgegeben. Mitleid mit Durwards Jugend oder Bewunderung seines Mutes hielten ihn davon ab, seinen Vorteil auszunutzen. Im Nu war Quentin aufgesprungen, um sich erneut auf den Gegner zu stürzen, fest entschlossen, alles daranzusetzen, den Sieg herbeizuführen. Dank seiner leichten Rüstung konnte er flink allen Schlägen des Ritters ausweichen, so daß dieser bald ermattete, obwohl seine überlegene Stärke nicht zu übersehen war. Der Zweikampf wurde immer erbitterter geführt, als plötzlich eine große Reiterschar her-

beistürmte, deren Anführer rief: „Haltet inne im Namen des Königs!"

Beide Kämpfer fuhren zurück... und Quentin sah mit Erstaunen, daß die Stimme zu Lord Crawford gehörte, der mit seiner Ankunft dem Gefecht ein Ende gesetzt hatte.

Der Ritter öffnete sein Visier, übergab hastig sein Schwert an Lord Crawford und sagte: „Ich ergebe mich, Crawford... aber kommt her, ich muß Euch etwas sagen... rettet den Herzog von Orleans!"

„Wie!... Was?... der Herzog von Orleans!" rief der schottische Befehlshaber, „wie ist das geschehen? Was wird der König dazu sagen!" „Fragt nicht lange", sagte Dunois, der sich erst jetzt zu erkennen gab. „Es war alles meine Schuld... Seht, er rührt sich. Ich habe mich in dieses Abenteuer gestürzt, um das Mädchen zu entführen, sie zu heiraten und mich so zu einem begüterten Manne zu machen..."

Er beugte sich nieder und öffnete das Visier des Herzogs von Orleans, um ihn wieder zu Bewußtsein zu bringen.

Quentin Durward stand da wie vom Blitz getroffen. Den ersten französischen Prinzen von Geblüt hatte er zu Boden gestreckt und überdies dem besten Kämpfer, dem berühmten Dunois, im Kampfe gegenübergestanden. Das waren gewiß zwei rühmliche Taten, aber ob der König ebenfalls damit einverstanden sein würde...

Der Herzog war inzwischen wieder zu sich gekommen und wandte sich energisch gegen die Selbstvorwürfe, mit denen sich Dunois überhäufte: „Edler Crawford, ich war es, der ihn hierher schleppte, ganz gegen seinen Willen. Seht mich an: ich bin Ludwig von Orleans, und ich will die Strafe für meine Torheit auf mich nehmen. Ich hoffe, der König wird seinen Ärger allein auf mich abwälzen, denn nur ich allein trage die Schuld. Da ein Franzose sein Schwert niemandem aushändigen darf..., so lebe wohl, mein guter Stahl!" Mit diesen Worten zog er sein Schwert aus der Scheide und warf es in den See. Die Umstehenden sahen überrascht seinen Handlungen zu. Dunois faßte sich als erster und wandte sich erzürnt an den gekränkten Freund: „So, so! Euer Hoheit hat es für gut befunden, Euer bestes Schwert wegzuwerfen, an demselben Morgen, so es Euch beliebte, des Königs Gunst zu verschleudern und Dunois' Freundschaft zu verschmähen?"

„Mein teuerster Vetter", sagte der Herzog, „niemals war es meine Absicht, Euere Freundschaft zu verschmähen! Ich habe nur die Wahrheit gesagt, wie ich es Euerer Sicherheit und meiner Ehre schuldig war." „Ruhe nun!" rief Lord Crawford, „was sollen diese Reden — es ist nicht das erste Mal, daß ein schottischer Jüngling eine gute Lanze gebrochen hat... es freut mich, daß der Junge sich so wacker geschlagen hat. Nehmt ihm den zerspaltenen Helm ab und gebt ihm eine Mütze dafür, die mit ihrem Stahlfutter seinen Kopf besser schützen wird als der zerbrochene Deckel... Ich muß jetzt Euch, Dunois und den Herzog von Orleans ersuchen, mich zu begleiten, da ich Auftrag und Vollmacht habe, Euch zu einem Ort zu bringen, der sicher nicht Euerem Geschmack entsprechen wird." Dann schritt er auf Quentin zu und sagte zu ihm: „Ihr, junger Mann, habt Euere Schuldigkeit getan. Setzt Eueren Weg fort und führt den Auftrag aus, der Euch anvertraut ist!"

Kurz darauf hörte Quentin, wie Dunois dem Lord Crawford zuflüsterte: „Führt Ihr uns nach Plessis?"

„Nein, mein unglücklicher und unbesonnener Freund", antwortete der Lord seufzend, „nach... Loches!"

„Nach Loches!" Dieser Name des überall gefürchteten Gefängnisses erklang wie eine Totenglocke an dem Ohr des jungen Schotten. Immer wieder kehrten seine Gedanken zu den beiden Rittern zurück, bis Gräfin Hameline ihn aus seinen trübsinnigen Überlegungen aufschreckte: „Ich habe den Eindruck, edler Herr", sagte sie, „daß Ihr den Sieg bereut, den Euere Tapferkeit für uns erfochten hat?"

„Ich bereue nicht, daß ich für Euch gefochten habe, aber ich kann nicht leugnen, daß ich bekümmert darüber bin, daran beteiligt gewesen zu sein, daß dieser berühmte Ritter und sein unglückseliger Kamerad, der Herzog von Orleans, in diesen furchterregenden Kerker gebracht werden."

Plötzlich bemerkte Isabelle mit einem unterdrückten Aufschrei,

daß Blut auf einer Seite seines Gesichtes herabströmte, und sie rief sehr besorgt aus: „Heilige Jungfrau, er ist verwundet! Er blutet!... Steigt ab, Herr, und laßt Euere Wunden verbinden!"

Trotz aller Einwände Durwards bezüglich der Geringfügigkeit der Verletzung, mußte er sich auf eine Bank setzen, während die Damen von Croye, die etwas von der Heilkunde verstanden, die Wunde fachgerecht behandelten.

So waren die zwei jungen Leute, obwohl verschieden nach Stand und Vermögen, doch an Jugend, Schönheit und romantischer Lebensauffassung äußerst ähnlich, einander noch näher gerückt als zuvor.

Selbst Gräfin Hameline wurde von Dankbarkeit ergriffen und wandte sich bewegt an den jungen Helden. „Meine Nichte", sagte sie zu ihm, „hat Euch ein Tuch zum Verband Euerer Wunde gegeben, ich will Euch eins zum Dank für Euere Tapferkeit schenken, um Euch zu weiteren Rittertaten zu ermuntern."

Anschließend setzten sie ihre Reise fort. Quentin erhielt die Ehre, neben den Damen zu reiten, in deren Gesellschaft er nun in stillschweigendem Einverständnis aufgenommen war. Manchmal beschlich ihn eine leichte Unruhe, ob er nicht etwa den Ort verfehlt habe, wo sie den neuen Führer treffen sollten, aber es dauerte nicht lange, da hörte er auf einmal ein Horn blasen und sah einen Reiter eiligst auf sie zukommen.

Beim Näherkommen stellte Quentin das eigentümliche Aussehen des Mannes fest. Auf dem Kopfe trug er einen kleinen roten Turban, an dem eine schmutzige Feder mit einer silbernen Schnalle befestigt war; sein Wams war grün und mit verblichenen Goldtressen besetzt, seine weißen, weitbauschigen Hosen reichten bis ans Knie. Die seltsame Erscheinung hatte ein schwarzes, sonnenverbranntes Gesicht, einen dünnen Bart, dunkle stechende Augen, einen wohlgeformten Mund und Nase und regelmäßige Gesichtszüge, die hübsch hätten genannt werden können, wenn nicht sein schwarzes, struppiges Haar ihm eher das Aussehen eines Wilden als eines zivilisierten Menschen verliehen hätten. „Es ist schon

wieder ein Zigeuner!" riefen die Damen einander zu, „heilige Maria, wird der König sein Vertrauen auf diesen Menschen setzen?"

„Laßt mich diesem Mann ein paar Fragen stellen, wenn Ihr erlaubt", sagte Quentin und ritt voraus.

„Seid Ihr hierher gekommen, uns zu treffen?" fragte er den Burschen, dessen Kleidung und Äußeres an jene Landstreicher erinnerte, mit denen er von Tristans Henkersleuten angetroffen wurde.

Der Fremde nickte. „Und zu welchem Zweck?"

„Um Euch zu dem Palast des Bischofs von Lüttich zu führen."

„Welches Zeichen kannst du mir geben, damit wir dir glauben können?"

„Ich habe nur den Reim und nichts anderes", sagte der Zigeuner:

„Den Eber schlug des Pagen Speer,
Der Ritter aber hatt' die Ehr!"

„Ein richtiges Zeichen", rief Quentin, „also vertrauen wir uns deiner Führung an."

Darauf ritt er zu den Damen zurück und sagte:

„Ich habe mich überzeugt, daß dieser Mann der vereinbarte Führer ist, denn er hat mir ein Losungswort gegeben, das nur dem König und mir bekannt ist. Aber ich will seine Glaubwürdigkeit noch weiter erforschen." Er ritt auf den Zigeuner zu und fragte ihn: „Was für ein Landsmann seid Ihr denn?"

„Ich bin aus keinem Lande", erwiderte der Führer. „Wie, aus keinem Lande?" wiederholte der Schotte. „Nein", antwortete der Führer, „aus keinem. Ich bin ein Zigeuner und habe kein Heimatland."

„Seid Ihr ein Christ?" fragte der Schotte. Der Zigeuner schüttelte den Kopf. „Seid Ihr denn ein Heide, oder was seid Ihr sonst?" „Ich habe keine Religion", antwortete der Zigeuner. Durward war verblüfft, denn nie hätte er es für möglich gehalten, daß es Menschen gäbe, die keinen Gottesdienst kennen. „Unter wessen Gesetzen lebt Ihr?" beharrte er weiter. „Ich leiste niemandem Gehorsam, außer wenn es in meinem Belieben steht oder ich dazu gezwungen werde“, sagte der Zigeuner.

„So seid Ihr denn“, sagte der Schotte, „ohne innere Bindung, die den Menschen seinem Nächsten gegenüber verpflichten... Ihr habt kein Gesetz, keinen Herrn, kein Haus und kein Heim! Was bleibt Euch denn, wenn Ihr keine Regierung, kein häusliches Glück und keine Religion kennt?“

„Die Freiheit“, antwortete der Zigeuner, „ich ducke mich vor niemandem... Ich gehe, wohin ich will, lebe wie ich kann und sterbe, wenn mein Tag kommt.“

„Und wenn Ihr eingesperrt werdet“, sagte Quentin, „wo ist dann Euere gerühmte Freiheit?“

„In meinen Gedanken“, sagte der Zigeuner, „die nicht gefesselt werden können, während Euere Gedanken stets gefesselt bleiben durch Euere Gesetze und Eueren Aberglauben und durch Euere bürgerliche Politik.

Ihr seid geistig gefangen, selbst wenn Euere Glieder völlig frei sind.“

Eine lange Pause entstand zwischen ihnen, bis Durward endlich seine Fragen wieder aufnahm. „Wie heißt Ihr?“ „Mein eigentlicher Name ist nur meinen Brüdern bekannt... die Männer außerhalb unserer Zelte nennen mich Hayraddin Maugrabin, d.h. Hayraddin, der afrikanische Mohr.“ „Ist es wahr, daß Euer Volk, bei aller Unwissenheit, die Kenntnis besitzt, die Wahrheit vorauszusagen?“ „Wir besitzen eine solche Kenntnis in der Tat“, erwiderte Hayraddin.

„Ich zweifle daran, daß Ihr solche Kenntnis habt und fordere Euch heraus, mir eine Probe davon zu geben.“

„Fordert mich nicht heraus, Herr Knappe“, sagte der Zigeuner, „ich kann Euch sagen, daß die Göttin, die Ihr anbetet, in dieser Gesellschaft mitreitet.“

„Still!“ rief Quentin erstaunt, „bei Eurem Leben kein Wort weiter, als nur zur Erwiderung auf das, was ich Euch frage. Könnt Ihr treu sein?“

„Ich kann's... alle Menschen können es!“ sagte Hayraddin.

„Aber wollt Ihr treu sein?"

„Würdet Ihr mir mehr glauben, wenn ich schwören würde?" entgegnete Maugrabin höhnisch.

„Was vermag Euch denn zu binden?" fragte der Schotte.

„Güte", erwiderte der Zigeuner.

„Soll ich einen Eid darauf leisten, daß ich gütig gegen Euch sein will, wenn Ihr uns auf dieser Reise treu führen wollt?"

„Das ist nicht nötig, denn ich bin bereits an Euch gebunden."

„Wie?" rief Durward höchst erstaunt.

„Denkt mal an die Kastanienbäume an den Ufern des Cher! Der Gehenkte, dessen Körper Ihr heruntergeschnitten hattet, war mein... Bruder, Zamet Maugrabin."

„Seltsamerweise aber steht Ihr mit den Leuten in Verbindung, die Euren Bruder hingerichtet haben; denn einer von ihnen sagte mir, wo ich Euch treffen würde... es ist bestimmt derselbe, der jenen Damen Eure Führerdienste besorgte."

„Was können wir anderes tun?" entgegnete Hayraddin düster, „diese Menschen verfahren mit uns wie der Schäferhund mit der Herde; sie beschützen uns eine Weile, treiben uns da hin, wo und wie es ihnen gefällt und bringen uns doch letzten Endes zur Schlachtbank."

Durward begab sich leicht verdrossen über die wenig befriedigende Unterhaltung zurück zu den Damen, und seine Verantwortung ihnen gegenüber wurde nur noch größer. Er war stets wachsam, hielt seine Augen offen und beobachtete die Dinge um sich herum mit peinlichster Genauigkeit. So war er bald an der Seite der Gräfinnen, bald ritt er mit Hayraddin an der Spitze des Zuges und fragte ihn nach dem Weg und bequemen Rastplätzen. Gleichzeitig war er bemüht, durch ein Kreuzverhör zu erfahren, ob er in seinen Antworten etwas Verräterisches entdecken konnte.

Auf diese Weise reisten sie länger als eine Woche auf Nebenwegen durch einsame Gegenden und machten gelegentlich einen Umweg, um die großen Städte zu vermeiden. Ihre Ruheplätze waren hauptsächlich Klöster, wo sich die Damen gleich nach ihrer Ankunft zur Ruhe begaben.

Ein Problem jedoch bereitete dem Schotten Kopfzerbrechen, und das war die Nationalität ihres Führers. Heiden und Vagabunden sah man nur ungern in den heiligen Stätten und gewährte ihnen nur mit größtem Widerstreben Einlaß in das Innere der Klostermauern. Zuweilen erweckte es den Anschein, als lege es Hayraddin darauf an, hinausgewiesen zu werden, denn anstatt sich ruhig zu verhalten, sang er frivole Lieder und führte Possen auf, daß Quentin mit Müh' und Not den Abt davon abhalten konnte, den ausgelassenen Burschen hinauszuwerfen.

Am elften oder zwölften Tag ihrer Reise, als sie bereits Flandern betreten hatten, erreichten sie ein Franziskanerkloster mit strengsten Ordensregeln. Unter außerordentlichen Schwierigkeiten war es Quentin gelungen, den Zigeuner in einem Nebengebäude unterzubringen. Nachdem sich die Damen, wie gewöhnlich, früh auf ihr Zimmer zurückgezogen hatten, lud der Prior, der einige entfernte Verwandte in Schottland besaß, Quentin zum Essen ein, um etwas mehr von dessen Heimat zu erfahren.

Bei dieser Gelegenheit gelang es Durward, Näheres über den Stand der Dinge im Lütticher Land zu erfahren, worüber er in den letzten Tagen beunruhigende Nachrichten vernommen hatte, die ihn zu einiger Besorgnis veranlaßten. Würde des Bischofs Macht überhaupt ausreichen, ihnen Schutz zu gewähren?

Die Antworten des Priors lauteten nicht sehr tröstlich.

„Die Lütticher", sagte er, „haben des öfteren Streit gehabt wegen Abgaben und Freiheiten... und immer wieder haben sie sich dagegen gewehrt und für Unruhen gesorgt, worüber der Herzog, der von hitzigem und jähzornigem Charakter ist, so aufgebracht war, daß er sich geschworen hatte, die Stadt Lüttich bei der nächsten Veranlassung dem Erdboden gleich zu machen. Der gute Bischof bemüht sich bei Tag und Nacht, den Frieden zu erhalten. Um Euch die Wahrheit zu sagen...", er blickte sich vorsichtig um, als fürchte er belauscht zu werden, „die Lütticher werden insgeheim durch Leute aufgestachelt, die behaupten, dazu von unserem allerchristlichsten König beauftragt zu sein. Ich hoffe, daß das nicht der Wahrheit entspricht, doch es ist nicht zu leugnen, daß sich die Unruhestifter in Lüttich unverhohlen auf ihn berufen. Hinzu kommt, daß hier ein Edelmann von kriegerischem Ruhm lebt, der sozusagen ein Stein des Anstoßes für Burgund und Flandern ist. Sein Name ist Wilhelm de la Marck, genannt der wilde Eber der Ardennen, oder Wilhelm mit dem Bart. Er wird mit Recht so genannt, weil er dem wilden Eber des Waldes gleicht, der mit seinen Hufen alles niedertrampelt und mit seinen Hauern zerreißt, was ihm in den Weg kommt. Um ihn herum hat sich eine Bande von mehr als tausend Mann zusammengerottet, die weder nach Gesetz noch Ordnung fragt und wie ihr Herr von Raub und Frevel lebt." „Ich wundere mich nur", sagte Quentin, „daß der Herzog von Burgund, der so stark und mächtig ist, diesen Eber nicht hetzt und erlegt." „Ach, mein Sohn", erwiderte der Prior, „es steht zu befürchten, daß der Herzog Karl gegen Frankreich Krieg führen wird, er möchte sich da wohl ungern mit einer Schar Aufständischer einlassen."

„Aber der Bischof von Lüttich", antwortete Quentin, „wird es doch wohl fertigbringen, diese Bande niederzuhalten... nicht wahr, guter Vater? — Es ist mir sehr wichtig, das von Euch zu erfahren."

„Der Bischof, mein Sohn", erwiderte der Prior, „hat Macht als weltlicher Fürst und genießt außerdem den Schutz des mächtigen Hauses Burgund. Dieser Wilhelm de la Marck ist in seinem Hause erzogen worden und ihm durch viele Wohltaten verpflichtet. Er wurde von dort verbannt, weil er einen der oberen Hausbeamten des Bischofs im Jähzorn erschlug. Seitdem ist er ein unversöhnlicher Feind des guten Prälaten gewesen."

„Also haltet Ihr die Lage des würdigen Prälaten für gefährlich", sagte Quentin sehr besorgt. „Er hat einen großen Geldvorrat, treue Räte und tapfere Soldaten; überdies sind auf Ersuchen des Bischofs hundert bewaffnete Soldaten des Herzogs von Burgund zu seiner Unterstützung unterwegs..."

In diesem Augenblick stürzte der Sakristan in die Zelle, der äußerst aufgebracht den Zigeuner beschuldigte, die jüngeren Brüder allesamt zum Rausch verführt zu haben. Er habe ihnen Likör eingegossen, der zehnmal so stark als der schwerste Wein sei, habe unkeusche Lieder gesungen, aus der Hand gewahrsagt und dem jungen Pater Cherubin prophezeit, daß er von einer jungen Dame geliebt werde.

Vater Prior war dermaßen entsetzt über diese Ungeheuerlichkeiten, daß er lange Zeit keinen Ton herausbrachte. Schließlich befahl er, diesen Zigeuner mit Besenstielen und Narrenpeitschen aus den heiligen Mauern herauszujagen.

Dieses Urteil wurde dann auch in Quentins Beisein ausgeführt, der natürlich einsehen mußte, daß solches Benehmen nicht geduldet werden durfte.

Immer stärker wurde bei ihm der Verdacht geweckt, daß Hayraddin die Absicht hatte, diese Szenen absichtlich herbeizuführen, denn noch am Morgen hatte ihm der Bursche ein bescheideneres und rücksichtsvolleres Benehmen versprochen, und nun hatte er sich schlimmer denn je benommen.

Kaum hatte Quentin diesen Argwohn geschöpft, als er unverzüglich beschloß, seinem ausgeprügelten Führer zu folgen und ihn heimlich zu beobachten. In aller Eile teilte er dem Prior seinen Entschluß mit und folgte dem Zigeuner.

Kaum war Quentin aus dem Kloster geschlichen, als er schon im Hintergrund die dunkle Gestalt des Zigeuners quer über die Wiesen jagen sah. Im hellen Mondlicht fiel es dem Schotten nicht schwer, die Verfolgung aufzunehmen. Es war auffallend, daß Hayraddin zielstrebig eine bestimmte Richtung einschlug. Endlich, als der Zigeuner die große Wiese überquert hatte und an einem kleinen Bach angelangt war, an dessen Ufer Erlen und Weiden standen, bemerkte Quentin, daß er stehenblieb und auf seinem Horn ein gedämpftes Signal erklingen ließ, auf welches in einiger Entfernung durch Pfeifen geantwortet wurde.

Quentin vermutete nun, daß der Zigeuner ein Treffen plante und beschloß daraufhin, die Sache weiter zu verfolgen. Langsam pirschte er sich unbemerkt näher, bis er die Stimmen unterscheiden konnte. Da er sich gerade unter den herabhängenden Zweigen einer riesigen Trauerweide befand, erfaßte er einen der Äste und schwang sich auf einen starken Ast, von wo aus er einen herrlichen Überblick hatte.

Der Fremde, mit dem Hayraddin so eifrig redete, war ein Bursche aus dessen eigenem Stamm. Zu Durwards großer Enttäuschung konnte er ihre Sprache nicht verstehen. Plötzlich vernahm man erneut mehrmaliges Pfeifen in der Ferne, das wiederum durch Maugrabins Horn leise beantwortet wurde. Gleich darauf erschien ein großer, stämmiger, kriegerisch aussehender Mann, der ein breites Wehrgehänge mit einem sehr langen Schwert trug. An seinem rechten Ärmel konnte man einen silbernen Eberkopf, das Wappen seines Hauptmanns, erkennen. Er gehörte offensichtlich zu den berüchtigten deutschen Abenteurern, die als Landsknechte bekannt waren und einen Teil des Fußvolkes jener Zeit bildeten.

„Donner und Blitz!" war der erste Gruß des kriegerisch aussehenden Fremden, dann fuhr er in einer Art von deutsch-französi-

schem Kauderwelsch fort: „Warum habt Ihr mich drei Nächte hier vergebens umhertanzen lassen?“ „Es war mir nicht möglich, Euch früher zu treffen, mein Herr“, sagte Hayraddin, äußerst unterwürfig, „da ist ein junger Schotte, mit einem Auge so scharf wie das eines Adlers, der bewacht meine kleinsten Bewegungen.“ „Zum Henker!“ rief der Landsknecht, „wir sind zu dritt... wir werden sie morgen überfallen und die Frauen mitnehmen. Ihr sagtet, die beiden Kerle seien Feiglinge... Ihr und Euer Kamerad könnt also mit ihnen fertig werden, und der Teufel soll mich holen, wenn ich es nicht mit Euerem Schotten aufnehmen kann.“

„Nehmt Euch vor ihm in acht“, sagte Hayraddin, „denn dieser Bursche hat sich bereits mit dem besten Ritter Frankreichs gemessen, und ist mit Ehren davongekommen. Solltet Ihr also nicht geneigt sein, mit ihm zum fechten, so führe ich die Damen unversehrt zum Palast des Bischofs, und Wilhelm de la Marck kann sich dort ihrer leicht bemächtigen, wenn er wirklich nur halb so stark ist, wie er vor einer Woche noch behauptete. Es gibt also nur eins: entweder Ihr müßt heimlich am Kreuz der drei Könige bleiben, oder das Abenteuer aufgeben.“

„Aufgeben?!... Aufgeben das Abenteuer mit der reichen Braut für unseren edlen Hauptmann... Teufel! Eher wollt' ich es mit der Hölle aufnehmen.“

„Also bleibt es beim Hinterhalt am Kreuze der drei Könige?“ fragte der Zigeuner.

„Mein Gott, ja... Ihr schwört, sie dorthin zu bringen, und wenn sie dann dort angelangt sind und auf ihren Knien liegen, so wollen wir sie überfallen, dann sind sie in unserer Gewalt.“

„Jawohl, aber ich habe Euch dieses üble Schurkenstück nur unter einer Bedingung versprochen“, sagte Hayraddin... „dem jungen Schotten darf kein Haar gekrümmt werden. Wenn Ihr das nicht einhaltet, werdet Ihr erwürgt und zerrissen! Also, schwört bei den drei Königen von Köln, oder wie Ihr sie nennt!“

„Du bist ja ein komischer Kerl“, sagte der Landsknecht, „aber gut, ich schwöre...“

„Also, hört zu, die beiden Frauen werden auf dem rechten Ufer der Maas reisen, denn ich kann sie führen, wohin ich will. So, nun muß ich gehen, denn mein Schotte ist früh auf; er wird Verdacht schöpfen, wenn ich nicht einen Bogenschuß weit vom Tor der Klostermauern entfernt warte. Nimm meinen Kameraden Tuisko lieber mit... sein Erscheinen in der Nähe des Klosters könnte Argwohn erregen."

Quentin Durward hatte sich ganz still verhalten. Er wartete, bis sich alle weit genug entfernt hatten und stieg dann vom Baum herab. Sein Herz klopfte bei dem Gedanken daran, wie knapp er und die Gräfinnen dem schlau ausgedachten Schurkenplan entwischt waren. Um Hayraddin nicht vor dem Kloster anzutreffen, machte er einen großen Umweg und konnte so sein Ziel an einem anderen Punkt erreichen, wo er es verlassen hatte.

Unterwegs überlegte er fieberhaft, wie er nun weiter vorgehen solle. Seinem verräterischen Führer wollte er das Leben schenken, da er sich so für sein, Quentins Leben, eingesetzt hatte; ja er wollte seine Dienste vielleicht unter allen Vorsichtsmaßregeln noch weiter gebrauchen. Aber wohin sollten sie ziehen? Auf jeden Fall hielt er es für ratsam, den Weg nach Lüttich am linken Ufer der Maas einzuschlagen und sich, wie geplant, dem Schutz des Bischofs anzuvertrauen. Durch die Unterstützung der burgundischen Lanzen konnte es ihm wohl möglich sein, die Damen so lange zu schützen, bis sie unter sicherem Geleit nach Deutschland geführt werden könnten.

Innerlich war er empört über das rücksichtslose Verhalten des Königs, und er war deshalb entschlossen, sich von ihm loszusagen.

Als er am Kloster ankam, öffnete ihm ein Bruder, der von dem Prior eingeweiht worden war, das Tor. Quentin bat darum, seine nassen Kleider am Küchenfeuer zu trocknen. Gern kam der Mönch Quentins Bitte nach, er erbot sich sogar, ihm Gesellschaft zu leisten. Dies kam Durward sehr erwünscht, denn er wollte unbedingt Näheres über die von dem Zigeuner erwähnten Straßen erfahren.

Am nächsten Morgen, schon vor Tagesanbruch, war Quentin

aufgestanden und hatte die schläfrigen Knechte geweckt. Noch sorgfältiger als sonst hatte er sich davon überzeugt, daß alles für die Weiterreise gut vorbereitet war. Er überzeugte sich selbst, ob auch die Pferde ausgiebig gefüttert wurden, damit sie für eine lange Tagesreise ausgerüstet waren, nötigenfalls für eine eilige Flucht. Den Damen gab er zu verstehen, an diesem Morgen früher als gewöhnlich aufbrechen zu müssen. Der Prior segnete sie, als sie zu Pferde stiegen, und wünschte Glück für die weitere Reise. Kaum hundert Schritte entfernt von dem Kloster, stießen sie auf ihren Führer Maugrabin, der auf seinem kleinen, wilden Tier dahertrabte. Schweigend ritten sie weiter, an dem kleinen Bach vorbei, durch den Quentin am Abend zuvor gewatet war, vorbei an dem Weidenbaum, in dem er sich versteckt hatte und die verräterische Unterhaltung der Zigeuner belauscht hatte.

Die Erinnerung daran brachte Quentin sehr in Wut und er verwickelte Hayraddin in ein Gespräch. „Wo hast du denn ein Nachtquartier gefunden, elender Schurke?“ fragte er ihn. „Mein Kittel wird es Euch leicht verraten“, antwortete der Zigeuner ahnungslos und wies auf seinen Anzug hin, der über und über mit Heu bedeckt war. Die Vorwürfe, die ihm Quentin bezüglich seines liederlichen Verhaltens machte, bewirkten gar nichts, im Gegenteil, der Zigeuner reagierte mit spöttischer Gleichgültigkeit. Durward brach deshalb die Unterhaltung ab und begab sich wieder zu den Damen. Die ältere Gräfin behandelte ihn — seitdem sie sich von dem Adel seiner Geburt überzeugt hatte — wie einen Vertrauten, während ihre Nichte trotz aller Schüchternheit und Zurückhaltung nicht verbergen konnte, daß ihr Quentins Gegenwart mehr als angenehm war.

Dieses Bewußtsein machte Quentin sehr froh, und er war somit unablässig bemüht, seine Schutzbefohlenen aufs lebhafteste zu unterhalten. Er sang Lieder und Sagen seines Heimatlandes, die wegen seinem mangelhaften Französisch stets Anlaß zur Heiterkeit gaben.

An diesem Morgen jedoch ritt er stumm neben seinem kleinen

Gefolge daher, was die Damen zu echter Sorge veranlaßte.

„Seid Ihr ganz wohl, junger Herr?“ fragte Isabelle in so mitleidsvollem Tone, daß sie selbst darüber errötete.

„Er hat wohl zu lange mit den lustigen Mönchen gezecht“, scherzte Gräfin Hameline. „Im Ernst, ich glaube, Ihr wißt um eine drohende Gefahr.“ „Ich las sie schon seit einer Stunde in seinem Auge!“ rief Gräfin Isabelle, die Hände ringend. „Seid nur guten Mutes!“ antwortete Durward, „trotzdem muß ich Euch eine sehr direkte Frage stellen: Edle Damen, könnt Ihr mir vertrauen?“ „Euch vertrauen?“ antwortete Gräfin Hameline — „natürlich, aber wieso erbittet Ihr unser Vertrauen?“ „Ich meinerseits“, versicherte Gräfin Isabelle rasch, „vertraue Euch blindlings!“

„Edle Damen“, erwiderte der Schotte höchst erfreut, „meine Absicht ist es, die Reiseroute zu ändern, und direkt am linken Maasufer entlang nach Lüttich weiterzuziehen, anstatt bei Namur den Fluß zu überschreiten. Dies ist zwar nicht im Sinne König Ludwigs, der mir andere Instruktionen erteilte, doch sind mir im Kloster Gerüchte zu Ohren gekommen von Wegelagerern, die das rechte Maasufer unsicher machen, und von burgundischen Truppen, die sie unschädlich machen wollen. Beide Umstände lassen mich um Euere Sicherheit bangen. Gestattet Ihr mir deshalb, so weit von der ausgemachten Reiseroute abzuweichen?“

„Wir gestatten es nicht nur, wir bitten sogar darum!“ antwortete die jüngere der beiden Damen.

„Meine liebe Nichte“, wandte sich die Gräfin Hameline an Isabelle, „ich glaube wie Ihr, daß der junge Mann es gut mit uns meint; ...aber vergeßt nicht... wir überschreiten die Instruktion des Königs, die er uns so ausdrücklich einschärfte.“

„Warum sollten wir uns um seine Instruktionen kümmern?“ fragte Gräfin Isabelle, „schließlich bin ich nicht seine Untertanin; zudem hat er das Vertrauen, das ich auf ihn setzte, mißbraucht. Diesem jungen Herrn will ich nicht einen Augenblick lang Zweifel entgegenbringen gegenüber diesem selbstsüchtigen Despoten.“

„Gott mag Euch segnen für diese Worte, Fräulein Isabelle“,

sagte Quentin voller Freude.

Daraufhin gab er seinem Pferd die Sporen und schloß sich wieder dem Zigeuner an, der so ruhig und gelassen wirkte, als wäre kein unfreundliches Wort zwischen ihnen am Morgen gewechselt worden. Quentin bat ihn um eine Probe seiner Geschicklichkeit im Wahrsagen. Er zog seinen Handschuh aus und hielt ihm seine Hand hin.

Hayraddin betrachtete sorgfältig alle Linien, die sich in der flachen Hand des Schotten kreuzten.

„Diese Linie, vom Venusberge ausgehend“, sagte er „stellt ein sicheres und großes Glück durch Heirat in Aussicht, die Erhebung unter die Reichen und Hochgeborenen durch den Einfluß glücklicher Liebe.“

„Solche Versprechungen macht Ihr wohl allen, die Euch um Rat fragen“, bemerkte Quentin spöttisch, „sie gehören wohl zu Eurer Kunst?“

„Was ich Euch sage, ist so gewiß“, erwiderte Hayraddin, „als daß Euch in kurzer Zeit eine große Gefahr bedrohen wird, von der Euch nur die Anhänglichkeit eines treuen Freundes retten wird...“

„Der Ihr selbst seid, he?“ rief Quentin entrüstet aus. „Meine Kunst“, erwiderte der Zigeuner, „sagt mir nichts über mich selbst aus.“

„Dann übertreffen doch die Seher meiner Heimat Euere vielgerühmte Kenntnis“, sagte Quentin, „denn ihre Kunst lehrt sie, auch die Gefahren vorauszusehen, von denen sie selbst bedroht werden. Hayraddin, die Gefahr, die mich bedroht, liegt am rechten Weg des Flusses... ich will ihr ausweichen, und reise deshalb am linken Ufer nach Lüttich weiter.“

Die Teilnahmslosigkeit, mit der Maugrabin seiner Rede zuhörte, schien Quentin unbegreiflich. Nach einer Weile sagte der Zigeuner: „Wenn Ihr Eueren Vorsatz ausführt, geht die Gefahr von Euch auf mich über.“

„Ich dachte, Ihr könntet Euer eigenes Schicksal nicht prophe-

zeien?"

„Nicht in derselben Weise, in der ich das Eurige verkündete", antwortete Hayraddin, „aber es erfordert eine geringe Kenntnis unseres Königs, um vorhersagen zu können, daß er Eueren Führer hängen lassen wird, wenn wir von der Route abweichen."

„Wenn das Ziel sicher erreicht wird, so wird ihn das doch versöhnen." „Ja", erwiderte der Zigeuner, „wenn Ihr sicher seid, daß der König denselben Ausgang der Reise vorsah, den er Euch angab."

„Und an welchen anderen Ausgang hätte er möglicherweise denken können? Oder glaubt Ihr, daß er irgendeinen anderen Plan im Sinne gehabt hatte?" fragte Quentin lauernd.

„Diejenigen, die den König nur einigermaßen kennen, wissen, daß der Plan, der ihm am meisten am Herzen liegt, immer derjenige ist, den er am wenigsten gerne mitteilt", erwiderte der Zigeuner. „Ich kümmere mich nicht um Euere albernen Verdachtsgründe", rief Quentin. „Wenn man uns zur Rechenschaft zieht, wollen wir sagen, daß uns Banden am rechten Ufer auflauerten, denen wir um keinen Preis in die Hände fallen wollten!"

„Wie Ihr wollt, mein guter Seigneur", erwiderte der Zigeuner, „ich führe Euch sowohl am reehten wie auch am linken Maasufer... bei Euerem Herrn müßt Ihr Euch freilich selbst entschuldigen."

Obwohl Quentin überrascht war über die bereitwillige Zustimmung Hayraddins, freute er sich doch gleichzeitig darüber, seinen Führer zu behalten, denn auf die Weise konnte er ein verfrühtes Zusammentreffen mit Wilhelm de la Marck vereiteln.

So setzte denn die kleine Reisegesellschaft ihren Weg am linken Ufer des breiten Maasstromes fort, und zwar so rasch und hindernislos, daß sie bereits am nächsten Morgen früh an ihr Reiseziel gelangten. Der Bischof von Lüttich war jedoch nicht in der Stadt, sondern weilte in dem prächtigen Schloß Schönwald, das etwa eine Viertelmeile vor der Stadt lag.

Als Quentin die Gräfinnen von Croye angemeldet hatte, wurden sie ehererbietig in die große Halle geführt, wo sie von dem Bischof aufs herzlichste empfangen wurden.

Ludwig von Bourbon, der regierende Bischof von Lüttich, war ein gutmütiger und großzügiger Fürst, dessen Leben sich allerdings nicht immer streng an die Regeln seines kirchlichen Berufes hielt, der aber nichtsdestoweniger stets auf den ehrenhaften Charakter seines Hauses hielt. Er war ein enger Verbündeter des Herzogs von Burgund und galt sozusagen als dessen Bruder. Der Prälat versprach den Gräfinnen seinen Schutz und seine Fürsprache beim Herzog.

„Was Euch selbst angeht", wandte sich der Bischof an Quentin, „so sollt Ihr hier bei meiner Schwester, einer Stiftsdame von Trier, wohnen."

Es entging dabei nicht Quentins Aufmerksamkeit, daß die Gegenwart des Zigeuners hier nicht auf das allergeringste Bedenken stieß.

Die Trennung von Gräfin Isabelle, die so viele Tage lang seine Begleiterin war, fiel Quentin unsagbar schwer. Nie zuvor hatte er solch ein banges Gefühl empfunden wie jetzt, als es hieß, Abschied voneinander zu nehmen. Es kränkte ihn auch etwas, wie ein Postillon, dessen Pflicht erfüllt ist, entlassen zu sein. Grübelnd hockte er sich in eine Fenstervertiefung der großen Halle von Schönwald und bedauerte es, nicht ohne Bitterkeit, so unzureichend mit Rang und Reichtum ausgestattet zu sein, um seine kühne Bewerbung weiter verfolgen zu können.

Plötzlich wurde er jäh aus seinen Träumen gerissen, als ihn jemand an der Schulter berührte. Es war Hayraddin, der Zigeuner, der um seinen Lohn bat.

„Mit welcher Kühnheit wagt Ihr Lohn zu begehren, außer der Verschonung Eueres nichtswürdigen Lebens?“ rief Durward zornig; „Ihr wißt ja, daß Ihr den Plan hegtet, die Damen unterwegs zu verraten?“

„Aber ich habe sie nicht verraten“, entgegnete Hayraddin, „sonst hätte ich von ihnen oder von Euch keinen Lohn verlangt, sondern von demjenigen, dem es Nutzen brachte, daß sie sich auf dem rechten Flußufer hielten. Wem ich gedient habe, der muß mich bezahlen.“

„Geh zum Teufel, oder aber zum Eber der Ardennen!“ murrte Quentin aufgebracht und zählte das Geld vor ihn hin. „Laßt Euch hier ja nicht wieder sehen, damit ich Euch nicht den Hals umdrehe!“

„Der Eber der Ardennen!“ erwiderte der Zigeuner überrascht, „es war also keine vage Vermutung, die Euch veranlaßte, die Route zu ändern? Kann es sein... gibt es wirklich in anderen Ländern Wahrsagekünste, die noch weiter gehen als die unserer Wanderstämme? Oh, ich ahne es jetzt... die Weide am Bach bei diesem

Kloster... ich sah Euch darauf schauen, als Ihr vorbeikamt... Ja, ja, künftig will ich meine Beratungen auf offenem Feld halten! Ha! Ha! Ein Schotte, der einen Zigeuner überlistet. Übrigens, werde ich Euch noch durch meine Dankbarkeit überraschen. Hättet Ihr mir den Lohn verweigert, so wären wir quitt gewesen, so aber stehe ich noch weiter in Euerer Schuld für jene Geschichte an den Ufern des Cher."

„Habe ich mich nicht schon bezahlt gemacht durch die Flüche und Beschimpfungen, mit denen ich Euch bedacht habe?" schmunzelte Quentin. „Böse Worte oder gütige", erwiderte der Zigeuner, „sie sind wie der Wind, sie machen die Waagschale nicht schwerer. Und nun lebt wohl, aber nicht auf lange... ich gehe, um den Damen von Croye Adieu zu sagen."

Er wandte sich um, als wollte er gehen, kehrte aber nochmals zurück und sagte mit bedeutungsvoller Stimme: „Ich kenne Euere Hoffnungen... sie sind verwegen, doch nicht vergeblich, wenn ich sie unterstütze. Laßt Euch nicht einschüchtern, jedes Weib kann gewonnen werden. Ein Graf ist nur ein Spitzname, der ebensogut zu Quentin paßt, wie der Spitzname Herzog zu Karl oder der Name König zu Ludwig."

Im Nu hatte der Zigeuner die Halle verlassen. Quentin folgte ihm sogleich durch viele Gänge hindurch bis hinaus in einen kleinen Garten. Dort schritt Hayraddin eiligst auf ein gegenüberliegendes Gebäude zu, wo sich ein Pförtchen öffnete. Er blickte noch einmal zurück, winkte Quentin triumphierend zu und ließ sich von Marthon, der Dienerin der Damen, willkommen heißen.

Quentin war sehr verärgert über diese Dreistigkeit und machte sich ernsthaft Vorwürfe, daß er den Damen von den verräterischen Absichten Maugrabins nichts mitgeteilt hatte.

Während der junge Verehrer sich solchen Betrachtungen hingab, näherte sich ihm ein älterer Herr, der zum Haushalt des Bischofs gehörte und der ihn höflich darauf aufmerksam machte, daß dieser Privatgarten nur für den Bischof und Gäste allerhöchsten Ranges bestimmt sei. Durward machte sich eiligst auf in Richtung Zug-

brücke und befand sich in kurzer Zeit innerhalb der Mauern der Stadt Lüttich, damals eine der reichsten Städte Flanderns. Er bewunderte die hohen Häuser, die kleinen Ströme und Kanäle und konnte sich nicht satt sehen an den reichen Auslagen der vielen Läden. Plötzlich merkte er, daß immer mehr Leute stehen blieben und ihn neugierig betrachteten, bis er schließlich den Mittelpunkt einer großen Menschenmenge bildete. Zwar ließ man ihn ungestört seinen Weg fortsetzen, keiner drängte oder behinderte ihn, doch wurde ihm die Lage so unbehaglich, daß er so schnell wie möglich zu entkommen versuchte.

In seiner Bedrängnis wandte er sich an einen vornehm gekleideten Bürger und fragte ihn, ob er denn etwas Auffallendes an ihm sehe, das die öffentliche Aufmerksamkeit so sehr auf sich zöge.

„Gestattet Ihr erst einmal, daß ich mich vorstelle, mein Name ist Pavillon. Nun denn, Herr, da Ihr so fest an Euerem Inkognito haltet, laßt mich Euch offen fragen, weshalb Ihr das Abzeichen Eueres Corps tragt, wenn Ihr in Lüttich unbekannt bleiben wolltet?“ „Was für ein Abzeichen?“ rief Quentin erstaunt. „Ei, wer trägt denn Mützen mit dem Andreaskreuz und der Fleur-de-Lys außer den schottischen Bogenschützen von König Ludwigs Leibgarden?“

„Und angenommen, ich bin ein Schütze des Königs Garde, warum sollte ich nicht das Abzeichen meines Corps tragen?“ fragte Quentin ungeduldig.

„Er hat es gestanden! Er hat es gestanden!“ jubelten Pavillon und einige seiner Mitbürger. „Er ist ein Schütze der Garde Ludwigs, des Hüters der Freiheiten Lüttichs!“

Ein lautes Freudengeschrei erhob sich unter der Menge. Rufe wurden laut, wie: „Keine Steuern! Lange lebe der Eber der Ardennen! Nieder mit Karl von Burgund! Verderben über den Bourbonen und sein Bistum!“ Erst jetzt fiel Quentin ein, daß der Anlaß für diesen Tumult seine Mütze sein konnte, die er nach dem Kampf mit Dunois aufgesetzt bekommen hatte und die einen Teil der eigentümlichen und wohlbekannten Ausrüstung der schottischen

Garde bildete. Sein Erscheinen galt für die Bürger als offener Beweis für die Unterstützung des Königs in ihrer Sache.

In langem Zuge führte man ihn nun zu dem Rathaus, wo die anderen ebenfalls von der Nachricht, die er bringen könnte, erfahren sollten. Unterwegs erklärte er Pavillon in aller Eile, wie er zu dieser Stahlmütze gekommen sei. Er bat inständig darum, ihn unbedingt unter vier Augen sprechen zu können.

Pavillon, der eine geheime Sache witterte, setzte nun alle Anstrengung daran, den Ehrengast den Fängen der jubelnden Menge zu entreißen und zu sich nach Hause zu bringen. Es gelang ihm auch, und als Durward dort ankam, tauschte er hastig die auffallende Stahlmütze gegen eine Filzmütze, warf einen Mantel über sich, der ihn ganz verhüllte. Pavillon versah ihn sodann mit einem Geleitschein, um die Stadttore zu passieren. Man verabredete sich für den Abend zu geheimer Besprechung im Landhaus von Rouslaer, der ebenfalls als angesehener Bürger der Stadt galt. Die Tochter erhielt unterdessen den Auftrag, den Fremden an das Maasufer zu führen, wo ein Boot für ihn bereit stehen sollte.

Während das Boot die Maas langsam aufwärts fuhr, konnte Quentin in Ruhe das Erlebte nochmals durchdenken und überlegen, was er davon im Bischofspalast von Schönwald erzählen wollte. Er beschloß, seinen Bericht ganz allgemein zu halten, den Bischof jedoch zu Vorsichtsmaßregeln anzuhalten. Eine Viertelstunde vor dem Schloß stieg er aus, belohnte die Ruderer zu deren großer Befriedigung mit einem Gulden und beeilte sich, sein Ziel zu erreichen, denn die Schloßglocke hatte schon zum Mittagessen geläutet. Er erreichte die Gartenmauer, die er am Morgen gesehen hatte und bemerkte plötzlich, daß aus dem Pförtchen, das zum Graben führte, ein Mann herauskam, der in ein bereitliegendes Boot sprang und abstieß. Es war Hayraddin, der Zigeuner.

Nachdenklich setzte Quentin seinen Weg fort. Der Gedanke bedrückte ihn sehr, daß der Vagabund die ganze Zeit bei den Damen von Croye gewesen sein sollte. Weshalb hatten sie ihn wohl so lange bei sich behalten?

Als er in die Halle trat, war bereits alles beim Mittagessen versammelt. Er entschuldigte sein spätes Kommen und beschrieb den Versammelten seine Abenteuer in der Stadt, indem er sich bemühte, die Sache ins Lächerliche zu ziehen und hob dabei besonders hervor, wie er schließlich durch einen fetten Bürger und dessen schmuckes Töchterlein aus dem Gedränge gerettet wurde.

Seine scherzhafte Rede wurde allerdings nicht mit dem Erheiterungserfolg aufgenommen, den er sich zu erhoffen wünschte. Alle hörten gespannt zu, niemand dachte mehr an das Essen. Schließlich bemerkte der Haushofmeister leise, aber doch für alle vernehmbar: „Wollte Gott, daß wir diese hundert burgundischen Lanzen bald zu Gesicht bekämen!" „Warum nehmt Ihr die Sache so ernst?" fragte Quentin. „Ihr habt doch genügend Soldaten hier und seid dieser Handvoll Bürger weit überlegen." „Ihr kennt die Männer von Lüttich nicht", sagte der Kaplan. „Sie haben unter dem Herzog von Burgund vieles durchgemacht, was sie ihm schwerlich verzeihen. Möge Gott alles zum Guten wenden. Ich fürchte jedoch, es wird böses Blut geben zwischen einer so trotzigen Stadtbevölkerung und einem so hitzigen Herrscher, und ich wünschte, mein Herr hätte einen Bischofssitz von geringerer Bedeutung und größerer Sicherheit. — Darum Seigneur, tätet Ihr besser daran, nicht länger in Schönwald zu bleiben, allein schon im Interesse der Damen, denen wir hier nicht ausreichend Sicherheit gewähren können."

Nach dem Essen führte ihn der Kaplan in das Gärtchen, das zu betreten ihn am Morgen verweigert wurde. Sein Herz klopfte stürmisch bei dem Gedanken, Isabelle treffen zu können. Er achtete kaum auf die Erklärungen, die sein Gefährte ihm über all die Pflanzen, Sträucher und Kräuter gab. Der Kaplan mußte sich auch bald verabschieden, sehr zu Quentins Erleichterung, um dringenderen Amtsgeschäften nachzugehen.

Er wartete bis zum Anbruch der Dunkelheit, ohne daß sich irgendetwas rührte. Gerade als er sich entschlossen hatte, den Garten zu verlassen, hörte er hinter sich ein leises Husten. Rasch blickte er sich um und gewahrte am Fensterflügel eine weibliche Hand, die einen Brief langsam herabgleiten ließ. Quentin hob ihn sorgfältig auf und eilte damit zu einer verborgenen Felsengrotte innerhalb des Gartens. Sein Herz klopfte laut. Er öffnete den Brief und entzifferte folgende Worte: „Lest dies im geheimen! Was Euere Augen zu kühn verraten, haben meine leicht verstanden. Ungerechte Verfolgung jedoch macht ihre Opfer verwegen, und es ist besser, mich der Dankbarkeit eines einzigen anzuvertrauen, als der Gegenstand der Bewerbung vieler zu bleiben. Das Glück thront auf einem hohen Felsen, aber tapfere Männer fürchten nicht, ihn zu erklimmen. Wenn Ihr es wagt, etwas zu riskieren für jemand, der viel aufs Spiel setzt, so kommt morgen bei Tagesanbruch in diesen Garten und tragt auf Euerer Mütze eine blaue und eine weiße Feder. Seid treu, pünktlich und entschlossen und zweifelt nicht an Euerem Glück!"

In diesem Brief lag ein Ring mit einem Tafelstein, auf dessen diamantener Fläche in Rautenform das alte Wappen des Hauses Croye eingeritzt war.

Quentin war selig über dieses vielversprechende Zeichen und Stolz und Freude erfüllten ihn, als er das Schreiben zu Ende gelesen hatte.

Es waren nur noch wenige Stunden bis Tagesanbruch, und er konnte keinen Schlaf finden, so sehr sehnte er den Morgen herbei. Aber was hatte wohl Hayraddin mit dieser Sache zu tun? Und was bewog Isabelle dazu, sich plötzlich so freimütig und offen su bekennen?

Bereits eine Stunde vor Morgengrauen war er bereits wieder im Garten, angetan mit der Mütze und besagten Federn.

Nach etwa zwei Stunden hörte er plötzlich einige Klänge auf einer Laute, gleich danach öffnete sich ein Fenster und Isabelle zeigte sich, schüchtern lächelnd, die Hand zum Gruß erhoben. Quentin verbeugte sich tief mit erwartungsvollem Lächeln, doch im gleichen Augenblick wurde das Fenster wieder geschlossen.

Seltsamerweise hatte Isabelle in keiner Weise eine Andeutung drohender Gefahr gegeben.

So blieb ihm vorläufig nichts anderes übrig als zu warten und sich für weitere Befehle bereit zu halten.

Es war die vierte Nacht nach seiner Ankunft auf Schönwald. Quentin hatte einen Boten mit Briefen an seinen Oheim und an Lord Crawford gesandt, in denen er dem Dienst Frankreichs entsagte.

Daraufhin hatte er sich zur Ruhe begeben, wurde aber mitten aus bedrückenden Träumen durch lautes Lärmen aus dem Schlaf gerissen. Draußen im Hof ertönte wildes Geschrei. Er sprang sofort aus dem Bett, warf sich rasch seine Kleider über und legte dazu die Rüstung an — als jemand heftig an seine Kammertüre hämmerte, die im gleichen Augenblick auch schon aufgebrochen wurde. Im Zimmer stand der Zigeuner, der auf ihn zustürmte und rief: „Das Horoskop Eueres Schicksals dreht sich jetzt um die Entscheidung einer Minute."

„Verräter!" schrie Durward, „Ihr werdet an diesem Überfall bestimmt nicht schuldlos sein!"

„Ihr seid ja toll", rief Maugrabin zurück. „Warum sollte ich Euch verraten, da Euere Sicherheit mir mehr Nutzen bringt als Euere Vernichtung? Hört einmal her: die Lütticher stehen vor den Toren des Schlosses ... Wilhelm de la Marck mit seiner Meute ist an ihrer Spitze ... es sind so gut wie keine Verteidigungsmittel hier. Wollt Ihr deshalb die Gräfin retten, so folgt mir im Namen derjenigen, die Euch den Diamantring mit den drei eingravierten Leoparden sandte."

„Schnell, zeigt mir den Weg!" Quentin folgte rasch dem Zigeuner hinaus ins Freie, wo das Getöse der Lütticher nur noch betäubender an sein Ohr drang. Für ihn galt trotz erwachender Kampflust nur noch ein Gedanke: die Errettung der Damen. Auf ein leises Zeichen Hayraddins erschienen an der Türe die zwei Frauen, die sich schwarze Seidenschleier umgelegt hatten. Sie schlugen den Weg durch das Pförtchen ein, das zu dem Graben führte, wo bereits das kleine Boot für sie bereitstand. Als sie überfuhren, schien das Jubelgeschrei der Lütticher anzukünden, daß sie bereits das Schloß

erstürmt hatten.

Am anderen Ufer angekommen, stellte Quentin zu seiner Verwunderung fest, daß nur zwei Pferde auf sie warteten.

„Mehr konnte ich nicht beschaffen“, erwiderte der Zigeuner, „Ihr müßt so schnell wie möglich nach Toneres reiten... Marthon bleibt bei meinem Stamm, denn sie ist eine der unsrigen und wohnt nur unter euch, um uns gelegentlich damit von Nutzen zu sein.“

„Marthon?“ rief die Gräfin entsetzt, „ist dies nicht meine Nichte?“

„Nur Marthon“, erwiderte Hayraddin — „ich konnte doch schlecht beide Gräfinnen von Croye dem wilden Eber der Ardennen entführen.“

„Elender!“ rief Quentin, außer sich. „Aber es darf nicht zu spät sein... ich muß zurück, um Gräfin Hameline zu befreien.“

„Hameline?“ flüsterte die Dame neben ihm etwas verwirrt, „sie steht ja vor dir und dankt dir bereits für ihre Errettung.“

„Das darf nicht wahr sein“, flüsterte Quentin fassungslos. „Ist denn Gräfin Isabelle zurückgeblieben?... Lebt wohl — lebt wohl!“

Hayraddin stellte sich ihm in den Weg, als er zurückrennen wollte. „Nein, Ihr dürft nicht umkehren, Ihr rennt ja in Eueren Tod...“

Quentin versuchte vergeblich, den Zigeuner abzuschütteln; schließlich griff er zu seinem Dolch, um ihn loszuwerden.

„Na, wenn es nicht anders sein soll”, rief Hayraddin, ihn loslassend, „geht zum Teufel!“

Quentin Durward raste so schnell er nur konnte zurück zum Schloß. Hayraddin wandte sich nun der Gräfin zu, die sich vor Scham und Enttäuschung abgewandt hatte. „Hier hat ein Irrtum stattgefunden“, sagte er unwillig, „kommt, Gräfin, ich will Euch, noch ehe der Tag anbricht, einen galanteren Gatten besorgen als diesen bartlosen Jungen!“

„Ich rühre keinen Fuß von hier weg“, antwortete die Gräfin eigensinnig.

„Das werden wir sehen! Oder soll ich es mit Gewalt versuchen, Euch fortzuschaffen?“ drohte Maugrabin.

. „Nein", schaltete sich nun Marthon ein und trat dazwischen, „ihr soll nicht Gewalt angetan werden. Sie ist eine gute Frau, und auch eine Närrin. Und Ihr, Madame, macht Euch auf und folgt uns... hier hat ein Irrtum vorgelegen..."

In diesem Augenblick drang ein furchtbares Getöse vom Schloß herüber, in das sich gequälte Schreie und Siegestaumel mischten.

Gräfin Hameline ließ sich nun willig abführen, jedoch vermochte sie in ihrem Schrecken der Unterhaltung kaum zu folgen, die das Zigeunerpaar führte.

„Ich wußte gleich, daß dein Plan töricht war", sagte Marthon. „Hättest du die jungen Leute zusammengebracht, wäre uns ein Plätzchen in ihrem Schlosse sicher gewesen. Wie kannst du dir nur einbilden, daß ein so hübscher junger Mann diese alte Närrin heiraten würde!" „Ich wollte dem Jungen einen Gefallen erweisen. Durch die Heirat mit Hameline hätte er zu Ansehen und Reichtum kommen können. Wenn er dagegen Isabelle gefolgt wäre, hätten sie de la Marck, Burgund und Frankreich auf den Hals bekommen. Und nun weg mit dieser albernen Person — wir wollen sie zu dem Eber der Ardennen bringen. Sicher ist er schon wieder längst betrunken und wird sie kaum von der jungen Gräfin unterscheiden können."

Die Lütticher waren bereits in das Schloß eingedrungen und hatten sich schnell der Höfe und der unteren Teile des Gebäude bemächtigt. Einige der Verteidiger schlugen vor, sich doch lieber zu ergeben, andere sprangen aus Furcht und Verzweiflung in den Graben, wo sie entweder ertranken oder an die Angreifer gerieten.

Mitten in diesem mordenden und plündernden Haufen erblickte man Quentin Durward, der einem Rasenden glich. Er bahnte sich gewaltsam einen Weg durch die Menge, als suche er den Tod. Während er einen großen Teil der angreifenden Soldaten in die entgegengesetzte Richtung seines Ziels führte, weil sie da einen vermeintlichen Schatz zu finden hofften, konnte er ungehindert den kleinen Garten betreten. In diesem Augenblick stürzten die Männer auf ihn zu mit dem Rufe: „Lüttich! Lüttich!"

Quentins Antwort lautete: „Frankreich, Frankreich, Lüttichs Freund!"

Dieses Losungswort ließ ihn sicher bis zum Turm vordringen, vor dessen Eingangstür mehrere Erschlagene den Eingang versperrten. Plötzlich ergriff einer der vermeintlichen Toten seinen Mantel und stöhnte: „Helft mir! Ich ersticke hier in meiner eigenen Rüstung! ... Ich bin der Syndikus Pavillon von Lüttich! Wenn Ihr für uns seid, will ich Euch reich machen... wenn Ihr gegen uns seid, will ich Euch beschützen, aber helft mir!"

Blitzschnell überdachte Quentin die Situation und erkannte sofort, daß dieser Würdenträger Mittel haben dürfte, seinen Rückzug zu decken.

So befreite er ihn rasch aus seiner Zwangslage. Der Syndikus erkannte ihn sogleich wieder und freute sich, in dieser grauenvollen Nacht einen Freund gefunden zu haben.

Quentin eilte weiter, durchsuchte mehrere Räume, rief den Namen der Angebeteten — aber er bekam keine Antwort. Plötzlich

gewahrte er einen matten Lichtschimmer, der zu einer Tür innerhalb des Schlafgemaches führte. Da sich die Tür nicht öffnen ließ, warf er sich mit ganzer Kraft dagegen, bis sie aufging. Auf dem Boden eines kleinen Betzimmers kauerte eine Gestalt, die durch das Geräusch der einstürzenden Tür in Todesangst gewesen sein mußte. Er beugte sich über sie und erkannte Isabelle. Er drückte sie fest an sich..., flüsterte ihr tröstende Worte zu... und bat sie, Mut und Vertrauen zu haben.

„Durward!" rief sie endlich, „seid Ihr es wirklich? O, verlaßt mich nicht wieder!"

„Niemals ... niemals!" antwortete Durward. „Was auch immer geschehen mag, ich werde bei Euch bleiben, bis Ihr in Sicherheit seid."

Auf einmal bemerkten sie die Stimme Mynheer Pavillons hinter sich, der sich verlegen räusperte. „Ihr müßt uns helfen und uns beschützen", flehte Quentin den reichen Bürger an. „Diese junge Dame wurde meiner Obhut durch Eueren Verbündeten, den König von Frankreich, anvertraut. Wenn Ihr mir nicht helft, wird diese Stadt die Gunst Ludwigs verlieren. Vor allem muß die Gräfin vor den Händen Wilhelm de la Marcks geschützt werden!"

„Das wird schwer sein", antwortete Pavillon, „aber ich will mein möglichstes tun, Euch zu helfen."

Er beugte sich aus dem Fenster und pfiff ein eigentümliches Signal. Unverzüglich sammelte sich eine kleine Gruppe seiner Leute unter dem Turmfenster und bildete eine Schutzwache. Es war mittlerweile etwas ruhiger geworden, zumal sich die Plünderer trafen, um Kriegsrat zu halten. Mynheer Pavillon zögerte, der Einladung zum Kriegsrat zu folgen und verlangte vorher noch mit seinem Leutnant, Peterkin Geislaer zu sprechen. Endlich erschien Peterkin zu Pavillons großer Freude, der ihm genauestens über den Stand der Dinge berichtete. Beide waren sich einig, daß ihnen Wilhelm de la Marck als neuer Herr auf Schönwald eine höchst unwillkommene Aussicht darstellte. „Peter", sagte Pavillon, „wir wollen sogleich von hier fortgehen."

„Aber die Schloßbrücken sind aufgezogen, Meister", rief Geislaer, „die Tore sind geschlossen und von den Landsknechten besetzt, wir können nicht hinaus!" „Wieso macht er die Tore zu, wir sind doch keine Gefangenen", entrüstete sich Pavillon.

„Man munkelt allerdings einiges über die Damen von Croye, die entkommen konnten. Das hat den Mann mit dem Bart außer sich gebracht vor Zorn, und nun ist er dazu noch betrunken und spielt verrückt."

Quentin, der die ganze Unterredung verfolgt hatte, erkannte eine winzige Chance, die er den beiden Männern nun mitteilte.

„Mynheer Pavillon, geht nur munter zu Wilhelm de la Marck und verlangt von ihm freien Abzug für Euch, Eueren Leutnant, Eueren Knappen und Euere Tochter. Er findet bestimmt keinen Grund, Euch gefangen zu halten. Betrachtet mich dabei bitte als Eueren Knappen und dieses junge Fräulein hier als Euere Tochter."

Isabelle warf sich zu des Bürgers Füßen und flehte um Barmherzigkeit. „Denkt Euch", schluchzte sie, „daß Euere eigene Tochter so vor einem Fremden kniete und flehte ihn an um Leben und Ehre ...o, denkt daran und gewährt mir den Schutz, den Ihr für sie wünschen würdet."

„In der Tat", murmelte der gute Pavillon ganz gerührt von ihrem Flehen, „ich denke, dieses hübsche Mädchen hat etwas von dem süßen Blick unseres Trudchens. Peter, ich wette, das ist eine echte Liebesgeschichte, und wir müssen sie fördern. So soll sie denn meine Tochter sein; was aber sagen wir, wenn sie fragen, weshalb meine Tochter bei solch einem Blutvergießen zugegen ist?"

„Was hatten denn die anderen Lütticher Frauen zu suchen, als sie uns nach dem Schlosse folgten?" fragte Peter, „sie ist halt aus Versehen zu weit mit ins Schloß gezogen worden, das ist alles!"

„Laßt uns also aufbrechen" bestimmte Quentin, „und Ihr, Isabelle, hüllt Euch dicht ein in diesen Schleier und seid guten Mutes, in wenigen Minuten werdet Ihr frei und in Sicherheit sein."

Als sie die Höfe überquerten, die noch mit Toten und Sterbenden bedeckt waren, flüsterte Quentin seiner Begleiterin, die sich auf ihn stützte, Mut und Trost zu.

„Eine Gunst noch laßt mich von Euch erflehen", flüsterte sie leise, „ich beschwöre Euch, sie mir zu gewähren!" „Es gibt nichts, was ich Euch verweigern könnte!" versicherte ihr Quentin.

„Stoßt mir Eueren Dolch ins Herz", flehte sie, „ehe Ihr mich den Händen dieses Ungeheuers überlaßt!"

Quentin drückte die Hand der jungen Gräfin — das war seine einzige Antwort. Als sie sich der Halle näherten, erinnerte das lärmende Gejohle eher an das Gelage wilder Dämonen, als an das Fest einer Handvoll Soldaten, denen eine kühne Tat glücklich gelungen war.

Quentin schauderte bei dem Anblick des Zechgelages, das in derselben Schloßhalle abgehalten wurde, in der er noch vor kurzer Zeit das Mittagsmahl eingenommen hatte.

Am oberen Ende der Tafel thronte der wilde und gefürchtete Eber der Ardennen, der diesem Namen in jeder Weise Ehre machte. Er hatte sich den Thronsessel des Bischofs herbeischaffen lassen, auf dem er sich nun gröhlend wälzte. Den Helm hatte er abgelegt, aber seine schwere, glänzende Rüstung anbehalten; über seinen Schultern hing ein Umhang, der aus der gegerbten Haut eines mächtigen Ebers angefertigt war, dessen natürliche Hufe und Hauer durch silberne ersetzt waren. Die Kopfhaut des Tieres war so angepaßt, daß sie als Kappe über den Helm oder, wie jetzt, über den Kopf gezogen — ihm das Aussehen eines scheußlich grinsenden Ungeheuers verlieh.

Die Gesichtszüge Wilhelm de la Marcks waren nicht gerade als häßlich zu bezeichnen, denn seine offene, hohe Stirn und die großen, funkelnden, hellen Augen ließen eher auf einen großherzigen Charakter schließen, doch wurden diese gewinnenden Züge durch seine Gewalttätigkeit und Unbesonnenheit völlig verdrängt, abgesehen davon, daß Trunksucht und Völlerei sein Gesicht bei entsprechenden Gelegenheiten völlig verzerrten. Auffallend an ihm war ein langer, voller Bart, der aber weder das von Natur Abstoßende seines Gesichts versteckte, noch den brutalen Ausdruck verfeinerte.

Die Soldaten und Offiziere, die um die Tafel herumsaßen, unterschieden sich in ihrem Benehmen kaum von den Lütticher Bürgern, die meist den niedrigeren Ständen entstammten. Die wenigen Bürger aus Lüttich, die besseren Klassen angehörten, mußten notgedrungen dem Gelage beiwohnen, zeigten aber durch ihre verstörten Mienen, daß sie sich ausgesprochen unwohl in dieser Gesellschaft fühlten.

Während man sich ungehemmt über die Weine des Bischofs hermachte und sich überdies des kostbaren Silbergeschirrs aus der Kirche bediente, gelang es einem Landsknecht, der von der Tafel ausgeschlossen war, einen wertvollen Silberbecher zu entwenden. Der Eber lachte dröhnend, als er von dem Vorfall erfuhr, zumal jener Landsknecht sich durch wahre Tollkühnheit bei der Erstürmung des Schlosses ausgezeichnet hatte. Als daraufhin ein anderer sich den gleichen Scherz erlaubte, schritt de la Marck entschieden gegen diese Dreistigkeit ein, denn er wollte sich nicht aller wertvollen Gegenstände seiner Tafel beraubt sehen. „Ho! Ho!“ rief er dröhnend, „wer sich im Kampf nicht hervorgetan hat, darf sich nicht anmaßen, unter seinen Freunden ein Dieb zu sein. Was! Du Feigling ... du wagst es, mir frech zu entgegnen...? Hängt ihn an die Riegel jenes Fensters! Er soll mit den Füßen den Takt schlagen, während wir einen Becher leeren auf seine glückliche Fahrt zur Hölle.“

Das Urteil wurde auf der Stelle vollzogen; einen Augenblick später hing der arme Kerl an den Eisenstangen im letzten Todeskampf. Das schreckliche Bild, das Mynheer Pavillon und seine Begleiter beim Betreten der Halle zu sehen bekamen, ließ ihren Mut gleich sinken. Der Syndikus bewahrte seine Würde so gut es ging und beglückwünschte kurz die Anwesenden zu dem großen Sieg.

„Ho! Ho! Herr Bürgermeister, wer ist denn diese schmucke Dame an Euerer Seite?... Sie möge sich entschleiern... Wir

möchten ihre Schönheit bewundern."

„Es ist meine Tochter, edler Hauptmann", antwortete Pavillon, „entschuldigt bitte, daß sie verschleiert ist, aber sie hat es den drei heiligen Königen gelobt." „Von diesem Gelübde will ich sie gerne befreien, denn hier mit diesem Messerschlag will ich mir die Weihen des Bischofs von Lüttich geben — denn ein lebendiger Bischof ist doch ebensoviel wert wie drei tote Könige!"

Ein mißfälliges Murmeln durchlief die Tischgesellschaft, denn die drei Könige wurden von allen Bürgern Lüttichs geehrt, wenn sie auch sonst nichts achteten.

Plötzlich wurde es laut am unteren Ende des Saales; man war gerade dabei, den Bischof von Lüttich, Ludwig von Bourbon, herbeizuschleppen. Er machte einen völlig verwahrlosten Eindruck und zeigte alle Zeichen der schändlichen Behandlung, die er bereits erdulden mußte. Sein Blick war gefaßt und unerschrocken, als man ihn jetzt vor den wilden Hauptmann zerrte.

„Ich habe Euere Freundschaft gesucht, und Ihr habt die meine zurückgewiesen. Was würdet Ihr jetzt darum geben, hättet Ihr anders gehandelt?... Nickel, sei bereit!"

Der Fleischer stand auf, ergriff sein Schlachtbeil und stellte sich erwartungsvoll hinter de la Marcks Stuhl.

„Sieh diesen Mann an, Ludwig von Bourbon", fuhr de la Marck fort, „...was für Bedingungen wirst du uns anbieten, um dieser gefährlichen Stunde zu entgehen?"

Der Bischof warf einen traurigen, aber unerschütterlichen Blick auf den Hauptmann und sagte mit fester Stimme: „Höre mich, Wilhelm de la Marck, hört es alle, Ihr guten Männer, die Ihr noch hier versammelt seid, hört, was ich diesem bösen Menschen zu sagen habe... Wilhelm de la Marck, du hast Aufruhr über eine kaiserliche Reichsstadt gebracht... du hast den Palast eines Fürsten des heiligen deutschen Reiches überfallen und besetzt ...du hast seine Leute erschlagen... sein Hab und Gut geplündert... seine Person mißhandelt, dafür bist du der Reichsacht verfallen. Du bist in das Heiligtum des Herrn eingebrochen, als ein kirchenschän-

derischer Räuber…"

„Bist du noch nicht fertig?" rief de la Marck, ihn wütend unterbrechend und mit dem Fuße aufstampfend.

„Das sind deine Verbrechen", entgegnete der Bischof mit fester Stimme, „doch nun höre meine Bedingungen: wirf deinen Hauptmannsstab von dir… lasse deine Gefangenen frei… gib deine Beute zurück… verteile deine Habe an die Witwen und Waisen… nimm einen Pilgerstab und wallfahre barfuß nach Rom, und wir wollen selbst für dich Fürbitte einlegen bei unserem heiligen Vater, dem Papst, für deine arme Seele!"

Während Ludwig seine Bedingungen so ruhig aussprach, erhob sich der Tyrann langsam von seinem Sessel, knirschte vor Wut mit den Zähnen, blickte den Fleischer Nickel bedeutungsvoll an und erhob schweigend seinen Finger. Der Mörder schlug zu, als ob er seine Arbeit im Schlachthaus besorgte, und der Bischof sank lautlos zusammen am Fuße seines eigenen bischöflichen Thrones.

Die Lütticher schrien laut auf vor Entsetzen, da sie doch insgeheim mit einem gütlichen Vergleich rechneten.

Wilhelm de la Marck erhob seine furchtbare Stimme und schrie:

„Was nun, ihr Schweinekerle von Lüttich! Wagt Ihr es, Euch mit dem Eber der Ardennen zu messen?… Auf, ihr Ebersbrut!" — so nannte er häufig seine Soldaten — „laßt diese flämischen Säue eure Hauer sehen!"

Auf dieses Kommando hin sprangen seine Leute auf und ergriffen die Bürger beim Kragen, den gezückten Dolch in der Hand.

Quentin Durward, der in unmittelbarer Nähe von Karl Eberson stand, dem Sohn des Ebers, erkannte sofort seine Chance, ergriff Karl an der Kehle, zückte sein Dolchmesser und rief:

„Ist das Euer Spiel? Dann spiele ich auch das meine!"

„Halt! Halt!" rief de la Marck erschrocken aus, „es ist ein Scherz… nur ein Scherz… Soldaten, laßt los!"

Die Soldaten folgten seinem Befehl, verhielten sich aber noch unentschlossen, da sie zwischen Freund und Feind kaum mehr zu unterscheiden wußten.

„Hört mich an", rief Quentin, den jungen Eberson noch immer festhaltend, „ich bin ein Bogenschütze des Königs Leibgarde. Ich bin hierher gekommen, um Euer Tun und Treiben zu verfolgen, muß jedoch zu meinem Erstaunen feststellen, daß ihr Euch eher wie Heiden benehmt als wie Christen. Die Soldaten Burgunds rükken gegen Euch ins Feld... wenn Ihr Beistand von Frankreich begehrt, müßt Ihr Euer Betragen ändern. Ihr Männer von Lüttich, geht unverzüglich zurück in Euere Stadt, und jeder, der Euch daran hindert, wird als Feind meines Herrn, Seiner Allergnädigsten Majestät von Frankreich, erklärt!"

„Frankreich und Lüttich, Frankreich und Lüttich!" riefen Pavillons Begleiter und viele andere Bürger, die durch Quentins beherztes Auftreten neuen Mut faßten. Sie wußten, daß sich Wilhelm in einer bedrängten Lage befand, denn er erhielt Geld und Leute vom König und war dementsprechend abhängig von ihm. Zudem mußten sie befürchten, daß Karl von Burgund diese Freveltat, die er soeben am Bischof verübt hatte, bitter rächen würde. Wilhelm de la Marck sah ein, daß er ein allzu kühnes Spiel wagte und lenkte vorsichtig ein. Er erklärte sich bereit, die Beute zu teilen, auch hoffte er, daß der schottische Edelmann sein Fest durch längeres Bleiben in Schönwald ehren würde.

Quentin jedoch zog es vor, mit seiner Begleitung den Ort zu verlassen. Überraschenderweise schlossen sich die meisten Lütticher dem Syndikus an, denn jeder beeilte sich, so schnell wie möglich aus dieser Räuberhöhle herauszukommen.

Alle waren unendlich froh, die entsetzlichen Mauern hinter sich gelassen zu haben. Quentin erkundigte sich sogleich nach dem Befinden der jungen Gräfin. „Gut, gut", antwortete sie hastig, „ausgezeichnet gut, laßt uns keinen Augenblick mit Worten verlieren... nur fort von hier...!" Sie versuchte mühsam, ihre Schritte zu beschleunigen, doch die Erschöpfung war so groß, daß sie strauchelte und umgefallen wäre, wenn nicht Quentin sie behutsam auf seine Arme genommen hätte.

Atemlos erreichten sie das Ufer der Maas und bestiegen dort

ein Boot, bedrängt von neugierig zusammengelaufenen Bürgern. Gerne folgten sie der Einladung Pavillons, die Nacht in seinem Hause zu verbringen. Dort angekommen, nahm sich die Tochter des Hauses mit allergrößter Sorgfalt der jungen Gräfin an und behandelte ihren Gast so liebevoll, als wäre Isabelle ihre eigene Schwester.

Durward selbst erhielt ein behagliches Zimmer zugewiesen, das so herrschaftlich ausgestattet war, wie er es bisher noch nie gekannt hatte. Der Komfort übertraf jenen der Franzosen bei weitem; Häuslichkeit war ein Vorzug der Flamen.

Als unser junger Schotte nach einem tiefen, langen Schlaf am anderen Morgen erwachte, erblickte er als erstes das sorgenvolle Gesicht seines Gastgebers, der gerade ins Zimmer getreten war. Mynheer Pavillon begann eine lange, ausführliche Rede über die Schwierigkeiten einer langen Ehe und entsprechende Rücksichtsnahmen, bis Quentin ihn schließlich unterbrach und verkündete: „Ich habe schon verstanden — unser Hiersein ist Euerer Frau nicht angenehm. Wenn ich bloß wüßte, wohin wir uns wenden sollen. Am besten bespreche ich die Angelegenheit mit Fräulein Isabelle."

Eilig schlüpfte er in seine Kleider, während der Syndikus ihm von den Gerüchten erzählte, die bereits die Stadt durchliefen. Angeblich sollen die Gräfinnen als Pilgerinnen verkleidet in Begleitung eines schottischen Bogenschützen durch das Land reisen. Ein Zigeuner habe Wilhelm de la Marck berichtet, daß der Schotte keineswegs mit einer Botschaft weder an ihn noch an die guten Lütticher betraut gewesen wäre, sondern daß er die junge Gräfin gestohlen habe und mit ihr als Liebhaber reise. Der Zigeuner solle sogar die eine der Gräfinnen nach Schönwald geschleppt haben.

„Wir müssen fort von hier", rief Quentin Durward, sich jeglichen Vorwurfes oder Rates enthaltend. „Wir müssen verkleidet abreisen, und zwar auf der Stelle. Nicht wahr, wir können auf Euere Verschwiegenheit und Euere Unterstützung bei der Flucht rechnen?"

„Von ganzem Herzen... das versichere ich Euch!" sagte der ehrenwerte Bürger. „Ich werde es nicht vergessen, daß Ihr gestern abend zweimal mein Leben gerettet habt, zuerst, als Ihr mich aus der Rüstung befreitet, und dann, als Ihr mich aus den Klauen des Ebers erlöst habt. Kommt mit mir... Ihr sollt sehen, welches Vertrauen ich in Euch setze."

Der Syndikus führte seinen Gast in sein Geschäftszimmer, riegelte die Tür hinter sich zu, öffnete eine verborgene Türe zu einer Kammer, in der mehrere eiserne Kisten standen. Er öffnete eine von ihnen, die bis zum Rand mit Gulden gefüllt war und überließ es Quentins Belieben, sich eine Summe zu nehmen, die er für sich und seine Begleiterin angemessen hielt.

Quentin, dessen Geld für die Reise völlig ausgegeben war, zögerte nicht, sich zweihundert Gulden zu nehmen, was Pavillon nur recht war, da er dies Geld beinahe als Sühne für den Bruch der Gastfreundschaft betrachtete.

Anschließend begaben sie sich in das Frühstückszimmer, wo Isabelle ihn schon ungeduldig erwartete.

„Seigneur Quentin, wir müssen unsere guten Freunde sofort verlassen, denn wir werden verfolgt. Ihr müßt Euere Kleidung wechseln, und dann müssen wir überlegen, wohin wir ziehen."

Kaum hatten Quentin und der Syndikus das Zimmer verlassen, als Isabelle die treue Gertrud nach den Wegen und ihre Beschaffenheit ausfragte. Die Tochter des Bürgermeisters war aufrichtig ergriffen von dem Mut und der Entschlossenheit, mit der Isabelle ihr weiteres Schicksal in die Hand nehmen wollte.

„Habt keine Sorge", bestärkte sie Gertrud, „der kühne, junge Herr an Euerer Seite wird Euch beschützen. Außerdem habe ich meinen Bräutigam, Hans Glover, bestellt, der Euch am Osttor erwartet, um Euch den sicheren Weg zu weisen."

Isabelle verabschiedete sich mit einem herzlichen Kuß von ihr und eilte Quentin entgegen, der, mit Peters Festanzuge angetan, kaum mehr zu erkennen war.

Pavillons Frau Mabel hatte unterdessen für zwei stattliche Pferde gesorgt, die die beiden nun bestiegen und sodann davonritten. Ohne Schwierigkeiten gelang es ihnen, mit Hilfe eines Erlaubnisscheines die Wachen am Osttor zu passieren. Unmittelbar darauf gesellte sich ein stämmiger junger Mann zu ihnen, der sich als Hans Glover zu erkennen gab. Dienstbeflissen ritt er auf die Gräfin zu, grüßte sie ehrerbietig und fragte sie in flämischer Sprache, auf welchem Wege sie geführt zu werden wünschte. „Führt mich",

antwortete Isabelle, „zu der nächsten Stadt an der Grenze von Brabant."

Quentin ritt an die Seite der Gräfin und fragte sie leise in französischer Sprache, ob sie etwa schon das Ziel ihrer Reise gewählt habe. „Natürlich!" erwiderte die junge Dame, „meine mißliche Lage erfordert es, daß ich diese unglückselige Reise so rasch wie möglich beende, selbst wenn ich auf diese Weise im Gefängnis lande."

„Im Gefängnis!" entfuhr es Quentin.

„Ja, mein Freund, Ihr habt richtig gehört, aber ich werde dafür Sorge tragen, daß Ihr es nicht mit mir teilen müßt."

„Kümmert Euch nicht um mich", sagte Quentin bekümmert. „Wenn ich Euch in Sicherheit wüßte, wäre mir mein eigenes Schicksal gleichgültig."

„Ja, mein Freund", fuhr sie mit ernster Stimme fort, „ich muß Euch gestehen, daß ich den Entschluß gefaßt habe, in mein Land zurückzukehren und mich dem Herzog von Burgund auf Gnade und Ungnade zu ergeben. Es war ein Irrtum, den ich zu spät erkannte, als ich mich dem Schutz des hinterlistigen und falschen Ludwig von Frankreich unterstellte."

„Wollt Ihr wirklich die Braut dieses Grafen Campobasso werden?"

Quentin versuchte seiner vor Ungeduld bebenden Stimme einen festen Klang zu geben, was ihm offenbar schlecht gelang, denn Isabelle schaute ihn freundlich an und richtete sich dabei in ihrem Sattel gerade auf:

„Nein, Durward, nein! Selbst Burgunds ganze Macht wird es nicht fertigbringen, eine Tochter aus dem Hause Croye zu solch einer verhaßten Bedingung herabzuwürdigen. Der Herzog kann meine Güter und Lehen einziehen, er kann mich in ein Kloster einsperren, aber er kann mich nicht dazu zwingen, meine Hand dem Campobasso zu reichen. Habt Ihr übrigens etwas von meiner Tante gehört? Ich hoffe, sie ist unter dem Schutz des burgundischen Banners. Ihr schweigt?"

Quentin fühlte sich verpflichtet, ihr mitzuteilen, was sich an dem schrecklichen Tage bei der Erstürmung des Schlosses zugetragen hatte. Er beschränkte sich jedoch nur auf die wichtigsten Dinge, indem er den bewußten Brief und die offenen Absichten der Gräfin Hameline auf ihn unerwähnt ließ.

Isabelle war bestürzt über diese schreckliche Nachricht.

„Habt Ihr nichts dagegen unternommen, meine unglückliche Tante in einem finsteren Walde der Gnade eines nichtswürdigen Zigeuners und einer untreuen Zofe zu überlassen...?"

„Hätte ich etwas unternommen, Gräfin", antwortete Quentin, „was wäre dann aus Euch geworden, zu deren Dienste ich mich weit mehr verpflichtet fühle?"

„Ihr habt recht", meinte Isabelle daraufhin in versöhnlicherem Tone, „verzeiht mir, daß ich Euer unerschrockenes Verhalten so vergessen konnte. Aber ach, meine arme Tante... was wird aus ihr geworden sein?"

Quentin tröstete sie, daß die Zigeuner sie sicher gut behandelten, da sie selbst ihren Nutzen davon hätten. Um sie abzulenken, erzählte er ihr ganz offen von den verräterischen Absichten Maugrabins, die von König Ludwig und Wilhelm de la Marck gemeinsam geplant worden zu sein schienen. Alles deutete darauf hin, daß die beiden Zigeunerbrüder und Marthon die Agenten jenes hinterlistigen Monarchen waren.

Unter solch vertraulichen Gesprächen vergaßen die beiden Reisegefährten völlig die Gefahr, die sie umgab. Zuweilen hielten sie in einem abgelegenen Dorf oder an einem Weiher an, um die Pferde zu erfrischen, wann und wo Hans Glover, der sich als außerordentlich taktvoller Begleiter erwies, es für notwendig erachtete.

Es war gegen zwei Uhr nachmittags, als ihnen Hans Glover die Schreckensnachricht mitteilte, daß sie von einer Schar Schwarzreiter de la Marcks verfolgt würden. Sie trugen ihren Namen aufgrund ihrer schwarzen Aufmachung: schwarze Pferde, schwarze Rüstung und schwarzbemalte Hände und Gesichter.

Quentin blickte sich rasch um und sah in der Ferne eine Staub-

wolke, die rasch näher kam.

„Teuerste Isabelle", rief er, „mir ist keine Waffe geblieben als mein Schwert; da ich nicht für Euch fechten kann, will ich mit Euch fliehen."

Sie riefen Hans Glover zu, sich in Sicherheit zu bringen, doch er war nicht zu bewegen, seine Schützlinge in Stich zu lassen. So ritten sie denn alle drei dem Wald entgegen, so schnell es ihre Pferde nur vermochten, verfolgt von den Schwarzreitern, die ihren Galopp nun noch verschärften.

Kaum hatten sie mit erheblichem Vorsprung den sicheren Forst erreicht, als sich ihnen eine Schar Bewaffneter in den Weg stellte.

„Sie haben glänzende Rüstungen", rief Isabelle, „es müssen Burgunder sein, besser die, als unsere Verfolger!"

Dann erkannte sie plötzlich die Fahne des Grafen von Crèvecoeur. Sie ritt auf ihn zu und sagte mit fester Stimme: „Edler Graf! Isabelle von Croye, die Tochter Eueres alten Waffengefährten, des Grafen Reinold von Croye, ergibt sich Euch und begehrt Schutz von Euerer Tapferkeit für sich und ihre Begleiter."

„Du sollst ihn haben, liebes Kind, wäre es auch gegen ein Heer... ausgenommen natürlich meinen Lehensherrn von Burgund. Aber davon reden wir später... erst einmal gilt es, diese Schurken fertigzumachen... Damian, meine Lanze... Fahne voran!...

Legt Euere Lanzen ein... Crèvecoeur zur Befreiung!"

Mit diesem Schlachtruf sprengte der Graf los, zum Angriff auf die Schwarzreiter.

Das Scharmützel dauerte kaum fünf Minuten, denn die überlegene Stärke der Burgunder war unverkennbar. Die Besiegten zogen eilig davon, während sich Crèvecoeur wieder zu Isabelle und ihrer Begleitung begab.

„Es ist eine Schande", murmelte er, „daß die Waffen von Rittern und Edelleuten mit dem Blute jener ruchlosen Banditen besudelt werden müssen. Da bin ich ja gerade noch rechtzeitig gekommen..."

„Mein Herr Graf", sagte Isabelle, „laßt mich wissen, ob ich eine Gefangene bin, und wohin Ihr mich führen wollt!"

„Es tut mir leid, mein Kind, daß diese Frage nicht von meinem Willen abhängt. Meine Pflicht ist es, Euch nach Péronne zum Hofe des Herzogs zu führen."

„Eine Bitte habe ich noch", flüsterte Gräfin Isabelle, „erlaubt diesem guten Manne, der mir als treuer Führer in meinem Mißgeschick zur Seite gestanden hat, unversehrt nach Lüttich, seiner Vaterstadt, zurückzukehren."

„Das will ich gerne tun", antwortete der Graf. „Ich gebe ihm aber vorsichtshalber einen meiner Männer zur Begleitung mit.

„Grüßt mir die liebe Gertrud", beauftragte die Gräfin ihren Führer, zog eine Perlenkette unter ihrem Schleier hervor und gab sie Hans Glover. „Sie soll dies zum Andecken an ihre unglückliche Freundin tragen."

Nachdem die Männer davongeritten waren, wandte sich Quentin an den Grafen: „Herr Graf von Crèvecoeur, darf ich Euch ersuchen, mir zu sagen, ob ich ein freier Mann bin oder ich mich für Eueren Gefangenen halten muß?"

„Eine schwierige Frage", erwiderte der Graf, „die ich gegenwärtig durch eine andere beantworten kann, — glaubt Ihr, daß Frankreich und Burgund Krieg miteinander führen werden?"

„Das, Herr Graf, solltet Ihr besser beurteilen können, denn ich bin schon seit längerer Zeit abwesend vom französischen Hofe."

„Seht Ihr", sagte der Graf, „wie schwer es ist, gewisse Fragen zu beantworten! Im Augenblick darf ich Euch nicht freilassen, doch wird sich Euere Lage bessern, wenn die Dienste, die Ihr meiner Verwandten geleistet habt, ehrlich und anständig waren."

„Die Gräfin von Croye", sagte Quentin, „wird diese Angelegenheit wohl am besten beurteilen können."

„Hm! Hm! Ganz schön stolz...!" murmelte der Graf. „Nun, Monsieur, es wird Euerer Ehre kein Abbruch geschehen, wenn Ihr mir berichtet, wie lange Ihr in Begleitung der Gräfin von Croye gereist seid." „Ich habe der Gräfin Isabelle als Eskorte gedient, seitdem sie Frankreich verließ, um nach Flandern zurückzukehren."

„Wohin, Seigneur Bogenschütz, war Euer Rückzug gerichtet?"

„Nach Lüttich, Herr Graf", antwortete der Schotte, „wo die Damen sich unter dem Schutz des verstorbenen Bischofs zu stellen wünschten." „Des verstorbenen Bischofs!" rief der Graf von Crèvecoeur entsetzt, „ist Ludwig von Bourbon tot?... Woran ist er gestorben?"

„Er schläft in einem blutigen Grabe, Graf... er wurde meuchlings ermordet!"

„Ermordet!" rief der Graf fassungslos, — heilige Himmelsmutter! ...junger Mann, das kann doch nicht möglich sein!"

„Ich habe diese Tat mit meinen eigenen Augen gesehen und manch andere Greueltat dazu! Um es Euch kurz mitzuteilen: ehe diese Freveltat geschah, war das Schloß bereits von Wilhelm de la Marck erstürmt worden, mit Hilfe der aufrührerischen Lütticher!"

„Ich bin sprachlos — Lüttich in Aufruhr!... Schönwald genommen... der Bischof ermordet... Ihr müßt mir alles erzählen. Sprecht, oder ich lasse Euch von wilden Pferden zerreissen."

„Und wenn ich so zerrissen würde, Herr Graf, so könnte doch nichts aus mir herausgerissen werden, das nicht eines echten Schotten würdig wäre. Ich weiß von dieser Freveltat auch nicht mehr als Ihr... Meine einzige Sorge war es, Gräfin Isabelle zu retten, und das ist mir ja gelungen.“

„Ich glaube Euch, junger Mann! Wie konnte so etwas nur geschehen... Aber ich müßte Karl von Burgund nicht kennen, wenn die Rache nicht ebenso entsetzlich wäre... Ich selbst will mich dafür verbürgen, daß dieser Mord gesühnt wird...“

Der tief ergriffene Edelmann schlug bitterlich die Hände zusammen, doch er faßte sich wieder und verlangte sodann Einzelheiten über all diese schrecklichen Vorgänge. Quentin erfüllte dieses Begehren, und er war froh, sich das Bedrückende von der Seele reden zu können. Crèvecoeur erkundigte sich bei dieser Gelegenheit auch nach Gräfin Hameline, warum sie nicht bei ihrer Nichte sei. Der Schotte berichtete ihm, daß einem Gerücht zufolge die Gräfin Hameline in Wilhelm de la Marcks Hände gefallen sei.“

„Na, hoffen wir, daß er sie heiraten wird“, bemerkte Crèvecoeur, „bei ihrem Reichtum wird ihm das nicht allzu schwerfallen; wenn er das Geld in Sicherheit weiß, wird er ihr sowieso über kurz oder lang den Schädel einschlagen.“

Am Abend erreichten sie die Stadt Charleroi an der Sambre, wo Gräfin Isabelle der Obhut der Äbtissin des Zisterzienserklosters übergeben wurde. Sie war so erschöpft von dem langen Ritt und den Schrecken der letzten Tage, daß ihr dieser Ort mehr als willkommen war.

Crèvecoeur bat unterdessen den Gouverneur des Ortes, einige Wachen um das Kloster herum aufzustellen, da Unruhen aus Lüttich zu befürchten seien.

Am darauffolgenden Morgen brachen sie zeitig auf, denn der Graf wollte so schnell wie möglich nach Péronne, um den Herzog von der schrecklichen Mordtat zu unterrichten.

Unterwegs war Quentin schweigsamer als gewöhnlich. Der Gedanke, Isabelle in Kürze verlassen zu müssen, wurde ihm immer schmerzlicher bewußt. Nach Stunden mühevollen Reitens gelangten sie in die Nähe der Stadt Péronne, wo das Heer des Herzogs von Burgund sein Lager aufgeschlagen hatte, jederzeit bereit, in

Frankreich einzufallen. Ludwig XI hatte dagegen eine starke Armee bei Saint-Maxence versammelt, um seinen übermütigen Vasallen zur Vernunft zu bringen.

Unterwegs erfuhren sie von zwei Edelleuten, die ihnen entgegenritten, daß der König selbst in Péronne sei. „Wie!“ rief der Graf höchst erstaunt, „hat der Herzog kapituliert? Wieso lauft Ihr hier in Zivilkleidung herum, wenn die Stadt von den Franzosen belagert wird...?“ „Nein“, erwiderte Comines, einer der Edelleute, „nicht ein einziges französisches Banner ist erobert. Hört die aufsehenerregende Wahrheit: noch vor vierundzwanzig Stunden hatte der Herzog den Plan gefaßt, dem König eine Herausforderung zuzusenden und sofort in Frankreich einzumarschieren.

Als unser Bote im Begriff war, sein Pferd zu besteigen, um die Kriegserklärung zu überbringen, kam der französische Herold Montjoie in unser Lager geritten. Wir waren natürlich der festen Überzeugung, daß Ludwig uns mit der Herausforderung zuvorkommen wolle. Nachdem wir die Botschaft vernommen hatten, waren wir völlig verwirrt, denn es hieß, das Ludwig, König von Frankreich, kaum eine Stunde Weges entfernt mit einem kleinen Gefolge geritten käme mit der Absicht, Herzog Karl von Burgund zu besuchen, um ihre Meinungsverschiedenheiten in einer persönlichen Unterhaltung beizulegen!“

„Was für ein Gefolge hatte er denn?“ fragte Crèvecoeur neugierig.

„Oh, ein recht bescheidenes“, antwortete d'Hymbercourt, der andere Edelmann. „Es waren nur ein paar seiner schottischen Leibgardisten und einige Ritter und Herren seines Hofstaates... unter welchen sein Astrolog Galeotti die stattlichste Figur machte.“

„Der Kerl“, sagte Crèvecoeur, „hat sicher seinen Teil dazu beigetragen, den König zu diesem bedenklichen politischen Schritt zu bestimmen. Ist sonst noch jemand von hohem Adel zugegen?“ „Monsieur von Orleans und Dunois“, erwiderte Comines. „Wie kommt denn das? Wir hörten doch, daß beide in Ungnade gefallen seien und im Gefängnis säßen.“

„Sie waren allerdings in Loches, jenem erquicklichen Erholungsort für den französischen Adel“, grinste der andere Adelige d'Hymbercourt, „aber Ludwig hat sie freigelassen, um sie mitzubringen...“

Nach diesen ausführlichen Neuigkeiten setzten sie den Rest ihres Weges fort, und endlich erreichten sie die reichen ebenen Ufer der Somme und die alten Mauern der kleinen Stadt Péronne la Pucelle, und die weiten grünen Wiesen, in deren Mitte sie lag, die aber jetzt ganz weiß waren von den zahlreichen Zelten der gegen 15 000 Mann starken burgundischen Armee.

Das Zusammentreffen der beiden Herrscher verlief wider Erwarten betont friedlich. Ludwig war sehr bemüht, mit äußerster Gewandtheit und schärfster Beobachtung die Tiefen und Höhen im Wesen und Gemüt seines Gegners zu sondieren.

Endlich ging ein Tag zu Ende, der für Ludwig höchst ermüdend gewesen war infolge der fortwährenden Anstrengung, Wachsamheit, Vorsicht und Aufmerksamkeit walten zu lassen. Er wurde von den Kammerherren und Quartiermeistern des Herzogs in die von ihm gewählte Wohnung des Schlosses geführt und von dort von einer starken Wache von Bogenschützen in Empfang genommen. Am Eingang der für ihn bestimmten Gemächer, die alt und düster aussahen, stand Le Balafré Schildwache.

„Folgt mir hierher", sagte der König, als er an ihm vorbeikam. „Habt Ihr etwas von Euerem Neffen gehört? Uns ist er ganz aus den Augen gekommen, seit er uns zwei Gefangene zurückschickte."

„Mit Verlaub Euerer Majestät", erwiderte Le Balafré, „ich habe heute abend gerade den Reitknecht Charlot gesehen, den mein Neffe in Lüttich abschickte, oder vielmehr von einem Schloß des Bischofs, das ganz in der Nähe liegt, wohin er die Gräfinnen von Croye in Sicherheit gebracht hatte."

„Wißt Ihr das gewiß?" fragte der König hastig, „seid Ihr wirklich ganz sicher, daß diese Nachricht stimmt?"

„So sicher, als man nur sein kann", antwortete Le Balafré; „wenn ich mich nicht irre, hatte er Bursche Briefe an Euere Majestät von den Gräfinnen von Croye."

„Schnell! Schnell! Holt sie!" rief der König aufgeregt.

Daraufhin betrat der erste Bote, den Quentin von Schönwald aus abgesandt hatte, mit seinen Briefen das Zimmer. Sie waren von der Gräfinnen an den König gerichtet, dem sie sehr kühl und zurückhaltend für die an seinem Hofe genossene Gastfreundschaft dankten. Ludwig fragte Charlot sehr eingehend nach der Route, welche die Reisegesellschaft nach Lüttich eingeschlagen hatte, und schien großen Anteil daran zu nehmen, als er erfuhr, daß sie den direkten Weg nach Lüttich am linken Maasufer gewählt hätten, und nicht, wie es in der Route vorgeschrieben war, das rechte Ufer.

Diese Neuigkeiten, obwohl sie das Scheitern seiner Lieblingspläne beinhalteten, schienen dem König mehr innerliche Befriedigung zu gewähren, als zu erwarten war. Er atmete erleichtert auf und murmelte mit frommer Miene ein Dankgebet.

Später ließ er seinen Ratgeber Olivier kommen, den er befriedigt über den Ausgang seiner Pläne in Kenntnis setzte.

„Die Sterne standen günstig", sagte der König in sanftem Tone, „der Führer dieser beiden Gräfinnen hatte das gleiche Horoskop wie das meinige. Er befreite mich aus einer Gefahr, selbst durch seinen Ungehorsam gegen meine Befehle, indem er die Route einschlug, auf der er vor Wilhelm de la Marcks Hinterhalt sicher war. Ich habe vorausgesehen, daß die Expedition jenes schottischen Bogenschützen glücklich für mich enden würde.

Laßt uns zu Bett gehen, Olivier!"

Der darauffolgende Tag wurde mit einer Musterung der Truppen des Herzogs von Burgund begonnen, an die sich eine Eberjagd anschloß. Der Hof speiste bei dieser Gelegenheit nach alter Jagdsitte im Walde zu Mittag, umso festlicher wurde die Abendmahlzeit hergerichtet. So fand denn König Ludwig bei seiner Rückkehr nach Péronne ein prachtvolles Bankett veranstaltet. An der Spitze der langen Tafel, die unter dem Gold- und Silbergeschirr schwer zu tragen hatte und verschwenderisch mit den auserlesensten Leckerbissen bedeckt war, saß der Herzog, und zu seiner Rechten sein königlicher Gast. Das Essen war bereits in vollem Gang, als Comines und d'Hymbercourt in die Halle traten.

„Meiner Treu!" rief der Herzog erstaunt aus, „Ihr seht ja aus, als wäret Ihr zu einem Leichenschmaus, nicht aber zu einem Festmahl gekommen." Während der Herzog sprach, richteten sich alle

Augen auf die beiden Verspäteten, und alle Fröhlichkeit verstummte beim Anblick der niedergeschlagenen Gesichter, als erwarte man eine bedrohliche und bedeutungsvolle Nachricht.

„Was bedeutet dieses Schweigen, Messires?“ fragte der Herzog.

„Gnädiger Herr“, sagte Comines, „als wir im Begriff waren, aus dem Walde hierher zurückzukehren, begegneten wir dem Grafen Crèvecoeur.“

„Ja, wo ist denn der Graf?“ rief der Herzog. „Er möge sofort kommen... ! Er kommt doch von den Grenzen Lüttichs, oder... ?“

Die Blicke des Herzogs hafteten unverwandt an der Tür, während die Gäste sich bemühten, ihre Sorge bezüglich einer bösen Nachricht geflissentlich zu unterdrücken.

Endlich trat Crèvecoeur ein, der sofort vom Herzog bestürmt wurde: „Was bringt Ihr Neues aus Lüttich und Brabant, Herr Graf? Comines, den Ihr unterwegs traft, hat uns durch seine bedrückten Andeutungen nichts Gutes ahnen lassen, aber ich kann es erraten... sind die Lütticher in Aufruhr?“

„Sie sind es, Monseigneur“, antwortete Crèvecoeur, sehr ernst.

„Ihr habt aber doch noch mehr Nachrichten! Heraus damit... !“

„Monseigneur, die weiteren Nachrichten kommen mir kaum über die Lippen... sie werden kummervoll für Euch sein. Wilhelm de la Marck mitsamt den aufrührerischen Lüttichern hat Schloß Schönwald erstürmt und den Bischof in seiner eigenen Halle ermordet!“

„Ermordet!“ wiederholte der Herzog mit dumpfer Stimme. „Crèvecoeur, das kann nicht wahr sein, Ihr habt Euch durch ein wildes Gerücht täuschen lassen...“

„Ach, Monseigneur!“ seufzte der Graf, „ich weiß es von einem Augenzeugen, einem Bogenschützen der Leibwache des Königs von Frankreich, der sich gerade in der Halle von Schönwald aufhielt, als die Mordtat vollbrecht wurde.“

„Und der ohne Zweifel bei diesem Massaker mitgeholfen hat!“ schrie der Herzog und stampfte mit dem Fuß wutschäumend auf. „Sperrt die Türen dieses Saales... sichert die Fenster... kein

Fremder rühre sich von seinem Sitz... Ihr Herren meiner Kammer, zieht eure Schwerter!"

Eine wilde und allgemeine Aufregung verbreitete sich im Saal. Auf Befehl des Herzogs wurden die Türen geschlossen und mit Wachen besetzt.

Plötzlich vernahm man die Stimme Dunois' inmitten des Tumultes: „Herr Herzog, Ihr habt vergessen, daß Ihr ein Vasall Frankreichs seid, und daß wir, Euere Gäste, Franzosen sind. Wenn Ihr eine Hand gegen unseren Monarchen erhebt, müßt Ihr mit unserer Gegenwehr rechnen."

In diesem Augenblick konnte der König sehen, auf wen er sich mit Sicherheit verlassen durfte. Lord Crawford rief kühn: „Ich habe für des Königs Vater und seinen Großvater gefochten, und bei Skt. Andreas, möge es hier enden wie es wolle, ich will ihn in dieser Bedrängnis nicht im Stich lassen."

Der Herzog von Burgund hielt noch immer die Hand am Schwert und schien im Begriff, das Signal zu einem allgemeinen Angriff zu geben, als Crèvecoeur vorwärts stürzte und laut ausrief: „Mein Lehensherr von Burgund! Bedenkt, was Ihr tut! Ihr seid des Königs Vasall... vergießt nicht das Blut Eures Gastes an Euerem Herde. Rächt nicht einen grauenvollen Mord durch einen noch schlimmeren!"

„Aus dem Wege, Crèvecoeur!" brüllte der Herzog, „und laß meiner Rache freien Lauf...!"

„Monseigneur, bitte zügelt die Heftigkeit Eueres Temperaments, wie sehr Ihr auch getroffen seid... Und ihr, Herren von Frankreich, haltet Euch zurück, führt kein Blutvergießen herbei!"

„Er hat recht!" rief Ludwig kaltblütig. „Unser Vetter, der Herzog, ist entrüstet über die Nachricht von dem Tode eines nahen und geliebten Freundes, dessen Ermordung wir ebenso tief beklagen wie er. Lang gehegter Argwohn verleitet ihn zu der Annahme, wir hätten ein Verbrechen begünstigt, das unser Herz verabscheut. Tretet zurück, Crawford, und wenn es verlangt wird, gebt Euer Schwert ab. Ich befehle es Euch, und Euer Eid verpflichtet Euch zu gehorchen."

„Herren von Frankreich", sagte Herzog Karl, „ihr müßt Eure Waffen an meine Offiziere abgeben! Euer Herr hat den Waffenstillstand gebrochen!" Auf diese Weise bewies Ludwig in dieser schrecklichen Bedrängnis Geistesgegenwart und Beherztheit, was allein ihm das Leben retten konnte. Es war ihm klar, daß, solange die Waffen nicht gebraucht wurden, die meisten der anwesenden Edelleute Burgunds ihm zur Seite stünden, die Wut ihres Fürsten zu mäßigen. Bei einem Handgemenge hätten er und seine Leute kaum Aussicht auf Befreiung.

„Halt, ihr Herren!" sagte der Herzog mit gebrochener Stimme. „Behaltet eure Schwerter, es genügt, wenn ihr versprecht, sie nicht zu gebrauchen... Und Ihr, Ludwig von Valois, müßt Euch als meinen Gefangenen betrachten, bis Ihr Euch von dem Verdacht des Kirchenraubes und Mordes befreit habt. Führt ihn nach dem Schloß... nein, führt ihn zu Graf Herberts Turm! Er mag sich sechs seiner Leute zu seiner Aufwartung aussuchen. Jede Zugbrükke und jedes Fallgitter nieder! Besetzt die Stadttore dreifach! Achtet mir auf Ludwigs Person, wenn Euch Euer Leben lieb ist!"

Mit einem Blick tödlicher Feindschaft auf den König stürzte er in zorniger und wütender Hast aus dem Saal.

„Wir sind", sagte nun Crèvecoeur, „Untertanen von Burgund und müssen deshalb unsere Pflicht tun; aber wir werden unablässig darum bemüht sein, Frieden und Einigkeit zwischen Eurer Majestät und unserem Lehensherrn wiederherzustellen. Wollt Ihr nun bitte Euer Gefolge bestimmen."

Der König überlegte einen Augenblick und entschied sich dann für Olivier le Dain, Le Balafré, Tristan L'Hermite und zwei seiner Leute und Galeotti, seinen Philosophen und Astrologen.

Als Ludwig in das düstere und unheimliche Gebäude innerhalb des Schlosses geführt wurde, da war es ihm, als schrie eine Stimme ihm jene Worte ins Ohr, die Dante über die Pforte zur Hölle gesetzt hatte: „Laßt alle Hoffnung fahren!"

In diesem Augenblick überkam ihn ein Gefühl des Mitempfindens für alle die Elenden, die er ohne Ursache, oder auf einen leichten Verdacht hin, in die Abgründe seiner Kerker gestoßen hatte.

Nachdem der Seneschal mühsam das Tor des finsteren Graf Herberts Turm aufgeschlossen hatte, erklommen sie eine enge, aus plump behauenen Steinblöcken angefertigte Treppe und betraten die ehemalige große Halle des Donjons, die selbst am Tage nur schwach erleuchtet war.

Ein paar Fledermäuse flatterten gegen die Fackeln und drohten sie auszulöschen.

Ludwig erfuhr bei dieser Gelegenheit, daß sein Gemach seit zwanzig Jahren nicht bewohnt worden war und daß sein Vorfahre hier von seinem verräterischen Vasallen erschlagen wurde. „Nicht gerade hier, mit Verlaub, Euer Majestät", entgegnete der Seneschal, „nicht hier, sondern in der Seitenkammer, die in das Schlafzimmer Euerer Majestät führt." Er öffnete eine Tür am oberen Ende der Halle, die in ein Schlafgemach führte.

„Für Euere übrigen Diener wollen wir Betten in der Halle aufschlagen", sagte der geschwätzige alte Mann, „... und wenn es Euer Majestät gefällt, einen Blick auf die kleine Tür hinter der Tapete zu werfen, die geht in das Kabinett in der Mauer, wo Karl erschlagen wurde; dort ist ein geheimer Zugang von unten, durch welchen die Mörder hinaufgelangten. Man kann sogar noch das Blut auf den Eichendielen sehen, obwohl der Mord vor fünfhundert Jahren geschehen ist."

Bevor Graf von Crèvecoeur und seine Leute sich verabschiedeten, bat der König sie, seinen Astrologen Martius Galeotti kommen zu lassen. Sie versprachen, dem königlichen Wunsche nachzukommen und entfernten sich mit schnellen Schritten.

Endlich war alles still, bis auf das träge Plätschern des Somme-Flusses, der unter den Mauern des Schlosses dahinfloß.

„Geht in die Halle, meine Freunde", sagte Ludwig zu seinen Begleitern, „aber legt Euch noch nicht zum Schlafen nieder, denn wir haben heute Nacht noch Wichtiges zu erledigen."

Während seine Männer draußen in der Halle um ein hell loderndes Feuer saßen, litt Ludwig in der Abgeschiedenheit seiner kleinen Kammer Todesqualen. Er hielt verzweifelt Selbstgespräche, rang die Hände in inbrünstigem Gebet, erhob sich alsdann von seinem Gebetsschemel, gleichsam gereinigt von seinem Gewissen, öffnete die Türe zur Halle und rief Balafré zu sich.

„Mein braver Krieger", sprach er zu ihm, „ich habe einen Feind zu bestrafen. Es handelt sich um den verräterischen Schurken Martius Galeotti, der durch seine Betrügereien und Lügen mich hierher geschleppt hat in die Gewalt meines Todfeindes. Dieser Verräter wird auf unseren Befehl hin herkommen. Deine Aufgabe soll es dann sein, dich an ihn heranzumachen und ihm eins unter die fünfte Rippe zu versetzen... Verstehst du mich?"

„Allerdings — sehr gut", antwortete Le Balafré, „aber mit Verlaub Euer Majestät, ich könnte keinen Hund erschlagen... Was den Astrologen betrifft, ...wenn der Kerl ein Verräter ist, so laßt ihn den Tod eines Verräters sterben... aber ich will nichts damit zu tun haben. Vielleicht könnte da der Generalprofoß und zwei seiner Leute draußen Euch da von größerem Nutzen sein."

„Vielleicht hast du recht", lenkte der König ein, „aber zumindest könntest du die Vollstreckung überwachen. Höre zu, Le Balafré, wenn Galeotti hier eingetroffen ist, bewachst du mit der Waffe in der Hand die Türe der Halle. Laß niemanden hinein! Und jetzt gehe und schicke mir den Generalprofoß."

Kurz darauf trat Tristan L'Hermite ein.

„Gut, daß du kommst", sagte der König, „derjenige, der uns in diese Falle gelockt hat, soll uns als Quartiermeister in die andere Welt vorangehen, um uns dort Wohnungen zu bestellen. Glaubst du, genügend Leute und Mittel zu haben, um kurzen Prozeß mit diesem Kerl zu machen?" „Ich habe Trois-Echelles und Petit-André bei mir", erwiderte der Generalprofoß, „diese Leute sind so geübt in ihrem Geschäft, daß sie von drei Männern einen aufhängen können, ehe seine zwei Kameraden dies mitkriegen. Was sollen wir machen?"

„So wisse denn, Tristan, die verurteilte Person ist Martius Galeotti. Ja, da staunst du! Der Halunke hat uns durch falsche Versprechungen hierhergelockt, um uns dann schutzlos an den Herzog von Burgund auszuliefern."

„Aber nicht ungerächt!" rief Tristan. „Wäre es die letzte Tat meines Lebens, ich würde ihn wie eine sterbende Wespe noch tüchtig stechen."

„Ich kenne deine Zuverlässigkeit und Treue", antwortete der König. „So, und nun geh und triff alle Vorbereitungen mit deinen Leuten. Der Schurke kann jeden Augenblick kommen. Hoffentlich schöpft er keinen Argwohn und bleibt fort."

„Mit Verlaub, Euer Majestät, Ihr müßt mir noch ein Zeichen geben, wenn Galeotti sich von Euch entfernt, ob ich mich an die Arbeit machen soll oder nicht. Ich weiß, daß Euer Majestät einige Male Eueren Entschluß geändert haben und daß Ihr mich dann wegen meines Übereifers schaltet."

„Ich sage dir", entgegnete der König, „daß ich meinen Entschluß nicht ändern werde. Trotzdem, nimm dies als Zeichen: wenn ich zu dem Schurken beim Abschied sage: ‚Es ist ein Himmel über uns', dann seid bereit; sage ich aber ‚Geh' in Frieden!', habe ich meinen Vorsatz geändert."

„Und wie sollen wir den Körper loswerden?" fragte der Profoß.

„Laß mich einmal überlegen", grübelte der König, „die Fenster der Halle sind zu eng, aber das vorspringende Erkerfenster ist weit genug. Wir werfen ihn in die Somme hinunter, heften ein Papier auf seine Brust, auf dem geschrieben steht: ‚Laßt die Gerechtigkeit des Königs zollfrei passieren'. Des Herzogs Beamten werden ihn dann schon auffischen!"

Draußen besprach sich Tristan mit seinen beiden Gehilfen, unbeachtet von dem versonnenen Olivier und dem fest eingeschlafenen Le Balafré. „Leute!" flüsterte der Profoß, „wir schrauben eine Winde zu jenem Balken über der Tür und legen das Seil darüber. Ich will unterdessen den Burschen nahe dieser Stelle in ein Gespräch

verwickeln, bis einer von Euch die Schlinge unter seinem Kinn hat und dann..."

„Und dann ziehen wir den Strick hoch", ergänzte Petit-André, „und... tschick! Unser Astrolog ist so hoch oben im Himmel, daß er keinen Fuß mehr auf der Erde hat."

Mit großer Geschicklichkeit und echter Berufsfreude machten die Männer ihren Apparat zurecht, um das gegen Galeotti verhängte Urteil auszuführen.

Kurz darauf wurde Galeotti hereingeführt und zum König vorgelassen. Der Strick mit der Winde war seinem scharfen Auge nicht entgangen.

„Jeder gute Planet sei Eurer Majestät günstig!" lautete der Gruß des Astrologen.

„Wenn Ihr es recht bedenkt", erwiderte der König, „dürften sich meine guten Sterne als treulos erwiesen haben. Schämst du dich nicht, Martius Galeotti, mich hier als Gefangenen vorzufinden, in Anbetracht dessen, daß du mich durch ernstgemeinte Versicherungen hierher gelockt hast!"

„Und schämst Du dich nicht, mein königlicher Herr", entgegnete der Philosoph, „bei all deinen Kenntnissen in der Wissenschaft, Dich von dem ersten ungnädigen Wink des Schicksals abzuwenden, wie ein Feigling vor dem ersten Waffengeklirr?"

„So, du Verräter", rief der König entrüstet, „was sind denn wirkliche Übel, wenn nicht Einkerkerung, Entthronung und Lebensgefahr?"

„Die Unwissenheit... die Unwissenheit, mein Bruder, und das Vorurteil", antwortete der Astrolog mit fester Stimme, „sie sind die einzigen wirklichen Übel."

„Das hättest du mir eher sagen sollen, daß das mir so freigiebig verheißene Glück philosophisch zu betrachten ist; dazu brauchte ich mich nicht erst in einen Kerker zu Péronne einquartieren zu lassen! Glaube ja nicht, deiner verdienten Strafe entgehen zu können... es ist ein Himmel über uns!"

„Ich überlasse Euch nicht Euerem Schicksal", erwiderte Martius,

„bevor ich Euer Glück nicht gerechtfertigt habe."

„Sprich nur weiter", sagte Ludwig, „deine Unverschämtheit kann meine Pläne nicht ändern..."

„Ludwig von Valois!" rief der Philosoph, „beantworte Du mein Geheimnis! ...Gleichst Du nicht dem törichten Reisenden, der in Wut gerät über den Steuermann, weil er das Fahrzeug nicht in den Hafen bringen kann, ohne gelegentlich die ungünstigen Eigenschaft von Wind und Wetter zu erfahren? Wo ist denn Deine Weisheit von gestern geblieben, die Dich kaum richtig erkennen ließ, daß die Schicksalswege oft zu unserem Segen, wenn auch unseren Wünschen zuwider geleitet werden?" „Ach, und wie war es mit dem Schotten?" fragte der König hastig. „Du prophezeitest mir, jener Schotte wurde seine Reise für mich und meine Ehre günstig ausführen, und nun hat sie ein solches Ende genommen, daß ich hier bei diesem Stier von Burgund eingekerkert sitze. Da hat dich wohl deine Schlauheit betrogen..."

„Keineswegs!" entgegnete Galeotti. „Ich sagte Dir, er würde sich treu erweisen in jedem ehrenvollen Auftrag ... ist er es nicht gewesen? ...Wenn Du daran zweifelst, frage doch den Zigeuner Hayraddin Maugrabin!"

Die Erwähnung dieses Mannes ließ den König vor Scham und Zorn erröten. Galeotti machte Anstalten, das Zimmer zu verlassen, als der König rief: „Halt! Noch einen Augenblick! Du führst deine Betrügereien tapfer durch... eine entscheidende Frage habe ich noch an dich: kann deine vermeintliche Kunst die Stunde deines eigenen Todes voraussagen?"

„Ich kann nur dies mit Bestimmtheit sagen, daß er genau vierundzwanzig Stunden vor dem Eurer Majestät stattfinden wird."

Der König zeigte sich auf einmal völlig verstört, griff Galeotti am Arm und fragte ihn mit bebender Stimme: „Martius Galeotti, sei offen gegen mich, ist wirklich etwas dran an deiner Kunst? Wird dieser Schotte mir Glück bringen! Und grenzt das Ende unserer beider Leben so nahe aneinander?"

„Eure Majestät wird mir vergeben, wenn ich Euch zur Antwort

gebe, daß nur die Zeit und der Erfolg die Ungläubigkeit besiegen wird. Ein paar Tage Geduld werden beweisen oder widerlegen, was ich bezüglich des jungen Schotten vorausgesagt habe, und ich will gerne auf dem Rad sterben und meine Glieder einzeln zerbrechen lassen, wenn Eure Majestät nicht seinen Vorteil angesichts dieser furchtlosen Haltung jenes Quentin Durward davonträgt. Sollte ich jedoch unter solchen Torturen sterben, so wäre es gut, wenn Eure Majestät einen Beichtvater herbeiholen ließe; denn von dem Augenblick an, wo mein letzter Seufzer ausgestoßen wird, werden Euch nur vierundzwanzig Stunden für Beichte und Buße übrig bleiben."

Ludwig begleitete Galeotti zur Tür und sprach laut, indem er sie öffnete: „Morgen wollen wir weiterreden! Geh in Frieden, mein gelehrter Vater! ... Geh in Frieden!"

Er wiederholte den Satz noch einmal in Gegenwart des Generalprofoß, damit dieser auch richtig verstehen sollte.

Die Kunde, daß die Gräfin von Croye in Karls Händen sei, vermehrte Ludwigs Besorgnisse auf peinliche Weise. Was würde Karl dazu sagen, wenn die Gräfin ihm ihren ganzen Unmut bekennen würde?

Ludwig besprach sich über diese Dinge mit dem Sieur de Comines, der ihm den Vorschlag seines Herrn mitteilte, einer Heirat zwischen der Gräfin von Croye und dem Herzog von Orleans zuzustimmen.

„Niemals, niemals", stieß der König erregt hervor, „Orleans soll nicht seine Treue zu meiner Tochter brechen, die er ihr gelobt hat! Diese Partie zwischen Johanna und Orleans ist mein Gedanke bei Tag, mein Traum bei Nacht gewesen. Das Mädchen, diese Gräfin, wird wenig Aussicht haben, den Herzog zum Manne zu bekommen."

„Wie ich aus Crèvecoeur herausgelockt habe, hat Isabelle eine romantische Zuneigung zu einem jungen Knappen gefaßt, der ihr auf der Reise wacker zur Seite gestanden hat", verriet Comines mit erwartungsvollem Lächeln.

„Ha!" rief der König — „etwa der Bogenschütze meiner Garde, namens Quentin Durward?"

„So hieß er, glaube ich", erwiderte Comines, „er wurde gemeinsam mit der Gräfin gefangen genommen!"

„Gott und all seine Heiligen seien gepriesen!" jubelte der König. „Lob sei auch dem gelehrten Galeotti, der es in den Sternen gelesen hat, daß das Geschick dieses jungen Mannes mit dem meinigen so eng verbunden ist."

„Dann kann ich Eurer Majestät nur noch empfehlen", sagte Comines, indem er sich verabschiedete, „auf der Hut zu bleiben und dem Herzog gegenüber zu einigen Zugeständnissen bereit zu sein."

Unterdessen empfing Quentin Durward, der die ganze Zeit über in einer Art ehrenvoller Haft gehalten worden war, den Besuch von Lord Crawford, der in Begleitung von Le Balafré erschien. Die Begegnung der Landsleute war herzlich und liebevoll.

„Ihr seid ja ein toller Bursche!“ sagte Crawford und klopfte ihm wohlwollend auf die Schulter.

„Wie habt Ihr es nur fertig gebracht, so viel Glück auf einmal zu erfahren?“

„Das kommt nur daher, weil er so früh die Gelegenheit erhielt, Bogenschütze zu werden“, sagte Le Balafré voller Stolz.

„Ich fürchte“, sagte Quentin mit niedergeschlagenen Augen, „daß ich es die längste Zeit gewesen bin, denn ich habe die Absicht, die Schützengarde zu verlassen.“

Le Balafré schüttelte nur stumm vor Erstaunen den Kopf, und Lord Crawford blickte in unwillig an.

„Verlassen!“ rief Le Balafré entrüstet, „solch eine bevorzugte Stelle kann und darf man nicht aufgeben!“

„Still, Ludovik!“ beruhigte ihn Crawford. Dann wandte er sich dem jungen Schotten zu und sagte: „Junger Mann, zum Teil errate ich Euere Bedenken; Euch ist übel mitgespielt worden, als Ihr auf des Königs Geheiß diese Reise unternommen habt, und Ihr glaubt, Grund zu haben, ihn für den Anstifter zu halten.“

„Allerdings bin ich bei der Vollziehung des königlichen Auftrages mit einer rechten Gaunerei bedroht worden“, antwortete Quentin, „aber ich war so vorsichtig, ihr zu entgehen, ... ob Seine Majestät an der Sache beteiligt war oder nicht, das überlasse ich Gott und des Königs Gewissen. Ich will ihn in seinem Unglück nicht mit Anklagen belasten, die vielleicht ungerechtfertigt sein mögen, da ich sie aus dem Munde ganz gemeiner Schurken gehört habe.“

„Weiß denn der König, was Ihr vorhabt?“ fragte Lord Crawford.

„Das kann ich nicht sagen“, erwiderte Quentin, „aber ich versprach seinem Astrologen, Martius Galeotti, daß ich entschlossen sei, nichts auszusagen, was dem König bei dem Herzog von Burgund schaden könnte.“

„Nun, mein Junge“, ermunterte ihn Lord Crawford, „möge Unsere Frau Euch in Eurem Entschlusse stärken; so, wie die Dinge liegen, könnte ein bedenkenloses Wort mehr Unheil anstiften, als das ganze Parlament von Paris wieder gutmachen würde. Übereilt Euren Austritt aus unserem Corps nicht!“

„Darf ich Euch noch ein Wort im Vertrauen sagen, Mylord?“ fragte Quentin, indem er Crawford ein wenig beiseite nahm. „Es gibt noch eine Person, die in diese Dinge eingeweiht wurde... Vielleicht gestattet mir Crèvecoeur eine Unterredung mit Gräfin Isabelle von Croye, damit ich sie überreden kann, dieses Geheimnis ebenso zu wahren wie ich es tue.“

Lord Crawford blickte ihn nachdenklich an und sagte dann nach einer kurzen Pause. „Ich will versuchen, Crèvecoeur für deinen Plan zu gewinnen, und da er wirklich Bedenken hegt, daß Herzog Karl sich zu einer unwürdigen Tat gegen Ludwig hinreißen läßt, wird er dein Gesuch höchstwahrscheinlich gewähren.“

Mit diesen Worten verließ Lord Crawford achselzuckend das Zimmer, gefolgt von Le Balafré. Schon nach kurzer Zeit kehrte Crawford in heiterer Stimmung zurück.

„Mein lieber Quentin“, kicherte er, „Ihr hättet den Ausdruck Crèvecoeurs sehen müssen, als ich ihm Euer Anliegen mitteilte. Eine Gräfin! ...also nach nichts Geringerem schaust du aus!... Aber kommt jetzt... Euere Unterredung mit ihr darf nur ganz kurz sein... ho! ho! ho! ... Ich kann mich nur amüsieren über Euere Verwegenheit!“

Mit hochrotem Kopf, zugleich beleidigt und verlegen durch die Anspielungen des alten Soldaten, folgte Durward dem Lord zum Ursulinerinnenkloster, in dem die Gräfin wohnte, und in deren Sprechzimmer er den Grafen Crèvecoeur fand.

„So, junger Galan“, redete dieser ihn streng an, „Ihr wollt also die schöne Dame Euerer romantischen Reisen sehen!“

„Ja, mein Herr Graf“, antwortete Quentin fest, „ich muß sie sogar allein sehen!“

Crèvecoeur wollte aufbegehren, doch zog ihn der alte Crawford zur Seite und redete leise auf ihn ein; widerwillig ließ er sich dann aus dem Zimmer führen.

Einen Augenblick später schien Gräfin Isabelle an der anderen Seite des Sprechgitters. Sie senkte die Augen zu Boden, als sie Quentin ganz allein im Raum erblickte.

Sie kam langsam näher und flüsterte leise:

„Mein Freund, mein Lebensretter... mein einziger treuer und beständiger Freund!"

Mit diesen Worten streckte sie Quentin die Hand durch das Gitter entgegen. Sie ließ es sogar zu, daß er ihre Finger mit Küssen bedeckte, in die sich Tränen mischten. Hastig entzog sie ihm die Hand, entfernte sich einige Schritte von dem Sprachgitter und fragte Durward in etwas verlegenem Tone, welche Gunst er von ihr zu erbitten habe.

„Sprecht bitte nicht unbesonnen ... sagt nichts", fügte sie, schüchtern um sich blickend, hinzu, „was uns beiden schaden könnte, wenn wir belauscht würden."

„Habt keine Sorge, edle Dame", sagte Quentin wehmütig, „wie könnte ich ausgerechnet hier den Abstand vergessen, den das Schicksal für uns bestimmt hat, obwohl Euch ein Mann mit ganzer Hingabe liebt, der ärmer und weniger mächtig ist, aber vielleicht nicht minder edlen Geschlechts ist..."

„Seid still! Ich flehe Euch an", bat Isabelle, „um Eurer selbst willen, ...um meinetwillen. Sagt mir jetzt lieber, wie ich Euch helfen kann!"

„Hört mich an!" antwortete Quentin. „König Ludwig verdient nichts Besseres von Euch, als daß Ihr ihn in seiner hinterlistigen Politik rücksichtslos angreift. Aber wenn Ihr ihn als Anstifter Euerer Flucht oder gar als Urheber Eures Planes, Euch in die Hände von de la Marcks zu spielen, bezeichnet, so würde das in diesem Augenblick vielleicht sein Tod oder seine Entthronung bedeuten; zumindest würde es zum blutigsten Krieg zwischen Frankreich und Burgund führen, der je zwischen zwei Ländern gewütet hat."

„Das darf nie geschehen", entgegnete Gräfin Isabelle, „glaubt Ihr im Ernst, daß ich eher an die Beleidigung König Ludwigs denke als an Euere unschätzbaren Dienste! ... Wie aber soll ich mich verhalten, wenn ich vor meinem Fürsten, den Herzog von Burgund, gerufen werde — muß ich schweigen oder soll ich die Wahrheit sagen?"

„Sagt nur getrost das, was Ihr wißt, alles andere haltet für Gerüchte und hütet Euch, Euer eigenes, persönliches Urteil abzugeben. Der versammelte Rat von Burgund muß ihn als unschuldig ansehen, bis ein direkter Beweis seine Schuld unzweifelhaft macht."

„Ich glaube, Euch verstanden zu haben", erwiderte Gräfin Isabelle.

In diesem Augenblick mahnte die Glocke des Klosters zum Abschied.

„Wir müssen uns trennen", seufzte Isabelle, „trennen für immer... Vergeßt mich nicht, Durward, Euch will ich nie vergessen... Euere treuen Dienste..."

Sie konnte nicht weitersprechen, reichte ihm nochmals die Hand, die er ebenso innig an seine Lippen drückte wie beim ersten Mal, und als die Gräfin sich bemühte, sie ihm zu entziehen, geriet sie so dicht an das Gitter, daß Quentin den Mut faßte, seinen Abschied auf ihre zitternden Lippen zu drücken.

Crèvecoeur und Crawford, die durch einen Spalt in der Tür alles gesehen hatten, stürzten in das Zimmer, der erstere in heftiger Leidenschaft, der letztere lachend und den Grafen zurückhaltend.

„Auf Euer Zimmer, junge Dame ... auf Euer Zimmer!" rief der Graf Isabelle zu, welche ihren Schleier niederließ und sich hastig zurückzog.

„Und Ihr, schöner Herr, der Ihr so unverschämt seid, wartet nur! Die Zeit wird kommen, in der die Interessen von Königen und Königreichen nicht von Euresgleichen abhängen werden; dann sollt Ihr die Strafe für Eure Kühnheit bekommen, daß Ihr Eure Augen erhebt..."

„Still! Genug!" beschwichtigte Lord Crawford den erbitterten

Mann, „Quentin Durward ist ebenso sehr ein Edelmann wie der König, er ist eben nicht so reich. Still, still, Mann, Ihr dürft uns nicht mit Strafen drohen.“

„Ich habe da eine andere Meinung“, entgegnete Crèvecoeur ungeduldig, „horch, es wird geläutet zur Versammlung im Schloß. Es wird eine schreckliche Sitzung sein, deren Ausgang nur Gott voraussagen kann.“

Alle hohen Herren waren bereits in der Halle des Herbertsturms im Schlosse von Péronne versammelt, als Herzog Karl eintrat. König Ludwig erhob sich und ging dem Herzog zwei Schritte entgegen. Sie begrüßten sich förmlich, doch war eine unterdrückte Erregung aufwallenden Zorns in der Haltung Karls nicht zu übersehen.

„Ich bin gekommen", erklärte der Herzog, „Euere Majestät zu bitten, dieser hohen Ratssitzung beizuwohnen, in der zum Wohle Frankreichs und Burgunds entschieden werden soll."

Der König nickte nur kurz und folgte Karl über den Schloßhof in die Ratshalle. Zwei Thronsessel waren unter einem Baldachin aufgestellt. Etwa zwanzig Mitglieder des hohen Adels saßen an beiden Seiten der Thronsessel.

Herzog Karl eröffnete nun ohne weitere Einleitung die Sitzung mit den folgenden Worten:

„Meine lieben Vasallen und Räte! Wie Ihr alle wißt, häuften sich die Unruhen in unserem Lande aus der Empörung der Vasallen gegen die Obrigkeit und der Untertanen gegen ihre Fürsten. Ein entsetzlicher Beweis dafür ist uns erst kürzlich zugegangen, durch die skandalöse Flucht der Gräfin Isabelle von Croye und ihrer Tante, der Gräfin Hameline, an einen fremden Hof, wodurch sie ihrer Lehenspflicht gegen uns entsagte und ihren Lehensbesitz verwirkte. Hinzu kommt die Ermordung unseres geliebten Bruders und Verbündeten, des Bischofs von Lüttich, und der Aufstand seiner verräterischen Stadt. Diese traurigen Ereignisse sind nicht zuletzt auf den Einfluß einer fremden Macht und die Einmischung eines starken Nachbarn zurückzuführen."

Der Herzog steigerte sich im Laufe seiner Rede zu immer größerer Heftigkeit, was sogar eine vorübergehende Blässe auf des Königs Wangen herbeiführte. Ludwig faßte sich jedoch schnell wieder und hob mit lauter Stimme an:

„Edle von Frankreich und Burgund! Da ein König seine Sache als Angeklagter führen muß, wird er nun unseren teueren Vetter von Burgund ersuchen müssen, die Streitfrage, die er so ungenau umrissen hat, für ihn genauer darzustellen. Uns, edle Herren — uns, seinen König, seinen Vetter, hat der Herzog beschuldigt, seine Vasallen zum Rücktritt, die Lütticher zum Aufstand, ja sogar Wilhelm de la Marck zu einem grausamen Morde verleitet zu haben.

Glaubt Ihr wirklich, ich würde mich so rückhaltlos in die Macht des Herzogs begeben, wenn ich gleichzeitig gegen ihn einen Verrat übte, der notwendigerweise auch entdeckt werden müßte, und damit auch gesühnt würde! Ich zweifle nicht daran, daß es in Schönwald Männer gegeben hat, die meinen Namen mißbrauchten ... aber bin ich dafür verantwortlich, da ich ihnen doch kein Recht dazu erteilt habe! Wenn zwei alberne Frauen aus irgendeinem romantischen Grunde an meinem Hofe Zuflucht suchten, heißt das noch lange nicht, daß sie es auf meine Veranlassung machten! Ich vertraute sie schließlich der Obhut jenes Mannes an, der dem Hause Burgund noch näher stand, dessen zahlreiche Tugenden ihn besonders geeignet machten, der Beschützer dieser unglücklichen Flüchtlinge zu sein."

Der König hielt bewegt inne, während man die Gräfin Isabelle von Croye herbeiführte.

„So, süße Prinzessin", rief Karl mit lauter Stimme, „was meint Ihr zu der schönen Geschichte, die Ihr zwischen den beiden Ländern angestiftet habt?"

Isabelle stand regungslos da, unfähig, ein Wort zu sagen, so sehr verwirrte sie der grobe Ton des Burgunders und die Anwesenheit der hohen Herren. Schließlich bekannte sie nach längerem Zögern, daß sie aus Abneigung wegen einer von dem Herzog von Burgund vorgeschlagenen Heirat geflohen sei, um Schutz am französischen Hofe erhoffen zu dürfen. Hierauf erzählte sie in kurzen Worten, was sie von dem Verrat Marthons und Hayraddin Maugrabin wußte, und fügte hinzu, daß sie keinen Augenblick daran zweifelte, daß Zamet der eigentliche Schurke gewesen sei, daß er ohne Wissen Ludwigs sich zu seinem Agenten aufgespielt habe.

Nach einer kleinen Weile fuhr sie mit ihrer Erzählung fort, von der Zeit an, wo sie Burgund mit ihrer Tante verlassen habe, bis zum Sturm von Schönwald und ihrer Übergabe an den Grafen von Crèvecoeur.

Keiner der Anwesenden sprach ein Wort, als Isabelle ihren Bericht beendet hatte. Ludwig selbst schaute sich triumphierend um, denn lag nicht in der Antwort der Gräfin der Beweis seiner Unschuld!

Der Herzog unterbrach das Schweigen und fragte Isabelle:

„Schönes Fräulein, Ihr habt bei Euerer Erzählung die Irrfahrten ganz vergessen zu erwähnen, ganz zu schweigen von gewissen Liebesepisoden... so, ha! Ihr errötet! Wie wäre es, König Ludwig, wenn wir für diese abenteuerlustige Gräfin eine Partie zustande brächten, damit sie nicht noch mehr Könige aufeinanderhetzt?“

Obwohl der König wußte, was Karl vorhatte, stimmte er stillschweigend der Frage zu.

Gräfin Isabelle erhob sich, trat schüchtern einige Schritte vorwärts und sprach zu dem Herzog:

„Edler Herzog von Burgund! Ich stelle meine Ländereien und Schlösser vollständig zu Euerer Verfügung, erbitte jedoch nur so viel von meinem Besitz, daß ich damit Aufnahme in einem Kloster finden kann für den Rest meines Lebens.“

„Wir haben Besseres für Euch im Sinn, im Gegenteil, wir wollen Euere Güter vermehren.“

Der Herzog wurde so wütend, daß die Gräfin von Crèvecoeur auf das junge Mädchen zutrat und es behutsam aus dem Saale führte.

Als nächstes wurde Quentin Durward aufgerufen.

In der schmucken Uniform eines schottischen Bogenschützen sah er vortrefflich aus; er blickte die Anwesenden offen an und gewann durch seine zuvorkommende Art sehr schnell die Herzen

aller umsitzenden Räte.

Auf ein Zeichen des Herzogs hin begann er seinen Bericht über die Reise mit den Gräfinnen von Croye nach Lüttich. Er versäumte nicht, darauf hinzuweisen, daß sein Auftrag gelautet hatte, die Damen sicher zu dem Schlosse des Bischofs zu geleiten.

Auf Befehl des Herzogs Karl zeigte er die schriftlichen Instruktionen vor, die er von dem König auf den Weg mitbekommen hatte.

„Habt Ihr diese Angaben genauestens befolgt, Bogenschütz?" fragte Herzog Karl.

„Nein, mit Eurer Hoheit Erlaubnis", erwiderte Quentin, „ich hatte die Weisung, bei Namur die Maas zu überschreiten, statt dessen blieb ich auf dem linken Ufer, weil das der nähere und sichere Weg nach Lüttich war."

„Und weshalb diese Änderung?" fragte der Herzog. „Die Zuverlässigkeit meines Führers war ins Wanken geraten", antwortete Quentin.

Nun wollte der Herzog einige Fragen wahrheitsgemäß beantwortet haben; als erstes, wer sein Führer gewesen sei, wer ihn zum Führer bestimmt habe und was ihn veranlaßt habe, an dessen Treue zu zweifeln.

Quentin beantwortete voller Überzeugung all diese Fragen.

„Nun, aufgepaßt", rief der Herzog, „und bedenkt nochmals, daß Euer Leben von Euerer Ehrlichkeit abhängt. Erwähnten die Freunde des Zigeuners bei ihrem nächtlichen Treffen, daß sie von diesem König hier ... beauftragt waren, die Eskorte zu überfallen und die Damen zu entführen?"

„Sollte es einer von ihnen gesagt haben", erwiderte Quentin, „hätte ich ihnen sicher nicht geglaubt, da ich das Wort des Königs ihren Behauptungen entgegengesetzt hätte."

Ludwig, der den Wortwechsel mit höchster Spannung verfolgt hatte, konnte nicht umhin, tief aufzuatmen, als er Durwards Antwort vernahm.

Ein Beifallsgemurmel lief durch die versammelten Edelleute,

das dem Herzog keinen geringen Ärger bereitete.

In diesem Augenblick verkündete Comines die Ankunft eines Herolds der Stadt Lüttich.

Der Herold, der jetzt hereingeführt wurde, war mit einem Rock bekleidet, der das Wappen seines Herrn, einen Eberkopf, deutlich hervorhob. Die ganze Aufmachung dieses Mannes wirkte übertrieben und lächerlich.

„Wer bist du in des Teufels Namen?"

Mit diesen Worten empfing Karl der Kühne den seltsamen Gesandten. „Ich bin Rouge Sanglier", antwortete der Herold, „der Waffenträger Wilhelm de la Marcks von Gottes Gnaden und Fürstbischofs von Lüttich. Und durch seine Frau, die hochgeborne Gräfin Hameline von Croye, Grafen von Croye und Herren von Braquemont.

Ich tue Euch, Karl von Burgund, kund und zu wissen, daß er entschlossen ist, diese Ämter zu behaupten. Ich soll ferner Euer Hoheit anempfehlen, sofort die Besatzung aus dem Schloß Braquemont und allen anderen Plätzen der Grafschaft Croye zurückzuziehen und sämtliche dazugehörige Ländereien freizugeben.

Im Namen des Fürstbischofs soll ich Euch, Herzog Karl, auffordern, der Bürgerschaft von Lüttich die Fahnen zurückzugeben, die Ihr der Stadt gemeinsam abgenommen habt und meinen Herrn, Wilhelm de la Marck, als Fürstbischof anzuerkennen."

„Seid Ihr fertig?" knirschte der Herzog.

„Noch nicht", erwiderte der Gesandte. „Es geht das Gerücht um, daß Ihr, Karl von Burgund, die Person des allerchristlichen Königs hier gefangen haltet, aus welchem Grunde mein edler und hochwürdiger Herr Euch auffordert, seinen königlichen Verbündeten auf der Stelle in Freiheit zu setzen."

„Seid Ihr jetzt fertig?" fragte der Herzog.

„Ich bin es", antwortete der Herold, „und erwarte die Antwort Euer Hoheit!"

„Nun, beim heiligen Georg von Burgund!" rief der Herzog; — aber ehe er fortfahren konnte, erhob sich König Ludwig und

wandte sich würdevoll und zugleich gebieterisch an den Herold:

„Wer du auch sein magst, Kerl, bringe dem verabscheuungswürdigen, meineidigen und geächteten Mörder, Wilhelm de la Marck, die Nachricht zurück, daß der König von Frankreich auf dem Wege nach Lüttich ist, um den Tod seines geliebten Verwandten, Ludwig von Bourbon, zu rächen." „So, Kerl! Nun fort mit dir! Peitscht den Kerl, bis die Knochen zum Vorschein kommen!" brüllte Karl, außer sich vor Zorn. „Nein, wartet! Zu allererst wollen wir nachprüfen, ob er überhaupt ein Herold ist. Laßt Toison d'Or vortreten und ihm ein paar Fragen stellen!"

Rouge Sanglier wurde totenblaß, und nach einigen Versuchen, sich aus der peinlichen Situation herauszureden, bekannte er, daß er nur für diese Gelegenheit Herold sei.

„So soll er seinem Absender entsprechend zurückgeschickt werden", sagte der Herzog ungestüm. „Setzt die Hunde auf ihn an und jagt ihn zur Stadt hinaus!"

„Auf, auf, Ihr Herren!" rief der König. „Wir wollen uns diesen Spaß nicht entgehen lassen!"

Ausgelassen löste sich die Ratsversammlung auf, und alle eilten zum Staddttor, da keiner auf dieses zweifelhafte Vergnügen verzichten wollte.

Rouge Sanglier rannte in großen Sprüngen, ein halbes Dutzend wilder Hunde dicht an den Fersen. Ludwig lachte, bis ihm die Tränen in die Augen traten und faßte, nach Halt suchend, des Herzogs Hermelinmantel; der Herzog, nicht minder ergötzt, schlang seinen Arm um die Schultern des Königs, als ob es die besten Freunde der Welt wären.

Schließlich rief der Herzog, noch immer prustend vor Lachen:

„Auseinander! Nehmt die Hunde zurück! Er ist so gut gelaufen, wir wollen ihm das Leben schenken!"

In diesem Augenblick schlich Olivier le Dain heimlich an des König Ludwigs Seite heran und flüsterte ihm ins Ohr:

„Bei dem Herold handelt es sich um den Zigeuner, Hayraddin Maugrabin... er sollte lieber nicht mit dem Herzog zusammentreffen...“

„Er muß sterben“, antwortete Ludwig ebenso leise, „tote Leute plaudern nichts aus!“

Ein kleiner Wink des Königs genügte und Tristan L’Hermite trat vor den Herzog und sprach:

„Euere Majestät und Euere Hoheit erlauben, daß ich über dieses Stück Wild verfügen darf. Er ist ein bekannter Schurke und verdient es, eine gehörige Lektion erteilt zu bekommen...!“

Während Tristan sich vergnügt entfernte, fragte der Herzog seinen Begleiter: „Gesteht offen und ehrlich, wollt Ihr Euer Versprechen halten und mit mir gehen, diesen Mörder de la Marck und die Lütticher zu bestrafen?“

„Ich will gegen sie marschieren“, erwiderte Ludwig, „mit der Anzahl meiner Leute, die Ihr bestimmen dürft!“

„Um auf die Ursache dieser Zwistigkeit zu kommen“, fuhr Karl fort, „willigt Ihr auch in die Vermählung von Gräfin Isabelle mit dem Herzog von Orleans ein?“

„Teurer Vetter“, sagte der König, „Ihr treibt meine Höflichkeit arg in die Enge. Der Herzog ist der verlobte Bräutigam meiner Tochter Johanna. Gebt die Sache lieber auf — tut mir den Gefallen!“ „Überlassen wir die letzte Entscheidung unseren Ministern!“ war die ausweichende Antwort des Herzogs.

„Der Himmel sei gepriesen!“ sagte Ludwig, „der die Herzen der Fürsten in seiner Hand hält und sie zum Frieden und zur Milde neigt, und die Vergießung von Menschenblut verhütet. — Olivier“, fügte er leise zu seinem Günstling hinzu, der immer in seiner Nähe blieb, „sage Tristan, daß er jenem Hayraddin eine Lektion in Heraldik gebe, da er als Herold so ungebildet ist — er soll ihm zeigen, was ein Kreuzbalken bedeutet mit einer hin- und herflatternden Schlinge...“

Das Urteil

Währenddessen marschierte Hayraddin Maugrabin mit seinen beiden Schergen Trois-Echelles und Petit-André dem nahen Walde zu unter dem Geleit einiger Wachsoldaten und eines großen Pöbelhaufens. Es dauerte nicht lange, bis eine Eiche ausfindig gemacht worden war. Der arme Hayraddin setzte sich geduldig auf eine Bank, während die beiden Gehilfen ihre Vorbereitungen trafen. Plötzlich erblickte der Zigeuner seinen früheren Reisegefährten, Quentin Durward, der aus Ungewißheit über die Person des Delinquenten dem kleinen Trupp gefolgt war.

Als der Henker verkündete, daß alles fertig sei, bat Maugrabin um eine letzte Gnade:

„Ich bitte um Erlaubnis, einige Minuten mit jenem Bogenschützen der schottischen Garde sprechen zu dürfen."

Einen Augenblick lang zögerte der Henker, erinnerte sich aber daran, daß der Schotte sehr hoch in der Gunst des Königs stand und gestattete deshalb eine kleine Verzögerung seines Auftrags.

Quentin wurde von Mitleid ergriffen, als er den erbarmungswürdigen Zustand des Zigeuners erblickte: das ehemalig prunkvolle Heroldsgewand hing in Fetzen an ihm herunter, und die totenblassen Wangen und Lippen schienen dennoch dem nahenden Tode trotzen zu wollen.

„Ich muß ihn alleine ohne Zeugen sprechen", sagte der Zigeuner zu seinem Henker.

„Gebt den Bluthunden zehn Gulden", fuhr er fort, zu Quentin gewandt.

Durward gab den Henkern auch gleich die verlangte Summe und entfernte sich mit Hayraddin außer Hörweite.

„Was hast du mir zu sagen?" fragte Quentin. „Ich habe eine Gunst zu erbitten", sagte Hayraddin, „aber ich möchte sie Euch abkaufen.

Wie Ihr wißt, hat mich ein großer Lohn de la Marcks veranlaßt, in diesem verwünschten Kostüm hierher zu kommen. Ich hoffte jedoch noch weit mehr zu bekommen, da ich dem König ein wichtiges Geheimnis mitzuteilen hatte." „Ihr habt dabei Kopf und Kragen riskiert!" „Dafür erhielt ich auch viel Geld", erwiderte der Zigeuner.

„Wilhelm de la Marck hatte die Absicht, durch Marthons Vermittlung mit Ludwig in Verbindung zu treten. Anscheinend ist es ihr nicht gelungen, zu ihm zu gelangen, deshalb erzählte sie ihre Erlebnisse von der Reise und Schönwald dem Astrologen, der sie in Form von Prophezeiungen wohl dem König auf diese Weise nahe gebracht hatte. Aber nun vernehmt mein Geheimnis, das weitaus wichtiger ist als irgendetwas, was sie mitteilen konnte. Wilhelm de la Marck hat eine starke Heeresmacht in der Stadt Lüttich versammelt. Er hat den Plan, den jähzornigen Karl bis vor seine Stadt zu locken, und in der Nacht will er dann mit seinem ganzen Heer einen Ausfall auf die Belagerer machen. Bei diesem Angriff will er eine große Anzahl seiner Leute in französische Rüstungen stecken. Die Verkleideten werden laut:

„Frankreich! Saint Louis und Denis Montjoye! rufen, was den Anschein erweckt, als handele es sich um ein starkes Heer französischer Hilfstruppen, die sich in der Stadt befänden. Dies wird natürlich bei den Burgundern auf größte Verwirrung stoßen. Wenn dann Ludwig mit seinen Soldaten diesem Schlachtrufe nachkommt, wird der Ardenneneber an der Niederlage der Burgunder keine Zweifel mehr hegen.

Das ist mein Geheimnis, und ich vermache es Euch."

„Das ist allerdings ein wichtiges Geheimnis", sagte Quentin, der sogleich überschaute, wie leicht die nationale Eifersucht erregt werden könnte in einem Lager, das zum Teil aus Franzosen, zum Teil aus Burgundern bestand.

„Ja, das ist es", antwortete Hayraddin, „und nun, da Ihr's habt, möchtet Ihr gewiß gerne gehen, ohne mir den Gefallen zu tun, den ich Euch im voraus bezahlt habe."

„Sagt mir, was Ihr haben wollt", entgegnete Quentin, „ich werde es gerne tun, wenn es in meiner Macht steht."

„Ei, es ist keine so mächtige Forderung", erwiderte Hayraddin. „Sie betrifft nur den armen Klepper, mein Pferd, das einzige lebende Wesen, das mich vielleicht vermißt... Eine Viertelmeile von hier südwärts werdet Ihr ihn grasend finden in der Nähe einer verlassenen Köhlerhütte; pfeift ihm so" — er pfiff ein eigentümliches Signal vor — „und nennt ihn bei seinem Namen Klepper, so wird er zu Euch kommen. Hier ist sein Zaum unter meinem Rock; es ist ein Glück, daß die Jagdhunde ihn mir nicht weggerissen haben, denn Klepper gehorcht keinem anderen. Nehmt ihn und sorgt für ihn... ich sage nicht, um seines Herrn willen... sondern weil ich den Ausgang eines gewaltigen Krieges in Eure Hände gelegt habe. Er wird Euch niemals in der Not fehlen... Tag und Nacht, rauh und glatt, schön und schlecht Wetter, warmer Stall und Winterhimmel, das ist Klepper alles gleich; wollt Ihr gegen Klepper gütig sein?"

„Ich schwöre Euch, daß ich's will", antwortete Quentin, gerührt durch diesen Zug von Zärtlichkeit in einem so verhärteten Charakter.

„So lebt denn wohl!" erwiderte der Zigeuner; — „doch halt... halt... ich möchte nicht gern in einer Unhöflichkeit sterben, indem ich den Auftrag einer Dame vergesse... Hier, diese Karte ist von der sehr gnädigen und sehr albernen Gemahlin des wilden Ebers der Ardennen an ihr schwarzäugige Nichte... Noch etwas — ich vergaß Euch zu sagen, daß Ihr im Polster meines Sattels eine große Börse mit Goldstücken finden werdet; es ist die Summe meines großen Einsatzes, ...ich mache Euch zu meinem Erben!"

„Ich will das Geld zu guten Werken und zu Messen für Euere Seele verwenden", erwiderte Quentin daraufhin.

„Nennt das Wort nicht noch einmal", rief Hayraddin aus, indem sein Gesicht einen schrecklichen Ausdruck annahm, „es ist ein Traum der Pfaffenlist."

„O, unglückliches Wesen. Überlegt es Euch besser, soll ich nicht doch nach einem Priester rufen? Welches Los könnt Ihr erwarten, wenn Ihr mit solchen Gedanken sterbt?"

„Ich brauche keinen Priester, denn ich werde in die Elemente aufgelöst. Die geheimnisvolle Gestalt der Menschheit wird sich in der Natur auflösen, mit ihr eins werden und anders gestaltet wiedererscheinen... In diesem Glauben habe ich gelebt und in diesem Glauben will ich sterben! ...Geht nun! Ich habe das letzte Wort gesprochen, das menschliche Ohren vernehmen sollen!"

Tief ergriffen von dem entsetzlichen Herzenszustand des Unglücklichen verabschiedete sich Quentin von dem in sich versunkenen, geistesabwesenden Hayraddin und machte sich auf den Weg, das Pferd zu suchen. Er fand ohne Mühe den Platz, wo Klepper weidete. Das Tier kam auf sein Pfeifen herbei, wollte sich aber durchaus nicht sofort fangen lassen, sondern schnaubte und fuhr zurück, sobald Quentin sich ihm näherte. Endlich gelang es dem jungen Schotten doch, der mit Pferden von Jugend an umgegangen war, Klepper zu beruhigen und mit sich zu nehmen.

Lange, ehe Quentin nach Péronne zurückkehrte, war der Zigeuner dorthin gegangen, wo die Nichtigkeit seines entsetzlichen Glaubens zum Endziel gelangen sollte... eine fürchterliche Erfahrung für einen, der weder Reue für die Vergangenheit noch Furcht vor der Zukunft gezeigt hatte.

In Péronne hatte sich unterdessen der Staatsrat des Herzogs zu einer Sitzung versammelt.

Ludwig wurde von seinem Vetter aufgefordert, zu der Vermählung des Herzogs von Orléans und Isabelle von Croye öffentlich seine Zustimmung zu geben. Mit einem schweren Seufzer willigte der König ein:

„Es soll alles nach Euerem Willen geschehen, mein Vetter, wenn Euch die Zustimmung der Gräfin von Croye sicher ist."

„Seid unbesorgt deswegen", erwiderte der Herzog.

Kurze Zeit darauf erschienen der Herzog von Orleans und die Gräfin von Croye, die letztere wurde von der Gräfin von Crèvecoeur und der Äbtissin des Ursulinerinnenklosters begleitet, vor den beiden Fürsten.

Ludwig saß schweigend und ärgerlich da, während Karl sich der Gräfin Isabelle zuwandte und ihr mitteilte, daß die Vereinigung ihrer Hände durch die Weisheit beider Fürsten beschlossen sei zur Bekräftigung des von nun an bestehenden dauernden Bündnisses zwischen Frankreich und Burgund.

Der Herzog von Orleans hatte große Mühe, seine Freude über diese Mitteilung zu unterdrücken.

Isabelle hatte schweigend zugehört, wandte sich aber nun an ihren Lehensherrn und sagte: „Ich hoffe, ich stehe vor einem gerechten Herrn. Wenn Ihr mir meine Ländereien nehmt, so beraubt Ihr mich all dessen, was die Großmut Eurer Vorfahren mir gab. Ich bin deshalb fest entschlossen, mich dem Schutz des Klosters der Ursulinerinnen anzuvertrauen."

Das Erstaunen und die Wut des Herzogs waren unbeschreiblich; so mochte ein Falke aussehen, gegen den eine Taube herausfordernd ihr Gefieder sträubt.

„Monseigneur von Orleans, sie soll die Eurige sein, und wenn ich sie mit meinen eigenen Händen zum Altar schleppen müßte."

Die Gräfin von Crèvecoeur, eine hochherzige Frau, die überdem auf ihres Gemahles Verdienste und seine Gunst bei dem Herzog vertraute, konnte nicht länger schweigen.

„Monseigneur", sagte sie, „Eure Leidenschaft verleitet Euch zu einer ganz unwürdigen Sprache. Die Hand einer Edelfrau kann nicht so gewaltsam weggegeben werden."

„Und es geziemt sich nicht für einen christlichen Fürsten", fügte die Äbtissin hinzu, „den Wünschen einer frommen Seele entgegenzutreten, welche durch die Sorgen und Verfolgungen der Welt gebrochen, danach verlangt, des Himmels Braut zu werden."

„Auch kann mein Vetter Orleans", sagte Dunois, „nicht mit Ehren sich vermählen, wenn die Dame seiner Wahl so öffentlich sich dagegen ausgesprochen hat."

„Wenn es mir erlaubt wäre", sagte Orleans, auf dessen leicht entzündliches Gemüt Isabellens Schönheit einen tiefen Eindruck gemacht hatte, „einige Zeit meine Bewerbung der Gräfin in einem günstigeren Licht darzustellen"...

„Monseigneur", sagte Isabelle nun, deren Festigkeit durch die Ermutigung wuchs, welche ihr von allen Seiten zuteil wurde, „das würde nichts nützen... ich bin fest entschlossen, diese Verbindung abzulehnen."

„Also gut", willigte Karl endlich ein, denn er spürte, daß der Staatsrat sein zorniges Verhalten einstimmig mißbilligte. „Ihre Flucht nach Lüttich hat das Signal zum Morde des Bischofs gegeben. Wer diese Tat am besten rächt und uns das Haupt des wilden Ebers der Ardennen bringt, soll ihre Hand von uns empfangen, und wenn sie ihm das Recht verweigert, so können wir ihm wenigstens ihre Lehen geben. Der glückliche Gewinner soll ein Edelmann von untadeliger Geburt und hehrem Charakter sein!"

Isabells Einwände wurden durch eine allgemeine und jubelnde Zustimmung übertönt, nur die Stimme des alten Lord Crawford drang durch die Beifallsrufe hindurch, welcher bedauerte, daß die Last seiner Jahre ihn hindere, um einen so schönen Preis zu kämpfen. Alle Edelleute wetteiferten miteinander um den hehren Preis und jeder glaubte sich dazu auserwählt, den Sieg davonzutragen.

Während die Fürsten und ihre Edelleute so über ihr Schicksal scherzten, bemühten sich die Äbtissin und die Gräfin von Crèvecoeur vergebens, Isabelle zu trösten, welche mit ihnen den Saal verlassen hatte. Jede von den hohen Damen versuchte es auf ihre Weise, mit frommem Zuspruch oder durch den weltlichen Hinweis auf das ritterliche Verhalten der Bewerber, gegen ihre Neigung den Urteilsspruch des Herzogs sich nicht zunutze zu machen.

Isabells Tränen versiegten allmählich und machten Gedanken Bahn, die irgendwie in einem Winkel mit Glück verbunden waren.

Der Marsch nach Lüttich

Wenige Tage nach diesen Ereignissen waren vergangen, als König Ludwig mit einem Lächeln befriedigter Rache die Nachricht empfing, daß sein früherer Günstling und Ratgeber, Kardinal Balue, in einem eisernen Käfig schmachtete, der ihm in keiner anderen Weise zu ruhen gestattete, als wenn er auf dem Rücken lag, und dessen Bewohner er ohne Erbarmen zwölf Jahre bleiben sollte.

Mit solchen Gefühlen bestieg der König, umgeben von seiner Leibwache und seiner Ritterschaft, sein Pferd, um sich der burgundischen Armee anzuschließen, die zur gleichen Zeit ihren Marsch nach Lüttich begann.

Die meisten vornehmen Damen, welche sich in der Stadt befanden, erschienen, prächtig gekleidet, auf den Zinnen und Befestigungswerken des Tores, um den stattlichen Aufzug der Krieger zu betrachten. Dorthin hatte die Gräfin Crèvecoeur auch Isabelle geführt. Die junge Dame war etwas widerstrebend mitgekommen, aber Karls Befehl hatte so gelautet, daß sie, welche den Preis im Turnier verleihen sollte, sich zeigen müßte.

Als die Reiter unter dem Bogen des Tores in gedrängten Scharen herauszogen, wurde manches Banner und mancher Schild sichtbar, auf welchen neue Wappenfiguren für den Entschluß des Trägers zeugten, sich um einen so schönen Preis zu bewerben. Hier war ein Streitroß abgebildet, das auf das Ziel losstürzt — dort ein Pfeil, der auf eine Scheibe abgeschossen wird — ein Ritter führte ein blutendes Herz, das seine Leidenschaft versinnbildlichte — ein anderer einen Totenschädel und einen Lorbeerkranz als Zeichen seines Entschlusses, zu siegen oder zu sterben. Jeder Ritter gab sich natürlich auch Mühe, seine Person und sein Roß auf das stattlichste zu zeigen, wenn er einen Augenblick vor der Versammlung vieler schöner Frauen vorbeiritt, welche ihm zulächelten und ihre Tücher und Schleier wehen ließen. Die französische Bogenschützengarde, aus der Blüte der schottischen Nation ausgewählt, erwarb allgemeinen Beifall durch die Stattlichkeit und Pracht ihrer Erscheinung.

Unter diesen Fremden war einer, der so kühn war, seine Bekanntschaft mit der Gräfin Isabelle offen darzulegen, was sogar die hervorragendsten Herren aus dem französischen Adel nicht gewagt hätten. Es war Quentin Durward.

Er überreichte beim Vorbeireiten der Gräfin von Croye an der Spitze seiner Lanze den Brief ihrer Tante.

„Nun, bei meiner Ehre", rief der Graf von Crèvecoeur, „das ist aber zu unverschämt von einem solchen Abenteurer!"

„Nennt ihn nicht so, Crèvecoeur", sagte Dunois, „ich vermag mit gutem Grunde ein Zeugnis über seine Tapferkeit abzulegen — und noch dazu hat er sie zu Gunsten jener Dame bewiesen."

„Ihr macht Worte um nichts", sagte Isabelle, vor Scham und Unwillen errötend, „es ist nur ein Brief von meiner unglücklichen Tante... sie schreibt fröhlich, obgleich ihre Lage schrecklich sein muß."

„Laßt uns doch hören, was die Gemahlin des Ebers sagt", bat der Graf von Crèvecoeur.

Isabelle las den Brief, aus welchem hervorging, daß ihre Tante entschlossen schien, ihre schlimme Lage aufs Vorteilhafteste anzusehen, und sich für die Hast ihrer Vermählung durch das Glück zu trösten suchte, daß sie mit einem der tapfersten Männer seiner Zeit verbunden sei, welcher soeben durch seine Tapferkeit ein Fürstentum erobert habe. Sie beschwor ihre Nichte, ihren Wilhelm, wie sie ihn nannte, nicht nach dem Gerede anderer zu beurteilen, sondern zu warten, bis sie seine persönliche Bekanntschaft gemacht habe. Er habe vielleicht Fehler, aber dieselben wären derart, wie sie sich immer bei solchen Charakteren fänden, welche sie stets verehrt habe. Wilhelm sei etwas dem Wein ergeben, er sei etwas hastig und mordlustig, auch sei er etwas eigenwillig und gebieterisch, aber sie glaube, daß alle Männer es liebten, zu herrschen. Der Brief schloß mit dem Ausdruck der Hoffnung, daß Isabelle

unter dem Beistande Quentin Durwards es versuchen werde, dem Tyrannen von Burgund zu entflichen und an den Hof ihrer liebevollen Tante zu kommen; dort würden eventuelle Schwierigkeiten wegen ihres beiderseitigen Anspruches auf die Grafschaft Croye ohne Mühe dadurch beigelegt werden, daß Isabelle den Grafen Eberson heirate — derselbe sei allerdings jünger als sie, aber das wäre weit leichter zu ertragen, als Isabelle es sich vorstelle.

Hier hielt die Gräfin Isabelle inne, da die Äbtissin in einem etwas prüden Tone bemerkte, daß sie schon genug gelesen hätte von solch weltlichen Eitelkeiten, und der Graf von Crèvecoeur wütend ausrief, „daß dich die Pest hole, betrügerische Hexe!... ei, dieser Rat riecht so ranzig wie gerösteter Käse in einer Mausefalle... pfui und nochmals pfui über die alte Lockente!"

Die Gräfin von Crèvecoeur verwies ihren Gemahl ernstlich wegen seiner Heftigkeit — „die Gräfin Hameline", sagte sie, „muß von de la Marck dadurch betrogen worden sein, daß er sich zur Höflichkeit gegen sie zwingt."

„Er sich zur Höflichkeit zwingen!" sagte der Graf, „ich spreche ihn von solcher Verstellung frei... ebensogut könnte man alte rostige Eisenstäbe vergolden. Nein... eine so große Närrin sie auch ist, eine solche Gans ist sie doch nicht, sich in den Fuchs zu verlieben, der sie weggeschnappt hat, und zwar in seiner eigenen Höhle. Aber ihr Weiber seid alle gleich... schöne Worte nehmen euch gefangen... und ich sollte mich nicht wundern, wenn hier meine schöne Nichte ungeduldig wäre, zu ihrer Tante in jenes Narrenparadies zu gehen und den jungen Eber zu heiraten."

„So weit entfernt bin ich von dieser Torheit", erwiderte Isabelle, „daß mich vielmehr jetzt doppelt danach verlangt, Rache zu üben an dem Mörder des Bischofs, weil dadurch meine Tante zugleich aus der Macht jenes Schurken befreit werden wird."

Isabelle hatte den Brief nicht ganz vorgelesen. Es folgte darin noch ein Nachsatz, in welchem die Gräfin Hameline noch einen Bericht gab über ihre Beschäftigungen und dabei ihrer Nichte erzählte, daß sie augenblicklich ein Gewand beiseite gelegt habe, an dem sie für ihren Gemahl arbeite; dasselbe enthalte die Wappen von Croye und de la Marck nebeneinander, durch einen Pfahl getrennt, weil ihr Wilhelm aus politischen Rücksichten beschlossen habe, im ersten Gefecht andere sein Wappen tragen zu lassen und selbst das Wappen des Herzogs von Orleans mit einem schrägen Balken anzunehmen... in anderen Worten, das von Dunois.

In dem Brief war noch ein Papierstreifen von anderer Handschrift zu finden, dessen Inhalt die Gräfin nicht für nötig erachtete, mitzuteilen. Dieser Streifen enthielt nur ein paar Worte, die lauteten: ‚Wenn Ihr nicht bald von mir hört, und zwar durch die Trompete der Fama, so haltet mich für tot, aber nicht für unwürdig!‘

Als sie das las, leuchtete ein Gedanke, den sie bisher als unglaublich zurückgedrängt hatte, auf. Sie richtete es so ein, daß, ehe die Truppen fort waren, Quentin Durward von unbekannter Hand diese Zeilen Hamelines empfing, versehen mit drei Kreuzen gegenüber dem Nachsatz und dem folgenden Zusatz: ‚Wer das Wappen Orleans nicht fürchtet auf der Brust seines tapferen Eigentümers, kann nicht davor zurückschrecken, wenn es ihm auf der eines Tyrannen und Mörders entgegentritt.‘

Tausendmal küßte der junge Schotte diese Zeilen und drückte sie an seine Brust, denn sie wiesen ihn auf den Pfad, wo gleicherweise Ehre und Liebe ihm einen Siegespreis vorhielten, und brachten ihn in den Besitz eines Geheimnisses, das niemand sonst wußte. Nun vermochte er den zu erkennen, dessen Tod allein seinen Hoffnungen Leben geben konnte!

Aber so sorgsam er dieses Geheimnis zu bewahren beschloß, sah er doch die Notwendigkeit ein, anders mit der ihm von Hayraddin mitgeteilten Nachricht zu verfahren. Nach reiflicher Überlegung war Durward zu dem Entschluß gekommen, sein Geheimnis nur beiden Fürsten zugleich anzuvertrauen, um nicht Ludwigs Wankelmütigkeit in Versuchung zu führen durch den Besitz eines Geheimnisses, das sein Gegner nicht kannte.

Endlich gelangte das Heer, ohne auf ernstlichen Widerstand gestoßen zu sein, nach Lüttich. Das Schloß Schönwald fanden sie gänzlich zerstört und erfuhren, daß Wilhelm de la Marck all seine Soldaten in die Stadt gebracht hatte, um von dort aus die Anrückenden zu bekämpfen. Und sie sollten es bald erfahren, wie gefährlich es ist, eine große, wenn auch noch so offene Stadt anzugreifen, sobald die Einwohner entschlossen sind, sie mit verzweifeltem Mut zu verteidigen.

Ein Teil der burgundischen Vorhut, die äußerst undiszipliniert vorging, stieß in eine der Vorstädte vor mit dem Rufe: „Burgund! Burgund! Tötet! tötet!... Alles gehört uns!... Denket an Ludwig von Bourbon!“ Als sie in größter Unordnung plündernd durch die engen Gassen der Stadt zogen, stürmten die Einwohner wütend hervor und erschlugen sie.

Als Karl von diesem mißlungenen Angriff hörte, geriet er außer sich vor Wut; er ließ sich auch nicht von dem Vorschlag Ludwigs besänftigen, französische Truppen in die Vorstädte zu schicken, um dort ‚aufzuräumen‘.

Mit großer Anstrengung wurde die Villa eines reichen Lütticher Bürgers geräumt, um sie für den Herzog und sein Gefolge herzurichten. Ludwig und seine engsten Vertrauten bezogen ein in der Nähe gelegenes Landhaus. Ludwig machte keinen Anspruch auf den Namen eines Soldaten, weil er von Natur aus gegen die Gefahr völlig gleichgültig war und außerdem einen großen Scharfblick besaß und es dazu verstand, die geschicktesten Kriegsmänner auszuwählen, denen er dann auch das unbedingteste Vertrauen schenken konnte. Ludwig also und sein unmittelbares Gefolge nahmen diese zweite Villa ein. Ein Teil seiner schottischen Garde lagerte auf dem Hof, wo es Nebengebäude und Schuppen gab, die sie vor dem Unwetter schützten. Der Rest der französischen Truppen war dicht beieinander und in guter Ordnung untergebracht, mit aufgestellten Vorposten für den Fall eines Angriffes.

Unterdessen hielt es der König für ratsam, ohne weitere Zeremonie in das Hauptquartier des Herzogs von Burgund zu gehen, um zu erfahren, welchen Kriegsplan man habe und welche Mitwirkung von ihnen erwartet wurde. Sein Erscheinen gab die Veranlassung, einen Kriegsrat abzuhalten, was sonst Karl nicht im Traume eingefallen wäre.

Während die Beratung in vollem Gange war, bat Quentin Durward mit äußerster Dringlichkeit, vorgelassen zu werden, da er den beiden Fürsten etwas Wichtiges mitzuteilen habe.

Er erhielt auch unverzüglich die Erlaubnis, einzutreten und berichtete ihnen in aller Ruhe, daß Wilhelm de la Marck einen Ausfall auf das Lager der Angreifer in französischer Verkleidung und unter französischer Fahne plane. Ludwig hätte wahrscheinlich diese Nachricht viel lieber geheim gehalten, aber da nun einmal die Sache vor dem Herzog von Burgund zur Sprache gekommen war, bemerkte er nur, daß eine solche Nachricht, gleichviel ob wahr oder falsch, für sie doch sehr wesentlich sei. „Nicht im mindesten!" rief der Herzog sorglos, „denn hätte es einen solchen Plan gegeben, wie dieser junge Mann behauptet, so wäre er mir nicht von einem Bogenschützen der schottischen Garde mitgeteilt worden." „Wie dem auch sei", antwortete Ludwig, „ich schlage vor, daß ich meine Soldaten weiße Feldbinden über ihren Rüstungen tragen lasse... Dunois, sorgt dafür, daß dies sofort angeordnet wird! Kein Mann soll in dieser Nacht Rüstung und Waffen ablegen. Wenn es losgeht, soll man scharf auf die schießen, die ‚France' und St. Denis' schreien. Ich selbst will in meiner Rüstung schlafen. Quentin Durward soll auf dem äußersten Punkt unserer Vorpostenlinie stehen. Er soll den ersten Vorteil von dem Ausfall haben, den er uns gemeldet hat... vielleicht hat er Glück! Und nun gute Nacht!"

Der Ausfall

Tiefes Schweigen ruhte über dem großen Heer, welches vor Lüttich lag. Lange Zeit ertönten die Rufe der Soldaten, welche ihre Signale wiederholten und nach ihren Bannern suchten, gleich dem Heulen verirrter Hunde. Aber endlich drängten sich die zerstreuten Soldaten, von den überstandenen Strapazen des Tages ganz erschöpft, unter das erstbeste Obdach zusammen, das sie fanden, und die, welche gar keines fanden, krochen todmüde unter Mauern, Hecken und ähnliche Schutzorte, um den Morgen zu erwarten... einen Morgen, den manche von ihnen nie erblicken sollten.

Ein Totenschlaf befiel fast alle, diejenigen ausgenommen, welche eine müde und matte Wache hielten bei den fürstlichen Hauptquartieren.

Die Gefahren und Hoffnungen des nahenden Tages, sogar die Pläne des Ehrgeizes, welche viele junge Adelige auf den glänzenden Preis gegründet hatten, welcher demjenigen verheißen war, der den Mord des Bischofs rächen würde, verschwanden aus ihrer Erinnerung, als sie vor Ermüdung und Erschöpfung einschliefen.

So war es jedoch nicht mit Quentin Durward. Die Kenntnis, daß er allein imstande war, de la Marck im Kampfe zu erkennen — die Erinnerung an diejenige, durch welche er zu dieser Kenntnis gekommen war, und die Hoffnungen, welche er darauf bauen konnte, daß sie ihm dieselbe mitgeteilt hatte — der Gedanke, daß sein Geschick ihn zu einer Krise geführt habe, die allerdings gefährlich und zweifelhaft war, aber ihm doch wenigstens eine Aussicht gewährte, als Sieger daraus hervorzugehen — all das verbannte jeden Schlaf und spannte seine Nerven mit einer Kraft an, die der Ermüdung trotzte.

Auf des Königs ausdrücklichen Befehl, sich an den äußersten Punkt zwischen dem französischen Lager und der Stadt zu begeben, strengte er sein Auge an, um die Masse zu durchdringen, die vor

ihm lag, und lauschte mit der gespanntesten Aufmerksamkeit, um den leisesten Ton aufzufangen, der irgend eine Bewegung in der belagerten Stadt verraten könnte. Aber die mächtigen Uhren der Lütticher Kirchen hatten dreimal nach Mitternacht geschlagen, und alles blieb still und stumm wie ein Grab.

Endlich, als Quentin bereits glaubte, daß der Ausfall bis zum Tagesanbruch verschoben werde, und sich freute, daß es dann hinreichend hell genug sein würde, um den schrägen Balken über der Lilie von Orleans zu erkennen, glaubte er in der Stadt ein summendes Getöse zu vernehmen, gleich dem aufgescheuchter Bienen, die sich zur Verteidigung ihrer Körbe sammeln. Er hörte noch einmal hin... das Geräusch dauerte fort, aber es war so undeutlich, daß es das Murmeln des Windes unter den Zweigen eines entfernten Stromes, vom Regen angeschwollen, hätte sein können.

Quentin zögerte noch, um Alarm zu geben, um nicht unnötige Aufregung hervorzurufen. Doch das summende Getöse wurde immer lauter, und Durward weckte rasch seinen Oheim. Im Nu waren allesamt so leise wie möglich auf den Beinen. Bald darauf war auch Lord Crawford an ihrer Spitze, der sofort einen Bogenschützen zum König schickte, um ihn und sein Gefolge zu alarmieren. „Die faulen Burgunder schlafen auf ihren Posten", flüsterte Crawford, „geht nach der Vorstadt, Cunningham, und weckt die dummen Ochsen!"

„Ich will vorwärts kriechen, Mylord", sagte Quentin, „und mich bemühen, Euch Nachricht zu bringen."

„Tut das, mein braver Junge", sagte der alte Lord, „Ihr habt scharfe Ohren und Augen und guten Willen... aber nehmt Euch in acht, ich möchte Euch um alles in der Welt nicht verlieren!"

Quentin schlich sich mit seiner Hakenbüchse vorwärts auf dem Boden, welchen er sorgfältig im Zwielicht des vorhergehenden Abends untersucht hatte, bis er sicher war, daß er sich in der Nähe einer sehr starken Truppenabteilung befand, welche sich zwischen des Königs Hauptquartier und den Vorstädten aufgestellt hatte. Plötzlich kamen ihm die Schritte von zwei oder drei verlorengegangenen Soldaten entgegen. Als er bemerkte, daß ein Rückzug nicht unentdeckt bleiben würde, rief er laut: „Wer ist da?" und erhielt die Antwort:

„Lü — Lüttich — die ich meine", fügte der Sprechende, sich verbessernd, hinzu „Vive la France!"

Quentin feuerte augenblicklich seine Hakenbüchse ab, ein Mann stöhnte und fiel zu Boden. Quentin gelang es in dem Durcheinander, das auf einmal entstand, sich schnellstens zurückzuziehen.

„Vortrefflich gemacht!" rief Crawford. „Begleitet nun den König zum Quartier des Herzogs!"

Karl befand sich in einem Zustand größter Erregtheit, die ihn fast unfähig machte, seinen Pflichten als General nachzukommen, so notwendig das auch jetzt gerade war; denn außer dem einen wütenden Kampfe, der in der Vorstadt den ganzen linken Flügel der Burgunder in Anspruch nahm, ... außer dem Angriff auf des Königs-Hauptquartier, der im Zentrum stattfand, ... war eine dritte Kolonne Lütticher, sogar noch zahlreicher als jene, aus einer entfernteren Bresche hervorgedrungen und auf Umwegen über den rechten Flügel der burgundischen Armee hergefallen mit dem Feldgeschrei:

„Vive la France!" und „Denis Montjoye!" untermischt mit den Rufen:

„Lüttich!" und „Rouge Sanglier!", was die Burgunder in totale Verwirrung brachte, da sie meinten, ihre französischen Verbündeten hätten sie verraten, und so leisteten sie nur schwachen Widerstand, während der Herzog, vor Wut schäumend und auf seinen Lehensherrn fluchend, schrie, man solle mit Bogen und Geschütz auf alles schießen, was französisch sei, gleichviel ob schwarz oder weiß, wobei er an die Schärpen dachte, die Ludwigs Soldaten zur Unterscheidung angelegt hatten.

Die Ankunft des Königs, der nur von Le Balafré, Quentin und einem halben Dutzend anderer Bogenschützen begleitet war, beruhigte den Herzog und stellte das gute Einvernehmen zwischen

Frankreich und Burgund wieder her. D'Hymbercourt, Crèvecoeur und andere burgundische Feldherren, deren Namen damals der Ruhm und der Schrecken des Krieges waren, stürzten sich begeistert in den Kampf, und während einige Hauptleute bemüht waren, entferntere Truppen herbeizuführen, bis zu denen der panische Schrecken nicht gedrungen war, warfen sich andere in das Getümmel, fachten den Geist wieder an, zu kämpfen, führten ihre Truppen zum Gefecht, während der Herzog in der Front wie ein gewöhnlicher Soldat focht und mit lautem Geschrei auf seine Gegner einhieb. Ludwig dagegen benahm sich wie ein ruhiger, besonnener, scharfsichtiger Führer, der die Gefahr weder suchte, noch sie vermied und eine solche Selbstbeherrschung und Umsicht zeigte, daß die burgundischen Hauptleute willig seinen Befehlen gehorchten.

Der Kampf wurde immer erbitterter und heftiger.

Die Vorstadt von Lüttich war nach einem wütenden Gefecht in Brand gesteckt worden, aber selbst um die zusammenstürzenden Häuser und brennenden Trümmer tobte der Streit noch fort. Drei fürchterliche Stunden währte das Gefecht mit gleicher Wut, bis endlich der von den Belagerern so heiß ersehnte Morgen heraufdämmerte; der Feind schien jetzt in seinen Anstrengungen zu erlahmen.

Auf Befehl des Königs ritten Quentin und sein Onkel nebst Dunois und Crawford an der Spitze von zweihundert französischen Edelleuten querfeldein über die Verwundeten hinweg, bis sie die Flanke des großen Heeres der Lütticher erreichten, die den burgundischen Flügel so heftig angegriffen hatte. Immer größere Scharen strömten aus der Stadt.

„Edle von Frankreich! Stellt Euch auf!" rief Dunois. „Legt die Lanzen ein! Laßt die aufgehenden Sonnenstrahlen durch die Bataillone jener Lütticher Schweine und Ardenneneber scheinen, welche sich erkühnen, sich mit unseren Rüstungen und Wappen zu maskieren.

„Ha! Dunois! Dunois!" war der begeisterte Ruf der Reisigen als Antwort.

Und mit ihrem Führer in der Mitte sprengten sie in vollem Galopp zum Angriff. Aber sie trafen auf keinen furchtsamen Feind. Das große Korps, auf das sie losgingen, bestand — mit Ausnahme einiger berittener Offiziere — ganz und gar aus Fußvolk, welches, den Lanzenschaft gegen den Fuß gestemmt, so aufgestellt war, daß die vorderste Reihe kniete, die mittlere sich bückte und die hinterste ihre Speere über die Köpfe der Vordermänner vorstreckte. So hielten sie dem stürmischen Angriff der Geharnischten einen Widerstand entgegen, wie ihn der Igel seinem Feinde leistet.

Nur wenige vermochten es, sich einen Weg durch diese eiserne Mauer zu bahnen; aber zu ihnen gehörte vor allen Dunois, welcher, seinem Pferde die Sporen gebend, daß es einen Sprung von mehr als zwölf Fuß machte, mitten in die Phalanx hineinsetzte und auf den Gegenstand seines Zorns — den Doppelgänger, der sich erfrechte, sein Wappen und seine Farben zu tragen — losging.

Wie groß war aber sein Erstaunen, als er Quentin Durward noch an seiner Seite und in gleicher Linie mit ihm fechtend fand; jugendliches Feuer, verzweifelter Mut und der Entschluß, zu siegen oder zu sterben, hatten ihn dazu getrieben, Schritt zu halten mit dem besten Ritter jener Zeit, als welcher Dunois galt.

Ihre Lanzen waren bald zerbrochen; aber die Landsknechte waren doch außerstande, den Hieben ihrer langen wuchtigen Schwerter zu widerstehen; während die Reiter und ihre Rosse, die beide ganz und gar in Stahl gehüllt waren, wenig von deren Speeren zu leiden hatten. Aber noch waren Dunois und Durward nicht an das Ziel gelangt, dem sie wetteifernd zustrebten, als der erstere, des Ebers Kopf und Hauer — gewöhnlich Wilhelm de la Marcks Tracht und Wappen — an anderer Stelle des Kampfes bemerkend, Quentin zurief:

„Ihr seid würdig, mein Wappen zu retten! Ich überlasse Euch diese Aufgabe. — Balafré, steht Eurem Neffen bei, aber laßt keinen sich erkühnen, sich in Dunois' Eberjagd zu mischen!"

Trotz des Mordens und Tötens durchschoß Quentin Durward ein Glücksgefühl; diese Arbeitsteilung — welch eine Chance für ihn! Und so schlug sich jeder in Richtung auf sein Ziel, gefolgt von den tapfersten Reisigen.

Zunehmend verlor die Heerschaft de la Marcks an Boden; der Vorteil des Nachtüberfalls war verloren, und die Burgunder zeigten nun seit Tagesanbruch, welchen Vorzug eine überlegene Disziplin gewährt. Die große Masse der Lütticher mußte sich zurückziehen und zuletzt die Flucht ergreifen; und so ergab sich eine verworrene Flut von Fechtenden, Flüchtigen und Verfolgenden, welche sich durch die Breschen der Stadtmauer ins Stadtinnere wälzte.

Quentin schlug sich mit übermenschlichen Anstrengungen, um an de la Marck heranzukommen, den er noch deutlich sah, wie er durch Zuruf und eigenes Beispiel die Schlacht in seinem Sinne zu ordnen bestrebt war, worin ihn eine auserlesene Schar Landsknechte tapfer unterstützte. Le Balafré und mehrere seiner Kameraden schlossen sich Quentin an, über dessen außerordentliche Tapferkeit sie alle aufs Höchste erstaunt waren.

Auf dem Rande der Bresche war es de la Marck, der wirklich in der französischen Maske steckte, gelungen, einen augenblicklichen Stillstand der Flucht seiner Truppen zu erzielen und einige der vordersten Angreifer zurückzutreiben. Er schwang eine eiserne Streitaxt in seiner Hand, vor welcher alles niederzusinken schien, und war so mit Blut bedeckt, daß es beinahe unmöglich war, auf dem Schilde das Wappen zu erkennen, welches Dunois so gewaltig entrüstet hatte.

Jetzt wurde es Quentin leicht, den Ardenneneber zum Einzelkampf zu bringen, denn die dominierende Stellung, der er sich bemächtigt hatte, und die Tod und Verderben bringende Waffe, der nichts widerstand, veranlaßten die meisten Gefährten Durwards, sich gesichertere Angriffspunkte zu suchen, als der von einem so verzweifelten Kämpfer verteidigt war.

Aber Quentin wußte besser, wie wichtig es war, gerade diesen fürchterlichen Gegner zu besiegen, deshalb sprang er vom Pferd, ließ sein edles Tier, ein Geschenk des Herzogs von Orleans, allein durch das Kampfgetümmel laufen und sprang auf die Trümmer,

um den Kampf mit dem wilden Ardenneneber aufzunehmen.

De la Marck hatte bereits, da er sofort Quentins Absicht erriet, seine Keule gegen den neuen, kühn auf ihn zuspringenden Gegner geschwungen, als ein gewaltiges Triumphgeschrei, in das sich verzweifelte Angsttöne mischten, verkündete, daß die Belagerer auf einem anderen Punkt in die Stadt eindrangen und zwar im Rücken der Verteidiger der Bresche. Bei diesen erschreckenden Tönen sammelte de la Marck mit mächtiger Stimme die verzweifelten Genossen seines Schicksals um sich, verließ mit ihnen die Bresche und bemühte sich, sich zurückzuziehen. Überall herrschte entsetzliche Verwirrung.

Das Kreischen und Schreien der Weiber, das Jammern der geplünderten Einwohner, über die nun alle Schrecken der Soldatenrohheit gekommen waren, die unmenschlichen Laute der Verwundeten und Sterbenden, die Stimmen der Wut, der Verzweiflung, der Hölle, sie erklangen gräßlich inmitten des Getöses der Schlacht.

De la Marck war der Rückzug abgeschnitten; mit dem Rest seiner Männer nahm er nun den letzten Kampf auf.

„Holla! Ihr Herren von Schottland!“ rief der wilde Hauptmann, „wem verlangt es, eine Krone zu gewinnen? Wer haut los auf den Eber der Ardennen? Ihr, junger Mann da, scheint Gelüste danach zu haben, aber Ihr müßt sie erobern, ehe Ihr sie tragt!“

Quentin hörte diese Worte nur undeutlich, da dieselben meist in dem hohlen Helm verloren gingen; aber die ihn herausfordernde Haltung war nicht mißzuverstehen, und er hatte gerade noch Zeit, seinen Oheim und seine Kameraden zu bitten, zurückzutreten, als de la Marck wie ein Tiger auf ihn lossprang. Er schwang seine gewaltige Keule, aber Quentin sprang leichtfüßig beiseite und vereitelte somit des Ebers Vorhaben.

Die beiden waren nun dicht beieinander, während ihre Kameraden auf beiden Seiten Zuschauer blieben.

Der Eber blutete, und langsam begann seine Riesenkraft zu ermatten.

Plötzlich hörte man die angstvolle Stimme einer Frau im Hintergrund und seinen Namen. Der Schotte wandte den Kopf und erkannte mit einem Blick Gertrud Pavillon, die gerade von einem französischen Soldaten fortgeschleppt wurde.

„Wartet nur einen Augenblick auf mich!“ rief Quentin seinem Gegner zu, indem er fortsprang, um seine Wohltäterin aus ihrer gefahrvollen Lage zu retten.

„Ich brauche auf niemanden zu warten“, erwiderte de la Marck, seine Keule aufs neue erhebend, um sich den Rückzug zu erkämpfen, froh, seinen furchtbaren Gegner los zu sein.

„Vielleicht nehmt Ihr mit mir vorlieb, mit Verlaub“, rief Le Balafré, „ich dulde es nicht, daß mein Neffe so getäuscht wird.“

Er stellte sich unverzüglich vor den Hauptmann und holte mit seinem zweischneidigen Schwert aus.

In dem Handgemenge, das bei der Befreiung Gertruds entstand, sah sich Quentin plötzlich mit dem Mädchen allein auf der Straße. Voller Verzweiflung wollte er dem Ardenneneber nachrennen, aber Gertrud klammerte sich in Todesangst an ihn und rief:

„Laßt mich nicht hier. Geleitet mich zu meines Vaters Haus, das einst Euch und Isabelle Sicherheit gewährte!“

Mit unsagbar bitterem Gefühl entsagte Quentin all seiner wunderbaren Hoffnungen, die ihn dem heißbegehrten Ziel so nahe gebracht hatten. Wie im Traume geleitete er Gertrud zu Pavillons Haus, wo er gerade rechtzeitig eintraf, um den Syndikus und sein Eigentum gegen den Angriff der Soldaten zu verteidigen.

Inzwischen ritten König Ludwig und Herzog Karl durch eine der Breschen in die Stadt hinein. Sie waren beide in vollständiger Rüstung, aber Karl, von oben bis unten mit Blut bespritzt, trieb sein Pferd wütend die Bresche hinan, während Ludwig mit langsam feierlichem Schritt hinüberritt. In der Stadt angekommen, erließen sie den Befehl, mit der bereits begonnenen Plünderung innezuhalten und die zerstreuten Truppen zu sammeln.

Gleich anderen Offizieren damit beschäftigt, seine Leute nach dem Gebot des Königs zu sammeln, begegnete Lord Crawford, der gerade in eine Straße an der Maas einbog, Le Balafré, der in der Hand ein Menschenhaupt schwenkte, das bis zur Unkenntlichkeit mit Blut verschmiert war. „Was hast du vor, Ludovik? Was machst du mit dem Aas da?"

„Das ist alles, was von einem Stück Arbeit übrig blieb, welches mein Neffe einfädelte und beinahe auch vollendete, und an das ich nur die letzte Hand anlegte", antwortete Le Balafré.

„So weit ich das erkennen kann, habt Ihr da kein unbedeutendes Haupt eingefangen. Kommt mit mir ... fragt nicht weiter ... folgt mir unverzüglich!"

Als das Hochamt in der Kathedrale von Lüttich beendigt und die gequälte Stadt wieder zu einiger Ordnung gekommen war, schickten sich Ludwig und Karl, umgeben von ihren Pairs, an, die Ansprüche derjenigen zu vernehmen, welche solche für Dienste in der Schlacht zu machen hatten. Diejenigen, welche sich auf die Grafschaft Croye und ihre schöne Herrin bezogen, kamen zuerst an die Reihe, aber es folgte eine Enttäuschung auf die andere, denn verschiedene Bewerber, die des Ehrenpreises ganz sicher zu sein wähnten, mußten es erfahren, daß ihre Ansprüche beanstandet wurden. Crèvecoeur wies die Haut eines Eberkopfes vor, wie sie Wilhelm de la Marck gewöhnlich trug; Dunois brachte einen zerspaltenen Schild mit seinem Wappenbild darauf zum Vorschein, und so gab es noch mehrere, die sich das Verdienst zuschrieben, den Mörder des Bischofs erlegt zu haben, indem sie ähnliche Beweisstücke aufwiesen ... der hohe Preis, welcher auf de la Marcks Haupt gesetzt war, hatte allen, die ihm ähnlich ausgerüstet waren, den Tod gebracht.

So entstand denn lauter Streit und Hader unter den Bewerbern, und Karl, der schon innerlich das übereilte Versprechen bereute, welches die Hand und den Reichtum seiner schönen Vasallin so ganz dem Zufall preisgegeben hatte, hoffte, noch einen Ausweg zu finden, um allen diesen widerstreitenden Ansprüchen zu entgehen, als Crawford sich in den Kreis drängte, Le Balafré hinter sich förmlich schleppend, der ihm unbeholfen und verschämt folgte, wie ein widerwilliger Bullenbeißer an der Leine, und laut ausrief:

„Weg mit euren Klauen und Häuten und euren bemalten Eisen!... Nur wer den Eber selbst erschlug, kann die Hauer zeigen!" Mit diesen Worten schleuderte er das blutige Haupt auf den Bogen, das jeder, der ihn je gesehen hatte, an den eigentümlich gestalteten Kinnbacken auf der Stelle als das de la Marcks erkannte.

„Crawford", sagte Ludwig, während Karl in düsterem ärgerlichen Staunen dasaß, „ich hoffe, es ist einer meiner treuen Schotten, der den Preis gewonnen hat?"

„Es ist Ludovik Lesly, den wir Le Balafré nennen", erwiderte der alte Soldat.

„Aber ist er von Adel?" rief der Herzog, „sonst ist unser Versprechen null und nichtig."

„Er ist allerdings ein ziemlich störriges, ungeschlachtes Stück Holz", sagte Crawford, mit einem Blick auf die große, plumpe und unbeholfene Gestalt des Bogenschützen mit der Narbe; „aber ich bürge dafür, daß er von dem Hause des Rothes trotzdem abstammt... und die sind ebenso gut und alt adlig, als irgend ein Haus in Frankreich und Burgund."

„Dann ist nichts dabei zu machen", erwiderte der Herzog, „und die schönste und reichste Erbin in Burgund muß die Frau eines

rohen Mietsoldaten, wie der da, werden, oder einsam in einem Kloster sterben ... sie, das einzige Kind unseres getreuen Reinhold von Croye! ... Ich bin zu voreilig gewesen!"

Die Stirn Karls unwölkte sich, zur allgemeinen Überraschung seiner Pairs, die ihn selten das geringste Zeichen von Reue um der unvermeidlichen Folgen eines gefaßten Entschlusses willen hatten verraten sehen.

„Wartet noch einen Augenblick!" sagte Lord Crawford. „Es kann noch besser werden, als Eure Hoheit vermuten. Hört nur, was dieser Kavalier zu sagen hat ... Zum Henker! Sprich nur gerade heraus, Mann!" fügte er leise, zu Balafré gewandt, hinzu.

Aber der plumpe Soldat, obwohl er sich dem König Ludwig verständlich genug zu machen verstand, der ganz vertraut mit ihm umging und an dessen Wesen er gewöhnt war, konnte es doch nicht über sich bringen, seinen Entschluß vor einer so glänzenden Versammlung auszusprechen, wie er jetzt eine vor sich hatte; und nachdem er seine Schulter gegen die Fürsten gewandt und mit einem rauhen, glucksenden Lachen begonnen hatte, wobei er die fürchterlichsten Gesichter schnitt, konnte er nur die Worte: „Saunders Souplejaw" hervorbringen ... danach blieb er stecken.

„Mit Erlaubnis Eurer Majestät und Eurer Hoheit", sagte Crawford, „muß ich denn für meinen Landsmann und alten Kameraden sprechen. Ihr müßt nämlich wissen, daß es ihm einst von einem Seher in unserem Vaterlande prophezeit worden ist, es würde das Glück seines Hauses durch ein Ehebündnis begründet werden; aber da er, wie ich, sich nicht gern Zwang antut ... da er das Weinhaus mehr liebt als einer Dame Boudoir, ... kurz, da sein Geschmack und seine Neigungen etwas nach der Kaserne schmekken und eine hohe Lebensstellung ihm nur lästig fallen würde, so hat er sich gerne meinem Rat gefügt und tritt seine, durch die Besiegung Wilhelm de la Marcks erworbenen Ansprüche an den ab, durch welchen der wilde Eber eigentlich zum Stehen gebracht wurde, ... an den Sohn seiner Schwester!"

„Für dieses jungen Mannes Tüchtigkeit und Klugheit will ich

einstehen", sagte König Ludwig, der überfroh war, daß ein so stattlicher Preis einem zufallen sollte, auf den er Einfluß hatte. „Ohne seine Umsicht und Wachsamkeit wären wir alle zu Grunde gegangen... er war es, der uns die Kunde brachte von dem nächtlichen Ausfall!"

„So bin ich ihm", meinte Karl, „einen Ersatz dafür schuldig, daß ich seine Wahrhaftigkeit bezweifelt habe."

„Und ich kann seine soldatische Tapferkeit bezeugen", versicherte Dunois.

„Aber", fiel Crèvecoeur ein, „obwohl der Oheim von schottischem Adel ist, braucht es darum der Neffe doch nicht zu sein."

„Er ist aus dem Hause Durward", erwiderte Crawford, „ein Abkömmling jenes Allan Durward, der Lord-Oberrichter von Schottland war."

„Ei, wenn es der junge Durward ist", rief Crèvecoeur, „so habe ich nichts mehr zu sagen. Das Glück hat sich zu entschieden auf seine Seite gestellt, als daß ich noch weiter mit ihrer launenhaften Gnaden streiten sollte; ...aber es ist seltsam, wie wunderbar diese Schotten, vom Lord bis zum Pferdejungen, zusammenhalten."

„Hochländer gehen Schulter an Schulter!" entgegnete Lord Crawford, sich über den Ärger des stolzen Burgunders ergötzend.

„Wir haben dann nur noch zu untersuchen", äußerte Karl nachdenklich, „was die schöne Dame zu diesem glücklichen Abenteurer sagen wird?"

„Bei der Messe!" rief Crèvecoeur, „ich habe nur zu viel Ursache zu glauben, daß Eure Hoheit sie jetzt viel lenksamer finden werden, als bei früheren Anlässen ähnlicher Art ... Aber warum sollte ich diesem jungen Mann seine Erhebung mißgönnen? Es ist ja doch sein klarer Verstand, seine Festigkeit und seine Tapferkeit, die ihm Reichtum, Rang und Schönheit erworben haben!"

R. L. Stevenson

Der schwarze Pfeil

John Amend-All

Die Glocke im Tunstall Moat House erklang an diesem Nachmittag im späten Frühling zu ungewöhnlicher Zeit. Nah und fern, im Wald und auf den Feldern am Fluß ließen die Menschen ihre Arbeit im Stich und eilten dorthin, woher der Lärm kam, und im Dorf Tunstall stand eine Gruppe armer Landleute und wunderte sich, weshalb man sie zur Versammlung befahl.

Tunstall sah in jener Zeit, da der alte König Henry VI. regierte, nicht viel anders aus als heute. Etliche Häuser waren über ein langgestrecktes grünes Tal verstreut, das vom Fluß sanft aufstieg. An der niedrigsten Stelle führte die Straße über eine Brücke, schwang sich am anderen Ufer in die Richtung zum Moat House und weiter zur Holywood Abbey und versickerte zwischen den Bäumen. In der Mitte des Dorfes zwischen Eiben stand die Kirche. Beide Hänge waren von Ulmen und Eichen gekrönt, die das Blickfeld verstellten.

Nah an der Brücke befand sich ein steinernes Kreuz auf einem kleinen Hügel, und hier hatte sich die Gruppe – ein halbes Dutzend Frauen und ein großer Mann in einem rostfarbenen Kittel – zusammengefunden und diskutierte, was dieses Geläute wohl zu bedeuten haben mochte. Eine halbe Stunde vorher war ein Kurier durchs Dorf gekommen. Er hatte im Sattel einen Krug Ale getrunken und nicht abzusteigen gewagt, weil sein Auftrag so eilig war; über die Natur des Auftrags hatte er nichts gewußt. Er hatte versiegelte Briefe von Sir Daniel Brackley an Sir Oliver Oates dabei, den Pfarrer, der in der Abwesenheit des Masters im Moat House residierte.

Aber jetzt erklang Hufschlag, und wenig später erschien am Waldrand der junge Master Richard Shelton, Sir Daniels Schützling. Er ritt über die hallende Brücke auf sie zu. Wenigstens er würde Bescheid wissen. Sie begrüßten ihn und baten um eine Erklärung. Er zügelte bereitwillig sein Pferd – ein junger Mensch, noch nicht achtzehn, sonnengebräunt und grünäugig, in einer Jacke aus Hirschleder mit schwarzem Samtkragen, eine grüne Kapuze auf dem Kopf und eine stählerne Armbrust auf dem Rücken. Der Kurier, so stellte sich heraus, hatte wichtige Neuigkeiten mitgebracht. Eine Schlacht bahnte sich an. Sir Daniel verlangte nun, daß jeder Mann, der einen Pfeil abschießen oder einen Spieß tragen konnte, so schnell wie möglich nach Kettley aufbrach, falls ihm daran lag, sich kein allerhöchstes Mißfallen aufzuladen; aber für wen sie kämpfen sollten und wo die Schlacht voraussichtlich stattfinden würde, wußte Shelton nicht.

„Für das Land ist das der Ruin", sagte eine Frau. „Wenn die Obrigkeit Krieg führt, müssen die Bauern sich von Wurzeln ernähren."

„Nein", sagte Richard Shelton, „jeder Mann, der dem Ruf folgt, kriegt pro Tag Sixpence, und die Bogenschützen kriegen zwölf."

„Wenn sie leben", erwiderte die Frau, „das mag schon sein – aber was, wenn sie sterben, Master?"

„Sie können nichts besseres tun, als für ihren natürlichen Herrn zu sterben", sagte Richard Shelton.

„Er ist nicht mein natürlicher Herr", sagte der Mann im Kittel. „Ich habe mich den Walsinghams angeschlossen. Wir alle haben es hier unten in Brierley so gehalten, bis vor zwei Jahren Candlemas gekommen ist. Und jetzt soll ich's plötzlich mit Brackley halten. Das Gesetz ist dafür verantwortlich – nennt ihr das natürlich? Und Sir Daniel und Sir Oliver, der mehr über Gesetze und Ehrlichkeit weiß . . Ich habe keinen natürlichen Herrn außer dem armen König Harry dem Sechsten, Gott schütze ihn – dieser arme, unschuldige Mensch, der seine rechte Hand nicht mehr von seiner linken unterscheiden kann."

„Ihr sprecht mit einer bösen Zunge, Freund", antwortete Richard Shelton. „Ihr verunglimpft Euren guten Master und meinen Herrn, den König, im selben Satz. Aber König Harry – gepriesen seien die Heiligen – hat seinen Verstand wiedergefunden, er wird alles friedlich regeln. Und was Sir Daniel betrifft, so seid Ihr sehr tapfer – freilich hinter seinem Rücken. Aber ich bin kein Verrückter, ich lasse den Vorfall auf sich beruhen."

„Über Euch will ich nichts Schlechtes sagen", entgegnete der Bauer. „Ihr seid noch ein Junge, aber wenn Ihr mal das Format eines Mannes habt, werdet Ihr merken, daß Eure Taschen leer sind. Die Heiligen mögen Sir Daniels Nachbarn helfen, und die Heilige Jungfrau möge sein Mündel behüten."

„Clipsby", sagte Richard Shelton, „Ihr redet so, daß ich Euch nicht ruhig zuhören kann, wenn ich meine Ehre behalten will. Sir Daniel ist mein guter Master und mein Beschützer."

„Wollt Ihr für mich ein Rätsel lösen?" erwiderte Clipsby. „Auf wessen Seite steht Sir Daniel?"

„Ich weiß nicht", sagte Shelton und wurde verlegen, denn sein Vormund hatte während der Wirren jener Epoche regelmäßig die Fronten gewechselt, und jeder Wechsel hatte sein Vermögen wachsen lassen.

„Ja“, erwiderte Clipsby, „weder Ihr noch jemand anders weiß etwas. Er ist nämlich einer, der als Parteigänger der Lancasters schlafen geht und als Parteigänger der Yorks aufsteht.“

In diesem Augenblick erdröhnte die Brücke unter beschlagenen Hufen, und die Gruppe wandte sich um und sah Bennet Hatch herangaloppieren – ein braungesichtiger, zerknitterter Mensch mit schweren Fäusten und grimmiger Miene, bewaffnet mit Schwert und Speer, einen stählernen Helm auf dem Kopf und eine lederne Jacke am Körper. Er war in diesem Teil des Landes ein bedeutender Mann, Sir Daniels rechte Hand in Krieg und Frieden und der Verwalter seiner Ländereien.

„Clipsby“, rief er, „lauft zum Moat House und schickt auch die anderen Faulenzer hin. Bowyer gibt euch Harnische und Helme. Wir müssen vor Sonnenuntergang aufbrechen. Eilt Euch, wer als letzter zum Friedhofstor kommt, wird mit Sir Daniel Ärger haben. Paßt also auf! Ich weiß, daß Ihr ein störrischer Kerl seid.“ Er blickte zu einer der Frauen. „Nance, ist der alte Appleyard in der Stadt?“

„Was fragt Ihr mich“, entgegnete die Frau. „Bestimmt ist er auf seinem Acker.“

Die Gruppe löste sich auf, und während Clipsby über die Brücke schlenderte, ritten Hatch und der junge Shelton gemeinsam die Straße entlang durchs Dorf und an der Kirche vorbei.

„Ihr werdet den alten Querkopf erleben“, sagte Hatch. „Er wird mehr Zeit damit vergeuden, zu nörgeln und über Harry den Fünften zu faseln, als man dazu braucht, ein Pferd zu beschlagen. Und das alles nur, weil er in den Französischen Kriegen war!“

Das Haus, zu dem sie strebten, war das letzte im Dorf, es stand isoliert zwischen spanischen Fliederbäumen. Dahinter und an drei Seiten war eine offene Wiese, die sich hangwärts bis zum Waldrand hindehnte.

Hatch stieg vom Pferd, warf seine Zügel über den Zaun und ging durch den Garten, während Shelton nah neben seinem Ellenbogen blieb, dorthin, wo der alte Soldat knietief zwischen seinem Gemüse stand und in der Erde grub, wobei er mit brüchiger Stimme von Zeit zu Zeit eine Verszeile aus einem Lied sang. Er war ganz in Leder gekleidet, nur seine Mütze und seine Pelerine bestanden aus schwarzem Wollzeug, das mit roten Biesen abgesetzt war. Sein Gesicht war braun und zerfurcht wie eine Walnußschale; aber seine alten grauen Augen waren noch ausreichend klar, und seine Sicht war nicht beeinträchtigt. Vielleicht war er taub, vielleicht hielt er es auch für unter der Würde eines alten Bogenschützen, eine solche Störung überhaupt zu beachten, jedenfalls schienen weder die metallischen Töne der Sturmglocke noch Hatch und der junge Shelton ihn zu kümmern. Er grub beharrlich weiter und trällerte dünn und zittrig vor sich hin.

„Nick Appleyard“, sagte Hatch, „Sir Oliver schickt Euch seine Empfehlung und läßt Euch bitten, noch in dieser Stunde zum Moat House zu kommen und dort das Kommando zu übernehmen.“

Der alte Mann blickte auf.

„Seid gegrüßt, Masters“, sagte er grinsend. „Und wohin geht Master Hatch?“

„Nach Kettley, mit jedem Mann, den wir auf ein Pferd setzen können“, erwiderte Hatch. „Anscheinend ist eine Schlacht zu erwarten, und mein Lord braucht Verstärkung.“

„Ja, sicher“, gab Appleyard zurück. „Und was laßt Ihr mir hier, um die Garnison zu halten?“

„Ich überlasse Euch sechs gute Männer und zusätzlich Sir Oliver“, antwortete Hatch.

„Sie werden den Platz nicht verteidigen können”, sagte Appleyard, „die Zahl reicht nicht aus. Damit alles in Ordnung ist, sind vierzig nötig”.

„Deswegen sind wir zu Euch gekommen, Ihr alter Nörgler”, entgegnete der andere. „Wer außer Euch ist hier, der in einem solchen Haus mit solch einer Mannschaft etwas ausrichten könnte”?

„Ja wenn das Hühnerauge drückt, erinnert man sich an die alten Schuhe”, erwiderte Nick. „Dann habt Ihr keinen Mann, der ein Pferd erklimmen oder einen Spieß führen kann, und was die Bogenschützen angeht, beim heiligen Michael – wenn Harry der Fünfte wieder da wäre, würde er sich hinstellen und Eure Leute für einen Heller pro Schuß auf sich schießen lassen”.

„Nein, Nick, da sind immer noch einige, die gut einen Bogen spannen können”, sagte Bennet Hatch.

„Einen guten Bogen spannen können!” rief Appleyard. „Ja! Aber wer wird einen guten Schuß abgeben? Da kommt es auf die Augen an, und auf den Kopf, den einer zwischen den Schultern trägt. Was würdet Ihr einen weiten Schuß nennen, Bennet Hatch?”

„Naja“, sagte Hatch und blickte sich um „ein weiter Schuß wäre von hier bis in den Wald.“

„Ja, das wäre ein langer Schuß", sagte der alte Mann, drehte sich halb um und spähte über die Schultern; dann hob er eine Hand über die Augen und stand da und starrte.

„Was seht Ihr?" erkundigte sich Hatch mit einem Schmunzeln. „Seht Ihr etwa Harry den Fünften?"

Der Veteran fuhr fort, schweigend den Hügel hinauf zu blicken. Die Sonne schien hell auf die schräg abfallenden Wiesen. Einige weiße Schafe fraßen Gras und wanderten langsam hin und her. Bis auf die Glocke in der Ferne war alles still.

„Was gibt's, Appleyard?" fragte Shelton.

„Die Vögel", sagte Appleyard.

Über den Wipfeln der Bäume, wo der Wald sich wie eine Zunge auf die Wiesen vorschob, die in zwei köstlich grünen Ulmen endete, flatterten Vögel in offensichtlicher Verwirrung auf und ab.

„Was ist mit den Vögeln?" wollte Hatch wissen.

„Ja", erwiderte Appleyard, „im Krieg seit Ihr ein kluger Mann, Master Hatch. Vögel sind vorzügliche Wachtposten. In Wäldern stellen sie die vorderste Frontlinie dar. Seht, wenn wir jetzt in einem Feldquartier wären, könnte man annehmen, daß vielleicht Bogenschützen dort von uns eine Witterung gekriegt haben, und hier wärt Ihr und hättet nichts gelernt."

„Alter Querkopf", sagte Hatch, „hier sind keine Männer außer denjenigen von Sir Daniel bei Kettley. Ihr seid so sicher wie in London im Tower, und Ihr jagt einem Menschen einen Schrecken ein, bloß wegen etlichen Buchfinken und Spatzen."

„Hört euch das an!" Appleyard grinste. „Wie viele Schurken würden ihre Ohren dafür hingeben, um auf uns schießen zu können. Beim heiligen Michael, Mann, die Leute hassen uns, als wären wir Iltisse oder Marder."

„Wahrhaftig, sie hassen Sir Daniel", antwortete Hatch ein wenig ernüchtert.

„Ja, sie hassen Sir Daniel, und sie hassen jeden Mann, der in seinem Dienst steht", sagte Appleyard. „Und in der Reihenfolge ihres Hasses stehen Bennet Hatch und der alte Bogenschütze Nicholas ganz oben. Wenn da drüben am Waldrand ein beherzter Mann wäre, und Ihr und ich wären in seiner Schußlinie – wo wir, beim heiligen Georg, in der Tat sind –, wen, glaubt Ihr wohl, würde er sich aussuchen?"

„Euch, darauf möchte ich wetten", sagte Hatch.

„Meinen Wappenrock gegen einen Ledergürtel, daß er Euch wählen würde!" rief der alte Bogenschütze. „Ihr habt Grimstone niedergebrannt,

Hatch – das werden sie Euch nie verzeihen, mein Master. Und was mich betrifft, so werde ich bald an einem angenehmen Platz sein, so Gott will, und außer der Reichweite eines Bogenschützen – ja, und auch aus der Reichweite einer Kanone – und fern aller Niedertracht. Ich bin ein alter Mann und ziehe schnell heimwärts, wo mein Bett schon gemacht ist. Aber Ihr, Bennet Hatch, Ihr werdet hier und in Lebensgefahr bleiben, und wenn Ihr je mein Alter erreichen solltet, ohne aufgehängt worden zu sein, gibt's den alten, guten englischen Geist nicht mehr."

„Ihr seid der gerissenste alte Strohkopf im Wald Tunstall", erwiderte Hatch, durch diese Drohungen sichtlich beunruhigt. „Geht an Eure Waffen, bevor Sir Oliver kommt, und hört mal für eine Weile zu schimpfen auf. Wenn Ihr mit Harry dem Fünften auch so viel geredet hättet, wären seine Ohren voller gewesen als seine Taschen."

Ein Pfeil summte durch die Luft wie eine riesige Hornisse; er traf den alten Appleyard zwischen den Schulterblättern und durchbohrte ihn, und Appleyard fiel nach vorn aufs Gesicht in sein Gemüse. Hatch stieß einen heiseren Schrei aus und schnellte hoch, dann duckte er sich und rannte zum Haus in Deckung. Richard Shelton hatte sich unterdessen hinter einen Fliederbaum geworfen und seine Armbrust angelegt und beobachtete die Waldspitze.

Kein Blatt regte sich. Die Schafe weideten geduldig das Gras ab, die Vögel hatten sich beruhigt. Aber hier lag der alte Mann mit einem Pfeil, der senkrecht aus seinem Rücken ragte, und da waren Hatch an der Giebelwand und Shelton schußbereit hinter dem Strauch.

„Seht Ihr was?" rief Hatch.

„Kein Zweig bewegt sich", sagte Shelton.

„Wir dürfen ihn nicht einfach liegen lassen, es wäre eine Schande", sagte Hatch und kam mit zögernden Schritten und blassem Gesicht wieder zum Vorschein. „Behaltet die Bäume im Auge, Master Shelton – behaltet die Bäume gut im Auge. Die Heiligen mögen uns beistehen, hier war ein vorzüglicher Schütze am Werk."

Bennet Hatch bettete den alten Bogenschützen auf seine Knie. Appleyard war noch nicht tot; sein Gesicht zuckte, seine Augen öffneten und schlossen sich wie mechanisch, und er erweckte den gräßlichen Eindruck eines Menschen, der Schmerzen hat.

„Könnt Ihr mich hören, alter Nick?" fragte Hatch. „Habt Ihr einen letzten Wunsch, bevor Ihr geht, alter Bruder?"

„Zieht den Pfeil raus und laßt mich in Marias Namen sterben",

Appleyard ächzte. „Ich bin fertig mit Old England. Zieht ihn raus!"

„Master Shelton", sagte Hatch, „kommt her und zieht mit aller Kraft an diesem Pfeil. Er wird bald dahinscheiden, der alte Sünder."

Richard Shelton legte die Armbrust aus der Hand und zerrte kraftvoll an dem Pfeil. Er zog ihn heraus, ein Blutstrahl folgte. Der alte Bogenschütze raffte sich auf und kam halb auf die Füße und rief noch einmal Gott an, dann brach er tot zusammen. Hatch war zwischen den Gemüsepflanzen noch auf den Knien und betete wie in Panik um das Wohlergehen der entschwindenden Seele. Aber während er betete, war offensichtlich, daß seine Aufmerksamkeit gespalten war. Er spähte immer wieder zu der Ecke des Waldes, von wo der Pfeil gekommen war. Als er mit seinem Gebet fertig war, stand er wieder auf, entledigte sich eines seiner gepanzerten Handschuhe und wischte sein fahles Gesicht ab, das vor Entsetzen schweißnaß war.

„Ja", sagte er, „als nächster bin ich an der Reihe,"

„Wer hat das getan, Bennet?" fragte Richard; er hatte immer noch den Pfeil in der Hand.

„Das wissen nur die Heiligen", sagte Hatch. „Hier sind mindestens vierzig Christenmenschen, die wir von Haus und Besitz verjagt haben, er und ich. Er hat seinen Schuß abbekommen, der arme Kerl, jetzt wird's nicht mehr lange dauern, bis ich meinen Schuß in Empfang nehmen kann. Sir Daniel hat übertrieben."

„Das ist ein seltsamer Schaft", sagte der Junge und betrachtete den Pfeil in seiner Hand.

„Ja, meiner Treu!" rief Hatch. „Schwarz und schwarz gefiedert. Ein rechter Unglückspfeil, denn schwarz, so heißt es, kündigt ein Begräbnis an. Und hier sind einige Worte aufgeschrieben. Wischt das Blut ab. Was lest Ihr da?"

„Appulyaird vom Jon Amend-All", las Shelton vor. „Was könnte das bedeuten?"

„Nein, das gefällt mir nicht", erwiderte der Gefolgsmann und schüttelte den Kopf. „John Amend-All! Da ist der Name eines Schurken für diejenigen, die in der Welt hochgekommen sind. Aber warum stehen wir hier und bieten ein Ziel? Packt ihn an den Knien, Master Shelton, während ich ihn an den Schultern anhebe, und laßt uns ihn in sein Haus legen. Dies wird ein schlimmer Schock für Sir Oliver sein. Er wird bleich wie Papier werden, und er wird beten wie eine Windmühle."

Sie nahmen den alten Bogenschützen und schleppten ihn zwischen sich in sein Haus, wo er allein gewohnt hatte. Und dort betteten sie ihn auf den Boden, ohne auf die Matratze zu achten, und trachteten, nach bestem Können seine Gliedmaßen geradezurichten und zurechtzulegen.

Appleyards Haus war sauber und kahl. Da waren ein Bett mit einer blauen Decke, ein Schrank, eine große Truhe, zwei Schemel, ein Klapptisch in der Ecke bei dem Kamin, und an der Wand hing die Ausrüstung des alten Soldaten, die aus Bogen und Harnisch bestand. Hatch sah sich neugierig um.

„Nick hatte Geld", sagte er. „Er dürfte an die sechzig Pfund zur Seite gebracht haben. Ich wünschte, ich könnte da zulangen. Wenn man einen alten Freund verliert, Master Richard, ist es der beste Trost, ihn zu beerben. Da haben wir also diese Truhe. Ich würde eine hohe Wette eingehen, daß da drin ein Scheffel Gold ist. Er hatte kräftige Hände, um zuzufassen, und harte Hände zum Festhalten. Möge Gott seiner Seele gnädig sein. Beinahe neunzig Jahre war er auf den Beinen und unterwegs und hat immer zugegriffen, aber jetzt liegt er platt auf seinem Rücken, die alte Spitzmaus, und leidet keinen Mangel mehr, und wenn seine bewegliche Habe zu einem guten Freund käme, wäre er, glaube ich, im Himmel glücklicher."

„Aber Hatch", sagte Shelton, „Ihr solltet diese starren, blinden Augen ehren. Wollt Ihr einen Mann im Angesicht seiner Leiche bestehlen? Nein, er würde im Tode keine Ruhe finden!"

Hatch machte einige Male das Zeichen des Kreuzes, doch zu dieser Zeit war seine normale Gesichtsfarbe zurückgekehrt, und er war nicht leicht von einem Vorsatz abzubringen. Mit der Truhe hätte es gewiß Schwierigkeiten gegeben, hätte draußen nicht das Tor geknarrt, und sofort danach öffnete sich die Haustür und ließ einen großen, stattlichen, rotgesichtigen und schwarzäugigen Mann von annähernd Fünfzig in Chorhemd und schwarzer Robe herein.

„Appleyard", sagte der Ankömmling, während er eintrat, und verstummte jäh. „Ave Maria!" rief er. „Die Heiligen mögen uns behüten! Was ist das für eine Feier?"

„Eine kalte Feier mit Appleyard, Herr Pfarrer", antwortete Hatch mit vollkommener Heiterkeit. „An seiner eigenen Tür erschossen und jetzt schon aufgestiegen zu den Toren des Fegefeuers. Ja, wenn die Geschichten wahr sind, wird es ihm weder an Kohle noch an Kerzen fehlen."

Sir Oliver tappte zu einem der Schemel und setzte sich bleich und kränklich darauf.

„Dies ist ein Gottesurteil! Oh, welch ein Schlag!" schluchzte er und rasselte einen Schwall Gebete herunter.

Hatch hatte unterdessen demütig seinen Helm abgenommen und kniete nieder.

„Ja, Bennet Hatch", sagte der Priester und erholte sich ein wenig, „und was mag daran schuld sein? Welcher Feind hat das getan?"

„Hier, Sir Oliver, ist der Pfeil, sehen Sie, da sind Wörter daraufgeschrieben", sagte Shelton.

„Nein", rief der Priester, „das ist eine trübe Botschaft! John Amend-All! Und schwarz gefärbt wie ein schlimmes Vorzeichen! Sirs, dieser verbrecherische Pfeil gefällt mir nicht. Wir müssen uns unbedingt beraten. Wer sollte das sein? Denkt nach, Bennet! Wer von allen Menschen schlechten Willens könnte uns so übel mitspielen? Simnel? Ich bezweifle es sehr. Die Walsinghams? Nein, sie sind noch nicht so weit gesunken, sie glauben immer noch, über uns herrschen zu können, wenn sich die Zeiten ändern. Da war auch noch Simon Malmesbury. Was haltet Ihr davon, Bennet?"

„Wie denkt Ihr über Ellis Duckworth, Sir?" erwiderte Hatch.

„Nein, Bennet, niemals. Nein, er nicht", sagte der Priester. „Niemals kommt ein Aufruhr von unten, Bennet, darüber sind sich sämtliche rechtschaffenen Chronisten einig. Eine Rebellion breitet sich stets von oben nach unten aus, und wenn Richard, Tom und Harry nach den Waffen greifen, muß man nur danach Ausschau halten, welcher Lord dabei profitiert. Nun, Sir Daniel, der sich wieder einmal der Partei der Königin angeschlossen hat, steht bei den Lords der Yorkisten in schlechtem Geruch. Von dort, Bennet, kommt dieser Schlag. Den Beweis suche ich noch, aber er ist der Ursprung dieser Verwirrung."

„Und mit Verlaub, Sir Oliver", sagte Bennet Hatch, „ die Achsen sind in diesem Land so heißgelaufen, daß ich schon lange Feuer rieche. Dieser arme Sünder Appleyard hat es auch gerochen. Und, ich bitte um Vergebung, die Leute sind gegen uns alle so aufgebracht, daß weder York noch Lancaster nötig sind, um sie aufzuwiegeln. Laßt mich freimütig äußern, was ich denke. Ihr, der Ihr ein Kleriker seid, und Sir Daniel, der mit jedem Wind segelt, Ihr habt vielen Menschen ihr Eigentum abgenommen und nicht wenige verprügelt und aufgeknüpft. Man hat Euch dafür zur Verantwortung gerufen. Zum guten Ende hattet Ihr stets das Gesetz auf Eurer Seite, und Ihr glaubt, alles sei in Ordnung. Aber, ich bitte um Vergebung, Sir Oliver, die Menschen, die Ihr enteignet und mißhandelt habt, sind dadurch nur noch wütender geworden, und eines Tages, wenn der Teufel will, wird einer von ihnen sich seinen Bogen greifen und Euch ein Yard Pfeillänge durch die Eingeweide jagen."

„Nein, Bennet, das ist alles Unsinn. Ihr solltet froh sein, daß ich Euch korrigiere", sagte Sir Oliver. „Ihr seid ein Schwätzer, ein Nörgler, ein Quatschkopf. Euer Maul ist größer als Eure Ohren. Bessert Euch, Bennet, bessert Euch."

„Nein, ich sage nichts mehr. Macht, was Ihr wollt", sagte der Gefolgsmann.

Der Priester erhob sich von dem Schemel und entnahm dem Kasten mit Schreibzeug, den er um den Hals hängen hatte, Wachs und Papier und Stahl und Feuerstein. Damit versiegelte er die Truhe und den Schrank und drückte Sir Daniels Wappen auf. Hatch sah freudlos zu, dann trotte die kleine Gesellschaft einigermaßen verzagt aus dem Haus und zu den Pferden.

„Es wird Zeit, daß wir aufbrechen, Sir Oliver", sagte Hatch, während er den Steigbügel des Priesters hielt, damit dieser aufsteigen konnte.

„Ja, aber die Verhältnisse haben sich geändert", erwiderte der Pfarrer. „Wir haben jetzt keinen Appleyard mehr – möge seine Seele in Frieden ruhen –, um die Garnison zu verteidigen. Ich werde Euch hierbehalten, Bennet Hatch. Ich brauche einen guten Mann, um mir an diesem Tag der schwarzen Pfeile beizustehen. ‚Der Pfeil flieget bei Tag', sagt der Evangelist – der Zusammenhang ist mir entfallen. Nein, ich bin ein schlafmütziger Priester, ich bin zu tief in die Angelegenheiten der Menschen vertrickt ... Nun, laßt uns reiten, Master Hatch. Die Männer müßten mittlerweile an der Kirche sein."

Sie ritten die Straße hinunter und hatten den Wind im Rücken, der mit den Schößen der Jacke des Pfarrers spielte, und während sie ritten, stiegen hinter ihnen Wolken auf und verdeckten die sinkende Sonne. Sie waren an drei der verstreutliegenden Häuser vorübergekommen, aus denen das Dorf Tunstall bestand, und hatten eine Biegung erreicht, als vor ihnen die Kirche auftauchte. Zehn oder zwölf Häuser drängten sich an sie heran, aber die Rückseite des Friedhofs grenzte an die Wiesen. Vor dem überdachten Friedhofstor hatten annähernd zwanzig Männer sich versammelt. Einige waren in den Sätteln, andere standen neben den Köpfen ihrer Pferde. Sie waren unterschiedlich bewaffnet und beritten – einige mit Speeren, einige mit Pickeln, einige mit Bogen, und einige hatten Pflugpferde mitgebracht, die noch mit dem Schlamm von den Äckern bespritzt waren. Sie waren der absolute Bodensatz des Landes. Alle besseren Männer mit ordentlicher Ausrüstung waren schon mit Sir Daniel im Krieg.

„Beim Kreuz von Holywood, wir sind nicht nachlässig gewesen. Sir Daniel wird sehr zufrieden sein", bemerkte der Priester, während er stumm die Männer zählte.

„Wer da? Bleibt stehen, wenn Ihr es ehrlich meint!" schrie Bennet.

Ein Mann wurde beobachtet, wie er zwischen den Eiben hindurch über den Friedhof schlich, und als er diesen Anruf hörte, verzichtete er darauf, sich weiter zu verstecken, und rannte zum Wald. Die Männer am Tor, die bisher von der Anwesenheit des Fremden nichts bemerkt hatten, schreckten auf und stoben auseinander. Diejenigen, die abgestiegen waren, begannen in die Sättel zu klettern. Der Rest nahm die Verfolgung auf, aber sie mußten um den geweihten Boden herumreiten, und es war offensichtlich, daß ihr Opfer ihnen entkommen würde. Hatch brüllte eine Verwünschung und preschte zur Mauer, um dem Mann den Weg abzuschneiden, doch das Pferd verweigerte und schleuderte seinen Reiter platt in den Staub. Obwohl er einen Augenblick später wieder auf den Beinen war und die Zügel ergriffen hatte, war Zeit verstrichen und der Flüchtling hatte einen zu großen Vorsprung erlangt, als daß Hoffnung bestanden hätte, seiner noch habhaft zu werden.

Der klügste von allen war Richard Shelton gewesen. Anstatt zu einer wilden Verfolgung anzusetzen, hatte er seine Armbrust vom Rücken gerissen, sie gespannt und einen Pfeil aufgelegt. Und nun, da die anderen die Jagd eingestellt hatten, wandte er sich an Bennet Hatch und fragte, ob er schießen solle.

„Schießt! Schießt!" rief der Priester mit mörderischer Wut.

„Gebt's ihm, Master Shelton", sagte Hatch. „Holt ihn runter wie einen reifen Apfel."

Der Flüchtling war nur noch wenige große Sprünge von seiner Rettung entfernt; aber der letzte Teil der Wiese war sehr steil, und der Mann lief entsprechend langsamer. In Anbetracht der beginnenden Abenddämmerung und der unregelmäßigen Bewegungen des Läufers war dies kein leichter Schuß, und als Shelton den Bogen senkte, spürte er plötzlich eine Art Mitleid, und halb wünschte er, nicht zu treffen.

Der Pfeil schwirrte.

Der Mann stolperte und fiel, und Hatch und die Verfolger jubelten. Aber sie waren voreilig. Der Mann stürzte nicht schwer und sprang leichtfüßig wieder auf. Er drehte sich um, schwenkte triumphierend seine

Kappe und war im nächsten Moment am Waldrand außer Sicht.

„Möge die Pest ihn begleiten!" rief Bennet Hatch. „Er hat Hacken wie ein Dieb. Beim heiligen Banbury, er kann rennen. Aber Ihr habt ihn erwischt, Master Shelton. Er hat Euern Pfeil gestohlen, möge er nie zu einem Besitz kommen, um den ich ihn weniger beneide."

„Aber was hat er bei der Kirche getrieben?" fragte Sir Oliver. „Ich fürchte sehr, daß er hier Schaden angerichtet hat. Clipsby, guter Mann, steigt von Eurem Pferd und haltet Ausschau."

Clipsy war schon unterwegs, aber wenig später kehrte er zurück und brachte ein Blatt Papier.

„Diese Schrift hat an der Kirchentür gesteckt", sagte er und reichte das Papier dem Priester. „ Ich habe sonst nichts gefunden, Herr Pfarrer."

„Bei der Macht der Mutter Kirche", rief Sir Oliver, „aber das bewegt sich hart am Rand eines Sakrilegs. Zum herzlichen Vergnügen des Königs oder des Gutsherrn – na ja! Aber daß jeder Herumtreiber in einem grünen Wams Papiere an der Kanzeltür befestigen kann – nein, das bewegt sich hart an einem Sakrileg, hart! Und Männer sind aus weniger triftigen Gründen verbrannt worden. Aber was haben wir denn da? Das Licht läßt zusehends nach. Guter Master Richard, Ihr habt junge Augen. Lest mir, ich bitte Euch, diese Schmähschrift vor."

Richard Shelton nahm das Papier und las laut vor. Es enthielt einige Zeilen sehr holpriger Knittelverse, schlecht gereimt, mit klobigen Buchstaben und in überwiegend wunderlicher Schreibweise. Mit ein wenig verbesserter Orthographie lasen sie sich so:

„Vier Pfeile in meinem Köcher
machen mich zum Rächer,
sie sind für die Schufte gedacht,
die mich ins Ehlend gebracht.
Einer der Pfeile ist schon fort,
der alte Appleyard ist tod.
Einer Bennet Hatch gehört,
weil er Grimstone hat zerstört.
Sir Oliver Oates wird auch umgegracht,
er hat Harry Shelton den Kopf abgemacht.
Sir Daniel, Ihr kommt auch noch dran,
Ihr seid kein ehrenvoller Mann.
Jeder von euch kriegt seinen Teil,

in ein schwarzes Hertz einen schwarzen Pfeil.
Geht in die Knie und betet,
Ihr werdet nicht gerettet.
Jon Amend-All vom Grünen Wald und seine gute Gefolgschaft

Außerdem haben wir mer Pfeile und prima Hanfstricke für andere von ihrem Anhang."

„Bei aller Barmherzigkeit und den christlichen Gnaden", rief Sir Oliver weinerlich. „Sirs, dies ist eine schlechte Welt, und sie wird täglich schlechter. Ich schwöre beim Kreuz von Holywood, daß ich am Schmerz dieses braven Ritters so unschuldig bin – wohl zufällig wie mit Absicht – wie ein ungetaufter Säugling. Ihm ist nicht der Hals durchgeschnitten worden, schon das ist wieder mal ein Irrtum, zumal glaubwürdige Zeugen noch leben, die es beweisen können."

„Das nützt nichts, Herr Pfarrer", sagte Bennet. „Das ist unpassendes Gerede."

„Nein, Master Bennet, das stimmt nicht. Bleibt innerhalb Eurer Schranken, mein lieber Bennet", antwortete der Priester. „Ich werde meine Unschuld beweisen. Ich werde gar nicht erst in Erwägung ziehen, mein Leben durch einen Irrtum zu verlieren. Ich werde alle Männer aufbieten, um zu bezeugen, daß ich mit dieser Sache nichts zu tun habe. Ich war nicht einmal im Moat House. Ich wurde vor neun Uhr mit einem Auftrag fortgeschickt . . ."

„Sir Oliver", sagte Hatch, indem er ihm einfach das Wort nahm, „da es Euch zu belieben scheint, diesen Sermon einstweilen nicht zu beenden, werde ich andere Maßnahmen ergreifen. Goffe, blast zum Aufsitzen."

Und während das Hornsignal erschallte, trat Bennet nah zu dem bestürzten Priester und flüsterte ihm heftig ins Ohr.

Richard Shelton sah, wie der Priester einen Moment verblüfft zu ihm hinblickte. Er hatte einigen Grund nachdenklich zu sein, denn er erwähnte Sir Harry Shelton war sein Vater. Aber er sagte nichts, und sein Gesicht blieb reglos.

Hatch und Sir Oliver diskutierten eine Weile die neue Situation; zehn Männer, so entschieden sie, sollten zurückbleiben, nicht nur um das Moat House zu besetzen, sondern um den Priester durch den Wald zu eskortieren. Da Bennet unabkömmlich war, wurde das Kommando über die Verstärkung Master Shelton übertragen. In der Tat bestand keine andere Möglichkeit; die Männer waren tölpelhafte Burschen, einfältig und im

Krieg unerfahren, während Dick nicht nur populär, sondern auch energisch und ernsthafter war, als es seinem Alter entsprach. Obwohl er seine Jugend in dieser rauhen Landschaft verbracht hatte, war er doch dank Sir Olivers Unterricht im Alphabet geübt, und Hatch selber hatte ihn im Waffenhandwerk und in den Prinzipien des Befehlens unterwiesen. Bennet war immer freundlich und hilfsbereit gewesen; er war einer von denen, die grausam wie das Grab zu denjenigen sind, die sie ihre Feinde nennen, aber rauhbeinig treu und voll gutem Willen zu ihren Freunden. Und nun – während Sir Oliver ins nächste Haus trat, um schnell und routiniert einen Bericht über die letzten Ereignisse für seinen Master, Sir Daniel Brackley, abzufassen – kam Bennet zu seinem Schüler, um ihm Gottes Segen zu seinem Unternehmen zu wünschen.

„Ihr müßt einen Umweg wählen, Master Shelton", sagte er. „Vermeidet die Brücke, als ginge es um Euer Leben. Laßt einen zuverlässigen Mann fünfzig Schritte vor Euch herreiten, damit er die Schüsse auf sich lenkt, und reitet vorsichtig, bis Ihr die Wälder hinter Euch habt. Wenn die Schurken Euch anfallen, reitet wie der Teufel, Ihr könnt nichts gewinnen, wenn Ihr stehen bleibt. Und strebt immer vorwärts, Master Shelton, bei Eurem Leben, wendet Euch nicht mehr um. In Tunstall gibt's keine Hilfe, denkt daran. Und nun, da Ihr in die großen Kriege um den König zieht und ich hier weiter in äußerster Gefahr mein Leben aufs Spiel setze, will ich Euch meine letzten Ratschläge mit auf den Weg geben. Behaltet Sir Daniel im Auge, er ist ein unsicherer Mann. Baut nicht Euer Vertrauen auf diesen Priester. Er möchte keine Fehler begehen, aber er ist vom Willen anderer abhängig. Er ist eine Waffe in den Händen von Sir Daniel. Wo immer Ihr hingeht, sorgt dafür, daß Ihr mächtige Freunde findet. Und denkt mal an ein Vaterunser für Bennet. Also – viel Glück!"

„Ihr sollt Euern Willen haben, Bennet", antwortete Richard Shelton. „Aber nehmt Euch zusammen, Mann. Wir werden einander wiedersehen, und wir werden Ale nötiger haben als Totenmessen."

„Mögen die Heiligen es so fügen, Master Shelton", erwiderte der andere. „Aber hier kommt Sir Oliver. Und wenn er so schnell mit dem Bogen wäre, wie er mit der Feder ist, könnte er ein braver Waffenträger sein."

Sir Oliver übergab Richard einen unversiegelten Umschlag, der die Aufschrift trug: „An meinen ehrwürdigen Master, Sir Daniel Brackley, Knight, zur schnellstmöglichen Zustellung."

Shelton schob den Umschlag in seine Jacke, verabschiedete sich und setzte sich westwärts durch das Dorf in Marsch.

Die Herberge von Kettley

In jener Nacht lagen Sir Daniel und seine Männer in und bei Kettley in vorzüglich bewachten warmen Quartieren. Aber der Knight von Tunstall war einer, für den es beim Gelderwerb keine Pause gab, und sogar jetzt, da er sich am Rand eines Abenteuers befand, das ihn mächtig machen oder zermalmen konnte, war er eine Stunde nach Mitternacht unterwegs, um arme Nachbarn auszupressen. Er war einer, der mit umstrittenen Erbschaften großartig zu manipulieren verstand. Er hatte die Angewohnheit, den am wenigsten wahrscheinlichen Anwärter auszukaufen und dann dank seiner vortrefflichen Beziehungen zu den einflußreichen Lords in der Umgebung des Königs eine ungerechte Entscheidung zu seinen Gunsten herbeizuführen oder, wenn dies zu umständlich war, ein begehrtes Landgut mit Waffengewalt zu okkupieren und sich auf seine Verbindungen und auf Sir Olivers juristische Finessen zu verlassen, um behalten zu können, was er an sich gerafft hatte. Kettley war ein solches Gut; es war ihm erst vor kurzem zugefallen. Er hatte immer noch mit dem Widerstand der Pächter zu kämpfen, und er war mit seinen Truppen hergekommen, um Unzufriedene einzuschüchtern.

Um zwei Uhr morgens saß Sir Daniel in der Gaststube der Herberge nah am Kamin, denn um diese Zeit war es kalt im Marschland von Kettley. Neben seinem Ellenbogen stand ein Krug gewürztes Ale. Sir Daniel hatte seinen Visierhelm abgenommen und stürzte sein hageres, dunkles Gesicht unter der Glatze auf die rechte Hand und hüllte sich in seinen blutroten Mantel. Am unteren Ende des Raums standen ein halbes Dutzend Männer an der Tür Wache oder lagen auf Bänken und schliefen, und ein wenig näher bei ihm lag ein Junge von etwa zwölf oder dreizehn Jahren, in einen ärmellosen Umhang gewickelt, auf dem Boden. Der Wirt der „Sun" stand vor dem bedeutenden Mann.

„Nun, hört zu, mein Gastgeber", sagte Sir Daniel, „haltet Euch ausschließlich an meine Befehle, und ich werde Euch immer ein guter Lord sein. Ich brauche gute Männer, um die Gemeinde zu vertreten, und ich benötige einen unerbittlichen obersten Constable; kümmert Euch darum. Solltet ihr andere Männer wählen, wird es euch nichts nützen, ihr werdet im Gegenteil erhebliche Unkosten haben. Gegen diejenigen, die Pacht an

Walsingham bezahlt haben, werde ich zweckdienliche Maßnahme einleiten – und dazu gehört auch Ihr, mein Gastgeber."

„Gütiger Knight", sagte der Wirt, „ich schwöre beim Kreuz von Holywood, daß ich an die Walsinghams nur unter Zwang bezahlt habe. Nein, gestrenger Knight, ich habe die schurkigen Walsinghams nicht ins Herz geschlossen. Sie waren so jämmerlich wie Diebe, gestrenger Knight. Ich bin für einen großen Lord, wie Ihr es seid. Nein, Ihr könnt meine Nachbarn fragen, ich trete beherzt für Brackley ein."

„Das ist schön", sagte Sie Daniel trocken. „Ihr werdet dann eben zweimal bezahlen."

Der Gastwirt schnitt eine gräßliche Grimasse. Doch das Unglück, das ihn betroffen hatte, war für Pächter in diesen unruhigen Zeiten alltäglich, und er war insgeheim glücklich, so leicht Frieden geschlossen zu haben.

„Bringt den Kerl zu mir, Selden!" rief der Knight.

Und einer seiner Anhänger schleppte einen geduckten alten Mann heran, der fahl wie eine Kerze war und zitterte, als hätte er Sumpffieber.

„Sir", sagte Sir Daniel, „Euer Name?"

„Euer Hochwürden zu dienen", entgegnete der Mann, „mein Name ist Condall – Condall von Shoreby, Euer Hochwürden zu dienen."

„Ich habe schlimme Berichte über Euch gehört", erwiderte der Knight. „Ihr beschäftigt Euch mit Hochverrat, Schurke. Ihr behindert die Landverpachtung. Ihr seid verdächtig, am Tod etlicher Menschen nicht unschuldig zu sein. Wieso, Kerl, seid Ihr so mutig? Aber ich werde Euch auf die Knie zwingen."

„Ehrenwerter und erhabener Lord", rief der Mann, „hier liegt ein Mißverständnis vor, mit Verlaub zu sagen. Ich bin nur ein armer Privatmann und habe niemand Schaden zugefügt."

„Der Untersheriff hat mir schändliche Berichte über Euch geliefert", sagte der Knight. „Legt mir, so hat er mich gebeten, diesen Tyndal von Shoreby in Eisen."

„Condall, mein guter Lord, Condall ist mein armseliger Name", sagte der Unglückliche.

„Condall oder Tyndall, es spielt keine Rolle", erwiderte Sir Daniel kühl. „Ihr seid hier, und ich mißtraue heftig Eurer Ehrlichkeit. Wenn Ihr Euren Hals retten wollt, so stellt mir hurtig einen Schuldschein über zwanzig Pfund aus."

„Über zwanzig Pfund, mein guter Lord!" rief Condall. „Das ist allergrößter Wahnsinn! Mein gesamter Landbesitz ist keine siebzig Shilling wert.“

„Condall oder Tyndall“, erwiderte Sir Daniel grinsend, „ich will keinen Verlust riskieren. Schreibt mir die Zwanzig auf, und wenn ich mich nach Kräften schadlos gehalten habe, werde ich Euch ein milder Lord sein und auf den Rest verzichten.“

„Ach, mein lieber Lord, es ist nicht möglich; ich kann nicht schreiben“, sagte Condall.

„Dann kann ich Euch nicht helfen“, entgegnete der Knight. „Vielleicht hätte ich Euch noch verschont, Tyndall, wenn mein Gewissen mich belastet hätte. Selden, schleift diesen alten Schuft sorgsam zu der nächsten Ulme und hängt ihn sanft am Genick auf, so daß ich ihn gut sehen kann, wenn ich spazieren reite. Lebt wohl, guter Master Condall, lieber Master Tyndall. Ihr seid auf dem Weg zum Paradies, möge es Euch wohlergehen.“

„Nein, mein allerliebster Lord“, entgegnete Condall und zwang sich zu einem verzerrten Lächeln, „Ihr seid so klug und überlegen, daß mir nichts anderes übrig bleibt, als mit meinen schwachen Kräften zu versuchen, Euren Befehl zu erfüllen.“

„Freund“, sagte Sir Daniel, „jetzt stellt Ihr den Schein über vierzig Pfund aus. Vorwärts, Ihr seid zu gerissen, um von siebzig Shilling Euer Leben zu bestreiten. Selden, achtet darauf, daß er den Schuldschein korrekt ausstellt, und laßt von Zeugen unterzeichnen.“

Und Sir Daniel, der ein sehr fröhlicher Knight war, der fröhlichste in ganz England, trank einen Schluck von seinem warmen Ale und lehnte sich zurück und lächelte.

Unterdessen hatte der Junge auf dem Boden sich bewegt, und nun setzte er sich auf und blickte ängstlich zu Sir Daniel.

„Hierher“, sagte Sir Daniel, und als der andere sich erhob und auf seinen Befehl hin langsam auf ihn zuging, warf Sir Daniel den Kopf in den Nacken und lachte freimütig. „Kruzifix“, rief er, „ein kräftiger Junge!“

Der Junge wurde rot vor Ärger, in seinen dunklen Augen flackerte jäher Haß. Nun, da er sich auf den Beinen befand, war es schwieriger, sein Alter richtig zu schätzen. Sein Gesicht war glatt und weich wie das eines Kindes, aber der Gesichtsausdruck verriet eine gewisse Reife. Sein Körper war ungewöhnlich schlank, und seine Haltung wirkte unbeholfen.

„Ihr habt mich gerufen, Sir Daniel“, sagte er. „Galt Euer Gelächter meiner mißlichen Lage?“

„Nun, laßt mich doch lachen“, sagte der Knight. „Laßt mich lachen, ich bitte Euch! Wenn Ihr Euch selber sehen könntet, würdet Ihr am lautesten lachen."

„Darauf werde ich antworten, wenn Ihr Euch verantworten müßt!" rief der Junge, während sein Gesicht noch dunkler wurde. „Lacht, solange Ihr Gelegenheit dazu habt!"

„Aber verehrter Vetter", erwiderte Sir Daniel mit einer gewissen Ernsthaftigkeit, „glaubt nicht, daß ich mich über Euch lustig mache, jedenfalls nicht gehässig und nur so, wie es zwischen Verwandten und Freunden üblich ist. Ich biete Euch eine Heirat mit einer Dreingabe von tausend Pfund und schätze Euch über die Maßen. Tatsächlich habe ich Euch hart anfassen müssen, die Umstände haben es so verlangt, aber von jetzt an werde ich Euch heiter und ohne Groll dienen. Ihr sollt Mistress Shelton werden – Lady Shelton, denn der Junge berechtigt zu den schönsten Hoffnungen. Ihr werdet mir ein ehrliches Gelächter nicht verübeln, es vertreibt die Traurigkeit. Schurken lachen nicht, verehrter Vetter. Wirt bringt mir eine Mahlzeit für meinen Vetter, Master John. Setzt Euch, Liebling, und eßt."

„Nein", sagte Master John, „ich werde kein Brot brechen. Da Ihr mich zu dieser Sünde zwingt, will ich meinem Seelenheil zuliebe fasten. Aber mein teurer Gastgeber, ich bitte Euch, mir aus Höflichkeit ein Glas sauberes Wasser zu geben. Für diese Höflichkeit würde ich Euch dankbar sein."

„Ihr werdet einen Dispens erlangen, vorwärts!" rief der Knight. „Man wird Euch die Beichte abnehmen und Absolution erteilen. Beruhigt Euch und eßt."

Aber der Junge blieb störrisch, er trank einen Becher Wasser, wickelte sich wieder eng in seinen Umhang, setzte sich in eine entfernte Ecke und brütete vor sich hin.

Nach einer oder zwei Stunden wurde es lebhaft im Dorf. Die Rufe der Posten und der Lärm von Waffen und Pferden war zu hören, dann zügelte ein Trupp Reiter vor der Tür der Herberge, und Richard Shelton, schlammverkrustet, zeigte sich auf der Schwelle.

„Seid gegrüßt, Sir Daniel", sagte er.

„Dickie Shelton!" rief der Knight, während der andere Junge beim Klang von Richards Namen neugierig zu ihm hinblickte. „Was macht Bennet Hatch?"

„Ich bitte Euch,Sir Knight, diese Botschaft von Sir Oliver zur Kenntnis zu nehmen, sie wird Euch Aufschluß geben", sagte Richard und brachte den Brief des Priesters zum Vorschein. „Ferner bitte ich Euch, so schnell wie möglich nach Risingham zu eilen, denn auf dem Weg hierher haben wir einen Reiter getroffen, der mit Nachrichten unterwegs war und keine Zeit verlieren wollte, so sehr war er in Hast, und nach seiner Auskunft ist der Lord von Risingham schwer in Bedrängnis und hat Eure Anwesenheit für erforderlich gehalten."

„Wie sagt Ihr? Schwer in Bedrängnis?" erwiderte der Knight. „Dann wollen wir auch keine Zeit verlieren und uns hinsetzen, lieber Richard. Wie das Sprichwort sagt in diesem kärglichen Gebiet von England – wer am vorsichtigsten reitet, der reitet am sichersten. Verzögerungen, so heißt es, zeugt Gefahr, aber eher ist es der Tatendrang, der den Menschen schadet. Merkt es Euch, Shelton. Aber laßt mich zuerst sehen, welche Herde Ihr mitgebracht habt. Selden, eine Fackel hier an die Tür!"

Und Sir Daniel trat hinaus auf die Dorfstraße und inspizierte beim roten Schein einer Fackel seine neue Truppe. Er war ein unangenehmer Nachbar und ein unpopulärer Grundherr, aber als Führer im Krieg war er bei denen, die hinter seinem Wimpel ritten, sehr beliebt. Sein Schneid, sein erwiesener Mut, seine Fürsorge für seine Soldaten, selbst sein derber Spott waren nach dem Geschmack der verwegenen Kerle im Wams und Helm.

„Nein, beim Kruzifix!" rief er. „Was sind das für arme Hunde? Einige sind krumm wie Bogen, andere dürr wie ein Speer. Freunde, ihr werdet vor uns her in die Schlacht reiten, denn ich kann euch entbehren, Freunde. Seht euch diesen alten Bauern auf dem Schecken an! Ein zweijähriger Hammel auf einem Hausschwein würde soldatischer aussehen. Ha, Clipsby, seid Ihr auch da, Ihr alte Ratte? Ihr seid ein Mann, den ich leichten Herzens verlieren würde. Ihr werdet ganz an der Spitze marschieren, mit einem aufgemalten Ochsenauge auf der Jacke, damit die Schützen ein deutliches Ziel haben. Ja, Sir, Ihr sollt mir den Weg weisen!"

„Ich werde Euch jeden Weg zeigen, Sir Daniel, bloß keinen von einer Partei zur anderen", erwiderte Clipsby standhaft.

Sir Daniel lachte schallend.

„Gut gesprochen", rief er. „Ihr habt eine spitze Zunge in Eurem Maul. Dieser guten Entgegnung wegen will ich Euch verzeihen. Selden, sorgt dafür, daß Männer und Tiere gefüttert werden."

Der Knight trat wieder in die Herberge.

„Und jetzt, Freund Shelton", sagte er, „greift zu. Hier ist Speck und gutes Ale. Eßt, während ich lese."

Sir Daniel öffnete den Umschlag, und als er las, furchten sich seine

Brauen. Danach saß er eine Weile nachdenklich da, dann blickte er scharf zu seinem Mündel.

„Dickie", sagte er, „habt Ihr das schäbige Gedicht gesehen?"

Der Junge bestätigte, daß er das Gedicht gesehen hatte.

„Es enthält den Namen Eures Vaters", fuhr der Knight fort, „und unser armer Wicht von einem Pfarrer wird von einem miesen Menschen beschuldigt, ihn ermordet zu haben."

„Er hat es außerordentlich empört bestritten", antwortete Richard.

„Tatsächlich?" rief der Knight alarmiert. „Kümmert Euch nicht um ihn. Er hat ein lockeres Mundwerk, er ist geschwätzig wie eine Elster. Irgendwann einmal, wenn ich die Gelegenheit dazu finde, Dickie, werde ich Euch selber über diese Affäre ausführlich informieren. Ein gewisser Duckworth wurde verantwortlich gemacht, aber Gerechtigkeit war damals nicht zu haben."

„Hat es sich im Moat House ereignet?" erkundigte sich Richard mit Herzklopfen.

„Es geschah zwischen dem Moat House und Holywood", entgegnete ruhig Sir Daniel, aber er schickte einen verstohlenen Blick, der schwarz von Mißtrauen war, zu Richard Sheltons Gesicht. „Und jetzt", fügte der Knight hinzu, „beeilt Euch mit Eurer Mahlzeit. Ihr sollt mit einer Nachricht von mir nach Tunstall zurückkehren."

Sheltons Gesicht wurde jäh ernst.

„Bitte, Sir Daniel", rief er, „schickt einen der Bauern! Ich flehe Euch an, mich an der Schlacht teilnehmen zu lassen. Ich kann eine wackere Klinge führen, das kann ich Euch versprechen."

„Ich bezweifle es nicht", erwiderte Sir Daniel und setzte sich zum Schreiben nieder. „Aber hier, Dickie, kann Ehre nicht errungen werden. Ich liege in Kettley, bis ich sichere Nachricht über den Kriegsverlauf habe, und dann schließe ich mich dem Sieger an. Werft mir nicht Feigheit vor, wo es in Wirklichkeit um Weisheit geht. Dieses arme Land wird von Rebellionen so durchgerüttelt, und die Verwaltung und der Name des Königs wechseln so häufig, daß niemand sich mehr des nächsten Tags sicher ist. Hasardeure und Wirrköpfe stürzen sich ins Getümmel, aber wer klug beraten ist, sitzt abseits und wartet."

Damit wandte Sir Daniel Richard den Rücken zu und begann am anderen Ende des langen Tischs seinen Brief zu schreiben, mit schief verzerrtem Mund, denn diese Sache mit dem Schwarzen Pfeil steckte ihm quer im Hals.

In der Zwischenzeit machte der junge Shelton sich herzhaft über sein Frühstück her, als er eine Berührung an seinem Arm spürte und eine leise Stimme ihm ins Ohr flüsterte.

„Benehmt Euch nicht auffällig, ich bitte Euch", sagte die Stimme, „sondern habt die Güte, mir den kürzesten Weg nach Holywood zu beschreiben. Ich bitte Euch, mein guter Junge, einer armen Seele in Angst und Not zu helfen und meine Hoffnung nicht zu enttäuschen."

„Nehmt den Pfad bei der Windmühle", antwortete Richard im gleichen Tonfall. „Er wird Euch nach Till Ferry befördern, dort müßt Ihr noch einmal fragen."

Ohne sich umzuwenden, aß er weiter, aber aus den Augenwinkeln beobachtete er, wie der junge Mann, der Master John genannt wurde, behutsam aus dem Zimmer schlich.

Er ist nicht älter als ich, dachte Richard. Warum redet er mich als „guter Junge" an? Hätte ich gewußt, daß dieser Schelm es war, hätte ich ihm Bescheid gegeben. Wenn er durch das Marschland geht, hole ich ihn ein und ziehe ihn an den Ohren.

Eine halbe Stunde später reichte Sir Daniel Richard Shelton den Brief und ersuchte ihn, sich auf dem Weg zum Moat House zu beeilen. Und wiederum eine halbe Stunde nach Richards Aufbruch traf ein Bote des Lords von Risingham ein.

„Sir Daniel", sagte der Bote, „Euch entgeht eine hohe Ehre! Der Kampf begann heute morgen nach Tagesanbruch, und wir haben die Vorhut und den rechten Flügel der Feinde zersprengt. Nur die Hauptschlachtlinie hält stand. Hätten wir Eure frischen Männer bei uns gehabt, hätten wir sämtliche Gegner in den Fluß kippen können. Was ist mit Euch, Sir Daniel? Werdet Ihr der letzte sein, der in die Schlacht eingreift? Es steht nicht gut um Eure Reputation."

„Ich war schon beinahe unterwegs", rief der Knight. „Selden, stoßt ins Horn. Sir, ich bin in kurzer Zeit bei euch. Der größere Teil meiner Truppe ist noch keine zwei Stunden hier, Sir. Was verlangt Ihr von mir? Sporen sind eine gute Sache, aber ein Gaul kann an ihnen sterben. Beeilt euch, Männer!"

Zu dieser Zeit klang das Hornsignal schon fröhlich in den Morgen, und von allen Seiten quollen Sir Daniels Männer auf die Hauptstraße und formierten sich vor der Herberge. Sir Daniel blickte stolz an der Front entlang.

„Hier sind die Männer, die euch in der Bedrängnis beistehen sollen", sagte er.

„Sie sehen in der Tat sehr ordentlich aus“, sagte der Bote. „Dadurch vergrößert sich mein Kummer, daß Ihr sie nicht früher in Marsch gesetzt habt.“

„Was soll ich sagen?“ erwiderte der Knight. „Der Anfang eines Fests und das Ende einer Schlägerei.“ Er schwang sich in den Sattel. „Was ist nun schon wieder los?“ rief er. „John! Joanna! Nein, beim heiligen Kruzifix, wo ist sie? Wirt, wo ist das Mädchen?“

„Mädchen, Sir Daniel?“ rief der Wirt. „Nein, Sir, ich habe kein Mädchen gesehen.“

„Dann meinetwegen der Junge, Ihr kindischer Greis!“ schrie der Knight. „Habt Ihr nicht bemerkt, daß sie ein Weibsbild ist? Sie im grauen Umhang – Schuft – wo ist sie?“

„Nein, mögen die Heiligen uns behüten! Ihr habt ihn Master John genannt“, sagte der Wirt. „Ich habe mir nichts Schlimmes gedacht. Er ist fort. Ich habe ihn – sie – vor einer guten Stunde im Stall gesehen, er – sie – hat ein graues Pferd gesattelt.“

„Beim Kruzifix!“ rief Sir Daniel. „Das Weibsbild war für mich fünfhundert Pfund und mehr wert!“

„Sir“, bemerkte der Bote mit Bitterkeit, „während Ihr hier nach fünfhundert Pfund schreit, wird woanders England gewonnen und verloren.“

„Wohl gesprochen“, erwiderte Sir Daniel. „Selden, sucht Euch sechs Männer mit Armbrüsten aus und jagt mir das Mädchen. Die Kosten interessieren mich nicht, aber bei meiner Rückkehr will ich sie im Moat House finden. Es geht um Euren Kopf. Und nun, Sir, wollen wir aufbrechen.“

Und die Pferde fielen in Trab, und Selden und seine sechs Männer blieben auf der Straße von Kettley und wurden von den Einwohnern des Dorfs angestaunt.

In der Marsch

Gegen sechs Uhr an diesem Morgen im Mai ritt Richard Shelton auf dem Heimweg hinunter ins Marschland. Der Himmel war überall blau, ein munterer Wind wehte laut und beständig, die Windmühlenflügel drehten sich, und die Weiden, die verstreut standen, rauschten und schimmerten wie ein Maisfeld. Er hatte die ganze Nacht im Sattel zugebracht, aber sein

Herz war kräftig, sein Körper war robust, und er fühlte sich prächtig.

Der Pfad führte so tief abwärts, daß Shelton die benachbarten Orientierungspunkte außer der Windmühle auf einer Anhöhe hinter ihm aus dem Blickfeld verlor. Nur weit vor ihm waren die höchsten Spitzen des Waldes von Tunstall zu sehen. Zu beiden Seiten wuchs Schilf, große Wasserpfützen wurden vom Wind bewegt, und tückische Sumpfflächen, grün wie Smaragde, trachteten den Reisenden zu verführen und zu betrügen. Der Pfad lag fast ohne Krümmung im Morast. Er war schon sehr alt, das Fundament stammte noch von den römischen Soldaten. Im Laufe der Jahrhunderte war er zu erheblichen Teilen eingesunken, und immer wieder verschwand er für eine Strecke von einigen hundert Yards im fauligen Wasser.

Ungefähr eine Meile von Kettley entfernt kam Dick an einen solchen Bruch im Damm, wo die Schilfe und Weiden in Gruppen zusammengedrängt wuchsen wie auf kleinen Inseln und die Augen verwirrten. Die Lücke war außergewöhnlich lang. Die Stelle war so beschaffen, daß ein Fremder leicht ein Ungemach erleiden konnte, und Shelton dachte mit jähem Erschrecken an den Jungen, den er so unvollständig eingewiesen hatte. Ihm selbst genügte ein Blick nach rückwärts zu den Windmühlenflügeln, die sich schwarz gegen den Himmel abzeichneten, und ein Blick vorwärts zu dem erhöhten Boden des Waldes von Tunstall, und er war ausreichend orientiert und ritt sicher wie auf einer Landstraße weiter geradeaus, während das Wasser die Knie seines Pferds umspülte.

Als er die Hälfte der Strecke zurückgelegt und den Pfad, der auf der anderen Seite hoch und trocken aufstieg, bereits in Sicht hatte, bemerkte er zu seiner Rechten ein heftiges Plätschern und entdeckte ein graues Pferd, das bis zum Bauch im Schlamm versunken war und verzweifelt gegen den Sog ankämpfte. Als hätte es die sich nähernde Hilfe gewittert, begann das bedauernswerte Tier schrill zu wiehern. Gleichzeitig rollte es die blutunterlaufenen Augen, und als es sich ausgestreckt auf dem Sumpfboden wälzte, stoben Wolken stechender Insekten auf und schwirrten durch die Luft.

Nein, dachte Richard, kann der arme Junge verschwunden sein? Das ist zweifellos sein Pferd – ein wackerer Grauer. Nein, Kamerad, wenn du so jämmerlich nach mir rufst, will ich alles Menschenmögliche tun, um dich zu erlösen. Du sollst nicht da liegen und Zoll für Zoll ertrinken.

Und er machte seine Armbrust schußbereit und jagte einen Pfeil in den Kopf der Kreatur.

Nach diesem Akt brutaler Barmherzigkeit ritt Richard ein wenig ernüchtert weiter und hielt aufmerksam Ausschau nach seinem minder glücklichen Vorgänger auf diesem Weg.

Wenn ich doch gewagt hätte, ihm die Strecke gründlicher zu erklären, dachte er. Ich fürchte, er hat sich in diesem Schmutzloch verlaufen.

Und während er eben dies dachte, rief eine Stimme seitlich vom Damm seinen Namen, und als er über die Schulter blickte, sah er das Gesicht des Jungen, der aus etlichen Schilfen spähte.

„Seid Ihr das?" fragte er und zügelte. „Ihr liegt so versteckt zwischen diesen Gräsern, daß ich an Euch vorbeigeritten bin. Ich habe Euer Pferd im Schlamm gefunden und von seinen Qualen befreit, was Ihr, wärt Ihr ein mitleidiger Reiter, selbst hättet tun können. Aber kommt heraus aus Eurem Versteck. Hier ist niemand, der Euch was will."

„Nein, guter Junge, ich habe keine Waffen und auch kein Talent, sie zu benutzen, wenn ich sie hätte", erwiderte der andere und trat auf den Pfad.

„Warum nennt Ihr mich ‚Junge'?" rief Richard. „Ihr seid nicht, dessen bin ich mir ganz sicher, der Ältere von uns."

„Guter Master Shelton", sagte der andere, „ich bitte Euch, mir zu vergeben. Ich hatte nicht im geringsten die Absicht, Euch zu beleidigen. Eher möchte ich Euch um Freundlichkeit und um eine Gefälligkeit eindringlich ersuchen, denn ich bin nun in einer mißlicheren Lage als je zuvor, da ich den Weg, meinen Umhang und mein armes Pferd verloren habe. Da habe ich eine Reitpeitsche und Sporen, aber kein Pferd, auf das ich mich setzen könnte. Und obendrein" – er besah sich grämlich seine Kleider – „bin ich ausgiebig mit Schlamm bedeckt."

„Ach was!" rief Richard. „Was habt Ihr dagegen, untergetaucht zu werden? Blut von einer Wunde und Reisestaub können einem Mann nur als Zierat dienen."

„Nein, mir ist ein Mann sauber lieber", bemerkte der Junge. „Aber, mit Verlaub, was soll ich tun? Bitte, guter Master Richard, helft mir mit Eurem guten Rat. Wenn ich nicht sicher nach Holywood komme, bin ich zugrunde gerichtet."

„Nein", sagte Richard und stieg ab, „ich werde Euch mehr als Ratschläge geben. Nehmt mein Pferd, und ich werde eine Weile laufen, und wenn ich müde bin, können wir wechseln. Auf diese Art, wenn wir reiten und laufen, kommen wir beide schneller voran."

Der Austausch fand statt, und sie rückten vor, so hurtig sie es auf dem holprigen Damm wagten, Richard mit seiner Hand auf des anderen Knie.

„Wie lautet Euer Name?" fragte Richard.

„Nennt mich John Matcham", erwiderte der Junge.

„Und was wollt Ihr in Holywood?" fuhr Richard fort.

„Ich suche Zuflucht vor einem Mann, der mich tyrannisieren würde", war die Antwort. „Der gute Abt von Holywood ist eine starke Säule für die Schwachen."

„Und wie seid Ihr zu Sir Daniel gekommen, Master Matcham?" fragte Richard.

„Durch Mißbrauch seiner Macht!" rief der andere. „Er hat mich mit Gewalt von zu Hause verschleppt, mich in diese Lumpen gesteckt, ist mit mir geritten, bis mein Herz beinahe ausgesetzt hat, hat mich verhöhnt, daß ich hätte weinen mögen, und als einige meiner Freunde uns gefolgt sind, um mich zurückzuholen, hat er mich an den Schluß der Nachhut kommandiert, um ihre Schüsse auf mich zu lenken. Ich bin sogar am rechten Fuß verletzt worden und kann mich nur hinkend fortbewegen. Der Tag der Auseinandersetzung zwischen uns wird kommen, und er wird mir für alles bezahlen!"

„Würdet Ihr mit einer Handwaffe den Mond beschießen?" fragte Richard. „Er ist ein tapferer Knight und hat eine eiserne Hand. Wenn er vermutete, ich hätte Eure Flucht arrangiert oder ermöglicht, wäre es schlimm für mich."

„Ja, armer Junge", erwiderte der andere, „Ihr seid sein Mündel, ich weiß es. Aus dem gleichen Grund bin ich es auch, jedenfalls sagte er es, oder er hat das Recht, mich zu verheiraten gekauft – ich weiß es nicht genau. Aber er verfügt über einen Hebel, mit dem er mich unterdrücken kann."

„Schon wieder ‚Junge'!" sagte Richard.

„Aber – soll ich Euch etwa Mädchen nennen, Richard?" fragte Matcham.

„Bestimmt nicht Mädchen", erwiderte Richard. „Ich habe ihnen allen feierlich abgeschworen."

„Ihr redet kindisch", sagte der andere. „Ihr haltet mehr von Ihnen, als Ihr vortäuscht."

„Ich nicht", sagte Richard heftig. „In meinen Gedanken haben sie nichts zu suchen. Sie sind eine Seuche. Mir genügen die Jagd und der Kampf und ab und zu ein festliches Mahl und ein Leben unter fröhlichen Wäldlern. Ich habe nie von einem Mädchen gehört, das zu etwas nütze war, ein einziges ausgenommen, und dieses arme Luder ist verbrannt worden, weil sie eine Hexe war und der Natur zuwider Männerkleider getragen hat."

Master Matcham bekreuzigte sich hastig und schien zu beten.

„Was macht Ihr?" forschte Richard Shelton.

„Ich bete für ihre Seele", antwortete der andere.

„Für die Seele einer Hexe?" rief Richard. „Aber meinetwegen betet für sie, wenn Ihr wollt, sie war das beste Weibsbild in Europa, diese Johanna von Orleans. Der alte Appleyard, der Bogenschütze, ist vor ihr ausgerückt, sagte er, als wäre sie Mahoun gewesen. Nein, sie war ein braves Weibsbild."

„Ja, aber lieber Master Richard", folgerte Matcham, „wenn Ihr Mädchen so wenig mögt, seid Ihr kein richtiger Mann, denn Gott hat absichtlich zwei Geschlechter geschaffen und wahre Liebe in die Welt gebracht, den Männern zur Hoffnung und den Frauen zur Behaglichkeit."

„Pfui!" sagte Richard. „Ihr seid ein milchtriefender Säugling, der über nichts anderes als über Frauen reden kann. Wenn Ihr denkt, ich sei kein richtiger Mann, dann kommt herunter auf diesen Pfad, und ob mit Fäusten, dem Schwert oder mit Pfeil und Bogen werde ich Euch an Eurem Körper meine Männlichkeit beweisen."

„Nein, ich bin kein Kämpfer", sagte Matcham eifrig. „Ich habe Euch nicht beleidigen wollen. Ich wollte nur liebenswürdig sein. Und wenn ich über Frauen spreche, dann deshalb, weil ich gehört habe, daß Ihr Euch verheiraten sollt."

„Ich mich verheiraten!" schrie Richard empört. „Ich höre davon zum erstenmal. Und mit wem soll ich mich verheiraten?"

„Mit einer gewissen Joan Sedley", erwiderte Matcham errötend. „Sir Daniel steckt dahinter, er kann auf beiden Seiten Geld verdienen. Tatsächlich habe ich gehört, wie das arme Weibsbild sich jämmerlich über dieses Arrangement beklagt hat. Anscheinend hat sie entweder den Verstand verloren, oder sie findet den Bräutigam widerwärtig."

„Na ja. Heirat ist wie der Tod, sie trifft jeden", sagte Richard voll Resignation. „Und sie hat sich beklagt? Ich bitte Euch, da seht Ihr, wie wirrköpfig diese Mädchen sind. Sie beklagt sich, bevor sie mir überhaupt begegnet ist! Beklage ich mich etwa? Ich nicht. Wenn ich heiraten muß, werde ich es trockenen Auges tun. Aber wenn Ihr sie kennt – ich bitte Euch, sagt mir, wie ist sie beschaffen? Hübsch oder häßlich? Und ist sie tückisch oder angenehm?"

„Kommt es darauf an?" fragte Matcham. „Wenn Ihr heiraten müßt, dann könnt Ihr nur noch heiraten. Spielt da hübsch oder häßlich eine Rolle? Das sind bloß Lapalien. Ihr seid nicht milchtriefend, Master Richard, und werdet auf jeden Fall mit trockenen Augen heiraten."

„Das nenne ich wohlgesprochen", erwiderte Shelton. „Mir ist es ziemlich gleichgültig."

„Eure künftige Frau wird einen liebenswürdigen Gebieter haben", sagte Matcham.

„Sie wird den Gebieter haben, den der Himmel ihr bestimmt hat", erwiderte Richard. „Ich bin davon überzeugt, daß es bessere und schlechtere gibt."

„Das arme Mädchen!" rief der andere.

„Und warum arm?" fragte Richard.

„Sie muß einen Mann aus Holz heiraten", erwiderte sein Begleiter. „Meine Güte, ein hölzerner Ehemann!"

„Ich glaube, ich bin wirklich ein Mann aus Holz", sagte Richard, „daß ich mich mühselig zu Fuß vorwärts schleppe, während Ihr mein Pferd reitet. Aber mit Sicherheit ist es gutes Holz."

„Lieber Dick, verzeiht mir", rief der andere. „Nein, Ihr habt das großmütigste Herz Englands. Ich wollte mich nicht über Euch lustig machen. Vergebt mir, bester Dick."

„Keine dummen Wörter mehr", entgegnete Richard ein wenig verwirrt durch die Herzlichkeit seines Begleiters. „Ich bin nicht verletzt. Ich bin nicht empfindlich, den Heiligen sei Dank."

Im selben Augenblick trug der Wind, den sie die ganze Zeit im Rücken hatten,das schmetternde Signal von Sir Daniels Trompetern zu ihnen hin.

„Horcht!" sagte Richard. „Das Horn erklingt."

„Ja", sagte Matcham, „sie haben meine Flucht entdeckt, und jetzt bin ich ohne Pferd!" Er wurde totenbleich.

„Was soll die Aufregung!" entgegnete Richard. „Ihr habt einen großen Vorsprung, und wir sind nah an der Fähre. Außerdem fürchte ich, daß ich es bin, der kein Pferd hat."

„Ach, man wird mich fangen!" rief der Flüchtling. „Dick, liebster Dick, bitte, helft mir noch ein bißchen!"

„Was ist plötzlich in Euch gefahren?" fragte Richard. „Ich denke, ich habe Euch recht annehmbar geholfen. Aber mein Herz ist schwer über einen so mutlosen Menschen. Und seht mich an, John Matcham – falls John Matcham wirklich Euer Name ist –, ich, Richard Shelton, mag kommen, was wolle, bringe Euch sicher nach Holywood. Und die Heiligen mögen mich strafen, wenn ich Euch im Stich lasse. Kommt, faßt Euch ein Herz, Sir Weißgesicht. Hier wird der Weg ein wenig besser, treibt das Pferd an. Reitet schneller – schneller! Nein, kümmert Euch nicht um mich. Ich kann rennen wie ein Hirsch."

Und so, mit dem Pferd im schnellen Trab und Richard Shelton leichtfüßig nebenher, überquerten sie das restliche Marschland und kamen bei der Hütte des Fährmanns am Ufer an den Fluß.

Die Fähre

Der Fluß Till war ein breites, träges, lehmiges Gewässer, das aus dem Marschland sickerte, und an diesem Teil seines Laufs arbeitete er sich zwischen einigen zwanzig weidenbestandenen morastigen Inseln hindurch.

Es war ein schäbiger Fluß, aber an diesem strahlenden, heiteren Morgen erschien alles schön. Der Wind und die Strömung kräuselten den Wasserspiegel, und der Widerschein des Himmels war über die Oberfläche verstreut in unzähligen Splittern aus lächelndem Blau.

Ein Bach strömte in die Richtung zum Pfad, und wo er in den Fluß mündete, lag die Hütte des Fährmanns. Sie bestand aus Reisig und Lehm, und auf dem Dach wuchs grünes Gras.

Richard Shelton ging zur Tür und öffnete sie. Drinnen auf einem alten, zerschlissenen Mantel aus grobem Stoff lag ausgestreckt und fröstelnd der Fährmann, ein mächtiger Brocken von einem Mann, aber dürr und entkräftet vom Sumpffieber.

„He, Master Shelton", sagte er, „kommt Ihr zu der Fähre? Schlechte Zeiten, schlechte Zeiten. Auf der anderen Seite treibt sich ein Geheimbund herum. Ihr solltet auf den Absätzen umkehren und es mit der Brücke versuchen."

„Nein, die Zeit drängt", antwortete Richard. „Die Zeit ist knapp, Hugh Ferryman. Ich hab's furchtbar eilig."

„Ein eigensinniger Mann", erwiderte der Fährmann und erhob sich. „Wenn Ihr sicher zum Moat House kommt, dürft Ihr Euch glücklich preisen. Aber ich sage nichts mehr." Und dann erblickte er Matcham. „Wer ist das?" fragte er, während er blinzelnd auf der Schwelle der Hütte stehen blieb.

„Er ist ein Verwandter von mir, Master Matcham ist sein Name", antwortete Dick.

„Ich wünsche Euch einen guten Tag, Fährmann", sagte Matcham, der abgestiegen war und nun näher trat, wobei er das Pferd am Zügel führte. „Setzt Euer Boot aufs Wasser, ich bitte Euch. Wir sind sehr in Eile."

Der knochige Fährmann hörte nicht auf, ihn anzustarren.

„Bei der heiligen Messe!" rief er schließlich und lachte mit offenem Mund.

Matcham wurde rot bis zum Hals und wand sich vor Verlegenheit, und Richard mit ärgerlichem Gesichtsausdruck legte dem Tölpel eine Hand auf die Schulter.

„Was soll das, Kerl!" rief er. „Geh an deine Arbeit und hüte dich, Menschen, die besser sind als du, zu verspotten."

Hugh Ferryman band nun ganz mürrisch das Boot los und schob es ins tiefere Wasser. Dann führte Richard das Pferd aufs Boot, und Matcham folgte.

„Ihr seid peinlich klein geraten, Master", sagte Hugh mit breitem Grinsen. „Wahrscheinlich ist an dem Modell was verkehrt. Nein, Master Shelton, ich bin ganz auf Eurer Seite. Eine Katze kann sich auch mal einen König ansehen. Ich habe nur mal ein Auge auf Master Matcham riskiert."

„Kein Gerede mehr", sagte Richard. „Legt Euch in die Sielen."

Mittlerweile waren sie an der Mündung des Bachs und hatten flußauf- und flußabwärts freies Blickfeld. Es wurde nach allen Seiten von Inseln begrenzt, dazwischen waren Lehmbänke, nickende Weiden und wogende Schilfe. Nirgends in diesem Labyrinth aus Wasser waren Spuren von Menschen zu bemerken.

„Master", sagte der Fährmann und hielt das Boot mit einem Ruder an, „ich habe eine gute Vermutung, daß John Fenne auf der Insel ist. Er hat einen finsteren Groll auf alle Anhänger Sir Daniels. Was, wenn ich stromaufwärts rudere und Euch einen Pfeilschuß oberhalb des Pfads an Land setze? Ihr sollte Euch mit John Fenne nicht anlegen."

„Wieso? Gehört er zu dieser Gesellschaft?" fragte Richard.

„Nein, man könnte eher von Mummenschanz reden", sagte Hugh.

„Aber an Eurer Stelle würde ich auf dem Wasser nach oben fahren, Dick. Wie, wenn Master Matcham mit einem Pfeil zusammenkäme?" Er lachte wieder.

„Wie Ihr wollt, Hugh", antwortete Richard.

„Aber dann paßt auf", fügte Hugh hinzu. „Nehmt Eure Armbrust herunter . . . Ja – nun macht sie schußbereit. Gut – legt einen Pfeil auf. Richtig, und haltet sie so und seht mich grimmig an."

„Was soll das bedeuten?" fragte Richard.

„Aber Master, wenn ich Euch hinüber schmuggle, muß es unter einer Drohung oder aus Angst geschehen", erwiderte der Fährmann, „denn wenn sonst John Fenne Wind davon kriegt, könnte er mir beweisen wollen, daß er mein verdrießlichster Nachbar ist."

„Setzen Euch diese Kerle so übel zu?" erkundigte sich Richard. „Kommandieren sie Sir Daniels eigene Fähre?"

„Nein", flüsterte der Fährmann und blinzelte ihm zu. „Denkt an meine Worte! Sir Daniel ist bald unten. Seine Zeit ist zu Ende. Er wir untergehen." Er beugte sich über die Riemen.

Sie fuhren weit den Fluß hinauf, um die Spitze einer Insel herum und bogen vorsichtig in eine enge Passage nah am gegenüberliegenden Ufer. Dann hielt Hugh inmitten der Strömung an.

„Ich muß Euch hier zwischen den Weiden absetzen", sagte er.

„Hier ist kein Weg, sondern nur Weidendickicht und Schlamm", antwortete Richard.

„Master Shelton", erwiderte Hugh, „ich wage nicht, Euch noch weiter zu bringen, Eures eigenen Wohlergehens wegen. Er beobachtet die Fähre und liegt dabei auf seinem Bogen. Alle die vorbeikommen und von Sir Daniel abhängig sind, schießt er nieder wie Kaninchen. Ich habe ihn gehört, wie er es beim Kruzifix geschworen hat. Wenn ich Euch nicht schon lange kennte, ich hätte Euch weiterziehen lassen. Aber in Erinnerung an die alten Tage, und weil Ihr diesen Zwerg bei Euch habt, der weder für den Krieg noch für Verletzungen geschaffen ist, habe ich meine Ohren riskiert, um Euch überzusetzen. Bescheidet Euch damit, mehr kann ich bei meinem Seelenheil nicht tun."

Hugh redete noch, wobei er sich auf seine Riemen stützte, als von den Weiden auf der Insel ein lauter Schrei erscholl, dem Geräusche folgten, als bahne ein kräftiger Mann sich einen Weg durchs Unterholz.

„Ein Spitzel!" rief Hugh. „Er war die ganze Zeit über auf der oberen Insel!" Er ruderte stracks zum Ufer. „Bedroht mich mit dem Bogen, guter Dick . . . Ihr müßt mich ganz offensichtlich bedrohen", fügte er hinzu. „Ich habe versucht, Euch Eure Haut zu retten, jetzt rettet mir die meine!"

Das Boot stieß mit Getöse in ein dichtes Weidendickicht. Matcham, bleich, aber standhaft und hellwach, rannte auf ein Zeichen von Richard zum Bug und sprang ans Ufer. Richard, das Pferd am Zügel, trachtete zu folgen, doch das Tier war zu stämmig und das Dickicht verfilzt, er und das Pferd blieben stecken. Das Pferd wieherte und stampfte, und das Boot, das in einen Strudel geriet, drehte sich hin und her und schaukelte heftig.

„Es geht nicht, hier ist kein Landeplatz", rief Richard, aber er kämpfte nach wie vor mit dem widerspenstigen Dickicht und dem scheuenden Tier.

Am Ufer der Insel erschien ein großer Mann mit einem Bogen in der Hand. Richard sah ihn einen Sekundenbruchteil aus den Augenwinkeln, wie er mit viel Mühe seinen Bogen spannte, sein Gesicht war tiefrot vor Hast.

„Wer ist das?" rief er. „Hugh, wer ist das?"

„Das ist Master Shelton, John", erwiderte der Fährmann.

„Halt, Dick Shelton!" brüllte der Mann auf der Insel. „Euch wird nichts geschehen, beim Kruzifix! Halt! Zieht Euch zurück, Hugh Ferrymann."

Richard warf ihm eine provozierende Entgegnung an den Kopf.

„Nun, so sollt Ihr zu Fuß gehen", erwiderte der Mann und ließ den Pfeil schwirren.

Das Pferd, vom Pfeil getroffen, schlug aus vor Schmerz und Angst, das Boot kenterte, und im nächsten Augenblick strampelten alle in den Strudeln des Flusses.

Als Richard wieder hoch kam, war er nur noch ein Yard vom Ufer entfernt, und ehe er wieder klar sehen konnte, hatte seine Hand etwas Festes und Kräftiges gepackt, das ihn unverzüglich heranzerrte. Der Gegenstand war eine Reitgerte, die Matcham, der unter die überhängende Weide gekrochen war, ihm so hingehalten hatte, daß er instinktiv zufassen mußte.

„Bei der heiligen Messe", rief Richard, während er mit Matchams Hilfe an Land stieg, „ich schulde Euch mein Leben. Ich kann schwimmen wie eine Kanonenkugel." Und er wandte sich sofort der Insel zu.

Auf halber Strecke schwamm Hugh Ferryman neben seinem gekenterten Boot, während John Fenne, wütend über den mißglückten Schuß, ihm zubrüllte, sich zu beeilen.

„Kommt, Jack", sagte Shelton, „setzen wir uns schnell ab. Hugh kann seine Barke allein hinüber bringen, oder sie können sie zu zweit wieder aufrichten. Bis dahin sind wir schon außer Rufweite."

Er ließ seinen Worten die Tat folgen und fiel in Trab, wobei er sich zwischen die Weiden duckte und an sumpfigen Stellen von Grasbüschel zu Grasbüschel sprang. Er hatte keine Zeit, auf die Richtung zu achten; er konnte nicht mehr tun, als dem Fluß den Rücken zuzukehren und seine ganze Aufmerksamkeit auf die Schnelligkeit zu verwenden.

Doch nun begann der Boden sanft anzusteigen, was Richard bewies, daß er auf dem rechten Weg war, und wenig später kamen sie zu einem Hang mit festem Rasen, wo zwischen den Weiden einige Ulmen standen.

Hier warf Matcham, der weit zurückgeblieben war, sich zu Boden.

„Laßt mich allein, Dick“, rief er atemlos. „Ich kann nicht mehr.“

Richard kehrte um zu seinem Begleiter.

„Nein, Jack, steht auf!“ rief er. „Ihr habt Euch wacker gehalten, als Ihr riskiert habt, einen Schuß abzubekommen, ins Wasser zu fallen und, ja, sogar zu ertrinken, weil Ihr mir das Leben retten wolltet. Denn wieso ich Euch nicht mit mir heruntergezogen habe, wissen nur die Heiligen.“

„Nein“, sagte Matcham, „ich hätte uns beide herausgeholt, guter Dick, ich kann nämlich schwimmen.“

„Tatsächlich?“ rief Richard und riß die Augen auf. Schwimmen war die einzige männliche Fertigkeit, deren er nicht fähig war. In der Reihenfolge der Tätigkeiten, die er bewunderte, stand die Schwimmkunst an zweiter Stelle. Davor kam nur noch die Geschicklichkeit, einen Mann im Einzelkampf zu töten. „Nun“, sagte er, „das ist eine Lektion, die man nicht geringschätzen sollte. Ich habe Euch versprochen, mich bis nach Holywood um Euch zu kümmern, und, beim Kruzifix, Jack, Ihr seid eher in der Lage, Euch um mich zu kümmern.“

„Dick, wir sind jetzt Freunde“, sagte Matcham.

„Ich war nie Euer Nichtfreund“, antwortete Richard. „Ihr seid auf Eure Art ein tüchtiger Kerl, obwohl zugleich so etwas wie ein Muttersöhnchen. Jemand wie Euch habe ich noch nie getroffen. Aber bitte, kommt wieder zu Atem und laßt uns weitergehen. Hier ist kein Platz für eine Plauderei.“

„Mein Fuß tut gemein weh“, sagte Matchman.

„Euren Fuß hatte ich vergessen“, erwiderte Richard. „Wir müssen langsamer gehen. Wenn ich bloß wüßte, wo wir sind. Ich bin vom Weg abgekommen, aber das kann von Vorteil sein. Wenn sie die Fähre beobachten, dann beobachten sie auch den Weg. Schön wäre, wenn Sir Daniel mit vierzig Männern umkehrte, er würde diese Schufte vor sich herfegen, wie der Wind Blätter vor sich herfegt. Kommt, Jack, stützt Euch auf meine Schulter, Ihr arme Spitzmaus. Nein, Ihr seid nicht groß genug. Wie alt seid Ihr? Ich möchte eine Wette eingehen – nicht älter als zwölf.“

„Nein, ich bin sechzehn“, sagte Matcham.

„Dann seid Ihr wirklich armselig in die Höhe gewachsen“, antwortete Richard. „Aber nehmt meine Hand. Wir werden langsam gehen, habt keine Angst. Ich schulde Euch mein Leben, und ich bin ein zuverlässiger Zahler, Jack, im Guten wie im Bösen."

Sie stiegen den Hang hinauf.

„Früher oder später müssen wir auf die Straße stoßen", fuhr Richard fort, „dann fangen wir ganz von vorn an. Aber, bei der heiligen Messe, Ihr habt eine kümmerliche Hand, Jack. Wenn ich solche Hände hätte, würde ich mich schämen. Ich sage Euch", fügte er schmunzelnd hinzu, „ich möchte bei der heiligen Messe schwören, daß nach meiner Ansicht Hugh Ferryman Euch für ein Mädchen gehalten hat."

„Nein, niemals!" rief der andere und wurde dunkelrot.

„Trotzdem hat er Euch für ein Mädchen gehalten, darauf möchte ich eine Wette eingehen", erklärte Richard. „Man kann es ihm nicht verübeln. Ihr seht eher wie ein Mädchen aus, als wie ein Mann. Und ich will Euch noch etwas sagen: Für einen Jungen seht Ihr seltsam aus – aber für ein Mädchen, Jack, wärt Ihr ziemlich in Ordnung, bestimmt. Für ein Weibsbild wärt Ihr vorzüglich."

„Na ja", sagte Matcham, „Ihr wißt gut, daß ich keins bin."

„Ich weiß es, und ich habe nur einen Scherz machen wollen", sagte Richard.

„Bitte, Dick, haltet an, bis ich getrunken habe", sagte der andere und blieb bei einer kleinen, klaren Quelle stehen, die aus dem Hang in ein Kiesbecken sprudelte, das nicht größer war als ein Sack. „Und – o Dick, wenn ich etwas zu essen haben könnte, mein Herz tut weh vor Hunger."

„Warum, Ihr Narr, habt Ihr in Kettley nichts gegessen?" fragte Richard.

„Ich hatte ein Gelübde abgelegt – man hatte mich zu einer Sünde gezwungen", stammelte Matcham. „Aber jetzt, und wenn es nur trockenes Brot wäre, würde ich gierig essen."

„Dann setzt Euch und eßt", sagte Richard, „während ich ein Stück weitergehe, um die Straße zu suchen." Und er nahm von seinem Beutel einen Gürtel, in dem Brot und Scheiben getrockneter Speck waren, und als Matcham herzhaft aß, pirschte er unter den Bäumen hindurch.

Ein wenig weiter war eine Mulde im Boden, wo ein Flüßchen sich zwischen welken Blättern einen Weg bahnte, und jenseits der Mulde waren wieder Bäume, die indes höher waren und in größeren Abständen wuchsen. Eichen und Buchen lösten die Weiden und Ulmen ab. Das ständige Rauschen und Fauchen des Windes im Laub verbarg einigermaßen die Geräusche von Richards Schritten. Es war für das Ohr, was eine mondlose Nacht für das Auge ist. Aber dennoch war Richard vorsichtig.

Er glitt von einem Stamm zum anderen und blickte sich unterwegs aufmerksam um. Plötzlich lief eine Dammhirschkuh wie ein Schatten vor ihm durchs Unterholz, und er blieb verdrossen stehen. Dieser Teil des Waldes galt als menschenleer, aber nun, da dieses Tier floh, war es nicht anders, als hätte Richard einen Boten vorausgeschickt, um seine Ankunft zu avisieren. Und anstatt noch weiter zu gehen, wandte er sich dem nächsten gutgewachsenen Baum zu und kletterte schnell hinauf.

Das Glück war ihm gewogen. Die Eiche, auf die er gestiegen war, gehörte zu den höchsten in diesem Abschnitt des Waldes und überragte die anderen, die in der Nähe standen, um eineinhalb Klafter, und als Richard die obere Gabel erreichte und sich dort anklammerte, weil der Wind ihn heftig hin und her schwenkte, sah er hinter sich die ganze morastige Ebene bis hin nach Kettley und den Till, der an den bewaldeten Inseln vorüber floß, und vor sich das staubige Band der Landstraße, die sich durch den Wald schlängelte. Das Boot lag wieder auf dem Kiel und befand sich auf dem Rückweg. Außer dem Boot gab es keinerlei Lebenszeichen, und nichts außer dem Wind rührte sich. Er war im Begriff abzusteigen, als er etwa in der Mitte des Marschlandes eine Reihe beweglicher Punkte entdeckte. Offensichtlich zog ein kleiner Trupp über den Damm, und dies mit beachtlicher Geschwindigkeit. Dies bereitete ihm nicht geringen Kummer, als er hastig vom Baum kletterte und durch den Wald zu seinem Begleiter zurückkehrte.

Ein Geheimbund

Matcham war ausgeruht und erholt, und die beiden Jungen, beflügelt von dem was Richard gesehen hatte, eilten durch den Rest des Waldes, überquerten unangefochten die Straße und gewannen den erhöhten Teil des Waldes von Tunstall. Mehr und mehr standen die Bäume in Gruppen beieinander, dazwichen waren sandige Lichtungen mit Heidekraut, Stechginster und alten Eiben. Der Boden wurde immer unebener, er war voller Löcher und kleiner Hügel. Und mit jedem Schritt des Aufstiegs wurde der Wind heftiger und schriller, und die Bäume bogen sich unter den Böen wie Angelruten.

Sie hatten eben eine der Lichtungen betreten, als Richard sich flach aufs Gesicht zwischen einige Brombeersträucher fallen ließ und begann, langsam rückwärts zu dem schützenden Gehölz zu kriechen. Matcham, zwar in großer Verwunderung, denn er konnte keinen Grund für diese Flucht erkennen, folgte dem Kurs seines Begleiters, und erst als sie die Sicherheit des Dickicht erreicht hatten, wandte er sich zu Richard und bat ihn um eine Erläuterung.

Statt einer Antwort deutete Richard lediglich mit dem Finger.

Am entgegengesetzten Rand der Lichtung überragte eine Fichte erheblich die benachbarten Bäume und reckte ihren schwarzen Schopf in den Himmel. Bis zu etwa fünfzig Fuß über dem Boden war der Stamm gerade und kräftig wie eine Säule, um sich hier in zwei stabile Äste zu teilen, und in dieser Gabel stand wie ein Seemann im Mastkorb ein Mann in einem grünen Wappenrock und spähte in die Ferne. Seine Haare glänzten in der Sonne, mit einer Hand beschattete er seine Augen, um Ausschau zu halten, und sein Kopf bewegte sich mit der Gleichmäßigkeit einer Maschine von einer Seite zur anderen.

Die Jungen blickten einander an.

„Laßt es uns weiter links versuchen", sagte Richard. „Wir wären beinahe ins Verhängnis gelaufen, Jack."

Zehn Minuten später stießen sie auf einen ausgetretenen Pfad.

„Hier ist ein Stück Wald, das ich nicht kenne", bemerkte Richard. „Wohin führt dieser Weg?"

„Wir sollten uns überzeugen", sagte Matcham.

Einige Yards weiter erreichte der Pfad die Spitze eines Kamms und senkte sich jäh in ein tassenförmiges Tal. Auf der Sohle, aus einem umfangreichen Gehölz aus blühendem Hagedorn, wuchsen zwei oder drei dachlose Giebel, geschwärzt wie von Feuer, und ein einsamer hoher Schornstein und kündeten vom Untergang eines Hauses.

„Was könnte das sein?" flüsterte Matcham.

„Bei der heiligen Messe, ich weiß es nicht", antwortete Richard. „Ich tappe im dunkeln. Laßt uns vorsichtig weitergehen."

Mit Herzklopfen arbeiteten sie sich durch den Hagedorn. Hier und da kamen sie an Spuren vorüber, die bewiesen, daß der Boden in jüngster Zeit noch bebaut gewesen war. Obstbäume und Küchenpflanzen standen verloren im Dickicht, das Zifferblatt einer Sonnenuhr lag im Gras. Sie hatten den Eindruck, daß sich hier einmal ein Garten befunden hatte. Sie gingen noch ein kleines Stück und kamen zu der Ruine.

Das Haus war ein hübscher, wehrhafter Herrensitz gewesen. Ringsum war ein tiefer Wassergraben ausgehoben worden, der jetzt mit Geröll und Schutt verstopft war, und ein herabgefallener Dachsparren überbrückte ihn. Die beiden Schmalwände standen noch, durch die leeren Fenster schien die Sonne; doch der Rest des Bauwerks war zerfallen und bildete nun einen großen, rauchgeschwärzten Steinhaufen. Im Innern drängten sich bereits einige grüne Pflanzen durch die Bodenritzen.

„Ich denke“, flüsterte Richard, „das muß Grimstone sein, hier hatte ein gewisser Simon Malmesbury seinen Stützpunkt. Sir Daniel war sein Verderben. Bennet Hatch hat das Haus niedergebrannt, seitdem sind fünf Jahre vergangen. Wahrhaftig, es ist ein Jammer, denn es war ein schönes Haus.“

Unten im Tal, wo kein Wind wehte, war es warm und still, und Matcham faßte nach Richards Arm und hob warnend einen Finger.

„Pst!“ sagte er.

Ein seltsames Geräusch zerriß die Stille, es wiederholte sich zweimal, ehe sie seinen Ursprung erkannten. Es stammte von einem großen Mann, der sich heftig räusperte, und dann brach eine heisere, unmelodische Stimme in Gesang aus.

„Der König der Räuber hat uns gefragt:
‚Warum seid ihr hier im Wald?‘
Und Gamelyn sagte unverzagt:
‚In der Stadt ist es uns zu kalt!“

Der Sänger verstummte, ein leises, metallisches Klirren folgte, dann war wieder Stille.

Die beiden Jungen standen da und starrten einander an. Wer immer dieser unsichtbare Nachbar sein mochte, er befand sich direkt hinter der Ruine. Und unvermittelt gewann Matchams Gesicht Farbe, und im nächsten Augenblick hatte er den heruntergefallenen Dachsparren überquert und kletterte vorsichtig auf den mächtigen Haufen Balken, der den Innenraum des dachlosen Hauses füllte. Richard hätte ihn zurückgehalten, wenn er rechtzeitig reagiert hätte; so war er genötigt, sich ihm anzuschließen.

In einer Ecke der Ruine lagen zwei Sparren über Kreuz und sparten so eine Lücke aus, die nicht größer war als ein Kirchenstuhl. Die Jungen stiegen behutsam in diese Lücke. Dort waren sie vollkommen verborgen, und eine Schießscharte ermöglichte ihnen einen Blick auf die andere Seite.

Als sie hindurchspähten, erstarrten sie vor Schreck über ihre mißliche Lage. Ein Rückzug war nicht möglich, sie wagten kaum zu atmen. Am anderen Rand des Grabens, keine dreißig Fuß von der Stelle entfernt, an der sie kauerten, brodelte und dampfte es in einem eisernen Kessel über einem prasselnden Feuer, und nah dabei, in der Haltung eines Lauschers – als hätter er etwas von den Geräuschen aufgeschnappt, die sie verursacht hatten, als sie durch die Ruine kletterten – stand unbeweglich ein großer, rotgesichtiger, verwittert aussehender Mann, einen eisernen Löffel in der rechten Hand und ein Horn und einen beachtlichen Dolch links an seinem Gürtel. Offenkundig war er der Sänger, und offenkundig hatte er in dem Kessel herumgerührt, als ein unvorsichtiger Schritt über die Balken ihm zu Ohren gekommen war. Ein Stück weiter lag ein zweiter Mann und schlief. Er war in einen braunen Mantel gewickelt, und über seinem Gesicht schwebte ein Schmetterling. Die Erde war weiß von Gänseblümchen, und an der äußersten Grenze des Blickfeldes hingen ein Bogen, ein Köcher mit Pfeilen und ein Teil eines ausgeweideten Hirschs an einem blühenden Hagedornstrauch.

Endlich gab der Mann seine Haltung gespannter Aufmerksamkeit auf, führte den Löffel zum Mund, schmeckte ab, was der Löffel enthielt, nickte und begann wieder zu rühren und zu singen.

„‚In der Stadt ist es uns zu kalt‘ “,

krächzte er und nahm sein Lied an der Stelle wieder auf, an der er es verlassen hatte.

„‚Wir haben kein Recht, in der Stadt zu sein,
drum fangen wir die Hirsche des Königs ein.‘ “

Während er sang, schaufelte er von Zeit zu Zeit einen Löffel voll aus seinem Brei, blies darauf und kostete mit sämtlichen Allüren eines erfahrenen Kochs. Schließlich gelangte er anscheinend zu dem Urteil, die Mahlzeit sei fertig, denn er nahm das Horn vom Gürtel und entlockte dem Instrument drei gedämpfte Signale.

Der andere Mann erwachte, wälzte sich herum, wischte den Schmetterling fort und blickte sich um.

„Was gibt's, Bruder?“ sagte er. „Dinner?“

„Ja, Saufkopf“, erwiderte der Koch, „es gibt Dinner, und zwar ein trockenes Dinner ohne Ale und Brot. Aber in diesen Wäldern ist nicht mehr viel Vergnügen übrig. Früher konnte ein guter Mann hier leben wie ein Abt mit einer Mitra, vom Regen und vom weißen Frost einmal abgesehen. Man hatte Ale und Wein nach Herzenslust. Aber jetzt ist der Geist echter Männlichkeit tot, und John Amend-All – der Herr schütze und behüte uns – ist nichts als ein aufgeblasener Tölpel, mit dem man die Krähen erschrecken kann.“

„Nein“, erwiderte der andere, „Ihr seid zu versessen auf Fleisch und

Getränke, Lawless. Habt ein wenig Geduld, die guten Zeiten kommen."

„Seht mal", erwiderte der Koch, „auf diese guten Zeiten warte ich schon, seit ich noch klein war. Ich war ein Franziskanermönch, ich war ein Bogenschütze des Königs, ich war Seemann und habe die salzigen Meere befahren, und ich war auch schon früher in den Wäldern und habe das Wild des Königs abgeschossen. Was ist bei alledem herausgekommen? Nichts! Ich wäre besser dran, wenn ich im Kloster abgewartet hätte. John Abbot ist nützlicher als John Amend-All. Bei der heiligen Jungfrau, da kommen sie ..."

Einer nach dem anderen schlenderten große, kräftige Männer auf die Wiese. Wie sie kamen, so zückten sie jeder ein Messer und einen Hornbecher, bedienten sich aus dem Kessel und setzten sich ins Gras, um zu essen. Sie waren unterschiedlich gekleidet und bewaffnet. Einige trugen rostfarbene Kittel und hatten nur ein Messer und einen alten Bogen, andere waren nach der letzten Moder der Wälder angezogen. Ihre Wämser und ihre Hauben waren grün, in ihren Gürteln steckten zierliche Pfeile mit Pfauenfedern, am Wehrgehänge hatten sie ein Horn, und an ihren Seiten baumelten ein Schwert und ein Dolch. Sie rückten stumm vor Hunger an und knurrten kaum einen Gruß, sondern machten sich sofort über ihre Mahlzeit her.

Ungefähr zwanzig von ihnen waren schon versammelt, als bei den Hagedornsträuchern unterdrückter Jubel aufkam, und einen Augenblick später quollen fünf oder sechs Männer, die eine Bahre trugen, auf den Rasen. Ein rüstiger, lebhafter Mensch, ein wenig angegraut, marschierte vor ihnen her und strahlte Autorität aus. Er hatte einen Bogen auf dem Rücken und einen glänzenden Sauspieß in der Hand.

„Männer", rief er, „meine Freunde, ihr hattet bisher eine Durststrecke und ein wenig behagliches Leben, aber was habe ich immer zu euch gesagt? Bleibt Fortuna unbeirrbar treu, und sie wird sich uns zuwenden. Und hier ist die erste Gabe – die vortreffliche Schöpfung Ale!"

Ein beifälliges Murmeln erklang, als die Träger die Bahre absetzten und ein köstliches Faß vorzeigten.

„Und nun beeilt euch", fuhr der Mann fort. „Vor uns liegt Arbeit. Eine Handvoll Bogenschützen sind unterwegs zur Fähre. Ihre Farben sind grau und blau. Wir werden sie uns als Ziel vornehmen. Sie sollen unsere Pfeile schmecken. Keiner von ihnen soll sich durch diesen Wald kämpfen. Schließlich, Männer, sind wir hier einige fünfzig, und jedem von uns ist Unrecht geschehen. Einige haben ihr Land verloren, andere ein paar

Freunde, und etliche hat man zu Verbrechern gestempelt – und alle hat man unterdrückt. Und wer hat uns dieses Unheil zugefügt? Sir Daniel! Soll er den Vorteil davon haben? Soll er behaglich in unseren Häusern wohnen? Soll er unsere Felder bestellen? Soll er den Knochen aussaugen, den er uns gestohlen hat? Ich bin dagegen. Er hat seine Macht durch das Gesetz erlangt. Er hat Prozesse gewonnen. Aber hier ist ein Prozeß, den er nicht gewinnen kann. Ich habe ein Schriftstück in meinem Gürtel, das, bei allen Heiligen, stärker ist als er."

Der Koch Lawless war zu dieser Zeit schon mit seinem zweiten Horn Ale beschäftigt. Er hob es, um dem Sprecher zuzutrinken.

„Master Ellis", sagte er, „Ihr seid für die Rache – möge sie Euch wohlbekommen –, aber Euer armer Bruder in den Wäldern, er hatte nie Land zu verlieren und nie Freunde, an die er denken konnte, er sieht vielmehr, für seinen Teil, auf den Profit der Sache. Er hätte lieber einen goldenen Noble und einen Krug kanarischen Wein, als alle Rache im Fegefeuer."

„Lawless", erwiderte der andere, „um zum Moat House zu gelangen, muß Sir Daniel den Wald durchqueren. Wir werden diesen Weg angenehmer gestalten, Partner, als irgendeine Schlacht. Wenn er dann mit der zerrupften Handvoll, die uns entkommt, zu Boden gegangen ist – wenn alle seine mächtigen Freunde gestürzt oder geflohen sind und niemand ihm mehr hilft –, dann werden wir den alten Fuchs belagern, und seine Größe wird von ihm abfallen. Das ist ein fetter Bock, er reicht für uns alle zu einem Dinner."

„Ja", erwiderte Lawless, „ich habe schon früher einige von diesen Dinners gegessen, aber sie zuzubereiten, ist eine schwierige Arbeit, lieber Master Ellis. Und was machen wir in der Zwischenzeit? Wir machen schwarze Pfeile, wir schreiben Gedichte, und wir trinken klares, kaltes Wasser – ein sehr bekömmliches Getränk."

„Ihr seid unehrlich, Will Lawless. Ihr stinkt immer noch nach der Molkerei der Franziskaner. Die Habsucht ist Euer Untergang", antwortete Ellis. „Wir haben zwanzig Pfund bei Appleyard mitgenommen. Wir haben dem Boten in der vorigen Nacht sieben Goldmünzen abgenommen, und am Tag zuvor hatten wir fünfzig Münzen von einem Kaufmann."

„Und heute", sagte einer der Männer, „habe ich einen Ablaßkrämer aufgehalten, der hastig nach Holywood geritten ist. Hier ist seine Börse."

Ellis zählte den Inhalt.

„Hundert Shilling!" murrte er. „Narr, er hatte mehr in seinen Sandalen oder eingenäht in seiner Perlerine. Ihr seid nichts wie ein Kind, Tom

Cuckow. Der Fisch ist Euch entgangen."

Dennoch steckte Ellis die Börse mit Gleichmut ein. Er stand da und stüzte sich auf seinen Sauspieß und blickte zu seinen Männern. Sie kauten gierig auf ihrem Wildbret herum und spülten es großzügig mit Ale hinunter. Der Tag war prächtig, und sie hatten eine Glückssträhne, aber die Geschäfte saßen ihnen im Nacken, daher beeilten sie sich beim Essen. Diejenigen, die zuerst gekommen waren, hatten mittlerweile ihre Mahlzeit beendet. Einige legten sich ins Gras und fielen sofort in Schlaf, andere unterhielten sich oder überholten ihre Waffen, und einer, der besonders fröhlich war, schwenkte sein Ale-Horn durch die Luft und fing an zu singen:

„Unser Recht gilt nur auf grüner Flur,
Hier gibt's genügend Fleisch;
Hier ist's friedlich und still, wenn Gott es so will,
Im Sommer ist der Wald unser Reich.
Der Winter ist weiß von Schnee und Eis.
Für uns ist der Winter die Pest.
Drum mummt euch ein und geht dann heim
Und bleibt am Feuer und eßt."

Währenddessen hatten die beiden Jungen nah dabei gelegen und zugehört. Allerdings hatte Richard seine Armbrust von der Schulter genommen und hielt in einer Hand den Haken bereit, den er benötigte, um die Armbrust zu spannen. Ansonsten hatte er nicht gewagt, sich zu bewegen, und die Szene aus dem Waldleben hatte sich vor ihren abgespielt wie auf einer Bühne. Aber nun trat eine überraschende Unterbrechung ein. der große Schornstein, der die Reste der Ruine überragte, erhob sich direkt über ihrem Versteck, und plötzlich war ein Pfeifen in der Luft, dem ein lautes Schmatzen folgte, und die Stücke des zerbrochenen Pfeils wirbelten ihnen um die Ohren. Jemand in den oberen Regionen des Waldes, vielleicht der Posten, den sie in der Fichte bemerkt hatten, hatte einen Pfeil auf den Schornstein abgeschossen.

Matcham konnte einen leisen Aufschrei nicht unterdrücken, und sogar Richard zuckte erschrocken zusammen und ließ den Haken fallen. Aber für die Männer auf dem Rasen war der Pfeil ein erwartetes Signal. Sie waren alle auf den Beinen, schnallten ihre Gürtel enger, kontrollierten ihre Bogensehnen und lockerten Schwert und Dolch in der Scheide. Ellis hob die Hand, sein Gesicht hatte unvermittelt den Ausdruck einer wilden Energie angenommen; das Weiß seiner Augen schimmerte in seinem sonnengebräunten Gesicht.

„Freunde“, sagte er, „ihr kennt eure Plätze. Laßt nicht einen einzigen entkommen. Appleyard war nur eine Vorspeise vor einem Essen, jetzt setzen wir uns wirklich an den Tisch. Ich habe drei Männer bitterlich zu rächen – Harry Shelton, Simon Malmesbury und“ – dabei schlug er sich an seine Brust – „und Ellis Duckworth, bei der heiligen Messe!“

Ein anderer Mann brach durch die Dornenhecke, er war rot vor Hast.

„Es ist nicht Sir Daniel“, sagte er atemlos, „sie sind nur zu siebt. Ist der Pfeil fort?“

„Er ist irgendwo aufgeprallt“, erwiderte Ellis.

„Ein Spähtrupp!“ rief der Bote. „Mir ist, als hätte ich es pfeifen gehört. Und ich kriege nichts zu essen!“

In der Zeitspanne von einer Minute waren die Männer vom Schwarzen Pfeil aus der Umgebung des zertrümmerten Hauses verschwunden, einige rannten, einige schritten forsch aus, je nachdem, ob ihre Stellungen näher oder weiter entfernt waren, und der Kessel und das Feuer, das mittlerweile heruntergebrannt war, und der Rest des toten Hirschs an dem Hagedorn blieben allein zurück und legten Zeugnis dafür ab, daß die Männer hier gewesen waren.

Jägerblut

Die Jungen lagen still da, bis die letzten Schritte im Wind verklungen waren. Dann erhoben sie sich und kletterten mit viel Mühe, denn sie waren steif vor Anspannung, durch die Ruine und überquerten auf dem Dachsparren wieder den Graben. Matcham hatte den Haken aufgehoben und ging voraus. Richard folgte langsam mit der Armbrust unter dem Arm.

„Und jetzt“, sagte Matcham, „nichts wie nach Holywood.“

„Nach Holywood“, rief Richard, „wo gute Männer in Gefahr sind, erschossen zu werden? Ich nicht! Eher riskiere ich, daß Ihr aufgehängt werdet, Jack!“

„Ihr würdet mich doch nicht im Stich lassen, oder doch?“ fragte Matcham.

„Wenn ich diese Männer nicht rechtzeitig warnen kann“, erwiderte Richard, werde ich mit ihnen sterben. Würdet Ihr wirklich von mir verlangen, daß ich die Männer ihrem Schicksal überlasse, unter denen ich gelebt habe? Gewiß nicht! Gebt mir meinen Haken.“

Aber nichts konnte Matcham ferner liegen.

„Dick“, sagte er, „Ihr habt mir bei allen Heiligen geschworen, mich sicher nach Holywood zu bringen. Wollt Ihr eidbrüchig werden? Wollt Ihr als Meineidiger mich mir selber überlassen?“

„Nein, ich habe ehrlich geschworen“, gab Richard zurück. „Ich habe es wirklich so gemeint, aber jetzt ... Seht, Jack, warum wollt Ihr nicht mit mir umkehren? Erlaubt mir, diese Männer zu warnen und wenn es sein muß mit ihnen zu kämpfen. Dann ist alles in Ordnung, und ich marschiere nach Holywood und halte meinen Schwur.“

„Ihr wollt mich nur verhöhnen“, antwortete Matcham. „Diese Männer, die Ihr retten möchtet, sind dieselben, die mich in mein Unglück jagen.“

Richard kratzte sich am Kopf.

„Ich kann's nicht ändern, Jack“, sagte er. „Diesem Mißstand ist nicht abzuhelfen. Was verlangt Ihr? Ihr lauft keine große Gefahr, Mann, und diese Leute sind auf dem Weg in den Tod. Tod!“ sagte er. „Denkt darüber nach. Warum, zum Teufel, haltet Ihr mich hier auf? Gebt mir den Haken? Beim heiligen Georg, sollen sie denn alle sterben?“

„Richard Shelton“, sagte Matcham, „habt Ihr denn die Absicht, Euch mit Sir Daniel zu verbünden? Habt Ihr keine Ohren? Habt Ihr nicht gehört, was dieserEllis sagte, oder habt Ihr kein Herz für Euer verwandtschaftliches Blut und den Vater, den Sir Daniels Männer erschlagen haben? ‚Harry Shelton‘, hat er gesagt – und Harry Shelton war so sicher Euer Vater, wie die Sonne am Himmel scheint.“

„Was verlangt Ihr?“ wiederholte Richard. „Wollt Ihr, daß ich Dieben Glauben schenke?“

„Nein, ich habe es schon früher gehört“, erwiderte Matcham. „Ein Gerücht geht um, Sir Daniel hätte ihn ermordet. Er hat ihn getötet, während er selber unter Eid stand, in seinem eigenen Haus hat er das unschuldige Blut vergossen. Der Himmel wünscht eine Vergeltung dieser Tat, und Ihr – der Sohn dieses Mannes –, Ihr unterstützt und verteidigt den Mörder!“

„Jack“, rief der Junge, „ich weiß es nicht. Vielleicht war es so, woher soll ich es wissen? Aber dieser Mann hat mich aufgezogen und protegiert, und mit seinen Männern habe ich gejagt und gespielt, um sie in einer Stunde der Not zu verlassen – o Mann, wenn ich das täte, ich hätte keine Ehre mehr. Nein, Jack, darum könnt Ihr mich nicht bitten. Ihr werdet nicht wollen, daß ich minderwertig bin.“

„Aber Euer Vater, Dick“, sagte Matcham ein wenig unsicher. „Euer

Vater und der Eid, den Ihr mir geschworen habt ... Ihr habt die Heiligen als Zeugen angerufen."

„Mein Vater?" erwiderte Richard. „Nein, er würde wünschen, daß ich gehe. Wenn Sir Daniel ihn getötet hat, wird diese Hand Sir Daniel töten, sobald die Stunde da ist. Aber weder ihn noch die Seinen werde ich in Bedrängnis verlassen. Und was meinen Eid betrifft, guter Jack, so werdet Ihr mich hier davon entbinden. Um des Lebens vieler Männer willen, die Euch nichts getan haben, und meiner Ehre wegen solltet Ihr mich freigeben."

„Ich, Dick? Niemals!" entgegnete Matcham. „Wenn Ihr mich verlaßt, seid Ihr meineidig, und ich werde es berichten."

„Meine Geduld ist erschöpft", sagte Richard. „Gebt mir den Haken! Gebt ihn mir!"

„Ich werde es nicht tun", sagte Matcham. „Ich werde Euch Widerstand leisten."

„Nein!" rief Richard. „Ich werde Euch zwingen!"

„Versucht es", sagte der andere.

Sie standen sprungbereit da und blickten einander in die Augen. Dann schnellte Richard vor, und obwohl Matcham sich sofort umdrehte und floh, wurde er nach zwei Sätzen eingeholt. Der Haken wurde seinem Griff entrissen, und er selber wurde derb zu Boden geschleudert, Richard stand über ihm, erhitzt und drohend und mit geballten Händen. Matcham blieb liegen, so wie er gefallen war, das Gesicht im Gras, und dachte nicht an Gegenwehr.

Richard spannte seine Armbrust.

„Ich werde Euch lehren!" rief er schrill. „Eid oder nicht Eid, Ihr werdet auf mich warten müssen!"

Und er wandte sich um und rannte. Matcham war unverzüglich auf den Füßen und rannte hinter ihm her.

„Was wollt Ihr?" rief Richard und blieb stehen. „Warum lauft Ihr mir nach? Bleibt zurück!"

„Wenn ich will, folge ich Euch", sagte Matcham. „In diesem Wald kann ich mich frei bewegen."

„Bei der heiligen Jungfrau, bleibt zurück!" entgegnete Richard und zielte mit der Armbrust.

„Ihr seid ein tapferer Junge!" erwiderte Matcham. „Schießt!"

Richard ließ verwirrt die Waffe sinken.

„Ihr habt mir schon genug zugesetzt", sagte er. „Geht jetzt. Geht anständig Eures Wegs, oder – ob ich möchte oder nicht – ich werde Euch vertreiben.“

„Meinetwegen“, sagte Matcham unbeirrt, „Ihr seid der Stärkere. Tut, was in Euren Kräften steht.“ Und leiser: „Ich werde nicht aufhören, dir zu folgen, Dick, es sei denn, daß du mich zwingst.“

Richard war beinahe außer sich. Es widerstrebte ihm, ein so wehrloses Geschöpf zu schlagen, und beim besten Willen fiel ihm keine andere Möglichkeit ein, sich des unwillkommenen und, wie er allmählich befürchtete, vielleicht unaufrichtigen Begleiters zu entledigen.

„Ich glaube, Ihr seid von Sinnen“, rief er. „Ihr närrischer Mensch, ich laufe zu Euren Feinden, und zwar so schnell mich meine Füße tragen.“

„Mir ist es gleichgültig, Dick“, erwiderte der Junge. „Wenn Ihr sterben sollt, Dick, werde ich ebenfalls sterben. Ich würde lieber mit Euch ins Gefängnis gehen, als ohne Euch frei sein.“

„Wie Ihr wollt“, gab der andere zurück, „ich mag nicht länger feilschen. Folgt mir, wenn Ihr durchaus müßt, aber wenn Ihr falsches Spiel treibt, werde ich wenig Rücksicht nehmen, merkt es Euch ... Dann wirst du einen Pfeil in deine Eingeweide kriegen, Junge.“

Mit diesen Worten eilte Richard weiter, wobei er sich am Rand des Dickichts hielt und sich bei jedem Schritt scharf umblickte. In rascher Gangart klirrte er aus dem Tal und kam wieder in den lichteren Teil des Waldes. Links tauchte ein kleiner Hügel auf, der mit Stechginster golden getupft und mit einem schwarzen Tannenschopf gekrönt war.

Ich werde von dort Ausschau halten, dachte er und strebte über eine mit Heidekraut bewachsene Lichtung zu dem Hügel.

Er hatte erst wenige Yards zurückgelegt, als Matcham ihn am Arm berührte und deutete. Östlich des Gipfels war eine Senke, von der ein Tal sich nach der anderen Seite hinzog. Das Heidekraut war noch nicht aufgeblüht, die Erde war rostfarben wie ein alter Schild und sparsam mit Eiben bewachsen. Dort entdeckte Richard zehn grüne Wämser, die sich eines hinter dem anderen den Hang hinauf bewegten. An ihrer Spitze marschierte, an seinem Sauspieß unverwechselbar zu erkennen. Ellis Duckworth persönlich. Einer nach dem anderen erreichte die Spitze, zeichnete sich einen Moment gegen den Himmel ab und tauchte auf der anderen Seite unter, bis der letzte verschwunden war.

Richard betrachtete Matcham mit freundlicheren Augen.

„Ihr wollt also zu mir ehrlich sein, Jack?“ fragte er. „Ich dachte schon, Ihr gehört zur Gegenpartei.“

Matcham begann zu schluchzen.

„Was soll das?“ rief Richard. „Die Heiligen mögen uns behüten! Flennt Ihr wegen eines Worts?“

„Ihr habt mir wehgetan“, schluchzte Matcham. „Ihr habt mir wehgetan, als Ihr mich zu Boden geworfen habt. Ihr seid ein Feigling, daß Ihr Eure Stärke mißbraucht.“

„Nein, das ist ein närrisches Geschwätz“, sagte Richard grob. „Ihr hattet kein Anrecht auf meinen Haken, Master John. Ich wäre befugt gewesen, Euch ausgiebig zu verprügeln. Wenn Ihr mit mir geht, müßt Ihr mir auch gehorchen. Kommt!“

Matcham verschwendete einen oberflächlichen Gedanken daran, zurückzubleiben, aber als er sah, wie Richard weiter zu der Anhöhe stürmte, ohne noch einmal über die Schulter zu blicken, setzte er sich in Trab. Doch der Boden war holprig und steil, Richard hatte schon einen erheblichen Vorsprung und jedenfalls die schnelleren Füße, daher war er bereits seit einer Weile auf dem Gipfel, kroch zwischen den Tannen hindurch nach vorn und verbarg sich in einer dichten Gruppe Eiben, ehe Matcham schnaufend wie ein Hirsch zu ihm kam und sich schweigend neben ihn legte.

Unter ihnen auf dem Boden eines beachtlichen Tals wand sich die Abkürzung vom Dorf Tunstall abwärts zu der Fähre. Der Weg war ausgetreten, und das Auge folgte ihm mühelos von einem Punkt zum anderen. Hier wurde er von offenen Lichtungen begrenzt, dort schloß der Wald ihn ein, und alle hundert Yards geriet er in die Nähe eines möglichen Hinterhalts. Weit hinten am Weg schien die Sonne auf sieben stählerne Helme, und von Zeit zu Zeit, an Stellen, wo die Bäume nicht bis zum Wegrand wuchsen, rückten Selden und seine Männer in Sicht. Sie ritten schnell und waren immer noch bestrebt, Sir Daniels Auftrag auszuführen. Der Wind war ein wenig abgeflaut, aber nach wie vor balgte er sich fröhlich mit den Bäumen, und wenn Appleyard dagewesen wäre, hätter er sich vielleicht vom aufgeregten Verhalten der Vögel warnen lassen.

„Nun paßt auf“, wisperte Richard. „Sie sind schon zu weit in den Wald vorgedrungen, ihre Sicherheit besteht im wesentlichen darin, daß sie weiterreiten. Aber seht Ihr die breite Lichtung, die sich hier vor uns senkt, und in der Mitte die vierzig Bäume, die beieinander stehen wie auf einer Insel? Dort sind sie in Sicherheit. Wenn sie heil bis dahin kommen, werde ich versuchen, sie zu warnen. Aber mir ist nicht wohl dabei. Sie sind nur sieben gegen so viele, und sie sind nur mit Armbrüsten bewaffnet. Die großen Bogen werden sich als überlegen erweisen.“

Unterdessen brachten Selden und seine Männer Stück für Stück den Weg hinter sich, ohne die Gefahr zu ahnen, und rückten schnell näher. Einmal hielten sie jedoch an, zogen sich zu einer Gruppe zusammen und schienen zu spähen und zu horchen. Aber etwas weit in der Ferne und jenseits der Ebene hatte ihre Aufmerksamkeit erregt – das dumpfe Grollen von Kanonen, das der Wind von Zeit zu Zeit herüber trug und von einer großen Schlacht erzählte. Bestimmt war es einen Gedanken wert, denn da die Stimmen der großen Geschütze im Wald von Tunstall zu vernehmen waren, mußte sich das Getümmel ständig westwärts wälzen, und folgerichtig konnte dies nur ein Tag des Unheils für Sir Daniel und die Lords der dunklen Rose sein.

Aber jetzt setzte der kleine Trupp sich wieder in Bewegung und kam in die Nähe eines sehr offenen, mit Heidekraut überwachsenen Teils der Strecke, wo nur eine schmale Waldspitze bis hinunter an den Weg reichte. Diese Waldspitze hatten die Reiter direkt vor sich, als ein fliegender Pfeil aufblitzte. Einer der Männer warf die Arme in die Luft, sein Pferd bäumte sich, und beide fielen und verwirrten sich zu einem Knäuel. Von der Stelle, an der die Jungen lagen, konnten sie hören, wie die Männer durcheinander schrien, sie konnten sehen, wie die erschrockenen Pferde scheuten und wie einer der Männer abzusteigen trachtete, während der Trupp sich von der ersten Überraschung erholte. Ein zweiter Pfeil aus einer etwas größeren Entfernung beschrieb einen Bogen, ein zweiter Reiter kippte in den Staub. Der Mann, der absteigen wollte, verlor die Zügel, und sein Pferd flüchtete im Galopp und schleifte ihn den Weg entlang, wobei er gegen die Steine prallte und von den trommelnden Hufen getroffen wurde. Die vier, die noch in den Sätteln waren, stoben unverzüglich auseinander; einer wirbelte herum und ritt kreischend auf die Fähre zu, die drei übrigen galoppierten mit lockeren Zügeln und flatternden Kleidern die Straße aus Tunstall hinauf. Aus jeder Baumgruppe, die sie passierten, schwirrte ein Pfeil. Bald fiel ein Pferd, aber der Reiter landete auf den Füßen und eilte hinter seinen Kameraden her, bis ein weiterer Schuß ihn erledigte. Ein anderer Mann fiel, dann ein anderes Pferd, schließlich war vom ganzen Trupp nur noch ein Mann übrig, und er war zu Fuß, indes der Hufschlag von drei reiterlosen Pferden in verschiedenen Richtungen in der Ferne schnell verebbte.

Bei alledem hatte nicht einer der Angreifer sich auch nur für einen Augenblick gezeigt. Hier und da am Weg krümmten sich vor Schmerzen verletzte Männer oder Pferde, aber kein mitleidiger Feind verließ die Deckung, um sie von ihren Qualen zu erlösen.

Der einzige Überlebende stand bestürzt auf der Straße neben seinem gefallenen Pferd. Er hatte die breite Lichtung mit der Insel aus Bäumen, auf die Richard hingewiesen hatte, erreicht; seine Distanz zum Versteck der Jungen betrug nicht mehr als ungefähr fünfhundert Yards, und sie konnten ihn deutlich sehen, wie er sich in Todeserwartung immer wieder umblickte. Aber nichts geschah, und der Mann fand seinen Mut wieder. Plötzlich nahm er seine Armbrust herunter und spannte sie, gleichzeitig erkannte Richard an den Bewegungen, daß er Selden vor sich hatte.

Bei dieser Drohung, Widerstand zu leisten, flackerte rings um Selden im Schutz der Bäume lautes Gelächter auf. Mindestens zwanzig Männer im dichtesten Teil des Hinterhalts stimmten in diese grausame und unangebrachte Heiterkeit ein. Dann streifte ein Pfeil Seldens Schulter, und er sprang in die Luft und rannte ein Stück zurück. Ein anderer Pfeil bohrte sich vibrierend in seine Ferse. Selden strebte in Deckung. Ein dritter Pfeil schnellte in die Richtung zu seinem Gesicht und fiel nah vor ihm nieder. Und dann wiederholte sich schallend das Gelächter, es erhob sich und kehrte als Echo von den verschiedenen Dickichten wider.

Offensichtlich spielten die Angreifer mit ihm, wie Männer in jenen Tagen mit einem bedauernswerten Kampfstier zu spielen pflegten oder wie die Katze nach wie vor mit der Maus spielt. Das Scharmützel war mehr oder weniger zu Ende, weiter unten an der Straße war ein Mensch in Grün bereits damit beschäftigt, seelenruhig Pfeile einzusammeln, und nun gönnten sie sich voller Schadenfreude das Spektakel der Qual ihres armen Bruders in Sünde.

Selden begann zu begreifen. Er stieß einen Wutschrei aus, brachte die Armbrust an die Schulter und schickte auf Geratewohl eine Pfeil zwischen die Bäume. Das Glück war im günstig, denn ein leichter Aufschrei war die Antwort. Dann warf Selden seine Waffe weg und rannte über die Lichtung geradewegs auf Richard und Matcham zu.

Die Gesellschaft des Schwarzen Pfeils nahm ihn jetzt ernsthaft unter Beschuß. Aber nun erhielten sie den verdienten Lohn, ihre Gelegenheit war verstrichen. Die meisten von ihnen mußten gegen die Sonne schießen, und Selden lief von einer Seite zur anderen, um sie zu verwirren und ihnen das Zielen zu erschweren. Überdies hatte er die Vorbereitungen der Männer gegenstandslos gemacht, als er sich der Lichtung zuwandte; keiner der Schützen war höher postiert als der eine, den Selden eben getötet oder verwundet hatte, und die Konfusion dieser Advokaten der Wälder wurde alsbald offensichtlich. Ein Pfiff erklang dreimal und dann noch zweimal und wurde an einer anderen Stelle wiederholt. Auf beiden Seiten des Wegs war das Getöse der Männer zu hören, die durch das Unterholz pflügten. Ein verängstigtes Reh kam zum Vorschein, stand eine Sekunde auf drei Füßen, reckte die Nase in die Luft und verschwand dann wieder im Dickicht.

Selden rannte immer noch mit mächtigen Sätzen, ab und zu folgte ihm ein Pfeil, jedoch ohne zu treffen. Es schien, als könnte er entkommen. Richard hielt seine Armbrust bereit, um ihm beizustehen, sogar Matcham hatte seine eigenen Interessen vergessen und nahm Partei für den armen Flüchtling.

Er war noch fünfzig Yard von ihnen entfernt, als ein Pfeil ihn traf und er zu Boden Stürzte. Tatsächlich war er einen Augenblick später wieder auf den Beinen, aber nun rannte er taumelnd weiter und bog wie ein Blinder von seiner bisherigen Richtung ab.

Richard sprang auf die Füße und winkte ihm.

„Hier!" rief er. „Hierher! Hier ist Hilfe! Nein, lauft, Mann – lauft!"

Aber gleichzeitig traf ein zweiter Pfeil Selden an der Schulter, drang zwischen den Platten seines Harnischs hindurch, bohrte sich durch seine Jacke und beförderte ihn wie einen Stein auf die Erde.

„Oh, der arme Mensch!" rief Matcham und rang die Hände.

Und Richard stand versteinert auf dem Hügel, ein Ziel für die Bogenschützen.

Bestimmt wäre er hastig erschossen worden, denn die Wäldler waren wütend über sich selbst und fühlten sich überrumpelt, weil Richard hinter ihren Stellungen aufgetaucht war, aber sofort erhob sich eine mächtige Stimme in einem Teil des Waldes und überraschend nah bei den beiden Jungen – die Stimme Ellis Duckworths.

„Halt!" brüllte sie. „Nicht schießen! Ich will ihn lebend haben! Er ist der junge Shelton – der Sohn von Harry!"

Prompt erklang mehrere Male ein schriller Pfiff und wurde in größerer Entfernung aufgenommen und wiederholt. Anscheinend war dieser Pfiff John Amend-Alls Signal, mit dem er seine Anweisungen verkündete.

„Welch ein Unglück!" rief Richard. „Wir sind erledigt, Schnell, Jack, kommt schnell!"

Und das Paar wandte sich um und rannte zurück zwischen den Tannen hindurch, die den Gipfel des Hügels bedeckten.

Es war in der Tat höchste Zeit, den Rückzug anzutreten. Von allen Seiten strömte die Gesellschaft des Schwarzen Pfeils zu dem Hügel. Einige, die bessere Läufer waren oder günstigere Bodenverhältnisse antrafen, waren den anderen weit voraus und schon nah am Ziel, einige, die Tälern folgen konnten, waren nach rechts und nach links ausgeschwärmt und trachteten, den Jungen den Weg abzuschneiden.

Richard preschte in die nächste Deckung. Sie bestand aus einem hohen Eichengehölz auf fester Erde und ohne Sträucher, und da es sich abwärts hinzog, kamen sie schnell vorwärts. Danach folgte wieder eine Lichtung, der Richard auswich, indem er sich links hielt. Zwei Minuten später trat eine ähnliche Geländebeschaffenheit ein, und die Jungen wichen abermals in der gleichen Richtung aus. So ging es weiter, während die Jungen fortgesetzt nach links abbogen und dergestalt näher und näher zu der Landstraße und zu dem Fluß kamen, welche sie eine oder zwei Stunden früher überquert hatten, indes der große Haufe ihrer Verfolger den Kurs beibehielt und auf Tunstall zurannte.

Die Jungen blieben stehen, um zu verschnaufen. Von einer Verfolgung war nichts zu hören. Richard preßte ein Ohr auf den Boden; auch so war nichts zu vernehmen, aber natürlich verübte der Wind ein Getöse zwischen den Bäumen, so daß es schwierig war, Gewißheit zu erlangen.

„Weiter!“ sagte Richard, und müde, wie sie waren – Matcham überdies hinkend wegen seines verletzten Fußes –, rissen sie sich zusammen und eilten aufs Neue den Hügel hinunter.

Drei Minuten später zwängten sie sich durch ein niedriges Gestrüpp aus Immergrün. Hoch über ihnen bildeten die mächtigen Bäume ein dichtes Blätterdach. Sie befanden sich wie in einer Höhle mit Säulen, die so hoch war wie eine Kathedrale und, abgesehen von den Stechpalmen, mit denen die Jungen sich abmühten, offen und gleichmäßig mit Gras bedeckt.

Sobald sie das Immergrün hinter sich hatten, gerieten sie wieder in das dämmrige Gehölz.

„Halt!“ rief eine Stimme.

Und dort, zwischen den riesigen Stämmen, keine fünfzig Schritte vor ihnen, bemerkten sie einen bulligen Mann in Grün, der vom Laufen außer Atem war und unverzüglich einen Pfeil auf seine Armbrust legte und auf sie zielte. Matcham blieb mit einem Aufschrei stehen, aber Richard zögerte nicht, sondern rannte stracks auf den Wäldler zu und zog unterwegs seinen Dolch. Der andere, der entweder durch diesen tollkühnen Angriff überrascht oder durch seine Befehle in seiner Entscheidungsfreiheit beeinträchtigt war, schoß nicht. Er stand unentschlossen da, und ehe er die Zeit gefunden hatte, sich zu einer Reaktion aufzuraffen, sprang Richard ihm an die Kehle und schleuderte ihn rückwärts auf den Rasen. Mit einem satten Knall schnellten der Pfeil in eine und der Bogen in eine andere Richtung. Der entwaffnete Wäldler verkrallte sich in seinen Gegner, aber der Dolch blitzte auf und stieß zweimal zu. Dann kamen zwei Seufzer, und dann stellte sich Richard wieder auf die Füße, und der Mann lag, ohne sich zu bewegen. Richard hatte ihm ins Herz gestochen.

„Weiter!“ sagte Richard, und abermals stürmte er vorwärts. Matcham folgte ihm. In Wahrheit war ihre Geschwindigkeit mittlerweile armselig, sie bewegten sich schwerfällig und schnappten nach Luft wie die Fische. Matcham hatte ein gräßliches Stechen in der Seite, und sein Kopf schwirrte, und was Richard betraf, so waren seine Knie wie Blei. Trotzdem rannten sie wenigsten zum Schein und mit unverringerter Zuversicht.

Endlich erreichten sie das Ende des Gehölzes, das abrupt aufhörte, und dort, einige Yards vor ihnen, war die Landstraße von Risingham nach Shoreby, die an dieser Stelle zwischen zwei gleichmäßigen Mauern aus Bäumen lag.

Bei diesem Anblick hielt Richard an, und sobald er nicht mehr rannte, nahm er einen wirren Lärm wahr, der schnell anschwoll. Zuerst hörte er sich an wie ein sehr hoher Sturm, aber bald wurden die Geräusche deutlicher und erwiesen sich als Hufschlag galoppierender Pferde, und dann jagte plötzlich eine ganze Kompanie Bewaffneter um die Ecke, preschte an den Jungen vorbei und war beinahe im selben Augenblick wieder verschwunden. Die Soldaten ritten in völliger Auflösung und als ginge es um ihr Leben; einige waren verwundet, und nebenher galoppierten reiterlose Pferde mit blutigen Sätteln. Offensichtlich waren die Bewaffneten Flüchtlinge aus der großen Schlacht.

Der Lärm hatte sich kaum in die Richtung nach Shoreby verzogen und war ein wenig abgeflaut, als abermals Hufschlag erklang und ein weiterer Desserteur die Straße entlang klapperte, ein Reiter, dessen prächtige Rüstung einen Mann von hohem Rang verriet. Nah hinter ihm folgten einige Bagagewagen in holprigem Galopp, während die Fahrer wie von Sinnen auf die Pferde einschlugen. Sie schienen schon früh am Tag ausgerissen zu sein, aber ihre Feigheit vermochte sie nicht zu retten. Denn just ehe sie dorthin kamen, wo die Jungen verwundert standen, überholte ein Mann im zerhackten Harnisch, offenbar außer sich vor Zorn, die Wagen und drosch mit seinem Schwert auf die Männer ein. Einige sprangen ab und hasteten in den Wald, die übrigen säbelte er nieder, wo sie saßen, und verfluchte sie mit einer Stimme, die kaum noch menschlich war.

Währenddessen war das Getöse in der Ferne ständig lauter geworden. Das Rattern von Wagen, das Getrappel von Pferden, das Geschrei von Männern, eine gigantische Kakophonie, wurde vom Wind herangetragen, und es wurde offenkundig, daß die Reste einer ganzen Armee wie eine Überschwemmung sich die Straße hinunter wälzten.

Richard war sehr nüchtern. Er hatte beabsichtigt, der Landstraße bis zu der Abzweigung nach Holywood zu folgen, und nun mußte er seine Pläne ändern. Vor allem hatte er die Farben von Earl Risingham erkannt, und er wußte jetzt, daß die Schlacht sich schließlich gegen die Rose von Lancaster gekehrt hatte. Hatte Sir Daniel daran teilgenommen und war nun ein Flüchtling und ruiniert? Oder war er zu York geflüchtet und hatte dabei seine Ehre eingebüßt? Beide Möglichkeiten waren unerfreulich.

„Kommt“, sagte er ernst, wandte sich auf dem Absatz um und marschierte durch das Gehölz, während Matcham hinter ihm her hinkte.

Eine Weile legten sie den Weg zwischen den Bäumen schweigend zurück. Mittlerweile war es spät geworden, die Sonne stand tief über der Ebene hinter Kettley. Die Baumspitzen über ihnen leuchteten wie Gold, aber die Schatten waren schon dunkel, und die Abendkühle breitete sich über die Erde.

„Wenn doch bloß etwas zu essen da wäre!“ rief Richard plötzlich und blieb stehen.

Matcham setzte sich hin und fing an zu weinen.

„Ihr könnt um Euer Abendessen weinen, aber als es darum ging Menschenleben zu retten, war Euer Herz hart“, sagte Richard verächtlich. „Ihr habt sieben Tote auf Eurem Gewissen, Master John, das werde ich Euch nie verzeihen.“

„Gewissen!“ rief Matcham und blickte giftig auf. „Und auch noch meins! Und Ihr habt noch das rote Blut dieses Mannes an Eurem Dolch! Warum habt Ihr ihn getötet, diese arme Seele? Er hatte seinen Bogen gespannt, aber er hat den Pfeil nicht fliegen lassen. Er hatte Euer Leben in der Hand und hat Euch geschont. Ein Kätzchen zu töten, erfordert nicht mehr Mut als bei einem Mann, der sich nicht wehrt.“

Richard war wie vor den Kopf geschlagen.

„Ich habe ihn in einem ehrlichen Kampf getötet. Ich bin gegen seinen Bogen angerannt“, rief er.

„Es war der Streich eines Feiglings“, gab Matcham zurück. „Ihr seid nichts als ein Lümmel und ein Maulheld, Master Dick. Ihr könnt nur Vorteile mißbrauchen. Laßt einen Mann kommen, der stärker ist, und Ihr werdet vor seinen Stiefeln kriechen. Auch die Vergeltung ist Euch gleichgültig – denn der Tod Eures Vaters bleibt ungesühnt, und sein armer Geist verlangt wütend nach Gerechtigkeit. Aber wenn ein bedauernswertes Geschöpf in Eure Hände gerät, dem es an Geschicklichkeit und Kraft fehlt und Euch versöhnen möchte, dann zwingt Ihr sie in die Knie!"

Richard war zu erbost, um auf das „sie" zu achten.

„Hört zu", sagte er, „ich habe eine Neuigkeit für Euch. Von zwei Männern wird immer einer stärker sein. Der bessere Mann überwindet den schlechteren, und der schlechtere Mann verdient es nicht anders. Euch gebührt eine Tracht Prügel, Master Matcham, für Euer miserables Benehmen und Eure Undankbarkeit mir gegenüber. Und was Euch gebührt, das sollt Ihr haben."

Und Richard, der auch bei größter Erregung den Anschein der Gefaßtheit bewahrte, begann seinen Gürtel abzuschnallen.

„Hier kriegt Ihr Euer Abendessen", sagte er grimmig.

Matcham hatte aufgehört zu weinen. Er war bleich wie ein Laken, aber er blickte Richard standhaft ins Gesicht und rührte sich nicht. Richard machte einen Schritt und schwang den Gürtel. Dann hielt er inne, verwirrt durch die großen Augen und das schmale Gesicht seines Begleiters. Sein Mut begann zu schwinden. „Gebt zu, daß Ihr unrecht hattet", sagte er lahm.

„Nein", sagte Matcham, „ich hatte recht. Kommt, Ihr Schinder! Ich bin lahm, ich bin schwach, ich wehre mich nicht. Ich hab dir nie ein Leid zugefügt. Komm und schlag mich, du Feigling!"

Bei dieser letzten Provokation hob Richard seinen Gürtel, aber Matcham zuckte und duckte sich mit so fürchterlichem Grauen, daß abermals Richards Mut sank. Richard ließ den Riemen sinken und stand unentschlossen da, er kam sich albern vor.

„Die Pest über dich!" sagte er. „Wer so schwächlich ist wie Ihr, sollte seine Zunge wahren. Aber eher lasse ich mich hängen, als daß ich Euch schlage." Er legte seinen Gürtel wieder an. „Schlagen werde ich Euch nicht", fügte er hinzu, „aber Euch verzeihen? Niemals! Ich kenne Euch nicht. Ihr seid ein Feind meines Masters. Ich habe Euch mein Pferd geliehen. Mein Dinner habt Ihr gegessen, Ihr habt mich einen Mann aus Holz genannt, einen Feigling und einen Maulhelden. Nein, bei der heiligen Messe, das Maß ist voll und läuft bereits über. Es ist eine großartige Sache, schwach zu sein, davon bin ich überzeugt. Ihr könnt tun, was Ihr wollt, trotzdem wird niemand Euch bestrafen. Ihr stehlt einem Mann die Waffen zu einer Stunde, da er sie am dringendsten benötigt, und der Mann kann sich sein Eigentum nicht wieder beschaffen, denn Ihr seid schwach. Nein, wenn einer kommt und einen mit einer Lanze attackiert und schreit, er wäre schwach, so muß man sich von ihm durchbohren lassen. Pfui, das ist eine miserable Haltung."

„Und dennoch habt Ihr mich nicht geschlagen", erwiderte Matcham.

„Laßt sein", sagte Richard, „laßt sein. Ich werde Euch unterrichten. Ihr seid schlecht erzogen worden, denke ich, aber Ihr habt brauchbare Anlagen, und ganz fraglos habt Ihr mich aus dem Fluß gerettet. Ich hatte es vergessen, ich bin so undankbar wie Ihr. Wenn wir noch heute nacht oder morgen früh Holywood erreichen wollen, sollten wir uns beeilen."

Aber obwohl Richard sich wieder in seine normale Gutmütigkeit hineingeredet hatte, blieb Matcham unversöhnlich. Richards Wutausbruch, die Erinnerung an den Wäldler, den er getötet hatte, und vor allem der Anblick des erhobenen Gürtels waren Dinge, die nicht leicht zu vergessen waren.

„Um die Form zu wahren, will ich Euch danken", sagte Matcham. „Aber trotzdem, lieber Master Shelton, würde ich es vorziehen, meinen Weg allein zu finden. Hier ist der weite Wald – bitte, laßt jeden seinen Pfad wählen. Ich schulde Euch ein Dinner und eine Lektion. Gehabt Euch wohl."

„Nein", rief Richard, „wenn das die Melodie ist, die Ihr spielen wollt, so sei es, und die Pest sei mit Euch!"

Sie wandten sich voneinander ab und gingen ernsthaft fort. Keiner von ihnen dachte an die Richtung, so sehr waren sie in ihren Streit verstrickt. Aber Richard hatte noch keine zehn Schritte zurückgelegt, als sein Name gerufen wurde, und Matcham kam hinter ihm hergerannt.

„Dick", sagte er, „eine so kühle Trennung ist ungehörig. Hier ist meine Hand und mit ihr mein Herz. Für alles, wobei Ihr mir so ausgezeichnet gedient und mir geholfen habt, danke ich Euch – nicht um die Form zu wahren, sondern von Herzen. Lebt wohl."

„Nun ja, Junge", sagte Richard und ergriff die dargebotene Hand, „ich wünsche Euch guten Erfolg, sofern Euch am Erfolg etwas liegt, aber ich bezweifle es heftig. Ihr seid zu streitsüchtig."

So trennten sie sich zum zweitenmal, und diesmal war es Richard, der hinter Matcham herrannte.

„Hier", sagte er, „nehmt meine Armbrust. Ihr sollt nicht unbewaffnet sein."

„Eine Armbrust!" sagte Matcham. „Nein, Junge, ich habe weder die Kraft, sie zu spannen, noch die Geschicklichkeit, mit ihr zu zielen. Sie würde mir nichts nützen, guter Junge. Aber trotzdem danke ich Euch."

Die Nacht war mittlerweile hereingebrochen, und unter den Bäumen konnten sie nicht mehr das Gesicht des Gegenübers studieren.

„Ich werde Euch ein kleines Stück begleiten", sagte Richard. „Die Nacht ist dunkel. Ich würde Euch gern wenigstens zu einem Weg bringen. Mein Verstand läßt mir schwanen, Ihr könntet Euch verirren."

Ohne noch mehr Worte zu vergeuden, marschierte er weiter, und der andere marschierte wieder hinter ihm her. Die Finsternis wurde immer undurchdringlicher. Nur zuweilen, an Stellen wo keine Bäume waren, sahen sie den Himmel, der gesprenkelt war mit kleinen Sternen. Aus der Ferne war nach wie vor gedämpft der Lärm der geschlagenen Armee der Lancaster zu hören, aber mit jedem Schritt blieb er weiter zurück.

Nach einer halben Stunde stummen Vorrückens kamen sie zu einem breiten Flecken offener Heidelandschaft, die im Sternenlicht schimmerte und wo vereinzelt Farne und Baumgruppen wuchsen. Und hier blieben sie stehen und blickten einander an.

„Seid Ihr müde?" fragte Richard.

„Ich bin so müde", antwortete Matcham, „daß ich glaube, ich könnte mich hinlegen und sterben."

„Ich höre das Rauschen eines Flusses", erwiderte Richard. „Laßt uns bis dorthin weitergehen, denn ich habe einen entsetzlichen Durst."

Das Gelände fiel sanft ab, und tatsächlich entdeckten sie unten einen kleinen, murmelnden Fluß, an dem zu beiden Seiten Weiden standen. Nebeneinander warfen sie sich am Ufer nieder und tauchten die Gesichter ins Wasser und tranken.

„Dick", sagte Matcham, „es geht nicht. Ich kann nicht mehr."

„Als wir herunter kamen, kabe ich eine kleine Grube gesehen", sagte Richard. „Wir wollen uns dort hinlegen und schlafen."

„Aber mit Vergnügen!" rief Matcham.

Die Grube war sandig und trocken, an einer Seite hingen Brombeersträucher über und bildeten ein partielles Schutzdach, und da legten die beiden sich hin. Sie drängten sich aneinander, um sich gegenseitig zu wärmen, ihr Streit war vergessen. Und bald senkte sich der Schlaf über sie wie eine Wolke, und unter Tau und Sternen ruhten sie sich friedlich aus.

Das Antlitz unter der Haube

Beim Morgengrauen wurden sie wach. Die Vögel sangen noch nicht richtig, aber sie zwitscherten hier und da auf den Bäumen, und die Sonne war noch nicht aufgegangen, aber am östlichen Himmel waren feierliche Streifen. Halb verhungert und übermüdet, wie sie waren, blieben sie liegen, ohne sich zu rühren, versunken in einer köstlichen Mattigkeit. Und während sie so da lagen, schlug plötzlich der Klang einer Glocke an ihre Ohren.

„Eine Glocke!" sagte Richard und setzte sich auf. „Können wir denn schon so nah bei Holywood sein?"

Wenig später läutete die Glocke wieder, aber diesmal noch näher. Die Glocke läutete noch öfter, und jedesmal schien sie ein Stück mehr zu ihnen herangerückt zu sein.

„Nein, was soll das bedeuten?" fragte Richard, der mittlerweile hellwach war.

„Da geht jemand", erwiderte Matcham, „und immer, wenn er sich bewegt, erklingt die Glocke."

„Soviel begreife ich auch", sagte Richard. „Aber wozu? Was macht er in den Wäldern von Tunstall? Jack", fügte er hinzu, „lacht mich aus, wenn Ihr wollt, aber dieser hohle Ton gefällt mir nicht."

„Nein", sagte Matcham, wobei er fröstelte, „er hat eine trübselige Note. Wenn der Tag nicht anbrechen würde ... "

In diesem Augenblick beschleunigte die Glocke ihren Rhythmus, sie klang laut und eilig, dann gab sie noch einen scharfen Ton von sich wie von einem Hammerschlag, um danach einen Augenblick zu verstummen.

„Als wäre der Träger für die Länge eines Vaterunser gerannt und dann in den Fluß gesprungen", bemerkte Richard.

„Und jetzt ist er im Begriff, ernüchtert weiterzugehen", ergänzte Matcham.

„Nein", erwiderte Richard, „nein, nicht so sehr ernüchtert, Jack. Dieser Mann geht ziemlich schnell. Der Mann hat Angst um sein Leben oder ist in dringenden Geschäften unterwegs. Merkt Ihr nicht, wie rasch das Läuten näherkommt?"

„Es ist jetzt ganz nah", sagte Matcham.

Sie schoben sich an den Rand der Grube, und da diese verhältnismäßig hoch lag, hatten sie einen Ausblick über einen beträchtlichen Teil der Lichtung bis hinauf zu den Bäumen, die sie dicht umstanden.

Das Tageslicht, das sehr klar und grau war, zeigte ihnen das Band eines breiten Fußwegs, der durch das Heidekraut führte. Der Weg war einige hundert Yards von der Grube entfernt und zerschnitt von Osten nach Westen die ganze Lichtung. Nach seiner Richtung vermutete Richard, daß er mehr oder weniger direkt zum Moat House ging.

Auf diesem Pfad am Waldrand erschien eine weiße Gestalt. Sie hielt an und schien sich umzusehen, dann schleppte sie sich gekrümmt weiter. Bei jedem Schritt schlug die Glocke an. Ein Gesicht war nicht zu erkennen, eine weiße Haube, in der nicht einmal Augenschlitze angebracht waren, bedeckte den Kopf, und wenn die Gestalt sich bewegte, schien sie den Weg lediglich mit einem Stock zu erkunden. Kalte Furcht überfiel die Jungen.

„Ein Leprakranker!“ sagte Richard heiser.

„Seine Berührung ist der Tod“, sagte Matcham. „Laßt uns fliehen.“

„Nein“, erwiderte Richard. „Seht Ihr nicht, daß er blind ist? Er findet sich mit seinem Stab zurecht. Laßt uns still liegenbleiben; der Wind weht auf den Pfad zu, der Mann wird vorübergehen, ohne uns zu schaden. Wir sollten Mitleid mit ihm haben.”

„Ich werde ihn bemitleiden, wenn er vorbei ist”, sagte Matcham.

Der blinde Aussätzige hatte inzwischen die Hälfte der Strecke von den Bäumen bis zu der Grube zurückgelegt, und nun ging die Sonne auf und schien voll auf sein verhülltes Gesicht. Er mußte sehr groß gewesen sein, ehe seine widerwärtige Krankheit ihn gebeugt hatte, und immer noch schritt er rasch aus. Der trostlose Ton seiner Glocke, das Klappern des Stocks, die augenlose Hülle vor seinem Gesicht und das Wissen, daß er nicht nur zu Tod und Leid verurteilt, sondern für immer von der Berührung seiner Mitmenschen ausgeschlossen war, erfüllte die Herzen der Jungen mit Gram, und mit jedem Schritt, der ihn näher zu ihnen trug, schienen Mut und Kraft sie noch mehr zu verlassen.

Als er auf gleicher Höhe mit der Grube war, blieb er stehen und wandte sein Gesicht den Jungen zu.

„Maria sei mein Schild, er sieht uns”, sagte Matcham schwach.

„Still”, flüsterte Richard. „Er horcht nur. Er ist blind, Ihr Narr!”

Der Aussätzige horchte oder starrte, was immer es war, was er da trieb, für einige Sekunden, dann ging er weiter, um abermals stehenzubleiben, und wieder wandte er sich zu den Jungen, wie um sie zu betrachten. Sogar Richard wurde totenbleich und schloß die Augen, als ob allein der Anblick des Mannes zu einer Ansteckung genügte. Aber bald erschallte wieder die Glocke, und diesmal überquerte der Aussätzige ohne zu zögern das restliche Stück der kleinen Heidefläche und verschwand im Schatten der Bäume.

„Er hat uns gesehen", sagte Matcham. „Ich möchte es schwören!"

„Er hat uns nur gehört", erwiderte Richard und gewann einige Funken Mut zurück. „Er hatte Angst, der arme Mann. Wen Ihr blind wärt und in einer ständigen Nacht leben müßtet, würdet Ihr auch erschrecken, wenn bloß ein Zweig raschelt und ein Vogel ‚Piep' ruft."

„Dick, lieber Dick, er hat uns gesehen", wiederholte Matcham. „Wenn ein Mensch horcht, benimmt er sich nicht wie dieser Mann; er benimmt sich anders, Dick. Er hat uns gesehen, nicht gelauscht. Er hat schlechte Absichten. Hört, ob seine Glocke nicht verstummt ist!"

So war es in der Tat. Die Glocke läutete nicht mehr.

„Nein", sagte Richard, „das mißfällt mir sehr. Nein!" rief er noch einmal. „Das gefällt mir herzlich wenig. Was mag das bedeuten? Bei der heiligen Messe, laßt uns gehen!"

„Er ist nach Osten gegangen", fügte Matcham hinzu. „Guter Dick, laßt uns stracks nach Westen marschieren. Ich werde erst wieder richtig atmen können, wenn ich diesem Aussätzigen den Rücken zugekehrt habe."

„Jack, Ihr seid zu feige", erwiderte Richard. „Wir werden gefälligst nach Holywood gehen, wenigstens so weit, wie ich Euch führen kann, und das heißt, genau nach Norden."

Sie brachen sofort auf, durchquerten den Fluß, indem sie auf Steine stiegen, die im Wasser lagen, und traten auf der gegenüberliegenden Seite, die steiler war, den Aufstieg zum Rand des Waldes an. Der Boden wurde sehr uneben, er war voller Buckel und Löcher. Die Bäume wuchsen verstreut oder in Gruppen. Es erwies sich als schwierig, einen Pfad zu wählen, und die Jungen irrten ein wenig umher. Außerdem waren sie müde von den Anstrengungen des Vortags und weil sie nichts zu essen hatten und sie bewegten sich schwerfällig und schleiften die Füße durch den Sand.

Als sie zum Gipfel einer Anhöhe kamen, entdeckten sie wieder den Aussätzigen, der einige hundert Fuß vor ihnen durch eine Mulde schritt und so ihren Kurs kreuzte. Seine Glocke war stumm, sein Stock tappte nicht länger über den Boden, und er setzte so schnell und sicher die Füße auf wie ein Mensch, der sehen kann. Im nächsten Augenblick war er in einem kleinen Dickicht verschwunden.

Sobald die Jungen seiner ansichtig wurden, hatten sie sich hinter einen Stechginsterstrauch geduckt. Schreckgelähmt blieben sie in Deckung.

„Bestimmt verfolgt er uns", sagte Richard. „Bestimmt! Habt Ihr bemerkt, daß er den Klöppel seiner Glocke mit einer Hand festgehalten hat, damit sie nicht erklingt? Nun mögen die Heiligen uns führen und beschützen, denn ich habe nicht die Kraft, gegen die Pestilenz anzukämpfen."

„Was treibt er?" rief Matcham. „Was will er? Wer hat je davon gehört, daß ein Aussätziger aus schierer Bosheit einige Unglückliche verfolgt? Hat er nicht seine Glocke zu eben dem Behuf, daß die Leute ihm ausweichen können? Dick, damit hat es eine tiefere Bewandtnis."

„Mir ist es gleichgültig", stöhnte Richard. „Meine Stärke ist entschwunden, meine Beine sind wie Wasser. Die Heiligen mögen mir beistehen!"

„Möchtet Ihr hier untätig liegen bleiben?" rief Matcham. „Laßt uns offen hervortreten. Wir sind im Vorteil, er kann sich nicht unbemerkt zu uns heranstehlen."

„Ich nicht", sagte Richard, „ich bin erledigt. Vielleicht verfehlt er uns durch einen Zufall."

„Dann spannt mir Eure Armbrust!" rief der andere. „Und Ihr wollt ein Mann sein?"

Richard bekreuzigte sich. „Verlangt Ihr von mir, auf einen Aussätzigen zu schießen?" rief er. „Die Hand würde mir versagen. Nein, laßt es genug sein. Mit gesunden Männern werde ich kämpfen, aber nicht mit Aussätzigen und Gespenstern. Ich weiß nicht, was von beiden er ist, das eine oder das andere, jedenfalls möge der Himmel unser Schutz sein."

„Nun", sagte Matcham, „wenn dies Männermut ist, welch eine armselige Sache ist dann ein Mann. Aber da Ihr nichts unternehmen wollt, laßt uns wenigstens schweigen."

Dann erklang ein einzelner, brüchiger Glockenton.

„Der Klöppel ist im entglitten", wisperte Matcham. „Bei allen Heiligen, wie nah er ist!"

Aber Richard antwortete nicht; fast klapperten seine Zähne.

Bald erspähten sie zwischen einigen Sträuchern ein Stück von der weißen Kutte, dann tauchte der Kopf des Aussätzigen hinter einem Baumstamm auf; er schien aufmerksam die Umgebung zu prüfen, ehe er sich abermals zurückzog. Den angespannten Sinnen der Jungen erschien der ganze Strauch lebendig vom Rascheln und Knarren der Zweige, und jeder von ihnen hört das Herzklopfen des andern.

Plötzlich sprang der Aussätzige mit einem Fluch in der Nähe aus dem

Gestrüpp und rannte stracks auf die Jungen zu. Sie kreischten laut, trennten sich voneinander und flüchteten in verschiedenen Richtungen. Aber ihr schrecklicher Feind heftete sich an Matcham, holte ihn schnell ein und machte ihn beinahe im Handumdrehen zu seinem Gefangenen. Der Junge stieß einen Schrei aus, der hoch und weit über den Wald hallte, und leistete kurz und heftig Widerstand, dann erschlaffte er und fiel dem Sieger in die Arme.

Richard hörte den Schrei und drehte sich um. Er sah, wie Matcham stürzte, und im selben Augenblick lebten sein Schwung und seine Kraft wieder auf. Mit einem Ausruf des Zorns und des Mitleids griff er nach seiner Armbrust und spannte sie. Doch ehe er Gelegenheit hatte, einen Schuß abzugeben, hob der Aussätzige die Hand.

„Haltet Euern Pfeil zurück, Dick!" rief eine vertraute Stimme. „Schießt nicht, Ihr verrückter Spaßvogel! Erkennt Ihr einen Freund nicht wieder?"

Und indem er Matcham ins Gras legte, nahm er die Haube vom Gesicht und enthüllte die Züge von Sir Daniel Brackley.

„Sir Daniel!" rief Richard.

„Jam bei der heiligen Messe, Sir Daniel!" erwiderte der Knight. „Wollt Ihr auf Euern Vormund schießen, Schurke? Aber hier ist dieser ..." Er unterbrach sich, und auf Matcham deutend, fragte er: „Wie nennt Ihr ihn Dick?"

„Ich nenne ihn Master Matcham. Kennt Ihr ihn nicht? Er behauptet, Ihr kenntet ihn."

„Ja", erwiderte Sir Daniel, „ich kenne den Jungen." Er schmunzelte. „Aber er ist ohnmächtig geworden, und er könnte weniger triftige Gründe haben, ohnmächtig zu werden. He, Dick, habe ich Euch Todesangst eingejagt?"

„In der Tat, Sir Daniel, das ist Euch gelungen", sagte Richard und seufzte bei der Erinnerung an den Zwischenfall. „Nein, Sir, mit allem Respekt, aber ich wäre ebenso gern dem Teufel in Person begegnet. Um bei der Wahrheit zu bleiben – ich zittere immer noch. Aber was macht Ihr, Sir, in solch einer Verkleidung?"

Sir Daniel runzelte zornig die Stirn.

„Was ich mache?" fragte er. „Ihr tut gut, mich daran zu erinnern. Was? Ich schleiche in meinem eigenen Wald von Tunstall umher, Dick, um sein armseliges Leben zu retten. Wir haben uns beeilt, um an der Schlacht teilzunehmen, aber wir sind nur angekommen, um in die Niederlage hineingerissen zu werden. Wo mögen alle meine trefflichen Soldaten sein?

Dick, bei der heiligen Messe, ich weiß es nicht. Wir sind zu Boden gefegt worden, die Schüsse sind dicht auf uns heruntergeprasselt. Ich habe gesehen, wie drei meiner Männer gefallen sind, dann habe ich keinen einzigen mit meinen Farben mehr erblickt. Ich selber bin heil nach Shoreby gekommen, und da ich an den Schwarzen Pfeil dachte, habe ich mir diese Kutte und die Glocke beschafft und bin behutsam zum Weg nach dem Moat House gewandert.Diese Verkleidung ist unvergleichlich. Der Klang dieser Glocke verschreckt den störrischsten Banditen im Wald, wer sie hört, wird blaß. Schließlich habe ich Euch und Matcham getroffen. Ich konnte durch diese Haube nicht viel erkennen, ich war mir meiner Sache nicht sicher, und überdies und vor allem habe ich gewundert, euch beisammen zu finden. Außerdem wagte ich nicht, mich im offenen Gelände, wo ich langsam gehen und mit dem Stock tasten mußte, zu erkennen zu geben. Aber seht, der arme Kerl beginnt sich ein wenig zu erholen. Ein bißchen Kanarienwein kann ihm dabei helfen."

Der Knight kramte unter seiner Kutte eine bauchige Flasche hervor und massierte die Schläfen und benetzte die Lippen des Patienten, der allmählich wieder zur Besinnung kam und aus trüben Augen von einem zum anderen starrte.

„Welch eine Freude, Jack", sagte Richard. „Zu guter letzt war es gar kein Aussätziger, es war Sir Daniel – seht!"

„Trinkt einen kräftigen Schluck davon", sagte der Knight. „Er wird Euch zum Mann machen. Danach bekommt ihr beide von mir was zu essen, und wir gehen, zu dritt nach Tunstall. Denn, Dick" – er legte Brot und Fleisch ins Gras –, „ich will Euch ruhig anvertrauen, daß ich mich ernstlich danach sehne, zwischen vier Mauern in Sicherheit zu sein. Seit ich zum erstenmal auf ein Pferd gestiegen bin, war ich nicht mehr so in einer Klemme; Todesdrohung, Gefährdung von Landbesitz und Lebensunterhalt und, um das Maß voll zu machen, alle diese Verfolger im Wald, die Jagd auf mich machen. Aber ich bin noch nicht geschlagen. Einige meiner Männer werden den Weg nach Hause finden. Dann hat Hatch noch zehn Männer, Selden hat sechs. Nein, wir werden bald wieder mächtig sein, und wenn ich mir einen Frieden mit dem glücklichen und unwürdigen Lord York erkaufen kann, dann, Dick, werden wir wieder obenauf und hoch zu Pferde sein."

Während er redete, füllte er sich ein Horn mit Wein und prostete seinem Mündel in dummer Großspurigkeit zu.

„Selden" – Richard zögerte –, „Selden ..."Und er verstummte

abermals.

Sir Daniel setzte das Horn ab, ohne getrunken zu haben.

„Wie?" rief er mit veränderter Stimme. „Selden' Sprecht, was ist mit Selden?"

Richard erstattete stammeln Bericht über den Hinterhalt und das Massaker.

Der Knight hörte schweigend zu, doch während er lauschte, zuckte sein Gesicht vor Zorn und Kummer.

„Nun", rief er, „bei meiner rechten Hand schwöre ich, diese Tat zu rächen! Und falls ich scheitere, falls ich nicht für jeden die Seele von zehn Männern opfere, möge diese Hand verdorren. Ich habe ihn vor seiner Tür zum Bettler gemacht, ich habe ihm das Strohdach über dem Kopf abgebrannt, und nun kommt er zurück, um mir Trotz zu bieten? Nein, Duckworth, diesmal wird es wirklich schlimm!"

Er war eine Weile still, in seinem Gesicht arbeitete es.

„Eßt!" rief er plötzlich. „Und Ihr", sagte er und wandte sich an Matcham, „schwört mir einen Eid, daß Ihr mir zum Moat House folgen werdet."

„Ich verpfände meine Ehre", erwiderte Matcham.

„Was soll ich mit Eurer Ehre?" rief der Knight. „Schwört mir beim Wohlergehen Eurer Mutter!"

Matcham leistete den verlangten Eid, und Sir Daniel zog die Kapuze übers Gesicht und griff nach der Glocke und dem Stab. Ihn erneut in dieser gräßlichen Verkleidung zu sehen, ließ das Entsetzen seiner zwei Begleiter teilweise wieder aufleben. Doch alsbald erhob sich der Knight.

„Eßt schnell", sagte er, „und folgt mir dann unverzüglich zu meinem Haus."

Und damit drang er wieder in den Wald ein, und sofort danach begann die Glocke zu ertönen und seine Schritte zu markieren. Die beiden Jungen saßen vor ihrem unberührten Mahl und hörten, wie sie allmählich hügelauf in der Ferne verklang.

„Und Ihr geht wirklich nach Tunstall?" erkundigte sich Richard.

„Ja", sagte Matcham, „mir bleibt nicht anderes übrig. Ich bin hinter Sir Daniels Rücken tapferer als ihm ins Gesicht."

Sie aßen hastig und marschierten den Pfad entlang durch die luftigen höheren Regionen des Waldes, wo große Buchen weit auseinander auf grünen Rasenflächen standen und die Vögel und die Eichhörnchen sich auf den Zweigen vergnügten. Zwei Stunden später machten die Jungen sich auf der anderen Seite an den Abstieg und sahen vor sich zwischen den Baumkronen die roten Mauern und Dächer von Tunstall House.

„Hier", sagte Matcham und blieb stehen, „müßt Ihr Abschied nehmen von Eurem Freund, den Ihr nicht wiedersehen werdet."

„Und weshalb?" fragte Richard. „Wenn wir beide nach Tunstall gehen, werde ich Euch doch wiedersehen – sehr oft sogar."

„Ihr werdet den armen Jack Matcham nie wiedersehen, der so ängstlich und lästig war und Euch aus dem Fluß gezogen hat", erwiderte der andere. „Ihr werdet ihn nicht wiedersehen, Dick, bei meiner Ehre!" Er zog Richard zu sich, und die Jungen umarmten und küßten einander. „Und, Dick", fuhr Matcham fort, „ich habe böse Vorahnungen. Ihr werdet einen neuen Sir Daniel erleben, denn bisher ist ihm alles vortrefflich gelungen, und das Glück ist ihm gefolgt. Aber jetzt, so glaube ich, da Unheil über ihn gekommen ist und er sich in das größte Abenteuer seines Lebens stürzt, wird er sich für uns beide als schlechter Herr erweisen. Er mag in der Schlacht tapfer sein, aber er hat die Augen eines Lügners. In seinen Augen ist Angst, Dick, und Angst ist so grausam wie ein Wolf. Wir gehen hinunter in dieses Haus, und die heilige Maria möge uns noch einmal geleiten."

Richards Fragen

Das Moat House war nicht weit von der holprigen Waldstraße entfernt. Von außen war es ein gedrungenes Rechteck aus roten Steinen, an jeder Ecke von einem runden Turm flankiert, mit Scharten für die Bogenschützen und Brustwehren auf dem Dach. Es schloß einen engen Innenhof ein. Der Wallgraben war etwa zwölf Fuß breit und wurde von einer einzigen Zugbrücke überquert. Er wurde aus einer Rinne mit Wasser gespeist, die ihn mit einem Teich im Wald verband und in ganzer Länge von den Brustwehren der beiden südlichen Türme überwacht werden konnte. Abgesehen von einem oder zwei hohen und dicken Bäumen, die sich in Pfeilschußweite der Mauern befanden, war das Gebäude in einem guten Verteidigungszustand.

Im Hof fand Richard einen Teil der Besatzung, die Männer waren mit den Vorbereitungen zum Widerstand beschäftigt und diskutierten mißmutig die Aussichten einer Belagerung. Einige schnitzten Pfeile, andere schärften Schwerter, die schon lange nicht mehr benutzt worden waren; aber während sie arbeiteten, schüttelten sie die Köpfe.

Zwölf Männer von Sir Daniels Truppe waren der Schlacht entkommen, hatten auf dem Weg den Wald durchquert und waren lebend im Moat House angelangt. Aber von diesem Dutzend waren drei ernstlich verwundet: zwei bei Risingham im Tumult des Rückzugs, einer von John Amend-Alls Schützen, als sie durch den Wald eilten. Dadurch erhöht sich die Stärke der Besatzung, Hatch, Sir Daniel und der junge Shelton eingeschlossen, auf zweiundzwanzig wehrtüchtige Männer, und mit der kontinuierlichen Ankunft von noch mehr Männern, konnte gerechnet werden. Die Gefahr lag also nicht im Mangel an Männern.

Was die Besatzung entmutigte, war der Terror des Schwarzen Pfeils. Für ihre offen auftretenden Widersacher von der Partei Yorks brachten sie in dieser höchst wechselhaften Zeit nur ein vages Interesse auf.

„Die Welt", so pflegten die Menschen in jenen Tagen zu sagen, „kann sich wieder ändern", ehe ein Unheil geschah. Aber vor ihren Nachbarn im Wald zitterten sie. Nicht nur Sir Daniel war ein Ziel des Hasses. Seine Männer, die wußten, daß niemand sie zur Verantwortung ziehen konnte, hatten sich im ganzen Land grausam aufgeführt. Brutale Befehle waren brutal ausgeführt worden, und in dem kleinen Trupp, der nun palavernd im Hof saß, gab es nicht einen, der nicht einer Tat der Unterdrückung oder der Barbarei schuldig war. Und nun, dank der Unberechenbarkeit des Kriegsglücks, war Sir Daniel ohnmächtig, seine Werkzeuge zu schützen. Nun als Ergebnis einiger Stunden Schlacht, an der viele von ihnen nicht teilgenommen hatten, waren sie alle strafbare Hochverräter geworden. Sie standen außerhalb des Schirms der Gesetzte, eine geschrumpfte Kompanie in einem kümmerlichen Fort, das kaum zu halten war, und nach allen Seiten dem Gerechten Groll ihrer Opfer ausgesetzt. An grausigen Ankündigungen dessen, was sie zu erwarten hatten, hatte es nicht gefehlt.

Zu verschiedenen Zeiten des Abends und der Nacht waren nicht weniger als sieben reiterlose Pferde zum Tor gekommen. Zwei waren von Seldens Trupp, fünf gehörten Männern, die mit Sir Daniel ins Feld geritten waren. Schließlich, kurz vor Tagesanbruch, war ein Lanzenträger an den Wassergraben getaumelt; er war von drei Pfeilen durchbohrt. Während die Männer ihn herein trugen, hatte er den Geist aufgegeben, doch nach den Worten, die er im Todeskampf murmelte, mußte er der letzte Überlebende einer beachtlichen Einheit gewesen sein.

Hatch selber zeigte unter seiner Sonnenbräune die Blässe der Besorgtheit, und als er Richard beiseite geführt und Seldens Schicksal erfahren hatte, ließ er sich auf eine Steinbank fallen und brach in Tränen aus. Die übrigen, die auf Schemeln und Türschwellen im sonnigen Winkel des Hofes saßen, sahen ihn verwundert und alarmiert an, aber keiner wagte, nach der Ursache dieser Erregung zu forschen.

„Nein, Master Shelton", meinte Hatch endlich, „nein, aber was habe ich Euch gesagt? Wir alle werden abtreten. Selden war ein wackerer Mann, für mich war er wie ein Bruder. Nun, er ist als zweiter von uns geschieden, wir alle werden ihm folgen. Wie lautete der Vers? ‚Ein schwarzer Pfeil für jedes schwarze Herz.' Hieß es nicht so? Appleyard, Selden, Smith und der alte Humphrey sind tot, und dort liegt der arme John Carter, der arme Sünder, und schreit nach dem Priester."

Richard lauschte. Aus einem niedrigen Fenster ganz in ihrer Nähe waren Worte, Stöhnen und Gemurmel zu hören.

„Ist er da drin?" fragte er.

„Ja, in der zweiten Pförtnerstube", antwortete Hatch. „Wir konnten ihn nicht weiter tragen, seine Seele und sein Körper waren zu gebrechlich. Bei jedem Schritt, den wir ihn geschleppt haben, schien er uns verlassen zu wollen. Aber jetzt, glaube ich, ist es die Seele, die leidet. Ständig ruft er nach dem Priester, und Sir Oliver kommt nicht, ich weiß nicht, warum. Es wird eine lange Beichte werden, aber Appleyard und Selden, für sie hat es keine Beichte mehr gegeben."

Richard neigte sich zu dem Fenster und blickte hindurch. Die kleine Zelle war flach und dunkel, doch konnte er den verwundeten Soldaten erkennen, der jammernd auf einer Strohschütte lag.

„Carter, armer Freund, wie geht's Euch?" fragte er.

„Master Shelton", erwiderte der Mann in aufgeregtem Flüstern, „bei der himmlischen Erleuchtung, bringt den Priester. Ich bin in Eile, ich bin sehr erschöpft und tödlich verletzt. Ihr könnt mir keinen Dienst mehr erweisen, dies wird der letzte sein. Um meiner armen Seele willen und als loyaler Gentleman, tummelt Euch, denn ich habe eine Tat auf dem Gewissen, die mich tief hinunterziehen wird."

Er stöhnte wieder, und Richard hörte, wie seine Zähne vor Schmerz oder Furcht knirschten.

In diesem Augenblick erschien Sir Daniel auf der Schwelle der Halle. Er hatte einen Brief in der Hand.

„Männer", sagte er, „wir haben eine Niederlage eingesteckt, wir sind zu Fall gekommen, warum es leugnen? Dergleichen ist ein Ansporn, schnell wieder in den Sattel zu gelangen. Dieser alte Harry der Sechste ist am Boden, waschen wir ihn also von unseren Händen. Ich habe einen guten Freund, der neben dem Duke herreiten darf, den Lord von Wensleydale. Nun, ich habe einen Brief an meinen Freund geschrieben, ich habe die Lordschaft angefleht und eine beachtliche Sühne für die Vergangenheit und eine vertretbare Sicherheit für die Zukunft angeboten. Ich zweifle nicht daran, daß er mir ein geneigtes Ohr leihen wird. Eine Bitte ohne Geschenke ist wie ein Lied ohne Musik. Ich füttere ihn bis zum Überdruß mit Versprechungen, Männer – ich spare nicht mit Versprechungen. Nun, woran fehlt's? An einer wichtigen Einrichtung – wozu sollte ich euch irreführen? –, einer wichtigen und schwierigen Einrichtung, nämlich an einem Boten, der den Brief befördert. Die Wälder, ihr seid darüber informiert, strotzen von Leuten, die uns nicht mögen. Eile ist nötig, aber ohne Fingerfertigkeit und Vorsicht ist sie wertlos. Wer also von dieser Kompanie möchte mir diesen Brief abnehmen, ihn zum Lord von Wenseydale tragen und mir die Antwort überbringen?"

Einer der Männer stand sofort auf.

„Ich will, wenn Ihr einverstanden seid", sagte er. „Ich will sogar meinen Kadaver riskieren."

„Nein, Dicky Bowyer, Ihr nicht", erwiderte der Knight. „Ich bin nicht einverstanden. Ihr seid in der Tat schlau, aber Ihr seid nicht schnell. Ihr wart immer ein Bummler."

„Wenn es denn sein soll, Sir Daniel, hier bin ich", rief ein anderer.

„Die Heiligen mögen es verhüten", sagte der Knight. „Ihr seid schnell, aber nicht schlau. Ihr würdet Hals über Kopf in John Amend-Alls Lager fallen. Ich danke euch beiden für euren Mut, aber so geht es nicht."

Dann erbot sich Hatch und wurde ebenfalls abgewiesen.

„Ich brauche Euch hier, lieber Bennet, Ihr seid meine rechte Hand", erwiderte der Knight; und dann traten einige Männer gemeinsam vor, und Sir Daniel wählte einen aus und gab ihm den Brief.

„Und nun", sagte er, „hängen wir alle von Eurer vortrefflichen Schnelligkeit und noch besseren Besonnenheit ab. Bringt mir eine gute Antwort mit, und ehe drei Wochen vorüber sind, will ich meinen Wald von den Vagabunden gesäubert haben, die jetzt wagen, uns die Stirn zu bieten. Aber merkt Euch wohl, Throgmorton, der Auftrag ist nicht leicht. Ihr müßt Euch bei Nacht fortstehlen und Euch bewegen wie ein Fuchs; und wie Ihr über den Till kommt, weiß ich nicht, jedenfalls weder über die Brücke noch mit der Fähre."

„Ich kann schwimmen", gab Throgmorton zurück. „Ich komme gesund wieder, Ihr habt nichts zu fürchten."

„Dann, Freund, begebt Euch in die Molkerei", erwiderte Sir Daniel. „Zuerst sollt ihr in nußbraunem Ale schwimmen." Und damit kehrte er in die Halle zurück.

„Sir Daniel ist ein kluger Kopf", sagte Hatch leise zu Richard. „Seht, wo ein geringerer Mann etwas vertuscht hätte, spricht er zu seinen Männern ehrlich alles aus. Hier ist eine Gefahr, erklärt er, und hier sind Schwierigkeiten, und mit jedem seiner Worte hat er recht. Nein, bei der heiligen Barbara, er ist ein geborener Hauptmann. Er hat den Leuten Mut gemacht. Seht, wie sie wieder an die Arbeit gehen."

Dieses Lob Sir Daniels rief dem Jungen einen Gedanken in die Erinnerung.

„Bennet", sagte er, „wie ist mein Vater gestorben?"

„Fragt mich nicht", erwiderte Hatch. „Ich hatte davon weder Kenntnis noch die Hand im Spiel, und überdies, Master Dick, werde ich schweigen. In eigenen Angelegenheiten darf ein Mann sprechen, aber nicht über Dinge, die mehr Hörensagen und Gerüchte sind. Fragt Sir Oliver – ja, oder Carter, wenn Ihr wollt, aber nicht mich."

Und Hatch entfernte sich, um seine Runden zu machen, und ließ Richard nachdenklich zurück.

„Warum will er mir nichts sagen?" überlegte der Junge. „Und weshalb hat er Carter erwähnt? Dann hatte vielleicht Carter seine Hand im Spiel."

Er trat ins Haus, ging eine plattenbelegten, gewölbten Korridor entlang und gelangte zu der Tür der Zelle, wo der Verletzte stöhnend lag. Als er hereinkam, wandte Carter sich ihm aufgerecht zu.

„Habt Ihr den Priester mitgebracht?" rief er.

„Vorläufig noch nicht", erwiderte Richard. „Zuerst sollt Ihr mir etwas sagen. Wie ist mein Vater, Harry Shelton, gestorben?"

Der Gesichtsausdruck des Mannes veränderte sich prompt.

„Ich weiß es nicht", erwiderte er mürrisch.

„Ihr wißt es bestimmt", entgegnete Richard. „Versucht nicht, mich hinzuhalten."

„Ich sage Euch doch, ich weiß es nicht", wiederholte Carter.

„Dann", sagte Richard, „werdet Ihr ohne Beichte sterben. Hier bin ich, und hier werde ich bleiben. Kein Priester wird in Eure Nähe kommen, dessen seid versichert. Was nützt Bußfertigkeit, wenn Ihr nicht die Absicht habt, die Untaten zu sühnen, an denen Ihr beteiligt wart? Ohne Reue ist eine Beichte nichts als Possenspiel."

„Ihr meint nicht, was Ihr sagt, Master Dick", erwiderte Carter gefaßt. „Es ist übel, einem Sterbenden zu drohen, und, um die Wahrheit zu sagen, geziemt sich nicht für Euch. So wenig lobenswert dergleichen ist, so wird es Euch noch weniger helfen. Bleibt, wenn es Euch beliebt. Ihr wollt meine Seele verdammen – Ihr werdet nichts erfahren. Dies ist mein letztes Wort zu Euch." Der Verwundete drehte sich auf die andere Seite.

Richard hatte unüberlegt gesprochen und schämte sich nun seiner Drohung. Aber er unternahm noch einen Versuch.

„Carter", sagte er, „versteht mich nicht falsch. Ich weiß, daß Ihr nicht mehr als ein Werkzeug in den Händen anderer wart. Ein Kerl muß seinen Lords gehorchen; ich würde einem solchen Menschen nicht viel nachtragen. Aber ich beginne durch vielerlei Einflüsse zu begreifen, daß ich trotz meiner Jugend und Machtlosigkeit die Pflicht habe, meinen Vater zu rächen. Ich bitte Euch daher, guter Carter, die Erinnerung an meine Drohung hintanzustellen und mir gutwillig und in ehrlicher Reue ein hilfreiches Wort zu gönnen."

Der Verletzte lag stumm da. Richard mochte sagen, was er wollte, er konnte ihm kein weiteres Wort entlocken.

„Na schön", sagte Richard, „ich werde gehen und wunschgemäß den Priester zu Euch rufen, denn wie auch immer Ihr an mir oder den Meinen gefehlt haben mögt, so will ich doch meinerseits niemandem absichtlich Schaden zufügen, schon gar nicht jemandem, der vor seiner letzten Veränderung steht."

Wieder hörte ihm der alte Soldat zu, ohne sich zu bewegen oder etwas zu sagen, er unterdrückte sogar sein Stöhnen, und als Richard sich umwandte und den Raum verließ, verspürte er Bewunderung für diese knorrige Standhaftigkeit.

„Und doch", dachte er, „was nützt Mut ohne Intelligenz? Wenn seine Hände sauber wären, hätte er gesprochen; sein Schweigen verrät sein Geheimnis beredter als Worte. Nein, von allen Seiten fließen mir Beweise zu. Sir Daniel – er oder seine Männer – hat diese Tat verübt."

Schweren Herzens blieb Richard in dem steinernen Korridor stehen. In dieser Stunde, da Sir Daniels Glück an einem Tiefpunkt war, da er von den Bogenschützen des Schwarzen Pfeils belagert wurde und von den siegreichen Yorkern geächtet war, konnte da auch Richard sich gegen den Mann stellen, der ihn genährt und unterrichtet und ihm in seiner Jugend tatsächlich zwar übel mitgespielt, ihn zugleich jedoch unermüdlich behütet hatte?

Diese Unausweichlichkeit, sofern es sie geben sollte, war entsetzlich.

„Möge der Himmel es fügen, daß Sir Daniel unschuldig ist", sagte er.

Und dann ertönten Schritte auf den Steinplatten, und Sir Oliver kam ernst auf den Jungen zu.

„Ihr werdet dringend benötigt", sagte Richard.

„Ich bin schon unterwegs, mein lieber Richard", sagte der Priester. „Es ist der arme Carter. Für ihn gibt es keine Heilung mehr."

„Und trotzdem ist seine Seele kranker als sein Körper", antwortete Richard.

„Habt Ihr ihn gesehen?" fragte Sir Oliver mit deutlichem Erschrecken.

„Ich komme soeben von ihm", erwiderte Richard.

„Was sagt er – was sagt er?" schnauzte der Priester mit bemerkenswertem Eifer.

„Er ruft nur kläglich unentwegt nach Euch, Sir Oliver. Es wäre gut, wenn Ihr schneller gehen könntet, denn sein Schmerz ist bedrückend", gab der Junge zurück.

„Ich will sofort zu ihm", war die Antwort. „Nun, wir haben alle unsere Sünden, und wir alle gelangen einmal an unseren letzten Tag, lieber Richard."

„Ja, Sir, und es wäre gut, wenn wir alle anständig dort hinkämen", antwortete Richard.

Der Priester senkte die Augen und eilte mit einem unhörbaren Segensspruch weiter.

Er auch, dachte Richard. Er, der mich in Religion unterwiesen hat. Nein, was ist das für eine Welt, in der alle, die sich um mich kümmern, Blutschuld am Tod meines Vaters auf sich geladen haben. Vergeltung ... Welch gräßliches Schicksal steht mir bevor, wenn ich sie an meinen Freunden üben muß.

Dieser Gedanke brachte Matcham wieder in sein Gedächtnis. Er lächelte bei der Erinnerung an seinen seltsamen Gefährten, dann fragte er sich, wo dieser wohl sein mochte. Seid sie gemeinsam zu den Toren vom Moat House gekommen waren, war der andere Junge verschwunden, und Richard hätte gern ein paar Worte mit ihm gewechselt.

Ungefähr eine Stunde später – Sir Oliver hatte ein wenig hastig eine Messe abgehalten – versammelte sich die Truppe in der Halle zum Abendessen. Die Halle war ein langer, niedriger Saal, der Boden war mit grünen Binsen bestreut, und an den Wänden hingen Gobelins, auf denen Wilde und schnüffelnde Bluthunde dargestellt waren. Dazwischen hingen

Speere und Bogen und Schilde, und in einem großen Kamin prasselte ein Feuer. Ringsum standen Bänke, die mit Teppichen bedeckt waren, und in der Mitte der Tisch, der ziemlich umfangreich war, erwartete die Ankunft der Esser. Weder Sir Daniel noch seine Frau ließen sich sehen. Sir Oliver war ebenfalls abwesend, und wieder war Matcham nicht da. Richard wurde allmählich unruhig. Ihm fielen die düsteren Vorahnungen seines Begleiters ein, und er fragte sich, ob ihm in diesem Haus ein Mißgeschick zugestoßen sein mochte.

Nach dem Dinner traf er Goody Hatch, die eben zu Lady Brackley eilte.

„Goody", sagte er, „bitte, wo ist Master Matcham? Als wir ankamen, habe ich gesehen, wie er mit Euch hineingegangen ist."

Die alte Frau lachte laut.

„Ach, Master Dick", sagte sie, „Ihr habt vortreffliche Augen in Euerm Kopf, daran kann es keinen Zweifel geben." Sie lachte wieder.

„Wohin ist er wirklich?" beharrte Richard.

„Ihr werdet ihn nie wiedersehen", gab sie zurück. „Nie. Das ist ganz sicher."

„Wenn nicht", erwiderte der Junge, „dann möchte ich den Grund dafür wissen. Er ist nicht aus freien Stücken hergekommen und ich – nun, ich bin sein zuverlässigster Beschützer, und ich will mich vergewissern, daß ihm kein Unrecht geschieht. Hier gibt es zu viele Geheimnisse, und ich bin dieses Spiels ein wenig müde."

Während Richard redete, senkte sich eine schwere Hand auf seine Schulter. Bennet Hatch war unbemerkt hinter ihn getreten. Mit einem Wink mit dem Daumen schickte der Gefolgsmann seine Frau fort.

„Freund Dick", sagte er, sobald sie allein waren, „seid Ihr von Natur mondsüchtig? Wenn Ihr gewisse Dinge nicht in Frieden laßt, wärt Ihr im Meer besser aufgehoben als hier im Tunstall Moat House. Ihr habt mich befragt, Ihr habt Carter gequält, und Ihr habt den Priester mit Andeutungen verängstigt. Betragt Euch ein wenig klüger, Ihr Narr, und wenn Sir Daniel Euch jetzt ruft, solltet Ihr der Weisheit zuliebe ein glattes Gesicht aufsetzen. Er wird Euch einem scharfen Verhör unterziehen. Achtet auf Eure Antworten."

In der Tat überquerte im selben Augenblick ein Bote den Hof, um Richard zu Sir Daniel zu holen.

Zwei Eide

Sir Daniel war in der Halle, wo er wütend vor dem Feuer auf und ab marschierte und auf Richard wartete. Nur Sir Oliver war bei ihm, und er saß diskret im Hintergrund und blätterte in seinem Brevier und murmelte.

„Ihr habt nach mir geschickt, Sir Daniel?" sagte der junge Shelton.

„Ich habe tatsächlich nach Euch geschickt", erwiderte der Knight. „Was ist mir da zu Ohren gedrungen? War ich Euch ein so schrecklicher Vormund, daß Ihr Euch beeilt, Schlechtes über mich zu glauben? Oder sollte der Grund dafür sein, daß Ihr mich im Augenblick als Verlierer seht und deswegen meine Partei verlasen wollt? Bei der heiligen Messe, so war Euer Vater nicht! Denen, die ihm nahestanden, ist er in Wind und Wetter treu geblieben. Aber Ihr, Dick, seid ein Freund für schönes Wetter und trachtet nun, Euch aus der Untertanenpflicht zu lösen."

„Wenn ich bitten darf, Sir Daniel – nicht so!" erwiderte Richard entschlossen. „Ich bin dankbar und treu, wo Dankbarkeit und Treue angebracht sind. Und ehe noch mehr geredet wird, danke ich Euch, und ich danke Sir Oliver. Ich bin Euch beiden sehr verpflichtet wie keinem Menschen sonst, und ich wäre ein Hund, wenn ich es vergessen würde."

„Sehr schön", sagte Sir Daniel, und dann steigerte er sich in Zorn. „Dankbarkeit und Treue sind Worte, Richard Shelton", fügte er hinzu, „aber für mich zählen Taten. In dieser Stunde meiner Not, wo mein Name befleckt ist, meine Ländereien gepfändet sind und dieser Wald voller Menschen ist, die nach meiner Vernichtung lechzen, was nützt da Dankbarkeit? Was nützt Treue? Ich habe nur noch eine kleine Truppe übrig. Ist es dankbar oder treu, ihre Herzen mit heimtückischem Geflüster zu vergiften? Verschont mich mit einer solchen Dankbarkeit! Aber heraus damit, was wollt Ihr? Sprecht, wir sind hier, um Euch zu antworten. Wenn Ihr etwas gegen mich habt, so tretet auf und sagt es."

„Sir", erwiderte Richard, „mein Vater ist gefallen, als ich noch ein Kind war. Mir ist zu Ohren gekommen, daß man ihm übel mitgespielt hat. Mir ist zu Ohren gekommen – ich will es nicht verhehlen –, daß Ihr daran beteiligt wart. Und, in aller Offenheit, ich werde meinen inneren Frieden nicht finden, und ich werde Euch nicht sonderlich helfen können, bis meine Zweifel ausgeräumt sind."

Sir Daniel setzte sich auf einen tiefen Sessel. Er stützte das Kinn auf eine Hand und blickte Richard starr an.

„Und Ihr glaubt, ich könnte der Vormund des Sohnes eines Mannes sein, den ich ermordet habe?" fragte er.

„Nun", sagte Richard, „verzeiht mir, wenn ich freimütig antworte, aber in der Tat wißt Ihr sehr gut, daß eine Vormundschaft außerordentlich gewinnträchtig ist. Habt Ihr Euch nicht in allen diesen Jahren meiner Einkünfte erfreut und meine Männer geführt? Habt Ihr nicht immer noch mein Erbteil? Ich weiß nicht, was es wert sein mag – aber es ist etwas wert. Verzeiht mir noch einmal, aber wenn Ihr ausreichend niederträchtig wart, einen Mann, der Euch vertraut, zu ermorden, dann gab es vielleicht auch genügend Gründe, Euch zu geringeren Niederträchtigkeiten zu bewegen."

„Als ich ein Junge in Euerm Alter war", entgegnete Sir Daniel todernst, „hatte ich für Mißtrauen kein Verständnis. Und Sir Oliver hier", fügte er hinzu, „warum sollte er, ein Priester, dieser Tat schuldig sein?"

„Sir Daniel", sagte Richard, „ein Hund gehorcht, wenn der Herr pfeift. Es ist allgemein bekannt, daß dieser Priester Euer Werkzeug ist. Ich spreche sehr offen, denn dies ist keine Zeit für Komplimente. Und so, wie ich spreche, so möchte ich die Antwort haben. Aber ich kriege keine Antwort. Ihr stellt mir nur noch mehr Fragen. Ich empfehle Ihnen Vorsicht, Sir Daniel, denn auf diese Weise werdet Ihr meine Zweifel bestärken, statt sie zu beseitigen."

„Ich will Euch ehrlich antworten, Master Richard", sagte der Knight. „Würde ich den Anschein zu erwecken suchen, Ihr hättet nicht meinen Zorn geweckt, wäre ich kein aufrichtiger Mann. Aber auch im Zorn will ich gerecht sein. Kommt mit diesen Worten zu mir, wenn Ihr erwachsen und ein Mann seid und ich nicht länger Euer Vormund und daher außerstande bin, sie Euch zu verübeln. Kommt dann zu mir, und ich will antworten, wie Ihr es verdient, nämlich mit einem Schlag aufs Maul. Bis dahin habt Ihr zwei Möglichkeiten. Entweder Ihr schluckt diese Beleidigungen hinunter und schweigt und kämpft für den Mann, der Euch in Eurer Kindheit gefüttert und verteidigt hat, oder aber – die Tür ist offen, die Wälder sind voll mit meinen Feinden – Ihr geht."

Der Groll, mit dem diese Worte hervorgestoßen wurden, die Blicke, von denen sie begleitet waren, erschütterten Richard. Dennoch kam er an der Erkenntnis nicht vorbei, daß er keine Antwort erhalten hatte.

„Ich wünsche mir nichts sehnlicher, Sir Daniel, als Euch zu glauben", entgegnete er. „Versichert mir, daß Ihr damit nichts zu tun habt."

„Würdet Ihr mein Ehrenwort akzeptieren, Dick?" erkundigte sich der Knight.

„Ich würde es akzeptieren", antwortete der Junge.

„Ich gebe es Euch", erwiderte Sir Daniel. „Auf mein Ehrenwort, bei meinem ewigen Seelenheil und so sicher ich mich nach meinem Ableben für meine Taten verantworten muß – ich hatte am Tod Eures Vaters weder Anteil noch die Hand im Spiel."

Er streckte die Hand aus, und Richard ergriff sie eifrig. Keiner von ihnen achtete auf den Priester, der bei diesem feierlichen und falschen Eid vor Schreck halb von seinem Sitz aufgestanden war.

„Ach", rief Richard, „Ihr müßt mir hochherzig vergeben! Ich war wirklich ein Flegel, daß ich Euch mißtrauen konnte. Aber Ihr habt meine Hand darauf, ich zweifle nicht mehr."

„Die Verantwortung trifft mich", fügte Richard hinzu. „Tatsächlich haben die Schurken nicht direkt auf Euch, sondern auf Sir Oliver gedeutet."

Während er sprach, wandte er sich zu dem Priester und unterbrach sich mitten im letzten Wort. Der große, derbe, fette, großspurige Mann war gewissermaßen in Stücke gegangen. Seine Gesichtsfarbe war geschwunden, seine Gliedmaßen waren schlaff, und seine Lippen stammelten Gebete; und jetzt, da Richards Augen plötzlich ihn fixierten, schrie er laut auf wie ein wildes Tier und barg das Gesicht in den Händen.

Mit zwei Schritten war Sir Daniel bei ihm und rüttelte ihn heftig an der Schulter. Gleichzeitig war Richards Mißtrauen wieder da.

„Nun", sagte er, „Sir Oliver sollte auch schwören. Schließlich haben die Leute ihn bezichtigt."

„Er wird schwören", sagte der Knight.

Sir Oliver fuchtelte sprachlos mit den Armen.

„Ja, bei der heiligen Messe, er wird schwören!" rief Sir Daniel außer sich vor Wut. „Hier bei diesem Buch wird er schwören", fuhr er fort und griff nach dem Brevier, das zu Boden gefallen war. „Ihr macht mich an Euch zweifeln! Schwört, sage ich, schwört!"

Aber der Priester war unfähig, etwas zu sagen. Seine Angst vor Sir Daniel und seine Angst vor dem Meineid, die einander die Waage hielten, schnürten ihm den Hals zu.

In diesem Augenblick zertrümmerte ein schwarzer Pfeil das hohe, bunte Glasfenster, prallte auf den Tisch und blieb in der Mitte bebend stecken.

Sir Oliver fiel mit einem lauten Schrei auf die Binsen und wurde ohnmächtig, während der Knight, gefolgt von Richard, auf den Hof und über die nächste Wendeltreppe hinauf zu den Zinnen rannte. Die Sonne schien friedlich auf die grünen Rasenflächen mit den verstreuten Bäumen und auf die bewaldeten Hügel, die das Blickfeld begrenzten. Nirgends war ein Belagerer zu entdecken.

„Woher kam dieser Schuß?“ fragte der Knight.

„Aus dem Gestrüpp da drüben, Sir Daniel“, erwiderte ein Wachtposten.

Der Knight stand eine Weile nachdenklich da, dann wandte er sich an Richard. „Dick“, sagte er, „behaltet diese Männer im Auge, ich übergebe Euch hier das Kommando. Was den Priester betrifft, so wird er sich erklären müssen, oder ich weiß Bescheid. Ich beginne fast, Eure Zweifel zu teilen. Verlaßt Euch auf mich – er wird schwören, oder wir werden ihm seine Schuld beweisen.“

Richard antwortete ein wenig kühl, und der Knight widmete ihm einen stechenden Blick und kehrte eilig in die Halle zurück. Er nahm sich zuerst den Pfeil vor. Er hatte noch keins dieser Geschosse gesehen, und als er es hin und her wendete, erweckte die dunkle Farbe des Holzes Furcht in ihm. Wieder trug der Pfeil eine Inschrift, ein einziges Wort: Vergraben.

„Ja“, polterte der Knight, „sie wissen also, daß ich wieder zu Hause bin. Vergraben! Aber unter diesen Kerlen ist kein Hund, der imstande wäre, mich auszubuddeln.“

Sir Oliver war wieder bei Besinnung und raffte sich auf.

„Ach, Sir Daniel“, stöhnte er, „Ihr habt einen fürchterlichen Eid geschworen. Ihr seid verdammt bis zum Ende aller Zeiten.“

„Ja“, erwiderte der Knight, „Ihr Holzkopf, ich habe in der Tat einen Eid geschworen, aber Ihr selber werdet einen noch größeren Eid schwören, nämlich beim gesegneten Kreuz von Holywood. Bereitet Euch vor, legt Euch die Worte zurecht. Heute abend werdet Ihr ihn leisten.“

„Möge der Himmel Euch erleuchten“, erwiderte der Priester.

„Möge der Himmel Euch von diesem Frevel ablenken!“

„Hört zu, mein guter Pfarrer“, erklärte Sir Daniel, „wenn es Euch um die Religion geht, will ich dazu nichts sagen. Ihr beginnt damit ein wenig spät, aber das ist Eure Sache. Aber wenn in Euch noch irgendein Sinn für Weisheit ist, solltet Ihr gut aufpassen. Der Junge wird mir allmählich lästig wie eine Wespe. Ich brauche ihn, denn ich kann ihn zu meinem Vorteil verheiraten, aber ich verrate Euch in aller Deutlichkeit, daß er bald bei seinem Vater sein wird, wenn er mich weiter stört. Ich gebe jetzt den Befehl, ihn in der Kammer über der Kapelle einzuquartieren. Wenn Ihr Eure Unschuld mit einem guten, festen Eid und in überzeugender Haltung beschwören könnt, ist alles in Ordnung, der Junge wird ein wenig beruhigt sein, und ich werde ihn schonen. Wenn Ihr stottert oder erbleicht oder in anderer Beziehung bei dem Schwur stümpert, wird er Euch nicht glauben, und – bei der Heiligen Messe – er wird sterben. Da habt Ihr etwas, um darüber nachzudenken."

„Die Kammer über der Kapelle!" ächzte der Priester.

„Dieselbe", erwiderte der Knight. „Wenn Ihr ihn also zu schützen wünscht, so schützt ihn, wenn Ihr es nicht wünscht, bitte, macht was Ihr wollt und laßt mich in Ruhe. Wenn ich ein ungeduldiger Mensch wäre, hätte ich schon mein Schwert durch Euch hindurch gesteckt, Eurer unerträglichen Feigheit und Verrücktheit wegen. Habt Ihr entschieden? Redet!"

„Ich habe entschieden", sagte der Priester. „Der Himmel vergebe mir, wenn ich Böses tue, um Gutes zu bewirken. Ich werde dem Jungen zuliebe schwören."

„So ist's am besten", sagte Sir Daniel. „Dann schickt schnell nach ihm. Ihr werdet ihn allein empfangen. Aber ich werde ein Auge auf Euch werfen. Ich bin in dem Raum hinter der Wandverkleidung."

Der Knight hob einen Gobelin an, glitt darunter hindurch und ließ ihn wieder fallen. Das Geräusch einer aufspringenden Tür war zu hören, dann knarrten Schritte über eine Treppe.

Sir Oliver, allein gelassen, warf einen zaghaften Blick nach oben zu der von dem Gobelin bedeckten Mauer und bekreuzigte sich unter allen Anzeichen von Furcht und Zerknirschung.

„Nein, wenn er in der Kapellenkammer ist", murmelte der Priester, „muß ich ihn retten, und wenn es mich die Seele kosten sollte."

Drei Minuten später fand Richard, den ein anderer Bote herbeizitiert hatte, Sir Oliver am Tisch in der Halle, wo er bleich und entschlossen stand.

„Richard Shelton", sagte er, „Ihr habt von mir einen Eid gefordert. Ich könnte Einwände erheben, ich könnte Euch zurückweisen, aber mein Herz ist Euch der Vergangenheit wegen wohlgeneigt, und ich will Euch nach Eurem Belieben zufriedenstellen. Beim wahren Kreuz von Holywood, ich habe Euren Vater nicht erschlagen."

„Sir Oliver", erwiderte Richard, „davon war ich schon überzeugt, nachdem wir die erste Botschaft von John Amend-All gelesen hatten. Aber erlaubt mir, zwei Fragen zu stellen. Ihr habt ihn nicht erschlagen, zugestanden. Aber wart Ihr auch nicht beteiligt?"

„Nein“, sagte Sir Oliver. Dabei verzerrte er das Gesicht und gab Zeichen mit dem Mund und mit den Brauen wie ein Mensch, der eine Warnung übermitteln möchte und nicht wagt, ein Geräusch von sich zu geben.

Richard betrachtete ihn verwundert, dann wandte er sich ab und blickte sich in der leeren Halle um.

„Was macht Ihr da?“ forschte er.

„Wieso, nichts“, erwiderte der Priester und glättete hastig seine Züge. „Ich mache nichts, ich leide nur, ich bin krank. Ich – ich – bitte Euch, Dick, ich muß jetzt gehen. Beim wahren Kreuz von Holywood, ich bin ganz und gar unschuldig sowohl der Gewalttat wie der Treulosigkeit. Gebt Euch zufrieden, lieber Junge. Lebt wohl!“

Und mit ungewöhnlichem Eifer bewerkstelligte er seine Flucht aus dem Saal.

Richard blieb, wie auf der Stelle festgewurzelt, seine Blicke wanderten durch den Raum, während auf seinem Gesicht sich die unterschiedlichsten Gefühle malten, deren Skala von der Verwunderung über Zweifel und Mißtrauen bis zur Heiterkeit reichte. Je klarer sein Gehirn wurde, desto mehr bekam das Mißtrauen Oberhand, um schließlich von einer Gewißheit des Schlimmsten abgelöst zu werden. Er hob den Kopf und zuckte heftig zusammen. Hoch oben an der Wand war die Gestalt eines jagenden Wilden in den Gobelin geknüpft. Mit einer Hand hielt er ein Horn an den Mund, mit der anderen zückte er einen kurzen Speer. Sein Gesicht war dunkel, denn er sollte einen Afrikaner darstellen. Mittlerweile schien die Sonne nicht mehr durch die Fenster, aber das Feuer im Kamin loderte heftig und beleuchtete das Dach und die Wandbehänge, und bei diesem Licht hatte der schwarze Jäger mit einem weißen Lid geblinzelt.

Richard starrte zu dem Auge. Es glänzte wie ein Edelstein, es war feucht, es lebte. Wieder schloß sich das weiße Lid für einen Sekundenbruchteil, und im nächsten Moment war es verschwunden.

Ein Irrtum war nicht möglich. Das lebende Auge, war nicht mehr da. Das Licht des Feuers schien nicht mehr auf eine spiegelnde Oberfläche.

Sofort wurde Richard sich seiner gefährlichen Lage bewußt. Hatchs Warnung, die stummen Zeichen des Priesters, das Auge, das ihn belauert hatte, paßten plötzlich zusammen. Er begriff, daß er einer Prüfung ausgesetzt worden war, daß er wieder einmal sein Mißtrauen verraten hatte, und wenn kein Wunder geschah, war er verloren.

Während er noch nachdachte, kam einer der Männer herein und erbot sich, ihm zu helfen, seine Waffen, seine Kleider und seine zwei oder drei Büchsen in eine andere Kammer zu tragen.

„Eine andere Kammer?" wiederholte er. „Weshalb? Welche Kammer?"

„Die über der Kapelle", antwortete der Bote.

„Sie hat lange leergestanden", sagte Richard grübelnd. „Was ist das für ein Raum?"

„Ein guter Raum", erwiderte der Mann. „Aber trotzdem" – er senkte die Stimme – „sagen die Leute, er wäre verhext."

„Verhext?" wiederholte Richard und fröstelte. „Davon habe ich nichts gehört. Wer hat ihn verhext?"

Der Bote sah sich um, dann flüsterte er leise: „Der Küster von St. John's. Er hat dort eine Nacht geschlafen, und am Morgen – hui! – war er verschwunden. Der Teufel hat ihn geholt."

Mit düsteren Vorahnungen folgte Richard dem Mann.

Über der Kapelle

Von den Zinnen aus war nichts mehr zu sehen. Die Sonne wanderte westwärts und ging schließlich unter, ohne daß die eifrigen Wachtposten ein lebendes Wesen in der Nachbarschaft von Tunstall House entdeckten.

Als die Nacht endlich hereingebrochen war, wurde Thromorton in einen Raum an einer Ecke des Wallgrabens gebracht. Dort ließ man ihn unter erheblichen Vorsichtsmaßnahmen hinunter. Während er schwamm, war kurzfristig zu bemerken, wie das Wasser sich kräuselte, dann wurde eine dunkle Gestalt sichtbar, die sich unter den Zweigen einer Weide an Land schob und durchs Gras fort kroch. Ungefähr eine halbe Stunde standen Sir Daniel und Hatch da und horchten angestrengt, doch alles blieb still. Der Bote war sicher durchgekommen.

Sir Daniels Miene hellte sich auf. Er wandte sich zu Hatch.

„Bennet", sagte er, „dieser John Amend-All ist kein Mann mehr. Er schläft. Wir werden ihm ein feines Ende bereiten."

Den Nachmittag und den Abend über war Richard hierhin und dorthin kommandiert worden, ein Befehl war dem anderen gefolgt, bis ihm der Kopf schwirrte von der Anzahl und der Eile seiner Aufträge. In dieser zeit hatte er weder einmal Sir Oliver noch Matcham gesehen, indes der

Priester und der Junge ihn in Gedanken unaufhörlich beschäftigten. Sein Hauptanliegen war nun, das Tunstall Moat House so bald wie möglich zu verlassen, aber ehe er ging, wünschte er noch ein Wort mit diesen beiden zu wechseln.

Endlich stieg er mit einer Lampe in der Hand hinauf zu seiner neuen Wohnung. Der Raum war groß, niedrig und ziemlich dunkel, das Fenster blickte auf den Wallgraben. Das Bett war üppig, es hatte ein Daunen- und ein Lavendelkissen und eine rote Zierdecke mit einem Rosenmuster. Ringsum an den Wänden waren Schränke, die mit Vorhängeschlössern versperrt und mit dunkelfarbigen Gobelins der Sicht entzogen waren. Richard machte die Runde, hob die Gobelins an, klopfte an das Holz und versuchte vergeblich, die Schränke zu öffnen. Er vergewisserte sich, daß die Tür stabil und der Riegel fest war, dann stellte er die Lampe auf eine Konsole und blickte sich noch einmal um.

Aus welchem Grund hatte man ihm diese Kammer gegeben? Sie war größer und schöner als seine eigene. War hier eine Falle verborgen? Gab es einen geheimen Eingang? War sie wirklich verhext? Das Blut floß ein wenig kalt durch seine Adern.

Über ihm war der schwere Schritt eines Wachtpostens zu hören, unter ihm, das wußte er, war die gewölbte Decke der Kapelle, und neben der Kapelle war die Halle. Dort gab es bestimmt einen Geheimgang, das Auge, das ihn durch den Gobelin beobachtet hatte, war dafür ein Beleg. War es nicht mehr als wahrscheinlich, daß dieser Geheimgang in die Kapelle führte, und falls ja, daß es von dort einen Zugang zu diesem Zimmer gab?

In einem solchen Raum zu schlafen, wäre tollkühn gewesen. Richard machte seine Waffen gebrauchsfertig und postierte sich in einer Ecke hinter der Tür. Sollte jemand böse Absichten haben, so war Richard entschlossen, sein Leben teuer zu verkaufen.

Von den Brustwehren über ihm schallten Gepolter von vielen Füßen, ein Anruf, das Kennwort; die Wache wurde abgelöst.

Im selben Augenblick wurde an die Tür seiner Kammer gekratzt; das Kratzen wurde ein wenig lauter, dann ein Flüstern: „Dick, Dick, ich bin's!"

Richard lief zur Tür, zog den Riegel zurück und ließ Matcham herein. Er war sehr blaß und hatte eine Lampe in der einen und einen blanken Dolch in der anderen Hand.

„Schließt die Tür", flüsterte er. „Schnell, Dick! Das Haus ist voller

Spitzel. Ich höre sie hinter den Tapisserien atmen."

„Beruhigt Euch", erwiderte Richard, „die Tür ist geschlossen. Einstweilen sind wir sicher, sofern es irgendwo innerhalb dieser Mauern Sicherheit gibt. Aber ich freue mich, Euch zu sehen. Bei der Heiligen Messe, Junge, ich dachte, Ihr seid tot. Wo hattet Ihr Euch versteckt?"

„Es spielt keine Rolle", gab Matcham zurück. „Da wir einander getroffen haben, spielt es keine Rolle. Aber Dick, seid Ihr informiert? Haben sie Euch über ihre Pläne für morgen unterrichtet?"

„Nein", erwiderte Richard. „Was machen sie morgen?"

„Morgen oder heute nacht, ich weiß es nicht", sagte der andere, „aber gleichgültig wann, Dick, trachten sie Euch nach dem Leben. Ich habe dafür Beweise – ich habe sie flüstern gehört, das ist so gut, als wenn sie mir es erzählt hätten."

„Tatsächlich?" erwiderte Richard. „Ich hatte es mir schon gedacht."

Er berichtete Matcham ausführlich von den Ereignissen des Tages. Als er geendet hatte, stand Matcham auf und untersuchte ebenfalls das Zimmer.

„Nein", sagte er, „hier ist nirgends ein zweiter Eingang zu sehen. Dick, ich will bei Euch bleiben. Wenn Ihr sterben sollt, so möchte ich mit Euch sterben. Und ich kann Euch helfen – seht, ich habe einen Dolch gestohlen, und ich werde mein Bestes tun. Aber vorher – sofern Ihr einen Ausweg findet, irgendein Ausfalltor, das wir aufkriegen, oder irgendein Fenster, durch das wir absteigen können – will ich freudig jedes Risiko auf mich nehmen, um mit Euch zu fliehen."

„Jack", sagte Richard, „bei der heiligen Messe, Ihr seid die beste, die treueste und die tapferste Seele in ganz England. Gebt mir Eure Hand, Jack."

Er drückte stumm des anderen Hand.

„Ich will es Euch sagen", erklärte er. „Da ist ein Fenster, durch das der Bote gestiegen ist; der Strick müßte sich noch in der Kammer befinden. Das ist eine Hoffnung."

„Pst!" sagte Matcham.

Beide lauschten. Unter den Dielenbrettern war ein Geräusch; nach einer Weile verstummte es, dann war es wieder da.

„Im Zimmer unter uns geht jemand", flüsterte Matcham.

„Nein", erwiderte Richard, „unter uns ist kein Zimmer; wir sind über der Kapelle. Das ist mein Mörder im geheimen Korridor. Nun, lassen wir ihn kommen, es wird ihm schlecht ergehen." Er biß die Zähne zusammen.

„Blasen wir die Lichter aus", sagte der andere. „Vielleicht wird er sich verraten."

Sie bliesen beide Lampen aus und verhielten sich totenstill. Die Schritte unter ihnen waren sehr leise, aber deutlich zu hören. Einige Male näherten sie sich und wichen wieder zurück, dann knirschte laut ein Schlüssel in einem Schloß, worauf eine längere Stille folgte. Schließlich erklangen abermals die Schritte, und plötzlich erschien ein Lichtstreifen im Bohlenbelag des Zimmers in einer entfernten Ecke. Der Streifen wurde breiter; eine Falltür wurde geöffnet und ließ einen Lichtstrahl herein. Sie sahen, wie eine kräftige Hand die Falltür nach oben drückte, und Richard hob seine Armbrust und wartete, daß ein Kopf hinter der Hand ins Blickfeld rückte.

Aber nun kam es zu einer Unterbrechung. Aus einem abgelegenen Winkel des Hauses war Geschrei zu vernehmen; zuerst eine Stimme, dann riefen mehrere einen Namen. Offenkundig hatte der Lärm den Mörder abgelenkt, denn die Falltür wurde lautlos zu ihrem angestammten Platz heruntergelassen, eilige Schritte erklangen noch einmal nah unter den Jungen und verebbten in der Ferne.

Richard benutzte den Aufschub dazu, tief einzuatmen, und dann, aber erst dann, achtete er auf den Tumult, der den Überfall vorzeitig beendet hatte und nun eher anschwoll als abnahm. Überall im Moat House trappten Füße, wurden Türen aufgerissen und zugeknallt, und immer noch übertönte Sir Daniels Stimme das Getöse. Sie schrie nach „Joanna".

„Joanna", wiederholte Richard. „Wer, beim Teufel, könnte das sein? Hier ist keine Joanna, es hat auch nie eine gegeben. Was bedeutet das?"

Matcham schwieg. Er schien sich ein wenig zurückgezogen zu haben. Nur schwaches Sternenlicht sickerte durch das Fenster, und am anderen Ende des Zimmers, wo das Paar sich aufhielt, war die Dunkelheit vollkommen.

„Jack", sagte Richard, „ich weiß nicht, wo Ihr den ganzen Tag wart. Habt Ihr diese Joanna gesehen?"

„Nein", erwiderte Matcham, „ich habe sie nicht gesehen."

„Ihr habt auch nichts über sie gehört?" beharrte er.

Die Schritte rückten näher. Im Hof brüllte Sir Daniel nach wie vor den Namen Joanna.

„Habt Ihr von ihr gehört?" wiederholte Richard.

„Ich habe von ihr gehört", sagte Matcham.

„Wie Eure Stimme zittert! Was fehlt Euch?" fragte Richard. „Diese

Joanna ist für uns ein außerordentlich glücklicher Zufall, sie lenkt die anderen von uns ab."

„Dick", rief Matcham, „ich bin verloren, wir sind beide verloren! Laßt uns fliehen, wenn noch Zeit dazu ist. Sie werden nicht rasten, bis sie mich gefunden haben. Oder laßt mich fortgehen; wenn sie mich gefunden haben, könnt Ihr fliehen. Laßt mich fort, Dick – guter Dick, laßt mich fort!"

Sie tastete nach dem Riegel, als Richard endlich begriff.

„Bei der Messe", rief er, „Ihr seid kein Jack! Ihr seid Joanna Sedley, Ihr seid das Mädchen, das mich nicht heiraten will!"

Das Mädchen hörte auf, nach dem Riegel zu spüren und stand still und reglos da. Richard war ebenfalls einen Augenblick still, dann sprach er wieder.

„Joanna", erklärte er, „Ihr habt mir und ich habe Euch das Leben gerettet. Wir haben Blut fließen sehen und waren Freunde und Feinde – ja, und ich habe nach meinem Gürtel gelangt, um Euch zu verprügeln, und die ganze Zeit habe ich gedacht, Ihr wärt ein Junge. Aber nun hat der Tod mich eingeholt, und meine Stunden sind gezählt, und ehe ich sterbe, muß ich Euch dies noch sagen: Ihr seid das beste und das tapferste Mädchen unter dem Himmel, und wenn ich leben dürfte, würde ich Euch fröhlich heiraten. Und ob ich lebe oder sterbe – ich liebe Euch."

Sie antwortete nicht.

„Sagt etwas Jack", bat er. „Seid ein gutes Mädchen und sagt, daß Ihr mich liebt."

„Warum, Dick", rief sie, „wäre ich sonst hier?"

In diesem Augenblick tappten auf dem Korridor Füße heran, und eine Faus schlug derb an die Tür.

„He!" rief eine Stimme. „Macht auf, Master Dick, macht auf!"

Richard antwortet nicht, er bewegt sich auch nicht.

Einer nach dem anderen, so marschierten Männer zur Tür, schließlich kam Sir Daniel selbst, und plötzlich verstummte der Lärm.

„Dick", rief der Knight, „seid kein Esel! Mittlerweile wären sogar Siebenschläfer aufgewacht. Wir wissen, daß sie da drinnen bei Euch ist. Also öffnet die Tür, Mann!"

Richard schwieg.

„Brecht sie auf", sagte Sir Daniel. Und unverzüglich fielen seine Gefolgsleute mit Fäusten und Füßen wild über die Tür her. So stabil und so kräftig verriegelt sie war, hätte sie doch dem Ansturm bald nachgegeben, hätte nicht abermals das Schicksal eingegriffen. Durch das Gewitter von Hieben und Tritten war der Ruf eines der Posten zu hören, dem ein zweiter Ruf folgte. Die Ausrufe liefen an den Brustwehren entlang, und aus dem Wald kam Antwort. Im ersten Augenblick des Alarms konnte der Eindruck entstehen, als stürmten die Wäldler gegen das Moat House an, und Sir Daniel und seine Männer ließen von ihrem Angriff auf Richards Zimmer ab und eilten, um ihre Mauern zu verteidigen.

„Wir sind gerettet!“ rief Richard.

Er packte das mächtige alte Bett mit beiden Händen und stemmte sich dagegen, um es von der Stelle zu rücken.

„Helft mir Jack, Wenn Euch am Leben liegt, so helft mir mit aller Kraft!“ rief er.

Zu zweit und mit beträchtlicher Anstrengung zerrten sie das große Eichengestell durchs Zimmer und stießen es mit dem Fußende an die Tür.

„Ihr macht alles nur noch schlimmer“, sagte Joanna traurig. „Dann wird er eben durch die Falltür einsteigen.“

„Gewiß nicht“, erwiderte Richard. „Er wird nicht wagen, sein Geheimnis so vielen Leuten anzuvertrauen. Aber wir werden durch die Falltür fliehen. Horcht . . . Die Attacke ist vorüber. Nein, es war gar keine Attacke!“

Es war in der Tat keine Attacke, sondern die Ankunft eines weiteren Trupps Versprengter aus der Niederlage von Risingham, die Sir Daniel gestört hatte. Sie waren im Schutz der Dunkelheit durch den Wald gezogen, sie waren durch das große Tor hereingelassen worden, und jetzt stiegen sie unter einem erheblichen Stampfen von Hufen und Geklirr von Ausrüstung und Waffen im Hof ab.

„Er wird gleich wiederkommen“, sagte Richard. „Zur Falltür!“

Er steckte eine Lampe an, und sie gingen zusammen in die Zimmerecke. Ohne Mühe fanden sie den Spalt, durch den immer noch Licht blitzte. Richard entnahm seiner kleinen Waffensammlung ein kräftiges Schwert, rammte es tief zwischen zwei Bohlen und warf sich mit seinem ganzen Gewicht auf den Griff. Die Falltür bewegte sich, klaffte ein bißchen und öffnete sich schließlich weit. Die jungen Leute faßten zu und klappten sie zurück. Ein paar abwärts führende Stufen wurden sichtbar und am Fuß der Stufen eine brennende Lampe, die der verhinderte Mörder stehengelassen hatte.

„Geht voraus und nehmt die Lampe“, sagte Richard. „Ich mache die Falltür zu und komme nach.“

Sie stiegen hintereinander hinunter, und als Richard die Falltür herunterließ, donnerten wieder Füße und Fäuste gegen die andere Tür.

Der geheime Gang

Der Durchgang, in dem Richard und Joanna sich befanden, war eng, kurz und schmutzig. Am anderen Ende war eine halboffene Tür – zweifellos die Tür, die der Mann so hörbar aufgeschlossen hatte. An der Decke baumelte dichtes Spinnengewebe, und der Boden aus Steinplatten hallte dumpf unter dem leichtesten Schritt.

Jenseits der Tür waren im rechten Winkel zueinander zwei Seitengänge. Richard wählte aufs Geratewohl einen von ihnen aus, und das Paar eilte mit nach wie vor hallenden Schritten durch den Hohlraum über den Plafond der Kapelle. Beim trüben Schein der Lampe wirkte die Wölbung wie der Buckel eines Wals. Hier und da waren Gucklöcher, die auf der anderen Seite durch Schnitzereien an der Randleiste getarnt waren, und als Richard durch eines davon hinunterblickte, sah er den gepflasterten Boden der Kapelle, den Altar mit seinen brennenden Kerzen und vor den Stufen mit erhobenen Händen hingestreckt Sir Oliver.

Richard und Joanna liefen eine Treppe hinab, der Gang wurde schmaler. Auf einer Seite bestand die Wand nun aus Holz. Stimmengewirr und ein schwaches, flackerndes Licht drangen durch die Zwischenräume, und schließlich gelangten Richard und Joanna zu einem augengroßen runden Loch. Richard, der hindurch spähte, erblickte die Halle und ein halbes Dutzend Männer, die am Tisch saßen und in mächtigen Zügen tranken und einen Fleischkuchen verzehrten. Sicherlich gehörten sie zu den späten Ankömmlingen.

„Hier ist es sinnlos", sagte Richard. „Laßt uns umkehren."

„Nein", sagte Joanna. „Vielleicht geht die Passage noch weiter."

Sie übernahm die Führung. Aber nach einigen Yards hörte die Passage am Kopf einer kurzen Treppe auf, und es wurde offenbar, daß auf dieser Seite eine Flucht unmöglich war, solange die Soldaten die Halle besetzt hielten.

In großer Eile liefen sie zurück und machten sich daran, die andere Abzweigung zu erkunden. Sie war außerordentlich eng, kaum breit genug für einen Mann, und führte sie kontinuierlich auf- und abwärts über kleine halsbrecherische Stiegen, bis sogar Richard seinen Orientierungssinn verloren hatte.

Schließlich wurde der Gang noch enger und niedriger, während die Stufen nur noch abwärts führten. Die Wände rechts und links fühlten sich feucht und schleimig an, und weit vor ihnen hörten Richard und Joanna das Quieken von Ratten, die hastig flüchteten.

„Wir müssen in den Verliesen sein“, bemerkte Richard.

„Und immer noch gibt es keinen Ausweg“, fügte Joanna hinzu.

„Aber es muß einen Ausweg geben!“ antwortete Richard.

Endlich kamen sie zu einem scharfen Knick, und die Passage ging in eine Treppe über, die steil nach oben führte. Am Kopf der Treppe war eine gewaltige Steinplatte wie eine Falltür, gegen die beide sich stemmten. Sie bewegte sich nicht.

„Jemand hält sie fest“, vermutete Joanna.

„Nein“, sagte Richard. „Auch wenn ein Mann so stark wie zehn wäre, müßte er ein wenig nachgeben. Aber dieser Stein widersteht wie ein gewachsener Felsen. Auf der Falltür ist ein Gewicht. Hier ist kein Ausgang, guter Jack, und wir sind so sicher Gefangene, als wenn wir Fesseln an den Knöcheln hätten. Setzt Euch hin und laßt uns reden. Nach einer Weile werden wir zurückkehren, und wenn vielleicht die Wächter nicht mehr so sorgfältig aufpassen – wer weiß –, kann es uns gelingen auszubrechen. Aber nach meiner traurigen Ansicht sind wir erledigt.“

„Dick“, rief sie, „wenn es doch nie den Tag gegeben hätte, da Ihr mich gesehen habt! Als unglückliches und undankbares Mädchen habe ich Euch hier hergeführt.“

„Was soll es . . .“ erwiderte Richard. „Alles war vorherbestimmt, und was vorherbestimmt ist, wird irgendwann auch eintreffen. Aber erzählt mir ein wenig von Euch, was für eine Art Mädchen Ihr seid und wieso Ihr Euch in Sir Daniels Händen befindet. Das ist besser, als wenn Ihr Euch bemitleidet, sowohl für Euch wie für mich.“

„Ich bin eine Vollwaise wie Ihr selbst“, sagte Joanna, „und zu meinem großen Mißgeschick wie auch zu Eurem bin ich eine reiche Heirat. Lord Foxham hat mich als Mündel angenommen, aber anscheinend Sir Daniel dem König das Recht, mich zu verheiraten, abgekauft und einen vermutlich stattlichen Preis dafür bezahlt. So habe ich also dagestanden, ich armes Kind, mit zwei großen und reichen Männern, die sich darum balgten, wer mich heiraten sollte, und dabei war ich noch von der Amme abhängig. Nun, dann hat die Welt sich verändert, es hat einen neuen Kanzler gegeben, und Sir Daniel hat die Vormundschaft über mich über Lord Foxhams Kopf hinweg gekauft. Und dann hat die Welt sich abermals verändert, und Lord Foxham hat das Recht, mich zu verheiraten, über Sir Daniels Kopf hinweg gekauft, und von da an ist zwischen den beiden alles immer schlimmer geworden. Aber Lord Foxham hat mich nach wie vor festgehalten, und er war mir ein guter Herr. Und schließlich sollte ich verheirate werden – oder verkauft, wenn Euch diese Formulierung besser gefällt. Fünfhundert Pfund sollte Lord Foxham für mich bekommen. Der Bräutigam heißt Hamley, und morgen, Dick, sollte der Tag aller Tage sein und ich verlobt werden. Wäre Sir Daniel nicht gewesen, wäre ich bestimmt verheiratet worden – und hätte dich, lieber Dick, nie gesehen!"

Sie nahm seine Hand und küßte sie mit vollendeter Anmut, und Richard zog ihre Hand zu sich und küßte sie ebenfalls.

„Nun", berichtete sie weiter, „Sir Daniel hat mich im Garten überrumpelt und mich gezwungen, diese Männerkleider anzuziehen, was für eine Frau eine Todsünde ist, außerdem passen sie mir nicht. Er ist mit mir nach Kettley geritten, wie Ihr gesehen habt, und hat mir mitgeteilt, ich hätte Euch zu heiraten. Aber ich war entschlossen, ihm zum Trotz, Hamley zu heiraten."

„Oh!" rief Richard. „Ihr habt also diesen Hamley geliebt!"

„Nein", erwiderte Joanna, „ich habe ihn nicht geliebt. Ich haßte nur Sir Daniel. Und dann, Dick, habt Ihr mir geholfen und Ihr wart sehr nett, und gegen meinen Willen habt Ihr meine Sympathie erweckt, und jetzt, wenn wir es irgendwie zustandebringen könnten, würde ich Euch bereitwillig heiraten. Und wenn ein brutales Schicksal es verhindern sollte, wärt Ihr mir immer noch lieb und teuer. Solange mein Herz schlägt, werde ich Euch treu sein."

„Und ich", sagte Richard, „der sich nie auch nur ein Jota für jede beliebige Art von Frauen interessiert hat, ich habe mich zu Euch hingezogen gefühlt, als ich dachte, Ihr seid ein Junge. Ich hatte Mitleid mit Euch und wußte nicht warum. Als ich Euch schlagen wollte, hat meine Hand versagt. Aber als Ihr mir eingestanden habt, ein Mädchen zu sein, Jack – denn ich werde Euch weiter Jack nennen –, war ich davon überzeugt, daß Ihr für mich das richtige Mädchen seid. Horcht!" sagte er unvermittelt. „Da kommt jemand."

In der Tat waren in dem hallenden Gang schwere Schritte zu hören, und wieder flüchteten armeenweise die Ratten.

Richard überprüfte seine Stellung. Der scharfe Knick verschaffte ihm einen Vorteil. Auf diese Weise konnte er schießen und zugleich hinter der

Mauer in Deckung bleiben. Aber offensichtlich war er zu nah bei der Lampe, daher lief er einige Schritte nach vorn, stellte die Lampe in die Mitte des Gangs und kehrte zurück, um zu beobachten.

Am anderen Ende der Passage rückte Bennet in Sicht. Anscheinend war er allein, und er hob eine brennende Fackel über den Kopf, wodurch er ein noch besseres Ziel abgab.

„Halt, Bennet!“ rief Richard. „Noch ein Schritt, und Ihr seid tot.“

„Hier seid Ihr also“, sagte Bennet und spähte nach vorn in die Dunkelheit. „Ich kann Euch nicht sehen. Ihr habt Euch klug verhalten, Dick, Ihr habt Eure Lampe vor Euch hingestellt. Ihr habt es getan, um mich niederzuschießen, trotzdem freue ich mich zu sehen, wie Ihr von meinen Lehren profitiert. Und nun – was macht Ihr? Was sucht Ihr hier? Warum wollt Ihr auf einen alten, netten Freund schießen? Und habt Ihr die junge Dame bei Euch?“

„Nein, Bennet, ich sollte fragen, und Ihr solltet antworten“, erwiderte Richard. „Warum bin ich in Lebensgefahr? Warum kommen heimlich Männer, um mich in meinem Bett zu erschlagen? Warum fliehe ich in der Burg meines eigenen Vormunds und vor den Freunden, zwischen denen ich gelebt und denen ich nie geschadet habe?“

„Master Dick, Master Dick“, entgegnete Bennet, „was habe ich Euch gesagt? Ihr seid tapfer, aber der ungeschickteste Mensch, an den ich mich erinnern kann.“

„Ich sehe, daß Ihr alles wißt“, sagte Richard, „und daß ich verloren bin. Meinetwegen. Hier, wo ich stehe, bleibe ich. Mag Sir Daniel mich herausholen, wenn er dazu fähig ist.“

Hatch war eine Weile still.

„Hört zu“, sagte er schließlich. „Ich kehre zu Sir Daniel zurück und teile ihm mit, wo Ihr seid und wie Ihr Euch postiert habt, denn er hat mich geschickt, um eben dies herauszukriegen. Aber wenn Ihr kein Narr seid, solltet Ihr gegangen sein, ehe ich wiederkomme.“

„Gegangen!“ wiederholte Richard. „Ich wäre schon verschwunden, wenn ich wüßte, wie. Ich kann die Falltür nicht bewegen.“

„Steckt Eure Hand in die Ecke und laßt Euch überraschen, was Ihr dort finden werdet. Throgmortons Strick ist noch im braunen Zimmer. Gehabt Euch wohl.“

Hatch drehte sich auf dem Absatz um und verschwand in den Windungen der Passage.

Unverzüglich holte Richard die Lampe und beeilte sich, den Hinweis zu befolgen. An einer Ecke der Falltür war eine beachtliche Vertiefung in der Mauer. Richard schob seinen Arm in die Öffnung und entdeckte eine Eisenstange, die er wuchtig nach oben stieß. Ein klickendes Geräusch erfolgte, und die Steinplatte bewegte sich in ihrer Halterung.

Der Ausweg war frei. Ein geringer Aufwand genügte, um die Falltür zu heben, und sie gelangten in eine gewölbte Kammer, die sich nach einer Seite zum Hof hin öffnete, wo einige Männer mit nackten Armen die Pferde der letzten Ankömmlinge trockenrieben. Einige Fackeln steckten in den Eisenringen an der Wand und spendeten ein flackerndes Licht.

Richard wechselt die Fronten

Richard blies seine Lampe aus, um keine Aufmerksamkeit zu erregen, und ging voraus den Korridor entlang. Im braunen Zimmer war der Strick am Rahmen eines alten, ungewöhnlich schweren Betts festgemacht worden. Niemand hatte ihn gelöst, und Richard nahm das Knäuel mit zum Fenster und ließ es langsam und vorsichtig in die nächtliche Dunkelheit hinunter. Joanna stand dabei, doch als das Seil scheinbar immer länger wurde und Richard nicht aufhörte, es nach draußen zu schieben, bekam sie Angst. Die Angst war stärker als ihre Entschlossenheit.

„Dick", sagte Joanna, „ist es wirklich so tief? Dann möchte ich es lieber nicht versuchen. Ich würde unweigerlich abstürzen, guter Dick."

Sie hatte sich im unpassendsten Augenblick zu Wort gemeldet, denn Richard zuckte zusammen, der Rest des Knäuels entglitt seinem Griff und fiel ins Wasser des Wallgrabens, das laut aufspritzte. Sofort war von der Brustwehr die Stimme eines Postens zu hören. Er rief: „Wer da?"

„Da haben wir die Bescherung", sagte Richard. „Hinunter mit Euch – packt das Seil."

„Ich kann nicht", rief sie und wich zurück.

„Wenn Ihr nicht könnt, dann kann ich auch nicht", sagte Shelton. „Wie soll ich ohne Euch durch den Graben schwimmen? Wollt Ihr mich im Stich lassen?"

„Dick", ächzte sie, „ich kann nicht. Ich habe keine Kraft mehr."

„Bei der Messe, dann sind wir beide erledigt!" schimpfte er und stampfte mit dem Fuß auf. Er vernahm draußen Schritte und rannte zur Zimmertür und versuchte, sie zu schließen.

Ehe er den Riegel vorschieben konnte, stießen starke Arme die Tür von der Gegenseite zurück. Eine Sekunde leistete Richard Widerstand, dann fühlte er sich unterlegen und lief wieder zum Fenster. Das Mädchen war in der Fensternische gegen die Mauer getaumelt. Sie war mehr als halb ohnmächtig, und als er sie aufheben wollte, war ihr Körper schlaff und reagierte nicht.

Im selben Augenblick drangen die Männer, die sich gegen seinen Willen den Zugang erkämpft hatten, auf ihn ein. Den ersten erledigte er mit dem Dolch, und während die übrigen in sekundenlanger Verwirrung zurückprallten, nahm er die Gelegenheit wahr und schwang sich auf das Fenstersims. Er faßte den Strick mit beiden Händen und ließ sich gleiten.

In dem Strick waren Knoten, die den Abstieg erleichterten, aber Richard hatte es so eilig und so wenig Übung in solcher Betätigung, daß er sich in der Luft immer wieder um seine eigene Achse drehte, wie ein Verbrecher am Galgen, und abwechselnd mit dem Kopf gegen die Mauer prallte oder sich an Ihr die Hände zerschrammte. Der Wind rauschte ihm in den Ohren, er sah die Sterne über sich und ihr Spiegelbild im Wallgraben unter sich, und sie schienen wie welke Blätter im heftigen Sturm durcheinander zu wirbeln. Und dann verlor er den Halt und fiel Hals über Kopf in das eisige Wasser.

Als er an die Oberfläche kam, berührte er mit einer Hand das Seil, das nun, seines Gewichtes ledig, wild hin und her schwang. Hoch oben war ein rotes Licht, und als er aufblickte, sah er beim Licht mehrerer Fackeln und einer Pfanne mit glühender Kohle, daß die Brustwehr mit Gesichtern gesäumt war. Er sah, wie die Männer hierhin und dorthin spähten und Ausschau nach ihm hielten, aber er war zu weit entfernt, das Licht erreichte ihn nicht, und die Männer suchten vergebens.

Er stellte fest, daß der Strick beträchtlich zu lang war, und er arbeitete sich, so gut er es vermochte, zur anderen Seite des Grabens und hob dabei den Kopf über den Wasserspiegel. Auf diese Art gelangte er über die Mitte hinaus; tatsächlich war das Ufer beinahe in Reichweite, ehe das Seil ihn zurückzuziehen begann. Er nahm all seinen Mut zusammen, ließ los und schnellte zu den hängenden Weideschößlingen, die am selben Abend bereits Sir Daniels Boten an Land geholfen hatten. Er ging unter, tauchte wieder auf, versank abermals, und dann faßte er einen Ast und zog sich mit Gedankenschnelle hinauf in das Dickicht des Baums und klammerte sich an, triefend und schnaufend und vom Gelingen seiner Flucht noch nicht ganz überzeugt.

Doch dies alles war nicht ohne ein erhebliches Plätschern vonstatten gegangen, das den Männern an den Zinnen seinen Aufenthalt verriet. Pfeile und Bolzen prasselten wie dichter Hagel rings um ihn nieder, und plötzlich wurde eine Fackel herunter geworfen – beschrieb einen Bogen durch die Luft – blieb einen Augenblick an der Uferkante hängen, wo sie aufleuchtete und die Umgebung erhellte wie ein Freudenfeuer, und dann, in einem für Richard glücklichen Augenblick, abrutschte, in den Graben fiel und sofort erlosch.

Sie hatte ihren Zweck erfüllt. Die Zeit hatte für die Schützen ausgereicht, die Weide und Richard zwischen ihren Zweigen zu erkennen, und obwohl der Junge prompt höher ans Ufer kletterte und um sein Leben rannte, war er doch nicht schnell genug, um nicht getroffen zu werden. Ein Pfeil drang ihm in die Schulter, ein zweiter streifte ihn am Kopf.

Die Schmerzen der Verletzungen verliehen ihm Flügel, und sobald er ebenen Boden erreicht hatte, rannte er stracks geradeaus in die Dunkelheit, ohne einen Gedanken an die Richtung zu verschwenden.

Geschosse folgten ihm noch einige Schritte weit, dann blieben sie aus, und als er endlich zum Stehen kam und sich umblickte, war er schon ein gutes Stück vom Moat House weg. Aber die Fackeln, die sich längs der Brustwehr hin und her bewegten, waren noch zu sehen.

Er lehnte sich an einen Baum, während Blut und Wasser an ihm herunterflossen, zerschrammt, erschöpft und sehr allein. Wenigstens war es ihm gelungen, sein Leben für die nächste Kraftprobe zu retten, und obwohl Joanna hinter ihm in der Gewalt Sir Daniels zurückblieb, machte er sich weder für den Zwischenfall verantwortlich, den er nicht hatte verhindern können, noch fürchtete er fatale Konsequenzen für das Mädchen. Sir Daniel war zwar brutal, aber es war nicht wahrscheinlich, daß er eine junge Frau von Stand und Bildung brutal behandelte, die andere Beschützer hatte, die bereit und in der Lage waren, ihn zur Rechenschaft zu ziehen. Wahrscheinlicher war, daß er sich beeilen würde, sie mit einem seiner Freunde zu verheiraten.

„Bis dahin", überlegte Richard, „werde ich eine Möglichkeit finden, diesen Verräter in die Knie zu zwingen, denn ich glaube – bei der heiligen Messe –, daß ich jetzt von jeder Art Dankbarkeit oder Verpflichtung entbunden bin, und wenn der Krieg offen ausbricht, hat jeder eine annehmbare Chance."

Doch einstweilen steckte er hier in einer mißlichen Lage.

Er arbeitete sich noch ein Stück weiter durch den Wald, aber wegen seiner schmerzhaften Wunden, der nächtlichen Finsternis und seiner außerordentlichen inneren Unruhe und Verwirrung war er bald nicht mehr imstande, sich zurechtzufinden oder sich durch das verfilzte Unterholz zu kämpfen, und endlich war er genötigt, sich hinzusetzen und wieder an einen Baum zu lehnen.

Als er aus einem Zustand zwischen Schlaf und Ohnmacht erwachte, hatte das Morgengrauen begonnen, die Nacht zu verdrängen. Eine schwache, kühle Brise rauschte durch die Bäume, und während er so saß und nur halb wach vor sich starrte, wurde er etwas Dunkles gewahr, das einige hundert Yards vor ihm zwischen den Ästen hin und her schwankte. Das zunehmende Tageslicht und die Rückkehr seiner Sinne ermöglichten ihm schließlich, den Gegenstand zu identifizieren. Es war ein Mann, der an einem Zweig einer hohen Eiche hing. Sein Kopf war nach vorn auf die Brust gesackt und bei jedem stärkeren Windstoß drehte sich sein Körper, und seine Arme und Beine flatterten wie bei einem albernen Spielzeug.

Richard kam auf die Füße, und stolpernd und sich immer wieder an Baumstämme lehnend, näherte er sich dem schrecklichen Objekt.

Der Zweig befand sich etwa zwanzig Fuß über dem Boden, und der arme Mensch war von seinen Henkern so weit hoch gezogen worden, daß seine Stiefel außer Richards Reichweite pendelten. Da seine Haube über sein Gesicht heruntergezerrt war, war es unmöglich, ihn zu erkennen.

Richard hielt Ausschau nach rechts und links, und endlich bemerkte er, daß das andere Ende des Stricks am Stamm eines kleinen Hagedornstrauchs befestigt war, der unter dem stolzen Laubengang, den die Eiche bildete, wuchs und üppig blühte. Mit dem Dolch, der ihm als einzige von seinen sämtlichen Waffen geblieben war, kappte der junge Shelton den Strick, und prompt, mit einem dumpfen Aufprall, fiel die Leiche auf den Boden.

Richard hob die Haube – der Mann war Throgmorton, Sir Daniels Briefträger. Er war auf seinem Botengang nicht weit gekommen. Ein Papier, das offenbar der Aufmerksamkeit der Männer vom Schwarzen Pfeil entgangen war, steckte vorn in seinem Wams, und als Richard es an sich nahm, stellte er fest, daß es Sir Daniels Nachricht an Lord Wensleydale war.

„Falls die Welt sich noch einmal ändert", dachte Richard, „habe ich hier ein Mittel, Sir Daniel in Verlegenheit zu bringen – vielleicht sogar aufs Schafott."

Er verwahrte das Papier an seiner eigenen Brust, sprach ein Gebet über dem Toten und nahm seinen Weg durch den Wald wieder auf.

Seine Müdigkeit und seine Schwäche wurden größer. Seine Ohren rauschten, seine Füße strauchelten, und seine Gehirntätigkeit setzte von Zeit zu Zeit aus, so sehr hatte der Blutverlust ihn entkräftet. Immer wieder wich er unfreiwillig vom richtigen Kurs ab, aber endlich erreichte er nicht weit vom Dorf Tunstall entfernt die Landstraße.

Eine grobe Stimme befahl ihm stehenzubleiben.

„Stehenbleiben?“ wiederholte Richard. „Bei der Messe, ich bin näher daran, zusammenzuklappen.“

Er ließ den Worten die Tat folgen und fiel in voller Länge auf die Straße.

Zwei Männer traten aus dem Dickicht, jeder in der grünen Jacke der Wäldler und jeder mit langem Bogen und Köcher und kurzem Schwert.

„Nanu, Lawless“, sagte der jüngere der beiden, „das ist ja der junge Shelton.“

„Ja, und das ist für John Amend-All so gut wie Brot“, erwiderte der andere. „Anscheinend war er im Krieg, er hat einen Riß im Skalp, der ihn einige Unzen Blut gekostet haben dürfte.“

„Und hier“, fügte Greensheve hinzu, „ist ein Loch in seiner Schulter, das ihn bestimmt nicht wenig gepiekt hat. Wer hat das gemacht, was glaubt ihr? Falls es einer von uns war, kann er schon immer mal anfangen zu beten. Ellis wird ihm zu einem kurzen Prozeß und zu einem langen Strick verhelfen.“

„Hebt das Küken auf“, sagte Lawless. „Hängt ihn mir auf den Rücken.“

Und dann, als Richard ihm auf die Schultern gehievt worden war und er sich die Arme des Jungen um den Hals gelegt und ihn sich sicher gegriffen hatte, fügte der einstige Franziskaner hinzu: „Bleibt auf Posten, Bruder Greensheve. Ich ziehe allein mit ihm los.“

Greensheve kehrte in das Versteck am Straßenrand zurück. Lawless trottete den Hügel hinunter und pfiff dabei vor sich hin und transportierte mit geringer Mühe Richard, der bewußtlos geworden war.

Die Sonne ging auf, als Lawless den Waldrand erreichte und das Dorf Tunstall auf dem gegenüberliegenden Hügel erblickte. Alles schien friedlich, von einem starken Posten von etwa zehn Bogenschützen einmal abgesehen, die nah bei der Brücke auf beiden Seiten der Straße lagen und, sobald sie Lawless mit seiner Bürde erspähten, sich aufraffen und Pfeile und ihre Bogen legten, als wären sie aufmerksame Wächter.

„Wer da?“ rief der Mann, der das Kommando hatte.

„Will Lawless, beim Kruzifix – Ihr kennt mich so gut wie Eure eigene Hand“, erwiderte verächtlich der Brigant.

„Sagt das Kennwort, Lawless, erwiderte der andere.

„Der Himmel möge dich erleuchten, du Narr“, schimpfte Lawless. „Habe ich es dir nicht selbst genannt? Aber ihr seid alle verrückt und wollt Soldat spielen. Wenn ich im Wald bin, benehme ich mich, wie es im Wald angebracht ist, und mein Wort für diesen Augenblick ist: ‚Zum Teufel mit allem nachgeäfften Soldatentum!“

„Lawless, Ihr gebt ein schlechtes Beispiel. Nennt uns das Kennwort, Ihr einfältiger Possenreißer“, sagte der Kommandant des Postens.

„Und wenn ich es vergessen hätte?“ fragte der andere.

„Wenn Ihr es vergessen hättet – aber ich weiß, daß Ihr es nicht vergessen habt –, bei der heiligen Messe, ich würde Euch einen Pfeil in Eure fette Gestalt schießen“, erwiderte der Mann.

„Wenn Ihr solch ein Spielverderber seid“, sagte Lawless, „dann sollt Ihr das Wort von mir haben. ‚Duckworth und Shelton‘ ist das Wort, und hier, zum Beweis, ist Shelton auf meinen Schultern, und zu Duckworth trage ich ihn.“

„Passieren, Lawless“, sagte der Wächter.

„Und wo ist John?“ fragte der Franziskaner.

„Er hält Hof und sammelt Pachtgelder ein, als wäre er dafür geboren“, rief ein anderer der Gesellschaft.

So war es. Als Lawless im Dorf bei der kleinen Herberge angekommen war, fand er Ellis Duckworth umringt von Sir Daniels Pächtern und mit dem Recht, das ihm seine vortreffliche Kompanie Bogenschützen verlieh, damit beschäftigt, Pachtsummen zu kassieren und dafür geschriebene Quittungen zu verteilen. An den Gesichtern der Pächter war deutlich abzulesen, wie wenig diese Prozedur sie freute. Sie argumentierten zu Recht, daß sie auf diese Art die Pacht zweimal zu bezahlen hätten.

Sobald er hörte, was Lawless mitgebracht hatte, entließ Ellis die restlichen Pächter und geleitete unter allen Anzeichen des Interesses und der Besorgnis Richard in eine Kammer der Herberge. Dort wurden Richards Verletzungen verarztet, und er selbst wurde mit primitiven Heilmitteln ins Bewußtsein zurückgeholt.

„Lieber Junge“, sagte Ellis und drückte ihm die Hand, „Ihr seid bei einem Freund, der Euren Vater geschätzt hat und seinetwegen auch Euch schätzt. Rastet ruhig ein wenig, schließlich seid Ihr eine Art Patient. Dann sollt Ihr mir Eure Geschichte erzählen, und wir beide werden alles in Ordnung bringen.“

Später am Tag, als Richard aus einem behaglichen Schlummer erwachte und feststellte, daß er noch sehr schwach, aber klarer im Kopf und körperlich erholt war, kam Ellis wieder, setzte sich zu ihm ans Bett und bat ihn im Namen seines Vaters, ihm die Umstände seiner Flucht aus dem Tunstall Moat House zu schildern. Etwas in Duckworths Knochengestell, in der Ehrlichkeit seines braunen Gesichts, in der Klarheit und Intelligenz seiner Augen bewog Richard dazu, ihm zu gehorchen, und vom Anfang bis zum Schluß berichtete der Junge die Einzelheiten seines zweitägigen Abenteuers.

„Nun", sagte Ellis, als Richard seine Erzählung beendet hatte, „da seht Ihr, was die Heiligen für Euch getan haben, Dick Shelton, und zwar nicht nur, um Euch aus so zahlreichen und tödlichen Gefahren zu retten, sondern auch um Euch in meine Hände zu befördern, die sich nichts lieber wünschen, als dem Sohn Eures Vaters beizustehen. Seid mir gegenüber aufrichtig – aber ich sehe, daß Ihr aufrichtig seid –, und Ihr und ich, wir werden den falschherzigen Verräter zu Tode bringen."

„Wollt Ihr das Haus angreifen?" fragte Richard.

„Ich wäre wirklich wahnsinnig, nur daran zu denken", entgegnete Ellis. „Er hat zuviel Macht. Seine Männer sammeln sich um ihn, und diejenigen, die mir in der vorigen Nacht entgangen sind – und die Euch so nützlich waren –, haben ihm Sicherheit verschafft. Nein, Dick, im Gegenteil, du und ich und meine tüchtigen Bogenschützen, wir alle müssen schnell aus diesem Wald verschwinden und Sir Daniel sich selbst überlassen."

„Ich habe böse Ahnungen wegen Jack", sagte der Junge.

„Wegen Jack!" wiederholte Duckworth. „Oh, ich verstehe, das Weibsbild! Nein, Dick, ich verspreche Euch, sobald von irgendeiner Heirat geredet wird, handeln wir sofort. Bis dahin – oder bis die Zeit reif ist – werden wir uns zurückziehen wie die Schatten am Morgen. Sir Daniel soll nach Osten und nach Westen Ausschau halten und keine Feinde sehen. Er soll denken, daß er eine Weile geträumt hat und nun in seinem Bett aufgewacht ist. Aber unsere vier Augen, Dick, werden ihm aufmerksam folgen, und unsere vier Hände – möge die ganze Armee der Heiligen uns helfen – werden diesen Verräter erledigen."

Zwei Tage später war Sir Daniels Truppe zu solcher Stärke gewachsen, daß er einen Ausfall wagte und an der Spitze von vierzig Reitern, ohne auf Widerstand zu stoßen, bis zum Dorf Tunstall vordrang. Kein Pfeil schwirrte, kein Mann rührte sich im Dickicht; die Brücke war nicht länger bewacht, sondern stand allen Ankömmlingen offen, und als Sir Daniel sie überquerte, sah er die Dörfler, die ihm aus ihren Türen schüchtern entgegen blickten.

Einer von ihnen faßte sich ein Herz und kam mit untertänigen Verbeugungen heraus und überreichte dem Knight einen Brief.

Sir Daniels Gesicht wurde dunkel, als er den Inhalt las. Er lautete so:

An den untreusten und grausamsten Gentylman,
Sir Daniel Brackley, Knyght, dies:

Ich habe herausgefunden, daß Ihr von Anfang an unwahr und unfreundlich wart. Ihr habt meines Vaters Blut an Euren Händen, laßt es dort, es ist nicht abwaschbar. Eines Tages werdet Ihr durch meine Veranlassung zugrunde gehen, soviel lasse ich Euch wissen; und ich lasse Euch weiter wissen, daß der Schlag sehr hurtig kommen wird, falls Ihr versucht, die Gentylwoman Mistresse Joanna Sedley, an die ich mit einem großen Eid gebunden bin zu heiraten, an jemand anders zu verheiraten versucht. Der erste Schritt in diese Richtung wird dein erster Schritt zum Grab sein.

Ric. Shelton.

Das Haus am Ufer

Monate waren vergangen, seit Richard Shelton die Flucht aus den Klauen seines Vormunds gelungen war. Diese Monate waren für England ereignisreich gewesen. Die Partei Lancaster, die vorher dem Ende nahe war, hatte abermals den Kopf erhoben, die Yorkisten waren besiegt und zersprengt, ihre Führer im Feld niedergemetzelt, und während einer kurzen Zeitspanne im Winter, der den bereits berichteten Geschehnissen folgte, sah es so aus, als hätte das Haus Lancaster über seine Widersacher gesiegt.

Die kleine Stadt Shoreby-on-the-Till war von Edelleuten der Lancaster aus der Nachbarschaft überlaufen. Da waren Earl Risingham mit dreihundert Soldaten, Lord Shoreby mit zweihundert, und Sir Daniel persönlich, wieder obenauf und durch Konfiskationen im Begriff, abermals reich zu werden, war mit sechzig Männern in einem eigenen Haus an der Hauptstraße. Die Welt hatte sich in der Tat verändert.

Es war ein schwarzer, bitterkalter Abend in der ersten Januarwoche mit hartem Frost, stürmischem Wind und einer beträchtlichen Wahrscheinlichkeit, daß es vor dem Morgen schneien würde.

In einem obskuren Alehaus in einer Seitenstraße nah am Hafen saßen drei oder vier Männer und verzehrten hastig ein Eiergericht. Sie waren sympathische, rüstige, wettergegerbte Gesellen mit festen Händen und kühnen Augen, und obwohl sie wie einfache Bauern gekleidet waren, hätte sogar ein betrunkener Soldat es sich vielleicht zweimal überlegt, ehe er versucht hätte, sich mit einer solchen Gesellschaft herumzustreiten.

Ein wenig abseits vor dem großen Feuer saß ein junger Mann, beinahe ein Junge, der ähnlich angezogen war, doch an seinem Äußeren war unschwer zu erkennen, daß er von höherem Stand war und ein Schwert hätte tragen können, wenn die Zeit sich dafür geeignet hätte.

„Nein", sagte einer der Männer am Tisch, „das gefällt mir nicht. Dabei kommt nichts Gutes heraus. Das ist kein Platz für wackere Männer. Ein wackerer Mann liebt das offene Land, gute Deckung und wenig Feinde, aber hier sind wir in eine Stadt gesperrt, umringt von Gegnern, und wenn wir bloß noch ein bißchen Pech haben, gibt es obendrein vor Tagesanbruch Schnee."

„Aber es ist wegen Master Shelton", sagte ein anderer und deutete mit dem Kopf auf den Jungen am Feuer.

„Ich werde für Master Shelton eine Menge tun", erwiderte der erste. „Aber für irgend jemand an den Galgen kommen – nein, Brüder, das nicht!"

Die Tür der Gaststätte wurde geöffnet, und ein weiterer Mann trat schnell ein und näherte sich dem Jungen.

„Master Shelton", sagte er, „Sir Daniel bricht auf, er hat zwei Fackeln und vier Bogenschützen dabei."

Richard – denn er war dieser junge Mann – erhob sich unverzüglich.

„Lawless", sagte er, „Ihr übernehmt John Cappers Wache. Greensheve, Ihr geht mit mir. Capper, Ihr sollt mich führen. Diesmal folgen wir ihm, wenn er nach York geht."

Im nächsten Augenblick waren sie draußen auf der Straße, und Capper, der Mann, der eben gekommen war, deutete dorthin, wo in einiger Entfernung zwei Fackeln im Wind flackerten.

Die Stadt lag schon in tiefem Schlaf, niemand zeigte sich auf den Straßen, und nichts war einfacher, als der kleinen Gruppe unbemerkt zu folgen. Die beiden Fackelträger befanden sich an der Spitze, hinter ihnen war ein einzelner Mann, dessen langer Mantel ihn umflatterte. Die Nachhut bildeten die vier Bogenschützen, jeder von ihnen hatte seinen Bogen in der Hand. Sie schritten rasch aus, schlängelten sich durch die verwinkelten Gassen und strebten in die Richtung zum Ufer.

„Ist er jede Nacht hierhergegangen?" fragte Richard flüsternd.

„Drei Nächte nacheinander; dies ist die dritte Nacht, Master Shelton", erwiderte Cappe, „und immer um die gleiche Zeit und mit demselben kleinen Gefolge, als ob er sein Ziel geheimhalten wollte."

Sir Daniel und seine sechs Männer hatten mittlerweile die Außenbezirke erreicht. Shoreby war eine offene Stadt, und obwohl die Lords der Partei Lancaster, die hier lagen, die wichtigen Straßen überwachten, war es möglich, die Stadt über Nebenstraßen oder querfeldein zu betreten oder zu verlassen.

Der Weg, den Sir Daniel benutzt hatte, war unvermittelt zu Ende. Vor ihm war ein Streifen holpriges Gelände, und auf einer Seite war der Lärm der Brandung zu hören. Nirgends in der Nähe waren Wachtposten, und in diesem Teil der Stadt waren auch nirgends Lichter zu erblicken.

Richard und seine beiden Briganten schlossen ein wenig zu den Objekten ihrer Jagd auf, und als sie die Häuser hinter sich zurückgelassen und nach rechts und links ein größeres Blickfeld hatten, bemerkten sie eine dritte Fackel, die sich aus einer anderen Richtung näherte.

„He", sagte Richard, „ich wittere Verrat."

Unterdessen war Sir Daniel stehen geblieben. Die Fackeln wurden in den Sand gesteckt, und die Männer legten sich hin, wie um auf die Ankunft der anderen Gruppe zu warten.

Diese rückte schnell heran. Sie bestand aus nur vier Männern – zwei Bogenschützen, ein Knappe mit der Fackel und ein Gentleman, der in der Mitte ging und einen Mantel anhatte.

„Seid Ihr es, Mylord?" rief Sir Daniel.

„Ich bin es in der Tat, und wenn je ein Knight den Beweis für seine Ritterlichkeit geliefert hat, dann bin ich es ebenfalls", erwiderte der Führer des zweiten Trupps. „Denn wer würde nicht lieber Riesen, Zauberer oder Heiden annehmen, als diese stechende Kälte?"

„Mylord", sagte Sir Daniel, „desto mehr wird die Schönheit sich Euch verpflichtet fühlen, daran solltet Ihr nicht zweifeln. Aber wollen wir nicht weitergehen? Je eher Ihr meine Ware besichtigt habt, desto eher sind wir wieder zu Hause."

„Aber warum bewahrt Ihr sie hier auf, mein lieber Knight?" erkundigte sich der andere. „Wenn sie so jung, so ansehnlich und so reich ist, warum bringt Ihr sie nicht mit passenden Partnern zusammen? Ihr könntet sie bestimmt bald gut verheiraten und hättet es nicht nötig, Euch die Finger zu erfrieren und Pfeilschüsse zu riskieren, indem Ihr in einer so unpassenden Jahreszeit im Dunkeln spazierengeht."

„Ich habe es Euch doch gesagt, Mylord", erwiderte Sir Daniel, „daß die

Gründe dafür mich allein betreffen. Ich habe auch nicht vor, weitere Erklärungen zu liefern. Euch möge genügen, daß Ihr nur Eure Absicht bekanntzugeben braucht, Joanna Sedley zu heiraten, falls Ihr Euern alten Gefährten Daniel Brackley satt habt. Ich gebe Euch mein Wort darauf, daß Ihr ihn dann mit einem Pfeil im Rücken finden würdet."

Mittlerweile marschierten die beiden Gentlemen rasch durch das baumlose, grasbewachsene Hügelland. Die drei Fackelträger gingen vor ihnen her, wobei sie sich gegen den Wind stemmten und ihre Lichter Rauchwolken und Funken versprühten. Die sechs Bogenschützen bildeten den Abschluß.

Nah hinter den Schützen befand sich Richard. Natürlich hatte er von der Unterhaltung kein Wort verstanden, aber er hatte in dem zweiten Sprecher den alten Lord Shoreby erkannt, einen Mann von übler Reputation.

Sie kamen nun zum Strand. Die Luft roch salzig, der Lärm der Brandung schwoll an. Und hier, in einem großen, ummauerten Garten, stand ein kleines zweistöckiges Haus mit Ställen und Nebengebäuden.

Der vordere Fackelträger schloß ein Tor in der Mauer auf, und als der Trupp im Garten verschwunden war, machte er es zu und verschloß es von der anderen Seite.

Daher waren Richard und seine Männer von einer weiteren Verfolgung ausgeschlossen, sofern sie nicht über die Mauer steigen und in einen etwaigen Hinterhalt geraten wollten.

Sie setzten sich hinter einen Stechginsterstrauch und warteten. Innerhalb der Umfriedung wanderte der rote Schein der Fackeln auf und ab und hin und her, als ob die Fackelträger ständig durch den Garten patroullierten.

Zwanzig Minuten verstrichen, dann quoll der ganze Trupp wieder heraus auf das Grasland, und Sir Daniel und der Lord trennten sich nach einem feierlichen Abschied voneinander und wandten sich einzeln heimwärts, jeder mit seinem eigenen Gefolge aus Männern und Lichtern.

Sobald das Geräusch ihrer Schritte vom Wind ausgelöscht worden war, kam Richard auf die Füße, so schnell er es vermochte, denn er war steif geworden, und seine Glieder schmerzten vor Kälte.

„Capper, Ihr müßt mir hinauf helfen", sagte er.

Sie gingen zu dritt zu der Mauer. Capper bückte sich, und Richard stieg auf seine Schultern und kletterte auf die Mauerkappe.

„Und jetzt, Greensheve", flüsterte Richard, „kommt Ihr zu mir herauf.

Legt Euch flach aufs Gesicht, damit Ihr nicht so gut zu sehen seid, und haltet Euch bereit, mir beizustehen, falls ich auf der anderen Seite eine unangenehme Begegnung habe."

Er sprang in den Garten.

Überall war es stockfinster, auch im Haus war kein Licht. Der Wind pfiff schrill durch die armseligen Büsche, und die Brandung schlug gegen den Strand, andere Geräusche gab es nicht. Vorsichtig schlich Richard vorwärts, stolperte über Sträucher und streckte tastend die Hände aus. Endlich knirschte unter seinen Füßen Kies und verriet ihm, daß er auf einen Weg gestoßen war.

Hier blieb er stehen und zog seine Armbrust unter seinem langen Kittel hervor. Er machte sie schußbereit und pirschte mit noch größerer Behutsamkeit und Entschlossenheit weiter. Der Weg führte ihn stracks zu den Gebäuden.

Sie schienen sich in einem elenden Zustand zu befinden. Die Fenster des Hauses waren mit wackeligen Läden gesichert, die Ställe waren offen und leer, und auf dem Heuboden war kein Heu und in der Haferkiste kein Hafer. Nahezu jedermann würde das Anwesen für verödet gehalten haben, aber Richard hatte triftige Gründe, das Gegenteil anzunehmen. Er setzte die Inspektion fort, trat in einige Bürozimmer und untersuchte sämtliche Fenster. Endlich gelangte er zu der dem Meer zugewandten Seite des Hauses, und hier brannte hinter einem der oberen Fenster ein schwaches Licht.

Er trat ein Stück zurück und hatte den Eindruck, daß sich an der Wand des Zimmers ein Schatten bewegte. Ihm fiel ein, daß er im Stall eine Leiter ertastet hatte, und er lief eilends zurück, um sie zu holen. Die Leiter war sehr kurz, aber wenn er auf der obersten Sprosse stand, konnte er mit den Händen die Eisenstangen am Fenster erreichen. Er packte zu und zog sich hoch, bis er in das Zimmer spähen konnte.

Im Zimmer waren zwei Personen. Die erste erkannte er sofort als die Dame Hatch, die zweite, eine große, schöne und ernste junge Lady in einem langen, bestickten Kleid – konnte Joanna Sedley sein, sein alter Waldgefährte Jack, den er mit seinem Gürtel hatte verprügeln wollen?

Verblüfft ließ er sich auf die Leiter zurückgleiten. Er hatte seine Freundin nie als so hochgestellte Persönlichkeit empfunden, und im Augenblick überkam ihn ein Gefühl mangelden Selbstvertrauens. Aber er hatte keine Gelegenheit, lange nachzudenken. In seiner Nähe erklang ein leises „Pst", und er beeilte sich, von der Leiter zu steigen.

„Wer da?"flüsterte er.

„Greensheve", erfolgte die Antwort im gleichen Ton.

„Was wollt Ihr?" fragte Richard.

„Das Haus ist bewacht, Master Shelton", erwiderte der Brigant. „Und zwar bewachen wir es nicht allein, denn als ich auf meinem Bauch auf der Mauer lag, habe ich gesehen, wie Männer durch die Dunkelheit geschlichen, ich habe auch gehört, wie sie gedämpfte Pfeifsignale ausgetauscht haben."

„Seltsam", sagte Richard. „Können das nicht Leute von Sir Daniel gewesen sein?"

„Nein, Sir, das waren sie nicht", entgegnete Greensheve. „Schließlich habe ich Augen im Kopf, und jeder dieser Männer hat ein weißes Wappen an der Mütze. Anscheinend ist das Wappen dunkel gewürfelt."

„Weiß und dunkel gewürfelt?" wiederholte Richard. „Das Wappen kenne ich nicht, es stammt nicht aus dieser Gegend. Na, wenn es so ist, sollten wir uns so leise wie möglich aus diesem Garten entfernen, denn hier sind wir in einer üblen Verteidigungsstellung. Bestimmt sind Männer von Sir Daniel in diesem Haus, und von zwei Seiten unter Beschuß zu geraten, ist ein jämmerlicher Zustand. Nehmt die Leiter, ich muß sie dort zurücklassen, wo ich sie gefunden habe."

Sie trugen die Leiter wieder in den Stall und arbeiteten sich zu der Stelle, wo sie hereingekommen waren.

Capper hatte Greensheves Platz auf der Mauer übernommen, und jetzt langte er mit einer Hand nach unten und hievte die beiden Männer nacheinander herauf.

Vorsichtig und schweigend sprangen sie auf der anderen Seite ab. Sie wagten nicht eher zu sprechen, als bis sie wieder in Ihrem Versteck hinter dem Stechginster waren.

„Und nun, John Capper", sagte Richard, „zurück mit Euch nach Shoreby, als ginge es um Euer Leben. Bringt mir sofort so viele Männer, wie Ihr einsammeln könnt. Wir wollen uns hier treffen, aber wenn die Männer verstreut sind und der Tag nah ist, bevor sie antreten, verlegen wir den Sammelplatz weiter nach rückwärts an den Stadtrand. Greensheve und ich bleiben hier und passen auf. Beeilt Euch, John Capper, und die Heiligen mögen Euch helfen. Und nun, Greensheve", fuhr er fort, sobald Capper entschwunden war, „werden du und ich in einem weiten Bogen um den Garten herumgehen. Ich möchte sehen, ob deine Augen dich getrogen haben."

In dem sie einen beträchtlichen Abstand von der Mauer hielten und jeden Buckel und jede Mulde zu ihrem Vorteil ausnützten, kontrollierten sie zwei Seiten, ohne etwas zu bemerken. An der dritten Seite war die Gartenmauer nah an den Strand gebaut, und um die nötige Distanz zu wahren, blieb ihnen nichts anderes übrig, als durch den Sand zu stapfen. Zwar war noch Ebbe, aber die Brandung war so hoch und der Strand so flach, daß bei jedem Brecher Schaum und Wasser über die freie Fläche schwappten und Richard und Greensheve an diesem Abschnitt ihres Kontrollgangs manchmal bis zu den Knöcheln, manchmal bis zu den Knien durch das eisige Wasser der Nordsee wateten.

Plötzlich zeichnete sich gegen die helle Gartenmauer die Gestalt eines Mannes ab wie bei einem chinesischen Schattenspiel. Er signalisierte heftig mit beiden Armen, und als er sich wieder zu Boden warf, erhob sich in einiger Entfernung ein zweiter und wiederholte die Vorstellung. Und so machten diese Gestikulationen wie ein stummes Kennwort die Runde um den belagerten Garten.

„Sie passen gut auf", flüsterte Richard.

„Laßt uns wieder an Land gehen, Master", antwortete Greensheve. „Wir sind hier zu ungeschützt, und wenn da draußen hinter uns das Meer weiß aufschäumt, können sie uns deutlich sehen."

„In der Tat", erwiderte Richard. „Also aufs Ufer mit uns, und zwar hastig."

Scharmützel im Finstern

Durchnäßt und durchgefroren kehrten die beiden Abenteurer zu ihrer Stellung hinter dem Stechginster zurück.

„Ich bete zum Himmel, daß Capper sich beeilt hat", sagte Richard. „Ich opfere der heiligen Maria von Shoreby eine Kerze, wenn er vor einer Stunde wieder da ist."

„Ihr seid ungeduldig, Master Dick?" fragte Greensheve.

„Ja, mein Freund", antwortete Richard. „Denn in dem Haus ist die Dame, die ich liebe, und wer könnten wohl die Männer sein, die da in der Finsternis lungern? Bestimmt keine Freunde!

„Nun ja", erwiderte Greensheve, „wenn John bald kommt, können wir sie in Augenschein nehmen. Nach dem Abstand, den sie untereinander haben, schätze ich diejenigen, die draußen sind, nicht einmal auf vierzig, und wenn man sie so weit verstreut annimmt, genügen wahrscheinlich zwanzig Männer, sie zu zersprengen wie einen Schwarm Spatzen. Und trotzdem, Master Dick, wenn die Lady schon in der Gewalt von Sir Daniel ist, dann ist es doch gewiß nicht schlimm, falls sie in die Gewalt von jemand anders gerät. Was für Leute könnten das sein?"

„Ich habe Lord Shoreby in Verdacht", sagte Richard. „Wann sind sie gekommen?"

Sie sind zu der Zeit angerückt, Master Dick", sagte Greensheve, „als Ihr eben über die Mauer gestiegen wart. Ich hatte noch keine Minute da gelegen, als ich bemerkt habe, wie der erste dieser Spitzbuben um die Ecke gekrochen ist."

Das Licht in dem kleinen Haus war bereits erloschen, als Richard und Greensheve durch die Ausläufer der Brecher wateten, und es war unmöglich zu prophezeihen, wann die Männer, die an der Gartenmauer lauerten, zum Sturm ansetzen würden. Von zwei Teufeln bevorzugte Richard den weniger gefährlichen. Ihm war es lieber, wenn Joanna im Gewahrsam von Sir Daniel blieb, als wenn sie in die Klauen von Lord Shoreby fiel, und er hatte sich entschlossen, den Belagerten unverzüglich beizustehen, sollte das Haus angegriffen werden.

Aber die Zeit verging, und immer noch geschah nichts. Von Viertelstunde zu Viertelstunde wurde das gleiche Signals längs der Mauer durchgegeben, als ob der Anführer wünschte, sich der Zuverlässigkeit seiner Gefolgschaft zu vergewissern, aber in jeder anderen Beziehung blieb es in der Umgebung des kleinen Gebäudes totenstill.

Endlich traf Richards Verstärkung ein. Die Nacht war noch nicht weit vorgerückt, als beinahe zwanzig Männer neben ihm hinter dem Stechginster kauerten.

Er teilte seine Gefolgschaft in zwei Trupps und übernahm das Kommando des kleineren. Den anderen vertraute er Greensheve an.

„Und jetzt", sagte er zu dem letzteren, „geht mit Euren Männern zu der nächsten Ecke der Mauer an der Strandseite. Postiert Euch dort und wartet, bis Ihr hört, daß ich attackiere. Mich interessieren die Männer am Strand, denn bei ihnen wird der Führer sein. Der Rest wird flüchten, wir haben nichts dagegen. Noch etwas. Keiner von euch soll mit dem Bogen schießen, ihr würdet nur eure Freunde verletzen. Haltet euch an das Stahl und bleibt dabei. Und für den Fall, daß wir die Überhand gewinnen, verspreche ich jedem von euch einen Noble, sobald ich meinen Besitz erlange."

Von der wüsten Kollektion von Bankrotteuren, Dieben, Mördern und verarmten Bauern, die Duckworth um sich geschart hatte, um seiner Rache zu dienen, hatten die kühnsten und kriegserfahrensten sich freiwillig Richard Shelton angeschlossen. Die Überwachung von Sir Daniels Bewegungen in der Stadt Shoreby hatte sie von Anfang an verdrossen, und schließlich hatten sie laut gemurrt und damit gedroht, die Truppe aufzulösen. Die Aussicht auf einen heftigen Zusammenstoß und eine mögliche Beute versetzte sie wieder in gute Stimmung, und sie bereiteten sich heiter auf ein Getümmel vor.

Sie warfen ihre langen Kittel weg, darunter kamen grüne Wämser oder stabile Lederjacken zum Vorschein. Unter den Kapuzen trugen sie Mützen, die mit Eisenplatten verstärkt waren. Ihre Waffen – Schwerter, Dolche, einige kurze Sauspieße und ein Dutzend schimmernde Piken – versetzten sie in die Lage, es auch mit den regulären feudalistischen Truppen aufnehmen zu können. Die Bogen, Köcher und Kittel wurden im Stechginster versteckt, dann rückten die beiden Haufen ab.

Als Richard die andere Seite des Hauses erreicht hatte, stellte er seine sechs Männer in einer Linie ungefähr zwanzig Yards von der Mauer entfernt auf und postierte sich einige Schritte vor der Front. Dann stießen sie ein lautes Gebrüll aus und drangen gegen die Feinde vor.

Diese, weit verstreut, steifgefroren und überrumpelt, sprangen begriffsstutzig auf und standen zögernd da. Ehe sie Zeit gefunden hatten, Mut zu fassen oder sich über die Anzahl und die Verwegenheit der Angreifer auch nur andeutungsweise klar zu werden, erschallte ein ähnliches Getöse von der anderen Seite der Einfriedung. Daraufhin gaben sie auf und rannten.

Auf diese Weise bildeten die beiden kleinen Trupps der Männer vom Schwarzen Pfeil an der Seeseite der Gartenmauer eine Zange und nahmen einen Teil der Fremden zwischen zwei Feuer, während die übrigen flüchteten und sich als bald in der Dunkelheit verstreuten.

Trotzdem fing der Kampf jetzt erst richtig an. Richards Briganten hatten zwar das Überraschungsmoment auf ihrer Seite, aber die Männer, die sie umzingelt hatten, waren immer noch erheblich in der Überzahl. Inzwischen hatte die Flut eingesetzt, der Strand hatte sich zu einem schmalen Streifen verengt, und auf diesem nassen Turnierplatz zwischen dem Wasser und der Gartenmauer begann ein verzweifeltes, wildes und tödliches Ringen.

Die Fremden waren gut bewaffnet. Sie fielen schweigend über die Angreifer her, und die Rauferei löste sich in eine Serie von Einzelkämpfen auf. Richard, der sich zuerst ins Getümmel gestürzt hatte, hatte drei Männer gegen sich. Den vorderen mähte er mit dem ersten Streich nieder, aber vor den beiden anderen, die sich hitzig auf ihn warfen, wich er zurück. Einer von ihnen war ein gewaltiger Brocken, beinahe ein Gigant, und gerüstet mit einem Beidhänder, den er schwang wie eine Rute. Gegen diesen Widersacher mit seiner Reichweite und seinem Gewicht und der Länge seiner Waffe war Richard mit seiner Pike nahezu wehrlos, und hätte der dritte seine Attacke energisch fortgesetzt, hätte der Junge zweifellos fallen müssen. Der andere Mann indes, kleiner und langsamer als sein Partner, hielt einen Augenblick inne, um ringsum in die Finsternis zu spähen und auf den Gefechtslärm zu lauschen.

Der Riese nützte nach wie vor seine Übermacht aus, und Richard flüchtete vor ihm her und wartete auf seine Chance. Die mächtige Klinge blitzte auf und sauste herunter, und der Junge schnellte zur Seite, sprang vor und stach mit der Pike von unten nach oben zu. Ein Schmerzgebrüll war die Antwort, und bevor der Verwundete seine beachtliche Waffe abermals hochbringen konnte, hatte Richard ihn zur Erde gestreckt, indem er seinen Stoß zweimal wiederholte.

Im nächsten Augenblick war er in einen Kampf unter weniger ungleichen Bedingungen mit seinem zweiten Verfolger verstrickt. Der Größenunterschied war nicht bemerkenswert. Zwar war der Mann, der mit Schwert und Dolch gegen die Pike focht und wachsam seine Verteidigung nicht vernachlässigte, Richard an Waffen überlegen, doch vermochte der Junge diesen Nachteil durch Schnelligkeit auszugleichen. Zunächst gewann keiner die Oberhand, aber der ältere profitierte vom Eifer des jüngeren. Er lockte Richard dorthin, wo er ihn hin haben wollte, und unvermittelt stellte dieser fest, daß sie die ganze Breite des Strands überquert hatten und bis über die Knie in Schaum und Gischt der Brecher standen. Hier konnte er seine Schnelligkeit nicht mehr ausspielen, und er war seinem Gegner mehr oder weniger ausgeliefert. Als er sich zu seinen Männern umblickte, begriff er, daß sein geschickter und gerissener Gegner die Absicht hatte, ihn mehr und mehr von seiner Truppe abzuziehen.

Richard biß die Zähne zusammen. Er entschloß sich, den Kampf sofort zu entscheiden, und als die nächste Welle zurückglitt und den Strand einen Augenblick trockenlegte, stürmte er vor, parierte mit der Pike einen Hieb und sprang dem Mann an die Gurgel. Der Mann kippte auf den Rücken, Richard fiel auf ihn, und die nächste Welle, die schnell der vorigen folgte, begrub den Gegner unter einem Wasserschwall. Richard entriß dem Mann den Dolch und sprang auf.

„Ergebt Euch!“ rief er. „Ich schenke Euch das Leben.“

„Ich ergebe mich“, sagte der andere und kam auf die Knie. „Ihr kämpft wie ein junger Mann, ahnungslos und närrisch, aber – bei der Schlachtordnung aller Heiligen – Ihr kämpft tapfer!“

Richard wandte sich um zum Strand. Das Getümmel wogte immer noch unentschieden hin und her. Lauter als das heisere Dröhnen der Brandung klirrte Stahl gegen Stahl und Schmerzensschreie und das Gebrüll der anderen Männer hallten wider.

„Führt mich zu Eurem Hauptmann“, sagte der besiegte Ritter. „Wir sollten diese Schlächterei beenden.“

„Sir“, erwiderte Richard, „sofern diese Männer einen Hauptmann haben, ist es der Gentleman, der vor Euch steht.“

„Dann ruft Eure Hunde zurück, und ich werde meinen Schurken befehlen aufzuhören“, entgegnete der andere.

Richard glaubte, in der Stimme und in den Manieren seines geschlagenen Widersachers eine gewisse Vornehmheit zu entdecken, so daß er prompt seine Furcht vor einer Heimtücke beiseite schob.

„Legt eure Waffen nieder, Männer!“ rief der fremde Knight. „Ich habe mich ergeben, man hat mir das Leben zugesichert.“

Der Tonfall des Fremden verriet, daß der Mann daran gewöhnt war, zu befehlen. Das Getöse und die Verwirrung auf dem Kampfplatz verebbten.

„Lawless“, rief Richard, „alles in Ordnung?“

„Ja“, antwortete Lawless. „Ich bin gesund und munter.“

„Steckt eine Laterne an“, sagte Richard.

„Ist Sir Daniel nicht hier? fragte der Knight.

„Sir Daniel?“ entgegnete Richard. „Nein, beim Kruzifix, ich hoffe nicht. Wenn er hier wäre, würde es mir schlecht ergehen.“

„Euch würde es schlecht ergehen, verehrter Sir?“ meinte der andere. „Nein, wenn Ihr nicht zu Sir Daniels Partei gehört, verstehe ich nichts mehr. Warum seid Ihr dann über mich hergefallen? Welchen Streit haben wir, mein junger und hitziger Freund, überhaupt ausgetragen, und zu welchem irdischen Zweck? Und, um diesen Fragen einen klaren Abschluß zu geben, vor welchem Gentleman habe ich kapituliert?“

Bevor Richard zu antworten vermochte, meldete sich ganz in der Nähe eine Stimme zu Wort. Richard konnte das schwarz-weiße Wappen des Sprechers sehen und wie dieser vor dem Fremden respektvoll salutierte.

„Mylord“, sagte er, „wenn diese Gentlemen keine Freunde von Sir Daniel sind, ist es in der Tat ein Jammer, daß wir mit ihnen gestritten haben, aber der Jammer wäre noch zehnmal größer, wenn sie oder wir noch länger hier bleiben würden. Die Beobachter im Haus, sofern sie nicht alle tot oder taub sind, haben gehört, wie wir eine Viertelstunde aufeinander eingehämmert haben, sie werden zur Stadt signalisiert haben, und wenn wir uns nicht schnell zurückziehen, werden wir beide von einer frischen Truppe angenommen.“

„Hawksley hat recht“, fügte der Lord hinzu. „Was haltet Ihr davon, Sir? Wohin sollen wir marschieren?“

„Nein, Mylord“, sagte Richard. „Meinetwegen dürft Ihr gehen, wohin Ihr wollt. Allmählich ahne ich, daß wir einen Grund zur Freundschaft haben, und wenn ich unsere Bekanntschaft auch ein wenig derb angefangen habe, möchte ich sie so jedenfalls nicht fortsetzen. Trennen wir uns also, Mylord, indem Ihr mir Eure rechte Hand reicht, und an dem Ort und zu der Stunde, die Ihr festlegen sollt, wollen wir uns wiedertreffen und verhandeln.“

„Ihr seid zu vertrauensvoll, Junge“, sagte der andere, „aber diesmal ist Euer Vertrauen nicht unangebracht. Ich erwarte Euch bei Tagesanbruch am St. Bride’s Cross. Kommt, Männer, folgt mir.“

Der Fremde verschwand mit einer verdächtigen Geschwindigkeit vom Schauplatz, und während die Briganten sich ihrer gewohnten Pflicht unterzogen, die Leichen zu fleddern, umrundete Richard noch einmal die Gartenmauer, um die Vorderseite des Hauses zu betrachten. Hinter einem Sehschlitz nah unter dem Dach entdeckte er ein Licht, das gewiß von einem der rückwärtigen Fenster von Sir Daniels Haus in der Stadt aus zu bemerken war, und er zweifelte nicht daran, daß dies das Signal war, das Hawksley vermutet hatte, und nun bald die Lanzen des Knights von Tunstall auftauchen würden.

Er preßte ein Ohr gegen die Erde, und schien, als ob er rüttelnde und hohlklingende Geräusche aus der Richtung zur Stadt hörte. In Eile kehrte er an den Strand zurück, wo inzwischen alles erledigt war. Die letzten Leichen waren entwaffnet und splitternackt ausgezogen worden, und vier Männer waren damit beschäftigt, sie ins Wasser zu werfen und so der Gnade oder Ungnade der Tiefe auszuliefern.

Als wenige Minuten später aus den näherliegenden Gassen von Shoreby vierzig Reiter quollen, die hastig zusammengetrommelt worden waren und jetzt im Galopp zum Strand strebten, war die Umgebung des Hauses am Meer still und verödet.

Während dessen waren Richard und seine Leute im „Ale House of the Goat and Bagpipes", um bis zum Stelldichein am Morgen noch ein paar Stunden Schlaf zu ergattern.

St. Bride's Cross

Das St. Bride's Cross stand in einiger Entfernung von Shoreby am Rand des Waldes von Tunstall. Hier stießen zwei Straßen zusammen, nämlich eine von Holywood durch den Wald, und die andere, die von Risingham kam und die wilde Flucht der zerschlagenen Lancaster-Armee erlebt hatte. Sie vereinigten sich und führten hügelabwärts nach Shoreby, und ein wenig seitab von ihrer Vereinigung war der Gipfel einer kleinen Anhöhe von dem alten und verwitterten Kreuz gekrönt.

Dort langte Richard gegen sieben Uhr morgens an. Es war immer noch kalt, die Erde war grau und silbrig bereift, und im Osten kündigte sich der Tag mit vielerlei Farben zwischen Purpur und Orange an.

Richard setzte sich auf die Stufe des Kreuzes, wickelte sich in seinen Wappenrock und hielt wachsam Ausschau nach allen Seiten. Er brauchte nicht lange zu warten. Von Holywood her näherte sich auf einem prächtigen Pferd ein Gentlemen in einer kostspieligen und funkelnden Rüstung, über der er einen Umhang aus seltenen Pelzen trug. Zwanzig Yards hinter ihm folgte ein Trupp Männer mit Lanzen, die indes anhielten, sobald sie des Treffpunktes ansichtig wurden, während der Gentleman im Umhang allein weiterritt.

Sein Visier war offen und zeigte ein vornehmes, beherrschtes Gesicht, das sich vorzüglich im Einklang mit dem Prunk seiner Aufmachung und seiner Waffen befand. Ein wenig verwirrt richtete Richard sich auf, löste sich von dem Kreuz und ging über das Bankett seinem Gefangenen entgegen.

„Ich danke Euch, Mylord, für Eure Pünktlichkeit", sagte er linkisch. „Würden Eure Lordschaft bitte absteigen?"

„Seid ihr allein hier, junger Mann?" erkundigte sich der andere.

„So einfältig war ich nicht", antwortete Richard. „Um Eurer Lordschaft gegenüber ehrlich zu sein – der Wald rechts und links von diesem Kreuz steckt voll mit meinen Männern, die neben ihren Waffen liegen.

„Daran habt Ihr klug getan", sagte der Lord. „Ich freue mich darüber, zumal Ihr in der vorigen Nacht tollkühn und eher wie ein wilder Wirrkopf der Sarazenen als wie ein christlicher Krieger gekämpft habt. Aber mir als Unterlegenem steht nicht zu, mich zu beschweren."

„Ihr seid in der Tat unterlegen, Mylord, da Ihr hingefallen seid", erwiderte Richard. „Aber wenn die Wellen mir nicht geholfen hätten, wäre ich auf der Strecke geblieben. Ihr hattet die Gewogenheit, Mylord, mir mit Eurem Dolch verschiedene Markierungen beizubringen, die ich noch an mir trage. Jedenfalls, Mylord, habe ich sowohl die Gefahr wie auch den Profit bei unserem kleinen Getümmel unter Blinden am Strand eingestrichen."

„Ihr seid klug genug, es leicht zu nehmen, wie ich sehe", entgegnete der andere.

„Nein, Mylord, nicht klug", erwiderte Richard. „In dieser Beziehung neige ich nicht dazu, mich zu überschätzen. Aber wenn ich mir beim Licht dieses neuen Tages in Erinnerung rufe, daß ein beherzter Knight kapituliert hat, nicht nur vor meinen Waffen, sondern vor dem Geschick, der Dunkelheit und der Brandung – und überlege, wie leicht dieses Scharmützel auch anders hätte ausgehen können, in Anbetracht meiner Ungehobeltheit und meiner mangelnden soldatischen Erfahrung –, dann solltet Ihr Euch nicht wundern, wenn ich verwirrt bin über meinen Sieg."

„Wohl gesprochen", sagte der Fremde. „Euer Name?"

„Mein Name, mit Verlaub, ist Shelton", sagte Richard.

„Die Leute nennen mich Lord Foxham", fügte der andere hinzu.

„Aber seid Ihr nicht ein Mündel von Sir Daniel? Ich erinnere mich – falls Ihr Harry Sheltons Sohn seid –, so etwas gehört zu haben", sagte Lord Foxham.

„Möchtet Ihr nicht doch absteigen, Mylord? Ich würde Euch gern erzählen, wer ich bin und in welcher Lage ich mich befinde und warum meine Forderungen so dreist sind. Ich ersuche Euch, Mylord, auf diesen Stufen Platz zu nehmen, mich anzuhören und dann über mich zu urteilen."

Während er sprach, reichte Richard dem Lord die Hand und half ihm aus dem Sattel. Er führte ihn auf die Anhöhe zu dem Kreuz und an die Stelle, wo er selbst gesessen hatte, blieb respektvoll vor seinem vornehmen Gefangenen stehen und berichtete ihm seine Erlebnisse bis zu der Episode am vorigen Abend.

Lord Foxham hörte ernst zu, und als Richard geendet hatte, sagte er: „Master Shelton, Ihr seid ein außerordentlich glücklicher unglücklicher junger Gentleman, aber das Glück, das Ihr hattet, habt Ihr Euch reichlich verdient, indes das Unglück Euch zu Unrecht getroffen hat. Seid unbesorgt. Ihr habt einen Freund gefunden, dem es weder an Macht noch an Wohlhaben mangelt. Was Euch betrifft, will ich gern einräumen, daß Ihr tapfer und ehrbar seid, obwohl es einer Person von Eurem Stand nicht ansteht, sich mit Verbrechern zu verbünden. Ihr seid gefährlich im Kampf und höflich im Frieden, ein Junge mit ausgezeichneten Gaben und guter Haltung. Was nun Euern Besitz angeht, so werdet Ihr ihn nie wiedersehen, sofern die Welt sich nicht abermals ändert. Solange Lancaster die Oberhand hat, solange wird Sir Daniel Euer Eigentum behalten. Mit meinem Mündel ist es anders. Ich hatte sie einem Gentleman versprochen, einem Verwandten von mir – ein gewisser Hamley; das Versprechen ist schon alt . . .“

„Ja, Mylord, und jetzt hat Sir Daniel sie Lord Shoreby versprochen“, unterbrach Richard. „Und sein Versprechen, so frisch es auch ist, wird mit größter Wahrscheinlichkeit verwirklicht werden.“

„das ist die schiere Wahrheit“, entgegnete die Lordschaft. „Und wenn man darüber hinaus berücksichtigt, daß ich Euer Gefangener bin, dem Ihr nicht mehr zugesichert habt als das nackte Leben, und daß obendrein das Mädchen sich unglücklicherweise in anderen Händen befindet, muß ich Euch zustimmen. Aber wenn Ihr mit Euren Männern helft . . .“

„Mylord!“ rief Richard. „Das sind dieselben Verbrecher, die Ihr mir eben noch verübelt habt.“

„Mögen sie sein, was sie wollen, jedenfalls können sie kämpfen“, entgegnete Lord Foxham. „Helft mir also, und wenn wir beide das Mädchen wiederbekommen, bei meiner Ritterehre, soll sie Euch heiraten.“

Richard beugte die Knie vor seinem Gefangenen, doch dieser sprang leichtfüßig auf, zog Richard an sich und umarmte ihn wie einen Sohn.

„Kommt“, sagte er. „Wenn Ihr Joanna heiraten wollt, müssen wir wirkliche Freunde werden.“

Die „Good Hope“

Eine Stunde später war Richard wieder im „Goat and Bagpipes“ und frühstückte, während er die Berichte seiner Boten und Posten entgegennahm. Duckworth war abwesend, was häufig der Fall war, denn er spielte vielerlei Rollen in der Welt, war in allerhand Interessen verstrickt und an mancherlei Affären beteiligt. Er hatte die Genossenschaft vom Schwarzen Pfeil gegründet, weil er ruiniert war und sich nach Geld und Rache sehnte, aber unter denjenigen, die ihn am besten kannten, galt er als Agent und Gesandter des großen Königmachers von England, Richard Earl of Warwick.

Wenn er nicht da war, fiel Richard Shelton die Rolle des Kommandeurs in Shoreby zu, und als er beim Essen saß, dachte er angestrengt nach, und sein Gesicht war finster. Er und Lord Foxham hatten entschieden, am Abend einen kühnen Vorstoß zu wagen und Joanna mit Gewalt zu befreien. Schwierigkeiten gab es indes viele, und seine Männer, die nach und nach eintrafen, brachten noch mehr unangenehme Neuigkeiten.

Sir Daniel war durch das abendliche Scharmützel aufgeschreckt worden. Er hatte die Besatzung des Hauses im Garten verstärkt und, damit noch nicht zufrieden, Reiter in den benachbarten Straßen verteilt, so daß er ständig über jede verdächtige Bewegung unterrichtet werden konnte. Gleichzeitig standen im Hof seines Hauses gesattelte Pferde bereit, und bewaffnete Männer warteten auf den Befehl zum Aufbruch.

Die Durchführung des geplanten Abenteuers erschien immer komplizierte, bis Richards Gesicht sich plötzlich erhellte.

„Lawless!" rief er. „Ihr wart Seemann. Könnt Ihr mir ein Schiff stehlen?"

„Master Dick", erwiderte Lawless, „wenn Ihr mich unterstützt, erkläre ich mich damit einverstanden, das Münster von York zu stehlen."

Bald danach verließen beide das Alehaus und gingen zum Hafen. Er bestand aus einem beachtlichen Becken, das sich zwischen sandigen Anhöhen, baumlosen, grasbewachsenen Hügeln, alten, schütteren Waldflächen und den verkommenen Häusern der Stadt erstreckte. Viele Schiffe und offene Boote lagen entweder vor Anker oder waren halb oder ganz auf den Strand gezogen. Eine lange Schlechtwetterperiode hatte sie von der hohen See vertrieben, und die schwarzen Wolkengebirge und die kalten Böen, die einander jagten und in unregelmäßigen Abständen trockenen Schnee versprühten, versprachen keine Besserung, sondern ließen eher einen ernstlichen Sturm für die nächste Zukunft erwarten.

Der Kälte und des Winds wegen hatten die Seeleute sich an Land gestohlen und grölten und sangen jetzt in den Tarvernen am Ufer. Viele der Schiffe dümpelten bereits unbehütet auf den Wellen, und je weiter der Tag vorrückte und je weniger das Wetter auch nur den Anschein einer vorteilhaften Veränderung erweckte, desto größer wurde kontinuierlich die Zahl der verlassenen Schiffe und vor allem auf diejenigen unter ihnen, die weit draußen waren, lenkte Lawless seine Aufmerksamkeit. Während dessen saß Richard auf einem Anker, der halb in den Sand eingesunken war, und lauschte abwechselnd auf die rauhen, mächtigen und drohenden Stimmen des Sturms und auf den heiseren Gesang der Seeleute in den benachbarten Tavernen. Aber bald vergaß er seine unmittelbare Umgebung und seine Sorgen über den angenehmen Erinnerungen an Lord Foxhams Versprechen.

Eine Berührung an der Schulter riß ihn aus seinen Gedanken. Lawless deutete auf ein kleines Schiff, das ein wenig isoliert nah an der Hafeneinfahrt lag, wo es gleichmäßig und elegant auf der eindringenden Strömung ritt. Im selben Augenblick fiel ein bleicher Wintersonnenstrahl auf das Deck des Schiffes, wodurch es sich scharf gegen eine finstere Wolkenbank abzeichnete, und Richard sah, wie zwei Männer ein Skiff längsseits holten.

„Dort, Sir", sagte Lawless. „Prägt es Euch ein. Das ist das Schiff für heute nacht."

Das Ruderboot legte von dem Schiff ab, die beiden Männer drehten seine Nase in den Wind und pullten kräftig zum Ufer. Lawless wandte sich an einen der Gaffer, die in der Nähe lungerten.

„Wie heißt es?" fragte er und zeigte auf das kleine Schiff.

„Das ist die »Good Hope« aus Dartmouth", erwiderte der Gaffer. „Der Kapitän heißt Arblaster, er sitzt im Bug des Skiffs."

Mehr wollte Lawless nicht wissen. Er bedankte sich bei dem Mann und lief am Ufer entlang zu einem kleinen, sandigen Bach, zu dem das Skiff strebte. Hier nahm er Aufstellung, und sobald die beiden Männer von der »Good Hope« in Hörweite waren, eröffnete er das Feuer.

„Was, Freund Arblaster!" brüllte er. „Nein welch eine Überraschung, beim Kruzifix! So ein Zufall! Und ist das nicht die »Good Hope«? Ja, ich würde sie unter zehntausend Schiffen wiederkennen. Ein prächtiges Boot. Aber kommt her, Freund, was wollt Ihr trinken? Ich hab's zu Wohlstand gebracht, bestimmt erinnert Ihr Euch noch daran. Ich bin jetzt reich. Ich segle nicht mehr auf dem Meer, sondern meistens auf gewürztem Ale. Komm, Freund, gib mir die Hand! Wir wollen uns betrinken!"

Skipper Arblaster, ein ältlicher, langgesichtiger, wettergegerbter Mann, der ein Messer an einer geflochtenen Schnur um den Hals hängen hatte und sich in Gang und Haltung von einem modernen Seemann nicht unterschied, hatte sich in Mißtrauen und offensichtlicher Verblüffung zurückgehalten. Aber die Erwähnung des Wohlstandes und der Anschein von Angetrunkenheit, Schlichtheit und Gutmütigkeit, den Lawless zu erwecken verstand, schläferten die Skepsis ein. Der Kapitän wurde jählings freundlich und zutraulich und streckte seine Hand aus und packte die des Briganten.

„Nein", sagte er, „ich kann mich nicht an Euch erinnern. Aber was schadet es. Ich trinke mit jedem, Freund, und mein Mann Tom hält es ebenso. Mann Tom", sagte er und wandte sich an seinen Begleiter, „hier ist mein Freund, dessen Name mir nicht einfallen will und der zweifellos ein sehr guter Seemann ist. Wir wollen mit ihm und seinem Freund was trinken gehen."

Lawless übernahm die Führung, und bald saßen sie in einem Alehaus, das ziemlich neu und in einer abgelegenen Gegend und daher weniger voll war als die Tavernen näher am Zentrum des Hafens. Es war nicht viel mehr als ein hölzerner Schuppen, den heutigen Blockhäusern der Hinterwäldler sehr ähnlich, und einfach eingerichtet mit einer primitiven Theke, einer Anzahl kahler Bänke und einigen Brettern, die über Fässer gelegt waren, um als Tische zu dienen. In der Mitte war eine Feuerstelle, auf der Treibholz verbrannt wurde und die beizenden Qualm von sich gab.

„Und nun", sagte Lawless, „haben wir hier, was dem Seemann Freude macht – ein gutes Feuer und einen guten steifen Becher und ein mieses Wetter draußen und einen schnarchenden Seewind über dem Dach. Auf die »Good Hop«! Sie soll immer große Fahrt machen!"

„Ja", sagte Skipper Arblaster, „dies ist ein feines Wetter, um an Land zu sein, das steht mal fest. Mann Tom, was haltet Ihr davon? Freund, Ihr findet die richtigen Worte, obwohl ich mich Eures Namens nicht entsinnen kann, aber Ihr findet die richtigen Worte. Möge die »Good Hope« gute Fahrt machen, Amen!"

„Freund Dickon", sagte Lawless und wandte sich an seinen Befehlshaber, „wenn ich mich nicht irre, habt Ihr einiges zu erledigen. Ihr solltet die Gelegenheit unverzüglich wahrnehmen. Ich befinde mich in vortrefflicher Gesellschaft von zwei alten Seeleuten, und bis Ihr wiederkommt, übernehme ich die Garantie, daß diese braven Männer bei mir bleiben und mit mir eine Tasse nach der anderen leeren. Wir sind nicht wie die Landratten, wir alten, zähen Teerjacken!"

„Das will ich meinen", erklärte der Skipper. „Ihr könnt Euch verabschieden, Freund, denn wir werden Euerm Freund und meinem alten Gefährten bis nach Mitternacht Gesellschaft leisten – nein, bei der heiligen Maria, bis die Sonne wieder aufgeht. Wenn ein Mann lange genug auf See war, müßt Ihr wissen, dringt ihm das Salz bis ins Mark, er kann einen Ziehbrunnen austrinken und doch seinen Durst nicht löschen."

Dergestalt von zwei Seiten ermutigt, stand Richard vom Tisch auf, nickte seinen Begleitern zu und begab sich so schnell wie möglich zum „Goat and Bagpipes". Von dort schickte er Lord Foxham eine Nachricht, am Abend stünde ein seetüchtiges Schiff zur Verfügung, dann nahm er zwei Briganten mit seemännischer Praxis mit und kehrte zum Hafen und zu dem kleinen, sandigen Bach zurück.

Das Skiff der »Good Hope« lag zwischen vielen anderen, von denen es dank seiner ungewöhnlichen Winzigkeit und Zierlichkeit leicht zu unterscheiden war. Als Richard und seine beiden Begleiter eingestiegen waren und aus dem Bach in den offenen Hafen ruderten, tanzte das kleine Boot in der Strömung und taumelte bei jedem Windstoß, als wäre es im Begriff zu kentern.

Wie wir erklärt haben, ankerte die »Good Hope« weit draußen, wo die Strömung am stärksten war. Die nächsten Schiffe lagen mehrere hundert Faden von ihr entfernt und waren von ihrer Mannschaft verlassen, und als das Skiff herankam, wirbelte ein jäher Schneeschauer herab, und der Himmel verdunkelte sich und machte die Briganten nach jeder beliebigen Richtung unsichtbar. Im Handumdrehen waren sie auf das schwankende Deck gesprungen, und das Skiff tanzte am Heck. Die »Good Hope« war gekapert.

Sie war ein gutes, stabiles Boot mit einem Deck am Bug und mittschiffs, aber achtern offen. Sie hatten einen Mast, und die Takelage war eine Kombination aus der einer Feluke und eines Loggers. Anscheinend hatte Skipper Arblaster ausgezeichnete Geschäfte gemacht, denn der Laderaum war voller Fässer mit französischem Wein, und in der kleinen Kabine, neben der Jungfrau Maria am Schott, die bewies, daß der Kapitän ein religiöser Mann war, befanden sich viel verschlossene Truhen und Schränke, die ihn als reich und vorsichtig auswiesen.

Ein Hund, der einzige Besatzer des Schiffs, kläffte wütend und schnappte nach den Rüßen der Eindringlinge; er wurde in die Kabine gescheucht, und die Tür wurde ihm trotz seines Protests vor der Nase zugeschlagen. Eine Lampe wurde angesteckt und in die Wanten gehängt, damit das Schiff vom Ufer aus auszumachen war. Eines der Weinfässer im Laderaum wurde angestochen, und ein Becher ausgezeichneten Gascogners wurde auf das Gelingen des Abenteuers am Abend geleert. Und dann, während einer der Briganten seinen Bogen und seine Pfeile zurechtlegte, um das Schiff gegen jeden Ansturm zu halten, holte der andere das Skiff heran und kletterte hinein, um auf Richard zu warten.

„Jack, paßt gut auf", sagte der junge Kommandant und bereitete sich darauf vor, seinem Untergebenen zu folgen. „Ihr werdet doch hoffentlich alles richtig machen?"

„Ich werde ganz großartig alles richtig machen, solange wir hier liegen", erwiderte Jack. „Aber sobald wir diese Nase dieses bedauernswerten Schiffs aus dem Hafen lenken ... Seht, wie es zittert! Nein, das arme Luder hat meine Worte gehört, und jetzt schlägt das Herz vor Angst unter den Eichenrippen. Schaut dorthin, Master Dick – der Himmel wird immer schwärzer!"

Die Dunkelheit war für diese Tageszeit in der Tat verblüffend. Große Wogen rasten aus der Finsternis heran, eine nach der anderen, und eine nach der anderen erklomm schwungvoll die »Good Hope« und kippte dahinter schwindelerregend hinunter. Ein dünner Schneeregen und Schaumfetzen wirbelten durch die Luft und überpuderten das Deck, und der Wind jaulte mißtönend durch die Takelage.

„Das sieht wirklich übel aus", sagte Richard. „Aber was soll's? Das ist nur ein Sturm, und er wird bald zu Ende sein." Trotzdem deprimierten ihn der aufgewühlte Himmel und das Getöse des Winds, und als er über die Bordwand der »Good Hope« stieg und wieder zu dem Bach ruderte, bekreuzigte er sich demütig und empfahl das Leben derjenigen, die genötigt waren, ihr Schicksal dem Meer anzuvertrauen, der Gnade des Himmels.

Am Bach hatten sich schon ungefähr ein Dutzend Briganten versammelt. Ihnen wurde das Skiff überlassen, während ihnen aufgetragen wurde, sich ohne Verzug einzuschiffen.

Ein Stück weiter am Strand stieß Richard auf Lord Foxham, der umhereilte und ihn suchte. Sein Gesicht war hinter einer dunklen Kapuze versteckt, und über seiner prächtigen Rüstung trug er einen langen, armselig aussehenden rostfarbenen Mantel.

„Junger Shelton", sagte er, „wollt Ihr wirklich in See stechen?"

„Mylord", erwiderte Richard, „rings um das Haus sind Reiter postiert, von der Landseite könnten wir es vielleicht nicht erreichen, ohne einen Alarm auszulösen. Und wenn Sir Daniel erst einmal ahnt, was wir vorhaben, besteht für uns keine Chance mehr. Wenn wir vom Meer her kommen gefährdet uns zwar die Naturgewalt, aber viel wichtiger ist, daß wir so vielleicht zum Ziel gelangen und das Mädchen entführen können."

„Gut", entgegnete Lord Foxham, „geht voraus, ich will Euch zu meiner

Schande folgen, obwohl ich lieber im Bett wäre."

„Ja", sagte Richard. „Aber vorher müssen wir unseren Kapitän abholen."

Er übernahm die Führung zu dem spartanischen Alehaus, wohin er einen Teil seiner Männer beordert hatte. Einige von ihnen fand er vor der Tür, wo sie herumlungerten, einige waren kühn hineingegangen, und da sie so nah wie möglich dort sein wollten, wo sie ihren Kameraden entdeckt hatten, umdrängten sie Lawless und die beiden Seeleute. Diese hatten längst die Grenzen der Mäßigung übershritten, wie an ihrem ungezügelten Benehmen und ihren wolkigen Augen zu erkennen war, und als Richard, gefolgt von Lord Foxham, eintrat, stimmten sie soeben zu dritt ein altes trauriges Seemannsliedchen an, wobei das Heulen des Sturms sie als Chor begleitete.

Der junge Anführer blickte sich in dem Schuppen blitzschnell um. Das Holz auf der Feuerstelle war kurz vorher aufgefüllt worden und verströmte dicke Wolken aus schwarzem Rauch, so daß es schwierig war, in den entlegenen Ecken etwas deutlich zu erkennen. Aber offensichtlich war, daß die Briganten den übrigen Gästen zahlenmäßig bei weitem überlegen waren. Zufrieden mit dieser Feststellung für den Fall, daß es bei der Durchführung seines Plans zu Schwierigkeiten kommen sollte, schlenderte Richard zu dem Tisch und nahm seinen Platz auf der Bank wieder ein.

„He!" rief der Skipper beschwipst. „Wer seid Ihr, he?"

„Ich muß mit Euch sprechen, Master Arblaster", erwiderte Richard. „Und darüber werden wir uns unterhalten." Und im Lichtschein des Feuers zeigte er ihm einen goldenen Noble.

Die Augen des Seemanns funkelten, obwohl er unseren Helden immer noch nicht wiedererkannte.

„Ja, Junge", sagte er, „ich bin ganz Euer Mann. Freund, ich komme bald wieder. Trinkt weiter, Freund." Und er nahm Richards Arm, um seine unregelmäßigen Schritte ein wenig zu kontrollieren, und marschierte zur Tür des Alehauses.

Sobald er die Schwelle überquert hatte, packten ihn zehn starke Fäuste und fesselten ihn, und zwei Minuten später wurde er, wohlverschnürt und mit einem handfesten Knebel im Mund, in einem benachbarten Heuschober deponiert. Anschließend wurde sein Mann Tomm ähnlich stillgelegt und zu ihm geworfen, und das Paar wurde für die Nacht seinen wunderlichen Gedanken überlassen.

Und nun, da die Zeit der Geheimhaltung vorüber war, wurden Lord

Foxhams Gefolgsleute durch ein verabredetes Signal herbeigerufen, und die Truppe nahm unverfroren so viele Boote in Besitz, wie sie benötigte, und pullte im Konvoi zu dem Licht in der Takelage des Schiffs. Lange bevor der letzte Mann an Deck der »Good Hope« geklettert war, bewies wütendes Geschrei am Ufer, daß mindestens einige der bestohlenen Seemänner den Verlust ihrer Skiffs bemerkt hatten.

Aber nun war es zu spät, sowohl zur Rache, wie um die Boote wiederzuerlangen. Von den einigen vierzig Männern, die sich an Bord der »Good Hope« befanden, waren acht zur See gefahren, und sie konnten die Arbeit übernehmen. Mit ihrer Hilfe wurde ein schmales Segel gehißt, das Ankertau wurde gekappt. Lawless, auf schwankenden Füßen und immer noch den Refrain von Seeballaden schreiend, ergriff die lange Ruderspinne, und die »Good Hope« huschte durch die nachtschwarze Finsternis, um sich den hohen Wogen jenseits der Hafeneinfahrt zu stellen.

Richard übernahm den Platz neben dem Segel. Abgesehen von der Laterne des Schiffs und von einigen Lampen in Shoreby, die leewärts bereits verblaßten, war die Welt dunkel wie eine Höhle. Nur von Zeit zu Zeit, wenn die »Good Hope« wie schwindling in ein Wellental rollte, tauchten Schaumkronen auf, um sofort ins Kielwasser zu gleiten und zu verschwinden.

Viele der Männer lagen herum und klammerten sich an und beteten laut, noch mehr waren seekranke in den Schiffsbauch gekrochen, wo sie sich zwischen den Fässern krümmten. Und bei dem wilden Seegang, bei Lawless' unentwegter gespielter Tapferkeit der Betrunkenen – er sang und grölte immer noch –, hätten auch dem mutigsten Mann an Bord Zweifel am Gelingen des Unternehmens kommen können.

Aber Lawless, wie von einem unfehlbaren Instinkt geleitet, steuerte das Schiff durch die Brecher und erreichte die Leeseite einer großen Sandbank, wo die »Good Hope« eine Weile im ruhigen Wasser segelte, und wenig später bugsierte er sie zu einem primitiven steinernen Pier, wo sie hastig festgemacht wurde und ruckend und scheuernd in der Dunkelheit lag.

An Bord der »Good Hope«

Der Pier war nicht weit von dem Haus entfernt, in dem Joanna untergebracht war, und es blieb nicht mehr zu tun, als die Männer an den Strand zu setzen, das Haus mit einer starken Abteilung zu umzingeln, die Tür aufzubrechen und die Gefangene fortzutragen. Danach konnten die Männer die Episode um die »Good Hope« als abgeschlossen betrachten. Das Schiff hatte sie in den Rücken ihrer Feinde befördert, und der Rückzug, ob sie nun Erfolg haben würden oder nicht, konnte mit einem größeren Maß Hoffnung in die Richtung zum Wald und zu Lord Foxhams Reserve angetreten werden.

Die Männer an Land zu bringen, war indes kein leichtes Unterfangen. Viele waren noch seekrank, und alle waren durchgefroren. Das Durcheinander an Bord hatte die Disziplin erschüttert; die Schiffsbewegungen und die Finsternis hatten die Männer eingeschüchtert. Sie stürmten blindlings zum Pier, so daß der Lord sich ihnen mit gezogenem Schwert entgegenstemmen mußte. Der bedauerliche Auftakt einer versuchten Meuterei war indes nicht ohne einen in diesem Fall beinahe noch bedauerlicheren Stimmaufwand zu unterdrücken.

Als eine oberflächliche Ordnung wiederhergestellt war, rückte Richard mit einigen ausgewählten Männern vor. Die Dunkelheit am Strand stand in einem scharfen Gegensatz zum hellen Schaum der Brandung, sie erweckte den Anschein einer festen Masse, und das Heulen und Pfeifen des Sturms löschte alle leiseren Geräusche aus.

Aber Richard hatte kaum das Ende des Piers erreicht, als der Wind vorübergehend abflaute, und Richard hatte den Eindruck, am Strand das Stampfen von Pferden und Waffengeklirr zu hören. Er befahl den Männern, hinter ihm stehenzubleiben, und ging einige Schritte allein weiter. Er trat auf den Rasen und konnte Männer und Pferde, die sich bewegten, schattenhaft ausmachen. Eine tiefe Mutlosigkeit überkam ihn. Wenn die Feinde wirklich auf der Lauer lagen, wenn sie ganz und gar die Landseite des Piers bewachten, befanden er und Lord Foxham sich – das Meer im Rücken und die Männer zusammengepfercht im Finstern auf dem schmalen Steg – in einer außerordentlich schlechten Verteidigungsposition. Er stieß einen vorsichtigen Pfiff aus; dieses Signal hatten er und seine Begleiter vorher vereinbart.

Das Signal hatte üblere Folgen, als er sich wünschte. Durch die schwarze Nacht wirbelte ein Schauer von Pfeilen, die aufs Geratewohl abgeschossen worden waren. Da die Männer auf dem Pier so sehr aneinander gedrängt standen, wurde mehr als einer von ihnen getroffen, und dem Pfeilhagel antworteten Angst- und Schmerzensschreie. Schon bei dieser ersten Salve wurde Lord Foxham niedergestreckt. Hawksley trug ihn sofort zurück an Bord, und seine Männer fochten in dem kurzen Scharmützel, das sich anschloß, ohne Führung, sofern sie überhaupt fochten. Dies war vielleicht die Hauptursache für das Desaster, das sich unverzüglich anschloß.

An der Strandseite des Piers leisteten Richard und seine Handvoll Männer etwa ein Minute Widerstand. Bei beiden Parteien gab es einen oder zwei Verletzte, Stahl prallte gegen Stahl, und niemand hatte bisher den geringsten Vorteil zu verzeichnen, als im Bruchteil eines Augenblicks das Kriegsglück sich gegen die Männer vom Schiff wandte. Jemand schrie, alles wäre verloren. Die Männer befanden sich in einer Stimmung, da unangenehme Nachrichten ihnen wahrscheinlich erschienen, und der Ruf wurde aufgenommen.

„An Bord, Männer, rettet Euch!" rief ein anderer.

Ein dritter mit dem feinen Instinkt des Feiglings fand die richtigen Worte, die unvermeidlich Rückzüge auslösen: „Wir sind verraten!"

Unverzüglich quoll und drängte sich die ganze Masse Menschen in umgekehrter Richtung den Pier entlang, wandte den Verfolgern den Rücken zu und erfüllte die Nacht mit verzweifeltem Gebrüll.

Ein Feigling stieß das Heck des Schiffs vom Pier ab, während ein anderer es am Bug festhielt. Die Flüchtingen sprangen kreischend ins Leere und wurden entweder an Bord gezerrt oder fielen zurück und versanken im Meer. Einige wurden von den Verfolgern auf dem Pier niedergesäbelt, manche wurden auf dem Deck in blindem Eifer verwundet. Ein Mann sprang auf den anderen und ein dritter auf beide. Schließlich wurde absichtlich oder durch Zufall auch der Bug der »Good Hope« vom Pier abgestoßen, und der unermüdliche Lawless, der seinen Platz am Ruder durch das ganze Getümmel hindurch mit Körperkraft und unbedenklicher Verwendung von kaltem Stahl behauptet hatte, brachte das Schiff sofort auf den richtigen Kurs. Abermals wagte sich die »Good Hope« auf die stürmische See, indes Blut durch die Speigatten tropfte und auf dem Deck Männer zuhauf herumlagen und sich in der Dunkelheit balgten.

Lawless steckte seinen Dolch ein und wandte sich an einen Mann neben ihm. „Ich habe ihnen mein Zeichen eingeritzt", sagte er verächtlich. „Diese kläffenden, feigen Hunde!"

Während alle um ihr Leben rannten und bangten, hatten die Männer offenbar nicht bemerkt, wie Lawless mit Püffen und Stichen in der allgemeinen Verwirrung seine Stellung verteidigt hatte, aber mittlerweile hatten sie es möglicherweise begriffen, oder ein zweiter hatte die Bemerkung des Ruderhängers gehört. Im allgemeinen erholt eine Truppe sich nur langsam von einer Panik, und Männer, die sich eben noch durch Feigheit blamiert haben, neigen häufig dazu, ins andere Extrem zu fallen. So war es auch jetzt. Dieselben Männer, die eben noch ihre Waffen fortgeworfen hatten oder mit den Füßen zuerst auf die »Good Hope« gehievt worden waren, begannen ihre Anführer zu beschimpfen und verlangten, daß jemand bestraft wurde.

Die wachsende Mißstimmung kehrte sich gegen Lawless.

Um so schnell wie möglich vom Land wegzukommen, hatte der alte Brigant die Nase der »Good Hope« seewärts gerichtet.

„Was!" brüllte einer der Unzufriedenen. „Er fährt mit uns aufs Meer!"

„So ist es!" schrie ein anderer. „Nein, man hat uns verraten!"

Alle begannen im Chor zu schreien, sie wären betrogen worden, und in schrillen Tönen und mit abscheulichen Flüchen forderten sie Lawless auf, das Schiff zu wenden und sie hurtig ans Ufer zu befördern. Lawless knirschte mit den Zähnen und schwieg, er behielt den Kurs bei und steuerte die »Good Hope« durch die gewaltigen Wellen. In seinem Zustand zwischen Betrunkenheit und Würde weigerte er sich, auf ihre sinnlose Angst und ihre ehrlosen Drohungen zu reagieren. Die Unzufriedenen rotteten sich hinter dem Mast zusammen, unverwechselbar benahmen sie sich wie Hähne auf einem Bauernhof, die krähen, um sich Mut zu machen. In ihrer gegenwärtigen Verfassung war ihnen jede Ungerechtigkeit und jede Schäbigkeit zuzutrauen. Richard enterte die Leiter. Er hatte die Absicht, sich einzuschalten, doch einer der Briganten, der ebenfalls eine Art Seemann war, kam ihm zuvor.

„Männer", sagte er, „ich glaube, ihr seid richtige Holzköpfe. Wenn wir umkehren wollen, brauchen wir zunächst mal offene See, oder nicht? Und der alte Lawless ..."

Jemand schlug dem Sprecher ins Gesicht, und im nächsten Augenblick, so schnell wie ein Feuer sich in einem Strohhaufen ausbreitet, wurde er zu Boden gerissen, mit Füßen getreten und mit den Dolchen seiner feigen Kumpane ins Jenseits geschickt. Lawless konnte seinen Zorn nicht länger unterdrücken.

„Ihr dürft selber steuern", brüllte er, ließ einen Fluch folgen und verließ das Ruder, ohne sich um die Konsequenzen zu kümmern.

In diesem Moment ritt die »Good Hope« auf einem Wellenkamm. Mit erschreckender Geschwindigkeit sackte sie in das Tal hinter der Welle. Wie ein großer schwarzer Wall raste die nächste Woge ihr entgegen, und das Schiff prallte mit furchtbarer Wucht auf diesen Berg aus Wasser. Die »Good Hope« wurde vom Bug bis zum Heck überschwemmt, der Schaum flog über die Mastspitze hinweg, und als das Schiff zögernd auftauchte, zitterte es wie ein tödlich verwundetes Tier.

Sechs oder sieben der Unzufriedenen waren über Bord gespült worden, und als die übrigen die Sprache wiederfanden, flehten sie kreischend zu den Heiligen und bestürmten jammernd Lawless, das Steuer zu übernehmen.

Lawless wartete nicht, bis sie ihn zweimal baten. Das entsetzliche Ergebnis dieses Anflugs von gerechtem Groll hatte ihn vollständig ernüchtert. Er wußte besser als jeder andere an Bord, wie nah die »Good Hope« daran gewesen war, unter ihren Füßen zu versinken, und er erkannte an der Trägheit, mit der auf das Ruder ansprach, daß die Gefahr keinesweg vorüber war.

Richard, den die Erschütterung umgerissen hatte, kam halb erstickt wieder auf die Beine und watete bis zu den Knien im Wasser zu dem alten Rudergänger.

„Lawless", sagte er, „wir sind alle auf Euch angewiese. Ihr seid in der Tat ein tapferer, zuverlässiger Mann und versteht es, ein Schiff zu behandeln; deswegen werde ich drei tüchtige Männer zu Euch abkommandieren, die über Eure Sicherheit wachen."

„Es wäre sinnlos, Master, ganz sinnlos", sagte der Steuermann und starrte nach vorne in die Dunkelheit. „Mit jedem Augenblick entfernen wir uns von diesen Sandbänken, und mit jedem Augenblick faßt uns die See kräftiger an, dann werden diese Wimmerer bloß noch auf ihrem Rücken liegen. Es ist ein bißchen rätselhaft, Master, aber die Wahrheit, daß es noch nie einen schlechten Mann gegeben hat, der zugleich ein guter Seemann war. Nur die Ehrlichsten und Verwegensten ertragen es, mit einem Schiff herumgewirbelt zu werden."

„Nein,Lawless", sagte Richard und lachte, „das ist bestimmt ein Seemannssprichwort und hat nicht mehr Sinn als das Pfeifen des Windes. Aber wie ist's um uns bestellt? Liegen wir gut im Wasser, sind wir in einer guten Verfassung?"

„Master Shelton", erwiderte Lawless, „ich war Franziskaner – glücklicherweise –, Bogenschütze, Dieb und Seemann. Von den verschiedenen Jacken, die ich getragen habe, wäre mir die der Franziskaner die liebste gewesen, um darin zu sterben, wie Ihr Euch gewiß vorstellen könnt, und die Teerjacke von John Seemann die unsympathischste, und dafür habe ich zwei ausgezeichnete Gründe, nämlich erstens den, daß man sehr plötzlich sterben kann, und zweitens ein Grauen vor dem großen salzigen Dampf und Durcheinander hier unter meinem Fuß." Lawless stampfte mit dem Fuß auf. „Wie auch immer", fügte er hinzu, „wenn ich nicht heute nacht den Seemannstod sterbe, muß ich wohl unserer Jungfrau eine lange Kerze opfern."

„Ist es so schlimm?" fragte Richard.

„So schlimm ist es", erwiderte der Brigant. „Spürt Ihr nicht wie schwer und müde das Schiff sich auf den Wellen bewegt? Hört Ihr nicht, wie das Wasser im Frachtraum schwappt? Das Schiff reagiert kaum noch auf das Ruder. Wartet ab, bis er noch ein bißchen tiefer liegt, dann wird es entweder unter unseren Stiefeln versinken wie ein Stein oder da drüben auf unserer Leeseite auflaufen und in Stücke gehen wie eine mürbe Kordel."

„Ihr sprecht mir richtig Mut zu", sagte Richard. „Habt Ihr denn keine Angst?"

„Na ja, Master", antwortete Lawless, „wenn je ein Mann eine schlechte Mannschaft hatte, um mit ihr einen Hafen anzulaufen, bin ich es – ein abtrünniger Mönch, ein Dieb und der ganze Rest. Trotzdem, Ihr werdet Euch wundern, habe ich Hoffnung in meiner Tasche, und wenn ich schon ertrinken soll, dann werde ich mit glänzenden Augen ertrinken, Master Shelton."

Darauf wußte Richard nichts zu erwidern, aber er war überrascht über die Entschlossenheit des alten Vagabunden. Da er weitere Gewalttaten oder Hinterhältigkeiten befürchtete, ging er nach vorn, um drei zuverlässige Männer zu suchen. Der größte Teil der Mannschaft hatte mittlerweile das Deck verlassen, das immer wieder vom fliegenden Schaum naß wurde und wo sie dem schneidenden Wind ausgesetzt waren. Die Männer hatten sich in den Laderaum zurückgezogen und zwischen den Fässern zwei heftig schwankende Laternen angezündet.

Einige von ihnen hielten eine Art Rebellion aufrecht und tranken einander in großen Zügen mit Arblasters Wein aus der Gascogne zu. Aber als die »Good Hope« fortfuhr, durch die dampfenden Wellen zu pflügen und abwechselnd Bug und Heck hoch in die Luft und tief in den weißen Schaum tauchte, wurde die Zahl diese fröhlichen Gesellen von Minute zu Minute und mit jedem Überholen geringer. Viele von ihnen saßen abseits und behandelten ihre Verletzungen, doch die Mehrheit war von Seekrankheit niedergestreckt und lag jammernd im Kielraum.

Greensheve, Cuckow und ein junger Mann von Lord Foxhams Truppe, der Richard durch seine Intelligenz und seinen Charakter aufgefallen war, waren aber noch ansprechbar und bereit, einen Auftrag auszuführen. Richard schickte sie als Leibwache zu dem Steuermann, dann blickte er noch einmal zu dem schwarzen Himmel und zum Meer und ging hinunter in die Kabine, wohin Lord Foxham von seinen Dienern getragen worden war.

Das Stöhnen des verwundeten Barons verschmolz mit dem Heulen des Schiffshundes. Ob das arme Tier nun darunter litt, daß es von seinen Freunden getrennt war, oder ob es an den Schiffsbewegungen die Gefahr erkannte, jedenfall gab es mit der Regelmäßigkeit eines Uhrwerks klägliche Laute von sich, die das Getöse von Wasser und Wind übertönten, und die Abergläubischsten unter den Männern hörten aus diesen Geräuschen das Totengeläut der »Good Hope« heraus.

Lord Foxham lag in einer Koje auf einem Pelzmantel. Vor der Madonna am Schott brannte eine trübe Lampe, bei deren Licht Richard das blasse Gesicht und die umschatteten Augen des Verletzten sehen konnte.

„Ich bin ernstlich verwundet", sagte der Lord. „Kommt zu mir an meine Seite, junger Shelton, damit wenigstens ein Mensch von Geblüt bei mir ist. Nachdem ich mein Leben in Reichtum und Wohlstand verbracht habe, ist es besonders traurig, bei einem kleinen, läppischen Scharmützel verletzt worden zu sein und hier zu sterben, in einem kalten, schäbigen Schiff auf dem Meer und zwischen Raufbolden und gescheiterten Existenzen."

„Nein, Mylord", sagte Richard. „Ich bete zu den Heiligen, daß Ihr Euch von Eurer Verwundung erholt und bald und sicher an Land kommt."

„Wie?" fragte der Lord. „Bald und sicher an Land kommen – heißt das, daß es fraglich ist?"

„Das Schiff stampft und schlingert, und das Meer ist gegen uns", erwiderte der Junge, „und nach allem, was ich von meinem Mann, der uns steuert, erfahren habe, können wir uns glücklich preisen, wenn wir trocken das Ufer erreichen."

„Ich verstehe", sagte der Lord düster. „Das Entschwinden meiner Seele ist von jeder Art Mißhelligkeiten begleitet. Sir, Ihr solltet lieber um ein schweres Leben und um einen leichten Tod beten, als alle Eure Tage vom Klang der Flöten und Tamburine begleitet zu sein und in Eurer letzten Stunde vom Unglück überwältigt zu werden. Aber mir brennt ein

Anliegen auf der Seele, das keinen Aufschub duldet. Wir haben keinen Priester an Bord?"

„Nein", erwiderte Richard.

„Kommen wir dann also zu meinen säkularen Interessen", meinte Lord Foxham. „Ich bitte Euch, mir im Tode ein so guter Freund zu sein, wie Ihr mir im Leben ein ritterlicher Gegner wart. Ich sterbe in einer bösen Stunde für mich, für England und für diejenigen, die mir vertraut haben. Meine Männer werden von Hamley geführt – er war Euer Rivale. Dieser Ring von meinem Finger wird Hamley beweisen, daß Ihr in meinem Auftrag handelt. Außerdem werde ich ein paar Worte aufschreiben, damit er Euch das Mädchen abtritt. Wollt Ihr meinen Auftrag ausführen? Ich kann es nicht wissen ..."

„Welchen Auftrag, Mylord?" erkundigte sich Richard.

„Ja", sagte der Lord, „ja, der Auftrag. "Zögernd blickte er auf zu Richard. „Seid Ihr für Lancaster oder für York?" fragte er schließlich.

„Ich schäme mich, es zu bekennen", entgegnete Richard, „aber ich weiß nicht recht, was ich antworten sol. Soviel indes scheint mir gewiß zu sein: Seit ich bei Ellis Duckworth bin, diene ich dem Haus York. Da dieser Sachverhalt feststeht, erkläre ich mich also für York."

„Gut", erwiderte der andere, „das ist sogar sehr gut. Hättet Ihr nämlich Lancaster gesagt, hätte ich um keinen Preis geahnt, wie ich mich verhalten soll. Aber da Ihr für York seid, hört bitte zu. Ich bin hergekommen, um diese Lords in Shoreby zu beobachten, während mein ausgezeichneter junger Herr, Richard von Gloucester, eine ausreichende Armee aufstellt, um sie anzugreifen und zu versprengen. Ich habe notiert, wie stark sie sind, welche Wachen sie aufstellen und wie sie untergebracht sind, und diese Notizen sollte ich meinem jungen Herrn am Sonntag, eine Stunde vor Mittag, am St. Bride's Cross am Wald übergeben. Ich werden diese Verabredung nicht einhalten können, darum bitte ich Euch höflich, sie an meiner Stelle einzuhalten. Achtet darauf, daß weder Vergnügen noch Krankheit, Unwetter, Verwundung oder die Pest Euch daran hindern, zur rechten Zeit zu diesem Ort zu kommen, denn ‚Englands Wohl hängt davon ab."

„Ich übernehme den Auftrag", sagte Richard. „Soweit es in meiner Macht steht, werde ich ihn ausführen."

„Gut", sagte der Verwundete. „Der Duke von Gloucester wird Euch weitere Befehle geben, und wenn Ihr ihm gutwillig und mit Freude gehorcht, ist Euer Glück gemacht. Rückt mir die Lampe ein wenig näher, damit ich Euch etwas aufschreiben kann."

Er adressierte eine Nachricht an seien „hochwohllöblichen Verwandten, Sir John Hamley" und schrieb eine zweite, die er ohne äußerliche Anschrift beließ.

„Diese ist für den Duke", sagte er. „Das Kennwort ist ‚England und Edward', die Antwort lautet ‚England und York'."

„Und Joanna, Mylord?" fragte Richard.

„Ihr müßt zusehen, wie Ihr Joanna bekommt", erwiderte Lord Foxham. „Ich habe Euch in beiden Briefen als meinen Auserwählten genannt, aber Ihr müßt sie Euch selber holen, Junge. Ich habe es versucht, und wie Ihr mich hier vor Euch seht, habe ich dabei mein Leben verloren. Mehr kann niemand tun."

Zu dieser Zeit wurde der Verwundete sehr schwach, und Richard schob die kostbaren Papiere in seine Jacke, empfahl dem Lord Mut zu fassen, und ließ ihn allein, damit er sich erholen konnte.

Der Tag brach kalt und blau und mit wirbelden Schneeschauern an. Nah in Lee der »Good Hope« lag die Küste, die abwechselnd aus felsigen Landzungen und sandigen Buchten bestand, weiter im Binnenland zeichneten sich die bewaldeten Hügel von Tunstall gegen den Himmel ab. Der Wind und der Seegang waren abgeflaut, doch das Schiff wälzte sich schwerfällig und tauchte kaum noch aus den Wellen auf.

Auf dem Mitteldeck waren Greensheve, Hawksley und die besseren Männer beider Trupps damit beschäftigt, Planken aufzureißen, um ein Floß zu bauen, und Richard gesellte sich zu ihnen. Er stürzte sich in die Arbeit, um seine mißliche Lage zu vergessen, aber gleichzeitig traf jede grobe See das arme Schiff, und jedes mühselige Schlingern, während es sich zwischen den Wellen wälzte, erinnerte ihn mit Schrecken an die unmittelbare Nähe des Todes.

Als er aufblickte, bemerkte er, daß sie nah unter einem Vorgebirge waren. Ein Teil einer tückischen Klippe, an deren Basis sich das Meer gischtend brach, schob sich beinahe über das Deck, und über die Klippe, auf einem Streifen baumlosen Graslands, stand ein Haus.

Die Brandung innerhalb der Bucht nahm die »Good Hope« auf ihre schaumfleckigen Schultern, entriß sie der Kontrolle des Steuermanns, warf sie mit einem harten Aufprall auf den Sand, überspülte sie bis zur halben Höhe des Masts und rollte sie hin und her. Die nächste große Woge hob das Schiff wieder auf und trug es weiter zum Land, und die dritte Welle hatte endlich Erfolg. Sie beförderte das Schiff auf eine Sandbank nahe der Küste und außer Reichweite der gefährlichen Brecher.

„Männer", rief Lawless, „die Heiligen haben uns tatsächlich beschützt. Die Ebbe hat eingesetzt. Laßt uns Platz nehmen und einen Becher Wein trinken, und ehe eine halbe Stunde vorbei ist, könnt ihr alle so sicher wie über eine Brücke an den Strand spazieren."

Doch es dauerte noch beinahe eine Stunde, bis das Wasser ausreichend von dem Schiff zurückgewichen war und die Männer zum Land aufbrechen konnten, das durch einen Schleier aus driftendem Schnee vage zu erkennen war.

Auf einem kleinen Hügel seitlich von dem Weg, den sie einschlugen, lagen zusammengedrängt einige Männer und beobachteten mißtrauisch die Abkömmlinge.

„Sie könnten uns helfen", bemerkte Richard.

„Wenn sie nicht zu uns kommen, werden wir abbiegen und zu ihnen gehen", sagte Hawksley. „Je früher wir ein gutes Feuer und ein trockenes Bett haben, desto besser ist es für meinen armen Lord."

Sie waren noch nicht weit in die Richtung zu dem Hügel gelangt, als die Männer dort plötzlich gleichzeitig aufsprangen und die Schiffbrüchigen mit einem wohlgezielten Pfeilhagel überschütteten.

„Zurück! Zurück!" rief der Lord. „Beim Himmel, hütet euch, den Beschuß zu erwidern!"

„Nein", sagte Greensheve und pflückte sich einen Pfeil von seiner Lederjacke, „wir sind nicht in der richtigen Verfassung für einen Kampf, das ist mal sicher. Schließlich sind wir tropfnaß, hundemüde und zu drei Viertel erfroren. Aber, beim geliebten Old England, was fällt diesen Menschen ein, daß sie brutal auf ihre armen, notleidenden Landsleute schießen?"

„Sie halten uns für französische Piraten", antwortete Lord Foxham. „In diesen unruhigen und heruntergekommenen Tagen können wir unsere englischen Küsten nicht mehr verteidigen, und unsere alten Feinde, die wir einmal zu Lande und zur See gejagt haben, machen sich ein Vergnügen daraus, zu plündern, zu brandschatzen und zu morden. Es ist ein Jammer und eine Schande für dieses bedauernswerte Land."

Die Männer auf dem Hügel lagen da und paßten scharf auf, während die Schiffbrüchigen sich vom Strand landeinwärts an öden sandigen Anhöhen vorbei schleppten; dann schlossen die Männer auf dem Hügel sich in sicherem Abstand an und blieben für ungefähr eine Meile hinter ihnen, um beim geringsten Verdacht eine zweite Salve auf die entkräfteten und mutlosen Flüchtlinge abzugeben. Erst als diese auf eine Straße stießen und Richard seine Männer ein wenig militärischer formierte, verschwanden die eifersüchtigen Hüter der englischen Küste schweigend im Schneetreiben. Sie hatten ihr Ziel erreicht. Sie hatte ihre eigenen Häuser und Farmen, ihre eigenen Familien und Rinder geschützt, und nachdem ihre persönlichen Interessen gewahrt waren, fiel für sie absolut nicht mehr ins Gewicht, ob die Franzosen Tod oder Zerstörung in sämtliche übrige Gemeinden des Königreichs England trugen.

Die Höhle

Die Stelle, an der Richard auf die Straße gestoßen war, befand sich in der Nähe von Holywood und war nur neun oder zehn Meilen von Shoreby-on-the-Till entfernt. Hier trennten sich die beiden Trupps, nachdem sie sich vergewissert hatten, daß sie nicht mehr verfolgt wurden. Lord Foxhams Anhänger rückten ab, sie trugen ihren verwundeten Master in die große Abtei, wo er geborgen war und Hilfe finden konnte, und Richard, der ihnen nachschaute, wie sie in einen dichten Vorhang aus fallendem Schnee untertauchten, blieb allein zurück mit nicht ganz einem Dutzend Briganten, die von seinen Freiwilligen noch übrig waren.

Einige waren verletzt, und alle waren wütend über den Mißerfolg und die Strapazen, und obwohl sie jetzt zu hungrig und zu durchgefroren waren, um etwas zu unternehmen, murrten sie und warfen finstere Blicke zu ihren Anführern. Richard verteilte den Inhalt seiner Börse unter sie, ohne etwas für sich zu behalten, dankte ihnen für den Mut, den sie bewiesen hatten, obwohl er es vorgezogen hätte, sie wegen ihrer Feigheit zu schelten, und nachdem er so die Auswirkungen seines andauerden Mißgeschicks ein wenig gemildert hatte, entließ er die Männer und legte ihnen nahe, sich allein oder zu zweit nach Shoreby und zum „Goat und Bagpipes" durchzuschlagen.

Er selbst, beeinflußt von dem, was er an Bord der »Good Hope« gesehen hatte, wählte sich Lawless als Weggefährten aus. Der Schnee fiel immer noch pausenlos und ohne Abwechslung in einer gleichmäßigen blendenden Wolke, der Wind war mehr und mehr abgeflaut, um schließlich ganz einzuschlafen, und die Welt war ausgelöscht und zugedeckt von dieser lautlosen Überschwemmung. Die Gefahr, von der Richtung abzukommen und in Verwehungen zu versinken, war erheblich, und Lawless, der einen halben Schritt vor seinem Begleiter herging, hatte den Kopf erhoben wie ein Jagdhund auf einer Fährte, erkundete die Strecke von Baum zu Baum und studierte den Boden, als hätte er ein Schiff durch ein Labyrinth aus Riffen zu bugsieren.

Als sie eine Meile in den Wald vorgedrungen waren, gelangten sie zu einer Gruppe hoher, verkrümmter Eichen, zwischen denen sich einige Wege vereinigten. Sogar bei dem beschränkten Blickfeld, das der fallende Schnee ermöglichte, war diese Stelle kaum zu verwechseln, und Lawless erkannte sie mit deutlichem Entzücken wieder.

„Und jetzt, Master Richard", sagte er, „wenn Ihr nicht zu stolz seid, Gast eines Mannes zu sein, der weder Gentlemen von Geburt noch ein besonders guter Christ ist, kann ich Euch einen Becher Wein und ein gutes Feuer anbieten, das Euch das Mark in Euern gefrorenen Knochen auftaut."

„Vorwärts, Will", antwortete Richard. „Ein Becher Wein und ein gutes Feuer! Dafür würde ich einen großen Umweg auf mich nehmen."

Lawless bog unter den kahlen Ästen des Gehölzes von der bisherigen Richtung ab, und nachdem er eine Weile energisch ausgeschritten war, kam er zu einem jähen Abhang. Die Mulde war zu drei Vierteln von Schnee, am Rand hing eine Buche, die sich verzweifelt anklammerte. Der alte Brigant schob das verfilzte Unterholz beiseite und verschwand in die Tiefe.

Die Buche war von einem Sturm zur Hälfte entwurzelt worden und hatte ein beachtliches Stück Erdreich aufgerissen; darunter hatte der alte Lawless sein Versteck gegraben. Die Wurzeln dienten ihm als Dachsparren, die Unterseite der Grasdecke war sein Dach, und als Wände und Boden hatte er seine Mutter Erde. So primitiv dieses Loch auch war, bewiesen doch der rauchgeschwärzte Herd in einer Ecke und eine eisenbeschlagene Eichentruhe in einer anderen auf den ersten Blick, daß dies nicht der unterirdische Bau eines Tieres, sondern die Zuflucht eines Menschen war.

Zwar war der Schnee durch den Eingang hereingeweht und liegengeblieben, dennoch war es in der Höhle viel wärmer als draußen, und als Lawless Funken geschlagen hatte und die trockenen Stechginsterzweige auf dem Herd prasselnd und knisternd brannten, erweckte diese Unterkunft selbst für das Auge die Illusion eines behaglichen Heims.

Mit einem Seufzer großer Zufriedenheit hielt Lawless seine breiten Hände über das Feuer, er schien den Rauch einzuatmen.

„Hier ist also die Kaninchenhöhle des alten Lawless", sagte er. „Beten wir zum Himmel, daß kein Terrier kommt. Ich habe mich weit herumgetrieben, seit ich vierzehn Jahre alt war und aus meiner Abtei fortgelaufen bin – mit der goldenen Kette des Küsters und einem Meßbuch, die ich für vier Mark verkauft habe. Ich war in England und Frankreich und Burgund und habe sogar meiner armen Seele zuliebe eine Wallfahrt nach Spanien gemacht, und ich war auf der See, die niemand gehört, aber hier bin ich zu Hause, Master Shelton. Das ist mein Vaterland, dieses Loch in der Erde. Ob bei Regen oder Wind, und ob es April ist und alle Vögel singen und die Blüten auf mein Bett fallen, oder ob es Winter ist, ich sitze allein da mit meinem guten Kameraden, dem Feuer, und das Rotkehlchen zwitschert in den Wäldern – hier ist meine Kirche und Markt, meine Frau und mein Kind. Hierher komme ich immer wieder zurück, und hier, wenn es den Heiligen gefällt, möchte ich sterben."

„Das ist bestimmt eine warme Ecke", erwiderte Richard, „und sie ist angenehm und gut versteckt."

„Das mußte sie auch sein", entgegnete Lawless, „denn wenn jemand sie findet, Master Shelton, es würde mir das Herz brechen. Aber hier", sagte er und polkte mit seinen stämmigen Fingern in lockeren Sand, „hier ist mein Weinkeller, und Ihr sollt einen Schluck von einem ausgezeichneten, starken Kräftigungsmittel haben."

Tatsächlich brachte er nach einigem Graben eine große lederne Flasche zum Vorschein, die etwa eine Gallone faßte und dreiviertel voll mit einem feurigen süßen Wein war. Und als sie einander kumpelhaft zugetrunken hatten und das Feuer nachgefüttert war und wieder hochprasselte, lagen beide ausgestreckt auf dem Boden und tauten und dampften und fühlten sich teuflisch wohl.

„Master Shelton", bemerkte der Brigant, „Ihr hattet zuletzt zweimal Pech und werdet wahrscheinlich das Mädchen verlieren. Habe ich das richtig begriffen?"

„Richtig!" erwiderte Richard und nickte.

„Nun ja", fuhr Lawless fort, „hört einem alten Narren zu, der beinahe alles gewesen ist und beinahe alles gesehen hat. Ihr kümmert Euch zuviel um die Aufträge anderer Leute, Master Dick. Ihr geht zu Ellis, aber er interessiert sich hauptsächlich dafür, Sir Daniel umzubringen. Ihr geht mit Lord Foxham – die Heiligen mögen ihn beschützen –, der es zweifellos gut meint, aber Ihr solltet Euch mit Euern eigenen Angelegenheiten befassen, bester Dick. Geht zu dem Mädchen, macht ihr den Hof, sonst wird Sie Euch vergessen. Haltet Euch bereit, und wenn die Gelegenheit da ist, rückt mit dem Mädchen am Sattelknauf aus."

„Ja, aber Lawless, sie ist doch jetzt bestimmt im Haus von Sir Daniel", antwortete Richard.

„Dann gehen wir dorthin", erwiderte der Brigant.

Richard starrte ihn an.

„Nein, ich meine es ernst", sagte Lawless. „Und wenn Ihr so wenig Zutrauen zu Euch habt – seht her!"

Der Brigant nahm einen Schlüssel vom Hals und schloß die Eichentruhe auf. Er scharrte und schaufelte in dem Inhalt herum und fischte zuerst eine Mönchskutte und dann einen Strick, der als Gürtel zu der Kutte gehörte, und schließlich einen riesigen hölzernen Rosenkranz heraus, der schwer genug war, um als Waffe zu dienen.

„Hier", sagte er, „das ist für Euch. Zieht Euch um."

Als Richard das Kirchenkostüm angelegt hatte, nahm Lawless Farben und einen Stift zur Hand und schminkte mit außerordentlicher Könnerschaft Richards Gesicht. Er verstärkte Richards Brauen und den Schnurrbart – der nur als Andeutung vorhanden war – und veränderte mit einigen Strichen um die Augen Richards Ausdruck und erhöhte scheinbar das Alter des jungen Mönchs.

„Wenn ich mich auch so verwandelt habe", sagte Lawless, „werden wir das prächtigste Mönchspaar abgeben, das man sich nur wünschen kann. Wir gehen unverfroren zu Sir Daniels Haus, und man wird uns dort aus Liebe zur Mutter Kirche gastfreundlich willkommen heißen."

„Und wie, lieber Lawless", rief der Junge, „soll ich mich bei Euch revanchieren?"

„Nichts da, Bruder", entgegnete der Brigant, „ich mache alles nur zu meinem Vergnügen. Sorgt Euch nicht um mich. Ich bin einer, der sich um sich selber kümmern kann. Wenn ich etwas brauche – ich habe eine beredte Sprache und eine Stimme wie die Glocke in einem Kloster –, kann ich darum bitten, mein Sohn; und wenn diese Methode versagt, nehme ich mir im allgemeinen, was ich haben will."

Der alte Schurke schnitt eine fröhliche Grimasse, und obwohl Richard nicht erfreut war, sich einer so zweideutigen Persönlichkeit so sehr zu verpflichten, vermochte er doch seine Heiterkeit nicht zu unterdrücken.

Lawless kehrte zu der großen Truhe zurück, und wenig später war er ebenfalls verkleidet. Richard wunderte sich, daß Lawless unter der Kutte eine Handvoll schwarze Pfeile versteckte.

„Warum tut Ihr das?" fragte der Junge. „Wozu Pfeile, wenn Ihr keinen Bogen mitnehmt?"

„Nun", erwiderte Lawless leichthin, „vermutlich werden einige Köpfe zerschlagen – um nicht zu sagen Rücken –, wenn Ihr und ich jetzt losziehen, und falls dergleichen geschieht, soll unsere Gesellschaft den Kredit davon haben. Ein schwarzer Pfeil, Master Dick, ist das Siegel unserer Abtei, er zeigt, wer die Rechnung geschrieben hat."

„Ihr bereitet Euch sehr sorgfältig vor", sagte Richard. „Ich habe hier einige Papiere, die meinetwegen und denjenigen zuliebe, die mir vertraut haben, besser zurückbleiben, als bei mir gefunden werden sollten. Wo soll ich sie verstecken, Will?"

„Ich gehe in den Wald und pfeife drei Strophen eines Lieds", erwiderte Lawless. „In der Zwischenzeit könnt Ihr sie verbuddeln, wo Ihr wollt. Aber verwischt die Spuren."

„Nein!" rief Richard. „Ich vertraue Euch, Mann. Ich wäre minderwertig, wenn ich Euch nicht traute."

Bruder, Ihr seid noch ein Kind", entgegnete der alte Brigant. Er blieb am Eingang der Höhle stehen und drehte sich um zu Richard. „Ich bin ein freundlicher Christ und verrate keinen Menschen und schone mich nicht, wenn ein Freund in Gefahr ist. Aber, Ihr Narr, ich bin ein gewerbsmäßiger und geborener Dieb. Wenn meine Flasche leer und meine Kehle trocken wäre, würde ich Euch ausrauben, liebes Kind, so sicher ich Euch liebe, ehre und verehre. Kann man es deutlicher sagen? Nein!"

Und er schnippte mit den Fingern und stapfte durch die Sträucher.

Richard dachte über die Widersprüche im Charakter seines Gefährten nach, bis Lawless aus seinem Blickfeld verschwunden war, dann zog er die Papiere heraus, sah sie noch einmal an und vergrub sie hastig. Nur eines von ihnen behielt er, um es mitzunehmen, da er seine Freunde nicht kompromittieren, ihm in einer Notlage aber gegen Sir Daniel helfen konnte. Es war der Brief, den der Knight am Morgen nach der Niederlage bei Risingham an Lord Wensleydale geschrieben und Throgmorton hatte befördern sollen und den Richard am nächsten Tag bei der Leiche des Boten gefunden hatte.

Dann trat Richard die brennenden Zweige auf dem Herd nieder, verließ die Höhle und gesellte sich zu dem Briganten, der unter den blattlosen Eichen wartete und bereits vom fallenden Schnee überpudert war. Sie blickten einander an, und jeder lachte, so echt und drollig war die Verkleidung.

„Ich wünschte, wir hätten Sommer und einen klaren Tag", brummelte der Brigant, „damit ich mich selbst im Wasserspiegel eines Tümpels sehen könnte. Viele von Sir Daniels Männern kennen mich, und falls wir entdeckt werden, genügen zwei Worte für Euch, mein Bruder, wie für mich, und eine Vaterunserlänge später zapple ich am Ende eines Stricks."

Sie marschierten die Straße nach Shoreby entlang, die in dieser Gegend nah am Waldrand vorbei führte und von Zeit zu Zeit offenes Gelände durchquerte, wo Farmen und die Häuser armer Leute standen.

Beim Anblick eines dieser Häuser hielt Lawless abrupt an.

„Bruder Martin", sagte er mit plötzlich verstellter Stimme, die zu der Mönchskutte paßte, „laßt uns eintreten und diese armen Sünder um Almosen bitten. Pax vobiscum! Ja", fügte er mit seiner eigenen Stimme hinzu, „ich hatte es befürchtet, ich habe den quengeligen Tonfall verloren, und mit Eurer Erlaubnis, guter Master Shelton, möchte ich hier in diesen ländlichen Gebieten noch ein wenig üben, bevor ich meinen fetten Hals riskiere und Sir Daniels Haus betrete. Aber ist es nicht eine wunderschöne Sache, in allen Berufen beschlagen zu sein? Wäre ich nicht Seemann gewesen, wärt Ihr unvermeidlich mit der »Good Hope« untergegangen, wäre ich kein Dieb gewesen, hätte ich Euer Gesicht nicht anmalen können, und wäre ich kein Franziskaner gewesen und hätte ich nicht laut in ihrem Chor gesungen und herzhaft an ihrem Tisch gegessen, könnte ich diese Maskierung nicht tragen, ohne daß die Hunde uns sofort durchschauen und als Betrüger verbellen."

Mittlerweile hatte er sich dem Fenster des Farmhauses genähert. Er stellte sich auf die Zehenspitzen und spähte hindurch. „Nein", rief er, „es wird immer besser! Wir werden jetzt bis zum Exzeß unsere falschen Gesichter ausprobieren und uns obendrein noch einen munteren Scherz mit Bruder Capper erlauben."

Gleichzeitig öffnete er die Tür und ging voraus ins Haus.

Drei Männer ihrer eigenen Gesellschaft saßen am Tisch und aßen gierig. Ihre Dolche steckten neben ihren Tellern im Holz, und die schwarzen und drohenden Blicke, mit denen sie ständig die Hausbewohner traktierten, bewiesen daß sie die Einladung eher der Gewalt als der Mildtätigkeit verdankten. Mit deutlichem Unmut wandten sie sich um zu den beiden Mönchen, die jetzt mit einer Art demütiger Würde in die Küche traten, und einer der Männer, nämlich John Capper persönlich, der die Führerrolle übernommen zu haben schien, befahl ihnen grob, unverzüglich zu verschwinden.

„Wir wollen hier keine Bettler!" schnauzte er.

Aber ein anderer, obwohl er weit davon entfernt war, Richard und Lawless zu erkennen, neigte zu einer gemäßigteren Ansicht.

„Nicht gut", sagte er. „Wir sind starke Männer, und sie sind schwach und zaghaft, aber am Ende werden sie ganz oben und wir werden unten sein. Achtet nicht auf ihn, Vater, kommt und trinkt aus meinem Becher und gebt mir Euren Segen."

„Ihr seid Menschen leichtsinnigen Gemüts, verflucht und der Fleischeslust ergeben", sagte der Mönch. „Nein, mögen die Heiligen mich davor bewahren, in einer solchen Gesellschaft etwas zu trinken. Aber weil ich Mitleid mit Sündern habe, überlasse ich euch eine geheiligte Reliquie, die zu küssen und zu verehren ich euch zum Nutzen für euer Seelenheil dringend empfehle."

Lawless donnerte sie an wie ein predigender Mönch, doch bei den letzten Worten zog er unter seiner Kutte einen schwarzen Pfeil hervor und warf ihn vor den drei erschrockenen Briganten auf den Tisch. Ehe sie auch nur Gelegenheit gefunden hatten, etwas zu erwidern oder einen Finger zu rühren, war Lawless draußen und hatte Richard mitgenommen.

„So", sagte er, „wir haben unsere falschen Gesichter auf die Probe gestellt, Master Shelton. Ich werde jetzt meinen armseligen Körper dorthin bewegen, wo es Euch beliebt."

„Gut", erwiderte Richard. „Ich bin ganz kribbelig, etwas zu unternehmen. Gehen wir also nach Shoreby."

Unter feindlichem Dach

Sir Daniels Residenz in Shoreby war ein hoher, behaglicher Herrensitz mit verputzter Fassade und geschnitzten Eichenpfeilern unter einem weit herunterreichenden Strohdach. An der Rückseite dehnte sich ein Garten mit vielen Obstbäumen, Wegen und Laubengängen, am anderen Ende des Gartens war der Turm der Abteikirche.

Das Haus hätte zur Not das Gefolge einer bedeutenderen Persönlichkeit als Sir Daniel aufnehmen können und war beinahe immer von Stimmengewirr und Tumult erfüllt. Im Hof klirrten Waffen und Hufeisen, in der Küche ging es zu wie in einem Bienenkorb, und aus der Halle schallten die Stimmen von Minnesängern, Musikinstrumente und das Geschrei von Akrobaten. In seiner Verschwendungssucht, Liederlichkeit und Ritterlichkeit rivalisierte Sir Daniel mit Lord Shoreby und stellte Lord Risingham in den Schatten.

Jeder Gast war willkommen. Minnesänger, Akrobaten, Schachspieler, Händler mit Reliquien, Arzneimitteln, Parfüm und Zaubertränken und mit ihnen jede Art Priester, Mönch oder Pilger wurden an den unteren Tischen eingeladen und schliefen gemeinsam in den weitläufigen Speichern oder auf den nackten Brettern des langen Speisesaals.

Am Nachmittag, der dem Schiffbruch der »Good Hope« folgte, waren die Küchen, die Ställe, der überdachte Schuppen, die den Hof an zwei Seiten flankierten, von Leuten überfüllt, die zum Teil zu Sir Daniel gehörten und seine Livree trugen und zum Teil Fremde waren, die ihre Habsucht in die Stadt gelockt hatte und die von Sir Daniel empfangen worden waren, aus Höflichkeit und weil es so Mode war.

Der Schnee, der immer noch pausenlos fiel, die ungewöhnliche Kälte und die hereinbrechende Abenddämmerung sorgten dafür, daß sie alle eine Zuflucht brauchten. Wein, Ale und Geld waren reichlich vorhanden. Einige der Männer lagen in der Scheune und spielten, und viel waren noch von der Mittagsmahlzeit her betrunken. Ein moderner Betrachter hätte gewähnt, einer Plünderung der Stadt beizuwohnen, doch für die Zeitgenossen war der Anblick, der sich ihnen bot, der eines normalen reichen und vornehmen Haushalts in einer Saison der Festlichkeiten.

Zwei Mönche, einer jung, einer alt, waren spät angekommen und wärmten sich jetzt an einem Feuer in einer Ecke des Schuppens. Eine buntgemischte Menge hatte sich um sie geschart – Gaukler, Quacksalber, Soldaten –, und mit ihr war der ältere der beiden bald in ein flottes Gespräch verwickelt. Er entfaltete einen derben Humor und provozierte so häufig schallendes Gelächter, daß die Gruppe ständig größer wurde.

Der jüngere Begleiter, in dem der Leser gewiß bereits Richard Shelton erkannt haben wird, saß von Anfang an ein wenig seitab und zog sich allmählich immer weiter zurück. Tatsächlich hörte er aufmerksam zu, aber er machte nicht den Mund auf, und sein Gesicht war so ernst, als wüßte er die Lustigkeit seines Begleiters nicht zu schätzen.

Endlich leuchteten seine Augen, die unaufhörlich hin und her gewandert waren und den Eingang des Hauses beobachtet hatten, ein wenig auf, als eine kleine Prozession durchs Haupttor kam und den Hof diagonal durchquerte. Zwei Freuen, in dicke Pelze gehüllt gingen voraus, ihnen folgten zwei Zofen und vier stämmige Soldaten. Im nächsten Moment waren sie im Haus verschwunden, und Richard zwängte sich bereits durch die Menge im Schuppen und eilte hinter ihnen her.

„Die größere der beiden war Lady Brackley", dachte er, „und wo Lady Brackley ist, wird Joanna nicht weit sein."

Die vier Soldaten waren in der Tür stehen geblieben. Die Frauen stiegen jetzt eine Treppe aus poliertem Eichenholz hinauf. Nur die beiden Zofen begleiteten sie. Richard schloß sich an. Draußen war es schon dämmrig, und im Haus war beinahe nächtliche Finsternis. An den Treppenabsätzen flackerten Fackeln in eisernen Haltern, und in den langen Korridoren mit den Tapisserien an den Wänden brannte bei jeder Tür eine Lampe. Wo eine Tür offen war, erblickte Richard Waffen an den Mauern; die Böden, die im Licht von Holzfeuern aufglühten, waren mit Binsen bestreut.

Zwei Etagen lagen bereits hinter ihnen, und auf jedem Absatz hatte die jüngere und kleinere der beiden Frauen sich scharf nach dem Mönch umgesehen. Da er den Kopf gesenkt hatte und überhaupt ein demütiges Benehmen vorzutäuschen trachtete, das seiner Verkleidung angemessen war, hatte er die junge Frau nur einmal angeschaut und ahnte nicht, daß er ihre Aufmerksamkeit erregt hatte. In der dritten Etage löste die kleine Gruppe sich auf. Die jüngere Frau stieg allein weiter aufwärts, die andere und die beiden Zofen gingen nach rechts einen Korridor entlang.

Richard eilte nach oben, hielt an der Ecke an und starrte den derei Frauen nach. Sie wandten sich nicht nach ihm um.

Ausgezeichnet, dachte Richard. Ich brauche nur zu wissen, wo Lady Brackleys Zimmer ist, dann müßte es mit dem Teufel zugehen, wenn ich nicht Dame Hatch finden würde.

In diesem Augenblick legte sich eine Hand auf seine Schulter, und er zuckte zusammen und wirbelte mit einem erstickten Aufschrei herum, um den Angreifer zu packen.

Ein wenig bestürzt stellte er fest, daß die Person, die er so derb angefaßt hatte, die kleine junge Dame im Pelzmantel war. Sie war nicht weniger bestürzt und zu Tode erschrocken. Sie zitterte unter seinem Griff.

„Madam", sagte Richard und ließ sie los, „ich bitte tausendmal um Vergebung, aber ich habe hinten keine Augen und, bei der Messe, konnte ich nicht wissen, daß Ihr ein Mädchen seid."

Das Mädchen sah ihn weiter an, aber allmählich wich ihre Angst der Überraschung, und der Überraschung folgte Mißtrauen.

Richard bemerkte, wie ihr Gesichtsausdruck sich veränderte, und begann um seine Sicherheit in diesem feindlichen Haus zu bangen.

„Verehrtes Mädchen", sagte er scheinbar leichthin, „erlaubt mir, Eure Hand zu küssen zum Beweis, daß Ihr mir meine Grobheit verzeiht, und ich werde mich verabschieden."

„Ihr seid ein seltsamer Mönch, junger Sir", erwiderte die Frau und blickte ihm mutig und skeptisch zugleich in die Augen. „Nachdem meine erste Verblüffung ein wenig verebbt ist, höre ich aus jedem Eurer Worte den Laien heraus. Was tut Ihr hier? Warum habt Ihr Euch so frevlerisch verkleidet? Kommt Ihr in friedlicher oder in kriegerischer Absicht? Und weshalb spioniert Ihr hinter Ladey Brackley her wie ein Dieb?"

„Madam", entgegnete Richard, „ich bitte Euch, mir zu glauben, daß ich kein Dieb bin. Und selbst wenn ich in kriegerischer Absicht komme, was in gewisser Weise wahr ist, so führe ich doch keinen Krieg gegen hübsche Mädchen, und ich ersuche sie, mir in dieser Beziehung nachzueifern und mich gehen zu lassen. Denn, hübsche Dame, wenn Ihr schreit – sofern es Euch Freude macht –, wenn Ihr nur einmal schreit und dann erzählt, was Ihr gesehen habt, ist der arme Gentleman, der vor Euch steht, ein toter Mann. Ich kann mir nicht vorstellen, daß Ihr so grausam seid." Richard nahm die rechte Hand des Mädchens zärtlich in seine Hände und blickte mit höflicher Bewunderung zu ihr auf.

„Seid Ihr also ein Spion – ein Yorkist?" fragte das Mädchen.

„Madam", erwiderte er, „ich bin in der Tat ein Yorkist, und gewissermaßen bin ich auch ein Spion. Aber was mich in dieses Haus bringt, was mir auch Euer Mitleid und Euer herzliches Interesse eintragen wird, hat mit York oder Lancaster nichts zu tun. Ich vertraue mein Leben Eurer Verschwiegenheit an. Ich bin nur verliebt, und mein Name ..."

Doch bei diesen Worten hielt die junge Dame Richard plötzlich den Mund zu, blickte hastig auf und ab und nach Ost und West, und als sie bemerkte, daß die Küste klar war, zog sie den jungen Mann mit großer Kraft und Vehemenz treppauf.

„Still!" sagte sie. „Kommt. Sprechen könnt Ihr später."

Einigermaßen verwirrt ließ Richard sich mitzerren, taumelte einen Korridor entlag und landete unvermittelt in einem Zimmer, das gleich zahlreichen anderen in diesem Haus von einem brennenden Balken in einem Kamin erhellt war.

„Jetzt", sagte die junge Dame und drückte ihn auf einen Hocker, „bleibt Ihr hier sitzen und bemüht Euch, mein allerhöchstes Wohlgefallen zu gewinnen. Ich habe Euer Leben und Euern Tod in meiner Hand, und ich werde nicht zögern, meine Macht zu gebrauchen. Seht selbst – Ihr habt meinen Arm übel zugerichtet. Er behauptet, er hätte nicht gewußt, daß ich ein Mädchen bin. Hätte er es gewußt, hätte er mich gewiß mit seinem Gürtel verhauen!"

Sie schlüpfte aus dem Zimmer und überließ Richard einer erheblichen Verblüffung, wobei er sich nicht sicher war, ob er wachte oder träumte.

„Ich hätte sie mit meinem Gürtel verhauen", wiederholte er. „Mit meinem Gürtel verhauen!" Jener Abend im Wald kehrte in seine Erinnerung zurück, und abermals sah er Matchams zuckenden Körper und seine flehenden Augen.

Und dann wurde er wieder an die Gefahren der Gegenwart gemahnt. Er hörte im Nebenzimmer ein Geräusch, als ob jemand sich bewegte, dann folgte ein Seufzen, das erstaunlich nah zu sein schien, und dann raschelten Röcke, und Schritte erklangen. Als er aufstand und horchte, bemerkte er, wie die Tapisserie an der Wand sanft wehte. Eine unsichtbare Tür wurde geöffnet, ein Spalt in der Tapisserie wurde sichtbar, und schließlich trat Joanna Sedley mit einer Lampe in der Hand ins Zimmer.

„Was macht Ihr hier, lieber Bruder?" fragte sie. „Zweifellos habt Ihr Euch verirrt. Zu wem wollt Ihr?"

„Joanna", sagte Richard, und seine Stimme ließ ihn im Stich.

„Joanna", hob er noch einmal an, „Ihr habt gesagt, Ihr liebt mich, und ich war ein Narr, ich habe Euch geglaubt!"

„Dick!" rief sie. „Dick!"

Und dann machte zur Überraschung des Jungen diese schöne, junge Frau einen Schritt auf ihn zu und warf ihm ihre Arme um den Hals und küßte ihn, als wolle sie nie wieder aufhören.

„Ach, dieser arme Kerl!" rief sie. „Lieber Dick! Oh, wenn Ihr Euch sehen könntet! Aber nein", fügte sie hinzu, „ich habe Euer Selbstbewußtsein beschädigt, Dick, ich habe einen Teil der Farbe abgekratzt. Aber dieser Schaden läßt sich beheben. Was sich nicht beheben läßt, Dick – jedenfalls fürchte ich es –, ist meine Heirat mit Lord Shoreby."

„Ist es also entschieden?" fragte der Junge.

„Morgen, kurz vor Mittag, Dick, in der Abteikirche", antwortete sie, „werden John Matcham und Joanna Sedley ein miserables Ende finden. Tränen helfen nicht, sonst würde ich mir die Augen ausweinen. Ich habe nicht an Gebeten gespart, aber der Himmel hat nur ein Stirnrunzeln für meine Petition übrig. Und, lieber Dick, guter Dick, da Ihr mich vor dem Morgen nicht aus diesem Haus bringen werdet, können wir nur mit einem

Kuß einander Lebewohl sagen."

„Nein", sagte Richard, „ich nicht. Ich werde dieses Wort nicht aussprechen. Dieses Wort ist Verzweiflung, aber wo Leben ist, Joanna dort ist auch Hoffnung. Deswegen will ich hoffen, ja, bei der Messe, und triumphieren! Als Ihr lediglich ein Name für mich wart, bin ich Euch da nicht gefolgt, habe ich nicht gute Männer mobilisiert, habe ich nicht mein Leben aufs Spiel gesetzt? Und nun, da ich Euch gesehen habe, wie Ihr wirklich seid – das schönste und prächtigste Mädchen von England –, da glaubt Ihr, ich würde umkehren? Wenn vor mir das tiefe Meer wäre, ich würde es durchqueren, und wenn der Weg voller Löwen wäre, ich würde sie auseinandertreiben wie Mäuse."

„Ja", sagte sie trocken, „Ihr macht viel Aufhebens um ein himmelblaues Kleid."

„Nein, Joan", protestierte Richard, „es ist nicht allein das Kleid. Aber, Mädchen, Ihr wart maskiert. Hier bin ich maskiert, und – als Beweis – bin ich nicht eine komische Figur?"

„Ja, Dick, das seid Ihr", antwortete sie lächelnd.

„Eben", erwiderte er. „So war es mit Euch, lieber Matcham, im Wald. Um die Wahrheit zu sagen – Ihr wart ein lächerliches Weibsbild. Aber jetzt ..."

Und so redeten sie weiter und hielten einander an den Händen und lächelten und tauschten verliebte Blicke, und die Minuten erschienen ihnen wie Sekunden. Sie hätten dieses Spiel vielleicht die ganze Nacht fortgesetzt, aber plötzlich war ein Geräusch hinter ihnen, und sie bemerkten die kleine junge Dame, die einen Finger vor den Mund hielt.

„Bei allen Heiligen", rief sie, „Ihr macht einen furchtbaren Lärm. Könnt ihr euch nicht in normaler Lautstärke unterhalten? Und jetzt, Joanna, mein schönes Mädchen aus den Wäldern, was gebt Ihr Eurer Freundin dafür, daß sie Euch Euren Liebsten gebracht hat?"

Statt einer Antwort rannte Joanna zu ihr hin und umarmte sie.

„Und Ihr, Sir", fügte die junge Dame hinzu, „was bekomme ich von Euch?"

„Madam", sagte Richard, „ich wäre genötigt, Euch die gleiche Art Bezahlung anzubieten."

„Dann kommt", sagte sie. „Sie ist Euch gewährt."

Aber Richard, errötend wie eine Pfingstrose, küßte ihr lediglich die Hand.

„Was stört Euch an meinem Gesicht, verehrter Sir?" fragte sie und knickste bis zum Boden. Und als Richard sie endlich mit äußerster Lauheit umarmt hatte, sagte sie: „Joanna, wenn Ihr dabei seid, benimmt sich Euer Liebster, als wäre er in der Entwicklung sehr zurückgeblieben, aber ich schwöre Euch, als wir einander vorhin zum erstenmal begegnet sind, war er sehr feurig. Ich bin am ganzen Körper schwarz und blau. Ihr solltet mir nie wieder trauen, Mädchen, wenn ich nicht schwarz und blau bin! Und jetzt", fuhr sie fort, „habt ihr alles gesagt, was ihr sagen wolltet? Ich muß nämlich diesen Paladin entlassen."

Aber beide beklagten sich, sie hätten überhaupt noch nichts gesagt, und der Abend wäre noch sehr jung, und sie wollten sich nicht so früh schon wieder trennen.

„Und das Essen?" fragte die junge Dame. „Müssen wir nicht hinuntergehen zum Essen?"

„Nein", rief Joanna, „das hatte ich vergessen!"

„Dann versteckt mich", sagte Richard. „Stellt mich hinter eine Gardine, schließt mich in eine Kiste ein, macht was ihr wollt, damit ich hier bin, wenn ihr wiederkommt. Behaltet in Erinnerung, hübsche Dame", fügte er hinzu, „daß wir einander nach dieser Nacht bis zu unserem Tode vielleicht nie wiedersehen."

Die junge Lady gab nach, und als wenig später eine Glocke Sir Daniels Haushalt an die Tafel zusammenrief, stand Richard steif an der Wand an einer Stelle, wo ein Schlitz in der Tapisserie ein freieres Atmen ermöglichte und er sogar das Zimmer im Blickfeld hatte.

Er war noch nicht lange an diesem Platz, als er aufgestört wurde. Bisher war die Stille in diesem oberen Stockwerk des Hauses nur vom Flackern der Flammen und vom Zischen eines grünen Balkens im Kamin unterbrochen worden, aber nun drang ein Geräusch an Richards angestrengte Ohren, als ob auf dem Korridor jemand sich mit äußerster Vorsicht bewegte. Kurz darauf wurde die Tür geöffnet, und ein zwergenhafter Mensch in den Farben Lord Shorebys und mit schwarzem Gesicht schob zuerst den Kopf und dann seinen verwachsenen Körper ins Zimmer. Er hatte den Mund offen, wie um besser hören zu können, und seine Augen, die sehr glänzend waren, flirrten rastlos und hurtig hin und her. Er marschierte einige Male im Kreis durch den Raum und klopfte hier und da an die Tapisserien und die Gardinen, aber wie durch ein Wunder entging Richard seiner Aufmerksamkeit. Anschließend spähte der Zwerg unter die Möbel und untersuchte die Lampe, und endlich, mit einem Ausdruck entsetzlicher Enttäuschung, bereitete er so leise, wie er gekommen war, den Rückzug vor. Plötzlich ließ er sich auf die Knie fallen, hob etwas vom Boden zwischen den Binsen auf, betrachtete es und steckte es unter allen Anzeichen des Entzückens in die Tasche an seinem Gürtel.

Richards Herz sank, denn der betreffende Gegenstand war eine Quaste von seinem eigenen Gürtel, und ihm war klar, daß dieser zwergenhafte Spitzel, der mit boshaftem Vergnügen seinen Dienst ausübte, keine Zeit verlieren würde, die Quaste zu seinem Master zu tragen. Richard war versucht, die Tapisserie beiseite zu räumen, über den Schurken herzufallen und ihm unter Lebensgefahr das verräterische Stück abzunehmen. Während er noch zauderte, entstand ein weiterer Grund zur Besorgnis. Eine vom Trinken heisere und brüchige Stimme war von der Treppe her zu hören, dann polterten schwere, unsichere Schritte den Korridor entlang.

Also Lawless, randvoll, wanderte durchs Haus und suchte nach einem Winkel, um dort die Folgen seiner Zecherei auszuschlafen. Richard war heiß vor Zorn. Der Spitzel, der zuerst erschrocken war, hatte seine Sicherheit wiedergefunden, als er feststellte, es nur mit einem Betrunkenen zu tun zu haben. Mit einer Bewegung von katzenhafter Gewandtheit schlüpfte er aus dem Zimmer und war aus Richards Blickfeld verschwunden.

Was war zu tun? Wenn er den Kontakt mit Lawless für den Rest des Abends und die Nacht verlor, war er machtlos, etwas zu planen oder etwas zu Joannas Rettung zu unternehmen. Wenn er aber wagte, den betrunkenen Briganten anzusprechen und der Spitzel noch in der Nähe war, konnten die fatalsten Konsequenzen entstehen.

Trotzdem entschloß sich Richard, das letztere Risiko auf sich zu nehmen. Er schob sich zwischen den Tapisserien hervor, baute sich an der Tür der Kammer auf und hob warnend die Hand. Lawless, erhitzt und dunkelrot, mit glasigen Augen und auf unsicheren Füßen, kam allmählich näher. Endlich entdeckte er seinen Befehlshaber, und obwohl Richard ihm heftig Zeichen gab, begrüßte er ihn sofort laut mit seinem Namen.

Richard sprang zu dem Trunkenbold und schüttelte ihn.

„Vieh!“ zischelte er. „Du bist kein Mensch, du bist ein Stück Vieh. Soviel Dummheit ist schlimmer als Hinterlist. Für deine Sauferei können wir beide aufgehängt werden.“

In diesem Augenblick hörte Richard ein leises schleifendes Geräusch hinter der Tapisserie. Er schnellt hin und riß ein Stück des Wandbehangs herunter, und im nächsten Moment lagen Richard und der Spitzel auf dem Boden und balgten sich miteinander und mit dem lästigen Stoff. Sie wälzten sich hin und her, und jeder trachtete stumm und verbissen die Kehle des anderen zu umkrallen, während das störrische Material sie nach wie vor behinderte. Aber Richard war viel stärker, und bald lag der Spitzel erschöpft unter Richards Knie, und nach einem einzigen Stich mit dem langen Dolch hörte er auf zu atmen.

Der tote Spitzel

Während dieses heftigen Auftritts hatte Lawless hilflos zugesehen, und auch, als alles vorbei war und Richard sich schon wieder aufgerichtet hatte und mit größter Aufmerksamkeit auf das Getöse in den tieferen Stockwerken lauschte, das gedämpft nach oben drang, schwankte der alte Brigant immer noch auf seinen Füßen wie ein Strauch im Wind und starrte stupide auf das Gesicht des Toten.

„Es ist alles in Ordnung“, sagte Richard endlich. „Den Heiligen sei Dank, daß niemand etwas gehört hat. Aber was soll ich jetzt mit diesem armseligen Spitzel machen? Wenigstens werde ich ihm meine Quaste abnehmen.“

Richard öffnete die Ledertasche am Gürtel des Spitzels und fand darin einige Geldmünzen, die Quaste und einen Brief, der an Lord Wensleydale adressiert war und Lord Shorebys Siegel trug. Der Name erweckte in Richard Erinnerungen, daher zerbrach er unverzüglich das Wachs des Siegels und las den Brief. Er war kurz, bewies jedoch zu Richards Freude eindeutig, daß Lord Shoreby verräterische Beziehungen zum Haus York unterhielt.

Der junge Mann trug im allgemeinen ein Tintenhorn und Schreibgerät bei sich, und so war er in der Lage, indem er sich neben den toten Spitzel kniete, folgende Worte auf eine Ecke des Papiers zu kritzeln:

„Mylord Shoreby, der Ihr diesen Brief geschrieben habt,
wißt Ihr, warum Euer Mann tot ist?
Laßt Euch von mir raten und heiratet nicht.
John Amend-All

Er legte das Papier auf die Brust der Leiche und Lawless, der ihn beobachtet hatte, während in seine Augen eine Andeutung von Intelligenz flackernd zurückkehrte, zog plötzlich einen schwarzen Pfeil unter seiner Kutte hervor und steckte damit das Papier fest. Der Anblick dieser Pietätlosigkeit und offenkundigen Grausamkeit gegenüber einem Toten entlockte Richard einen Ausruf des Erschreckens. Lawless lachte.

„Nein, ich beanspruche diese Ehre für meinen Orden", sagte er rülpsend. „Meine lieben Freunde müssen den Kredit von dieser Tat haben – den Kredit, Bruder!" Und dann machte er fest die Augen zu, klappte den Mund auf wie ein Kantor und donnerte mit gewaltiger Stimmkraft: „Trinkt lieber nicht den roten Wein ..."

„Still, Ihr Säufer!" rief Richard und stieß ihn heftig gegen die Wand. „In wenigen Worten – falls ein Mensch wie Ihr, der mehr Wein als Vernunft in sich hat, mich noch verstehen kann – im Namen der heiligen Jungfrau: Verschwindet aus diesem Haus, denn wenn Ihr so weitermacht, werdet Ihr nicht nur Euch selber, sondern auch mich an den Galgen bringen. Setzt Euch in Bewegung, oder ich vergesse, daß ich in gewisser Hinsicht Euer Hauptmann und in gewisser Hinsicht Euer Schuldner bin. Geht!"

Der falsche Mönch hatte einen Teil seiner Denkfähigkeit wiedererlangt, und der scharfe Klang von Richards Stimme und das Funkeln in Richards Augen halfen, die Bedeutung der Worte in Lawless' Gehirn zu befördern.

„Bei der Messe", rief er, „wenn ich nicht erwünscht bin, kann ich mich zurückziehen!" Er drehte sich taumelig um und tappte zur Treppe und hinunter, wobei er gegen die Mauer schlingerte.

Sobald er außer Sicht war, ging Richard wieder in sein Versteck; er war entschlossen auszuharren. Sein Verstand riet ihm, ebenfalls zu verschwinden, aber seine Verliebtheit und die Neugier waren stärker.

Die Zeit verging unendlich langsam für den jungen Mann hinter der Tapisserie. Das Feuer im Zimmer zerfiel, die Lampe brannte herunter und qualmte. Und immer noch kehrte niemand in die oberen Stockwerke des Hauses zurück, immer noch klangen von unten gedämpft Stimmengewirr und das Klappern von Geschirr, und immer noch lag die Stadt Shoreby still im Schneetreiben.

Schließlich näherten sich auf der Treppe Schritte und Stimmen. Wenig später langten einige von Sir Daniels Gästen auf dem obersten Absatz an. Sie gingen den Korridor entlang und bemerkten den zerrissenen Vorhang und die Leiche des Spitzels. Ein paar von ihnen rannten hin und her, und alle brachen in lautes Geschrei aus.

Dieses Getöse lockte noch mehr Gäste, Soldaten, Diener, mit einem Wort sämtliche Bewohner des großen Hauses an. Sie eilten aus allen Richtungen herbei und beteiligten sich am Tumult.

Nach einer Weile bildete sich eine Gasse, und Sir Daniel persönlich schritt hindurch, ihm folgte der künftige Bräutigam Lord Shoreby.

„Mylord“, sagte Sir Daniel, „entsinnt Ihr Euch, daß ich Euch von diesem tückischen Schwarzen Pfeil erzählt habe? Da habt Ihr den Beweis! Da ist er, beim Kruzifix, mein Freund, in der Gestalt eines Eurer Männer oder eines Mannes, der Euch eine Livree gestohlen hat!“

„Er war wirklich einer meiner Männer“, erwiderte Lord Shoreby und blieb ein wenig zurück. „Ich wünschte, ich hätte mehr seinesgleichen. Er war kühn wie ein Spürhund und diskret wie ein Maulwurf.“

„Tatsächlich?“ fragte Sir Daniel scharf. „Und warum ist er so viele Treppen heraufgekommen, um in meinem ärmlichen Haus zu schnüffeln? Aber er wird nicht mehr schnüffeln!“

„Mit Verlaub, Sir Daniel“, sagte einer der Umstehenden, „hier ist ein beschriebenes Papier an seiner Brust befestigt.“

„Gebt es mir, auch den Pfeil“, sagte der Knight. Und als er den Pfeil in der Hand hatte, starrte er ihn einige Zeit nachdenklich an. „Ja“, sagte er endlich und wandte sich an Lord Shoreby, „hier ist ein Haß am Werk, der mir nah und unerbittlich auf den Fersen bleibt. Dieser schwarze Stock oder ein ähnlicher wird mich noch auf die Knie zwingen. Und, Gefährte, gestattet einem einfachen Knight, Euch einen Rat zu geben. Wenn diese Hunde von Euch Witterung aufnehmen, dann flieht. Das ist wie eine Krankheit, die einem in die Glieder fährt. Aber laßt uns sehen, was diese Menschen geschrieben haben. Es ist genau, wie ich vermutet habe, Mylord, Ihr seid gezeichnet wie eine alte Eiche vom Holzfäller. Morgen oder übermorgen kommt die Axt. Aber was habt Ihr in dem Brief geschrieben?“

Lord Shoreby pflückte hastig den Brief vom Pfeil, las ihn durch und zerknüllte ihn mit beiden Händen. Indem er den Widerwillen überwand, der ihn bisher zurückgehalten hatte, warf er sich neben der Leiche auf die Knie und kramte in der Brieftasche des Zwergs.

Mit nervösem Gesicht stand er wieder auf.

„Gefährte“, sagte er, „ich habe hier in der Tat einen sehr wichtigen Brief eingebüßt, und wenn ich den Schurken in die Hände bekäme, der ihn genommen hat, er sollte unverzüglich einen Galgenstrick zieren. Aber laßt uns zuallererst die Ausgänge dieses Hauses sichern. Bei St. Georg, hier ist schon genug Unheil geschehen!“

Posten wurden rings um das Haus und um den Garten aufgestellt, auf jeden Treppenabsatz kam ein Posten, in die Eingangshalle kam ein ganzer Trupp, und ein weiterer Posten bewachte das Feuer im Schuppen. Sir

Daniels Gefolgschaft wurde durch Lord Shorebys verstärkt, so daß es weder an Männern noch an Waffen mangelte, um das Haus zu schützen oder einen lauernden Eindringling in einer Falle zu fangen, vorausgesetzt daß es einen solchen Eindringling gab.

Während dessen wurde die Leiche des Spitzels hinaus und durch den fallenden Schnee getragen und in der Abteikirche niedergelegt.

Erst als diese Vorbereitungen getroffen waren und die Zuschauer aus der oberen Etage in feierlicher Stille in ihre Zimmer zurückgekehrt waren, holten die beiden Mädchen Richard Shelton aus seinem Versteck und berichteten ausführlich, was geschehen war. Danach erzählte er seinerseits vom Besuch des Spitzels, dessen gefährlicher Entdeckung und dem schnellen Ende.

Joanna lehnte sich sehr blaß an die gardinengeschmückte Wand.

„Es wird nicht viel nützen", sagte sie. „Morgen früh wird man mich verheiraten."

„Was?" rief ihre Freundin. „Und hier ist unser Paladin, der Löwen vertreibt, als wären es Mäuse Ihr habt wenig Vertrauen zu ihm. Kommt, Freund Löwentreiber, schenkt uns ein wenig Behagen, sprecht und laßt uns kühne Ratschläge hören."

Richard war verwirrt, weil er auf diese Weise mit seinen eigenen übertriebenen Worten konfrontiert wurde: doch obwohl er errötete, blieb seine Stimme klar und ruhig.

„Gewiß", sagte er, „wir befinden uns in einer Notlage. Aber wenn ich nur für eine halbe Stunde aus diesem Haus käme, könnte noch alles gut werden, davon bin ich ehrlich überzeugt. Und was die Heirat betrifft, so sollte sie verhindert werden."

„Und was die Löwen betrifft", spottete das Mädchen, „so sind sie zu vertreiben."

„Ich bitte um Entschuldigung", sagte Richard. „Ich spreche jetzt nicht mit einer prahlerischen Heiterkeit, sondern als jemand, der über Hilfe oder einen Rat nachdenkt. Wenn es mir nicht gelingt, zwischen diesen Posten hindurch aus dem Haus zu gehen, kann ich nichts tun. Nehmt mich, ich bitte Euch, ernst."

„Warum habt Ihr gesagt, er wäre ungeschliffen, Joan?" erkundigte sich das Mädchen. „Er hat eine gewandte Zunge, und seine Sprache ist schnell, sanft oder entschlossen, ganz nach Belieben. Was verlangt Ihr mehr?"

„Nein", seufzte Joanna und lächelte, „mein Freund Dick hat sich bestimmt verändert. Als ich ihn traf, war er wirklich ungehobelt. Aber das ist belanglos, für meinen schwierigen Fall gibt es keine Hilfe, und ich muß trotzdem Lady Shoreby werden."

„Nein", sagte Richard. „Dann will ich mich in das Abenteuer stürzen. Ein Mönch wird nicht sonderlich beachtet, und wenn ich eine gute Fee gefunden habe, die mich hinauf geführt hat, finde ich vielleicht eine zweite, die mich hinunter befördert. Wie war der Name des Spitzels?"

„Rutter", sagte die junge Lady. „Aber was habt Ihr vor, Löwentreiber? Wie wollt Ihr Euch verhalten?"

„Ich gehe einfach fort", entgegnete Richard, „und wenn jemand mich anhält, bemühe ich mich um ein gleichmütiges Gesicht und sage, ich will für Rutter beten. In der Kirche wird man jetzt schon vor seinen Resten auf den Knien liegen."

„Der Einfall ist ein bißchen primitiv", erwiderte das Mädchen, „aber vielleicht hat er Erfolg."

„Nein", sagte der junge Shelton, „das ist kein Einfall, sondern eher Tollkühnheit, die in Notlagen häufig bessere Dienste tut."

„Das ist wahr", sagte sie. „Nun, so geht in Marias Namen, und gebe der Himmel, daß Ihr Euch beeilt. Ihr laßt hier ein armes Mädchen zurück, das Euch liebt, und ein anderes, das von Herzen Eure Freundin ist. Um ihretwillen seid vorsichtig und macht kein Schiffswrack aus Eurer Sicherheit."

„Ja", fügte Joanna hinzu, „geht jetzt, Dick. Die Gefahr ist gleich groß, ob Ihr nun geht oder bleibt. Geht, Ihr nehmt mein Herz mit Euch. Die Heiligen mögen Euch beistehen."

Richard ging mit so selbstsicherem Gehabe an dem ersten Posten vorbei, daß dieser nur zappelig reagierte und ihn anstarrte. Aber der Mann auf dem zweiten Treppenabsatz versperrte ihm mit seiner Lanze den Weg und fragte ihn nach seiner Absicht.

„Pax vobiscum", antwortete Richard. „Ich will für den armen verblichenen Rutter beten."

„Gewiß", erwiderte der Posten, „dagegen ist nichts einzuwenden. Aber ihr dürft nicht allein gehen." Er beugte sich über die Eichenbalustrade und pfiff schrill. „Da kommt einer!" rief er und winkte Richard vorüberzugehen.

Am Ende der Treppe fand Richard die Wachmannschaft, die ihn bereits erwartete, und als er seine Geschichte noch einmal vorgebracht hatte, kommandierte der Befehlshaber der Wachmannschaft vier seiner Männer ab, um Richard zur Kirche zu eskortieren.

„Laßt ihn nicht entschlüpfen, Männer", sagte er. „Bringt ihn zu Sir

Oliver, oder es kostet euch das Leben!“

Die Tür wurde geöffnet, zwei Männer packten Richard links und rechts an den Armen, ein dritter mit einer Pike setzte sich an die Spitze, und der vierte, mit gespanntem Bogen und dem Pfeil an der Sehne, bildete die Nachhut. In dieser Marschordnung durchquerten sie den Garten in der dichten Dunkelheit der Nacht und unter dem wirbelnden Schnee und steuerten auf die schwach beleuchteten Fenster der Abteikirche zu.

Am westlichen Portal stand eine Feldwache mit Bogenschützen, die versuchten, unter dem Torbogen notdürftig Schutz zu finden und dennoch zum Teil eingeschneit waren. Richards Begleiter wechselten ein paar Worte mit den Bogenschützen, und erst dann gaben diese den Weg frei und erlaubten den Zutritt zum Mittelschiff des sakralen Bauwerks.

Die Kirche war von Kerzen auf dem großen Altar und von einer oder zwei Lampen, die vor den primitiven Kapellen illustrer Familien an der gewölbten Decke baumelten, zweifelhaft erhellt. In der Mitte der Empore lag der tote Spitzel mit fromm geordneten Gliedmaßen auf einer Bahre.

Hastig gemurmelte Gebete rauschten zwischen den Säulen, geduckte Gestalten knieten in den Chorgestühlen, und auf den Stufen des Hochaltars zelebrierte ein Priester im Ornat die Messe.

Als die Wächter und Richard hereinkamen, erhob sich eine der geduckten Gestalten und kam die Treppe herunter, die den erhöhten Chor mit dem Mittelschiff verband, und erkundigte sich bei dem Führer der vier Männer nach dem Grund für ihre Anwesenheit.

„Ein Mönch!“ erwiderte Sir Oliver (denn er war der Mann, der zu den Ankömmlingen getreten war), nachdem er den Bericht des Bogenschützen gehört hatte. „Mein Bruder, ich hatte Euch nicht erwartet“, fügte er hinzu und wandte sich an den jungen Shelton. „In aller Höflichkeit – wer seid Ihr und in wessen Auftrag möchtet Ihr Eure Gebete den unseren beisteuern?“

Richard, der seine Kapuze tief ins Gesicht gezogen hatte, bedeutete Sir Oliver, sich mit ihm einige Schritte von den Bogenschützen zu entfernen, und sobald der Priester seiner Bitte entsprochen hatte, sagte er: „Ich kann nicht hoffen, Euch zu enttäuschen, Sir. Mein Leben liegt in Euren Händen.“

Sir Oliver zuckte heftig zusammen. Seine feisten Wangen wurden fahl, und einen Augenblick blieb er stumm.

„Richard“, sagte er dann, „ich weiß nicht, was Euch hierher bringt, aber ich bezweifle, daß Ihr freundliche Absichten hegt. Trotzdem werde ich Euch unseres früheren guten Einvernehmens wegen nicht einem bösen Geschick ausliefern. Ihr werdet die ganze Nacht still neben mir im Chorstuhl sitzen. Ihr werdet sitzen bleiben, bis Lord Shoreby getraut und die ganze Gesellschaft sicher nach Hause gegangen ist. Wenn alles gut abläuft und Ihr nicht versucht, schlimme Pläne zu verwirklichen, dürft Ihr Euch anschließen begeben, wohin Ihr wollt. Aber falls Ihr Blut vergießen möchtet, werden die Folgen über Euch kommen, Amen!"

Und der Priester bekreuzigte sich demütig, drehte sich um und starrte zum Altar.

Danach sagte er noch einige Worte zu den Soldaten, nahm Richard an der Hand, führte ihn hinauf zum Chor und schob ihn in den Stuhl neben seinem eigenen, wo Richard anstandshalber niederkniete und sich bemühte, den Anschein zu erwecken, mit seiner Frömmigkeit beschäftigt zu sein.

Aber seine Gedanken und seine Blicke schweiften ständig umher. Er stellte fest, daß drei der Soldaten nicht zum Haus zurückgekehrt waren, sondern im Mittelgang einen Beobachtungsposten bezogen hatten, und es konnte nicht fraglich sein, daß sie auf Sir Olivers Befehl handelten. Er steckte also in einer Falle. Ihm blieb nichts anderes übrig, als die Nacht im gespenstischen Helldunkel der Kirche zu verbringen und das bleiche Gesicht des Menschen, den er getötet hatte, zu betrachten. Und hier mußte er am Morgen zusehen, wie seine Geliebte vor seinen Augen einen anderen Mann heiratete.

Dennoch war er entschlossen, nicht die Nerven zu verlieren, und bereitete sich darauf vor, geduldig den Ausgang der Ereignisse abzuwarten.

In der Abtei

In der Abteikirche von Shoreby wurde die ganze Nacht hindurch gebetet. In den wenigen Pausen wurden Psalmen gesungen, und einige Male schlug die Glocke an.

Der Spitzel Rutter erhielt eine vornehme Feier. Während dessen lag er, wie man ihn hindekoriert hatte, die eisigen Hände über der Brust gekreuzt, die glasigen Augen zum Dach gerichtet, und ganz in seiner Nähe in einem Chorstuhl harrte der Junge, der ihn erstochen hatte, in tiefer Sorge des anbrechenden Morgens.

Nur einmal in diesen vielen Stunden beugte Sir Oliver sich herüber zu seinem Gefangenen.

„Richard", flüsterte er, „mein Sohn, falls Ihr mir Böses wollt – ich erkläre bei meinem Seelenheil, daß Ihr Euch einen unschuldigen Mann vorgenommen habt. Ich räume ein, daß ich in den Augen des Himmels sündig geworden bin, aber ich bin nicht sündig Euch gegenüber und bin es nie gewesen."

„Mein Vater", erwiderte Richard ebenso leise, „glaubt mir, ich führe gegen Euch nichts im Schilde. Aber was Eure Unschuld angeht, so kann ich nicht vergessen, daß Eure Entlastung reichlich flau geklungen hat."

„Ein Mann kann unschuldig schuldig werden", entgegnete der Priester. „Er kann wie ein Blinder einen Auftrag übernehmen, ohne eine Ahnung von dessen Reichweite zu haben. So war es mit mir. Ich habe Euren Vater in den Tod gelockt, aber so wahr der Himmel uns in diesem geheiligten Gebäude sieht – ich habe nicht gewußt, was ich tat."

„Das mag sein", sagte Richard. „Trotzdem müßt Ihr begreifen, daß Ihr ein seltsames Netz gesponnen habt, so daß ich zugleich Euer Gefangener und Euer Richter bin. Ihr bedroht mich, zugleich mißbilligt Ihr meinen Zorn. Ich glaube, wenn Ihr immer in Eurem Leben ein ehrlicher Mensch und ein guter Priester gewesen wärt, würdet Ihr mich jetzt weder fürchten noch hassen. Und nun kümmert Euch wieder um Eure Gebete. Ich möchte von Euch nicht behelligt werden."

Der Priester stieß einen so schweren Seufzer aus, daß er in dem Jungen beinahe ein Gefühl des Mitleids erweckt hätte, und stützte den Kopf auf die Hände wie ein Mann, der von einem Gewicht niedergedrückt wird, das über seine Kräfte geht. Er stimmte nicht mehr in die Psalmen ein, doch Richard konnte hören, wie die Perlen des Rosenkranzes durch seine Finger und Gebete durch seine Zähne ratterten.

Wenig später kämpfte sich das Grau des Morgens durch die farbigen Fensterflügel der Kirche und ließ die Kerzen scheinbar verblassen. Allmählich wurde es heller und heller, und endlich drang durch die südöstlichen Lichtgaden der rosige Schimmer der Sonne und tanzte über die Mauern. Der Sturm war vorüber, die großen Wolken hatten sich des Schnees entledigt und waren weitergeflohen, und der neue Tag brach über einer heiteren Winterlandschaft an, die sich in einen weißen Mantel gehüllt hatte.

In der Kirche entfachten die Offiziellen eine jähe Betriebsamkeit. Die Bahre wurde ins Leichenhaus geschafft, die Fliesen wurden von Blutflecken gesäubert, damit kein unerquickliches Omen Lord Shorebys

Hochzeit überschatten konnte. Gleichzeitig setzten dieselben Kleriker, die sich während der Nacht einer so betrüblichen Beschäftigung hatten hingeben müssen, ihre Morgengesichter auf, um der fröhlicheren Zeremonie zu entsprechen, die sich anschließen sollte. Um die Ankunft des Tages noch zusätzlich anzukündigen, versammelten sich nach und nach die Frommen der Stadt, hoben vor ihren bevorzugten Reliquienschreinen an zu beten oder warteten, bis sie mit der Beichte an der Reihe waren.

Bei dieser Unruhe war es für Besucher eine Leichtigkeit, der Aufmerksamkeit von Sir Daniels Wächtern an der Tür zu entgehen, und als Richard sich umblickte, entdeckte er keinen Geringeren als Will Lawless, der nach wie vor die Mönchskutte trug.

Der Brigant erkannte im selben Moment seinen Anführer und winkte und nickte ihm verstohlen zu.

Richard war weit davon entfernt, dem alten Schurken sein außerordentlich unzeitgemäßes Besäufnis zu vergeben, andererseits beabsichtigte er nicht, ihn in seine eigenen Schwierigkeiten zu verwickeln. Er signalisierte ihm, so gut er es vermochte, sofort zu verschwinden.

Lawless glitt hinter eine Säule, als hätte er das Zeichen verstanden, und Richard wagte wieder zu atmen.

Desto größer war sein Mißvergnügen, als er plötzlich spürte, daß jemand ihn am Ärmel zupfte, und den alten Räuber auf dem Nebensitz erblickte, wo er scheinbar inbrünstig betete.

Prompt erhob sich Sir Oliver von seinem Platz, glitt hinter die Chorstühle und eilte zu den Soldaten im Mittelgang. Falls das Mißtrauen des Priesters geweckt worden war, ließ der Schaden sich nicht mehr beheben, und Lawless war ein Gefangener der Kirche.

„Bewegt Euch nicht“, flüsterte Richard. „Wir befinden uns in der miserabelsten aller möglichen Situationen, was wir nicht zuletzt Eurem säuischen Benehmen gestern abend zu verdanken haben. Als Ihr mich hier gesehen habt, an einem Platz, wo ich weder sein darf noch möchte, konntet Ihr da nicht Unrat wittern und vor dem Mißgeschick flüchten?“

„Nein”, erwiderte Lawless. „Ich dachte, Ihr hättet von Ellis gehört und seid im Dienst.“

„Ellis?“ fragte Richard. „Ist er denn wieder da?“

„Bestimmt“, entgegnete der Brigant. „Er ist heute nacht gekommen und hat mich mit dem Gürtel verprügelt, weil ich über den Wein hergefallen war – Ihr seid also gerächt, Master. Ein ungestümer Mann, dieser Ellis Duckworth. Er war mit heißen Sporen von Craven hergeritten, um diese Heirat zu verhindern, und, Master Dick, Ihr kennt ihn, wahrscheinlich wird es ihm gelingen."

„Nun", sagte Richard mit Fassung, „dann seid Ihr und ich, mein armer Bruder, bereits so gut wie tot. Ich bin hier als Gefangener auf Verdacht und soll mit meinem Kopf für das Gelingen der Hochzeit bürgen, die Ellis ruinieren will. Ich hatte eine gute Chance, beim Kruzifix, entweder mein Leben oder meine Liebste zu verlieren. Es ist also entschieden – es ist mein Leben."

„Bei der heiligen Messe!" rief Lawless und stand auf. „Ich bin schon fort."

Richard hielt ihn an der Schulter fest.

„Freund Lawless, bleibt sitzen", sagte er. „Wenn Ihr Augen habt, dann blickt hinüber zu dem Kanzelbogen. Seht Ihr nicht, daß Eure Bewegungen eben schon genügt hat, die Bewaffneten zu alarmieren? Sie würden Euch nicht gehen lassen. Ergebt Euch, Freund. Ihr wart tapfer auf dem Schiff, als Ihr befürchtet habt einen Seemannstod zu sterben. Seid noch einmal tapfer, wenn Ihr jetzt am Galgen sterben müßt."

„Master Dick", ächzte Lawless, „das kommt alles ein bißchen plötzlich. Aber laß mir einen Augenblick Zeit, damit ich Luft holen kann, dann bin ich, bei der Messe, nicht weniger kaltblütig als Ihr."

„So kenne ich meinen alten Kumpan", lobte Richard. „Trotzdem, Lawless, geht es mir hart gegen den Kamm, einfach sterben zu sollen. Aber wenn das Winseln nichts mehr ändert, wozu dann noch winseln?"

„Nein wirklich", pflichtete Lawless bei. „Ich mache mir nichts aus dem Tod, man muß ihn hinter sich bringen, Master, früher oder später. Und bei einem guten Streit aufgehängt zu werden, ist ein leichter Tod, sagen die Leute, obwohl ich nie von jemand gehört habe, der wiedergekommen wäre, um es zu bestätigen."

Mit diesen Worten lehnte der zähe alte Spitzbube sich in seinem Chorstuhl zurück, verschränkte die Arme und blickte sich mit der größten Unverschämtheit und Sorglosigkeit um.

„Außerdem haben wir immer noch die besten Chancen, wenn wir ruhig bleiben", ergänzte Richard. „Wir wissen nicht, was Duckworth vorhat. Wenn es losgeht und wenn das Schlimmste eintrifft, gibt es für uns vielleicht dennoch eine Gelegenheit, aus dieser Sache auszusteigen."

Als die Unterhaltung verstummte, wurden sie sehr ferner und schriller heiterer Musikklänge gewahr, die kontinuierlich näherrückten und lauter und fröhlicher wurden. Die Glocken im Turm hoben mit einem dröhnenden Doppelschlag an zu läuten, und eine immer größer werdende Menschenmenge strömte in die Kirche, trat sich den Schnee von den Füßen und blies und klatschte in die Hände. Das westliche Portal wurde weit aufgerissen, ein Streifen Sonnenlicht und die verschneite Straße wurden sichtbar, und ein Schwall kühler Morgenluft drang herein. Offenkundig plante Lord Shoreby, sehr zeitig zu heiraten, und draußen wälzte sich der Hochzeitszug heran.

Einige von Lord Shorebys Männern bildeten im Mittelgang eine Gasse, indem sie die Leute mit Lanzen zurücktrieben, im selben Augenblick waren vor dem Portal die weltlichen Musikanten zu entdecken, wie sie über den gefrorenen Schnee marschierten, die Querpfeifer und Trompeter mit vor Anstrengung roten Gesichtern, die Trommler und Beckenschläger, die dreinhieben, als hinge ihr Leben davon ab.

Als sie vor dem Portal angelangt waren, stellten sie sich zu beiden Seiten auf und trampelten weiter, um den Rhythmus zu ihrer Musik zu markieren. Zwischen ihnen erschienen die Führer des Brautzugs. Sie waren so verschwenderisch in Seide und Samt, Pelz und Satin, Spitzen und Stickerei gehüllt, daß die Prozession, als sie über den Schnee schritt, an ein Blumenbeet mitten auf einem Weg oder an ein bemaltes Fenster in einer Mauer erinnerte.

Zuerst kam die Braut, die einen traurigen Anblick bot. Sie war bleich wie der Winter und stützte sich auf Sir Daniels Arm. Als Brautjungfer begleitete sie die kleine junge Lady, mit der sich Richard am Vorabend angefreundet hatte. Nah dahinter war der Bräutigam in einem über die Maßen prächtigen Anzug. Er hinkte, weil er anscheinend einen gichtigen Fuß hatte, und als er die Schwelle des Sakralgebäudes überquerte und seinen Hut abnahm, war seine Glatze rosig vor Aufregung.

Damit brach die Stunde des Ellis Duckworth an.

Richard saß da wie betäubt von widerstreitenden Gefühlen und klammerte sich an das Pult vor ihm, als eine Bewegung durch die Menge ging. Die Leute drängelten nach rückwärts, sie blickten nach oben und fuchtelten. Richard spähte in die angegebene Richtung und bemerkte drei oder vier Männer, die sich mit gespanntem Bogen über die Galerie beugten und im selben Moment schossen. Noch bevor Tumult und Geschrei der verschreckten Zuschauer ihren Höhepunkt erreicht hatten, flitzten die Männer von ihrem Hochsitz und verschwanden.

Das Mittelschiff war erfüllt von zuckenden Köpfen und kreischenden Stimmen. Die Kleriker hasteten entsetzt von ihren Plätzen, die Musik verstummte, lediglich die Glocken hallten noch einige Sekunden durch die Luft, bis endlich eine Ahnung von dem Desaster zu der Kammer drang, wo die Glöchner an ihren Seilen hüpten, und diese ebenfalls ihre Arbeit einstellten.

In der Mitte des Gangs lag der Bräutigam auf dem Boden. Zwei schwarze Pfeile hatten ihn durchbohrt, und er war tot wie ein Stein. Die Braut war ohnmächtig geworden. Sir Daniel stand hoch aufgerichtet vor Überraschung und Verdruß und überragte einen erheblichen Teil der Versammlung. In seinem linken Oberarm steckte zitternd ein Pfeil, und über sein Gesicht floß Blut, weil ein zweiter Pfeil ihn an einer Braue gestreift hatte.

Ehe eine Fahndung eingeleitet werden konnte, waren die Urheber dieser tragischen Unterbrechung eine Wendeltreppe heruntergeklappert und hatten sich durch eine rückwärtige Tür aus dem Staub gemacht.

Aber Richard und Lawless als Faustpfand waren noch da. Beim ersten Alarmsignal waren sie zwar aufgesprungen und hatten sich zum Portal durchschlagen wollen, aber die Chorstühle waren sehr eng, und die verstörten Priester und Choristen versperrten den Weg. Der Versuch war gescheitert, und Richard und Lawless hatten mit stoischen Gesichtern ihre Plätze wieder eingenommen.

Und nun erhob sich Sir Oliver fahl vor Grauen und wandte sich an Sir Daniel und deutete mit einer Hand auf Richard.

„Hier ist Richard Shelton!“ rief er. „Zu dieser Stunde! Er ist verantwortlich! Packt ihn – laßt ihn ergreifen! Bei unser aller Leben, nehmt ihn fest und fesselt ihn! Er hat sich unseren Untergang geschworen!“

Sir Daniel war blind vor Zorn und geblendet vom Blut, das ihm immer noch übers Gesicht lief.

„Wo?“ brüllte er. „Haltet ihn! Beim Kruzifix von Holywood, er wird diese Stunde noch bedauern!“

Die Menge stob auseinander, ein Trupp Bogenschützen überflutete das Chorgestühl. Richard wurde von derben Fäusten gefaßt und mit dem Kopf voran hinter dem Pult hervorgezerrt und an den Schultern die Kanzeltreppe hinuntergeschleudert. Lawless verhielt sich still wie eine Maus.

Sir Daniel wischte sich das Blut aus den Augen und starrte blinzelnd auf sein Opfer.

„Ja“, sagte er, „unverschämter Verräter, jetzt habe ich dich! Und ich schwöre, daß ich für jeden Blutstropfen, der mir in die Augen rinnt, einen Schmerzensschrei aus deinem Kadaver wringen werde! Fort mit ihm“, fügte er hinzu. „Hier ist nicht der richtige Ort. Schafft ihn in mein Haus. Ich werde jedes Gelenk an deinem Körper mit einer Tortur markieren."

Richard streifte die Hände der Bogenschützen von sich ab.

„Ich bitte um Asyl!" rief er. „Ich wende mich an die frommen Väter dieses Gotteshauses! Sie wollen mich aus der Kirche schleifen!"

„Aus der Kirche, die du durch Mord entweiht hast, Junge", fügte ein großer, kostbar gekleideter Mann hinzu.

„Wo ist der Beweis?" rief Richard. „In der Tat werde ich der Komplicenschaft beschuldigt, aber niemand hat auch nur ein Jota von dieser Bezichtigung bewiesen. In Wahrheit habe ich mich um die Hand dieses Mädchens beworben, und dieses Mädchen, mit Verlaub, hat mich dazu ermutigt. Was ist dabei? Ein Mädchen zu lieben, ist kein Verbrechen, davon bin ich überzeugt, und es ist auch kein Verbrechen, ihre Liebe zu erringen. In jeder anderen Beziehung bin ich frei von Schuld."

Einige Umstehende murmelten zustimmend, als Richard so unerschrocken seine Unschuld beteuerte, doch gleichzeitig meldeten andere sich zu Wort, die schrien, man hätte ihn in der vorigen Nacht in Sir Daniels Haus gefunden, und wieso er sich so frevlerisch maskiert hätte? Schließlich mischte Sir Oliver sich ein und bedeutete durch Stimmaufwand und Gestik, Lawless wäre bei dieser Tat Richards Spießgeselle. Lawless wurde ebenfalls von seinem Sitz gezogen und zu seinem Anführer gestellt. Die Gefühle beider Gruppen Zuschauer wallten immer heftiger, und während die eine Partei die Gefangenen hin und her zerrte, um ihnen die Flucht zu ermöglichen, fluchte die andere und schlug die Gefangenen mit den Fäusten. Richards Ohren rauschten, und sein Kopf schwirrte wie bei einem Menschen, der sich in einem reißenden Fluß mit den Strudeln balgt.

Aber der große Mann, der Richard bereits geantwortet hatte, stellte mit Stentorstimme Ruhe und Ordnung her.

„Durchsucht sie nach Waffen", befahl er. „Vielleicht finden wir so einen Hinweis auf ihre Absichten."

Bei Richard wurden keine Waffen außer dem Dolch gefunden, was so lange für ihn sprach, bis einer der Männer die Klinge aus der Scheide zog und feststellte, daß immer noch Rutters Blut daran haftete. Darauf entstand bei Sir Daniels Anhängern ein erhebliches Getöse, das der große Mann mit einem Wink und einem gebieterischen Blick unterdrückte. Aber als Lawless an der Reihe war, wurde unter seiner Kutte ein Bündel Pfeile entdeckt, die identisch mit denen waren, die in Sir Daniels Arm und in Lord Shorebys Brust steckten.

„Was sagt Ihr nun?“ fragte der große Mann Richard und runzelte die Stirn.

„Sir“, erwiderte Richard, „hier befinde ich mich doch wohl in einer Zufluchtsstätte, oder nicht? Nun, Sir, ich erkenne an Eurem Verhalten, daß Ihr eine Persönlichkeit von Rang seid, und ich sehe in Eurem Gesicht die Merkmale von Mitleid und Gerechtigkeit. Euch will ich mich daher als Gefangener ausliefern und auf die Vorteile, die dieses geheiligte Haus mir bieten können, verzichten. Aber ehe ich mich in die Gewalt eines Menschen begebe – den ich mit lauter Stimme anklage, der Mörder meines Vater zu sein und mir meine Ländereien und Einkünfte unrechtmäßig vorzuenthalten –, eher, Sir, bitte ich Euch, mich mit Eurer eigenen Hand auf der Stelle zu töten. Ihr habt selbst gehört, wie er mir mit Folterqualen gedroht hat, bevor jemand einen Beweis für meine Schuld erbringen konnte. Es stünde Eurer Ehre nicht wohl an, mich meinem geschworenen Todfeind und alten Unterdrücker zu überantworten, anstatt mich vor ein Gericht zu bringen und, sollte man mich für schuldig befinden, gnädig hinzurichten.“

„Mylord“, rief Sir Daniel, „Ihr werdet doch nicht auf diesen Wolf hören? Sein blutiger Dolch zeichnet ihm die Lüge ins Gesicht!“

„Nein, guter Knight, aber verzeiht mir – Eure eigene Heftigkeit sagt auch einiges über Euch“, erwiderte der große Fremde.

In diesem Augenblick riß sich die Braut, die einige Minuten zuvor wieder zur Besinnung gekommen war und den Auftritt verwirrt beobachtet hatte, von den Leuten los, die sie festhielten, und warf sich vor dem Sprecher auf die Knie.

„Lord Risingham“, rief sie, „bitte, hört mich an! Dieser Mann hat mich gewaltsam in seinen Gewahrsam genommen, er hat mich meinen Angehörigen geraubt. Seit diesem Tage habe ich auf keinem Menschengesicht mehr Mitleid, Ermutigung oder Trost gesehen, außer bei ihm, Richard Shelton, den man jetzt anklagt oder umbringen will. Mylord, wenn er in der vergangenen Nacht im Haus Sir Daniels war, dann meinetwegen. Ich habe ihn mit meinen Gebeten gerufen, und er wollte niemandem Schaden zufügen. Solange Sir Daniel ihm ein guter Herr war, hat er mit ihm loyal gegen den Schwarzen Pfeil gekämpft, aber als dieser elende Vormund versucht hat, ihn zu morden, ist er bei Nacht geflohen, und wohin sollte er sich wenden, hilflos und ohne Geld? Wenn er in schlechte Gesellschaft geraten ist, wen könnt Ihr dafür verantwortlich machen – den Jungen, dem Unrecht geschehen ist, oder den Vormund, der sein Vertrauen mißbraucht hat?“

Die kleine, junge Lady schaltete sich nun ebenfalls ein. Sie fiel neben Joanna auf die Knie.

„Und ich, mein lieber Onkel“, fügte sie hinzu, „ich lege guten Gewissens und vor aller Augen Zeugnis dafür ab, daß dieses Mädchen die Wahrheit gesagt hat. Ich Unwürdige war es, die den jungen Mann ins Haus geholt hat.“

Earl Risingham hatte schweigend zugehört, und als die anderen verstummten, stand er eine Weile still da. Dann reichte er Joanna die Hand und half ihr, sich zu erheben. Seiner Nichte gegenüber vermied er diese Höflichkeit.

„Sir Daniel“, sagte er, „dies ist eine in der Tat knifflige Situation, die ich mit Eurer Erlaubnis untersuchen und klären werde. Gebt Euch damit zufrieden. Eure Angelegenheiten sind in guten Händen, Euch wird Gerechtigkeit widerfahren. Geht einstweilen nach Hause und laßt Eure Verletzungen behandeln. Die Luft ist gefährlich, und an Eurer Stelle würde ich darauf achten, keinen Frost in diese Schrammen zu bekommen.“

Er machte seinen Dienern ein Zeichen, die Diener im Mittelschiff leiteten es weiter zum Portal, und prompt ertönte vor der Kirche ein Trompetensignal. Bogenschützen und andere Soldaten in den Farben und mit dem Wappen der Risingham quollen herein, übernahmen Richard und Lawless von denen, die sie immer noch gepackt hielten, schlossen die Reihen hinter den Gefangenen, marschierten wieder hinaus und verschwanden.

Als sie an Joanna vorüberkamen, streckte diese beide Hände nach Richard aus und rief ihm ein Lebewohl zu, und die Brautjungfer, keineswegs beeindruckt vom offensichtlichen Mißvergnügen ihres Onkels, das sie sich zugezogen hatte, warf Richard einen Handkuß zu und sagte: „Haltet den Kopf hoch, Löwentreiber.“

Und zum erstenmal seit dem Zwischenfall breitete sich ein Lächeln über die Gesichter der Zuschauer.

Earl Risingham

Obwohl Earl Risingham die bei weitem bedeutendste Persönlichkeit in Shoreby war, wohnte er einigermaßen bescheiden in einem Privathaus am äußersten Stadtrand. Lediglich die Bewaffneten an den Türen und die berittenen Boten, die ständig eintrafen oder aufbrachen, wiesen das Gebäude als vorübergehende Residenz eines Lords aus.

Daher, nämlich aus Platzmangel, wurden Richard und Lawless zusammen in einen Raum gesperrt.

„Ihr habt gut gesprochen, Master Richard“, sagte der Brigant. „Ihr habt sogar ganz außerordentlich wohlgesprochen, und ich für meinen Teil möchte Euch aufrichtig danken. Hier sind wir in guten Händen, man wird gerecht über uns richten und uns irgendwann im Laufe des Abends anständig an den selben Baum hängen.“

„In der Tat, mein armer Freund, das fürchte ich auch“, antwortete Richard.

„Aber wir haben noch eine Sehne auf unserem Bogen“, erwiderte Lawless. „Ellis Duckworth ist ein Mann, wie man ihn unter zehntausend nur mit Mühe findet. Er hat Euch ins Herz geschlossen, Euretwegen und Eures Vaters wegen, und da er weiß, daß Ihr unschuldig seid, wird er Himmel und Erde in Bewegung bringen, um Euch herauszuhauen.“

„Vielleicht auch nicht“, sagte Richard. „Was kann er tun? Er hat nur eine Handvoll Männer. Wenn wir schon Morgen hätten und ich eine Stunde vor Mittag einen gewissen Versuch machen könnte, ich glaube, dann wäre manches anders. Aber so gibt es keine Hilfe.“

„Nun ja“, meinte Lawless, „wenn Ihr Euch für meine Unschuld verbürgt, will ich mich auch für Eure Unschuld verbürgen, und zwar standhaft. Es wird uns nicht nützen, aber falls ich aufgehängt werde, dann bestimmt nicht, weil ich zuwenig geschworen hätte.“

Und dann, während Richard sich seinen Gedanken überließ, rollte Lawless sich in einem Winkel zusammen, zog seine Kapuze übers Gesicht und versuchte zu schlafen. Wenig später schnarchte er laut, so sehr hatte sein langes Leben voller Abenteuer und Gefahren seinen Sinn für Furcht abgestumpft.

Der Mittag war schon vorüber und der Tag ging zur Neige, als endlich die Tür geöffnet und Richard abgeholt wurde. Richard wurde eine Treppe hinaufgeführt, wo in einem warmen Zimmer Earl Risingham brütend vor einem Feuer saß.

Beim Eintritt seines Gefangenen blickte er auf.

„Sir“, sagte er, „ich habe Euren Vater gekannt, der ein Ehrenmann war, und diese Tatsache macht mich geneigt, Milde walten zu lassen. Aber ich möchte Euch nicht verhehlen, daß schwere Beschuldigungen gegen Euch vorliegen. Ihr habt Euch mit Mördern und Räubern verbündet. Eindeutig beweisbar habt Ihr gegen den Frieden des Königs verstoßen. Ihr steht im Verdacht, wie ein Pirat ein Schiff gekapert zu haben. Man hat Euch gefunden, als Ihr in einer unstatthaften Verkleidung im Haus Eures Feindes herumgeschlichen seid. Am selben Abend ist ein Mann ermordet worden . . ."

„Wenn Ihr erlaubt, Mylord", unterbrach Richard, „will ich in diesem Punkt sofort meine Schuld bekennen. Ich habe diesen Menschen Rutter erstochen, und zum Beweis" – er suchte in seiner Kutte – „ist hier ein Brief aus seiner Tasche."

Lord Risingham nahm den Brief, öffnete ihn und studierte ihn aufmerksam.

„Habt Ihr das gelesen?" erkundigte er sich.

„Ich habe es gelesen", antwortete Richard.

„Seid ihr für York oder Lancaster?" wollte der Earl wissen.

„Mylord, erst vor kurzem wurde mir diese Frage schon einmal gestellt, und mir war nicht klar, wie ich sie beantworten sollte", sagte Richard. „Aber da ich sie trotzdem beantwortet habe, will ich mich daran halten. Mylord, ich bin für York."

Der Earl nickte zustimmend.

„Eine ehrliche Auskunft", sagte er. „Aber warum übergebt Ihr mir dann diesen Brief?"

„Aber Mylord, sind gegen Verräter nicht alle Parteien verbündet? rief Richard.

„Ich wünschte, sie wären es, junger Gentleman", erwiderte der Earl, „und wenigstens ich bin mit Eurer Ansicht einverstanden. Ich begreife, daß in Euch mehr jugendlicher Überschwung als Hinterlist ist, und wäre auf unserer Seite Sir Daniel nicht ein mächtiger Mann, wäre ich halb versucht, in diesem Streit für Euch einzutreten. Ich habe Ermittlungen angestellt; anscheinend hat man Euch übel mitgespielt, und es gibt nicht wenige Entschuldigungen für Euer Verhalten. Aber seht, Sir, ich bin zu allererst ein Führer im Kampf für die Belange der Königin, und obwohl ich von Natur ein gerechter Mensch bin, wie ich glaube, und zu einem Übermaß an Barmherzigkeit neige, muß ich doch mein Handeln mit den Interessen meiner Partei in Einklang bringen, und um Sir Daniel an uns zu binden, würde ich weit gehen."

„Mylord", erwiderte Richard, „Ihr werdet mich für vermessen halten, wenn ich mich zu Eurem Berater ernenne – aber zählt Ihr wirklich auf Sir Daniels Treue? Mir scheint, er hat unzulässig oft die Seiten gewechselt."

„Das ist in England üblich. Was wollt Ihr dagegen machen?“ fragte der Earl. „Aber Ihr seid ungerecht zu dem Knight von Tunstall. Was die Treue betrifft bei dieser treulosen Generation, so hat er sich Lancaster gegenüber in der letzten Zeit ehrbar geschlagen. Sogar bei unseren letzten Schlappen hat er tapfer seinen Mann gestanden!“

„Wenn Ihr bitte einen Blick auf diesen Brief werfen wolltet“, sagte Richard, „würdet Ihr Eure Meinung ändern.“ Und er reichte dem Earl den Brief Sir Daniels an Lord Wensleydale.

Die Wirkung auf den Earl war prompt und bemerkenswert. Er duckte sich wie ein wütender Löwe, und seine rechte Hand griff instinktiv zum Dolch.

„Ihr habt auch das gelesen?“ fragte er.

„Ja“, sagte Richard. „Er bietet Eurer Lordschaft eigene Güter Lord Wensleydale an.“

„Meine eigenen Güter, wie Ihr sagt!“ entgegnete der Earl. „Ich bin Euch für diesen Brief sehr verpflichtet, er hat mir das Schlupfloch eines Fuchses gezeigt. Ihr könnt über mich verfügen, Master Shelton. Ich werde mit meiner Dankbarkeit nicht zurückhaltend sein, und um einen Anfang zu machen – York oder Lancaster, ehrlicher Mann oder Dieb –, ich setze Euch jetzt auf freien Fuß. Geht, im Namen der heiligen Jungfrau, und verübelt mir nicht, wenn ich Euren Begleiter Lawless festhalte und aufknüpfe. Das Verbrechen ist in aller Öffentlichkeit geschehen, es ist nur richtig, daß ihm eine ebenso öffentliche Bestrafung folgt.“

„Mylord, meine erste Bitte an Euch besteht darin, ihn ebenfalls zu schonen“, sagte Richard.

„Er ist ein alter, verdammter Schuft, Dieb und Vagabund, Master Shelton“, sagte der Earl. „Er ist seit zwanzig Jahren reif für den Galgen. Und ob er für die eine oder andere Sache, ob er morgen oder übermorgen aufgeknüpft wird, kommt es darauf an?“

„Trotzdem, Mylord, ist er nur wegen seiner Liebe zu mir hergekommen“, antwortete Richard, „und ich wäre schäbig und undankbar, ihn im Stich zu lassen.“

„Master Shelton, Ihr seid sehr schwierig“, erwiderte ernst der Earl. „Das ist nicht die richtige Art, um in der Welt Erfolg zu haben. Aber wie auch immer, um Eurer Zudringlichkeit ein Ende zu machen – ich will Euch noch eine Freude bereiten. Geht also zusammen, aber seid vorsichtig und verlaßt schnell die Stadt, denn dieser Sir Daniel – den die Heiligen vernichten mögen – giert nach Eurem Blut.“

„Mylord, ich kann Euch jetzt nur in Worten meine Dankbarkeit ausdrücken, aber ich vertraue darauf, daß ich Euch in absehbarer Zeit durch die Tat dienen kann“, erwiderte Richard und ging aus dem Zimmer.

Als Richard und Lawless genötigt waren, sich durch eine Hintertür aus dem Haus zu stehlen, in dem Lord Risingham residierte, war der Abend schon hereingebrochen.

Sie blieben im Schutz der Gartenmauer stehen, um über den Weg zu beraten, den sie einschlagen wollten. Die Gefahr war beträchtlich. Falls einer von Sir Daniels Männern sie erblickte und Alarm gab, wurden sie unvermeidlich überwältigt und auf der Stelle massakriert. Und nicht nur die Stadt Shoreby war ein lebensbedrohendes Netz, sondern auch das freie Gelände, wo das Risiko bestand, daß sie einer Patrouille in die Arme liefen.

In einiger Distanz auf einer Anhöhe entdeckten sie eine Windmühle, und nah dabei war ein sehr großer Getreidespeicher mit weit offenem Tor.

„Was, wenn wir dort bleiben, bis es Nacht wird?“ gab Richard zu bedenken.

Da Lawless keinen besseren Vorschlag anzubieten hatte, rannten sie zu dem Speicher und versteckten sich hinter dem Tor im Stroh. Das Tageslicht schwand rapide, und bald glitzerte im Mondlicht der gefrorene Schnee. Jetzt oder nie war die Gelegenheit für Richard und Lawless, unbemerkt zum „Goat and Bagpipes“ zu gelangen und die verräterischen Kutten mit einer weniger auffälligen Kleidung zu vertauschen. Aber immer noch war es angebracht, am Stadtrand entlang außen herum und nicht über den Marktplatz zu gehen, wo in der Menschenmenge nach wie vor eine größere Gefahr bestand, erkannt und erschlagen zu werden.

Der Weg war sehr weit. Er führte sie in der Nähe des Hauses am Strand vorbei, das still und dunkel dalag, und beförderte sie schließlich in die Umgebung des Hafens. Wie sie beim klaren Mondschein feststellen konnten, hatten viele Schiffe die Anker gelichtet und die glatte See ausgenützt, um zu den entfernten Teilen des Hafens zu segeln, und folgerichtig waren die primitiven Alehäuser am Ufer nicht länger gepfercht mit Gästen – obwohl in einigen trotz den Bestimmungen für die Sperrstunde Feuer flackerten und Kerzen brannten –, und sie hallten auch nicht mehr von Seemannsliedern wider.

Hastig, beinahe im Trab, ihre Mönchsgewänder bis zu den Knien geschürzt, so pflügten Richard und Lawless durch den tiefen Schnee und arbeiteten sich an den Treibholzstapeln vorbei. Sie hatten bereits die

Hälfte des Hafens umrundet und kamen an einem Alehaus vorüber, als plötzlich die Tür geöffnet wurde. Ein Lichtstrahl brach heraus und traf auf ihre Gestalten.

Sofort blieben sie stehen und täuschten vor, in eine ernsthafte Unterhaltung verstrickt zu sein.

Drei Männer kamen nacheinander aus dem Alehaus, der letzte machte die Tür hinter sich zu. Alle drei waren unsicher auf den Füßen, als hätten sie den Tag mit einer gewaltigen Zecherei verbracht, und jetzt standen sie taumelnd unter dem Mond wie Menschen, die nicht recht wußten, was sie nun anfangen sollten. Der größte von ihnen redete mit einer lauten, klagenden Stimme.

„Sieben Fässer vom besten Gascogner, den je ein Schenkkellner angestochen hat" sagte er, „das beste Schiff aus dem Hafen von Dartmouth, eine vergoldete Statue der Jungfrau Maria, dreizehn Pfund gutes, altes, goldenes Geld . . ."

„Ich habe auch schlimme Verluste", unterbrach einer der anderen. „Ich habe eigene Verluste, Freund Arblaster. In Martinmas bin ich beraubt und fünf Shilling und eine lederne Brieftasche los geworden, die mindestens neun Pence wert war."

Richards Herz klopfte bis zum Hals, während er den Männern zuhörte. Bis zu diesem Augenblick hatte er vielleicht zweimal an den armen Skipper gedacht, der durch den Verlust der »Good Hope« ruiniert war. In jener Epoche waren Männer, die Waffen trugen, gegenüber dem Eigentum und den Interessen jener Menschen, die gesellschaftlich unter ihnen standen, sehr gleichgültig. Aber dieses plötzliche Zusammentreffen erinnerte Richard peinlich an die Großspurigkeit und das schlimme Ende seines Unternehmens, und er und Lawless wandten ihre Gesichter in eine andere Richtung, um zu vermeiden, wiedererkannt zu werden.

Dem Schiffshund war es indes gelungen, dem Wrack zu entkommen, und er hatte den Weg nach Shoreby gefunden. Er war jetzt an Arblasters Hacken, und unvermittelt witterte er und spitzte die Ohren. Er rannte zu den beiden falschen Mönchen und verbellte sie wütend.

Sein Besitzer tappte wackelig hinter ihm her.

„He, Seemänner!" rief er. „Habt Ihr nicht einen Penny für einen armen alten Seemann, den Piraten ausgeplündert haben? Ich bin ein Kerl, der euch am Donnerstagvormittag noch eingeladen hätte, auf seine Kosten zu trinken, und nun bin ich hier am Samstagabend und bettle um eine Flasche Ale. Fragt meinen Mann Tom, wenn ihr mir nicht glaubt. Sieben

Fässer mit gutem Gascognerwein, ein Schiff das mir gehört hat – vorher hat es meinem Vater gehört –, eine heilige Maria aus Platanenholz und in Gold gewickelt, und dreizehn Pfund in Gold und Silber. He, was sagt ihr dazu? Und das einem Mann, der gegen die Franzosen gekämpft hat! Ich habe nämlich gegen die Franzosen gekämpft. Ich habe auf hoher See mehr Franzosenhälse durchgeschnitten als je ein Mensch, der aus Dartmouth losgesegelt ist.
Kommt, gebt mir einen Penny."

Weder Richard noch Lawless wagten zu antworten, um sich nicht durch ihre Stimmen zu verraten. Sie standen da und waren so hilflos wie ein Schiff auf dem Trockenen und wußten nicht, wohin sie sich wenden und worauf sie hoffen sollten.

„Seid Ihr stumm, Junge?" erkundigte sich der Skipper. „Männer", fügte er rülpsend hinzu, „sie sind stumm. Ich habe etwas gegen unhöfliche Manieren, denn wenn ein Mann auch stumm ist, und er ist höflich, dann redet er trotzdem, wenn er angesprochen wird, glaube ich."

Unterdessen schien in dem Seemann Tom, der ein Mann von beachtlicher Körperkraft war, ein Mißtrauen wider die beiden sprachlosen Gestalten gewachsen zu sein, überdies war er nüchterner als sein Kapitän. Plötzlich schob er sich vor ihn, packte Lawless grob an den Schultern und fragte mit einem Fluch, warum er den Schnabel nicht aufmachte. Der Brigant gab die Partie verloren. Mit einem Ringergriff streckte er den Seemann auf den Sand, rief Richard zu, ihm zu folgen und tauchte zwischen den Holzstapel unter.

Dies alles dauerte nur eine Sekunde. Ehe Richard sich in Bewegung setzen konnte, hatte Arblaster ihn an den Armen gefaßt, Tom, platt auf dem Gesicht, hielt ihn an einem Fuß fest, und der dritte Mann hatte einen Cutlass gezogen und schwang ihn drohend über dem Kopf.

Richard fühlte sich geschlagen, weniger der Gefahr wegen und auch nicht aus Überdruß; vielmehr glaubte er sich erniedrigt, weil er zwar Sir Daniel entgangen war und Lord Risingham überzeugt hatte und nun hilflos diesem betrunkenen alten Seemann in die Hände gefallen war. Überdies fühlte er sich nicht nur hilflos, sondern, wie sein Gewissen ihm nun, da es zu spät war, nachdrücklich sagte, vor allem schuldig, nämlich am Bankrott des Mannes, dessen Schiff er gestohlen und verloren hatte.

„Wir gehen mit ihm zurück ins Alehaus, damit ich sein Gesicht sehen kann", sagte Arblaster.

„Nein", entgegnete Tom. „Wir nehmen ihm zuerst seinen Geldbeutel ab, damit wir nicht mit den anderen Männern drinnen teilen müssen."

Aber obwohl sie Richard vom Kopf bis zu den Füßen durchsuchten, fanden sie keinen Penny an ihm, sie fanden nichts außer Lord Foxhams Siegelring, den sie ihm brutal vom Finger zerrten.

„Drehen wir ihn wenigsten um zum Mond", sagte der Skipper. Er packte Richard am Kinn und riß ihm den Kopf hoch. „Heilige Jungfrau!" schrie er. „Das ist der Pirat!"

„He!" rief Tom.

„Bei der heiligen Jungfrau von Bordeaux, das ist der Kerl selber!" wiederholte Arblaster. „Seedieb, hab ich Euch jetzt?" schrie er. „Wo ist mein Schiff? Wo ist mein Wein? He, habe ich Euch in meinen Händen? Tom, gebt mir ein Tauende, ich werde diesen Seedieb verschnüren wie einen gebratenen Puter. Ich binde ihm Hände und Füße zusammen, und danach werde ich ihn prügeln!"

In diesem Ton redete er weiter, während er das Tau Richard um die Glieder wickelte, mit einer Handfertigkeit, die Seeleuten eigentümlich ist. Bei jeder Windung und wann immer das Tau sich kreuzte, machte er einen Knoten, und schließlich zog er das ganze Gewebe mit einem wilden Ruck straff.

Als der Skipper seine Arbeit beendet hatte, war der Junge nur noch ein Paket in seinen Fäusten und wehrlos wie ein Toter. Der Skipper hielt ihn auf Armeslänge vor sich und lachte laut. Dann verabreichte er ihm einen entsetzlichen Hieb aufs Ohr, und dann drehte er ihn um und trat ihn. In Richards Brust ballte sich der Zorn wie Gewitterwolken, der Zorn schnürte ihm die Luft ab, daß er daran hätte ersticken können. Doch als der Seemann seines grausamen Spiels müde und ihn lang auf den Sand warf und sich abwandte, um mit seinen Begleitern zu beraten, fand Richard sofort seine Geistesgegenwart wieder. Im Augenblick hatte er eine Frist, und ehe sie wieder anfingen, ihn zu foltern, fand er vielleicht eine Möglichkeit, diesem entwürdigenden und fatalen Mißgeschick zu entfliehen.

Während seine Überwinder diskutierten, was sie mit ihm machen sollten, faßte er sich ein Herz und redete sie mit einigermaßen fester Stimme an.

„Masters", sagte er, „habt ihr ganz und gar den Verstand verloren? Hier hat der Himmel euch eine Gelegenheit in die Hände gespielt, so reich zu werden, wir nur je ein Seemann war, eine Gelgenheit, die sich nicht wieder bieten wird, und wenn ihr mehr als dreißig Abenteuer auf See überlebt.

Aber was tut ihr? Ihr verprügelt mich! So handelt ein wütendes Kind. Aber für schlaue Teerjacken, die weder Feuer noch Wasser fürchten und Gold so sehr lieben wie Fleisch, benehmt ihr euch nach meiner Ansicht nicht sehr weise."

„Ja", sagte Tom. „Jetzt, wo Ihr gefesselt seid, wollt Ihr uns betrügen."

„Euch betrügen!" wiederholte Richard. „Nein, wenn ihr Narren wärt, dann wäre es ganz einfach. Aber wenn ihr intelligente Leute seid, und davon bin ich überzeugt, seht ihr deutlich, wo eure Interessen liegen. Als ich euch das Schiff weggenommen habe, waren wir viele, und wir waren gut gekleidet und bewaffnet. Und – nun denkt einmal nach – was glaubt ihr wohl, wer dieses Aufgebot angemustert hat? Ein Ritter, der viel Geld gemacht hat. Und wenn er, der schon reich ist, immer noch nach Gold jagt, sogar bei einem Unwetter – denkt doch einmal nach –, muß da nicht irgendwo ein Schatz verborgen sein?"

„Was meint er?" fragte einer der Männer.

„Wenn Ihr ein altes Schiff und ein paar Fässer sauren Wein verloren habt", fuhr Richard fort, „dann vergeßt das Zeug, es ist nämlich Schund, und gürtet Euch für ein Abenteuer, das diesen Namen verdient und bei dem Ihr in zwölf Stunden für alle Zeit Euer Glück machen oder dabei draufgehen könnt. Aber helft mir auf die Beine und laßt uns irgendwo in der Nähe hingehen und uns bei einer Flasche unterhalten, denn ich bin zerschlagen und erfroren, und mein Mund ist halb im Schnee."

„Er will uns unentwegt bloß betrügen", sagte Tom verächtlich.

„Betrügen! Betrügen!" rief der dritte Mann. „Ich möchte den Mann sehen, der mich betrügen kann! Das wäre wirklich ein Betrüger! Nein, ich bin nicht von gestern. Ich kann eine Kirche erkennen, wenn sie einen spitzen Turm hat, und ich für meinen Teil, Freund Arblaster, halte diesen jungen Mann für vernünftig. Sollen wir ihn uns nicht anhören? Sagt, wollen wir ihn nicht anhören?"

„Jedenfalls würde ich mit Vergnügen auf eine Flasche starken Ale gucken, lieber Master Pirret", erwiderte Arblaster. „Was haltet Ihr davon, Tom? Aber ich habe kein Geld mehr."

„Ich werde bezahlen", sagte der andere. „Ich werde bezahlen. Ich möchte mir dieses Geschäft betrachten. Ich glaube – bei meinem Gewissen –, daß da Gold drinsteckt."

„Nein, wenn Ihr wieder anfangt zu trinken, ist alles verloren!" rief Tom.

„Freund Arblaster, Ihr räumt Eurem Mann zu viele Freiheiten ein", entgegnete Master Pirret. „Laßt Ihr Euch von einem Untergebenen herumkommandieren? Pfui!“

„Ruhe, Mann!“ sagte Arblaster, indem er sich an Tom wandte. „Wollt Ihr gefälligst Euern Riemen eintauchen? Wahrhaftig, das sind prächtige Verhältnisse, wenn die Mannschaft den Skipper tadelt!“

„Dann macht, was Ihr wollt“, sagte Tom. „Ich wasche meine Hände in Unschuld.“

„Stellt ihn also auf die Füße“, sagte Master Pirret. „Ich kenn eine gemütliche Stelle, wo wir was trinken und uns unterhalten können.“

„Wenn ich gehen soll, müßt ihr mir die Füße freigeben“, sagte Richard, als er wieder aufgerichtet worden war.

„Er sagt die Wahrheit.“ Pirret lachte. „So wie er verschnürt ist, könnte er bestimmt nicht laufen. Nehmt Euer Messer heraus, Gefährte, und schneidet.“

Sogar Arblaster zögerte bei diesem Vorschlag, aber da sein Begleiter nicht nachgab – und Richard ausreichend klug war, einen hölzern gleichgültigen Gesichtsausdruck zu bewahren, und des Zeitverlustes wegen lediglich mit den Schultern zuckte –, hatte der Skipper schließlich ein Einsehen und zerschnitt den Strick, mit dem die Beine und Füße des Gefangenen gefesselt waren. Damit wurde Richard nicht nur instand gesetzt, sich von der Stelle zu rühren, sondern das ganze Netzwerk wurde proportional gelockert, er spürte, daß er den Arm auf seinem Rücken ein wenig bewegen konnte, so daß er hoffen konnte, mit Zeit und Mühe ihn vollständig freizubekommen. Soviel immerhin schuldete er bereits der eulenhaften Einfalt und Geldgier von Master Pirret.

Der Würdige übernahm nun die Führung und geleitete sie zum selben schäbigen Alehaus, in das Lawless den Skipper am Tag des Sturms mitgenommen hatte. Das Lokal war verödet, auf dem Herd lag ein Haufen glühender Äste, die eine beträchtliche Hitze ausstrahlten, und als die Männer sich ihre Plätze ausgesucht hatten und der Wirt vor jeden ein Maß gepanschten Ale gestellt hatte, streckten Pirret und Arblaster die Beine von sich und stützten die Ellenbogen auf wie Männer, die sich auf eine angenehme Stunde vorbereiten.

Der Tisch, an dem sie saßen, bestand wie alle anderen aus einer schweren, quadratischen Platte, die über zwei Fässer gelegt war, und jeder der vier wunderbar zusammengewürfelten Busenfreunde hatte eine Tischseite für sich. Pirret saß Arblaster gegenüber, und Richard gegenüber saß der Seemann Tom.

„Und jetzt, junger Mann“, sagte Pirret, „zu Eurer Geschichte. In der

Tat scheint es, als hättet Ihr unseren Gefährten Arblaster ein wenig schimpflich behandelt., aber was soll's. Revanchiert Euch bei ihm gebt ihm diese Chance, reich zu werden, und ich verpfände mein Wort, daß er Euch verzeihen wird."

Bisher hatte Richard mehr oder weniger ins Blaue gezielt, doch nun war es erforderlich, unter sechs prüfenden Augen eine großartige Geschichte zu erfinden und zu erzählen und, wenn möglich, den wichtigen Siegelring wieder in die Hände zu bekommen. Die erste Notwendigkeit war indes, Zeit zu gewinnen. Je länger dieser Aufenthalt dauerte, desto mehr würden seine Bewacher trinken und desto sicherer war er, wenn er zu fliehen versuchte.

Nun, Richard war kein besonderer Geschichtenerfinder, und was er erzählte, war mehr oder weniger das Märchen von Ali Baba, wobei Shoreby und der Wald von Tunstall den Orient ersetzen mußten und der Schatz in der Höhle eher wuchs als schrumpfte.

Ziemlich bald wurde eine zweite Runde Ale bestellt, und während Richard noch kunstvoll Ereignisse aneinanderfügte, folgte eine dritte Runde der zweiten. Schließlich war Arblaster zu drei Vierteln betrunken und halb eingeschlafen und hing hilflos auf seinem Hocker. Sogar Tom war von der Erzählung entzückt, und seine Wachsamkeit war vermindert. Unterdessen hatte Richard seinen rechten Arm ganz aus den Fesseln gewunden und war entschlossen, alles auf eine Karte zu setzen.

„Und Ihr", sagte Pirret, „Ihr seid einer von denen?"

„Man hat mich dazu gezwungen", erwiderte Richard, „gegen meinen Willen. Aber wenn ich einen oder zwei Säcke Goldmünzen als Anteil bekommen könnte, wäre ich in der Tat närrisch, weiter in einer schmuddeligen Höhle zu hausen und mich schlagen und beschießen zu lassen wie ein Soldat. Wir sind zu viert – gut. Laßt uns also morgen, ehe die Sonne da ist, in den Wald gehen. Wenn wir uns auf ehrliche Weise einen Esel verschaffen könnten, wäre es nützlich, aber wenn wir nicht können, haben wir vier kräftige Rücken, und ich verbürge mich dafür, daß wir schwankend unter unserer Last nach Hause kommen."

Pirret leckte sich die Lippen.

„Und der Zauber", sagte er, „das Kennwort, das die Höhle öffnet – wie lautet es, Freund?"

„Niemand kennt es außer den drei Anführern", entgegnete Richard. „Aber hier ist eure große, gute Chance, daß ich noch heute abend der Träger eines Banns sein werde, der die Höhle aufschließt. So etwas ist außerhalb der Brieftasche des Hauptmann nicht zweimal im Jahr anzutreffen."

„Ein Bann!" sagte Arblaster und wurde halb wach und blinzelte mit einem Auge zu Richard. „Hebe dich hinweg! Kein Bann! Ich bin ein guter Christ, Ihr könnt meinen Mann Tom fragen."

„Nein, aber das ist doch weiße Magie", sagte Richard. „Das hat nichts mit dem Teufel zu tun, sondern nur mit der Macht von Zahlen, Kräutern und Planeten."

„Ja, ja", sagte Pirret, „das ist bloß weiße Magie, Gefährte. Darin ist keine Sünde, ich versichere es Euch. Aber fahrt fort, guter Junge. Dieser Bann – woraus besteht er?"

„Ich will es Euch unverzüglich zeigen", antwortete Richard. „Habt Ihr noch den Ring, den Ihr mir vom Finger genommen habt? Gut. Nun nehmt ihn zwischen die Fingerspitzen und haltet ihn auf Armeslänge in die Richtung zum Feuer. Genau so. Das ist der Baum.

Mit einem wilden Blick sah Richard, daß zwischen ihm und der Tür freie Bahn war. Er sprach ein stummes Gebet, dann stieß er den Arm vor und raffte blitzschnell den Ring an sich, gleichzeitig riß er den Tisch hoch und kippte die Platte auf den Seemann Tom. Der arme Kerl ging unter den Trümmern heulend zu Boden, und ehe Arblaster begriff, daß etwas nicht stimmte, oder Pirret seiner verwirrten Sinne mächtig war, hatte Richard die Tür erreicht und flüchtete in die mondhelle Nacht.

Tom und Pirret folgten ihm mit Geschrei. Aus jedem Getränkeladen kamen Männer, die das Geschrei alarmiert hatte, und gesellten sich zu ihnen, und schließlich hatte eine ganze Flotte Seeleute die Jagd aufgenommen. Aber Teerjacken an Land waren schlechte Läufer, außerdem hatte Richard einen Vorsprung, der schnell größer wurde, bis Richard nach der Mündung einer engen Gasse sogar anzuhalten wagte und sich lachend umblickte.

Die konfuse Geräuschmasse, welche die Männer vor sich her und hinauf bis zum Mond wälzte, war zum Teil komisch, zum Teil aber auch für den Flüchtling, den sie hetzten, erschreckend. Zwar war das Getöse eigentlich harmlos, und Richard war davon überzeugt, daß kein Seemann im Hafen ihn einholen konnte, aber der Lärm mußte alle Schläfer in Shoreby wecken und alle lungernden Posten auf die Straße befördern, wodurch für Richard eine erhebliche Gefahr entstand. Als er an einer Ecke einen dunklen Türbogen erspähte, hastete er kurz entschlossen in Deckung und ließ die ungeschlachte Meute vorüberfluten, die immer noch schrie und fuchtelte, rot vor Eile und weiß von den Stürzen in den Schnee.

Es dauerte lange, bis die gewaltige Invasion vom Hafen in die Stadt ihren Abschluß fand, und es dauerte lange, bis die Ruhe wiederhergestellt war.

Aber auch die Rückkehr des letzten Seemanns bedeutete für den jungen Shelton noch nicht die Befreiung aus seinem kalten Gefängnis in der Türnische.

Noch eine ganze Weile waren die Streifen unterwegs, und besondere Trupps machten die Runde und berichteten dem einen oder anderen großen Lord, dessen Schlummer auf so ungewöhnliche Weise unterbrochen worden war.

Die Nacht war zum erheblichen Teil vorbei, als Richard sich endlich aus seinem Versteck stahl und heil und sicher, aber unter Schmerzen von der Kälte und von seinen Beulen, an die Tür des „Goat and Bagpipes" gelangte. Wie das Gesetz es befahl, brannten im Haus weder Kerzen noch ein Feuer, aber er ertastete sich einen Weg zu einer Ecke des eisigen Gastzimmers, fand einen Zipfel einer Decke, wickelte ihn sich um die Schultern, kroch nah zum nächsten Schläfer und schlief bald ebenfalls ein.

Die Trompete

Sehr früh am nächsten Morgen, noch vor Tagesanbruch, stand Richard auf, vertauschte die Kutte mit seinen gewöhnlichen Kleidern, bewaffnete sich wieder wie ein Gentleman und brach in die Richtung zu Lawless' Höhle im Wald auf. Dort, wie man sich gewiß erinnern wird, hatte er Lord Foxhams Papiere zurückgelassen, und wenn er sie holen und rechtzeitig zu der Verabredung mit dem jungen Duke of Gloucester zurück sein wollte blieb ihm nichts anderes übrig, als zeitig loszuziehen und so schnell wie möglich zu marschieren.

Der Frost war noch heftiger als an den Tagen zuvor, die Luft trocken und ohne Wind und brannte in der Nase. Der Mond war untergegangen, aber die Sterne waren noch hell und zahllos, und der Schnee reflektierte heiter ihr Licht. Eine Lampe für den Weg war überflüssig, und in Anbetracht der klirrenden Kälte bestand nicht die geringste Versuchung, unterwegs zu bummeln.

Richard hatte den größten Teil des offenen Geländes zwischen Shoreby und dem Wald überquert und den Fuß des kleinen Hügels einige hundert

Yards unter dem Kreuz von St. Bride erreicht, als durch die Stille des schwarzen Morgens ein Trompetenton schallte, so schrill, so klar und so stechend, daß er glaubte, noch nie Vergleichbares gehört zu haben. Der Ton erklang einmal, dann noch hastig ein zweitesmal, und dann klirrte Stahl gegen Stahl.

Der junge Shelton spitzte die Ohren, zog sein Schwert und rannte den Hügel hinauf.

Endlich rückte das Kreuz in sein Blickfeld, und er wurde Zeuge eines außerordentlich erbitterten Gefechts, das davor auf der Straße stattfand. Da waren sieben oder acht Angreifer und nur einer, der ihnen Widerstand bot. Dieser eine aber war so agil und gewandt, griff so verwegen seine Gegner an und trieb sie auseinander und setzte so geschickt seine Füße auf das Eis, daß er bereits einen getötet, einen anderen verwundet hatte und alle in Schach hielt, ehe Richard eingreifen konnte.

Dennoch war es ein Wunder, daß der Mann sich noch verteidigte, und jeden Moment, durch einen Zufall, etwa wenn er ausglitt oder einen Fehler beging, konnte sein Leben verwirkt sein.

„Haltet aus, Sir! Hier ist Hilfe!“ rief Richard, und indem er vergaß, daß er allein und der Kampfruf einigermaßen regelwidrig war, fügte er hinzu: „Für den Schwarzen Pfeil! Für den Schwarzen Pfeil!“ Und er ging die Angreifer von rückwärts an.

Diese waren ebenfalls keine Schwächlinge, die Überraschung vermochte sie nicht zu verwirren. Vielmehr machten sie kehrt und stürzten sich mit befremdlicher Wut auf Richard. Vier gegen einen. Stahl glitzerte vor ihm im Sternenlicht; wild stoben die Funken. Einer der Gegner fiel – in der Hitze des Kampfs verstand Richard kaum, wieso der Mann gefallen war –, dann erhielt er selbst eine Hieb auf den Kopf, und obwohl die stählerne Haube unter der Kapuze ihn schützte, zwang der Schlag ihn in die Knie, und sein Gehirn schwirrte wie ein Windmühlenflügel.

Unterdessen hatte der Mann, zu dessen Rettung er gekommen war, sich nicht mehr an dem Konflikt beteiligt, sondern war beim ersten Anzeichen einer Intervention zurückgesprungen und hatte wieder die Trompete geblasen, aber dringlicher und lauter und ebenso schrill wie zu Beginn des Alarms. Im nächsten Augenblick waren seine Feinde abermals bei ihm, und erneut attackierte und retirierte er. Er federte in die Höhe und stach zu, ging in die Knie und benutzte ohne Unterschied Schwert und Dolch, Füße und Hände mit dem gleichen unerschütterlichen Mut und der gleichen Energie wie vorher.

Doch der ohrenzerschneidende Sammelruf war endlich gehört worden. Gedämpfter Hufschlag näherte sich, und in einer glücklichen Sekunde für Richard, als er die Schwertspitzen bereits an seiner Kehle funkeln sah, quoll auf beiden Seiten eine unordentliche Sturzflut bewaffneter Reiter aus dem Wald. Sie waren in Eisen gehüllt und hatten die Visiere geschlossen, jeder hatte entweder seine Lanze eingelegt oder das nackte Schwert gezückt, und jeder hatte hinter sich sozusagen einen Passagier in Gestalt eines Bogenschützen oder Pagen, die nacheinander absprangen und so die Schlachtordnung verdoppelten.

Die eigentlichen Angreifer sahen, daß sie plötzlich in der Minderheit und überdies umzingelt waren, und warfen wortlos ihre Waffen fort.

„Packt diese Kerle!" sagte der Held mit der Trompete, und als sein Befehl ausgeführt worden war, trat er zu Richard und starrte ihm ins Gesicht.

Richard erwiderte diese Besichtungung und war überrascht, das der Mann, der soviel Kraft, Geschicklichkeit und Energie gezeigt hatte, nicht älter war als er selbst, ein wenig verkrüppelt – die eine Schulter war höher als die andere –, und ein bleiches, schmerzlich verzerrtes Gesicht hatte. Aber die Augen waren klar und kühn.

„Sir", sagte der junge Mensch, „Ihr seid für mich zur rechten Zeit gekommen, und bestimmt nicht zu früh."

„Mylord", erwiderte Richard mit einem vagen Gefühl, einer bedeutenden Persönlichkeit gegenüberzustehen, „Ihr seid ein so großartiger Fechter, daß ich glaube, Ihr hättet diese Kerle auch allein überwältigt. Aber für mich war es gewiß von Vorteil, daß Eure Männer nicht noch länger gezögert haben."

„Woher wußtet Ihr, wer ich bin?" fragte der Fremde.

„Auch jetzt noch, Mylord", antwortete Richard,„ist mir nicht bekannt, mit wem ich spreche."

„Tatsächlich?" sagte der andere. „Und trotzdem habt Ihr Euch Hals über Kopf in diesen ungleichen Kampf gestürzt."

„Ich habe einen Mann gesehen, der heroisch gegen viele gestritten hat", entgegente Richard. „Ich hätte mich für ehrlos gehalten, wenn ich ihm nicht geholfen hätte."

Ein hämisches Lächeln umspielte die Lippen des jungen Fremden, als er erwiderte: Das sind sehr tapfere Worte. Aber wichtiger ist – seid Ihr für Lancaster oder für York?"

„Mylord, ich mache kein Geheimnis daraus. Ich bin für York", sagte

Richard.

„Bei der Messe", sagte der andere, „das ist gut für Euch!"

Damit wandte er sich um und an einen seiner Gefolgsmänner.

„Laßt mich zusehen, wie diese braven Gentlemen ein sauberes Ende finden. Hängt sie auf."

Von den Angreifern waren nur noch fünf Männer am Leben. Bogenschützen packten sie an den Armen und schleppten sie zum Waldrand, wo jeder von ihnen unter einen Baum von beachtlichen Ausmaßen gestellt wurde. Stricke wurden angebracht – ein Bogenschütze kletterte hastig nach oben und befestigte sie –, und ehe eine Minute vorüber war und ohne daß von irgend jemand ein Wort gesprochen worden wäre, baumelten die fünf Männer an ihren Hälsen.

„Und nun", befahl der verkrüppelte Anführer, „zurück mit euch in eure Stellungen! Und wenn ich euch das nächstemal rufe, solltet ihr mir bereitwilliger gehorchen."

Mit einer Bewegung, die nicht frei von einem gefährlichen Hochmut war, schickte er die Männer fort.

Die Fußsoldaten schwangen sich wieder auf ihre Plätze hinter den Reitern und der Trupp setzte sich träge in Bewegung und verschwand in zwanzig verschiedene Richtungen im Schutz des Waldes.

Der erste graue Schimmer des Morgens traf auf die Gesichter der beiden jungen Männer, die sich abermals einander zuwandten.

„Ihr habt meine Vergeltung gesehen", sagte der Fremde. „Sie ist wie meine Klinge – scharf und schnell. Aber Ihr sollt mich nicht für undankbar halten. Ihr habt mir mit einem guten Schwert und noch besserem Mut geholfen. Falls es Euch nicht vor meiner Mißgestalt graut, kommt an mein Herz."

Mit diesen Worten breitete der junge Anführer die Arme aus, um Richard an sich zu ziehen.

Mittlerweile verspürte Richard bereits eine Art Haß auf den Mann, den er gerettet hatte. Aber so, wie diese Einladung formuliert war, wäre eine Ablehnung oder ein Zögern nicht nur unhöflich, sondern grausam gewesen, und er beeilte sich, ihr Folge zu leisten.

„Und nun, Sir", sagte er, als er seine Freiheit wiedererlangt hatte, „werde ich sicher erfahren, wer Ihr seid."

„Ich bin Richard von Gloucester", erwiderte der andere. „Und Ihr – wie nenne man Euch?"

Richard sagte ihm seinen Namen und zeigte ihm Lord Foxhams Siegelring, den der Duke sofort erkannte.

„Ihr kommt zu früh", sagte er. „Aber warum sollte ich mich beschweren? Ihr seid wie ich, der hier schon zwei Stunden vor Tagesanbruch Wache gehalten habe. Aber dies ist mein erster Auftrag, und mit diesem Abenteuer, Master Shelton, werde ich meinen Ruhm begründen oder vernichten. Dort liegen meine Feinde unter zwei alten, erfahrenen Hauptleuten, Risingham und Brackley, in starken Stellungen, wie ich glaube, aber nach zwei Seiten ohne Rückzugsmöglichkeit, eingesperrt zwischen dem Meer, dem Hafen und dem Fluß. Ich denke, Master Shelton, hier könnte ein großer Schlag gelandet werden, wenn wir ihn leise und plötzlich führen."

„Das denke ich auch", sagte Richard eifrig.

„Habt Ihr Lord Foxhams Aufzeichnungen bei Euch?" erkundigte sich der Duke.

Richard erläuterte ihm, wieso er ohne Notizen gekommen war, und erbot sich, ebenso gute Informationen aus eigener Kenntnis zu liefern.

„Ich meinerseits, Mylord", fügte er hinzu, „wenn ich genügend Männer hätte, ich würde sofort eingreifen. Bei Tagesanbruch ist die Nachtwache zu Ende, bei Tag paßt niemand auf, da werden nur die Außenbezirke von Reitern gesichert. Jetzt also, wenn die nächtlichen Streifen bereits die Waffen abgelegt haben und die übrigen Soldaten noch beim Frühstück sind – jetzt wäre die Zeit, über sie herzufallen."

„Wie viele rechnet Ihr?" fragte Gloucester.

„Sie zählen nicht einmal zweitausend", erwiderte Richard.

„Ich habe siebenhundert in den Wäldern hinter uns", sagte der Duke. „Siebenhundert folgen aus Kettley und werden bald hier sein. Hinter ihnen und noch weiter zurück sind noch einmal vierhundert, und Lord Foxham hat fünfhundert einen halben Tag von hier bei Holywood stehen. Sollen wir ihre Ankunft abwarten oder angreifen?"

„Mylord", sagte Richard, „als Ihr diese fünf armen Schurken aufgehängt habt, war über diese Frage schon entschieden. Obwohl sie Schufte waren, wird man sie in diesen unruhigen Zeiten vermissen und suchen, man wird Alarm geben. Wenn Ihr also das Überraschungsmoment für Euch ausnützen wollt, habt Ihr nach meiner Ansicht nur noch eine knappe Stunde vor Euch."

„Ich fürchte, Ihr habt recht", erwiderte der Duke. „Nun gut, ehe eine Stunde vorbei ist, werdet Ihr im Getümmel stecken und Euch Eure Sporen verdienen. Ein schneller Mann nach Holywood, der Lord Foxhams

Siegelring bei sich hat, ein zweiter die Straße hinunter, um meine Bummler anzutreiben – Shelton, beim Kruzifix, wir können es schaffen!"

Sein Plan war einfach. Er wollte ein Stadtviertel rechts von der Landstraße besetzen und sich dort in den engen Straßen verschanzen, bis seine Verstärkung eintraf.

Sollte Lord Risingham den Rückzug wählen, wollte Richard sich an seine Nachhut hängen und ihn so zwischen zwei Feuer nehmen; falls Risingham es vorzog, die Stadt zu halten, wollte man ihn wie in einer Falle einschließen und mit überlegenen Truppen allmählich zermürben.

Die Schlacht von Shoreby

Die gesamte Distanz, die zurückzulegen war, betrug nicht mehr als eine Viertelmeile. Aber die Reiter hatten kaum die Deckung unter den Bäumen verlassen, als sie Menschen bemerkten, die rechts und links kreischend über die verschneiten Wiesen flüchteten. Beinahe gleichzeitig erhob sich ein gewaltiges Getöse, das sich über die Stadt ausbreitete und kontinuierlich lauter wurde, und sie hatten noch nicht die Hälfte der Strecke bis zum nächsten Haus hinter sich gebracht, als die Glocken auf dem Kirchturm anhoben zu läuten.

Der junge Duke biß die Zähne zusammen. Bei diesen frühen Alarmzeichen fürchtete er, seine Feinde vorbereitet anzutreffen, und er wußte, daß seine kleine Truppe im offenen Gelände bald überwältigt und aufgerieben sein würde, wenn es ihm nicht gelang, in der Stadt Fuß zu fassen.

Die Anhänger des Hauses Lancaster in der Stadt indes waren weit davon entfernt, sich in einer beneidenswerten Situation zu befinden. Die Nachtwachen hatten sich bereits ihrer Rüstung entledigt, und die übrigen Soldaten lungerten noch – entspannt, ungegürtet und auf eine Schlacht keineswegs vorbereitet – in ihren Quartieren. In ganz Shoreby gab es vermutlich keine fünfzig voll bewaffneten Männer und keine fünfzig gesattelten Pferde.

Der Lärm der Glocken und die Sammelrufe von Männern, die durch die Straßen rannten und schrien und gegen die Türen hämmerten, brachten in unglaublich kurzer Frist wenigstens vierzig von diesem halben Hundert zusammen. Sie kletterten schnell auf ihre Pferde, und da der Alarm immer noch wild und widerspruchsvoll durch die Stadt hallte, galoppierten sie in die verschiedensten Richtungen.

So kam es, daß sich Richard von Gloucester am ersten Haus von Shoreby nur eine Handvoll Lanzenträger entgegenstellten, die er vor sich herfegte wie ein Strum eine Nußschale auf dem Meer.

Nachdem sie hundert Schritte weit in die Stadt eingedrungen waren, faßte Richard Shelton den Duke am Arm, und auf dieses Zeichen griff der Duke in die Zügel, setzte wieder die grelle Trompete an die Lippen, blies ein Signal und schwenkte nach rechts von seinem bisherigen Kurs ab. Immer noch in vollem Galopp jagte die Truppe hinter ihm her in eine schmale Nebenstraße. Nur die letzten zwanzig Reiter zügelten und wendeten ihre Pferde zum Eingang der Straße, und die Fußsoldaten hinter ihnen sprangen im selben Augenblick ab. Einige von ihnen spannten ihre Bogen, die übrigen drangen auf beiden Seiten in die Häuser, um sie zu sichern.

Verblüfft über den jähen Richtungswechsel und eingeschüchtert durch die stabile Frontlinie der Nachhut, kehrten die wenigen Anhänger des Hauses Lancaster um und eilten in die Stadt, um Verstärkung zu suchen.

Das Viertel, das Gloucester auf Richards Rat besetzt hatte, bestand aus fünf kleinen Straßen mit kümmerlichen, von armen Leuten bewohnten Hütten auf einer sehr sanften Anhöhe. Hinter den Hütten war offenes Land.

Die fünf Straßen brauchten nur von guten Männern bewacht zu werden, dann konnte sich die Reserve ins Zentrum außer Schußweite zurückziehen und stand zur Verfügung, um dort Hilfe zu bringen, wo sie benötigt wurde.

Die Gegend war so dürftig, daß keiner der Lancaster-Lords und nur wenige von ihren Gefolgsleuten sich hier einquartiert hatten, und die Bewohner räumten alle zugleich ihre Häuser und flüchteten die Straßen entlang oder über Gartenmauern.

In der Mitte, wo die fünf Straßen zusammenstießen, zeigte ein ziemlich häßliches Alehaus ein Schachbrett auf dem Aushängeschild, und hier schlug der Duke of Gloucester für diesen Tag seine Befehlsstelle auf. Richard überantwortete er die Bewachung einer der fünf Straßen.

„Geht", sagte er, „gewinnt Eure Sporen. Gewinnt Ruhm für mich – ein Richard für den anderen. Ich verspreche Euch, wenn ich aufsteige, werdet Ihr auf derselben Leiter aufsteigen."

Sobald Richard draußen war, wandte er sich an einen kleinen, mickerigen Bogenschützen.

„Geht, Dutton, und beeilt Euch. Folgt diesem Jungen. Wenn Ihr ihn vertrauenswürdig findet, seid Ihr für seine Sicherheit verantwortlich. Seid verflucht, wenn Ihr ohne ihn wiederkommt. Aber wenn er treulos ist oder Ihr auch nur einen Augenblick an ihm zweifelt, stoßt ihm einen Dolch in den Rücken."

Inzwischen hastete Richard zu seinem Posten. Die Straße, deren Eingang er zu schützen hatte, war sehr eng, und die Häuser standen nicht nur nah beieinander, sondern waren in den oberen Etagen vorgebaut, so daß sie über die Fahrbahn ragten. Aber so finster und schmal sie war, bestand doch eine gewisse Wahrscheinlichkeit dafür, daß der Ausgang des Kampfs wenigstens zum Teil hier entschieden wurde, denn die Straße führte auf den Marktplatz der Stadt.

Der Markplatz war voller Menschen, die Hals über Kopf flüchteten, aber noch gab es keinerlei Anzeichen dafür, daß die Feinde sich auf einen Angriff vorbereiteten, und Richard vermutete, daß ihm noch ein wenig Zeit blieb, um eine Verteidigungsstellung zu beziehen.

Die beiden Häuser am Ende der Straße waren leer, und die Türen waren offen, wie die Bewohner sie bei ihrer Flucht zurückgelassen hatten. Aus diesen Häusern ließ Richard hastig das Mobiliar herausschaffen und an der Straßenmündung zu einer Barrikade türmen. Er hatte hundert Männer zu seiner Verfügung, und die meisten von ihnen schickte er in die Häuser, wo sie sich in Deckung befanden und aus den Fenstern mit Pfeilen schießen konnten. Mit dem Rest und unter seiner Aufsicht bemannte er die Barrikade.

Unterdessen hatten äußerste Aufregung und Verwirrung in der Stadt weiter die Oberhand gewonnen, und der Lärm der Sturmglocken, der Klang der Trompeten, die raschen Bewegungen berittener Abteilungen, das Geschrei der Befehlshaber und das Kreischen der Frauen war nahezu ohrenbetäubend. Endlich begann nach und nach der Tumult zu verebben, und wenig später sammelten sich reihenweise Männer in Panzerrüstungen und Trupps von Bogenschützen und formierten sich in Schlachtordnung auf dem Marktplatz.

Ein erheblicher Teil dieser Mannschaft war in die Farben Hellbraun und Blau gekleidet, und in dem berittenen Knight, der die Aufstellung kommandierte, erkannte Richard Sir Daniel Brackley.

Danach trat eine lange Pause ein, der ein beinahe gleichzeitiges Signal von vier Trompeten in vier verschiedenen Stadtvierteln folgte. Eine fünfte Trompete auf dem Marktplatz antwortete, im selben Augenblick setzten die Kolonnen sich in Bewegung, und ein Pfeilregen prasselte auf die Barrikade herunter.

Mit diesem Signal hatte der Angriff auf alle fünf Zugänge dieses Stadtteils begonnen. Gloucester wurde von allen Seiten belagert, und Richard begriff, daß er auf seine gesamten hundert Männer angewiesen war, wenn er seine Stellung halten wollte.

Sieben Pfeilsalven folgten einander, und inmitten dieses Beschusses spürte Richard, wie von rückwärts jemand seinen Arm berührte. Als er sich umdrehte, bemerkte er einen Pagen, der ihm eine lederne Jacke reichte, die mit glänzenden Panzerplatten verstärkt war.

„Lord Gloucester schickt sie Euch", sagte der Page. „Ihm ist aufgefallen, Sir Richard, daß Ihr nicht gewappnet seid."

Mit Herzklopfen über diese Anrede stand Richard auf und schlüpfte mit der Hilfe des Pagen in das schützende Kleidungsstück. Während er damit noch beschäftigt war, klirrten zwei Pfeile gegen die Platten, ohne Schaden anzurichten, und ein dritter streckte den Pagen tödlich verwundet zu seinen Füßen nieder.

Inzwischen war die gesamte feindliche Formation über den Marktplatz ständig weiter herangerückt und mittlerweile so nah, daß Richard den Befehl gab, den Beschuß zu erwidern. Unverzüglich schwirrte ein Pfeilhagel hinter die Barriere und aus den Fenstern der Häuser hervor und trug den Tod mit sich. Doch die Anhänger der Lancasters reagierten mit Geschrei, als hätten sie nur auf dieses Zeichen gewartet, und drangen im Laufschritt gegen die Barrikade vor, indes die Berittenen mit geschlossenen Visieren zurück blieben.

Ein verbissener und tödlicher Kampf Mann gegen Mann folgte. Die Angreifer schwangen ihre Säbel mit einer Hand und bemühten sich mit der anderen erbittert, die Barriere auseinanderzureißen. Auf der Gegenseite war es umgekehrt. Die Verteidiger wagten sich aus der Deckung, als wären sie von Sinnen, und versuchten ihre Brustwehr zu erhalten. Einige Minuten fand diese Auseinandersetzung beinahe schweigend statt, während Freund und Feind sich gegenseitig attackierten. Aber immer ist es einfacher, etwas zu zerstören, und als ein einziger Trompetenton die Angreifer von ihrem verzweifelten Beginnen abrief, war ein beträchtlicher Teil der Barrikade stückweise abgetragen, das ganze Gemächt war auf die Hälfte seiner früheren Höhe geschrumpft und drohte, vollständig zu fallen.

Und nun liefen die Fußsoldaten zurück und wichen nach beiden Seiten aus. Die Reiter, die bisher in zwei Gliedern verharrt hatten, wirbelten plötzlich herum, so daß ihre Flanke zu ihrer Spitze wurde, und schnell wie eine zustoßende Viper jagte die lange, eisenklirrende Kolonne auf die ruinierte Barrikade zu.

Einer der beiden vorderen Reiter fiel, und Mann und Pferd wurden von den übrigen niedergeritten. Der zweite setzte glatt über die niedrigste Stelle der Brustwehr und durchbohrte einen Bogenschützen mit seiner Lanze. Fast gleichzeitig wurde er aus dem Sattel gezogen, und sein Pferd wurde getötet.

Und dann prallte das volle Gewicht und der Schwung des Angriffs auf die Verteidiger und zersprengte sie. Die Männer in den Eisenrüstungen preschten über ihre gefallenen Kameraden hinweg, und indem sie von der Heftigkeit ihrer Attacke vorwärts getragen wurden, brachen sie durch Richards zerbröckelte Linie und quollen donnernd die Straße entlang, wie sich ein Fluß über einen geborstenen Damm ergießt.

Doch der Kampf war noch nicht zu Ende. In dem schmalen Eingang der Gasse schwangen Richard und einige Überlebende ihre Piken wie die Holzhacker, überdies hatte sich quer über die Straße eine zweite Brustwehr aus gefallenen Männer und aufgeschlitzten Pferden gebildet, die im Todeskampf um sich schlugen.

Bestürzt über dieses neue Hindernis prallten die übrigen Reiter zurück, die noch nicht in der Gasse waren, und als der Pfeilregen aus den Fenstern der Häuser sich jählings verdoppelte, wurde aus dem Rückzug vorübergehend beinahe eine Flucht.

Fast gleichzeitig waren diejenigen, die über die Barrikade gekommen und weiter die Straße hinauf galoppiert waren, vor der Tür des „Schachbretts" auf den wunderbaren Buckligen und die gesamte Reserve der Yorkisten gestoßen und kehrten nun auseinandergesprengt und unter allen Anzeichen der Auflösung und des Entsetzens um.

Richard und seine Männer machten zu ihnen Front, weitere Männer strömten aus den Häusern, eine furchtbare Pfeilsalve prasselte den Flüchtigen voll ins Gesicht, während Gloucester bereits hinter ihnen her ritt, und nach nicht einmal eineinhalb Minuten befand sich kein lebender Anhänger der Lancasters mehr in der Straße.

Jetzt, aber erst jetzt, reckte Richard sein rauchendes Schwert in die Luft und gab das Zeichen zum Triumph.

Unterdessen stieg Gloucester von seinem Pferd und kam nach vorn, um die Stellung zu besichtigen. Sein Gesicht war bleich wie Leinen, aber seine Augen glänzten wie absonderliche Juwelen, und als er sprach, war seine Stimme heiser und brüchig vor Entzücken über den Kampf und den Sieg. Er betrachtete die Brustwehr, der sich weder Freund noch Feind ohne Vorsicht nähern konnte, so gräßlich bäumten sich die Pferde in Todesqualen, und beim Anblick der Spuren des großen Gemetzels verzog er den Mund zu einem schiefen Lächeln.

„Erledigt die Pferde", sagte er, „sie hindern euch daran, euern Vorteil auszunützen. Richard Shelton", fügte er hinzu, „Ihr habt mir gefallen. Kniet nieder."

Die Anhänger Lancasters hatten ihren Beschuß wieder aufgenommen, und die Pfeile fielen dicht auf den Zugang zur Straße, aber der Duke kümmerte sich nicht darum. Er zog sein Schwert und schlug Richard auf der Stelle zum Ritter.

„Und nun, Sir Richard", fuhr er fort, „falls Ihr Lord Risingham seht, sendet mir sofort eine Nachricht. Und wenn Ihr nur noch einen Mann hättet – schickt ihn mit dieser Mitteilung unverzüglich zu mir. Ich möchte eher diese Stellung verlieren, als die Chance versäumen, mir Risingham vorzunehmen. Denn merkt euch, ihr alle, wenn Earl Risingham durch eine andere Hand als meine fällt, werde ich diesen Sieg als Niederlage werten."

„Mylord", sagte einer seiner Gefolgsmänner, „sind Eure Hoheit es nicht müde, ohne Notwendigkeit Euer wertvolles Leben zu riskieren? Warum bleiben wir überhaupt hier?"

„Catesby", entgegnete der Duke, „hier und nicht anderswo findet die Schlacht statt. Alles übrige sind nur Scheinattacken. Hier müssen wir siegen."

Er trat nah zu dem jungen Shelton und blickte ihm ernst in die Augen, und indem er Richards Hand in beide Hände nahm, drückte er so kraftvoll zu, daß beinahe Blut floß. Richard verzagte vor diesem Blick. Die unnatürliche Aufregung, der Mut und die Grausamkeit, die er in diesem Blick las, erfüllten ihn mit Schrecken vor der Zukunft. Dieser junge Duke war in der Tat ein prächtiger Mensch, um in einem Krieg an der Spitze zu reiten, aber nach der Schlacht, in friedlichen Zeiten und im Kreis vertrauenswürdiger Freunde würde dieses Gehirn, so stand zu befürchten, weiter immer nur den Tod ausbrüten.

Als Richard wieder auf seine eigenen Entscheidungen angewiesen war, sah er sich aufmerksam um. Der Pfeilbeschuß war ein wenig abgeflaut.

Auf allen Seiten zog der Feind sich zurück, und der größte Teil des Marktplatzes war nun leer. An einigen Stellen war der Schnee zu einem orangeroten Schlamm zertrampelt, an anderen war er mit geronnenem Blut befleckt, und überall war er mit toten Männern und Pferden bedeckt und starrte von gefiederten Pfeilen.

Auf seiner Seite hatte es nicht weniger grausame Verluste gegeben. Am Eingang der kleinen Straße und auf den Trümmern der Barrikade lagen zuhauf Sterbende und Tote, und von den hundert Männern, mit denen er die Schlacht begonnen hatte, waren nur noch siebzig übrig, die eine Waffe halten konnten.

Unterdessen war der Tag vorgerückt. Die ersten Verstärkungen konnten nun jeden Augenblick eintreffen, und die Anhänger Lancasters, bereits erschüttert durch das Ergebnis ihres verzweifelten, aber erfolglosen Ansturms, waren kaum in der Verfassung, einen frischen Eindringling abzuschlagen.

An der Mauer eines der beiden Eckhäuser war ein Zifferblatt, und beim Schein der Kalten Wintersonne zeigte der Stab in der Mitte zehn Uhr vormittags an.

Richard wandte sich an den Mann, der neben ihm stand, ein kleiner, unauffälliger Mensch, der damit beschäftigt war, einen Schnitt in seinem Arm zu verbinden.

„Wir haben gut gekämpft", sagte er. „Sie werden uns nicht zum zweitenmal angreifen."

„Sir", erklärte der kleine Bogenschütze, „Ihr habt gut für York gefochten und besser für Euch selbst. Noch nie hat jemand sich in so kurzer Zeit so sehr die Zuneigung des Herzogs erworben. Daß er einen solchen Posten einem Menschen anvertraut hat, den er nicht kennt, ist ein Wunder. Aber achtet auf Euern Kopf, Sir Richard! Falls Ihr besiegt werdet – ja, wenn Ihr nur um eine Fußbreit zurückweicht, wird man Euch mit dem Beil oder dem Strick dafür strafen, und ich habe den Auftrag, wenn Ihr etwas Zweifelhaftes unternehmt, Euch von rückwärts zu erstechen. Das möchte ich Euch ehrlich sagen."

Richard blickte den kleinen Mann entgeistert an.

„Ihr?" rief er. „Und von rückwärts?"

„Genauso ist es", entgegnete der Bogenschütze, „und weil diese Sache mir nicht behagt, sage ich Euch Bescheid. Ihr müßt Eure Stellung halten, Sir Richard, sonst seid Ihr in Gefahr. Unser Duke ist ein kühner Degen und ein ausgezeichneter Krieger, aber sowohl kaltblütig wie in Rage besteht er darauf, daß alles nach seinem Willen geschieht. Wer scheitert oder im Weg ist, wird umgebracht."

Der junge Knight, schon vorher tapfer und umsichtig, war nun erst recht entschlossen, wachsam und mutig zu sein. Er begann zu verstehen, daß sein jähes Glück Gefahr zur Folge hatte. Er wandte sich von dem Bogenschützen ab und betrachtete noch einmal kritisch den Marktplatz. Der war so leer wie nie zuvor.

„Die Ruhe gefällt mir nicht", sagte er. „Zweifellos bereiten sie eine Überraschung vor."

Und wie als Antwort auf seine Bemerkung rückten die Bogenschützen abermals gegen die Barrikade vor, und es regnete Pfeile. Aber der Angriff wirkte ein wenig unentschlossen. Die Männer kamen nicht stracks näher, sondern so, als erwarteten sie ein weiteres Signal.

Richard sah sich unbehaglich um, er hielt Ausschau nach einer Hinterlist. Und prompt wurde plötzlich in der Mitte der kleinen Straße eine Tür von innen aufgestoßen, und etliche Sekunden spie das Haus durch Tür und Fenster eine Sturzflut von Bogenschützen der Lancasters aus. Sie formierten sich hastig, sobald sie auf der Straße waren, und hoben an, Richards Nachhut mit einem Pfeilhagel zu überschütten.

Gleichzeitig verdoppelten die Angreifer auf dem Marktplatz den Beschuß und drangen auf die Barrikade ein.

Richard rief seine ganze Truppe aus den Häusern und bildete zwei Frontlinien. Mit Worten und Gesten stachelte er ihre Entschlossenheit zur Gegenwehr an und erwiderte nach bestem Können den Pfeilhagel, der über seiner Stellung niederging.

Währenddessen wurde ein Haus nach dem anderen längs der Straße geöffnet, und die Anhänger der Lancasters quollen aus den Türen und sprangen aus den Fenstern und stimmten Siegesgeschrei an, bis die Anzahl der Feinde hinter Richard beinahe so groß war wie die Anzahl vor ihm. Es wurde deutlich, daß er den Posten nicht länger halten konnte, und was noch schlimmer war – selbst wenn er ihn hätte halten können, war die Stellung nutzlos geworden, und die gesamte Truppe der Yorkisten schwebte hilflos am Rande eines vollständigen Desasters.

Die Männer hinter ihm waren der entscheidende Defekt in der gesamten Verteidigung; daher wandte Richard sich zu ihnen und griff sie an der Spitze seiner Leute an. Die Attacke war so heftig, daß die Bogenschützen der Lancasters Boden verloren und ins Wanken gerieten, und schließlich lösten die Linien sich auf, und die Männer drängten sich zurück in die Häuser, aus denen sie kurz vorher so großspurig hervorgebrochen waren.

Mittlerweile waren die Männer vom Marktplatz über die ungeschützte Barrikade gestiegen und stürmten von der anderen Seite vor, und Richard mußte eine Kehrtwendung vornehmen und sie zurückwerfen. Abermals behielten seine Männer die Oberhand. In glänzender Manier säuberten sie die Straße, doch während sie eben dies taten, wälzten die anderen sich wieder aus den Häusern und griffen zum dritten Mal von rückwärts an.

Die Yorkisten wurden zersprengt; einige Male fand Richard sich inmitten von Feinden wieder und schwang sein Schwert, nur um zu überleben, und einige Male wurde er verletzt. Inzwischen wogte der Kampf in der Straße ohne entscheidendes Ergebnis hin und her.

Plötzlich wurde Richard schmetternder Trompetensignale aus der Richttung zum Stadtrand gewahr. Triumphierend und aus vielen Kehlen rollte der Kriegsruf der Yorkisten über die Dächer, gleichzeitig gaben die Männer vor Richard schnell Boden preis. Sie strömten aus der Straße und wieder auf den Markplatz. Einer von ihnen empfahl die Flucht. Aus Trompeten kamen verwirrende Signale, einige bliesen zum Sammeln, andere zum Angriff. Klar war nur, daß ein heftiger Schlag geführt worden war. Die Anhänger der Lancaster waren zurückgeworfen worden und wenigstens im Augenblick in wilder Verwirrung und im Stadium der Panik.

Und dann, wie ein Kunstgriff im Theater, folgte der letzte Akt der Schlacht von Shoreby. Die Männer vor Richard zeigten die Fersen und flüchteten in Windeseile. Im selben Moment donnerten Reiter über den Marktplatz und nahmen die Verfolgung auf. Die Anhänger der Lancaster drehten sich um und brachten die Schwerter hoch, und die Yorkisten nahmen sie auf die Spitzen ihrer Lanzen und ritten sie nieder.

Shoreby wird geplündert

Kein Feind war mehr in Reichweite, und während Richard grämlich die Überbleibsel seiner wackeren Truppe musterte, rechnete er aus, wie viele Opfer dieser Sieg gekostet haben mochte. Nun, da die Gefahr vorüber war, stellte er fest, daß er so steif und wund, so zerbeult und zerschnitten und zerbrochen war, überdies völlig erschöpft von seinen verzweifelten und beharrlichen Bemühungen in diesem Getümmel, daß er anscheinend zu einer weiteren Anstrengung nicht fähig war.

Aber dies war noch nicht die Stunde der Erholung. Shoreby war im Sturm genommen worden, und obwohl es eine offene Stadt war und ihr der Widerstand nicht vorgeworfen werden konnte, war es nicht zweifelhaft, daß diese rauhen Soldaten nach dem Kampf nicht minder rauh sein und die noch scheußlicheren Begleiterscheinungen eines Krieges nicht ungeschehen bleiben würden. Richard von Gloucester war nicht der Mann, Zivilisten vor seinen rasenden Soldaten zu schützen, und selbst wenn er es beabsichtigte, war es fraglich, ob er die Macht dazu hatte.

Daher mußte Richard versuchen, Joanna zu finden und ihr beizustehen, und mit dieser Überlegung blickte er in die Gesichter seiner Männer. Drei oder vier, die den Anschein erweckten, ergeben zu sein und nüchtern zu bleiben, nahm er beiseite, und nachdem er ihnen eine großzügige Belohnung und eine Empfehlung bei dem Duke versprochen hatte, führte er sie über den Marktplatz, auf dem nun keine Reiter mehr waren, und in die Straßen auf der anderen Seite.

Hier und da waren noch kleine Scharmützel im Gange und hier und da wurde noch ein Haus belagert, während die Verteidiger Stühle und Tische auf die Köpfe der Angreifer warfen. Der Schnee war mit Waffen und Leichen übersät, aber von den unbedeutenden Scharmützeln einmal abgesehen, waren die Straßen verödet, und aus den Häusern, von denen einige offen und andere versperrt und verbarrikadiert waren, quoll kein Rauch mehr.

Richard wand sich an den Gruppen von Streithähnen vorbei und geleitete seine Gefolgsleute rasch in die Richtung zur Abteikirche, doch als er die Hauptstraße erreichte, schrie er erschrocken auf. Sir Daniels großes Haus war erstürmt worden. Die Torflügel hingen zersplittert in den Angeln, und zwei Reihen Männer strömten durch den Eingang herein oder heraus und suchten oder transportierten Beute. Währenddessen trafen die Plünderer in den oberen Etagen immer noch auf Widersacher; denn als Richard ins Blickfeld des Gebäudes kam, wurde ein Fenster von innen aufgewuchtet, und ein armer Teufel in Hellbraun und Blau wurde durch die Schießscharte gezwängt und auf das Pflaster unter ihm geschmissen.

Die schlimmsten Befürchtungen überfielen Richard. Er rannte los wie ein Besessener, arbeitete sich an den Plünderern vorbei ins Haus und stieg ohne Aufenthalt zu dem Zimmer im zweiten Stock, wo er sich von Joanna getrennt hatte. Es war verwüstet. Die Möbel waren umgekippt und die

Schränke aufgebrochen, und an einer Stelle lag eine lose Ecke der Wandverkleidung schwelend auf der glühenden Asche im Kamin.

Beinahe ohne nachzudenken zertrat Richard das beginnende Feuer, dann stand er bestürzt da. Sir Daniel, Sir Oliver, Joanna, sie waren alle verschwunden, aber wer konnte sagen, ob sie in einem Versteck niedergemetzelt worden waren oder sicher aus Shoreby hatten entkommen können?

Er packte einen vorübergehenden Bogenschützen am Wams.

„Freund", sagte er, „wart Ihr hier, als dieses Haus genommen wurde?"

„Laßt los", sagte der Bogenschütze. „Beim Teufel, laßt los, oder ich schlage zu!"

„Hört!", erwiderte Richard, „dieses Spiel kann man zu zweit spielen. Bleibt stehen und seid ehrlich."

Aber der Mann, erhitzt von Kampf und Alkohol, schlug Richard mit einer Hand gegen die Schulter, während er mit der anderen sein Wams losriß. Der junge Knight konnte seinen Zorn nicht länger beherrschen. Er umschlung den Mann mit beiden Armen und preßte ihn wie ein Kind an die Stahlplatten seiner Jacke, dann stieß er ihn von sich und befahl ihm, zu reden, sofern ihm etwas am Leben liege.

„Ich bitte um Gnade!" ächzte der Bogenschütze. „Wenn ich gewußt hätte, daß Ihr so ärgerlich seid, wäre ich behutsamer gewesen. Ich war tatsächlich hier."

„Kennt Ihr Sir Daniel?" fragte Richard.

„Ja, ich kenne ihn", erwiderte der Mann.

„War er im Haus?"

„Ja, Sir, er war hier", antwortete der Bogenschütze. „Aber als wir durchs Hoftor gekommen sind, ist er durch den Garten fortgeritten."

„Allein?"

„Er hatte vielleicht zwanzig Lanzen bei sich."

„Lanzen! Also keine Frauen?"

„Ich habe keine gesehen", sagte der Bogenschütze. „Aber es waren keine im Haus, falls das Eure Frage ist."

„Ich danke Euch", sagte Richard. „Hier ist etwas für Eure Mühe." Aber als er in seiner Geldtasche kramte, fand er nichts.

„Meldet Euch morgen bei mir", fügte er hinzu. „Richard – Sir Richard Shelton", verbesserte er sich. „Ich werde Euch anständig belohnen."

Und dann hatte Richard einen Einfall. Er stieg hastig zum Hof hinunter, rannte so schnell wie möglich durch den Garten und kam zu dem großen

Tor der Kirche. Drinnen drängten sich auf den Steinfliesen, in sämtlichen Ecken geflüchtete Bürger, die von ihren Familien umgeben und mit den wertvollsten Stücken ihrer Habe beladen waren, während am Hochaltar Priester in voller Amtstracht um Gottes Gnade flehten. Als Richard eintrat, setzte laut der Chor ein, und der Gesang hallte bis unter das gewölbte Dach.

Richard eilte zwischen den Flüchtlingsgruppen hindurch und erreichte die Tür, die zu der Turmtreppe führte. Hier trat ein langer Kirchenmann vor ihn hin und hielt ihn auf.

„Wohin, mein Sohn?“ fragte er finster.

„Vater“, antwortete Richard, „ich habe einen Auftrag auszuführen. Stört mich nicht. Ich bin hier auf Befehl Lord Gloucesters.“

„Mylord Gloucester?“ erwiderte der Priester. „Hat die Schlacht denn eine so schlimme Wendung genommen?“

„Die Schlacht, Vater, ist zu Ende, Lancaster ist verloren, Lord Risingham – der Himmel möge ihm Frieden schenken – ist auf dem Schlachtfeld geblieben. Und nun, mit Verlaub, möchte ich mich um meine Angelegenheiten kümmern.“ Und indem Richard den Priester zur Seite schob, den die Neuigkeit versteinert zu haben schien, stieß er die Tür auf und rannte die Treppe hinauf, wobei er immer vier Stufen auf einmal nahm, und ohne anzuhalten oder zu stolpern, trat er auf die offene Plattform an der Spitze.

Der Kirchturm von Shoreby beherrschte nicht nur die Stadt, sondern bot auch nach beiden Richtungen einen weiten Ausblick über Meer und Land. Inzwischen war es beinahe Mittag, der Tag ungewöhnlich hell, und der Schnee gleißte. Als Richard sich umsah, begriff er erst richtig die Auswirkungen der Schlacht.

Ein undeutliches, grollendes Getöse drang von den Straßen zu ihm herauf, und ab und zu, aber sehr selten, klirrte Stahl. Kein einziges Schiff, nicht einmal ein Skiff war im Hafen geblieben, aber das Meer war gesprenkelt mit Segeln und mit von Flüchtlingen beladenen Ruderbooten. Auf der Landseite war die blendende Fläche der verschneiten Wiesen unterbrochen von Reitertrupps, von denen einige zum Waldrand strebten, während andere, die zweifellos Yorkisten waren, sich ihnen in den Weg stellten und sie zurückschlugen. Über das weite Gelände verstreut lag eine erstaunliche Menge von gefallenen Männern und Pferden, die sich deutlich gegen den Schnee abzeichneten.

Das Bild wurde vervollständigt von Fußsoldaten, die auf keinem Schiff mehr Platz gefunden hatten und mit Pfeilen und Bogen am Hafen und aus der Deckung der Tavernen am Ufer den Kampf weiterführten. Ebenfalls in diesem Viertel waren ein oder zwei Häuser angesteckt worden, und im kalten Sonnenlicht türmte sich hoch der Rauch und wehte in vielfältige Windungen zum Meer.

Nicht mehr weit vom Wald entfernt und ungefähr auf dem Kurs, der nach Holywood führte, befand sich eine einzelne Gruppe flüchtiger Reiter, die das Interesse des jungen Beobachters auf dem Turm erregte. Die Gruppe war sehr zahlreich. Nirgendwo sonst auf dieser Ebene waren noch so viele Anhänger der Lancasters beisammen. Die Gruppe hatte eine breite, mißfarbene Fährte im Schnee hinterlassen, und Richard konnte sie Schritt für Schritt dorthin zurückverfolgen, wo die Reiter die Stadt verlassen hatten.

Während Richard da stand und ihnen nachblickte, erreichten sie unbehindert die äußere Grenze des blätterlosen Waldes, und als sie ein wenig von ihrer bisherigen Richtung abwichen, fiel die Sonne sekundenlang voll auf ihre Kleider und schälte sie aus dem Dämmerlicht unter den Bäumen heraus.

„Hellbraun und blau!" rief Richard. „Ich könnte es beschwören – hellbraun und blau!"

Im nächsten Moment rannte er die Treppe hinunter.

Ihm blieb nun nichts anderes übrig, als den Duke von Gloucester zu suchen, der in Anbetracht des chaotischen Zustands seiner Truppe allein in der Lage war, Richard eine ausreichende Anzahl Männer zur Verfügung zu stellen. Der Kampf im Hauptteil war mittlerweile praktisch wirklich zu Ende, und als Richard hierhin und dorthin eilte und nach dem Kommandanten Ausschau hielt, waren die Straßen voller streunender Soldaten, einige mit mehr Beute beladen, als sie mit Mühe schleppen konnten, andere grölend betrunken. Keiner von denen, die er fragte, hatte die geringste Ahnung vom Aufenthalt des Duke, und schließlich war es nur dem schieren Zufall zu verdanken, daß Richard ihn fand, wie er im Sattel saß und die Operation leitete, welche die Bogenschützen am Hafen ausheben sollte.

„Sir Richard Shelton, Ihr habt einen guten Grundstock gelegt", sagte er. „Ich verdanke Euch eine Sache, an der mir wenig liegt – mein Leben –, und eine andere, für die ich Euch nie gebührend bezahlen kann, nämlich dieser Sieg. Verlangt Eure Belohnung."

„Freimütig, Mylord", sagte Richard. „Jemand ist entkommen, gegen den ich einen Groll habe, und er hat jemand mitgenommen, den ich liebe und dem ich dienstbar bin. Gebt mir also fünfzig Lanzen zur Verfolgung, und sämtliche Wünsche, die Eure Hoheit mir gewähren möchten, sind erfüllt."

„Wer ist er?" fragte der Duke.

„Sir Daniel Brackley", antwortete Richard.

„Drauf auf ihn, auf diesen Heuchler!" rief Gloucester. „Das ist keine Belohnung, Sir Richard, das ist ein neuer Dienst, zu dem Ihr Euch erbietet, und – falls Ihr mir seinen Kopf bringt – eine neue Schuld, die ich zu begleichen habe, Catesby, gebt ihm diese Lanzen."

Im selben Augenblick rückten die Schützen der Yorkisten gegen eine der Hafentavernen vor, drangen von drei Seiten ein und jagte die Verteidiger heraus oder überwältigten sie. Fröhlich bejubelte Gloucester diese Heldentat, dann trieb er sein Pferd ein wenig näher heran und verlangte, die Gefangenen zu sehen.

Sie waren nur vier oder fünf, unter ihnen zwei Männer Lord Shorebys und einer von Lord Risingham, außerdem kam zum Schluß ein alter, großer, grauhaariger, torkelnder Seemann in einem Zustand zwischen nüchtern und betrunken und mit einem Hund an seinen Fersen, der winselnd an ihm hoch sprach.

Der Duke ritt an ihnen vorbei und musterte sie finster.

„Gut", sagte er. „Hängt sie auf."

„Mit Eurer Erlaubnis, Mylord", sagte Richard, „ich habe meine Belohnung gefunden. Schenkt mir das Leben und die Freiheit dieses alten Seemanns."

Gloucester blickte ihm ins Gesicht.

„Sir Richard", sagte er, „ich führe nicht Krieg mit Pfauenfedern, sondern mit stählernen Pfeilen. Wer mein Feind ist, den erschlage ich ohne Rücksicht und ohne Entschuldigung. Bedenkt, daß es in diesem Königreich England, das so in Stücke gerissen wird, keinen einzigen meiner Männer gibt, der nicht einen Freund oder einen Bruder auf der anderen Seite hat. Wollte ich anfangen, Gnade walten zu lassen, könnte ich mein Schwert in die Scheide stecken."

„Das mag sein, Mylord. Trotzdem nehme ich mir die Kühnheit, auch auf die Gefahr, mir Euer Mißfallen zuzuziehen, Eure Lordschaft an Euer Versprechen zu erinnern", erwiderte Richard.

„Merkt es Euch gut", sagte Gloucester heftig. „Ich liebe weder die Gnade noch die Gnadenskrämerei! Ihr habt heute das Fundament für eine beachtliche Zukunft gelegt. Wenn Ihr von mir verlangt, mein Wort einzulösen, das ich verpfändet habe, werde ich kapitulieren. Aber, beim Ruhm des Himmels, damit ist Eure glückliche Zukunft zu Ende!"

„Diesen Verlust muß ich auf mich nehmen", sagte Richard.

„Gebt ihm seinen Seemann", sagte der Duke, wirbelte sein Pferd herum und kehrte dem jungen Shelton den Rücken zu.

Richard war weder froh noch traurig. Er hatte schon zuviel von dem jungen Duke gesehen, um dessen Sympathie noch hoch einzuschätzen, und Ursprung und Entwicklung der Gunst, die ihm zuteil geworden war, wirkten zu fadenscheinig und waren zu sehr von Zufälligkeiten abhängig gewesen, um viel Zutrauen zu erwecken. Richard fürchtete lediglich, daß dieser rachsüchtige Führer sein Angebot zurückzog, ihm die Lanzenreiter zur Verfügung zu stellen. Aber in dieser Beziehung ließ er weder Gloucesters Ehre (wie immer sie beschaffen sein mochte) noch ganz und gar seiner Entscheidungsfreude Gerechtigkeit angedeihen. Nachdem er einmal beschlossen hatte, Richard sei der richtige Mann, Sir Daniel zu verfolgen, rückte er davon nicht wieder ab und bewies dies alsbald, indem er Catesby zuschrie, sich zu beeilen, denn der Paladin warte.

In der Zwischenzeit ging Richard zu dem alten Seemann, der seine Verurteilung wie die darauf folgende Freilassung anscheinend gleichgültig hingenommen hatte.

„Arblaster", sagte Richard, „ich habe Euch schlecht behandelt, aber jetzt, beim Kruzifix, glaube ich, diese Rechnung beglichen zu haben."

Aber der alte Skipper sah ihn nur trübe an und schwieg.

„Kommt", fuhr Richard fort, „ein Leben ist ein Leben, alte Spitzmaus, und es besteht aus mehr als aus Schiffen oder Fusel. Sagt, daß Ihr mir verzeiht, denn wenn Euer Leben Euch auch nichts wert ist, so hat es mich doch den Anfang meiner Zukunft gekostet. Kommt, ich habe nicht wenig bezahlen müssen; seid nicht so ungehobelt."

„Wenn ich mein Schiff noch hätte", erklärte Arblaster, „wäre ich fort und auf hoher See gewesen – ich und mein Mann Tom. Aber Ihr habt mir mein Schiff genommen, und ich bin ein Bettler, und was meinen Mann Tom betrifft, so hat ein Schurke in einer rostbraunen Jacke ihn niedergeschossen."

Richard wurde von Mitleid und von einer nutzlosen Reue überwältigt; er wollte dem Skipper die Hand drücken, aber Arblaster wich der Berührung aus.

„Nein", sagte er, „laßt mich in Ruhe. Ihr habt mit mir ein teuflisches Spiel getrieben. Damit solltet Ihr zufrieden sein."

Die Worte blieben Richard im Hals stecken. Durch einen Tränenschleier sah er, wie der alte Mann, betäubt von Alkohol und Sorgen, torkelnd und mit gesenktem Kopf über den Schnee fort ging, und der Hund, denn er nicht beachtete, winselte an seinen Füßen. Zum erstenmal begann Richard die verzweifelte Partie zu begreifen, die wir im Leben spielen, und daß eine begangene Tat durch keine Reue ungeschehen zu machen ist.

Aber für ein vergebliches Bedauern blieb ihm keine Zeit. Catesby hatte die Männer zusammengeholt und ritt nun zu Richard und stieg ab und bot ihm sein eigenes Pferd an.

„Heute morgen", sagte er, „war ıch ein bißchen eifersüchtig auf Eure Vergünstigungen; sie haben nicht lange vorgehalten, und nun, Sir Richard, stelle ich Euch leichten Herzens mein Pferd zur Verfügung – damit Ihr fortreiten könnt."

„Erlaubt mir noch einen Augenblick", erwiderte Richard. „Diese Vergünstigungen – was war der Grund dafür?"

„Euer Name", antwortete Catesby. „Das ist der wichtigste Aberglaube meines Herrn. Wenn ich Richard hieße, könnte ich morgen Earl sein."

„Ich danke Euch, Sir", entgegnete Richard, „und da ich kaum meine glückliche Zukunft beanspruchen werde, möchte ich Euch Lebewohl sagen. Ich will nicht vortäuschen, mich nur mit Unbehagen auf der Straße zum Glück gesehen zu haben, ich will aber auch nicht vortäuschen, übertrieben traurig zu sein, daß sie zu Ende ist."

Darauf setzte Richard sich an die Spitze seiner Männer, gab ihnen ein Kommando und ritt an.

Er durchquerte die Stadt, um dem Kurs zu folgen, den er für den Kurs Sir Daniels hielt, und hielt Ausschau nach irgendwelchen Hinweisen, die ihm bei der Entscheidung helfen konnten, ob er recht hatte.

Auf den Straßen lagen Tote und Verwundete, deren Schicksal bei der eisigen Kälte das bedauernswerte war. In kleinen Banden gingen die Sieger von Haus zu Haus und plünderten und mordetet, und manchmal sangen sie.

Während der junge Shelton weiterritt, schlug der Lärm von Gewalttaten und Greueln an seine Ohren, dazwischen waren Hammerschläge an verbarrikadierten Türen und die entsetzlichen Schreie von Frauen zu hören.

Richard war empfindlich geworden. Er hatte eben erst die grausamen Konsequenzen seines eigenen Handelns erleben müssen, und der Gedanke an das Ausmaß des Elends, das nun ganz Shoreby betroffen hatte, erfüllte ihn mit Verzweiflung.

Endlich erreichte er die Außenbezirke, und hier sah er tatsächlich direkt vor sich dieselbe breite, ausgetretene Fährte im Schnee, die er vom Kirchturm aus bemerkt hatte. Von nun an ritt er schneller, trotzdem betrachtete er unterwegs scharf die gefallenen Männer und Pferde, die neben der Fährte lagen. Mit Erleichterung stellte er fest, daß viele dieser Männer Sir Daniels Farben trugen, und die Gesichter einiger Männer, die auf dem Rücken lagen, erkannte er.

Ungefähr auf halber Strecke zwischen der Stadt und dem Wald waren die Menschen, denen er folgte, offensichtlich von Bogenschützen angegriffen worden. Leichen lagen verstreut und dennoch nah beieinander, und jede war von einem Pfeil durchbohrt. Und hier entdeckte Richard zwischen den anderen den Körper eines sehr jungen Reiters, dessen Gesicht ihm bestürzend vertraut erschien.

Er brachte seine Truppe zum Stehen, stieg ab und hob den Kopf des jungen Reiters, dabei rutschte dessen Kapuze, und ein Schock langer brauner Haare quoll hervor. Im selben Moment öffnete der Reiter die Augen.

„Ach, Löwentreiber!" sagte eine zittrige Stimme. „Sie ist weiter vorn. Reitet ihr nach – schnell!"

Und dann wurde die kleine junge Lady wieder bewußtlos.

Einer von Richards Männern hatte eine Flasche mit einem sehr starken, süßen, aromatischen Likör dabei, mit dem es Richard gelang, sie wiederzubeleben. Dann setzte er Joannas Freundin vor sich auf den Sattel und ritt weiter zum Wald.

„Warum nehmt Ihr mich mit?" fragte das Mädchen. „Mit mir werdet Ihr nur langsamer vorwärts kommen."

„Nein, Mistress Risingham", erwiderte Richard. „Shoreby ist voller Blut und Betrunkenheit und Tumult. Hier seid Ihr sicher. Beruhigt Euch."

„Ich will keinem von Eurem Klüngel zu Dank verpflichtet sein!" rief sie. „Setzt mich ab."

„Madam, Ihr wißt nicht, was Ihr redet", entgegnete Richard. „Ihr seid verletzt . . ."

„Ich bin nicht verletzt", sagte sie. „Mein Pferd ist unter mir totgeschossen worden."

Alicia Risingham

Es war nahezu sicher, daß Sir Daniel zum Moat House wollte, aber in Anbetracht des hohen Schnees, der späten Stunde und der Notwendigkeit, die für ihn bestand, den Straßen auszuweichen und quer durch den Wald zu reiten, war es ebenso sicher, daß er nicht hoffen konnte, es vor morgen zu erreichen.

Für Richard Shelton gab es zwei Möglichkeiten. Er konnte weiter der Fährte des Knights folgen und, mit einigem Glück, ihn noch in der selben Nacht in seinem Lager überfallen, er konnte sich aber auch einen eigenen Weg suchen und trachten, zwischen Sir Daniel und dessen Bestimmungsort zu gelangen.

Gegen beide Möglichkeiten ließen sich ernstliche Einwände vorbringen, und Richard, der fürchtete, Joana den Unwägbarkeiten eines Scharmützels auszusetzen, hatte noch nicht entschieden, welche von beiden er wählen sollte, als er zum Waldrand kam.

An dieser Stelle war Sir Daniel ein wenig nach links geschwenkt und stracks unter ein Dach aus sehr hohen Eichen geritten. Seine Begleiter waren näher zusammengerückt, um zwischen den Bäumen hindurch zu kommen, und entsprechend tiefer war die Fährte in den Schnee gegraben. Sie ließ sich mit den Augen mühelos verfolgen, wie sie sich schmal und gerade unter den unbelaubten Stämmen hinzog, die dick und knorrig ihre Zweige nach oben reckten. Nirgends war ein Geräusch, weder von Mensch noch Tier, nicht einmal ein Rotkehlchen ließ sich hören. Und über dem Feld aus Schnee lag die goldene Wintersonne zwischen porösen Schatten.

„Was meint Ihr?" sagte Richard zu einem der Männer. „Sollen wir weiter auf der Fährte bleiben oder nach Tunstal abbiegen?"

„Sir Richard", erwiderte der gepanzerte Reiter, „ich würde so lange auf der Spur reiten, bis sie sich verteilen."

„Ihr habt zweifellos recht", entgegnete Richard. „Aber wir haben aus Zeitmangel diese Aufgabe ziemlich hastig übernommen, und hier sind keine Häuser. Wir finden weder Lebensmittel noch eine Unterkunft, und morgen bei Tagesanbruch wissen wir, wie unangenehm kalte Hände und ein leerer Magen sind. Was haltet ihr davon, Männer? Wollt Ihr dieser Expedition zuliebe Not leiden, oder sollen wir uns nach Holywood wenden und mit der Mutter Kirche zu Abend essen? Dieser Fall ist ein bißchen kritisch, und ich will niemand drängen. Aber wenn ihr mir die Führung überlassen wolltet, würde ich mich für das erstere entscheiden."

Die Männer antworteten beinahe einstimmig, daß sie Sir Richard folgen würden, wohin immer er auch wollte.

Der Schnee auf dem Pfad war hart zusammengetreten, und so hatten die Verfolger den Verfolgten einen geachtlichen Vorteil voraus. Sie konnten sogar in einem leichten Trab reiten, und die zweihundert Hufe, die abwechselnd auf das glanzlose Pflaster aus Schnee trommelten, und das Klirren der Waffen und das Schnauben der Pferde erzeugten ein kriegerisches Geräusch unter den Gewölben des stillen Walds.

Endlich stieß die Fährte der Verfolgten auf die Landstraße nach Holywood und hörte scheinbar auf zu bestehen, weil sie mit einer anderen Spur verschmolz, und wo sie auf der anderen Seite der Fahrbahn in unberührten Schnee wieder sichtbar wurde, war sie zu Richards Überraschung schmaler und weniger tief eingedrückt. Offensichtlich hatte Sir Daniel die Landstraße dazu benutzt, bereits hier seinen Trupp teilweise aufzulösen.

Auf gut Glück blieb Richard weiter auf der Hauptspur, die indes nach einer weiteren Stunde mitten im dichten Wald wie eine geborstene Muschelschale sich aufsplitterte in zwei Dutzend Einzelfährten, die nach allen Richtungen des Kompasses auseinander strebten.

Richard zügelte entmutigt. Der kurze Wintertag neigte sich seinem Ende entgegen; die Sonne, eine stumpfe rote Apfelsine, schwamm niedrig zwischen den kahlen Ästen. Die Schatten auf dem Schnee waren eine Meile lang. Der Frost biß brutal unter die Fingernägel, und Dampf und Atem der Pferde stiegen auf wie eine Wolke.

„Wir haben uns übertölpeln lassen", bekannte Richard. „Reiten wir also schließlich doch nach Holywood, es liegt immer noch näher als Tunstall – oder sollte, nach dem Stand der Sonne, näher liegen."

Sie schwenkten also nach links, kehrten dem roten Schild der Sonne den Rücken und ritten über das weglose Gelände in die Richtung zum Kloster. Aber mit dem neuen Kurs änderten sich auch die Verhältnisse. Die Männer kamen nun nicht mehr schnell vorwärts auf einem Pfad, den ihre Feinde festgetreten hatten, und zu einem Ziel, zu dem der Pfad sie führte. Jetzt pflügten sie mit bedrückender Langsamkeit durch den beschwerlichen Schnee, hielten immer wieder an, um den Kurs zu bestimmen, und verhaspelten sich in Verwehungen. Die Sonne ließ sie bald im Stich, der rötliche Schimmer im Westen schwand, und endlich irrten sie umher in schwarzer Nacht und unter eisigen Sternen. Ihnen blieb nichts anderes übrig, als ein Lager aufzuschlagen und auf den Mond zu warten.

Posten wurden aufgestellt, der Boden wurde vom Schnee gesäubert, und nach einigen vergeblichen Versuchen prasselte ein prächtiges Feuer. Die gepanzerten Reiter rückten daran nah zusammen, teilten sich die Verpflegung, die sie hatten, und ließen die Flasche kreisen, und Richard, dem es gelungen war, das beste Stück der derben und kargen Nahrung zu ergattern, brachte es Lord Risinghams Nichte, die seitab von den Soldaten an einem Baum lehnte.

Sie saß auf einer Pferdedecke, war in eine zweite gewickelt und starrte blicklos vor sich hin auf die flackernd beleuchtete Szene. Als Richard ihr das Essen anbot, zuckte sie zusammen wie jemand, der aus einem Traum erwacht, und lehnte schweigend ab.

„Madam", sagte Richard, „ich ersuche Euch dringend, mich nicht so grausam zu strafen. Ich ahne nicht, wodurch ich Euch beleidigt habe. In der Tat habe ich Euch mitgenommen, aber mit freundlicher Gewalt. Tatsächlich habe ich Euch den Unbilden dieser Nacht ausgeliefert, aber die Eile, die auf mir lastet, ist unvermeidlich zur Rettung eines anderen Menschen, der nicht weniger zart und nicht weniger liebenswürdig ist als Ihr. Und schließlich, Madam, straft Euch nicht selbst, sondern eßt, wenn nicht aus Hunger, dann um Euch zu stärken."

„Ich nehme nichts aus Händen, die meinen Onkel erschlagen haben", erwiderte sie.

„Verehrte Madam", rief Richard, „ich schwöre Euch beim Kreuz, daß ich ihn nicht angefaßt habe!"

„Schwört mir, daß er noch lebt", entgegnete sie.

„Ich mag nicht mit Euch feilschen", antwortete Richard. „Das Mitleid zwingt mich, ehrlich zu sein. Ich fürchte, er ist tot."

„Und Ihr verlangt von mir, daß ich essen soll!" rief sie. „Ja, und die Leute nennen Euch ‚Sir'! Ihr habt Euch Eure Sporen durch einen Mord an meinem Onkel verdient. Wenn ich nicht ein Narr und ein Verräter gewesen wäre und Euch im Haus Eures Feindes gerettet hätte, dann wärt Ihr gestorben, und er – der wertvoller war als zwölf von Eurer Sorte – wäre noch am Leben."

„Ich habe getan, was ich konnte, nicht anders als Euer Onkel auf der Gegenseite", antwortete Richard. „Wenn er noch lebte – was ich, beim Himmel, wünsche –, würde er Euch bitten, mich nicht zu Unrecht zu bezichtigen."

„Sir Daniel hat es mir erzählt", erwiderte sie. „Er hat Euch an der Barrikade entdeckt. Ihr habt der anderen Partei den Rückhalt gegeben, hat er gesagt, Ihr habt die Schlacht gewonnnen. Dann habt Ihr auch meinen guten Lord Risingham getötet, so sicher, als wenn Ihr ihn erdrosselt hättet. Trotzdem wollt Ihr, daß ich mit Euch esse . . . Aber Sir Daniel hat Euch den Untergang geschworen. Er wird mich rächen!"

Der unglückliche Richard versank in Schwermut. Der alte Arblaster kehrte in seine Erinnerung zurück, und er stöhnte laut.

„Haltet Ihr mich für so schuldig?" sagte er. „Ihr, die Ihr mich verteidigt habt – die Ihr Joannas Freundin seid?"

„Was hattet Ihr in der Schlacht zu suchen?" entgegnete sie. „Ihr gehört zu keiner Partei. Ihr seid nur ein Junge – nichts als Beine und ein Körper, unbeherrscht und ohne Witz und Verstand! Wofür habt Ihr gekämpft? Um anderen Menschen wehzutun, Partner!"

„Nein!" rief Richard. „Ich weiß es nicht. Aber so wie die Zustände in diesem Königreich England sind, muß ein armer Gentleman, der nicht auf der einen Seite kämpft, notgedrungen auf der anderen kämpfen. Er kann nicht alleinstehen, es wäre unnatürlich."

„Wer kein Urteilsvermögen hat, sollte nicht das Schwert ziehen", erwiderte die junge Lady. „Wer wie Ihr nur aus Abenteuerlust kämpft, ist nichts als ein Schlächter. Ein Krieg wird erst edel durch seine Ursache, und Ihr habt ihn entehrt."

„Madam", sagte der unglückliche Richard, „ich sehe zum Teil meinen Irrtum ein. Ich hatte es zu eilig, ich habe mich für mein Alter schon zu sehr beschäftigt. Ich habe ein Schiff gestohlen – in der besten Absicht, das kann ich beschwören – und dadurch vielen Unschuldigen den Tod gebracht und einen armen alten Mann bekümmert und ruiniert, dessen Anblick mich heute getroffen hat wie ein Dolch. Und heute morgen wollte ich mir die Ehre antun und berühmt werden und habe damit den Tod Eures lieben Onkels verschuldet, der gut zu mir war. Was ich außerdem verschuldet habe, weiß ich nicht. Ja, vielleicht habe ich York auf den Thron gesetzt, und das kann noch viel schlimmer sein und England Schmerzen bereiten. O Madam, ich begreife meine Sünden. Ich bin für das Leben ungeeignet. Ich werde, zur Strafe und um weiteres Unheil zu vermeiden, in ein Kloster gehen, sobald ich dieses Abenteuer beendet habe. Ich werde Joanna und dem Waffenhandwerk abschwören. Ich werde ein Mönch werden und täglich für die Seele Eures guten Onkels beten."

In seiner tiefen Zerknirschung und Bußfertigkeit hatte Richard den Eindruck, daß die junge Lady gelacht hatte.

Er hob den Kopf und stellte fest, daß sie beim Schein des Feuers mit einem eigenartigen, aber nicht unfreundlichen Ausdruck auf ihn hinunter blickte.

„Madam!" rief er, da er wähnte, das Gelächter habe nur in seiner Einbildung bestanden, aber ihres veränderten Mienenspiels wegen hoffte, sie gerührt zu haben. „Madam, seid Ihr damit nicht zufrieden? Ich gebe alles auf, um meine Fehler zu sühnen, ich verbürge Lord Risingham den Himmel. Und alles am selben Tag, an dem ich meine Sporen gewonnen und mich für den glücklichsten jungen Gentlemen der Welt gehalten habe."

„O Junge", sagte sie. „Guter Junge!"

Und zu Richards außerordentlicher Überraschung wischte sie ihm zuerst sanft die Tränen von den Wangen, dann, als gebe sie einem jähen Impuls nach, legte sie beide Arme um den Hals, zog sein Gesicht zu sich heran und küßte ihn. Den schlichten Richard überkam eine beklagenswerte Verwirrung.

„Aber kommt", sagte sie mit beträchtlicher Heiterkeit, „Ihr seid ein Hauptmann, Ihr müßt essen. Warum eßt Ihr nicht?"

„Liebe Mistress Risingham", erwiderte Richard, „ich wollte zuerst meine Gefangene bedienen, aber um die Wahrheit zu sagen – meine Reue erlaubt es mir nicht, den Anblick von Nahrung zu erdulden. Ich sollte lieber fasten, verehrte Lady, und beten."

„Nennt mich Alicia", sagte sie. „Sind wir nicht alte Freunde? Und nun kommt, ich werde mit Euch essen und trinken, Bissen für Bissen und Schluck für Schluck. Wenn Ihr nichts eßt, dann esse ich auch nicht, aber wenn Ihr herzhaft zulangt, dann werde ich dinieren wie ein Mann vom Pflug."

Richard, der einen vorzüglichen Magen hatte, leistete ihr Gesellschaft, zunächst mit einigem Widerstreben, aber nach und nach, während sein Appetit wuchs, mit mehr Eifer und Hingabe.

„Löwentreiber", sagte sie nach einer Weile, „Euch gefällt wohl kein Mädchen im Männerwams?"

Der Mond war inzwischen aufgegangen, und sie warteten nur noch darauf, daß die müden Pferde sich erholten, und beim Mondlicht bemerkte der immer noch bußfertige, aber mittlerweile wohlgenährte Richard, daß Alicia ein wenig kokett auf ihn hinunter sah.

„Madam . . ." stammelte er überrascht über diese neue Veränderung in ihrem Benehmen.

„Nein", unterbrach sie ihn, „es hilft nichts, es zu bestreiten, Joanna hat es mir gesagt. Aber kommt, Herr Löwentreiber, schaut mich an – bin ich so häßlich?"

Und sie machte ihm verführerische Augen.

„Ihr seid ein bißchen klein", schob Richard an, „tatsächlich . . ."

Abermals unterbrach sie ihn, diesmal mit einem schallenden Gelächter, das seine Verwirrung und Überraschung steigerte.

„Klein!" rief sie. „Nein, seid jetzt so ehrlich, wie Ihr tapfer seid. Ich bin ein Zwerg, vielleicht auch ein bißchen größer als ein Zwerg, aber trotzdem – kommt, sagt es mir! – trotzdem ein halbwegs hübscher Anblick. Ist es nicht so?"

„Nein, Madam, ein außerordentlich hübscher Anblick", sagte der verwirrte Knight und bemühte sich angestrengt, ruhig zu erscheinen.

„Und ein Mann würde mich mit Vergnügen heiraten?" fragte sie weiter.

„O Madam, mit großem Vergnügen."

„Nennt mich Alicia", sagte sie.

„Alicia", sagte Richard.

„Nun, Löwentreiber", fuhr sie fort, „da Ihr meinen Onkel erschlagen und mich meiner Bleibe beraubt habt, seid Ihr mir in allen Ehren jeglichen denkbaren Ersatz schuldig, findet Ihr nicht?"

„Ich finde es auch, Madam", sagte Richard. „Obwohl ich mich nur zum Teil am Tode des braven Ritters schuldig fühle."

„Wollt Ihr Euch mir entziehen?" rief sie.

„So ist es nicht, Madam. Wenn Ihr es mir gebietet, will ich sogar ein Mönch werden."

„Dann gehört Ihr in allen Ehren also mir?"

„In Ehren, Madam, nehme ich an . . ."

„Hört auf! Ihr steckt zu sehr voller Haken und Kniffe. In Ehren gehört Ihr mir, bis Ihr den Schaden bezahlt habt?"

„In Ehren ja", sagte Richard.

„Dann hört mir zu", fuhr sie fort. „Ich glaube, Ihr würdet einen traurigen Mönch abgeben, und da ich über Euch nach Belieben verfügen kann, werde ich mir Euch zum Mann nehmen. Nein, nein, kein Wort!" rief sie. „Worte nützen Euch nichts. Da Ihr mir ein Heim genommen habt, ist es nur gerecht, daß Ihr mir ein anderes gebt. Und was Joanna betrifft, so wird sie die erste sein, das dürft Ihr mir glauben, die diese Veränderung begrüßen wird, denn schließlich sind wir befreundet. Ist es da wichtig, wen von uns Ihr heiratet? Es ist ganz und gar nicht wichtig!"

„Madam", sagte Richard, „wenn Ihr die Güte habt, es mir zu gebieten, werde ich in ein Kloster gehen, aber ich werde in der ganzen weiten Welt niemand außer Joanna Sedley heiraten, weder unter Zwang durch einen Mann noch zum Vergnügen einer Lady. Verzeiht mir, wenn ich meine einfachen Gedanken in einer einfachen Sprache ausdrücke, aber wenn ein Mädchen sehr kühn ist, muß ein armer Mann noch kühner sein."

„Richard", sagte sie, „Ihr süßer Junge, für dieses Wort müßt Ihr mich küssen. Nein, fürchtet nichts, Ihr küßt mich stellvertretend für Joanna, und wenn wir ihr begegnen, werde ich ihr den Kuß weiterreichen und sagen, ich hätte ihn mir gestohlen. Und was Eure Schuld mir gegenüber betrifft, lieber Einfaltspinsel, so scheint mir, daß Ihr nicht allein an der großen Schlacht teilgenommen habt, und falls York wirklich auf den Thron kommt, habt Ihr ihn nicht dort hingesetzt. Aber Ihr seid ein guter, süßer, ehrlicher Mensch, Richard – doch, das seid Ihr, und wenn ich überhaupt imstande wäre, Joanna um etwas zu beneiden, so würde ich ihr Eure Liebe neiden."

Die Nacht im Forst

Die Pferde hatten unterdessen den kleinen Vorrat Trockenfutter gefressen und sich ein wenig ausgeruht. Auf Richards Befehl wurde das Feuer mit Schnee gelöscht, und während seine Männer müde wieder in die Sättel stiegen, erinnerte er sich mit einiger Verspätung daran, daß im Wald Vorsicht angebracht war, suchte sich eine hohe Eiche aus und kletterte behend hinauf zu der obersten Gabel. Von hier hatte er einen weiten Ausblick über den mondhellen, verschneiten Wald. Im Südwesten zeichneten sich dunkel am Horizont die Hügel mit dem Heidekraut ab, wo er und Joanna das gräßliche Abenteuer mit dem angeblichen Leprakranken erlebt hatten, und dort gewahrte er einen rötlich leuchtenden Fleck, der nicht größer als ein Nadelöhr war.

Er schalt sich für seine vorherige Achtlosigkeit. Wenn dies war, was es zu sein schien, nämlich das Licht von Sir Daniels Lagerfeuer, dann hätte er es schon lange bemerkt haben und zu ihm hinmarschieren sollen, und vor allem hätte er unter keinen Umständen seine Anwesenheit mit einem eigenen Feuer verkünden dürfen. Aber nun mochte er nicht noch mehr kostbare Zeit vergeuden. Die Distanz zu den Hügeln betrug ungefähr zwei Meilen, aber der Weg wurde von einer sehr tiefen, steil abfallenden

Schlucht durchschnitten, die für Reiter nicht passierbar war, und der Schnelligkeit wegen hielt Richard es für ratsam, die Pferde zurückzulassen und das Abenteuer zu Fuß anzugehen.

Zehn Männer blieben da, um die Pferde zu bewachen; Signale wurden für den Fall einer Notwendigkeit der Verständigung vereinbart; dann setzte Richard sich an die Spitze der restlichen Truppe, und Alicia stapfte wacker neben ihm her.

Die Männer hatten ihre schweren Rüstungen abgelegt und auch die Lanzen nicht mitgenommen. Unter dem anregenden Mondlicht trappten sie gut gelaunt über den gefrorenen Schnee. Den Abstieg in die Schlucht, wo ein Bach sich glucksend zwischen Schnee und Eis hindurchwand, bewerkstelligten sie schweigend und in geschlossener Ordnung, und auf der anderen Seite, nur noch eine halbe Meile von der Stelle entfernt, wo Richard den Feuerschein bemerkt hatte, hielten sie an, um vor dem Angriff noch einmal zu verschnaufen.

In der unermeßlichen Stille des Waldes war das leiseste Geräusch weit zu hören, und Alicia, die ausgezeichnete Ohren hatte, hob warnend einen Finger und beugte sich vor, um zu lauschen. Die Männer folgten ihrem Beispiel, aber außer dem Jammern des halb erstickten Bachs in der Schlucht nah hinter ihnen und dem Bellen eines Fuchses etwa zwei Meilen weiter irgendwo im Wald konnte Richard nicht einmal einen Atemzug vernehmen.

„Trotzdem war da ganz bestimmt das Klirren eines Pferdegeschirrs", flüsterte Alicia.

„Madam", entgegnete Richard, „ich möchte nicht andeuten, daß Ihr Euch vielleicht irrt, aber das Klirren kann aus jedem der beiden Lager gekommen sein."

„Dort war es aber nicht. Es war im Westen", erklärte sie.

„Mag es gewesen sein, wo es will", erwiderte Richard, „und wo es dem Himmel gefällt. Kümmern wir uns nicht darum, sondern beschleunigen wir unsere Geschwindigkeit und überzeugen wir uns. Vorwärts, Freunde – genug verschnauft."

Als sie weitergingen, stießen sie auf Hufspuren im Schnee, die ständig zahlreicher wurden, und es war offenkundig, daß Richard und sein Trupp sich dem Lager einer beachtlichen Streitmacht Berittener näherten. Schließlich entdeckten sie den Rauch, der zwischen den Bäumen aufstieg, am unteren Rand rötlich gefärbt und von fliegenden Funken begleitet.

Auf Richards Befehl begannen die Männer auszuschwärmen und von

Deckung zu Deckung zu kriechen, um das Lager ihrer Gegner von allen Seiten zu umzingeln. Er selbst schob Alicia hinter einen dicken Baum, wo sie Schutz fand, und ging stracks in die Richtung zum Feuer.

Durch eine Lücke zwischen den Stämmen erspähte er endlich das Lager. Das Feuer befand sich auf einem niedrigen Erdbuckel, war auf drei Seiten von Dickicht umgeben und loderte nun kräftig, wobei es laut fauchte und große Flammen nach oben spie. Ringsum saßen nicht ganz ein Dutzend Leute, die in warme Mäntel gehüllt waren, aber obwohl in der ganzen Nachbarschaft der Schnee wie von einem Regiment zertreten war, spähte Richard vergebens nach Pferden. In ihm wuchs der schreckliche Verdacht, ausmanövriert worden zu sein. Gleichzeitig erkannte er in einem großen Mann, der seine Hände ans Feuer hielt und einen stählernen Helm trug, seinen alten Freund und immer noch freundlichen Bennet Hatch; zwei weitere Gestalten, die ein wenig seitab saßen, entpuppten sich trotz ihrer Männerkleidung als Joanna Sedley und Sir Daniels Frau.

„Nun", überlegte er, „auch wenn ich meine Pferde verliere, kriege ich doch meine Joanna, weshalb sollte ich mich da beschweren?"

Dann kam von der anderen Seite des Lagers ein leiser Pfiff und verriet, daß Dicks Männer dort aufeinander getroffen waren und der Ring geschlossen war.

Als Bennet den Pfiff hörte, sprang er auf, doch ehe er Gelegenheit hatte, zu seinen Waffen zu eilen, rief Dick ihn an.

„Bennet", sagte er, „Bennet, alter Freund, ergebt Euch. Wenn Ihr Widerstand leistet, werdet Ihr bloß Menschenleben opfern."

„Bei der heiligen Barbara, das ist Master Shelton!" rief Hatch. „Mich ergeben? Ihr verlangt zuviel von mir. Wie viele Männer habt Ihr?"

„Ich sage Euch, Bennet, Ihr seid sowohl zahlenmäßig unterlegen, wie auch in der schlechteren Position", erwiderte Richard. „Sogar Cäsar und Karl der Große würden um Pardon bitten. Ich habe vierzig Männer unter meinem Kommando, und mit einer Pfeilsalve könnte ich euch alle erledigen."

„Master Dick", antwortete Bennet, „es ist mir herzlich widerwärtig, aber ich muß meine Pflicht tun. Die Heiligen mögen Euch helfen!" Und damit hob er eine kleine Trompete an den Mund und blies ein Signal.

Ein Augenblick der Verwirrung folgte. Während Richard beiden Frauen wegen noch zögerte, den Befehl zum Schießen zu geben, eilte Hatchs kleine Gruppe zu den Waffen und baute sich Rücken in einer starken Verteidigungsstellung auf. Joanna benutzte diese Gelegenheit dazu, aufzuspringen und zu Richard zu laufen.

„Hier, Richard!" rief sie und faßte nach seiner Hand.

Richard stand nach wie vor unentschlossen da. Er war zu jung, um sich mit den erbärmlichen Notwendigkeiten des Kriegs abzufinden, und der Gedanke an die alte Lady Brackley ließ ihm den Befehl im Hals gefrieren. Seine eigenen Männer wurden unruhig. Einige von ihnen riefen seinen Namen, andere begannen, aus eigenem Ermessen zu schießen, und bei der ersten Salve fiel der arme Bennet auf den Schnee. Endlich kam Richard zur Besinnung.

„Vorwärts!" rief er. „Schießt, Männer, und bleibt in Deckung. England und York!"

Im selben Augenblick dröhnte der gedämpfte Hufschlag von vielen Pfeden durch die Nacht, rückte mit unglaubliche Geschwindigkeit näher und wurde lauter, überdies beantworteten Trompeten wieder und wieder Hatchs Signal.

„Sammeln!" rief Richard. „Sammelt Euch bei mir! Es geht um Euer Leben!"

Doch seine Männer – zu Fuß, verstreut, überrumpelt in derselben Sekunde, da sie bereits mit einem leichten Sieg gerechnet hatten – begannen statt dessen einzeln Boden zu verlieren und standen entweder ratlos da oder versickerten im Dickicht. Als die ersten Reiter zwischen den Bäumen hindurch galoppierten und ihre Pferde ins Unterholz trieben, wurden einige, die Widerstand leisteten, überwältigt oder mit Lanzen aufgespießt, aber das Gros von Richards Truppe war schon vor der Ankunft der Gegner geschmolzen.

Richard blieb noch einen Moment stehen und begriff mit Bitterkeit, welche Folgen er mit seinem unbedachten und unklugen Draufgängertum heraufbeschworen hatte. Sir Daniel hatte das Feuer gesehen; er war mit seiner Hauptstreitmacht ausgerückt, entweder um den Verfolger anzugreifen oder ihn von rückwärts zu packen, falls dieser selbst angreifen sollte. Er hatte die Rolle eines scharfsinnigen Hauptmanns gespielt, Richard die eines übereifrigen Jungen. Und hier war also der junge Knight, sein Mädchen hielt ihm zwar die Hand, aber im übrigen war er allein. Sein ganzes Kommando aus Männern und Pferden war in der Nacht und in dem großen Wald verschwunden wie ein Nadelheft in einem Heuschober.

Die Heiligen mögen mich erleuchten, dachte er. Es ist gut, daß ich für diese Sache von heute morgen zum Knight geschlagen worden bin, denn mit meinem Verhalten heute abend kann ich wenig Ehre einlegen.

Und er drehte sich um und zog Joanna mit sich und fing an zu rennen.

Die Stille wurde jetzt vom Geschrei der Männer aus Tunstall zerrissen, während sie hin und her galoppierten und nach Flüchtlingen jagten. Richard brach forsch durch das Unterholz und lief wie ein Reh. Die silbrige Helligkeit des Mondes steigerte durch den Kontrast die Dunkelheit des Dickichts, und da die Besiegten sich weit verstreut hatten, strebten die Verfolger ebenfalls auseinander. Als Richard und Joanna nach einer Weile in einem Versteck anhielten, war der Lärm der Verfolger zwar aus allen Richtungen zu hören, doch verebbte er bereits in der Ferne.

„Wenn ich wenigstens eine Reserve bei mir behalten hätte", rief Richard wütend, „ich hätte das Blatt noch wenden könne. Aber man lebt, um zu lernen. Beim Kruzifix, das nächstemal werde ich es besser machen."

„Aber Richard", sagte Joanna, „kommt es darauf an? Wir sind wieder zusammen."

Er blickte sie an, und sie lächelte ihn verliebt an, und sein Herz schlug vor Freude heftiger.

„Liebling", sagte er, „wenn Ihr mir diesen Pfusch verzeiht, warum soll ich mich damit belasten? Gehen wir direkt nach Holywood, dort ist Euer guter Vormund und mein noch besserer Freund, Lord Foxham. Dort werden wir heiraten, und ob arm oder reich, berühmt oder unbekannt, was macht es? Heute, mein Liebling, habe ich meine Sporen gewonnen, ich bin meines Heldenmuts wegen von einem großen Mann belobigt worden. Dann habe ich die Gunds dieses großen Mannes eingebüßt, dann habe ich kräftig Prügel bezogen und glatt meine Soldaten verloren. Das war bestimmt ein Niedergang. Aber, Geliebte, mir ist es gleichgültig – wenn Ihr mich liebt und heiraten wollt, könnte man mir sogar meine Ritterschaft abnehmen, und es würde mich nicht stören."

„Richard", rief sie, „man hat Euch zum Ritter geschlagen?"

„Ja, Ihr seid jetzt eine Lady", antwortete er zärtlich, „das heißt, Ihr werdet es sein, noch vor morgen mittag. Oder wollt Ihr nicht?"

„Ich will, Richard. Ich will von Herzen", antwortete sie.

„Tatsächlich, Sir? Ich dachte, Ihr möchtet ein Mönch werden", sagte eine Stimme ganz in ihrer Nähe.

„Alicia!" rief Joanna.

„So ist es" erwiderte die junge Lady und trat zu ihnen. „Alicia, die Ihr für tot liegen gelassen habt und die Euer Löwentreiber gefunden hat. Er hat sie wieder zum Leben erweckt und sich in sie verliebt – falls Ihr Euch dafür interessiert."

„Das glaube ich nicht!" rief Joanna. „Dick!"

„Dick!" äffte Alicia nach. „Tatsächlich Dick! Ja, schöner Sir, und Ihr laßt arme Mädchen in der Not einfach sitzen", fuhr sie fort, wobei sie sich an den jungen Knight wandte. „Ihr stellt sie hinter Bäume und verliert sie aus dem Gedächtnis. Aber die Leute sagen die Wahrheit – das Zeitalter der Kavaliere ist zu Ende."

„Madam", beteuerte Richard, „bei meiner Seele, ich hatte Euch vergessen. Madam, Ihr müßt versuchen, mir zu verzeihen. Immerhin hatte ich Joanna wiedergefunden.!"

„Ich hatte nicht angenommen, daß Ihr es mit Absicht getan habt", entgegnete sie. „Aber ich werde mich grausam rächen."

„Hat Dick sich wirklich in Euch verliebt?" fragte Joanna.

„Nein, albernes Mädchen", entgegnete Alicia. „Ich habe mich in ihn verliebt. In der Tat habe ich ihm angeboten, mich zu heiraten, aber er hat mir empfohlen, meinesgleichen zu heiraten. Das waren mehr oder weniger seine Worte. Nein, ich will es Euch sagen – er ist eher schlichten Gemüts als amüsant. Aber jetzt, Kinder, aus Vernunftsgründen, macht voran. Sollen wir noch einmal durch die Schlucht steigen, oder gehen wir direkt nach Holywood?"

„Nun ja", sagte Richard, „ich möchte mich gern auf ein Pferd schwingen, denn ich bin in den letzten Tagen übel mißhandelt und durchgeprügelt worden, bildlich und tatsächlich, und mein Körper ist nur noch eine einzige Beule. Aber was meint Ihr? Wenn die Männer, vom Kampflärm alarmiert, geflüchtet sind, ist unser Weg vergeblich. Von hier bis nach Holywood sind es nur drei knappe Meilen. Die Glocke hat noch nicht neun geschlagen. Der Schnee ist fest genug, um darauf zu gehen, und der Mond ist klar. Was haltet ihr davon, wenn wir losspazieren, wie wir sind?"

„Einverstanden!" rief Alicia, und Joanna drückte Richards Arm.

In der Ferne waren nach wie vor die Reiter von Tunstall zu hören, die ihre Jagd noch nicht aufgegeben hatten, und von Zeit zu Zeit verriet ein Schrei oder Waffengeklirr, daß sie auf einen Feind gestoßen waren.

Endlich blickten sie von einem steilen Hügel hinunter in das enge Tal von Holywood. Die großen Fenster des Waldklosters waren von Kerzen und Fackeln erhellt, die hohen Zinnen und Türme waren klar und deutlich zu sehen, und das goldene Kreuz auf der höchsten Spitze funkelte im Mondlicht. Ringsum und am offenen Tor flackerten Lagerfeuer und in der

Mitte des Tals krümmte sich der zugefrorene Fluß.

„Bei der Messe!" sagte Richard. „Lord Foxhams Gefolgsleute sind also immer noch da. Bestimmt hat der Bote sich verirrt. Desto besser für uns – wir haben eine Truppe zur Hand, um Sir Daniel entgegenzutreten."

Aber daß Lord Foxhams Männer nach wie vor auf dem langen Werder von Holywood lagen, hatte eine andere Ursache als Richard vermutet hatte. Sie waren tatsächlich nach Shoreby marschiert, doch ehe sie die Hälfte der Strecke hinter sich gebracht hatten, war ein zweiter Bote zu ihnen gestoßen und hatte sie gebeten, zu ihrer Ausgangsstellung vom Morgen zurückzukehren, um eine Straße für die Flüchtlinge der Lancasters zu sperren und näher bei der Hauptstreitmacht der Yorkisten zu sein. Nachdem Richard of Gloucester die Schlacht beendet und seine Freunde in diesem Gebiet ausgelöscht hatte, war er aufgebrochen, um seine Truppe mit der seines Bruders zu vereinigen. und als Lord Foxhams Soldaten kaum wieder angelangt waren, zügelte Gloucester selber vor dem Klostertor. Zu Ehren dieses erhabenen Besuchers waren die Fenster erleuchtet, und zur Zeit der Ankunft von Richard mit seiner Liebsten und ihrer Freundin wurde die ganze herzogliche Gesellschaft im Refektorium des mächtigen und luxuriösen Klosters üppig bewirtet.

Nicht ganz mit seinem Einverständnis wurde Richard dort hingeführt. Gloucester, krank vor Müdigkeit, saß da und stützte sein weißes, furchterregendes Gesicht auf seine Hand, Lord Foxham, von seiner Verwunderung noch nicht völlig genesen, saß links von ihm auf dem Ehrenplatz.

„Was ist, Sir?" fragte Richard. „Habt Ihr mir Sir Daniels Kopf gebracht?"

„Mylord", erwiderte Richard äußerlich standhaft, aber mit innerlichen Skrupeln, „ich habe nicht einmal das Glück, mit meiner Truppe zurückkehren zu können. Ich bin, mit Verlaub, total geschlagen."

Gloucester starrte ihn an und runzelte unheilvoll die Stirn.

„Ich habe Euch fünfzig Lanzen gegeben, Sir", sagte er.

„Mylord, ich hatte nur fünfzig gepanzete Reiter", erwiderte der junge Knight.

„Wieso?" sagte Gloucester. „Er hatte mich um fünfzig Lanzen gebeten."

„Gestatten Eure Hoheit, daß ich mich einmische", sagte Catesby geschmeidig. „Für die Verfolgung haben wir ihm nur die Reiter zur Verfügung gestellt."

„Dann ist es gut", erwiderte Richard Gloucester und fügte hinzu: „Shelton, Ihr könnt gehen."

„Bleibt!" sagte Lord Foxham. „Dieser junge Mann hatte auch von mir einen Auftrag. Vielleicht hatte er damit mehr Erfolg. Master Shelton, habt Ihr das Mädchen gefunden?"

„Ich danken den Heiligen, Mylord", sagte Richard. „Sie ist in diesem Haus."

„Tatsächlich? Dann, Mylord", erklärte Lord Foxham, „werde ich morgen, bevor die Armee marschiert, mit Eurer gütigen Erlaubnis einen Heiratsantrag machen. Dieser junge Squire . . ."

„Der junge Knight", unterbrach Catesby.

„Wirklich, Sir William?" rief Lord Foxham.

„Ich habe ihn selbst für seine guten Dienste zum Ritter geschlagen", sagte Gloucester. „Er ist mir zweimal mannhaft nützlich gewesen. Ihm fehlt es nicht an der Tapferkeit der Hände, sondern am eisernen Willen eines Mannes. Er wird es nicht weit bringen, Lord Foxham. er ist ein Mensch, der sich in einer Schlacht wacker schlägt, aber er hat das Herz eines Kapauns. Aber wie auch immer – wenn er heiraten soll, dann verheiratet ihn im Namen der Jungfrau Maria, und die Sache ist erledigt."

„Nein, er ist ein braver Junge – ich weiß es", sagte Lord Foxham. „Macht Euch keine Sorgen, Sir Richard. Ich habe diese Angelegenheit mit Master Hamley bereinigt, und morgen werdet Ihr heiraten."

Darauf hielt Richard es für weise, sich zurückzuziehen. Er war noch nicht ganz aus dem Refektorium, als ein Mann, der am Tor aus dem Sattel gesprungen war, die Treppe herauf stürmte und dabei vier Stufen auf einmal nahm. Er zwängte sich zwischen den Klosterdienern hindurch und warf sich vor dem Duke auf ein Knie.

„Sieg, Mylord!" rief er.

Und ehe Richard zu der Kammer gegangen war, die man ihm als Gast Lord Foxhams angewiesen hatte, jubelten die Soldaten auf dem Werder an ihren Feuern; denn am selben Tag, keine zwanzig Meilen entfernt, hatte die Armee der Lancasters eine zweite vernichtende Niederlage hinnehmen müssen.

Die Vergeltung

Am nächsten Morgen war Richard vor Sonnenaufgang auf den Beinen, und nachdem er sich mit Hilfe von Lord Foxhams Gepäck so vorteilhaft wie möglich angezogen hatte, ließ er sich über Joannas zufriedenstellendes Befinden unterrichten und spazierte aus dem Haus, um seine Ungeduld abzureagieren.

Eine Weile machte er die Runde bei den Soldaten, die sich im winterlichen Zwielicht des Tagesanbruchs und beim roten Schein der Fackeln rüsteten, aber nach und nach streunte er weiter querfeldein und schließlich hatte er die letzten Wachtposten hinter sich und trottete allein durch den froststarrenden Wald und wartete auf die Sonne.

Während er so schlenderte und grübelte, wurde das feierliche Licht des Morgens heller, im Osten war der Himmel schon von der Sonne gefärft, und ein schneidender Wind blies den gefrorenen Schnee hoch. Er drehte sich um, weil er nach Hause zurückkehren wollte, im selben Augenblick entdeckte er eine Gestalt hinter einem Baum.

„Halt!" rief er. „Wer da?"

Die Gestalt trat vor und gestikulierte, als wäre sie stumm. Sie war wie ein Pilger gekleidet und hatte die Kapuze tief ins Gesicht gezogen, aber Richard erkannte sofort Sir Daniel.

Er ging auf ihn zu und zog sein Schwert, und der Knight faßte mit der Hand an die Brust, als wollte er nach einer verborgenen Waffe greifen, und blieb stehen, bis Richard bei ihm war.

„Nun, Dickon", sagte Sir Daniel, „was soll es werden? Führt Ihr Krieg gegen die Geschlagenen?"

„Ich habe den Krieg nicht gegen Euch geführt", erwiderte der Junge. „Ich war Euch ein treuer Freund, bevor Ihr mir nach dem Leben getrachtet habt, und Ihr habt mir außerordentlich begierig nach dem Leben getrachtet."

„Notwehr", entgegnete der Knight. „Und jetzt, Junge, haben die Nachrichten über die Schlacht und die Anwesenheit Eures verkrüppelten Teufels in meinen eigenen Wäldern mich hoffnungslos zugrunde gerichtet. Ich gehe nach Holywood, um dort Asyl zu finden, und dann mit allem, was ich mitnehmen kann, nach Übersee, um in Burgund oder in Frankreich ein neues Leben anzufangen."

„Ihr dürft nicht nach Holywood gehen", sagte Richard.

„Wieso? Ich darf nicht?" fragte der Knight.

„Seht, Sir Daniel, das ist mein Hochzeitsmorgen", sagte Richard, „und da drüben die Sonne, die jetzt aufgeht, wird für mich den strahlendsten Tag beginnen lassen, den es bisher gegeben hat. Euer Leben ist verwirkt – doppelt verwirkt, des Todes meines Vaters wegen, und wegen Eurer Handlungsweise gegen mich, Euer Mündel. Aber ich habe selbst Fehler gemacht, ich habe Menschen den Tod gebracht, und an diesem prächtigen Tag will ich weder Richter noch Henker sein. Und wenn Ihr der Teufel wärt, ich würde nicht Hand an Euch legen. Auch wenn Ihr der Teufel wärt, könntet Ihr meinetwegen hingehen, wo Ihr wollt. Sucht Verzeihung von Gott zu erlangen, meine habt Ihr. Aber wenn Ihr nach Holywood geht, das ist etwas anderes. Ich trage meine Waffen für York, und ich dulde keinen Spitzel hinter unseren Linien. Seid also versichert, ehe Ihr einen Fuß vor den anderen stellt, daß ich die Stimme heben und den nächsten Posten rufen werde, damit er Euch fängt."

„Ihr demütigt mich", sagte Sir Daniel. „Außerhalb von Holywood gibt es für mich keine Sicherheit."

„Das ist mir gleichgültig", erwiderte Richard. „Ich lasse Euch nach Osten, Westen oder Süden gehen, aber nicht nach Norden. Holywood ist Euch verschlossen. Geht und kommt nicht wieder. Sobald Ihr fort seid, werde ich jeden Posten dieser Armee warnen, und man wird so scharf nach Pilgern Ausschau halten, daß der Versuch Euer Untergang wäre, auch wenn Ihr – noch einmal – der Teufel selber wärt."

„Ihr verurteilt mich zum Tode", sagte Sir Daniel finster.

„Ich verurteile Euch nicht zum Tode", antwortete Richard. „Wenn Ihr lieber Eure Tüchtigkeit mit der meinen messen wollt, dann kommt; und obwohl ich fürchte, daß ich meiner Partei gegenüber unloyal handle, werde ich Eure Herausforderung offen und ohne Bedingungen annehmen. Ich werde mich Euch allein stellen und niemand um Hilfe rufen. So werde ich mit ruhigem Gewissen meinen Vater rächen."

„Ja", sagte Sir Daniel, „Ihr habt ein langes Schwert gegen meinen Dolch."

„Ich vertraue nur auf den Himmel", sagte Dick und warf sein Schwert hinter sich in den Schnee. „Und nun kommt, wenn Euer Mißgeschick Euch grämt."

„Ich wollte Euch nur auf die Probe stellen", sagte der Knight mit einem unbehaglichen Gelächter. „Ich will nicht Euer Blut vergießen."

„Dann geht, ehe es zu spät ist", erwiderte Shelton. „In fünf Minuten rufe ich die Wachen. Ich erkenne, daß ich zu langmütig bin. Wären die

Verhältnisse umgekehrt, wäre ich schon seit einigen Minuten an Händen und Füßen gefesselt."

„Nun, Dickon, dann werde ich gehen", sagte Sir Daniel. „Wenn wir einander wieder begegnen, werdet Ihr bereuen, so schroff gewesen zu sein."

Mit diesen Worten wandte der Knight sich ab und entfente sich zwischen den Bäumen. Richard beobachtete ihn mit seltsam gemischten Gefühlen, wie er schnell und vorsichtig zugleich ausschritt und von Zeit zu Zeit wachsam zu dem Jungen blickte, der ihn geschont hatte und dem er dennoch mißtraute.

Wo der Knight sich befand, war auf einer Seite ein Dickicht, das mit grünem Efeu bewachsen und auch im Winter nahezu undurchsichtig war, und in diesem Dickicht surrte plötzlich eine Bogensehne. Sie klang wie ein Musikton. Ein Pfeil schwirrte, und mit einem lauten, erstickten Aufschrei voll Schmerz und Wut warf der Knight von Tunstall beide Hände hoch und fiel nach vorn in den Schnee.

Richard eilte zu ihm und richtete ihn auf. Das Gesicht des Knights zuckte verzweifelt, sein ganzer Körper wurde von Krämpfen geschüttelt.

„Ist der Pfeil schwarz?" ächzte er.

„Er ist schwarz", erwiderte Richard ernst.

Und dann, bevor er etwas hinzufügen konnte, überschwemmte eine Welle aus Schmerzen den Verwundeten vom Kopf bis zu den Füßen, so daß sein Körper in Richards hilfreichen Armen sich bäumte, und als der Schock verebbte, gab der Knight stumm seinen Geist auf.

Der junge Mann legt ihn behutsam zurück auf den Schnee und betete für die unvorbereitete und schuldige Seele.

Als Richard sich erhob, entdeckte er einen zweiten Mann, der wenige Schritte hinter ihm kniete, und mit unbedecktem Kopf blieb Richard stehen und wartete, bis der Mann aufhörte zu beten. Es dauerte lange; mit gesenktem Kopf und den Händen vor dem Gesicht betete der Mann wie in tiefer Verwirrung oder heftiger seelischer Erschütterung. Neben ihm lag ein Bogen, so daß Richard vermutete, daß dieser Mann der Schütze war, der Sir Daniel getötet hatte.

Endlich stand er ebenfalls auf, und Richard erkannte Ellis Duckworth.

„Richard", sagte er sehr ernst, „ich habe Euch zugehört. Ihr habt Euch für die bessere Lösung entschieden und ihn begnadigt. Ich habe die schlechtere Lösung gewählt, und da liegt nun die Leiche meines Feindes. Betet für mich."

Er preßte Richard heftig die Hand.

„Sir", sagte Richard, „ich will gern für Euch beten, obwohl ich nicht weiß, ob es etwas bewirken wird. Aber wenn Ihr Euch so lange von Eurer Rache habt leiten lassen und ihr nun so wenig Geschmack abgewinnen könnt, solltet Ihr dann nicht darüber nachdenken, ob es nicht gut wäre; wenigstens andere zu begnadigen? Hatch – er ist tot, der arme Kerl. Ich hätte ihn gern geschont. Und Sir Daniel – nun, da ist seine Leiche. Aber den Priester, wenn ich Euch einen Rat geben darf, solltet Ihr laufen lassen."

Ellis Duckworths Augen funkelten.

„Nein", sagte er, „der Teufel in mir ist immer noch mächtig. Aber seid unbesorgt, der Schwarze Pfeil wird nie mehr fliegen – die Gesellschaft ist auseinandergebrochen. Diejenigen, die noch leben, sollen meinetwegen in Ruhe ihr Ende finden, wenn der Himmel sie ruft, und was Euch betrifft, so geht dorthin, wohin ein besseres Geschick Euch lenkt, und denkt nicht mehr an Ellis."

Ausklang

Ungefähr um neun Uhr an diesem Morgen führte Lord Foxham sein Mündel zur Kirche von Holywood.

Im Altarraum wurden Richard und Joanna miteinander vereint.

Von da an blieben sie von Schmutz und Blut jener unruhigen Epoche verschont. Sie wohnten abseits vom Getriebe der Welt in dem grünen Wald, wo ihre Liebe begonnen hatte.